조선공주실록 **①**

유오디아 장편소설

조선공주실록

①

위즈덤하우스

차례

조선 초기 법전인 〈조선경국전朝鮮經國典〉. 태조 이성계의 명을 받은 삼봉 정도전이 지어 올린 것이다. 이 중 〈조선경국전〉 '보위寶位' 편.

　[조선은 적장자 승계 원칙에 따라 왕위를 계승하는 것을 원칙으로 한다.]

　그런데 태조는 제1차 왕자의 난이 일어나기 직전, 정도전에게 이 부분에 추가로 내용을 덧붙이도록 명을 내렸다.

　[조선은 적장자 승계 원칙에 따라 왕위를 계승하는 것을 원칙으로 한다. 단, 적장자 계승이 불가하거나 적장자 계승에 있어 흠이 되는 까닭이 있을 시, 적장녀가 왕위를 계승한다. 이때 적장녀는 삼종지도三從之道에 구속되지 않는다.]

　태조의 이러한 지시는 당시 세력화를 이룬 정안군 이방원에 대한 하나의 경고와도 같은 것이었다. 당시 태조의 정비로 인정된 여인은 후처인 신덕왕후 강씨뿐이었다. 태조와 신덕왕후 강씨 사이의 소생은 2남 1녀. 왕세자와 무안군 그리고 경순공주였다. 태조는 이들 남매 모두에게 왕위 계승의 권리를 주면서도 정작 본처 한씨 소생의 왕자들은 철저히 배제시켰다. 이것은 멀지 않은 미래에 또 다른 골육상쟁을 일으키는 불씨가 되었다.

1499년 (연산군 5) 겨울.

며칠째 밤낮 가리지 않고 내리던 눈이 이른 새벽에야 겨우 그쳤다. 한양은 말 그대로 하나의 설원이 되어버렸다. 중전의 오라버니이자 좌부승지 신수근이 입궐을 서두르고 있었다. 그는 입궐하려는 자신을 배웅 나온 아들 홍연에게 넌지시 물었다.

"그러고 보니 곧 공주마마의 탄신이로구나. 준비는 하였느냐?"

한 달 전 선왕의 공주와 혼인한 홍연은 부마가 되었다. 그런데 홍연의 나이 열셋. 공주의 나이 열둘. 〈의례儀禮〉에 따라 열다섯 살이 되기 전까지 합방할 수는 없었다.

이렇다 보니 어린 부부는 혼인 후에도 각방을 쓰고 있었다. 홍연은 혼인 후 공주의 얼굴을 딱 세 번 보았다.

"그게……."

모르고 있었던 것은 아니다. 이미 보름 전에 공주를 모시던 장 상궁이 홍연에게 알려주었기 때문이었다. 생일상이야 집안 하인들이 차릴 테니 홍연의 고민은 공주에게 주어야 할 선물이었다. 공주는 금지옥엽으로 궁궐에서만 자랐으니 홍연이 평생 보지도 못한 진귀한 물건들을 많이 접하고 또 가졌을 것이다.

이런 공주에게 어떤 선물을 주어야 기쁘게 할 수 있을까? 어린 신랑 홍연의 고민이 깊어갔다.

"혼인 후 첫 탄신일이 아니시더냐. 대충하려 하지 말고. 그랬다가 공주마마의 마음에 생채기라도 생겼다가는 평생 간다."

옆에서 관모를 건네던 신수근의 부인 한씨가 말했다.

"늦으시겠습니다."

"알겠소. 어흠!"

신수근이 입궐하려 집을 나서자 남겨진 홍연의 얼굴에는 시름이 깊어졌다. 남편을 배웅하고 돌아온 한씨가 이런 아들의 얼굴을 보더니 미소를 지으며 말했다.

"곧 공주마마의 탄신일인데 아직도 선물을 준비하지 못했더냐?"

"예에······."

기운 없이 답하는 홍연을 보며 한씨가 이렇게 귀띔했다.

"선물이라는 것이 꼭 귀한 물품으로 된 것이 아니어도 된다. 무엇보다 마음이 담기지 않은 선물은 주지 않느니만 못하다. 작은 비녀나 작은 가락지 하나라도 네 정성과 마음이 담긴다면 필시 공주께서 기뻐하실 것이다."

어머니 한씨의 말에도 홍연의 표정은 밝아지지 못했다.

"어머니, 도와주십시오."

"도와달라니?"

"어머니와 공주마마와 같은 여인이 아닙니까? 사내는 사내의 마음을 가장 잘 알고, 여인은 여인이 마음을 가장 잘 안다 하였습니다. 공주께서 무엇을 좋아하실지 어머니가 가장 잘 아실 것 같습니다."

"정녕 공주께서 무엇을 선물로 받고 싶어 하시는지 알고 싶으냐?"

홍연이 세차게 고개를 끄덕였다. 한씨는 웃으며 어린 아들이 쓴 갓끈을 고쳐 매주었다.

"직접 묻는 것이 어떨 땐 가장 빠른 방법이기도 하단다."

"공주마마께 직접이요?"

따뜻한 아침햇살에도 소복이 쌓인 눈은 쉽사리 녹을 것 같지 않았다. 진성공주 수련은 멀리서 까치가 내는 소리를 가만히 듣다가 웃으며 앞에 앉은 장 상궁에게 말했다.

"좋은 일이 있으려나보다."

거짓말처럼 밖에서 나인 숙이의 목소리가 들렸다.

"공주마마. 부마께서 뵙길 청하시옵니다."

"부마께서?"

홍연의 갑작스러운 방문 소식에 장 상궁이 고개를 들었다.

"공주마마의 말씀이 맞으려나 봅니다."

곧 문이 열리며 의관을 갖춘 홍연이 긴장이 역력한 표정으로 들어왔다. 제일 먼저 장 상궁이 홍연을 맞이하려 자리에서 일어서자 그녀의 뒤로 가려져 있던 어린 공주의 모습이 드러났다.

혼인 후 세 번. 그것도 아주 짧게 만났던 공주였다.

나인들이 동석하지 않고는 말도 붙일 수 없는 사이. 그런데도 공주는 홍연을 보고도 전혀 낯설어하지 않고 활짝 웃었다.

"어서 오세요."

"공주마마."

오히려 공주보다 한 살이 더 많은 홍연이 얼굴을 붉히며 공주와 눈을 마주치기 어려워했다.

"앉으시지요."

장 상궁은 자신이 앉았던 자리를 홍연에게 내어주었다. 홍연이 그 자리에 앉았다. 앞에 앉은 공주가 눈웃음을 지으며 홍연에게 먼저 말을 걸었다.

"이른 아침부터 어인 일이십니까?"

망설이던 홍연은 곧 어른 흉내를 내듯 숨을 가다듬으며 고개를 들었다. 공주의 고운 눈동자가 홍연을 향해 반짝이고 있었다.

"곧 공주마마의 탄신일이 아닙니까?"

"그렇지요."

공주가 방긋방긋 웃으며 대답하자 홍연도 말하는 데 조금은 자신감이 생겼다.

"혹 가지고 싶으신 것이 있으십니까? 공주마마께 탄신 선물을 드리고 싶은데 무엇을 드려야 공주마마께서 기뻐하실지 알고 싶습니다."

공주의 생일 선물로 무엇을 주어야 기뻐할지 고민한다는 솔직한 홍연의 말은 공주에게 큰 기쁨을 주었다. 공주는 웃는 얼굴로 답했다.

"부마께서 주시는 것이라면 무엇이든 기쁘게 받겠습니다."

"그래도 혹 가지고 싶은 것이 있으시면 무슨 수를 써서라도 꼭 구해드리겠습니다."

어린 홍연의 각오가 귀여운지 옆에 서 있던 장 상궁이 피식 웃었다. 장 상궁이 웃는 소리에 홍연의 얼굴이 귀까지 빨갛게 달아올랐다. 공주는 혹시라도 홍연이 당황해할까 서둘러 말을 돌렸다.

"실은 가지고 싶은 것이 아니라 꼭 하고 싶은 것이 있습니다."

"하고 싶은 것?"

공주가 장 상궁에게 눈짓을 보냈다. 장 상궁이 작은 책자를 가져와 공주에게 건네주었다.

공주는 그것을 받아 홍연의 앞에 놓고 펼쳤다. 한양의 지도였다. 하지만 여타 다른 지도와는 다른 점이 있었다. 지도에는 한양의 곳곳에 붉은색 글씨로 무언가가 적혀 있었다. 홍연은 그 글씨들을 대강 훑었다.

'흥덕상화興德賞花 종가관등鍾街觀燈 제천완월濟川翫月…….'

붉은 글씨를 읽고도 무슨 뜻인지 모르는 홍연의 얼굴을 보며 공주가 친절하게 설명했다.

"여기 붉은 글씨로 적혀 있는 것을 '한도십영'이라 합니다."

"한도십영?"

"예. 제게는 백부님이 되시는 월산대군께서 살아생전 문인들과 함께 꼽으신 한양의 열 가지 절경을 이르는 말이지요. 생전 부왕께 한도십영에 대해 말로만 들었었는데, 이 열 곳의 절경을 모두 보고 싶습니다."

그제야 홍연은 공주가 원하는 것이 무엇인지 알게 되었다. 하지만 문제가 하나 있었다. 지금은 한겨울. 공주가 가리킨 절경들은 대부분 봄에만 볼 수 있는 것들이었다.

공주도 이를 알았는지 지도 위에서 어느 한 곳을 손가락으로 가리켰다. 한강에 있는 양화섬이었다.

"이곳에 망원정이라는 이름의 정자가 있는데, 이곳에서 눈을 구경하는 것이 한도십영 중 하나인 '양화답설'이라고 합니다. 며칠 전부터 내리는 눈을 보아하니 지금쯤이면 그 설경이 매우 훌륭할 것 같습니다. 이것을 제 탄신 선물로 주실 수 있는지요?"

똑똑한 공주의 합리적인 선택이었다. 홍연도 그 정도는 자신이 반드시 이뤄줄 수 있다는 확신이 섰다. 홍연은 자신만만한 목소리로 공주를 향해 말했다.

"당장 드리겠습니다! 당장 공주마마께 양화답설을 선물로 드리겠습니다!"

홍연의 말은 공주를 즐겁게 했다. 공주가 웃으며 고개를 끄덕이자 홍연도 웃으며 공주를 바라보았다.

망원정으로 오르는 길에는 홍연의 무릎까지 눈이 쌓여 있었다. 어린 홍연이라도 명색이 사내이니 씩씩하게 눈을 헤치며 올라갈 수 있었지만 공주는 달랐다.

검은색의 긴 너울. 사대부가의 여인들이 외출 시에 착용하는 검은색 너울을 머리부터 가슴까지 뒤집어쓴 공주는 시아가 좁아져 혼자 걷는 데 무리가 있었다. 여기에 긴 치마까지 입고 있으니 눈을 헤치는 것은 불가능에 가까웠다.

공주를 뒤따라온 장 상궁과 나인들도 마찬가지였다. 보다 못한 장 상궁이 내관을 불러 공주를 업고 가자며 건의했다. 나인이 언덕 아래에 둔 가마를 지키고 있는 내관을 부르러 간 사이, 공주는 잠시 자리에 앉아 쉬었다. 홍연은 공주의 곁으로 다가와 미안한 듯 말을 걸었다.

"망원정으로 가는 길에 이리도 많은 눈이 쌓여 있을 줄은 몰랐습니다."

너울을 뒤집어쓴 공주가 대답했다.

"아닙니다. 설경을 보러 왔는데 이 정도의 눈도 없다면 어찌 멋진 설경을 볼 수 있겠습니까? 눈이 많이 쌓여 있을수록 설경은 더욱 장관일 것이니 가슴이 두근두근합니다."

웃는 목소리였지만 마지막에는 짧은 한숨이 이어졌다. 홍연이 다시 조심스레 물었다.

"혹 무엇이 불편하십니까?"

"이 너울이……."

공주가 자신이 뒤집어쓴 너울의 끝자락을 잡았다.

"너울이?"

"미처 생각하지 못했던 것이 있었습니다. 망원정에 올라서도 너울은 벗을 수 없을 텐데 설경이 멋진들 제대로나 볼 수 있을지……."

공주의 말은 곧 사실로 드러났다. 마침내 오른 망원정 위에서 바라보는 설경은 말로 표현하기 어려울 정도로 아름다웠다. 하지만 검은색 너울에 갇힌 공주의 좁은 시선으로는 모든 설경을 담을 수가 없었다.

한동안 설경에 시선을 빼앗겼던 홍연이 다시 공주를 바라보았을 때, 공주는 어느 정도 만족한 목소리로 말했다.

"이제 그만 돌아가는 것이 좋겠습니다."

공주가 돌아서서 망원정을 내려가자 그 아래에서 기다리던 장 상궁과 나인들이 그 뒤를 따랐다. 마지막으로 홍연이 망원정에서 내려가려고 할 때였다. 눈가루를 실은 겨울바람이 망원정 위로 불어왔다.

순간 홍연은 무슨 생각이 들었는지 공주의 뒤로 다가가 그녀가 쓴 너울의 끝을 살짝 잡아당겼다.

"어머나!"

너울이 벗겨지면서 바람을 따라 한강 위로 높게 날아올랐다. 공주도 당황했지만 가장 놀란 것은 장 상궁이었다.

"어서 주워오너라! 어서!"

장 상궁이 나인들에게 소리쳤다. 나인들이 당황하며 너울이 날아간 방향으로 뛰어갔다. 그것을 본 홍연이 씩 웃으며 공주를 불렀다.

"공주마마."

"네?"

"자一"

홍연의 손은 망원정 위를 가리키고 있었다. 그러자 공주의 얼굴에 환한 미소가 찾아왔다. 공주는 홍연과 함께 망원정에 올랐다. 너울이 사라진 공주는 그제야 맨눈으로 설경을 바라보며 양화답설의 참 의미를 깨달았다.

"아바마마께서는 한도십영 중에서도 양화답설을 가장 최고로 치셨다고 하셨습니다. 이제 저도 그 이유를 알 것 같습니다."

공주의 희고 깨끗한 피부가 설경에 반사되어 반짝이듯 매끄럽게 빛이 났다. 공주는 망원루에서 바라보는 설경에서 눈을 떼지 못했고 홍연은 공주의 예쁜 얼굴에서 눈을 떼지 못했다. 아주 잠깐이었지만 홍연은 자신이 아내로 맞아들인 소녀는 이 나라의 공주이기 전에 이 나라에서 가장 예쁜 소녀라고 생각했다.

설경을 바라보던 공주가 홍연의 시선을 느끼고는 돌아보았다. 그러자 공주의 얼굴을 훔쳐보던 홍연이 깜짝 놀라 얼굴을 붉혔다. 공주가 홍연을 보며 말했다.

"대감."

"예?"

잠시 망설이던 공주가 홍연처럼 얼굴을 붉히더니 조근하게 말했다.

"대감을 아주 많이 좋아하게 될 것 같습니다."

공주의 고백에 홍연이 당황하는 것도 잠시. 홍연도 용기를 내어 공주에게 대답했다.

"저도 그렇습니다. 공주마마."

공주가 긴 옷소매에 감추고 있던 한 손을 슬그머니 꺼내 홍연에게 내밀었다. 홍연은 공주가 내미는 손을 뿌리치지 않고 살며시 움켜잡았다. 맞닿은 손에서 따뜻한 온기가 나누어졌다.

두 사람이 혼인 후 처음으로 손을 잡은 날이 된 것이다. 손을 잡은 두 사람은 다시 설경으로 눈을 돌렸다. 그들은 이른 석양이 지평선 너머로 사라지는 모습을 끝까지 바라보며 함께했다.

❀ ❀ ❀

늦은 밤. 경복궁 강녕전. 왕의 처남인 신수근이 사관도 대동하지 않고 왕을 독대했다.

"모든 준비가 끝났사옵니다."

오랜 침묵 속에서 왕은 감은 눈을 뜨려 하지 않았다.

"전하. 어찌하실 것이옵니까?"

고뇌하던 왕이 마침내 감았던 눈을 떴다.

"오늘 밤. 과인의 누이인 진성공주는 더는 이 세상 사람이 아닐 것이네."

왕비의 오라버니인 신수근에게 진성공주는 며느리이기도 했다. 하지만 상황이 달라졌다. 그리고 왕의 결심은 확고했다. 왕은 자신의 친누이인 진성공주가 이 세상에서 사라지기를 간절히 바라고 있었다. 그런 왕을 돕는 것이 그의 왕권을 지키고 자신의 누이인 왕비와 그녀가 낳은 원자까지도 지키는 길이라고 신수근은 믿었다.

"예. 전하."

신수근은 강녕전에 놓여 있던 왕의 검을 두 손으로 들었다. 그는 검을 왕의 앞에 내밀었다. 왕이 검을 잡으며 신수근에게 명을 내렸다.

"시행하라."

그 시각, 벽을 하나 사이에 두고 왕과 신수근의 대화를 몰래 엿듣던 사람이 있었다.

대왕대비전 문 상궁이었다.

'이를 어쩌나! 기어코 그 날이 오고야 말았구나!'

대왕대비와 함께 있던 왕대비 윤씨는 문 상궁이 전해온 소식에 눈물만 쏟았다. 언젠간 닥칠 일이라 여겼지만 오지 않기를 바랐던 일이었다. 적어도 한 달 전 혼인으로 왕이 더 이상 진성공주에게 관심을 두지 않을 것이라 믿어왔다. 그러나 그것은 단지 왕대비의 소망이었음이 드러났다.

오늘 밤 진성공주의 목숨은 장담할 수 없게 되었다.

"제발, 제발 공주를 살려 주시옵소서, 대왕대비마마!"

왕대비는 체통도 잊은 채 대왕대비 앞에서 두 손으로 빌었다. 지금 왕을 막을 수 있는 사람은 대왕대비뿐이라는 믿음 때문이었다. 하지만 대왕대비는 체념한 표정이었다.

"지난 무오년의 사화를 잊었소? 주상은 하겠다면 하는 사람이오. 이 할미가 나선다고 말을 들을 위인도 아니지. 애초에 공주를 혼인으로 출궁시켜 주상과 떨어뜨린다면, 주상에게서 공주를 지킬 수 있다고 생각했던 것이 내 실수였을지도."

흐느끼던 왕대비가 고개를 들었다.

"공주는 저의 하나뿐인 자식입니다. 어차피 죽어야 한다고 해서 어미인 제가 자식인 공주가 죽는 모습을 가만히 지켜만 보게 하실 것이옵니까? 너무하시옵니다!"

처절하기까지 한 왕대비의 모습을 지켜보며 대왕대비가 깊은 한숨을 내쉬었다. 그녀는 가까이에 있던 문 상궁을 불렀다.

"문 상궁."

"예, 대왕대비마마."

"옥함을 가져오게."

"예."

문 상궁이 작은 함을 들고 와 대왕대비의 앞에 내려놓았다. 왕대비도 눈을 들어 옥함을 쳐다보았다. 대왕대비가 그것을 열자 안에는 어린아이 손바닥만 한 크기의 원형 모양의 옥이 들어 있었다. 특이한 것은 옥은 반으로 나누어진 상태였는데, 한쪽에는 용이 다른 한쪽에는 봉황이 새겨 있다는 점이었다. 대왕대비는 두 개로 나뉜 옥중에서 봉황이 새겨진 옥을 들어 올렸다. 그러자 갈라진 두 개의 옥에서 맑고 청아한 소리가 울려 퍼지기 시작했다.

처음 보는 놀라운 광경에 왕대비가 눈을 크게 떴다.

"그것은?"

"수옥 중에서도 귀한 음옥音玉이네."

대왕대비는 봉황이 새겨진 반달 모양의 옥을 문 상궁에게 내어주며 말했다.

"문 상궁 자네는 별감과 함께 즉시 좌부승지의 사가로 가게. 그리고 공주에게 이 옥을 보여주고 '그곳'으로 속히 데려가게."

"알겠사옵니다."

옥을 받아든 문 상궁이 밖으로 나가자 두 옥에서 나던 소리가 뚝 그쳤다. 왕대비가 이를 지적했다.

"더는 소리가 나지 않사옵니다."

"처음 떨어질 때는 소리가 나지만, 일정거리 이상을 벗어나면 더는 소리가 울리지 않지."

"신비한 옥이옵니다만, 하나 그저 작은 이 옥이 어찌 공주를 구한단 말이옵니까?"

그러자 대왕대비가 용이 새겨진 반달 모양의 옥을 집어 올렸다.

"이 옥들은 태조대왕 시절 고승인 무학대사께서 지니고 계시던 것이네."

"무학대사?"

대왕대비가 고개를 끄덕였다.

"당시 왕자이시던 태종대왕께서 난을 일으켜 두 이복 대군을 살해한 일이 있었지. 이후 태조대왕께서는 이와 같은 골육상잔의 일이 또다시 왕실에서 벌어질까 염려하셨네. 그러자 무학대사께서 이 옥을 두 개로 나누어 태조대왕께 올리며, 훗날 또다시 골육상잔이 벌어져 왕손의 목숨이 위태롭게 될 시에 이 옥이 도움이 될 것이라 하셨다고 하네."

"하나 그것은 단지 전설이 아니옵니까? 어찌 전설로 공주를 구할 수 있단 말이옵니까?"

고심에 빠진 대왕대비가 말을 이었다.

"내가 보기에 옥은 '열쇠'인 듯싶네."

열쇠라면 응당 이에 맞는 자물쇠가 존재할 것이다. 그렇다면 이 옥으로 열 수 있는 자물쇠는 어디에 있는 것일까?

"열쇠요?"

왕대비의 물음에 대왕대비가 손에 쥔 옥에 새겨진 용의 무늬를 바라보며 대답했다.

"'그곳'의 문을 여는 열쇠. 이제 공주의 생과 사는 오로지 하늘에 맡길 수밖에."

❋ ❋ ❋

"그럼 소인은 이만 물러가겠사옵니다."

한 손으로 촛불을 가리더니 훅, 불어 끈 장 상궁이 자리에서 일어섰다. 이불을 덮고 천장을 바라보며 누운 공주는 발가락만 꼼지락거리며 대답을 하지 않았다. 조용히 나가려던 장 상궁은 이불 속에 감춰진 공주의 발가락을 어찌 보았는지 예리한 시선으로 공주의 얼굴을 바라보며 말했다.

"그리 장난을 치시면 없던 복도 날아가옵니다."

"히힛."

아이 같은 천진난만한 미소를 지으며 공주가 고개를 끄덕였다. 그제야 장 상궁은 공주를 두고 밖으로 나갔다. 혼자 남은 공주는 다시 발가락을 꼼지락거리며 빛이 사라진 천장을 응시했다.

쉽사리 잠들 것 같지 않은 기분. 이상하리만치 피곤하지가 않았다. 구름을 타고 하늘 위를 둥둥 날아다니는 듯 공주는 혼자 빙그레 웃었다.

사실 공주는 낮에 있었던 일을 계속 회상하고 있었다. 공주는 오늘 부마 신홍연과 함께 망원정 위에서 설원을 바라보았었다. 그리고 잡았던 손. 마치 여전히 홍연이 공주의 손을 잡고 있는 듯한 느낌. 공주는 괜히 이불 속 손을 움직였다.

'어서 빨리 어른이 되었으면…….'

어서 자야 한다. 그래야 하루가 가고 또 하루가 가고 공주가 기다리던 어른이 되는 날도 찾아올 것이다. 그런데도 시간이 갈수록 두근거림만 지속된다. 결국 공주는 자리를 박차고 일어섰다.

✤ ✤ ✤

같은 시각, 공주와 마찬가지로 홍연도 잠을 이루지 못하고 있었다. 불을 끈 뒤에도 이불 속을 뒤척이기를 여러 번. 홍연은 자신의 처소를 나왔다. 달밤. 마루 위에 선 홍연의 시선에 저 멀리 협문을 사이에 두고 위치한 공주의 처소가 보였다. 공주의 처소 기왓장은 달빛을 받아 반짝이고 있었다. 그러나 방의 불은 꺼져 캄캄하기만 하다.

"잠이 드셨겠지······."

빨리 아침이 찾아와야 공주의 처소에 찾아갈 핑계가 생길 텐데. 길다 못해 끝이 보이지 않는 겨울밤이 야속하다.

끼익, 낮이라면 듣지 못했을 소리가 홍연의 귓가에 들려왔다. 그것은 공주의 처소 문이 열리는 소리였다. 홍연이 눈을 크게 뜨고 그곳을 쳐다보았다. 공주가 겉옷 하나만을 걸친 채 슬그머니 나오는 모습이 보였다.

"공주마마?"

홍연은 믿을 수가 없어 눈만 여러 번 깜빡이다가 재빨리 신을 신고 마루를 벗어났다. 홍연의 걸음은 공주의 처소와 이어지는 협문에 다다랐다. 하지만 협문은 안쪽에서 굳게 잠겨 있었다. 문을 열지 못한 홍연은 대신 까치발을 들어 낮은 담 너머를 쳐다보았다. 멀지 않은 곳에서 공주가 달을 바라보며 두 손을 모은 것이 보였다.

"달님, 달님. 앞으로도 매일매일 대감을 뵐 수 있게 해주세요."

공주의 입에서 다른 누구도 아닌 자신을 찾는 소리가 들리자마자 어린 홍연은 눈치 없이 공주를 불렀다.

"공주마마! 저 여기에 있습니다!"

"어머나!"

까치발을 들고 담에 바짝 붙어 있던 홍연을 발견한 공주가 놀란 눈을 떴다. 그러나 곧 공주는 한 손으로 제 입을 가린 채 까르륵 웃고는 담으로 다가와 홍연과 마주 섰다.

"대감."

"공주마마."

웃으며 자신을 반겨주는 공주를 본 홍연의 얼굴이 붉어졌다.

"안 주무셨어요?"

"잠이 안 와서……."

"실은 저도 그렇습니다."

소년과 소녀는 서로가 잠 못 드는 이유를 잘 알고 있는 듯 서로를 향해 씩 웃어 보였다.

"공주마마?"

장 상궁이었다. 마침 공주의 처소 밖에서 들리는 소곤거리는 말소리에 혹시나 하고 나왔다가 어린 부부의 밀회를 본 것이다.

"아니, 부마 대감까지. 이 늦은 시각에 도대체 이곳에서 무얼 하고 계시옵니까?"

공주는 둘러댈 말을 잃고 잘못한 것인 양 고개를 푹 숙였다. 이를 본 홍연이 자신 때문에 공주가 장 상궁에게 혼난다 여기고는 입을 열었다.

"공주마마께서는 잘못이 없으시네. 내가 공주마마를 보고 싶어서 왔을 뿐일세."

담 너머에선 어린 부마가 제 신부인 공주를 감싸겠다고 하는 변명에 장 상궁이 한숨을 내쉬었다.

"들어오시지요."

장 상궁이 잠가둔 협문을 열며 홍연을 안으로 들였다.

"밤이 늦었습니다. 남이 보면 흉이 되니 짧게 뵙고 가시지요."

"고맙네, 장 상궁."

홍연이 기뻐하자 공주도 장 상궁을 보며 눈웃음을 짓는다. 장 상궁은 또 한 번의 긴 한숨을 내쉬었다.

"부부 사이가 좋아서 흉이 될 것은 없겠지요."

장 상궁이 두 사람만 남겨둔 채 물러갔다. 이제 어린 부부를 가로막는 모든 벽이 사라진 것만 같았다. 하지만 두 사람은 담을 마주하고 섰을 때보다도 어색해했다. 막상 자리를 깔아주자 그 자리에 앉지도 못한 채 서로 눈치만 살피는 꼴이었다.

이 어색함 속에서 홍연은 결심한 듯 사내답게 먼저 말문을 열었다.

"공주마마."

"네?"

"공주마마의 손을 잡아보아도 되는지요?"

홍연의 용기 있는 고백은 공주를 기쁘게 했다. 마찬가지로 홍연도 그리고 공주도 서로의 손을 그리워했음을 알게 되었다. 공주는 웃는 얼굴로 자신의 두 손을 홍연에게 내밀었다. 홍연도 두 손을 내밀어 공주가 내민 손을 맞잡았다.

"손이 매우 차가우십니다."

홍연의 말에 공주가 고개를 가로저었다.

"아직은 좀 더 밖에 있을 만합니다."

차가운 손을 걱정해주는 홍연에게 아직은 더 밖에 있을 수 있다고 말하는 공주. 이대로 홍연과 더 손을 잡은 채 있고 싶다는 의미를 내포한 공주의 말에 홍연의 가슴이 빠르게 뛰기 시작했다.

바로 그때였다.

"공주마마!"

자신을 부르는 소리에 깜짝 놀란 공주가 잡고 있던 홍연의 손을 놓았다. 이번에도 장 상궁이었다. 그러나 장 상궁은 혼자가 아니었다. 장 상궁의 뒤로 사내와 여인이 보였다. 공주는 이들을 알아보았다. 대왕대비전 문 상궁과 대왕대비전 별감이었다.

"자네는 대왕대비전 상궁이 아닌가?"

"그러하옵니다, 공주마마."

문 상궁이 다급히 공주에게 인사를 올렸다. 그녀의 옆에 서 있던 별감도 공주에게 고개를 숙여 인사를 올렸다.

"부마께서도 함께 계셨사옵니까?"

부마를 알아본 문 상궁이 홍연에게도 인사했다. 홍연이 그 인사를 받자 공주가 문 상궁에게 물었다.

"이 늦은 시각에 어찌 자네가 대왕대비전이 아닌 궐 밖에 있는 나를 찾아온 것인가?"

공주의 물음에 문 상궁이 답했다.

"공주마마. 시간이 촉박하여 길게 말씀드리기는 어렵사옵니다. 일단 더 늦기 전에 소인과 이곳을 잠시 떠나셔야 하옵니다."

"떠나다니?"

"말씀드릴 시간이 없사옵니다. 조금만 더 지체되었다가는 공주마마께서 위험해지시옵니다!"

"내가 위험해지다니?"

- 쾅쾅쾅쾅!

"이리 오너라!"

그때, 멀지 않은 곳에서 대문을 두드리는 소리가 들렸다. 대문 주변으로 불길이 확확 번지는 것을 보니 그 수가 상당해 보였다.

"어서 서두르시지요!"

이를 본 문 상궁의 옆에 선 별감이 재촉했다. 그러자 문 상궁이 소중히 지니고 있던 무언가를 공주에게 내밀었다.

반달 모양의 옥. 그곳에는 봉황이 새겨져 있었다. 공주도 이 옥을 알아보았다.

"이 옥은……."

"예. 그러하옵니다. 대왕대비마마께서 내리셨사옵니다!"

훗날 공주에게 위험한 일이 생기면 내려주겠노라 했던 옥이었다. 하지만 구중궁궐 공주에게 위험한 일이 찾아올 리가 없었다. 그러니 공주는 이 옥을 평생 자신이 받을 일은 없을 것이라 여겼었다.

공주가 손을 뻗어 문 상궁에게서 옥을 받아들었다.

- 쾅쾅쾅! 쾅쾅!

"어서 이 문을 열지 못하겠느냐!"

대문 밖의 상황이 좋지 못했다. 자다가 깬 문지기가 뛰어나가는 소리가 들렸다. 더는 지체할 시간이 없었다.

"어서 가시지요!"

별감이 재촉했다. 공주가 홍연을 돌아보며 말했다.

"대감은?"

대왕대비와 왕대비는 혼인날 공주에게 말했다. 이제 공주는 홍연의 부인이자 그의 여인이라고 했다. 앞으로 무슨 일이 일어나든지 가장 먼저 홍연과 상의하고 그의 말을 존중해서 들으라고 했다.

"대감도 함께 가시는 건가?"

공주의 물음에 문 상궁이 당황하자 장 상궁이 나섰다.

"지금은 공주마마께서 먼저 가시고 부마께서는 곧 뒤따르실 것이옵니다."

하지만 공주가 망설이며 움직이기를 주저했다.

– 끼이익!

그사이 대문이 활짝 열리는 소리가 들려왔다.

"공주마마! 서두르셔야 하옵니다!"

문 상궁이 소리쳤다. 이 모든 상황을 지켜보던 홍연이 나섰다.

"공주마마. 우선은 상궁의 말을 듣는 것이 옳을 듯합니다."

"대감……."

"또한 대왕대비마마의 명이 아니겠습니까? 우선 따르시지요."

옥을 손에 쥔 공주가 잠시 고민하다 고개를 끄덕였다.

"뒷문으로 나가시지요. 말이 준비되어 있사옵니다!"

"알았다."

상궁들과 함께 뒷문으로 나간 공주는 말을 탈 줄 아는 문 상궁과 함께 말을 탔다. 별감도 공주를 호위하기 위해 다른 말에 올라탔다. 장 상궁은 말을 탄 공주를 바라보며 눈물을 훔쳤다. 그 옆에

서 있던 홍연은 공주가 겁에 질린 얼굴을 한 것을 보고는 안심시
키려 입을 열었다.

"별일이 아닐 것입니다. 너무 걱정 마시지요."

"네……."

– 히이잉!

"꽉 잡으시옵소서!"

문 상궁이 말의 고삐를 잡아 쥐었다.

"대감!"

공주가 홍연에게 한 손을 내밀었다. 홍연은 저도 모르게 말 옆으
로 다가가 공주가 내민 손을 잡으려고 했다. 그러나 문 상궁이 말
을 몰자 공주의 손이 홍연의 손을 스치며 잡아보지도 못한 채 멀
어졌다.

"공주마마……."

홍연은 공주가 탄 말이 어둠 속으로 사라지는 것을 가만히 지켜
만 볼 수밖에 없었다.

✷ ✷ ✷

한양도성 서쪽 성벽 인근. 한적한 소나무 숲에 이르러 별감이 말
에서 내렸다. 뒤이어 문 상궁과 공주도 뒤따라 말에서 내렸다. 주
변을 살피던 별감이 횃불에 불을 밝히고는 앞장서서 숲으로 들어

갔다.

"공주마마! 이쪽이옵니다."

문 상궁이 공주의 손을 잡은 채 숲으로 이끌었다. 숲을 지나자 이번에는 작은 동산이 나타났다. 동산 위에는 오래도록 방치한 석상들이 나뒹굴고 있었다. 봉분은 없었으나 상당한 규모의 무덤이 있었던 자리로 보였다. 이를 깨달은 공주는 무서웠는지 문 상궁의 손을 꽉 잡으며 물었다.

"이곳은 어디인가?"

한양 성문을 나간 일이 없으니 아직은 한양 안이었다.

"옛 정릉이 있었던 곳이옵니다."

"정릉?"

태조대왕의 계비인 신덕왕후 강씨의 왕릉이 처음에는 한양 안에 위치했었다는 이야기는 들어본 일이 있었다. 하지만 태종대왕은 즉위 후 새어머니였던 신덕왕후의 왕릉을 한양이 아닌 한양 밖으로 이장시켜버렸다.

"다 왔사옵니다."

언덕 아래로 풀숲이 울창했다. 그사이 사내가 고개를 숙여야 겨우 들어갈 수 있는 좁은 동굴의 입구가 보였다. 안은 달빛도 들지 않아 캄캄했다. 공주는 아무것도 보이지 않는 동굴을 들여다보며 두려움에 주저했다.

"소인들은 이 안으로 들어갈 수가 없사옵니다. 이 안은 오직 왕손이신 공주마마만 가능하시옵니다!"

도성 안에 있다던 동굴에 대한 이야기를 공주도 알고 있었다. 왕손을 지켜주는 신비의 동굴이라고 했다. 물론 동굴 이야기를 들을 당시에 어린 공주는 한밤중에 이렇게 음침한 입구로 급하게 오게 되리라고 상상한 적이 없었을 뿐이다.

"서두르시옵소서. 이 동굴의 존재는 주상전하도 아시옵니다!"

순간 공주가 고개를 갸웃거렸다.

"그게 무슨 말인가?"

문 상궁이 실수했다는 듯 당황한 표정을 지었다. 어린 공주는 이를 놓치지 않았다.

"전하께서 아시는 것은 당연한 일이네. 과거 전하께서도 나와 함께 이 동굴의 존재를 들으셨으니. 하나……."

그때 멀리서 사람들의 소리가 가까워졌다.

"저쪽에 불빛이 있다!"

"이쪽입니다!"

그들도 별감이 들고 있던 횃불을 본 것 같았다. 문 상궁의 목소리가 다급해졌다.

"공주마마. 지금부터 소인이 하는 말에 놀라지 마시옵소서!"

"말해보게."

"전하께서 좌부승지께 명을 내려 오늘 밤 공주마마의 목숨을 취해오라 하셨사옵니다."

공주가 믿을 수 없다는 표정을 지었다.

"하여 저들은 지금 공주마마를 해하려 오는 자들이옵니다. 그러니 서두르셔야 하옵니다!"

"아니야. 그럴 리가 없네. 전하 오라버니께서 어찌 내게……."

"소인의 귀로 똑똑히 들었사옵니다!"

문 상궁이 공주의 양팔을 붙잡으며 애원하듯 말했다.

"지금 이 조선에서 공주마마께서 몸을 숨기실 만한 곳이 그 어디에도 있지 않사옵니다. 그래서 대왕대비마마께서도 소인에게 공주마마를 이곳으로 모셔가라 하신 것이옵니다!"

공주가 눈물을 터트렸다.

"믿을 수가 없어. 오라버니가 왜……."

문 상궁에게는 공주의 눈물을 닦아줄 시간조차 없었다.

"서두르시옵소서!"

공주가 울며 자신의 뒤에 있는 동굴의 입구를 돌아보았다.

"동굴 이야기는 단지 전설일 뿐이야. 나는 믿지 않네. 대감에게 돌아가겠네. 더욱이 좌부승지께선 나의 시아버지시네. 좌부승지께서 나를 해하라는 전하의 명을 받아들이셨을 리가 없네."

시간이 없었다.

"공주마마! 소인을 보내신 대왕대비마마의 마음과 왕대비마마의 마음을 기억해 주시옵소서."

할마마마와 어마마마의 이야기에 공주는 결국 입술을 깨문 채 눈물만 뚝뚝 흘렸다. 그때 별감이 소리쳤다.

"좌부승지 영감이시옵니다!"

공주가 돌아본 곳에는 정말 좌부승지가 수십여 명의 병사들을 이끌고 동산 위 석상들의 주변을 수색하고 있었다. 그들은 모두 날카로운 무기들을 소지하고 있었다.

"어서요!"

다급해진 문 상궁이 공주를 동굴 안으로 밀어 넣었다. 얼떨결에 공주가 어두운 동굴 안으로 발을 들여놓았을 때였다.

"저곳이다!"

누군가 별감과 상궁을 발견한 듯 소리쳤다. 그러자 좌부승지를 비롯한 병사들이 우르르 몰려와 순식간에 그들을 에워쌌다. 문 상궁을 알아본 좌부승지 신수근이 앞으로 나섰다.

"대왕대비전 문 상궁이 이곳에 있을 줄이야. 그렇다면 공주마마께서도 이곳에 계시겠군?"

"소인은 영감께서 무, 무슨 말씀을 하시는지 모르겠사옵니다."

문 상궁이 동굴의 입구 쪽을 막아서며 말하자 신수근이 소리 내어 웃었다.

"아니면 달밤에 젊은 별감과 밀회라도 즐기고 계셨던가?"

공주는 어두운 동굴 속에 자신의 모습을 감춘 채 이 모든 것을 지켜보고 있었다. 여전히 공주는 문 상궁이 한 말을 믿을 수가 없었다. 여차하면 밖으로 나가서 신수근에게 자초지종을 들을 생각이었다.

"오해이시옵니다. 소인은 그저……."

문 상궁이 변명을 하던 그때였다. 신수근의 주변에 선 병사들이 갈라지더니 금위군의 깃발이 휘날렸다. 새로 등장한 금위군 병사들 사이로 백마를 탄 사내가 모습을 드러냈다. 바로 진성공주의 이복 오라버니인 조선의 왕 이융이었다.

'오라버니!'

한 달 전 혼인하던 날을 마지막으로 공주는 왕을 만난 적이 없었다. 한 달 만에 마주한 왕은 조금은 수척해 보였으나 여전히 왕이 지녀야 하는 근엄함과 기품을 지닌 모습이었다.

"전하."

왕이 나타나자 신수근이 고개를 숙여 예를 표했다. 왕은 신수근의 인사를 받지 않은 채 주변을 살폈다. 제일 먼저 왕의 눈에 들어온 것은 동굴의 입구를 막으며 서 있는 별감과 문 상궁이었다. 무표정한 시선으로 이들을 가만히 내려다보던 왕의 입이 열렸다.

"전부 죽여라."

왕의 이 말에 동굴 안에 숨어 있던 공주가 소스라치게 놀랐다.

"예. 베어라!"

왕의 명을 받은 신수근이 병사들에게 명을 내렸다. 그러자 병사들이 주저 없이 칼을 빼내 별감과 문 상궁을 차례로 내리쳤다.

"악!"

이 광경을 지켜보던 공주는 자신도 모르게 터져 나오려는 비명을 감추려 입을 틀어막았다. 그들이 죽은 것을 확인한 왕이 말 위에서 내려왔다. 왕은 동굴의 입구 쪽으로 향하려 했다. 신수근이 왕의 길을 막아섰다.

"전하! 동굴 안에 매복이 있을 수 있사옵니다. 하오니 일단 수색부터 한 후에……."

왕이 손을 들어 신수근의 말을 막았다.

"이곳은 과인이 직접 들어갈 것이다."

이제 동굴 안에 있는 공주에게는 두 가지 선택만이 남아 있었다. 방금 전 눈앞에서 대왕대비전 별감과 문 상궁이 죽어가는 것을 본 것을 부정하고 왕의 앞에 나타나 도움을 구하는 것.

그리고 다른 하나는…….

공주가 한 치 앞도 보이지 않는 동굴의 안쪽을 돌아보았다. 그 순간 왕이 동굴의 입구에서 소리쳤다.

"수련아. 이 안에 있느냐?"

왕은 평소와 다름없이 자상한 목소리로 공주의 이름을 부르고 있었다.

"수련아."

왕이 세자이던 시절. 오라버니와 그 누이로 처음 만났던 남매는 그 누구보다도 사이가 좋은 오누이였다. 후에 왕이 자신이 왕대비의 소생이 아닌 폐비 윤씨의 소생이라는 사실을 알게 된 뒤에도,

그는 여전히 그녀에게 좋은 오라버니였다.

그런 그가 어느 날 갑자기 변했다. 공주는 혼란스러웠다. 왕을 만나 '오라버니'라 부르며 그가 변한 이유를 묻고 싶었다. 하지만 지금의 왕이 그녀의 물음에 진실된 답을 줄 수 있을지 또한 의문이었다.

공주는 마음속으로 자신의 어머니인 왕대비를 불렀다. 지금 공주는 왕의 앞에 나타나야 할지 아니면 숨어야 할지 알 수 없었다. 자신 스스로 결정을 내려야 했다.

"수련아. 오라버니가 왔다."

만약 별감과 상궁의 죽음을 목격하지 않았더라면 공주는 왕의 앞에 나섰을 것이다. 그러나 지금은 왕의 앞에 나타날 자신이 없었다. 공주는 동굴 안으로 들어오려는 왕을 보자마자 눈물을 흘리며 돌아섰다.

아주 잠깐이었지만 공주의 어린 시절이 주마등처럼 스쳐 지나갔다. 세자였던 왕과 함께하던 어린 시절. 선왕이 승하하고 오라버니인 왕이 즉위하던 날. 그리고 경복궁 담벼락 너머로 숨어서 보았던 정혼자 신홍연. 홍연과의 혼례. 이후 나고 자란 궁궐을 떠나 좌부승지의 사가로 들어가기까지.

오늘 망원정 위에서 그 누구보다도 행복했던 순간. 홍연과 맞잡았던 손. 마치 이 모든 일이 어두운 동굴 안으로 공주와 함께 빨려 들어가며 점점 사라지고 있었다.

그만큼 동굴 속은 또 다른 세계였다. 어둠의 세계.

마치 장님이 된 듯한 공주는 손에는 대왕대비가 준 옥을 꽉 움켜잡은 채 다른 한 손으로는 앞을 더듬으며 걸었다. 그때 공주의 눈앞에 아주 작은 점 같은 빛이 보였다. 공주는 그것이 동굴을 나가는 출구라고 믿고는 빛을 향해 걸었다.

.

.

.

대한민국 서울.

– 응애!

"공주님이에요!"

간호사의 말에 그제야 산모는 모든 힘이 빠진 듯 몸을 축 늘어뜨리며 안도의 한숨을 내쉬었다. 그사이 의사에게서 아이를 받아든 오 간호사가 산모에게 아이를 안겨주려다 당황한 듯 눈을 크게 떴다.

"응?"

갓 태어난 아기의 손에 자신의 손보다도 큰 반달 모양의 옥이 쥐어져 있었던 것이다.

"저…… 선생님?"

오 간호사는 아이를 제일 먼저 받았던 의사를 찾았다. 그러나 다른 산모의 긴급한 호출을 받은 의사는 간호사들에게 뒷정리를 맡긴 후 급히 자리를 떠난 뒤였다. 오 간호사가 옥을 뚫어져라 바라보며 고민하는 사이 또 다른 수간호사가 다가왔다.

"뭐 하고 있어?"

그녀는 익숙한 손길로 아기를 이불에 둘둘 말았다. 순식간에 아기는 얼굴을 제외한 모든 부분이 이불 안으로 감춰지며 손에 쥔 옥도 사라졌다.

"아, 아니 그게······."

당황한 오 간호사가 어쩔 줄 모르는 사이, 아기는 수간호사의 품을 거쳐 산모의 품에 안겨졌다. 오 간호사는 산모의 품에 안긴 아기를 멍하니 바라보았다.

"어머, 얘 좀 보래? 신입이 넋 놓고 있네?"

수간호사가 눈짓으로 오 간호사를 혼내며 사라졌다. 오 간호사는 아기의 얼굴에서 눈을 떼지 못한 채 중얼거리듯 말했다.

"내가 잘못 봤나······."

1398년 (조선 태조7)

[적장자 계승이 불가하거나 적장자의 계승에 흠이 되는 까닭이 있을 시 적장녀가 보위를 계승할 수 있다.]

왕이 내린 교지를 살펴보던 정도전이 고개를 들어 왕을 바라보았다. 그러자 왕이 답했다.

"조선경국전 '보위' 편에 덧붙일 내용이네."

정도전이 걱정스러운 듯 입을 열었다.

"하나 전하. 이는 다른 왕자님들의 불만을 야기할 것이옵니다. 무엇보다 이 교지대로라면 세자 저하와 대군마마께 변고가 생길 시 다른 왕자님들도 아닌 경순공주께서 보위를 물려받으시게 되옵니다. 그렇게 된다면 '여왕 즉위', 즉 여인이 왕이 되는 것이옵니다."

왕이 정도전에게 대답했다.

"세자와 대군에게 변고가 생기더라도 방원이는 절대 왕이 되어서는 안 되기 때문이네."

왕은 정확히 정안군 이방원을 향해 날을 드러냈다.

"공주에게 보위를 물려주겠다는 뜻이 아니네. 방원이는 태생부터 권력욕으로 가득 찬 무뢰한일 뿐이야. 과인은 그 아이의 아비이기 전에 왕으로서 경고하는 것이네. 설사 공주를 왕으로 세울지언정 절대로 방원이에게는 보위를 물려주지 않겠다고."

.

.

.

대왕대비가 들려주는 이야기를 경청하던 어린 홍연이 물었다.

"공주마마께서 그리 도망치듯 떠나서야 했던 이유가 그 때문이었습니까?"

대왕대비가 눈을 무겁게 감았다 떴다.

"선왕의 자녀는 폐비 윤씨가 낳은 주상 외에 지금의 왕대비 소생의 진성공주, 그리고 후궁 심씨가 낳은 영산군뿐이다. 주상에게 '흠'이 없다면 〈조선경국전〉의 내용은 물론이고 선왕이 집필한 〈경국대전〉에도 적힌 '적장녀 승계'는 문젯거리가 될 소지가 없지. 하나……."

대왕대비의 입에서 한숨이 흘러나왔다.

"지난해 사화로 화를 입은 대간(사림)들 사이에서 주상이 '폐비'의 소생이라는 사실이 〈조선경국전〉에 따라 '흠'이 될 수도 있다고 말하는 이들이 있다고 들었다. 그러니 주상이 공주를 없애 화근을 없애려 한 것이겠지."

대왕대비는 오직 자신만이 알고 있는 진실을 어린 홍연에게 밝힐 순 없었다. 공주의 실종에 대해 홍연에게 말해줄 수 있는 것은 단지 이것뿐이었다.

"이해할 수가 없사옵니다."

홍연의 목소리에 울먹거림이 섞여들었다. 정작 어린 홍연에게 진실보다 중요한 것은 따로 있었다.

"공주마마께서는 어디로 가셨습니까? 언제쯤이면 돌아오실 수 있는 것입니까?"

대왕대비는 홍연을 안타깝게 쳐다보더니 지니고 있던 반달 모양의 옥패를 꺼냈다. 용이 새겨진 옥패는 한때 왕의 것이었다. 이 옥의 반쪽인 옥에는 봉황이 새겨져 있었는데 그것은 사라진 공주가 지니고 있었다.

"이 옥이 소리를 내는 날. 공주는 돌아올 것이다."

어린 홍연도 받아들이기 어려운 말을 하며 대왕대비는 옥을 홍연의 손에 쥐어 주었다. 홍연은 대왕대비가 준 옥을 두 손으로 감싸 쥐었다. 순간 공주의 웃는 모습이 떠오르며 홍연의 마음을 아프게 했다.

그리고 많은 시간이 흘렀다.

한여름, 대한민국 서울의 나리여자고등학교.

2교시가 끝나고 쉬는 시간. 반 친구 선영이가 내 책상 앞자리 의자에 앉아 나를 돌아보며 묻는다.

"야, 이유나. 너 아직 동아리 가입한 거 없지?"

난 펜을 굴리며 고개를 가로저었다.

"응. 왜?"

1학기 초에 전학 왔으니 공식적인 동아리 가입 시기는 놓친 상황. 그렇다고 딱히 동아리에 들어가고 싶은 마음도 없어서 가입하지 않았을 뿐이다.

"사실은 말이야 결원이 생긴 동아리가 하나 있는데 너한테 추천해주려고."

배시시 웃으며 말하는 모습이 추천이라기보다는 '긴급결원급구'에 가까워 보이는데?

"그래서?"

딱히 흥미를 보인 것은 아닌데 선영이는 급 흥분해서 말한다.

"20년 전통의 아주아주 역사적인 동아리야! 혹시 가입할 생각 있어? 안 그래도 오늘 수업 끝나면 동아리 모임이 있거든. 바로 와주면 좋고. 바로 가입 가능. 어때? 어때?"

그때 건너편 책상에 앉은 반장 화진이가 끼어들었다.

"거기 가지 마, 유나야. 지금 결원 때문에 문 닫기 직전의 동아리거든."

그러자 선영이가 화진이를 흘겨보며 말했다.

"야, 이화진. 너 도와주지 않을 거면 좀 빠질래?"

"예예, 그리합죠."

화진이가 친구들이 있는 곳으로 시선을 돌리자 선영이는 다시 나를 보며 활짝 웃는다.

"그게 말이지……. 실은 딱 한 명이 부족해서 문을 닫아야 하거든. 그래서 말인데, 네가 도와주면 안 될까? 가입하고 나서 동아리 활동은 전혀 안 해도 되거든."

"무슨 동아리인데?"

"음…… 이 세상에서 일어나는 신비한 현상들을 연구하는 유서 깊은 동아리랄까?"

이쯤 되면 동아리 이름이 궁금해진다.

"동아리 이름이 뭔데?"

"심령연구회."

"에?"

난 가입해도 굳이 활동할 필요가 없다는 선영이의 말에 일단 가입까지는 해주기로 했다.

활동은 가입한 다음에 보고 나서 결정해도 상관없을 것 같아서였다.

점심시간.

선영이는 점심을 먹자마자 나를 심령연구회를 담당하는 선생님에게 데려갔다.

음악을 가르치는 젊은 여자 선생님이었다.

내가 동아리 가입서를 열심히 작성하고 있는 동안, 선생님은 선영이에게 볼멘소리를 냈다.

"안 그래도 이번 학기에 선생님이 이것저것 맡아서 바쁘거든. 그러니 이번 기회에 동아리가 문 좀 닫으면 얼마나 좋아. 번거로운 일도 줄어들고."

"아이~ 쌤! 그래도 우리 동아리 담당쌤이면서 그렇게 말씀하시면 안 되죠."

"어머, 얘 좀 보래. 뭐가 안 되는데? 다른 선생님들이 다 안 맡으려고 해서서 내가 맡은 건데. 물론 나도 이 학교에 온 지 얼마 안 되어서 모르고 맡았지만. 그리고 너희 동아리 과거 선배들이 괜히 이상한 데만 들쑤시고 다녀서 학교에서도 문제가 많이 되었다던데."

"그건 옛날이죠! 요즘은 안 그래요!"

"안 그러기는? 나래 말이야. 얼마 전에 곤지암에 있는 폐쇄된 정신병원인가? 거기 혼자 다녀왔다며? 걔는 전교 1등이라는 애가 도대체 왜 그러니?"

선영이는 괜히 내 눈치를 살살 보며 어색한 웃음을 흘린다.

"선생님. 걘 좀 특이한 케이스예요. 그러니 동아리 회장을 맡고 있겠죠. 다른 부원들은 절대! 안 해요. 저 좀 보세요. 공부 빼고 다 잘하는 저도 그런 데는 안 가잖아요."

"공부 빼고 다 잘하는 게 자랑이다. 자랑."

마침 동아리 가입신청서를 다 작성한 내가 그것을 선생님에게 건넸다. 선생님은 가입신청서를 대충 훑어보더니 내게 말했다.

"이유나라고? 이왕 하는 거 올해까지는 잘 버텨봐. 중간에 사라지지나 말고."

"폐쇄된 정신병원?"

교무실을 나오자마자 난 선영이에게 동아리 회장이라는 '나래'에 대해서 물었다.

"아아, 우리 동아리에서는 나래만 그래. 그리고 걔는 회장이니까 사전 답사도 필요하고."

"그럼 정신병원 같은 데도 가는 거야?"

걱정스러워하는 나를 보며 선영이가 고개를 세차게 가로저었다.

"아니야! 절대! 그런 데는 나도 가본 적이 없어. 나래만 갔다고."

"전교 1등이라며, 걔는 왜 그런 데를 가는데?"

"걔는 좀 덕후 기질이 있어서……. 여하튼 우리 동아리는 아주아주 밝은 동아리라고! 하하하!"

선영이의 어색한 웃음의 정체는 수업이 모두 끝난 후 드러났다.

수업이 끝나자마자 난 선영이와 함께 심령연구회 동아리방으로 향했다. 그곳은 동아리방이 몰려 있는 건물에서도 가장 외지고 구석진 곳에 있었다. 음침한 거미줄이 동아리방 주변에 잔뜩 쳐져 있었다.

"어서 들어와."

선영이를 따라 들어간 동아리방 안에는 12명이 앉을 수 있을 만큼 큰 실험실 탁자가 하나 놓여 있었다.

이미 두 명의 여자애가 앉아 있었다.

한 명은 초등학교 6학년으로 보일 정도로 작고 왜소한 체격이었고 다른 한 명은 계속 손거울을 들여다보며 화장을 고치고 있었다.

그 아이들은 선영이를 뒤따라 들어오는 내게 딱 한 번의 시선을 보냈을 뿐, 그 뒤로는 전혀 관심이 없다는 듯 제 할 일들을 했다.

"안녕."

선영이가 먼저 그 아이들에게 인사를 건넸지만 돌아오는 답은 없었다.

이런 풍경이 익숙한지 선영이는 바로 자리에 앉았다.

그때 키가 작은 소녀가 뒤늦은 물음을 선영에게 던졌다.

"걔 누구?"

"단톡방 못 봤어? 신입부원. 올해 초에 전학 와서 아직 동아리 가입을 안 했거든."

선영이의 설명이 끝나자마자 그 여자애가 한 손을 들어 내게 인사를 건넸다.

그것뿐이었다. 통성명도 하지 않았다.

결국 선영이가 그 여자애에 대한 소개를 대신 해 주었다.

"1학년 4반 박수지야."

그러자 손거울을 들여다보던 여자애가 눈을 들어 내게 짤막한 인사를 건넸다.

"난 나연이야. 나래랑 같은 반."

난 선영이를 돌아보며 물었다.

"나래라면 그 전교 1등?"

"맞아."

바로 그때 닫혀 있던 동아리방의 문이 열리더니 한 여자애가 나타났다.

가냘파 보일 정도로 마르고 키가 큰 여자애였다.

그 애는 둥근 안경테를 쓰고 있었는데, 선영이 옆에 앉아 있는 나를 보자 환한 미소를 지었다.

난 직감적으로 그 애가 나래라는 걸 알 수 있었다.

"네가 선영이가 말한 신입부원이구나."

그 애가 먼저 내게 다가와 인사를 걸었다.

"맞아. 넌 나래지?"

"응. 황나래. 일단 편하게 앉아 있어. 편하게."

간단한 인사가 끝난 후 나래는 낡은 칠판 앞에 섰다.

그리고 자신이 가져온 가방 안에서 무언가를 주섬주섬 꺼내기 시작했다.

그것은 사진들이었다. 인쇄한 지도도 있었다.

나래는 그중 사진들을 칠판에 하나씩 붙이기 시작했다.

그 후에 마지막으로 그 애는 칠판 끝에 적힌 [부원수 4명]이라는 숫자를 [5명]으로 고치며 중얼거렸다.

"이제 다섯 명이고…… 좋았어!"

다시 부원들을 돌아본 그 애가 정확히 나를 바라보며 말했다.

"유나라고?"

나는 고개를 끄덕였다.

"맞아. 이유나."

"우리 동아리에 들어온 걸 환영한다, 이유나."

그 뒤에 나래는 박수를 쳤지만, 그 박수를 따라 친 사람은 선영이뿐이었다.

이렇게 어색한 인사가 끝난 후 나래는 본격적인 설명에 들어갔다.

"개학한 지 일주일밖에 안 됐고 중간고사까지는 시간이 좀 남았으니까. 이번 학기 답사는 이번 주 토요일로 하자."

그녀는 자신이 붙인 사진들을 일일이 손으로 가리키며 설명을 이어나갔다.

"창고처럼 보이지? 그런데 여긴 사실 동굴이었어. 정확히는 방공호."

"방공호? 한국전쟁 때 거야?"

나연이 묻자, 나래가 고개를 저었다.

"아니. 일제강점기 때."

"어디에 있는데?"

"서울이지."

"서울에 일본군이 판 방공호가 있다고?"

나연이 의외라는 듯 반문하자 나래는 자신 있게 말했다.

"응. 있어. 그것도 서울 한복판에."

"한복판이면…… 우리 학교에서도 안 멀겠네. 그건 좋네."

여기까지 말한 나연이 다시 거울을 들여다보기 시작하자 나래가 나를 돌아보며 물었다.

"너도 갈 거지?"

"귀신 나오고 뭐 그런 데는 아니지?"

"글쎄……."

나래는 내 말에 묘한 웃음을 지었다.

해가 진 토요일 오후.

우리는 약속 장소인 미화여고 앞에 모였다.

"선영이는?"

수지와 나연은 왔지만 선영이 보이지 않았다.

그러자 나연이 손을 들며 나래에게 대답했다.

"갑자기 가족끼리 저녁에 외식한대."

거짓말이다.

단톡방에 남길 수 있는 말을 나연에게만 말하다니.

그러고 보니 내가 무의식에 선영이가 안 간다면 갈 생각이 없다고 말했던 게 기억났다.

선영이는 아마도 내가 빠질까 봐 같이 간다고 하고서 뒤로 도망친 것 같았다.

"정말 이 학교 안에 동굴이 있다고?"

미심쩍은 얼굴로 묻는 내게 나래가 단호하게 말했다.

"이미 사전 답사도 마쳤어. 지금은 자재 창고로 쓰이는데 뭐랄까? 이 학교 애들도 이 동굴의 존재를 잘 몰라. 그냥 창고인 줄 알더라고. 언제였지? 음⋯⋯. 제2차 세계대전 때 히로시마와 나가사키에 원자폭탄이 떨어진 다음에 경성에도 원자폭탄이 떨어질 거라는 소문이 돌았어. 그때 일제가 자신들에게 협력하는 학교들에만 방공호를 파줬거든. 학생들을 피신시키려고. 그런데 이 미화여고 안에 있는 방공호는 기존의 동굴을 이용해서 판 거지."

"왜 난 이런 동굴 이야기를 그 어디에서도 들어보지 못한 거지?"

이제부터가 포인트다.

"미화여고 도서관으로 올라가는 길이 옛 한성의 서쪽 성벽이었어. 조선 초기에는 태조의 계비인 신덕왕후의 무덤이 있었지. 그래서 한양의 백성들도 얼씬도 하지 않는 구역이었다고 해. 그래서 동굴이 아주 오랫동안 보존될 수 있었고 나중에는 일제가 방공호로 만들었고. 알고 보니 이 학교 학생들도 동굴의 존재를 거의 몰라."

나래가 스마트폰의 손전등 기능을 작동시키고는 입에 물었다.

"이쪽 담벼락을 넘어서 들어가야 해."

"정문은 안 돼?"

"최근에 여기 기숙사 생긴 다음부터는…… 으챠! 오후에는 이 학교 학생들도 출입을 못 하게 막을 정도로 까다롭더라고. 그래서 여기가 길이야."

나래가 가뿐히 낮은 담벼락 위로 올라갔고, 난 나연이를 돌아보며 말했다.

"쟤는 원래부터 이런 데를 잘 아니?"

"전교 1등이 괜히 전교 1등이겠냐? 아마 쟤는 조선시대에 태어났으면 왕 아니면 역모를 했을걸."

나래의 뒤를 이어 나연이 올라가고 그다음으로 내가 올라갔다.

그 뒤에 키가 작은 수지를 끌어올리려고 손을 뻗었다.

하지만 수지가 내 손을 세게 잡아당기면서 난 그대로 담벼락 밖으로 떨어질 뻔했다.

"조심해!"

나래가 달려와 나를 붙잡아주어서 간신히 넘어가는 건 면했다.

– 툭

내 목에서 떨어진 무언가를 발견한 나래가 손전등을 비추며 그것을 집어 올렸다.

그것은 붉은 실에 매달린 작은 반달 모양의 옥이었다.

"이거 네 거니?"

"아, 빠졌나보네. 맞아."

난 나래에게 받아들며 다시 목에 걸었다.

그것을 본 나래가 물었다.

"비싸 보이는데?"

"정확히 얼마인지는 몰라. 오늘 밖에 나간다니까 엄마가 꼭 빼먹지 말고 착용하래서."

"너네 엄마가 사주신 거야?"

"아마 할머닌가? 잘 몰라. 아주 어릴 때부터 하고 있었거든. 돌 사진에도 있었는데…… 어쨌든 옥이 사람을 보호해주는 의미가 있다고 해서 학교 갈 때가 아니면 꼭 하고 나가라고 하시거든."

"특이하네."

나래가 옥에 관심을 보였다.

난 웃으며 말했다.

"안 그래도 돈 없으면 금은방이라도 들고 가서 팔아보려고."

"그런 건 인사동 가서 팔아야 하는 거 아니냐?"

나연이 내 말을 받아쳤을 때였다.

아직 담벼락 밖에 있는 수지가 툭툭거리며 말한다.

"야, 나 아직 여기 있거든?"

우리 세 사람은 서로를 보며 킥킥 웃고는 합심해서 수지를 끌어올렸다.

모두 올라온 것을 확인한 나래가 담벼락 안쪽. 넓은 운동장 건너편의 어두컴컴한 곳을 응시하며 말했다.

"저쪽이야. 가자."

나래가 말한 동굴의 입구는 생각보다 컸다.

또 최근에 입구 주변을 개조한 듯 동굴의 외벽은 동굴처럼 보이지 않을 정도로 잘 단장되어 있었다.

아마도 입구 쪽이 무너질까 봐 일부러 벽돌을 쌓아서 보수한 것 같았다.

문제는 펜스였다. 아무래도 동굴이 학교 안에 위치하다보니, 혹시라도 모를 사고를 대비해 펜스를 쳐 놓은 것이다.

또 펜스 너머로는 각종 청소도구들이 가득 차 있었다.

나래는 그 청소도구들의 너머를 손전등 불빛으로 가리키며 말했다.

"저기로 들어가야 해."

"잠겼는데 어떻게 들어가려고?"

나연의 질문에 나래는 아무것도 아니라는 듯 자물쇠가 잠긴 반대쪽을 양손으로 잡는다.

"나연아. 반대쪽은 네가 잡아봐."

나연은 나래가 시키는 대로 반대쪽을 잡아 합심해서 당겼다.

그러자 펜스가 늘어나며 사람 하나가 들어갈 정도의 공간이 생겼다.

"우리가 잡고 있을 테니까 수지랑 유나가 먼저 들어가 봐."

나래의 지시에 수지는 좁은 펜스를 비집고 안으로 들어가려고 시도했다.

그사이 나연은 펜스가 늘어나도록 힘주어 잡고 있는 것이 힘든지 짜증을 부렸다.

"야, 키도 작은데 빨랑빨랑 들어가라."

수지가 성공하고 다음은 내 차례였다.

"유나야, 서둘러."

"응."

무언가 점점 일이 커져가는 느낌이다.

그래도 여기까지 왔는데 물러설 수도 없는 상황.

나는 각오한 듯 펜스 안으로 머리부터 집어넣었고 앞서 들어간 수지가 내 손을 잡아당기며 도왔다.

그리고 발 하나를 펜스 안에 들여놓고 이어 다음 발을 펜스 안으로 집에 넣었을 때였다.

"야, 조심해!"

나연이 무언가를 보았는지 내게 소리쳤다.

그 순간 내 한쪽 발이 동굴 입구에 쌓아놓은 청소도구들을 밟고 말았다. 청소도구들이 우르르 엎어지며 동굴 안은 물론이고 동굴 밖 운동장을 시끄럽게 울렸다.

그러자 멀리 경비실 쪽에서 손전등 불빛이 아른거렸다.

"거기! 거기 누구야!"

운동장을 울리는 경비 아저씨의 목소리에 나래와 나연이가 펜스를 잡았던 손을 놓았다.

그리고는 이미 펜스 너머로 들어간 우리를 향해 말했다.

"그 안에 숨어 있어! 금방 돌아올게!"

"야, 손전등부터 꺼."

수지의 말에 나래는 스마트폰의 손전등 기능을 꺼버리고는 나연과 함께 어디론가 뛰어가 버렸다.

이제 나는 펜스 안에 갇혀 수지의 얼굴을 쳐다보았다.

"어떡하지?"

걱정스러운 내 물음에 수지는 아무렇지도 않은 듯 말했다.

"일단 안으로 숨자."

"안으로?"

난 작은 빛 하나 스며들어가지 않는 캄캄한 동굴 깊숙한 곳을 응시하며 물었다.

"그럼? 여기 있다가 잡힐래? 그럼 부모님께 연락할걸."

부모님께 연락한다니 갑자기 겁이 난다.

모범생은 아니더라도 나름 얌전하게 성격 죽이고 살아왔다고 생각했는데.

"같이 갈 거지?"

"알았으니까, 어서 들어가. 어서."

수지가 재촉했다. 난 내 뒤에 따라오겠다는 그녀의 말만 믿고 조심스럽게 어두컴컴한 동굴 안으로 발을 내디뎠다.

※ ※ ※

1504년(연산군 10) 겨울.

밤새 내리던 눈이 아침에 이르러 잠깐 그쳤다.

윤임의 아침은 집 안에 있는 사당에 들러 돌아가신 어머니께 인사를 올리는 것으로 시작했다.

올해 열여덟.

대대로 무인 집안에서 나고 자란 윤임은 큰 키에 장대한 기골을 가지고 있었다. 하지만 얼굴은 마치 문인 집안에서 곱게 자란 선비 같은 차분한 미남형이었다. 그는 무예, 특히 검술에서 뛰어난 실력이 있어 오랫동안 무과를 준비해왔다.

그런데 올해 초 조정에서 사화가 있었다. 이 일로 아버지 윤여필이 귀양을 가게 되면서 그의 무과응시도 미래가 불투명했다. 그러나 그는 좌절하지 않았다. 집안의 가장으로서의 역할을 다 하고 있었다.

"눈 구경이라니?"

사당을 나서는 윤임을 기다리던 것은 열여섯 어린 누이 여진이었다.

"뭐야, 오라버니. 그 말투는?"

"아니, 너는 어찌 그리 놀 생각뿐인 게냐?"

"구경이라고. 놀러 가자는 게 아니란 말이야!"

"안 된다."

단호히 자르는 윤임의 태도에 여진의 입술이 튀어나왔다. 그녀는 재빨리 사당 안으로 뛰어 들어가 향초를 하나 집어 들었다.

"어머니, 방금 들으셨죠? 오라버니가 하나 남은 이 누이를 저리 핍박하는 것을요. 흑, 그러기에 어찌 저를 두고 일찍 가셨어요? 흑, 이리 귀한 막내딸이 오라버니에게 설움 받고 사는데……. 저세상에서도 다 보고 계시죠? 흑."

결국 이번에도 윤임의 패배.

"알았다. 함께 가줄 터이니 어서 가서 나갈 채비하거라."

"이싸! 어머니 감사요!"

여진은 바로 사당을 나와 자신의 처소로 뛰어가 버렸다. 여진을 바라보며 윤임이 한숨을 내쉬었을 때였다.

윤임의 곁으로 유모 탁씨가 다가왔다.

"도련님. 그리 아가씨의 투정을 일일이 다 받아주시다가는 버릇만 나빠지십니다."

윤임이 쓸쓸하게 웃으며 말했다.

"너무 걱정 말게. 저리 철없이 구는 것도 내게만 그런 것이니."

사실 윤임에게도 유모에게도 여진은 아픈 손가락이었다.

윤임의 어머니는 여진이 네 살 무렵 세상을 떠났다. 여진은 그때문에 어머니의 얼굴도 기억하지 못했다. 어쩌면 여진이 철없이 자란 것도 너무 오냐오냐 키운 탓일지도 모른다.

"나으리께서 귀양만 가지 않으셨더라도 올 초에는 분명 아가씨의 혼처를 정하셨을 것입니다. 아니, 벌써 혼례를 올리셨겠지요. 더는 마냥 도련님께 어리광을 부리며 지내실 나이가 아니란 말입니다."

유모의 말에 윤임은 넉살좋은 웃음만 지었다.

여진과 함께 집을 나선 윤임은 도성의 서쪽 성벽으로 향했다.

"여기야, 오라버니!"

분명 처음 오는 곳일 텐데도 여진은 익숙한 걸음으로 신이 났다.

눈 때문인지는 몰라도 성벽 위에는 보초를 서는 병사들이 보이지 않았다. 여진은 병사들이 없는 것을 알고는 성벽 위에까지 올라갔다.

"병사들이 오면 어쩌려고 그러느냐? 의금부로 끌려가고 싶으냐?"

윤임의 경고에도 여진은 희희낙락거리기만 했다. 윤임은 여진을 따라 성벽 위에까지 올라갔다. 여진은 성벽 위에서 이리저리 뛰어다니며 눈을 모아 성벽 아래로 던지기도 했다.

윤임은 여진을 보며 연거푸 한숨만 내쉬었다. 혼자서도 재미있게 놀던 여진이 윤임에게 쪼르르 돌아와 말했다.

"오라버니. 내가 비밀 하나 알려줄까?"

"비밀?"

"실은 말이지. 여긴 병사들이 잘 안 오는 곳이야."

"무슨 말이냐?"

"큰언니가 알려줬어."

여진이 말하는 큰언니는 해진이었다.

원래 윤임 남매는 삼 남매였다. 삼 남매 중 첫째인 해진은 오래전 월산대군의 서장자인 덕풍군과 혼인했다. 월산대군은 정실부인과의 사이에 아이가 없었다. 그래서 월산대군이 죽자 첩의 아들이었던 덕풍군이 그의 저택과 전 재산을 물려받았다. 성종의 형이었던 월산대군은 살아생전 엄청난 권세와 부귀를 누렸다.

이 때문에 월산대군의 전 재산을 물려받은 덕풍군은 한양에서도 손꼽히는 어마어마한 부자였다.

"큰누이가 알려줬다고?"

"응. 이곳에 금표비가 있어서 민가도 없는 데다가 병사들도 잘 안 다닌대. 보다시피 여기까지 오는데 사람 하나 못 봤지?"

"큰누이가 말했다면 사실이겠지. 하나 이곳에 금표비가 있다는 말은 금시초문이로구나."

"저거 아냐?"

여진이 성벽 위에서 어딘가를 가리켰다. 윤임이 그곳을 쳐다보았다. 그곳에는 지난밤 내린 눈에 반쯤 파묻힌 비석의 머리가 보였다.

성벽 위에서는 비석에 새긴 글씨가 잘 보이지 않았다. 윤임은 저 비석이 여진이 말한 금표비라고 확신했다.

"한데 어찌 이런 곳에 금표비가 있을까?"

"큰언니 말로는 세워진 지 얼마 안 되었다던데?"

신이 나서 떠들어대는 여진을 보며 윤임이 물었다.

"너, 금표비가 무엇인지는 알고 말하느냐?"

여진이 자신만만하게 대답했다.

"당연히 알지! 금표비 안으로는 그 누구도 들어가면 안 되는 거잖아. 함부로 들어갔다가는 무조건 처형…… 어? 사람이다!"

여진의 말에 윤임이 금표비가 있는 곳으로 눈을 돌렸다. 정말로 한 사내가 금표비가 있는 방향으로 재빠르게 걸어가고 있었다.

갓을 쓴 젊은 선비였다.

푸른빛 도포를 입은 선비는 금표비 앞에 다다르자 걸음을 멈추고 주변을 살폈다. 그는 성벽 위에 있는 윤임과 여진의 존재는 전혀 알아차리지 못한 것 같았다.

"에이, 설마. 아니겠지?"

선비를 주시하던 여진이 혀를 찼다. 금표비를 넘어가면 이유를

62

불문하고 처형인 걸 온 나라 백성이 다 아는데…….

그때였다. 주변에 아무도 없다는 것을 확인한 선비가 금표비를 넘어간 것이다.

"세상에나!"

여진이 놀란 입을 다물지 못한 채 윤임을 돌아보았다.

"관아에 신고해야 하는 거 아닐까? 지금 당장 관아에 신고해야 하는 거 아니냐구!"

여진의 재촉에도 윤임은 난감할 뿐이었다. 금표비의 존재를 알든 모르든 일단 넘어간 자는 무조건 죽는다. 이는 신분과도 상관이 없었다. 만약 윤임이 저 선비를 관아에 고발한다면 그는 오늘을 넘기지 못하고 처형될 것이다.

"자네! 자, 잠시만 기다리게! 헥헥, 잠시만!"

그때 또 다른 선비가 금표비 안으로 넘어간 사내를 부르며 뛰어왔다.

"쉿."

이를 본 윤임이 여진에게 목소리를 낮추라는 손짓을 보냈다.

여진이 무거운 침을 삼키며 입을 굳게 다물었다. 이윽고 금표비 앞에 도착한 또 다른 선비가 이미 금표비를 넘어간 선비를 보며 탄식했다.

"이런…… 벌써 넘어가버리다니!"

금표비를 넘어간 선비가 걸음을 멈추고 그를 돌아보며 말했다.

"돌아가시지요. 이 길은 저 혼자 가야 하는 길입니다."

그 순간 성벽 위에 있던 여진이 선비의 얼굴을 보며 깜짝 놀랐다.

"오라버니, 나 알아."

"안다니?"

"금표비를 넘어간 저 사내."

"그를 안다고?"

"응."

여진이 심각한 표정으로 고개를 끄덕였다.

"네가 저자를 어찌 아느냐?"

"형부의 사저에서 봤으니까."

여진이 말하는 형부는 큰누이 해진과 혼인한 덕풍군이다.

"매형의 사가에서 보았다니, 허면 도대체 저자가 누구냐?"

덕풍군의 사가를 드나들 정도의 사내라면 결코 낮은 신분은 아닐 터였다.

여진이 대답했다.

"저 사내. 부마도위야. 부마 신홍연 대감."

아침, 눈이 그쳤다.

눈이 그친 것을 본 홍연은 나 홀로 사저를 나섰다. 그가 향한 곳은 한양 도성 인근 서쪽 성벽. 이 주변에는 금표비가 있어서 평소에도 사람들의 왕래가 거의 없는 곳이었다. 홍연은 금표비 앞에 이르자 잠시 그 자리에 멈춰 서서 주변을 살폈다.

금표내범입자 논기훼제서율처참

禁標內犯入者 論棄毀制書律處斬

(이 비석 안으로 들어가는 자는 왕명으로 처단한다.)

그는 부마의 신분이었다. 그런 그라도 금표비를 넘어간 사실이 들통 난다면 살아남지 못할 것이다. 그런데도 그는 결심한 듯 금표비를 넘어섰다.

"자네! 자, 잠시만 기다리게! 헥헥, 잠시만!"

막 금표비를 넘어선 홍연을 부르며 누군가 뛰어왔다. 그는 바로 평소 홍연과 가깝게 지내던 선왕의 서자 영산군 이전이었다.

"이런…… 벌써 넘어가버리다니!"

두 사내가 금표비를 사이에 두고 마주 섰다.

"돌아가시지요. 이 길은 저 혼자 가야 하는 길입니다."

홍연의 눈치를 슬그머니 보던 영산군이 발 하나를 금표비 안으로 쑥, 밀어 넣었다. 이런 영산군의 행동에 홍연이 깜짝 놀랐다.

영산군은 홍연을 보며 빙긋 웃었다.

"이제 나도 금표비를 넘은 죄인이라네. 어찌하겠는가?"

홍연이 깊은 한숨을 내쉬었다.

"정녕 죽고 싶으십니까?"

"이 사람~ 아무리 그래도 우리 사이에 의리가 있지!"

그러나 홍연은 냉정한 태도를 유지했다.

"올 초 사화를 잊으셨습니까? 혹여라도 마마께서 이곳에 계셨다는 사실이 알려지면 큰 화를 입으실지도 모릅니다."

올해 초 있었던 사화에서 왕은 선왕의 후궁이었던 정귀인과 엄소용을 직접 때려죽였다. 이 일로 큰 충격을 받은 대왕대비는 얼마 후 세상을 떠났다. 이후 종친들은 왕의 앞에서 몸을 사리기에 급급했다. 이런 상황에서 선왕 소생의 왕자는 현재의 임금과 영산군, 단둘뿐이었다.

"그걸 아는 자네는 어찌 이곳에 있는가?"

열다섯. 관례는 치렀지만 혼인은 아직이었다. 아직 소년인 영산군의 천진난만한 웃음에 홍연의 속만 타들어갔다.

"돌아가시지요."

"이 사람! 자꾸 돌아가라, 돌아가라 했다가는 이 길로 관아로 갈 걸세! 그리되면 자네는 오늘로 참형이야!"

영산군의 귀여운 협박에 홍연도 더는 아무 말을 하지 못했다. 그러자 영산군은 그의 등 너머로 보이는 작은 동굴의 입구를 응시하며 중얼거렸다.

"홍연. 자네만 누이를 그리워한다고 생각하지 말게나."

영산군의 말에 홍연의 눈동자가 살짝 흔들렸다.

❀　❀　❀

"와……! 이곳에 동굴이 있다는 사실은 진작부터 들어 알고 있었지만, 좁은 입구에 비해 안이 어마어마하구만."

밖에서보다도 안에서 더 추위를 느낀 영산군이 연신 손을 비벼 댔다.

"게다가 들어갈수록 어둡고……."

영산군의 불평불만에 홍연이 돌아섰다. 그는 동굴 안의 마른 나뭇가지들을 구해와 부싯돌로 불을 피웠다. 동굴 안이 조금은 환해 졌다.

"에헷!"

영산군은 바로 홍연이 피워놓은 불가에서 손을 쬐며 웃었다.

"이제야 살 것 같구만."

홍연은 영산군을 놔둔 채 홀로 동굴의 깊숙한 곳으로 걸어 들어 갔다.

"도대체 어디까지 들어가려는가!"

여유롭게 불을 쬐던 영산군도 홍연이 가버리려 하자 어쩔 수 없이 그의 뒤를 쫓았다.

"그곳에서 기다리고 계시지요."

"이보게! 내가 여기 불 쬐러 왔나? 나는 자네를 따라왔다고!"

잠시 후 홍연이 걸음을 멈췄다. 그를 따라 걸음을 멈춘 영산군이 홍연의 앞을 내다보며 놀란 목소리를 냈다.

"막혔어?"

영산군의 말대로 동굴은 끝이 있었다. 그 끝에서 홍연은 긴 한숨을 내쉬었다. 그의 그림자가 벽에 그림처럼 그려졌다.

"응?"

벽에 비친 홍연의 그림자를 응시하던 영산군이 무언가를 발견한 듯 눈을 크게 떴다. 홍연의 그림자 중 손에 무언가가 매달려 있었다. 그 실체를 확인하기 위해 영산군이 홍연의 손으로 눈을 돌렸다. 그것은 용이 새겨진 반달 모양의 옥패였다. 영산군은 그것이 무엇인지 아는 듯 힘없이 중얼거렸다.

"누이는 좋은 사람이었지."

영산군이 꺼내는 공주의 이야기에 홍연도 영산군을 바라보았다. 영산군은 홍연의 눈을 올려다보며 말했다.

"하나 산 사람은 살아야 하지 않겠는가?"

"공주마마는 돌아가신 것이 아닙니다."

되돌아온 홍연의 목소리에 오랜 기간 겹겹이 쌓아둔 먹먹한 아픔이 묻어났다.

"허면 그 옥이 단 한 번이라도 소리를 낸 적이 있었던가? 매년 자네가 목숨을 걸고 금표비를 넘어 이곳에 왔을 때마다 말일세."

영산군의 말에 홍연은 대답하지 못했다.

"내놓게."

"대감!"

영산군이 홍연의 손에서 옥패를 빼앗아 들었다.

"전하께서 자네에게 재혼하라는 명을 내리셨다 들었네. 자네가 원한다면 혼처도 정해주신다 했고, 혼처가 싫다면 궐의 궁녀들을 내주어 첩으로 삼게 하신다고도 했다더군. 하나 자네가 계속 공주마마를 기다리며 재혼하지 않는다면⋯⋯."

영산군은 홍연에게서 빼앗은 옥패를 땅에 내려놓았다. 제 몸에서 공주를 억지로 떼어놓은 것처럼 홍연의 눈가가 붉어졌다.

"전하께서는 자네가 공주마마를 숨기고 있다고 의심하실지도 모르네. 자네와 자네의 집안에까지 화가 미칠 수도 있단 말일세. 아무리 자네의 고모님이 중전마마라 하더라도 자네를 전하의 분노로부터 지켜주실 수 있을까?"

공주는 사라졌다.

왕은 더욱 무섭고 잔인해졌다.

많은 이들이 목숨을 잃었다.

그랬기에 홍연은 지금 영산군이 하는 말뜻을 그 누구보다도 잘 알았다.

홍연은 하루에도 수없이 대왕대비가 내려준 옥패를 들여다보았다. 언젠가는 이 옥이 소리를 내기를 기다리고 또 기다렸다. 그 사이 계절이 수없이 바뀌었다. 소년이던 홍연은 어느새 늠름한 사내가 되어 있었다. 그런데도 옥은 꿈에서조차도 소리를 내길 거부했다.

홍연에게는 한없이 잔인한 시간이었다.

영산군이 땅에 내려놓은 옥을 집어 들기 위해 홍연이 허리를 숙였다. 영산군이 홍연의 어깨를 잡아 붙들었다.

"그만하게. 자네의 지기이자 누이의 아우로서 부탁하네."

홍연에게 옥은 공주 그 자체였다. 그림 한 장 남기지 않고 사라져버린 공주를 그리워할 수 있는 유일한 도구.

공주의 것은 아니었지만 어느새 공주 그 자체가 되어버린 옥. 옥을 자신에게서 떼어놓는다는 것은 오래전 사라진 자신의 어린 아내, 공주가 영영 돌아오지 않는다는 사실을 받아들여야 하는 것과 같았다.

"설사 누이가 다시 돌아온다고 하세. 전하께서 살려두시겠는가? 또 한 번 피바람만 불겠지. 이번에는 자네 집안 식구들도, 궐에 계신 중전마마까지도 위험해지실 수 있네. 그런데도 그 마음을 지키려는가?"

홍연에게는 잔인한 물음이었다. 대답하지 못하는 홍연을 놔둔 채 영산군이 돌아섰다. 그는 홍연이 피워놓은 불을 헤집어 꺼트리고는 말했다.

"이만 가세."

홍연은 빛이 완전히 사라진 동굴 안에서 옥이 놓여 있는 자리를 오래도록 응시하기만 했다. 동굴을 나온 홍연과 영산군이 멀리 떠났다.

윤임과 여진은 성벽 위에서 이 모든 것을 지켜보고 있었다.

"어찌할까?"

"모른 척해야겠지."

"왜?"

모른 척하겠다는 윤임의 말에 여진이 고개를 갸웃했다.

"정녕 알고도 모르는 척을 하는 것이냐? 네 말대로 저자가 부마 대감이라면 필시 매형과도 가까운 사이가 아니겠느냐. 자칫 잘못 관아에 고발했다가 매형까지 연루가 되면 어찌하려고 그러느냐?"

"오라버니 말을 듣고 보니 그렇긴 하네. 그런데 말이야, 오라버니. 저 안에 뭐가 있을까? 저기 금표비 너머의 동굴. 뭐가 있기에 저 안에서 저리 오래 머물렀지?"

"관심은 그만 접거라."

윤임이 먼저 성벽을 내려갔다. 여진이 그 뒤를 따르며 심각한 표정으로 중얼거렸다.

"금표비를 세워둔 건 동굴에 들어가지 말라는 것일 수도 있어. 그렇다면 동굴 안에 뭐가 있다는 말인데 그것도 부마대감이 들락거렸다면……. 설마?"

여진이 눈을 크게 떴다.

"왕실의 비밀스러운 내탕고? 아니면 금은보화로 가득 찬 보물 창고 같은 건가?"

윤임은 여진을 돌아보며 한숨을 내쉬었다.

"구경은 이쯤하고 어서 돌아가자."

윤임이 다시 앞장서 걸어가기 시작했다. 집으로 돌아가자고 했으니 여진이 순순히 그 뒤를 따라올 것이라 믿었기 때문이었다. 그런데 조금 걷기도 전에 뒤가 허전했다. 이상하다 싶어 뒤를 돌아본 윤임이 깜짝 놀랐다.

여진이 사라진 것이다.

"윤여진!"

여진의 발걸음은 금표비 앞에 도달해 있었다. 이를 알고 윤임이 재빨리 뒤를 쫓았지만 이미 여진은 금표비를 넘어버린 뒤였다.

"나 잠깐만 보고 올게!"

"너!"

당황한 윤임은 금표비 앞에서 걸음을 멈추었다. 이미 여진은 동굴 안으로 들어가버린 뒤였다. 철없는 누이동생을 잡으러 뒤쫓기에 금표비를 넘는다는 것은 너무 위험했다. 그는 여진이 나올 때까지 금표비 앞에서 망을 볼 생각이었다.

"꺄아!"

그런데 동굴 안으로 들어간 여진이 비명을 질렀다.

"여진아?!"

여진의 비명을 듣고 놀란 윤임이 주변을 살펴볼 새도 없이 금표비를 넘었다.

"오라버니!"

금표비를 넘어선 윤임이 땀이 나도록 동굴로 뛰어갔다. 동굴 안에는 조금 전에 누군가 불을 피웠는지 타다만 나무에서 매캐한 연기가 계속 피어오르고 있었다. 윤임은 연기를 쫓으려 손을 휘저으며 여진을 찾았다.

"여진아! 어디에 있느냐?!"

아침의 햇살이 희미하게 동굴 안을 비추고 있었다. 윤임은 그 빛으로 여진을 찾아냈다. 여진은 동굴 입구에서 그리 떨어지지 않은 안쪽에 서 있었다. 다행히 여진이 다친 듯 보이지 않아 윤임은 안심했다.

"도대체 무슨 생각인 게냐? 누군가 우릴 보면 어쩌려고?"

"오라버니. 여기에 시신이 있어!"

"시신?"

여진의 말에 깜짝 놀란 윤임이 동굴의 바닥을 살폈다. 정말로 사람의 형체가 바닥에 쓰러져 있는 것이 보였다.

그런데 지금은 한겨울이었다. 바닥에 쓰러진 사람은 팔꿈치가 다 드러나는 상의에 무릎까지 다 드러난 짧은 하의를 입고 있었다.

"여인인 것 같은데……."

여진의 말에 윤임이 바닥에 쓰러진 여인에게 다가가 고개를 숙였다. 손가락을 코에 가져다대자 아직 숨을 쉬고 있는 것을 확인할 수 있었다. 윤임이 여진에게 말했다.

"살아 있다."

"살아 있다고?"

"그래."

윤임이 여진이 걸친 겉옷을 손으로 가리켰다. 여진이 재빨리 겉옷을 벗어주자, 윤임이 그 옷으로 땅에 쓰러진 여인의 몸을 감싼 후 번쩍 안아들었다.

"당장 이곳에서 나가자!"

쓰러진 여인을 안아들고 돌아서려는 그때였다. 여진이 걸음을 멈췄다.

"오라버니."

"또 어찌 그러느냐?"

"무슨 소리 안 들려?"

여진의 말에 윤임이 숨을 죽였다. 동굴 안에 희미하지만 분명 누군가 악기를 연주하는 듯한 청아한 음색이 울리고 있었다.

"우선 나가자. 여기서 더 지체했다가는……."

여진은 윤임의 말을 듣지 않았다. 그녀는 조금 전까지 여인이 쓰러져 있던 바닥을 손으로 더듬었다.

"여기서 소리가 나……."

여진이 양손에 반달 모양의 옥을 하나씩 쥔 채로 윤임에게 내보였다. 그녀의 말은 사실이었다. 두 개의 옥에서 소리가 나고 있었다.

❀　❀　❀

동굴을 떠난 홍연과 영산군은 어느덧 돈의문 앞에 이르렀다.

"내게 술을 가르쳐준 것 또한 자네였지."

영산군이 씩 웃으며 말했다. 그의 시선은 돈의문 앞 주막을 향해 있었다. 그러나 홍연은 자신의 일부를 잃어버린 듯 넋을 놓은 표정이었다.

"홍연?"

영산군이 이름을 부르자 그제야 정신을 차린 홍연이 영산군에게 말했다.

"안 되겠습니다."

"안 되다니?"

홍연이 돌아섰다. 영산군은 직감적으로 그가 옥을 찾으러 간다는 것을 알고는 그의 팔을 잡았다.

"자네! 내 그리 말했는데도!"

홍연이 자신의 팔을 잡은 영산군을 뿌리치며 말했다.

"공주마마께서는 반드시 돌아오실 것입니다."

"홍연, 자네!"

홍연은 영산군을 버려둔 채 동굴로 향했다.

영산군과 헤어지고 나서 다시 동굴로 돌아온 홍연은 깜짝 놀랐다.

영산군이 옥을 내려놓았던 자리에 아무것도 없었던 것이다.

"옥이 사라졌다……."

❀ ❀ ❀

집으로 돌아온 윤임은 방에 앉아 두 개의 옥을 붙였다, 떼었다를 반복했다. 신기하게도 두 개의 옥은 하나로 붙여놓으면 소리가 나지 않았다. 하지만 서로를 떨어뜨려 놓으면 청아한 소리가 났다. 마치 떨어진 몸이 하나가 되려고 애달프게 우는 것처럼…….

"언제까지 그러고 있을 거야?"

옆에 앉은 여진이 추궁하는데도 윤임은 옥을 향한 호기심을 버리지 못했다.

여진이 윤임의 손에 들린 옥 하나를 낚아챘다.

"윤여진!"

윤임이 소리쳤다. 여진은 옥을 손에 쥔 채 방을 나섰다. 거짓말처럼 두 옥에서 나던 소리가 그쳤다. 옥을 가지고 밖으로 나갔던 여진도 이를 알아차리고는 다시 방으로 돌아왔다. 멈췄던 소리가 다시 나기 시작했다.

"방 밖으로 나가면 소리가 안 나는 걸까?"

윤임이 여진의 손에 들린 옥을 날렵하게 채가며 말했다.

"일정거리 이상 떨어지면 소리가 안 나는 것일 수도 있지."

"돌려줘!"

"돌려주다니? 이것이 네 것이더냐?"

여진이 뾰로통한 표정을 지었다.

"내 건 아니지만 신기한 옥인걸. 우리가 목숨을 구해준 값으로 받자."

"말도 안 되는 소리! 그 여인이 깨어나는 대로 돌려줄 것이다."

"그럼 하나만 가지자아- 오라버니이, 나 그 봉황 새겨진 거 가지고 싶어. 너무 예쁘단 말이야아-"

옥에 욕심내는 여진을 윤임이 말없이 노려보았다. 매서운 윤임의 시선에 여진이 입술을 삐쭉 내밀었다.

"알았다구, 알았어! 뭐, 난 나중에 그보다 더 좋은 옥을 많이 가질 테니까."

윤임이 씩 웃으며 여진의 머리를 쓰다듬어 주었다. 여진은 기분이 좋아졌는지 다시 활짝 웃었다.

"오라버니는 이런 옥에 대해서 들어본 적이 있어?"

윤임이 두 개의 옥을 다시 하나로 이어 붙였다. 다시 소리가 그쳤다.

"예로부터 명국에는 진귀한 것이 많다고 했다. 명국에서 온 옥이 아닐까 한다. 설사 명국에서 온 것이 아니더라도 조선에서 이런 신비한 음옥陰玉이 있다는 말은 들어본 적이 없다."

"게다가 옥에 새겨진 것도 용이랑 봉황이잖아. 이런 옥을 소유하고 있을 정도의 신분이라면 엄청 높은 신분일 것 같은데? 하지만 옷차림을 보면 또 아닌 것 같고. 혹시 주인의 옥을 들고 도망친 노비가 아닐까?"

윤임이 굳은 얼굴로 말했다.

"섣부른 추측은 말거라."

"그럼 그녀의 옥이 아닐 수도 있겠네? 그녀가 있던 자리에 놓여 있었지만, 지니고 있었던 것은 아니잖아."

"본인이 깨어나면 알 수 있겠지."

"그럼 혹시 말이야. 올 초 사화 때 피해를 입은 가문의 규수가 아닐까? 노비가 되기 싫어서 도망쳤다거나……."

"어찌 그리 생각하느냐?"

"아까 유모가 그 여인을 살펴보며 그랬거든. 손발이 아주 곱대. 고생한 손은 아니라고 했어. 그래서 노비가 되기 싫어 도망친 것 같다고 하던데?"

여진이 가져온 정보에 윤임이 고민에 빠졌다. 유모의 추측은 그렇다 치더라도 그 동굴을 드나들었던 두 사내가 자꾸 마음에 걸렸기 때문이었다.

더욱이 한 사람은 부마였다. 그 두 사내는 어찌 저런 상태의 여인을 버려두고 떠났을까?

여진도 부마를 떠올린 모양이었다.

"부마대감. 그렇게 안 봤는데 진짜 실망했어! 혹시나 하는 마음이지만 여인을 농락하고 버린 건 아니겠지? 큰언니에게 들으니 부마대감이 사라진 공주마마를 향한 지조가 높아서 도성 여인들한테 엄청 인기도 많다는데! 역시 소문과 사실은 달라."

"여진아."

윤임이 여진을 불렀다.

"응?"

"오늘의 일은 그 누구에게도 발설해서는 안 된다. 큰누이에게도, 유모에게도."

"왜?"

윤임이 속으로 한숨을 내쉬었다.

"우리가 그녀를 어디서 발견했느냐? 금표비 너머의 동굴에서다. 만약 이 사실이 알려지면 우리가 금표비를 넘어갔다는 사실도 들통 난다."

"그럼 우리 죽는 거야?"

"그러니 입단속을 하라는 것이다. 혹여라도 유모에게 이미 말한 것은 아니겠지?"

"아니야! 아직 말 안 했어!"

여진이 세차게 고개를 가로저었다.

"알았다. 그러나 혹시라도 그 여인을 어디서 데려왔는지 묻는다면 길에 쓰러져 있었던 것을 데려왔다고 말해야 한다. 알겠느냐?"

"안 되는 것도 참 많네……."

"윤여진."

윤임이 엄한 표정을 지었다.

"알았어. 알았다고. 그렇게 할게……."

그때 문밖에서 유모의 다급한 목소리가 들려왔다.

"도련님! 도련님!"

"들어오게."

문이 열리며 유모가 안으로 들어와 말했다.

"그 여인이 도망쳤습니다!"

추위. 곳곳에 쌓인 눈. 난 분명 한여름의 대한민국에 있었는데!

머리가 복잡하다. 터질 정도로 복잡해. 도무지 지금 내가 처한 상황을 정리하기가 어렵다. 각설하고 추위 때문에 다른 생각을 아무것도 못 하겠다. 눈 쌓인 한겨울의 거리를 걸어가기에는 내가 입은 반팔 티셔츠에 반바지는 정말 너무했으니까.

"쯧쯧쯧…… 미쳤나봐."

"머리도 풀어헤친 게……."

"옷 꼴은 또 저게 뭐래?"

한겨울에 한여름 옷을 입었으니 미친 사람 취급하는 건 알겠다. 하지만 지금 나보고 미쳤다고 손가락질 하는 당신네들 옷차림이 더 웃기거든요! 여기서 정신 차리고 만난 모든 사람들이 죄다 민속촌 알바생들이나 입을 법한 옷을 입고 있었다. 게다가 내게는 전혀 익숙하지 않은 조선시대 풍경은 덤!

"도대체 여긴 어디냐……."

오들오들 떨며 익숙한 곳을 찾아 헤맸다. 그런데 걸으면 걸을수록 더 깊은 미궁으로 빠져드는 느낌이다. 도무지 익숙한 곳이 한 군데도 없어!

"꿈이 아니라면 내가 제정신이 아닌 거야."

이럴 때일수록 바짝 정신을 차려야 해. 호랑이 굴에 들어가도 정신만 차리면 산대잖아.

"잠깐? 호랑이 굴?"

그러고 보니 난 경비 아저씨를 피해서 수지랑 동굴 안에 숨었었는데…… 동굴. 맞아. 동굴이었어! 그런데 동굴로 들어갔던 내가 왜 이런 데에 와 있는 거지? 그것도 한여름이 아닌 한겨울에!

난 동굴 안에서 기억을 잃었다. 그리고 다시 눈을 떴을 때는 낯선 한옥 안이었다. 내 곁에는 웬 처음 보는 아줌마가 앉아 있었다.

그런데 웬 한복차림이래?

그 아줌마는 다짜고짜 나보고 어디서 왔냐고 물었다. 오히려 내가 먼저 묻고 싶은 말을 그 아줌마가 먼저 하는 거다! 그런데 지갑이고 스마트폰이 보이지 않으니 전화 좀 빌려달라고 했다.

거기서부터 상황이 꼬이기 시작했다. 바로 거기서부터 이 어이없는 꿈의 시작이었는지도 모르겠다. 그 아줌마가 나를 정신 나간 사람 취급을 하는 거였다. 난 일단 가봐야겠다고 한 후 자리에서 일어섰다. 밖에 나가면 좀 말이 통하는 멀쩡한 사람이 있겠지 싶어서였다.

그리고 거기서 마주한 두 번째 어이없는 현실. 민속촌에서 볼 법한 마당쇠 옷을 입은 아저씨가 마당을 쓸고 있는 거다. 그런데 그 아저씨가 쓸고 있는 건 마당에 떨어진 낙엽 따위가 아니었다.

눈! 한겨울에 보는 바로 그 눈이었다!

"꿈이겠지?"

한옥집 대문을 나서니 한옥 거리가 펼쳐진다. 게다가 거리를 걷는 사람들 모두가 한복차림인 거다! 여기에 나를 미친 사람 취급하며 손가락질을 해댄다.

어쨌든 이리 뛰고 저리 뛰다 보면 어딘가 출구가 나오겠지! 하지만 추위가 내 발목을 잡았다. 결국 이 꿈속에서 탈출하는 방법은 단 하나뿐이라고 생각했다.

볼을 꼬집었다. 당연히 실패.

머리를 벽에 박아볼까 생각했다. 아니지, 아무리 그래도 그건 미친 짓이다.

"으으- 이 추위만 아니면 꿈에서 깰 때까지 기다려볼 텐데……."

추위에 지친 내가 잊고 있던 사실 한 가지. 꿈에는 늘 악당이 있다.

"이봐. 거기 계집."

"이 추운 날 그 옷차림은 또 뭐냐? 주인마님께 내쫓겼니?"

실사에 가까운 불량배들의 등장. 그것도 두 명이다. 불량배는 짝을 지어 다닌다는 공식은 어디서든 통용되는 것 같다. 하지만 이건 꿈이잖아?

"아저씨들, 혹시 스마트폰 좀 빌려주실 수 있어요?"

"스마… 뭐?"

"네에. 그렇죠. 이건 꿈이죠. 조선시대 꿈. 안녕히 계세요."

정중히 불량배들에게 인사하고 돌아서려는데 한 명이 내 어깨를 잡는다.

"왜, 왜 이러세요?"

"이년아. 말 걸다 말고 어딜 가?"

"춥지? 우리와 같이 가자. 아주 따뜻한 곳이 있지."

어디 그런 쌍팔년도 불량배들도 안 써먹을 대사를 내뱉고 있어?

"이보세요. 전 이 꿈속의 주인공이거든요? 주인공 불변의 법칙

이 뭔지 아세요? 절대로 안 죽는다는 거. 그리고 나쁜 놈과 착한 놈은 구별한다는 거. 아저씨들, 이제 보니 아주 나쁜 놈이네요!"

"이년이! 이제 보니 단단히 미친년이네?"

"미친년에게는 매가 약이지!"

불량배가 내 머리끝을 낚아채더니 다른 손으로 내게 주먹을 휘둘렀다.

잠깐만! 여자주인공이 위기에 처하면 영웅이 나타나야 하잖아! 머리채가 잡혀 꼼짝도 못 하는 상황에서 날아오는 주먹. 난 주먹을 피하지도 못한 채 눈을 질끈 감았다.

그 순간이었다! 빠르게 바람을 가르는 소리와 함께 누군가 내 어깨를 부드럽게 잡아 뒤로 당겼다.

눈을 뜨자마자 제일 먼저 보이는 것은 드라마 속에서나 볼 법한 꽃미남.

고개를 들자 그의 날렵한 턱선이 눈에 들어왔다. 난 눈을 껌뻑이며 가만히 그의 얼굴을 들여다보며 생각했다.

'난 이 꿈의 주인공이 확실해.'

그는 긴 장옷으로 내 머리부터 발끝까지 덮어씌웠다. 이어서 불량배를 향해 날아가는 발차기! 남자애가 찬 발차기에 내 머리채를 잡고 때리려던 아저씨가 그대로 바닥에 뒹굴었다.

"역시!"

조선시대 배경에 태권도를 하는 잘생긴 남자애라니…… 이건 정말 완벽한 꿈이야. 그사이 다른 불량배가 나를 구해준 남자애에게 소리친다.

"너 이 자식! 가만두지 않겠어!"

달려드는 불량배를 본 그가 내 어깨를 양손으로 부드럽게 잡으며 불량배를 향해 돌려차기를 날렸다. 그의 돌려차기는 불량배의 목을 정확히 날렸다. 그 불량배는 먼저 넘어진 동료의 옆으로 함께 굴러간다.

코피까지 주르륵 터지며 피멍든 얼굴을 한 그들을 보며 난 박수를 쳤다.

"이거야!"

그사이 서로를 부축하며 일어선 불량배들이 꽁지 빠지게 도망친다. 도망치는 그들을 보며 난 그에게 말했다.

"수고했어."

대뜸 수고했다고 말하는 나를 어이없다는 듯 쳐다보는 남자. 그러나 난 이러한 상황을 아주아주 잘 알고 있다.

"조금만 더 늦었으면 큰일 날 뻔했잖아. 안 그래도 네가 나를 구해줬겠지만."

"무슨 소리지?"

그가 영문을 모르겠다는 눈으로 쳐다보았다. 그러고 보니 은근 추위부터 이런 남자의 반응까지…… 이 꿈은 리얼이다, 리얼.

"답례로 내가 너의 이름을 지어주지. 너, 아직 이름 없지? 알아.

원래 꿈속에 등장하는 인물들은 이름이 없어. 주인공이 불러주는 순간, '이름'이라는 게 생기는 거지."

"무슨 말을 하는지 모르겠소."

잘생긴 소년의 이마에 주름이 진다.

"그건…… 아휴, 내 꿈에서 내가 설명을 해줘야 하나. 너, 그럼 왜 나를 구하러 온 건데?"

"한겨울에 그런 차림으로 돌아다니니……."

난 그가 덮어 씌워준 장옷으로 몸을 감쌌다. 그러나 찬바람만 막아줄 뿐 살을 에는 듯한 추위는 여전히 그대로였다.

"내가 입은 옷이 이럴 때 입기는 좀 추운 옷이긴 하지……."

"……."

"혹시 아까 아줌마가 말했던 '도련님'이 너야?"

"아줌마?"

"그 한복 입은…… 아니, 여기 있는 사람들이 입고 다니는 옷 같은 거."

여전히 그가 모르겠다는 얼굴로 나를 쳐다본다. 그래, 그렇다면 이게 확실히 꿈이라는 걸 증명해볼 방법이 하나 있지.

"자, 잘 봐."

난 두 손으로 그의 양 뺨을 감싸 쥐었다. 나의 이런 갑작스러운 행동에 그가 놀라서 눈이 동그랗게 커지는 것도 잠시. 난 내 이마를 그의 이마에 갖다 대고 세게 박았다!

– 쿵!

바위와 바위가 부딪혀서 깨지는 듯한 엄청난 소리가 귓가를 강타했다. 동시에 찾아오는 건 어지러움이 느껴질 정도의 아픔.

"봐…… 안 아프지?"

아니, 나와 머리를 박은 남자는 엄청나게 아픈지 인상을 팍 쓴다. 마찬가지로 내 이마도 망치로 내려친 것 같은 아픔이 느껴졌다.

"아니, 무지 아프네……. 이건 꿈인데…… 분명 꿈이 맞는데……."

난 아픈 이마를 부여잡고 비틀거리다 그대로 정신을 잃었다.

"잘한다, 잘해! 데리러 간다고 뛰쳐나가더니 깨어난 사람을 다시 기절시켜?"

"흠……!"

타박하는 소녀의 목소리. 그리고 이어서 들려오는 남자의 헛기침 소리. 그 사이 또 다른 여성의 목소리가 들린다.

"어쨌거나 가족이 있다면 얼마나 걱정하고 있겠습니까?"

이 목소리는 조금 전에 들었던 한복 입은 아줌마 목소리 같은데? 헉! 그럼 나, 아까 그 한옥 집으로 다시 돌아온 거야?

점점 꿈이 아니라는 확신이 들자 눈을 뜨는 것이 무서워졌다. 그렇다고 언제까지 자는 척을 할 수도 없는 노릇이었다. 망설이던 내가 눈을 뜨려던 그때 아줌마가 남자에게 말했다.

"그나저나 도련님. 어쩌다가 이마를 다치신 겁니까?"

"그게……."

"이상하네. 이 여인도 이마에 붉은 자국이 있는데?"

소녀가 던진 의문에 나는 눈을 뜰 수가 없었다.

이마? 그럼 저 남자 목소리가…… 아까 그 남자?

눈을 뜨기 전 기억을 찬찬히 되새겨보았다.

분명 심령연구회 동아리 친구들과 미화여고에 갔었다. 펜스를 넘어 수지와 함께 창고 같은 동굴 안으로 들어갔고 경비 아저씨를 피해 동굴 깊숙이 들어갔다. 그게 한여름의 대한민국을 살고 있던 내 기억의 마지막이었다.

그 동굴 안에 무슨 비밀이 있었던 것일까? 그러고 보니 회장인 나래는 그런 걸 찾으려고 동굴로 답사를 가자고 했겠지. 난 심령연구회라길래 기껏해야 귀신사진이나 찍을 줄 알았는데!

도대체 나에게 무슨 일이 일어난 걸까…….

"그런데 아가씨. 이 여인은 도대체 어디에서 데려오신 것입니까?"

"그, 그게 말이지. 유모……."

난 내 이야기에 귀를 쫑긋 세웠다. 그런데 소녀는 당황한 듯 말끝을 흐린다. 남자가 대신 대답했다.

"길가에서 데려왔네."

"길가요? 어디 길가요?"

"여진이와 눈 구경을 다녀오던 길이었지. 눈길에 쓰러져 있더군."

내가 눈길에 쓰러져 있었다고? 차라리 동굴 같은 데서 나를 데려왔다면 모든 것이 이해될 수 있었다. 그 동굴이 어떤 신비한 현상이 일어나는 곳이라서 내가 조선에 오게 되었다는 식으로 말이다.

하지만 길가라니? 단순 길가에서 날 주워왔다니! 내가 땅에 박혀 있던 돌이냐구!

"저기요!"

난 이불을 박차고 일어섰다. 그러자 세 사람의 놀란 눈이 내게로 모아진다. 세 사람은 아래와 같다.

눈떴을 때 처음 본 아줌마.

그리고 날 구해줬던 잘생긴 그 남자.

마지막으로 내 또래의 여자애 하나.

"깨어났소?"

남자가 내게 묻는다. 난 그의 이마에 난 붉은 자국을 보며 미안한 듯 고개를 숙였다.

"제가 어디서 발견되었다고요?"

남자가 아줌마 쪽을 바라본다. 나는 남자가 아줌마의 눈치를 보는 것인 줄 알았다. 그때 소녀가 묻지도 않았는데 신이 나서 나섰다.

"그건 제가 말씀드릴게요! 제가 부마……."

"여진아."

남자가 소녀의 이름을 부른다. 그러자 소녀는 풀 죽은 얼굴로 입을 다물었다.

잠깐, 그렇다면 진짜 보스는 아줌마가 아니라 저 남자인가? 그러고 보니 남자애와 여자애의 옷이 좀 고가로 보인다. 이에 반해 아줌마가 입은 한복은 좀 소박하고. 또 아까 자는 척하고 엿들어 보니 이들 남매가 상전인 것 같았는데…….

"댁이 어디오? 사람을 보내 알리도록 하겠소."

난 기다렸다는 듯이 집 주소를 말하려고 했다.

"저희 집은……."

하지만 바로 끊기는 말.

정말 여기가 조선시대라면 우리 집 주소를 알아듣지 못할 텐데.

"순화동 롯데캐슬인데요."

"롯데…… 뭐?"

역시나 전혀 못 알아듣는 것 같다. 난 힘 빠진 목소리로 다시 입을 열었다.

"서울시 중구 순화동 덕수궁 롯데캐슬이요. 동호수도 말할까요?"

그런데 '덕수궁' 이야기에 소녀의 눈이 반짝인다.

"궁? 궁에 사세요?"

"여진아."

남자가 또다시 여자애의 말을 막는다. 그런데 소녀도 이번에는 쉽게 물러설 생각이 없는 것 같다.

"혹시 궁녀세요? 궁궐에서 도망친 나인?"

소녀의 상상력은 나를 더 황당한 현실 속으로 밀어 넣었다.

"그럴 줄 알았어요. 여긴 서울 아니죠? 용인?"

조심스럽게 위치를 물어보자 소녀가 답한다.

"여긴 한양인데요. 한양 사람 아니세요?"

이젠 현실을 부정하고 싶어진다.

"아무래도 저 혼자 알아서 찾아갈게요. 혹시 남는 겨울 옷 있으세요? 보시다시피 제 옷차림이 이래서."

남자가 말했다.

"이 추위에 혼자 가겠단 말이오? 원한다면 가마를 빌려주리다."

"가마?"

뜬금없이 가마 당첨. 난 가마를 타본 적이 없는데?

"그냥 걸어갈게요! 옷만 따뜻하면 한두 시간쯤 걷는 거야……."

내가 계속 호의를 거절하자 남자도 더는 강요할 생각이 없어 보였다.

"알겠소."

그가 자리에서 일어서더니 아줌마에게 말한다.

"이 여인에게 여진이의 옷을 한 벌 내어주게나."

아줌마가 반대하고 나섰다.

"아가씨의 옷은 조금 작으실 것 같습니다. 제 옷을 내어드리지요."

"그렇게 하게."

지금 저 말투와 표정으로 보건대 나한테 아가씨 옷을 빌려주기 싫은 거다. 치사하지만 일단 겨울 옷 한 벌이 급하니 내가 참고 넘어간다.

남자가 나가려하자 여진이라는 소녀가 말했다.

"오라버니. 정말 혼자 가게 놔둘 거야? 조금 전에도 위험한 일을 당할 뻔했다며. 이번에도 혼자 돌아가다가 위험한 일을 또 당하면 어떡해? 겨울이라 곧 해도 질 텐데."

조금 전 불량배 두 명을 순식간에 해치우는 남자의 발차기 실력을 똑똑히 보았던 나였다. 이래저래 친절한 것으로 보아 도움을 구하고 싶은데 옷 한 벌에 추가로 데려다 달라고까지 하면 너무 예의가 없어 보이겠지?

나는 남자의 눈치를 슬슬 보며 어렵게 말을 꺼냈다.

"저……."

그때 남자가 내 눈을 지그시 바라보더니 말한다.

"원하는 곳까지 데려다 주리다."

묻기도 전에 내가 기다리던 대답이 바로 나왔다. 난 안심하고 그를 보며 활짝 웃었다. 웃는 나를 보는 그의 입가에도 슬그머니 미소가 진다. 그의 미소에 내 가슴이 철렁 내려앉았다.

이 남자 보기보다 더 잘생겼다.

❀　❀　❀

불편하고 갑갑하다. 한복이라는 게 평소에 잘 안 입는 옷이라서 그렇다고 하더라도 남의 옷이라서 그런가? 아니면 나를 싫어하는 사람의 옷을 입어서 그런가?

"치마가 좀 많이 기네요."

이런 치마로는 뛰지도 못하겠다. 그런데 아예 대꾸도 안 하는 아줌마. 줄여달라고 한 것도 아닌데 정말 너무하다.

"다 갈아입었어요?"

문을 열고 들어온 여진이라는 이름의 소녀. 웃는 모습이 너무 귀여워서 나도 모르게 그녀를 따라 웃고 말았다.

"네."

밝게 웃는 나를 보며 여진이 더 밝게 웃는다. 그녀는 방 안으로 들어오자마자 내가 입은 옷을 이리저리 살펴본다.

"유모. 치마가 좀 긴 것 같아."

"여인은 치마가 길어야 조신하게 행동할 수 있다는 말이 있지요."

그들의 대화에서 난 이 아줌마의 신분이 유모라는 걸 알았다.

"그럼 앞으로 내 치마도 모두 길게 입어야겠네."

"아가씨."

유모라면 급이 낮을 텐데 약간 여자애를 훈계하는 것 같이 들린다. 이런 분위기가 늘상 있는 일인지 여진은 가볍게 웃어 넘겼다. 잠시 후 유모가 나가자 여진이 내게 다가왔다.

"이름이 뭐예요?"

호기심 어린 그녀의 눈빛에는 악의라고는 전혀 찾아볼 수가 없다.

"유나요. 이유나."

그나저나 나보다 어려 보이는데 존칭해야 해?

"전 여진이에요. 윤여진. 그리고 올해 열다섯이에요. 뭐 보름만 지나면 새해니까 열여섯이 되지만요. 언니는요?"

"언니?"

대뜸 나를 언니라고 부르는 소녀.

"딱 봐도 저보단 언니 같은데요, 뭘. 설마 열넷? 아니면 저랑 나이가 같아요?"

"열여섯이야."

대답과 동시에 난 말을 놓아버렸다. 여진은 이게 더 좋은지 실실

웃음을 쪼갠다.

"아, 언니 맞구나."

난 뒤늦게 그녀의 이름을 불렀던 잘생긴 남자를 떠올렸다.

"아까 그 남자는 네 오빠니?"

"오빠? 아, 우리 오라버니……."

"오라버니?"

"오라버니는 저보다 두 살 많아요. 그리고 우리 오라버니의 이름은 윤임이에요. 외자."

묻지 않는 것까지 스스럼없이 대답해주는 것을 보면 입이 그다지 무거워보이진 않는다.

"참, 우리 오라버니가 이거 전해주래요."

여진이 손에 쥐고 있던 것을 내 앞에 내밀었다. 두 개의 옥이 나란히 붙어 있었다. 각각 반달 모양. 하나로 합쳐지자 보름달 모양이 되었다. 하나의 옥에는 봉황이, 또 다른 옥에는 용이 새겨져 있었다.

봉황이 새겨진 옥을 보자마자 난 한눈에 내 것임을 알아보았다.

"내 거 맞아."

난 그녀의 손에 들려 있는 두 개의 옥 중에서 내 옥을 챙겼다. 바로 그때였다. 붙어 있다 떨어진 두 개의 옥에서 잔잔한 음악 소리가 흐르기 시작했다.

"뭐지?"

그 순간 뇌리를 스치는 짧은 기억이 있었다. 가체를 쓰고 녹빛의 당의를 입은 할머니의 얼굴이 보였다. 그 할머니는 나란히 놓인 두 개의 옥을 보여주며 무언가를 말하고 있었다.

"언니?"

골똘히 생각에 빠진 내게 여진이 자신의 얼굴을 들이밀었다. 난 깜짝 놀라 여진의 눈을 쳐다보았다.

"어?"

"무슨 생각을 그렇게 해요?"

"생각?"

"이걸 넋 놓고 보기에요. 정말로 둘 다 언니 거 아니에요?"

여진이 용이 새겨진 다른 옥도 내게 내밀었다. 여전히 두 개의 옥에서는 소리가 흘러나왔다.

"이것만 내 거야. 이건 내 것이 아니고."

"진짜요?"

여진이 의외라는 듯 나를 쳐다본다. 하지만 정말 용이 새겨진 옥은 내 옥이 아니었다. 어렸을 때부터 내가 지닌 옥과 문양만 다를 뿐 크기도 색깔도 완전히 똑같았지만 말이다.

"정말 내 것이 아니야. 내 건 이거라고."

난 손에 들고 있는 봉황 모양의 옥을 보여주며 말했다.

여진은 자신이 손에 들고 있던 용이 새겨진 옥을 그 옥의 옆에 대고 나란히 붙였다. 거짓말처럼 소리가 그쳤다. 여진이 옥을 들여다보며 말했다.

"보면 볼수록 신기하네."

난 여진에게 물었다.

"이 옥은 어디서 났니?"

"언니를 처음 발견했던 곳이요. 그곳에 이 두 옥이 같이 있었어요."

"이 두 개가 같이 있었다고?"

"네."

끈으로 쓰는 실이 오래되어서 풀리는 경우가 종종 있었다. 그래서 옥이 내 목에서 떨어졌을 수도 있다. 하지만 이 용 모양의 옥은 정말 처음 본다.

"정말 내 것이 아니야."

"그럼 말이죠!"

여진의 입가에 미소가 걸렸다.

"제가 가져도 돼요?"

"내 것도 아닌걸. 네가 알아서 해."

여진이 용이 새겨진 옥을 손에 쥐며 활짝 웃는다. 그러나 그것은 얼마 가지 못했다. 여진은 곧 시무룩한 표정을 지었다.

"하지만 전 용보다는 봉황을 가지고 싶은데……."

대놓고 내가 손에 쥔 옥에 눈독을 들이는 여진. 난 웃으며 그녀에게 내 옥을 내밀었다.

"그럼 빌려줄게."

"정말요?"

여진이 뛸듯이 기뻐한다.

"응. 어차피 빌린 옷도 언젠간 다시 돌려줘야 하니까. 그때까지 네가 담보로 가지고 있어."

"옷보다도 더 비싼 담보인 것 같은데요?"

"사실 얼마나 비싼지도 몰라. 내겐 딱히 중요한 건 아니거든."

"어디서 났는데요?"

"언제부터인지는 모르지만 어린 시절부터 지니고 있었어."

"어린 시절부터 지니고 있었다고요?"

"응. 아마도 오래전 돌아가신 할머니가 주신 것일 수도 있고."

"언니 할머님 신분이 아주 높으셨나 봐요."

"왜?"

여진이 봉황 문양을 손가락으로 가리키며 말했다.

"이거요. 봉황이잖아요. 예로부터 용과 봉황은 왕족만 지닐 수 있는 문양인걸요. 가끔 왕실에서 하사해주면 일반 사대부도 가질 순 있겠지만…… 예를 들어 저 같은 사대부가의 규수가 봉황이 새겨진 옥을 하사받는다면, 간택?"

"간택?"

"제가 세자빈마마나 중전마마가 된다는 거죠!"

잔뜩 흥분한 채 설명하는 여진의 얼굴을 보며 난 웃음을 터트렸다. 하지만 여진은 웃지 않았다.

"몰랐어요?"

"그럼 왕은 어디에 있어? 하긴 조선이니까 주상전하도 계시겠다. 그치?"

"당연하죠. 하지만 임금님은 궐에 계시는걸요."

진지한 여진을 앞에 두고 결국 할 말을 잃어버린 것은 나였다.

"흠흠. 준비가 다 되었소?"

그때 문밖에서 여진의 오빠인 윤임의 목소리가 들렸다. 문을 열고 밖으로 나가자 말과 그 옆에 서 있는 윤임이 보였다. 그는 나를 보자 말 위에 올라탔다. 그리고는 함께 말을 타자는 듯 내게 한 손을 내밀었다. 하지만 난 말을 탈 줄 몰랐다.

"괜찮아요."

"그럼 걸어서 갈 것이오?"

"걷다가 버스가 보이면 버스를 타고 가면 되죠."

"버스?"

윤임이 고개를 갸웃거린다. 조선 사람에게는 당연한 상황이지만 내게는 결코 당연한 상황이 아니었다.

"그런 게 있어요. 그런 게……."

아주 먼 미래에. 지금으로부터 아주아주 먼!

난 설명하는 것을 포기했다.

❋ ❋ ❋

겨울 해는 빠르게 진다. 난 여전히 내게 익숙한 풍경을 찾지 못했다. 가도 가도 나오는 것은 민속촌 풍경, 한옥 마을뿐이다. 한참을 걸어도 이 조선 도시를 벗어나지 못했다.

"어디까지 갈 참이오?"

말을 타고 몇 시간째 묵묵히 내 뒤만 따르던 윤임이 묻는다.

"그러니까……."

난 그를 돌아볼 용기가 나지 않았다. 이 추운 날. 나를 데려다주겠다며 따라나선 그가 고생하는 것 같아 미안한 마음이 들어서였다.

"동촌이요? 아니면 서촌? 도성 밖? 참고로 말하지만 곧 도성 문이 닫힐 시간이오. 이대로라면 도성 밖으로 나가기도 전에 해가 지겠소."

답답한 듯 그가 말한다. 난 겨우 용기를 내어 돌아섰다. 그리고 말 위에 탄 그를 올려다보며 용기 내어 말했다.

"청계천에 가 볼래요."

"청계천?"

"그 도성 안에 흐르는 긴 개천 있잖아요."

그는 도성 안에서 제일 크다는 '개천'에 나를 데려다주었다. 그곳이 내가 아는 미래의 청계천인지는 몰라도 내 기억과는 다른 모습이었다.

"자, 집이 어디오?"

"여기도 아닌 것 같아요. 그러니까 남대문! 남대문은 어디죠?"

"남대문? 도성 남쪽의 숭례문을 말하는 것이오?"

"맞아요! 그 숭례문이요!"

이제야 좀 말이 통한다 싶어서 그의 안내를 받아 숭례문으로 향했다. 이번에도 내가 아는 기억 속의 숭례문과 다른 숭례문이 나타난다.

"그대의 집이 어디오?"

– 까악 까악.

숭례문 주변에 까마귀가 내가 할 대답을 대신해주며 날아간다.

"이곳도 아니오?"

확실히 이곳은 조선이다. 조선이 맞다. 내가 어떻게 이곳으로 오게 되었는지는 몰라도 확신이 들었다. 다만 여기가 정말 조선이라면 미래에서 온 나는 갈 곳이 없다는 거다!

"한강에 갈래요."

"한강?"

한강마저도 다른 이름인 걸까?

"한강 모르세요? 도성 밖에 큰……."

그의 눈치를 보며 어렵게 말을 꺼냈다. 그는 이런 나를 물끄러미 쳐다보더니 이번에도 성심성의껏 자신이 아는 것을 대답해주었다.

"한강은 모르지만 도성 밖에 큰 강이 있소. 한양 도성과 인접해 있어 경강京江이라 하지."

그리고 마침내 윤임은 나를 '한강'으로 추정되는 '경강'에 데려다주었다.

강은 내 기억 속에 한강이 맞았다! 그러나 강을 빼고는 모든 것이 달랐다. 강을 따라 줄지어 늘어선 수많은 다리들. 아파트들. 자동차 도로. 그와 비슷한 작은 무엇 하나도 없었다. 그저 나루와 그 주변을 채운 빼곡한 초가집들. 해가 져서 서둘러 나루로 복귀하려는 배들만 한가득했다.

나는 해가 뉘엿뉘엿 지는 한겨울의 한강을 바라보며 속으로 눈물을 삼켰다. 꿈이 아니라는 걸 알았고 그래서 가장 먼저 침착해지려고 했다. 그러면 돌아갈 수 있는 길을 찾아낼 수 있을지도 모른다고 생각했다.

하지만 내가 전혀 알지 못하던 세상에 갇혀버린 느낌.

"흑⋯⋯."

참았던 눈물이 밖으로 터져 나왔다. 그렇게 조용히 흐느끼는 사이에 해가 졌다. 전기가 없는 세상에서의 어둠은 아주 빨리, 그리고 무섭게 찾아왔다.

"다 울었소?"

강을 바라보며 한참 울고 나자 등 뒤에서 윤임의 목소리가 들렸다. 나를 강에 데려다주고 조용하기에 이미 돌아간 줄 알았다. 그러나 그는 가지 않고 내 곁을 계속 지키고 있었나보다.

"일어나시오. 여기서 이 추운 겨울밤을 보낼 순 없지 않소."

난 옷깃으로 눈물을 훔치며 그에게로 돌아섰다.

"실은 갈 곳이 없어요. 그래서……."

"내가 그것을 모르고 묻겠소?"

그가 무심히 한 손을 내게 내민다. 그러나 나는 그 손을 잡을 수가 없었다. 그 손을 잡는다는 게 어떠한 의미인지 잘 알아서였다.

오늘을 포기해야 한다는 것.

내일도 포기하게 될지도 모른다는 것.

언제까지인지는 몰라도 당분간은 집으로는 돌아갈 수 없다는 것.

"동굴이었어요. 동굴에 들어간 뒤로 기억이 안 나요. 그 동굴만 찾을 수 있다면 돌아갈 방법을 알아낼지도 몰라요."

"동굴?"

그가 짚이는 것이 있는지 내게 되묻는다.

"저를 길가에서 발견하셨다고 들었어요. 혹시 그 근처에 동굴 같은 건 없었나요?"

그가 말없이 나를 응시한다. 그의 눈빛에서 무언가 알고 있다는 느낌을 받았다.

"알고 있는 게 있다면 모두 알려주세요. 제발요."

나의 애원에 그가 마침내 입을 열었다.

"그곳은 아주 위험한 곳이오. 그래도 가겠소?"

그는 매우 심각하게 말했다. 하지만 지금 내게 가장 심각한 것은 집으로 돌아가지 못할 수도 있다는 것뿐이었다.

"네. 갈래요."

나의 의지를 본 그가 말했다.

"따라오시오."

윤임이 나를 데려간 곳은 도성 안이었다. 그는 인적이 드문 길가에 세워진 한 비석 앞에 멈춰 섰다. 날이 어두워진 지 오래임에도 그는 이 비석 앞에 도착해서야 가져온 등에 불을 켰다.

"여기에 적힌 뜻이 무엇인지 아시오?"

그가 비석에 적힌 글자를 가리키며 내게 묻는다. 난 비석에 적힌 글자를 눈으로 살폈다.

금표내범입자 논기훼제서율처참

禁標內犯入者 論棄毀制書律處斬

대부분 처음 보는 한자였음에도 불구하고 나는 그 뜻을 바로 알 수 있었다.

"금표 안으로 들어가는 자는 참형에 처한다……."

그가 놀란 듯 내게 되묻는다.

"글을 읽을 줄 아시오?"

그도 놀랐지만 마찬가지로 나도 크게 놀랐다. 내 한자 실력이 뛰어난 편은 아니었기 때문이었다. 특히 이런 어려운 한자들을 읽고 해석할 수 있는 능력은 가지고 있지 않았다.

"저도 모르겠어요. 그냥 알아요."

머릿속에서 저절로 읽히는 걸 어떻게 말로 설명할 수 있을까? 아주 자연스러웠다. 저 한자들이 어떤 소리를 내는지 그리고 어떤 뜻인지 보자마자 아주 자연스럽게 머릿속에 떠오른다. 나 스스로도 믿지 못할 상황임에는 틀림없었다.

"역시 보통 여인은 아닌 게로군."

그가 내가 알아들을 수 없는 말을 중얼거리더니 먼저 비석을 넘는다. 나도 그의 뒤를 따라 무시무시한 말이 적힌 비석을 넘었다. 그리고 얼마 동안 걸어 들어가자 동굴의 입구가 보였다.

"기억하시오?"

그가 내게 물었다. 난 고개를 저었다. 지금 눈앞에 보이는 동굴도 앞서 내가 보았던 다른 장소들과 마찬가지로 처음 보는 곳이었다. 내가 미래에서 보았던 동굴은 청소도구 창고로 쓰이는 잘 정비된 곳. 그러나 이 동굴은 들짐승들이나 드나들 법한 모습을 가지고 있었다.

"들어갑시다."

그가 등을 들고 먼저 안으로 들어갔다. 난 그 뒤를 따랐다. 안으로 들어간 그가 어딘가에서 걸음을 멈추더니 말했다.

"여기가 그대를 발견한 장소요."

난 그가 가리킨 곳을 보았다. 아무것도 없는 차가운 동굴 바닥이었다. 난 바깥보다도 더 추운 동굴의 차가운 공기를 느꼈다.

"제가 이곳에 있었다고요?"

"그렇소."

내가 동굴에 처음 들어갔을 때는 한여름. 이런 추위를 느낀 기억은 전혀 없었다. 경비 아저씨를 피해 동굴 깊숙한 곳으로 들어가던 그때도 날씨는 이렇지 않았다.

"기억이 나시오?"

"아뇨. 전혀요."

대답하는 내 목소리에는 전혀 힘이 들어가 있지 않다. 큰 기대를 가진 것은 아니었지만 실망감을 느끼는 건 피할 수 없었다. 인정하기 싫었지만 받아들여야 했다. 여긴 조선이고 난 이곳으로 오게 된 이유도, 돌아가는 방법도 모두 모른다.

게다가 갈 곳도 없다. 고민하며 동굴의 곳곳을 돌아보는 나를 윤임이 쳐다본다. 난 다시 윤임을 돌아보며 말했다.

"오늘 정말 고맙습니다."

"어찌할 것이오?"

"…아무것도 기억이 안 나요."

답답한 진실이지만 사실이다. 이 동굴에 들어온 뒤로 모든 것이 바뀌었다.

그렇다고 이 동굴을 통해서 다시 돌아갈 수 있는 것도 아닌 것 같다. 방법을 찾을 때까지는 이곳에 머물러야겠지.

"말 못 할 사정이 있으리라 내 짐작하고는 있소. 당장 갈 곳이 마땅치 않다면 당분간 우리 집안의 손님으로 머무는 것이 어떻겠소? 여진이도 그대를 싫어하는 것 같지는 않으니."

"정말요?"

당장 이 추운 동굴에서 지내지 않아도 된다는 생각만으로도 쾌재를 부르고 싶은 심정이었다.

"그렇소."

그가 웃으며 고개를 끄덕였다.

"그렇게 해주시면 정말 고맙죠! 오빠!"

"오빠?"

'오빠'라는 호칭이 어색한지 그가 얼굴에서 웃음을 감춘다.

"그럼 오라버니?"

"오라버니?"

이것도 아닌가? 그럼 나보다 두 살 많은데 아저씨라고 부를 수는 없는 거잖아!

"여진이에게 들었어요. 제가 열여섯이거든요. 저보다는 두 살이 많으시더라고요. 그럼 여진이처럼 오라버니라고 편하게 불러도 되죠?"

오라버니라는 말이 상당히 오글거리지만 별수 없다. 당장 먹고 자는 게 해결됐는데 오글이 문제냐!

"그건 안 되오."

그가 당황한 얼굴로 딱 잘라 거절한다.

"안 된다고요? 왜요?"

"우린 남이니 오라버니라는 호칭은 불가하오."

이 사람. 은근 고지식하네.

"그럼 뭐라고 불러요?"

"다른 이들처럼 도련님이라 부르시오."

"도련님?"

이건 오라버니보다도 더 오글거리는데?

"싫소?"

"싫은 게 아니라……."

오글거린다는 게 문제지. 무슨 옛날 흑백영화에 나오는 대사 같 잖아. 물론 여기가 그 흑백영화보다 더 오래된 시대이긴 하지만.

"다시 말하지만 그대는 나의 누이가 아니라 우리 집안의 손님이 오. 객客."

누가 그걸 모른데!

"다른 말은 없어요?"

"다른 말?"

"예를 들면 '오빠'라든가. 오라버니의 축약형인데, 익숙해지면 들을 만할걸요? 어차피 오라버니라 부르지 말라고 할 거면 차라리 오빠라고 하는 건 어때요?"

방긋 웃으며 '제발 오빠로 하자'라는 내 눈빛을 그는 무표정한 얼굴로 받는다.

"안 되오."

"왜요? 듣기만 좋은데?"

게다가 이 말은 먼 훗날에 엄청나게 히트를 칠 거라고! 모든 사람들이 오라버니라는 말을 안 쓰고 오빠라는 말을 쓰게 되는 시대가 온다니까!

"안 되오."

재차 반대한 그가 돌아서서 동굴을 나가버렸다. 난 서둘러 그의 뒤를 쫓으며 소리쳤다.

"기다려요! 합의는 보고 가자구요! 오빠! 아닛! 도련니임~!"

윤임 남매의 집에 기거하게 된 지도 오늘로서 열흘째.

"동창이 밝았구나~ 노고지리 우지진다!"

매일 해가 뜨기도 전부터 남매의 유모 탁씨의 목소리가 내 아침을 깨운다. 이불을 덮어도 들려오니 도통 잠을 잘 수가 없다.

한마디로 나보고 일어나라고 눈치를 주는 거다. 내가 이 집에 다시 돌아온 것을 반가워하는 여진과 달리 그녀는 조금도 반가워하는 기색을 보이지 않았다.

게다가 유모가 내 방이라며 안내해준 곳은 초가였다. 문을 열자 벽에 벽지 따위는 없다. 그냥 흙벽이다. 또 방은 일자로 누워서 잘 수가 없을 정도로 아주아주 작았다. 허리라도 펴고 자려면 대각선으로 누워서 자야 할 판이었다. 안 그래도 좁은데 여기에 볏짚이 방의 절반을 차지하며 쌓여 있다. 그 옆에 짚신들이 몇 개 나뒹구는 것으로 보아 짚신 만드는 창고 같았다.

"심심할 때 짚신이나 꼬으시지요."

처음에는 이 말이 농담인 줄 알았다.

"전 짚신을 만들 줄 모르는데요."

그러자 유모가 기다렸다는 듯이 사악한 웃음을 지으며 말한다.

"그럼 소인이 가르쳐 드리지요."

얼떨결에 짚신 만드는 스킬을 익히게 생겼다.

"그걸 꼭 해야 하나요?"

"당연한 말씀을. 지금 이 집안은 손님을 따로 맞을 정도의 형편이 못 됩니다. 대감마님께서도 유배 중이신 만큼, 사치를 부리는 것 또한 금하고 있지요. 부족한 것은 부족한 대로 살고 꼭 필요한 것은 이처럼 짚신을 만들어 시전에 내다팔아 충당하고 있답니다. 그런데 '손님'이라니."

손님이라는 말을 유독 강조해서 말하는 것 같이 들린다. 이미 윤임은 유모에게 내가 머물 방을 안내해주라고 말한 뒤에 들어가 버렸다. 나와 놀겠다는 여진도 방으로 돌려보내버린 유모다. 유모와 단둘이 남은 나는 도망칠 곳도 피할 곳도 없다.

"가르쳐주세요."

눈물을 삼키며 배우겠다는 의사를 피력하자 유모가 활짝 웃는다. 문제는 그 후 열흘간이었다. 매일 아침 유모는 해가 뜨기도 전에 내 방문 앞에 나타나 기도문 같은 주문을 시끄럽게 외우며 깨운다. 다시 말해 '동창이 밝았구나~' 어쩌구저쩌구는 그만 일어나서 짚신을 만들라는 지시였다. 결국 내가 일어나 짚신을 꼬기 시작하면 그 소리를 듣고 나서야 유모는 사라졌다.

어느새 이 집에 들어온 지도 열흘을 지나 보름을 찍었다. 이쯤되자 이 집안사람들의 생활주기가 눈에 보이기 시작했다. 윤임은 해가 뜨기 전, 새벽부터 무예복으로 갈아입고 아침 수련을 나갔다. 어디로 가는지는 모른다. 하지만 해가 뜨면 돌아왔다. 그 후에는 아침을 먹고 옷을 단정히 갈아입고는 '서원'에 간다.

여진이 말로는 글공부를 하는 곳이란다. 점심도 그곳에서 해결하는지 오후 늦게나 돼서 집으로 돌아오는데, 오자마자 다시 무예복으로 갈아입고 스승님 댁에 간다. 그의 스승이 퇴궐하는 시간에 맞춰서 가는 것이라고 한다.

이런 윤임의 생활은 매일 단 하루도 쉬지 않고 반복되었다. 이러다보니 이 집에 들어온 뒤로 그와 마주칠 일도 마주할 일도 없었다.

여진도 이런 윤임과 별반 차이가 없었다. 아침을 먹은 뒤 여진은 시집간 언니의 집에 갔다. 유모 말로는 시집가기 전에 아녀자가 익히고 배워야 하는 것을 배우러 간단다. 보통 여진은 해가 지기 전에는 돌아왔는데 돌아오면 늘 나를 찾았다. 하지만 그때마다 유모가 막았다.

"언니가? 왜?"

"아가씨께서는 하루 종일 바깥을 돌아다니며 '놀러' 다니시느라 지쳐서 쉬고 계십니다."

여진은 유모의 말을 철석같이 믿는지, 아니면 내가 놀면서 잘 지낸다는 점에 안심했는지 그대로 방으로 들어가 버린다. 난 정말 억울했지만 어쩔 수 없었다. 이들 남매가 거의 하루 종일 집을 비우다보니 집은 유모의 세상! 난 유모의 노비로 전락하고 있었다.

처음에는 짚신 꼬기였지만 내가 어느 정도 익숙해져서 정해진 할당량을 빨리 채우자 일이 늘었다. 아침 일찍 집 근처 우물에 가서 물을 길어오고 그 물을 끓이고 또 마당 비질을 하고. 여기까지 끝나면 아점으로 나물과 보리밥이 주어진다. 그런데 유모는 그것도 아깝다는 표정.

나는 묵묵히 유모가 시키는 일을 하면서 언젠가는 내 고생이 남매에게 드러나기만을 간절히 기대했고 또 기대했다.

하지만 유모는 끊임없이 남매와의 재회를 훼방 놓았다.

"돌아오셨습니까."

어느 날 저녁. 짚신을 꼬고 있는데 윤임이 돌아왔는지 문밖에서 유모가 맞이하는 소리가 들렸다. 평소의 윤임이라면 바로 방으로 들어갔을 상황이었다. 그런데 윤임이 잠시 멈칫하더니 유모에게 나에 대해 묻는 소리가 들렸다.

"이 소저는 잘 지내고 있는가?"

순간 짚신을 꼬던 내 손이 멈췄다. 이어 들려오는 유모의 목소리.

"아가씨께서는 쉬고 계십니다."

안 쉬어! 안 쉰다고! 나 하루 종일 일하고 지금도 일하고 있단 말이야!

"쉬고 있다고?"

"예. 하루 종일 바깥을 쏘다니시다가 조금 전에 들어오셔서는 일찍 주무시고 계십니다.

"그런가…… 알겠네."

'자고 있다' 이 말 한마디에 윤임도 더는 나에 대해 묻지 못한다.

잠시 후 문이 닫히는 소리가 들려왔다. 그도 유모의 말을 그대로 믿어버린 것 같다.

제발 단 한 번만이라도 내 방에 와서 수북이 쌓인 이 짚신들 좀 봐달라고!

그렇다고 해서 크게 달라지는 것이 있다고 기대하진 않는다. 적어도 놀고먹는다는 오명만큼은 벗고 싶은 마음이 간절했다.

며칠이 지난 어느 오후.

이 집 남매는 여전히 집을 비운 상황. 이상하게 아침부터 유모가 조용했다. 유모가 조용하자 이상하게 불안한 마음이 들었다.

나는 평소처럼 마당을 쓸고 짚을 꼬았다.

"아가씨."

뒤늦게 유모가 나를 불렀다.

"네?"

"부엌 물동이가 비었더군요. 아침에 우물가에 다녀오지 않으셨습니까?"

그럼 그렇지.

"점심 먹고 갈게요."

그러자 유모가 사악한 미소를 짓는다.

"물이 있어야 밥을 짓지요."

아뇨. 당장 물 떠오라는 소리다.

"네, 금방 다녀올게요."

난 억지웃음을 지으며 물동이를 챙겨들고 밖으로 나왔다.

"우리 엄마가 이 꼴을 봐야 하는데."

추운 겨울. 투덜투덜거리며 우물가에 도착했다. 그런데 우물가의 풍경이 평소와는 좀 달랐다. 그동안 날이 추워 우물가에서 사람을 본 일이 없었는데 오늘은 무슨 약속이라도 잡았는지 동네 여자들이 한가득 모여 수다 중이었다.

"글쎄 말이야. 그 나으리가 그랬다니까."

"그럼 이제 시집가는 그 댁 아씨를 따라 용인으로 간다는 거야?"

"별수 없지. 우리 같은 종년 신세야."

"곧 헤어지겠네. 이를 어쩌나 아쉬워서."

한참 수다를 떨던 그녀들이 갑자기 나타난 나를 보며 일제히 입을 다문다. 난 그녀들의 쏟아지는 시선을 받으며 물동이를 내려놓고는 우물로 다가가 물을 펐다. 이런 나의 행동을 지켜보던 여자들 중 한 명이 내게 다가와 말을 걸었다.

"너는 어느 댁 계집이니?"

"계집 아니거든요."

"호호호. 머리를 땋으면 계집이지 그럼 '마님'이라 불러줄까?"

이젠 놀리네.

"초면에 그렇게 말 놓고 사람 놀리시면 안 되죠."

"그래그래, 미안하다. 처음 보는 계집이라서 그랬어. 그래, 넌 어느 댁에서 일하니?"

"일하는 게 아니에요. 일할 사람이 없어서 당분간 돕고 있는 거라고요."

"그러니까 어느 댁이냐고?"

기승전 '어느 댁'이다. 여기서 말 안 해주면 하루 종일 쫓아다니며 물어볼 기세다. 난 멀리 보이는 윤임의 집 지붕을 손으로 가리켰다.

"저기, 저 지붕이 높은 집이요."

그러자 그녀가 알겠다는 듯 고개를 끄덕인다.

"아마 그 댁 어르신이 유배 중이실 텐데."

남매의 아버지가 유배 중이라는 건 유모에게 들어 알고 있는 사실. 난 고개를 끄덕였다.

"맞아요."

"새로 하녀를 들였다는 말은 못 들었는데."

"저 하녀 아니거든요."

"아니라고? 그럼 그 댁 '아가씨'라도 되니?"

"정말 아니에요. 사람이 없어서 당분간 돕는 중이라고요."

그녀가 웃는다.

"그래그래. 그나저나 그 집 유모 성깔이 보통이 아니라지? 어르신이 유배 가시자마자 집안 하인들을 죄다 내쫓았다며. 그 뒤에 혼자 살림을 꾸려나가는 것 같더니 결국 지쳐서 하녀를 들였네, 들였어."

"저 진짜 하녀 아니에요. 그리고 집이 어려우면 하인들을 다 내보낼 수도 있는 거죠."

"어렵다고? 어디가? 그 집이?"

갑자기 그녀가 어이없다는 듯 웃는다. 난 뭔가 이상하다는 생각이 들었다.

"아니에요?"

"너 그 집이 어떤 집인지도 모르고 일하니? 그 집 큰 아가씨가 어디로 시집간 줄은 알고?"

"저야 모르죠."

"바로 덕풍군 대감의 정실로 갔어."

"덕풍군 대감이 누군데요?"

"덕풍군 대감도 모르니? 너 시골에서 왔니? 선왕의 유일한 형제이신 월산대군의 외아들이시잖아."

선왕……

월산대군……

어디선가 들어본 것 같긴 하지만.

"그게 왜요?"

"왜기는? 이 조선에서 임금님 다음으로 가장 부자가 바로 월산대군이셨는데. 그분이 돌아가시자마자 모든 재산을 덕풍군께서 물려받으셨으니……."

잠깐, 여진이 언니와 결혼한 사람이 조선에서 왕 다음으로 부자인 사람이라는 거야?

내게는 늘 보리밥에 나물 반찬만 주던 유모가 윤임이나 여진에게 가져다주는 밥상에는 고기산적에 생선까지 놓는 걸 우연히 본 일이 있었다. 그때는 그날이 아주 특별한 날인가보다 하고 넘어갔었다. 그런데 그게 아니었나보다.

"그 집 재산이 어느 정도인데요?"

"한양 인근의 논과 밭. 경기도에 있는 땅까지. 거기에는 모두 노비들이 나가서 경작하고 있다지? 매달 추수철이면 그 댁 창고가 미어터질 정도로 쌀가마가 줄지어 들어오는 것도 봤고. 그래서인지 추수철에 이 동네 거지들이 모두 그 댁 앞에 줄서잖아. 여기에 덕풍군 대감 댁에서도 매달 쌀과 고기에 재화까지 보내주시고."

다른 여자 증인도 나섰다.

"그 댁 아가씨가 시집갈 때 덕풍군 대감 댁에서 보낸 혼수로만 한양 땅 절반을 산다는 소문이 있었지, 아마?"

번개가 내 머리를 쳤다. 입술이 부들부들 떨려왔다. 유모는 남매의 아버지가 유배 중이기에 '엄청난 부자'임에도 겸손함을 떨려고 모든 하인들을 내쫓고 짚신이나 꼬는 연기를 해온 것이다.

그놈의 유모가!

난 마음 같아서는 당장 내던지고 싶은 물동이를 챙겨들고는 서둘러 집으로 돌아왔다.

"유모!"

내 외침에 부엌에서 유모가 나온다. 그녀의 손에는 내가 늘 받았던 음식상이 들려 있었다. 그런데 상만 똑같지 올라온 음식이 달랐다. 흰 쌀밥에 생선. 가짓수가 다양한 반찬들이 상다리가 휘어질 정도였다. 유모는 이 밥상을 들고 나를 향해 천사 같은 미소를 짓는다.

"수고하셨습니다. 굳이 나이 든 소인을 도와주실 필요가 없으셨는데 어서 식사하시지요."

난 유모에게 따져 물었다.

"그게 무슨 뜬금없는 소리예요? 저를 이렇게 부려먹은 건 유모잖아요."

그간 말없이 당한 설움이 몰려온다. 이 집이 어마어마한 부잣집인 줄도 모르고 괜히 어려운 살림에 착한 남매에게 폐를 끼칠까, 유모가 시키는 대로 모든 일을 다 했던 게 너무나도 억울했다.

"무슨 말씀이십니까?"

유모가 상을 내려놓고는 훌쩍이면 눈물을 훔친다.

"그저 소인은 허리가 아프다고 말씀드렸는데, 아가씨께서 오늘만은 소인을 대신해서 물을 떠다 주시겠다고, 소인이 극구 말려도 괜찮다며 물동이를 이고 나가셨던 아가씨께서 갑자기 소인에게 그리 말씀하시니……."

"제가 언제요? 분명 유모가……."

"흐흐흑! 너무하십니다. 아가씨."

무언가 이상하다고 느낀 내가 뒤를 돌아보았을 때였다. 그곳에 놀란 얼굴로 우리를 바라보고 있는 여진이가 서 있었다.

"여진아!"

언제부터 보고 있었는지는 모른다. 다만 놀란 여진의 얼굴로 보건대 유모가 나를 위한 밥상이니 뭐니 할 때부터 본 것은 확실해 보였다.

꼼짝없이 유모의 계략에 말려든 상황. 오늘 유모는 나를 쫓아내기 위해 작정을 한 것 같았다.

"내가 해명할게. 그러니까 내가……."

그때 여진이 빠르게 우리 쪽으로 다가오더니 유모와 나 사이를 가로막고 섰다. 그런데 그녀가 등을 보이고 선 쪽은 유모가 아니라 나였다. 여진은 나를 보호하며 유모에게 화를 냈다.

"유모, 그만해."

"아가씨?"

"그런 거짓말은 오라버니한테나 통하지. 나한테도 통할 것 같아?"

난 눈을 동그랗게 뜨고 여진과 유모의 얼굴을 번갈아 쳐다보았다.

"예전에도 내 버릇 잡겠다고 큰언니와 오라버니 앞에서 연기를 했었지. 나를 말도 안 듣는 못된 애로 만들려고 말이야."

"아가씨, 오해이십니다!"

유모의 울먹임이 커졌다. 그러나 여진은 단호히 유모에게 말했다.

"됐어. 더는 유모의 말을 듣지 않을 테니까."

그러더니 돌아서 내 손을 잡는다.

"가요, 언니."

"어디로?"

"언니 처소로 가요."

여진이 내 손을 잡아끈다. 그런데 방향이 좀 이상하다. 그녀가 가는 방향은 내 방이 있는 초가가 아니었다.

"저기, 여진아. 내 방은 그쪽이 아닌데?"

"아니라고요? 언니 별당에서 지내는 거 아니었어요?"

오히려 여진이 놀라 반문한다. 바로 그 순간, 유모가 내 앞에서 처음으로 당황한 표정을 지었다.

"그게 아가씨! 별당을 수리 중이라 당분간만 다른 곳에 머물게 하였습니다."

"다른 곳? 하지만 언니는 별당에서 지낸다고 했잖아. 게다가 별당이 수리 중이라니?"

여진이 나를 돌아보며 물었다.

"그동안 어디서 지냈어요?"

난 대문 옆 낡은 초가를 가리켰다. 여진의 눈동자가 터질듯이 커졌다.

"저기, 저 창고?"

여진이 어처구니가 없다는 듯 유모에게 말했다.

"저긴 볏짚만 쌓아놓은 곳이잖아. 오라버니가 만날 하지 말래도 짚신이나 만들겠다면서 볏짚만 가득……."

여기서 여진이 말을 멈춘다. 그녀는 짚이는 것이 있는지 꼭 부여잡았던 내 손을 두고 초가로 뛰어갔다. 여진은 내가 머물던 방의 문을 활짝 열어젖혔다.

"여기가……."

방 안에는 내가 만들다 만 짚신들과 볏짚들이 가득 쌓여 있었다. 여진의 입이 떡 벌어진다.

"지금까지 이 창고에서 언니를 지내게 했단 말이야? 유모!"

여진의 추궁에 유모는 고개를 들지 못했다.

초저녁. 스승 이보의 집에서 돌아온 윤임은 홀로 처소에서 글을 읽고 있었다.

"오라버니, 안에 있어?"

흥분한 여진의 목소리에 윤임이 고개를 들어 닫힌 문을 바라보았다.

"들어오너라."

안으로 들어온 여진의 표정은 심각했다.

"할 말이 있는 표정이로구나."

"언니에 대한 거야."

"언니?"

여진이 씩씩거리며 말했다.

"오라버니는 지금까지 언니가 어디서 어떻게 지냈는지 알아?"

"그녀는 지금 우리 집안의 손님으로 머물고 있지 않으냐."

"그러니까 우리 집안 어디?"

"유모에게 비어 있는 별당을 내어주라 말했다."

"별당? 오라버니한테도 유모가 그렇게 말했다 이거지?!"

윤임은 흥분한 여진의 태도를 이해하지 못한 채 인상을 찌푸렸다.

"허면 내가 직접 그녀에게 어디서 지내느냐 물어볼까? 여진아. 너는 그녀와 같은 여인이지만 나는 사내다. 사내가 여인의 처소에 관심을 둘 수는 없지 않으냐? 그것이야말로 예의에 어긋나는 짓이다."

윤임은 더는 이야기하고 싶지 않다는 듯, 보던 책으로 눈을 돌렸다. 여진은 윤임을 원망스레 흘겨보며 말했다.

"유모도 그걸 아니까 우리를 속여 온 거라고."

"이젠 유모 탓을 하려느냐? 그만 나가 보거라."

"대문 옆 초가 알지? 창고 말이야. 언니 지금까지 그곳에서 지내 왔대."

책을 넘기던 윤임의 손길이 멈췄다.

"그뿐만이 아니야. 언니가 하루 종일 이 집안에서 뭘 하고 지냈는지 알아? 아침에 우리가 나가면 마당 쓸고 물 떠오고 밥 짓고…….. 유모가 그 모든 일을 다 시켰나봐. 거기에 밤에도 쉬지 못하고 또 아침에는 새벽부터 일어나 볏짚으로 짚신 만들고. 그게 다 유모가 시킨 짓이었어."

윤임이 고개를 들어 여진을 바라보았다.

"그런 일이 있었구나. 몰랐다."

"그러니까! 이제라도 오라버니가 유모한테 가서 말 좀 해봐. 지금은 오라버니가 우리 집안의 가장이잖아. 전에 유모가 애꿎은 하인들을 다 내쫓는 것도 방관했지? 결국 손님으로 머물던 언니가 하인처럼 일만 하게 되었다고."

흥분을 가라앉히지 못하는 여진과 달리 윤임은 침착했다.

"알았다. 이제 내가 다 알았으니 그만 나가보거라."

하지만 여진은 쉽사리 물러갈 생각이 없어보였다.

"알았는데도 가만있을 거야? 언니는 우리 집안의 손님이야, 오라버니. 유모가 그런 언니를 내쫓으려고 일부러 그래왔다는 거 모르겠어? 오라버니가 나서지 않으면 유모는 계속 언니에게 일을 시킬 거라고."

"여진아."

윤임이 책을 덮으며 말했다.

"분명 유모가 한 일은 잘한 일이 아니다. 하나 우리를 위한다고 한 일이겠지. 방법이 틀렸다고 그 의도를 꾸짖을 수는 없지 않느냐?"

"그럼 계속 언니를 이대로 놔두겠다고?"

"그만 나가거라."

"오라버니!"

"나가래도."

윤임이 미간을 찌푸렸다. 여진은 속상한 듯 울먹거리며 자리에서 일어섰다.

"오라버니도 나빠! 유모랑 똑같다고!"

여진이 나가자 윤임은 길게 한숨을 내쉬었다. 다시 책을 펼쳤지만 이상하게도 글자가 눈에 들어오지 않았다.

윤임이 다시 책을 덮고는 창가로 다가갔다. 조용히 창문을 열자 대문 옆, 마당 한구석에 위치한 초가가 보였다. 밤이 찾아왔는데도 초가의 불은 꺼지지 않고 있었다.

초가의 창문에 사람의 그림자가 어른거렸다. 지금까지 윤임은 그 그림자가 유모의 것이라고 생각했었다. 그림자를 바라보던 윤임의 입에서 또 한 번의 긴 한숨이 흘러나왔다.

"끝내야 하는 것은 끝내셔야지요."

하룻밤에 만드는 짚신은 대충 스무 개. 처음 짚신만 만들 때는 하루 종일 짚을 꼬아야 가능한 숫자였다. 하지만 집안일이 추가되자 하루에 스무 개씩 만드는 것은 불가능에 가까운 중노동이었다.

"열다섯 개나 했는데요."

"잠을 줄이면 가능한 일입니다."

매정한 유모는 문을 닫고 나가버린다. 결국 나는 이를 부득부득 갈면서도 짚을 꼬기 시작했다.

여진은 윤임에게 말한다며 갔다. 과연 말했을까? 초저녁에 돌아온 윤임은 방에 들어간 이후 내내 조용했다. 여진이 성격에 윤임에게 가서 말은 다 했을 것 같다. 다만 윤임 성격이라면 알면서도 모른 척하기로 했나보다.

난 모든 것을 내려놓은 채 죽기 살기로 짚을 꼬는 데만 열중했다. 그러다 그만 실수로 짚에 손을 베이고 말았다.

"아얏…… 아우 씨."

짚이 얼마나 날카로웠던지 금세 붉은 핏방울이 뚝뚝 떨어진다. 바로 그때였다.

"괜찮소?"

윤임의 목소리였다. 하지만 난 혹시라도 잘못 들었는가 싶어 상대를 향해 물었다.

"누구세요?"

그러자 밖에서 조금은 당황한 헛기침 소리와 함께 답이 돌아왔다.

"윤임이오."

나는 손가락을 지혈하려던 것을 멈추고 문을 열었다. 찬 겨울 공기와 함께 그가 서 있었다. 그런데 그의 차림이 이상하다. 어디에 외출이라도 하려는 것인지 망건에 도포까지 단정히 두른 차림새다.

"어디 나가세요?"

"혹 실례가 아니라면 잠시 들어가도 되겠소?"

"네, 들어오세요."

나는 자리에서 일어섰다.

사실 일어서지 않으면 누군가 안으로 들어오기 힘들 정도로 좁은 방이었기 때문이었다.

잠시 후 그가 신을 가지런히 벗은 후 안으로 들어왔다. 짚단이 가득 쌓여 있던 터라 방 안은 평소보다 더 좁았다.

윤임과 내가 나란히 자리를 잡고 앉자, 어깨가 닿을 정도로 거리가 가까워졌다. 그는 자리에 앉자마자 제일 먼저 내 다친 손가락에 눈길을 주었다. 그제야 나는 내가 다치면서 냈던 소리를 그가 들었다는 걸 알게 되었다. 그의 시선이 다친 손가락에 머물러 있는 것을 보며 내가 말했다.

"볏짚에 베었어요."

"아직도 피가 나오?"

나는 지혈하던 손을 뗐다. 아직도 조금씩 피가 배어 나오고 있었다.

"조금 나네요. 하지만 이렇게 누르고 있으면 곧 괜찮아지겠죠, 뭐."

태연스럽게 말하는 나를 물끄러미 응시하던 그가 도포 안쪽에 저고리 소매를 묶는 비단 끈을 푼다.

"다친 손을 보여주시오."

그의 의도를 알아차린 나는 순순히 다친 손을 내밀었다. 그는 비단 끈으로 다친 부위를 정성스레 감아주었다. 그러고 나니 갑자기 미안한 마음이 들었다.

"끈에 피가 묻을 텐데요."

"걱정 마시오. 끈은 내게 아주 많으니."

그는 진지한 얼굴로 말하는데 정작 난 웃음이 터져 나오고 말았다.

"대신 짚신은 많이 없으시고요?"

난 짚신을 만들던 볏짚을 들어 보이며 활짝 웃었다. 그러자 그가 나의 얼굴을 보며 어색한 웃음을 짓는다.

"미안하오. 이리 불편하게 지내게 해서. 혹시라도 유모가 그대에게 잘못한 것이 있다면 내가 대신 사과하리다."

"뭘, 그런 일로 공짜로 재워주고 먹여주시는 게 어디에요. 그러려니 해요."

솔직히 그간 내가 고생한 것만 생각하면 쿨하게 넘기고 싶진 않았다. 하지만 아무 잘못 없는 그가 저리도 미안하다며 사과를 하는데 안 받아주면 내가 나쁜 사람이지.

"고맙소."

"고맙긴요! 아, 그리고 실은 우물가에서 만난 아줌마들한테 들었어요. 도련님 아버지가 귀양 가신 이후로 유모가 각별히 절약하고 지내는 거라던데요. 아무래도 아버님은 유배 가서 고생하고 계실 텐데, 남은 자녀들이 호의호식 지내면 남 보기에도 그럴 테고 여진이도 도련님도 마음이 좋진 못하겠죠. 그래서 유모에게 집안일을 모두 맡기신 거고요. 그렇죠?"

내가 한 말이지만 엄청 유모를 신경 써서 말해준 것 같다. 윤임도 그렇게 느꼈는지 나를 보며 미소를 짓는다.

"그대는 속이 깊군."

"칭찬이죠?"

그가 웃는 얼굴로 고개를 끄덕인다.

"그렇소. 칭찬이오."

"그나저나 그 '그대'라는 말 좀 안 쓰면 안 될까요?"

"응? 그게 무슨 말이오?"

당연한 것을 지적해서인지 그가 오히려 내게 모르겠다는 듯 반문한다.

"저를 부르실 때마다 '그대'라고 호칭하는 거요. 제겐 좀 어색하거든요. 차라리 이름을 불러주세요. 여진이도 여진이라고 이름을 부르시잖아요."

"여진이는 나의 누이이니……."

"저도 나이가 어리니 여진이처럼 동생, 누이잖아요? 같은 누이."

"그건……."

"봐요. 저도 도련님이라도 불러드리잖아요. 그러니까 앞으로 제 이름 부르세요. 유나라고, 이. 유. 나."

"유나……."

"네, 제 이름은 이유나입니다, 도련님!"

씩 웃으며 당차게 말하는 나를 향해 그가 방긋 웃는다.

"허면 그대도……."

"유나. 유나아아-"

나의 지적에 그가 살짝 얼굴을 붉히며 고개를 끄덕인다.

"그럼 유나. 유나도 내 이름을 부르시오."

"에?"

난 눈을 동그랗게 뜨고 그를 쳐다보았다.

"내 이름은 윤임이오."

그건 이미 알지.

"정말요?"

여기는 조선시대인데. 조선시대에는 서로를 존칭하기 위해 이름 대신 다른 걸 부르긴 했다. 물론 그건 남자들만의 이야기이긴 하지만. 난 여자라서 예외로 쳐달라는 거였지.

"하나 윤임은 부모님이 지어주신 이름이라 함부로 부르기 어려우니, 내 지기들처럼 자字를 부르시오."

"자? 그거 이름 대신에 부르는 거잖아요."

"그렇소."

"자는 뭔데요?"

"내 자는 '임지'요. 그래서 지기들은 나를 '윤임지'라 부르지."

"그럼 앞으로 임지 오빠……."

오빠라는 단어에 그의 눈에 살짝 힘이 실리는 것 같다.

흐음. 맞다. 여기는 조선이지.

"임지 오라버니로 부를게요. 괜찮죠?"

아직까지 '오라버니'라는 단어가 입에 착착 감기지 않는다는 게 단점이긴 하지만 시간이 흐르면 이것도 익숙해지겠지.

"싫으세요? 그럼 다시 도련님이라고 부를까요?"

난 그를 흘겨보며 물었다.

"아니요. 유나 그대가 편한 대로 부르시오."

"또 그대래."

내가 지적하자 그가 민망한 듯 웃는다. 그러더니 내 앞에 놓인 볏짚을 가져간다.

"도와주겠소, 유나."

난 놀란 눈으로 그를 쳐다보았다.

"짚신 만들 줄 아세요? 도련님이?"

"도련님이라?"

이번에는 그가 나를 흘겨보며 지적한다.

"하하, 임지 오라버니이-."

그도 내 대답이 만족스러운지 활짝 웃는다.

"난 못하는 게 없소."

"어련하시겠어요. 대단한 집 도련님이."

"하하!"

돌아온 내 답변에 그가 호탕하게 웃는다.

날이 어슴푸레 밝아오고 있었다.

"자, 이제 이것이 마지막이오."

능숙하게 마지막 짚신을 완성한 윤임이 고개를 들었다. 그런데 유나에게서 움직임이 없다. 유나는 앉은 자세로 잠들어 있었다.

"유나?"

조심스레 유나를 불렀지만 눈을 뜨지 못했다. 윤임은 한 손바닥을 유나의 눈앞에 가져다 대었다. 어두운 그림자가 유나의 눈가를 덮었다. 깊게 잠든 것 같았다.

"많이 피곤한 모양이군."

윤임은 짧게 웃고는 이불을 깔아주고 그 위에 유나를 조심스레 눕혀주었다.

"으음……."

윤임이 밖으로 나왔을 때, 문 밖에는 유모가 서 있었다. 유모를 본 윤임의 표정이 어두워졌다. 유모는 윤임의 시선을 피해 고개를 숙이며 어쩔 줄을 몰라 했다.

"도련님⋯⋯."

유모가 윤임을 불렀지만 그는 말없이 유모를 지나쳤다. 그러자 유모가 황급히 윤임을 돌아보며 말했다.

"죄송합니다, 도련님!"

윤임이 걸음을 멈췄다. 그는 유모를 돌아보지도 않은 채 말했다

"하인을 둘 정도 더 두는 것이 좋겠네. 필요하다면 밖으로 내보낸 외거노비들을 불러들이든지. 그것도 유모의 마음에 들지 않는다면 큰누이에게 청해 그 댁 노비들을 여럿 데려오지."

윤임의 목소리에 화가 묻어났다. 유모는 기가 죽은 듯 기어들어가는 목소리로 대답했다.

"도련님의 뜻대로 하시지요."

윤임이 고개를 돌려 불이 꺼진 유나의 처소를 응시했다.

"또한 그녀의 처소는⋯⋯."

유모가 재빨리 윤임의 말을 받았다.

"별당을 치워두지요."

"고맙네."

윤임이 자리를 떠나고 나서야 유모는 참았던 한숨을 몰아 내쉬었다.

며칠이 지난 오후. 윤임의 무예 스승이자 군기시부정인 이보의 저택. 늦은 오후임에도 이보의 외동딸 도희가 고운 채색 비단 옷을 차려입고 경대 앞에 앉았다. 그녀의 몸종인 향단이가 화려한 장신구들을 그녀 앞에 펼쳐놓으며 말했다.

"오늘은 어떤 것을 하시겠어요, 아가씨?"

장신구들을 쭉 살펴보던 도희가 고개를 가로젓는다.

"새로운 것이 없구나."

"그럼 이것은 어떠셔요?"

향단이가 빨간 앵두 모양의 돌이 여러 개 박힌 머리꽂이를 가리켰다.

"오늘 입으신 저고리의 색과 아주 잘 어울립니다."

"그래?"

"예. 그렇습니다. 게다가 한동안 착용하지 않으셨으니 윤임 도련님도 모르실 것이옵니다."

"그럴까? 한번 줘 보거라."

향단이가 잽싸게 머리꽂이를 들어 도희에게 건넸다.

도희가 그것을 자신의 머리에 꽂고는 거울 속에 비친 자신의 모습을 이리저리 살폈다. 그녀의 눈에도 오늘 자신이 입은 옷과 썩 잘 어울리는 것 같았다. 오늘 자신의 모습을 보고 칭찬해줄 윤임을 떠올리며 도희가 방긋 미소를 지었을 때였다.

"아가씨!"

문 밖에서 도희를 찾는 다급한 목소리가 들려왔다. 향단이의 어머니이자 이 댁 몸종인 삼월댁이었다.

"들어오게."

도희가 경대에서 고개를 돌리며 말했다. 곧 문이 열리며 삼월댁이 안으로 들어왔다.

"아가씨! 오늘 제가 길에서 덕풍군 대감댁 하인을 만났지 뭡니까."

"그런데?"

"며칠 전부터 덕풍군 댁에서 하인 몇 명이 차출되어 윤임 도련님 댁에 가서 일을 한다고 합니다."

"그게 무슨 큰일이라고 그리 호들갑이냐? 그 댁 유모 혼자 일을 하기에는 힘에 부치니 덕풍군 댁에서 하인들을 몇 데려와 쓰는 모양이겠지."

별 대수롭지 않다는 듯 도희가 다시 거울이 있는 경대로 눈을 돌리려던 그때였다.

"그 댁 별당에……."

"별당?"

"별당에 웬 젊은 여인이 기거하고 있다 합니다."

"여인?"

도희의 눈에 힘이 실렸다. 눈치 없는 향단이가 나섰다.

"혹시 첩이라도 들이신 것일까요? 식구가 늘어서 사람이 더 필요하니 덕풍군 댁에서…… 아얏!"

"이것아, 입 좀 닥치고 있어."

"아이…… 엄니!"

삼월댁에게 꿀밤을 얻어맞은 향단이가 인상을 썼다. 그러나 곧 도희가 자신을 매섭게 노려보고 있다는 사실을 깨닫고는 급히 시선을 아래로 내리깔았다.

"그래서? 덕풍군 댁 하인이 뭐라 하더냐?"

도희가 삼월댁에게 물었다.

"그쪽에서도 도련님의 첩실이 아니겠느냐고……."

이제 도희의 얼굴은 새파랗게 질려버렸다.

아홉 살 때 윤임과 정혼한 뒤로 십 년에 가까운 세월이 흘렀다. 올해, 두 사람은 혼례를 올리기로 하고 날을 잡았다. 그러나 갑작스럽게 터진 사화로 인해 윤임의 부친 윤여필이 귀양을 가게 되면서 혼례가 기약 없이 미뤄진 상태였다.

"도련님은 그럴 분이 아니시지요, 아가씨."

뒤늦게 향단이가 도희의 눈치를 보며 말을 꺼냈다. 하지만 이미 도희의 귀에는 이런 향단이의 말이 전혀 들리지 않았다.

삼월댁도 나섰다.

"설마 윤임 도련님께서 혼인도 전에 첩을 들이시겠습니까?"

이번에는 도희가 삼월댁을 노려보며 말했다.

"허면 혼인 후에는 첩을 들여도 된다는 것이냐?"

"아, 아니지요! 쇤네가 말실수를 했습니다……."

도희가 거칠어진 숨을 내쉬며 중얼거렸다.

"젊은 여인이라고?"

아침이었다.

"언니이-"

며칠 전부터 내가 머물기 시작한 별당에 여진이가 수시로 드나들었다. 물론 유모는 이를 좋아하지 않았다. 하지만 여진이가 나를 만나러 오는 것에 대해서 전보다는 통제가 덜한 편이었다.

"왔니?"

반갑게 맞아주는 나를 보며 여진은 방 안으로 들어온다. 그리고 제일 먼저 향한 곳은 내가 있는 곳이 아니라 침상이 있는 곳. 그녀는 지난밤 내가 잠들었던 침상 아래에 놓인 화로를 살핀다.

밤새 따뜻하게 지펴졌던 불씨는 더 이상 남아 있지 않았다. 그런데도 여진은 예리한 눈으로 오랫동안 화로를 이리저리 살핀다.

"뭐 하니?"

"지난밤에 불을 땐 것 같기는 한데 아직 아침인데 화로가 너무 차가운걸요."

그제야 여진이 알고 싶었던 것이 무엇인지 난 알게 되었다.

"불 땠어. 그것도 충분히. 유모가 탄을 넉넉하게 가져다주었거든."

"정말이죠? 혹시 유모가 그렇게 말하라고 시킨 건 아니죠?"

유모를 향한 여진의 불신은 어떨 땐 장난 같으면서도 어떨 땐 집요하고 진지하다.

"이제 유모는 더는 내게 일을 시키지 않아."

윤임이 다 쓰러져 가는 창고 같던 내 방을 방문한 이후다. 그때 먼저 잠들어버려서 무슨 일이 있었는지는 모른다. 다만 눈을 뜬 아침, 유모는 내게 별당으로 방을 옮기라고 했고 더는 잡일을 시키지 않았다. 덕풍군 댁에서 하인들도 여럿 와서 살림을 돕기 시작했다. 집이 분주해졌다.

나만 빼고.

"뭐 하고 계셨어요?"

"수."

난 손에 들고 있던 자수를 여진에게 보여주었다. 여진은 내가 한 자수를 보고 깜짝 놀란 표정을 짓는다.

"이거 정말 언니가 다 한 거예요?"

"응. 맞아."

별당에 온 이후로 내가 할 집안일은 완전히 없어졌다. 하인들이 새로 들어왔기 때문에 내가 할 일이라고는 하루 종일 별당에서 뒹굴뒹굴하는 것뿐. 짚신도 더는 만들 필요가 없었고 물을 길어올 일도 마당을 쓸 일도 없었다. 오히려 일이 없으니 시간이 더디게만 흘러가는 것 같았다. 그래서 여진에게 일거리가 없냐고 물었더니 내게 자수를 가르쳐 주었다.

나는 자수라는 걸 태어나서 처음 해 보았고 여진은 수년째 큰언니에게서 배우고 있다고 했다. 이렇게 난생처음 배운 자수가 이상하게 손에 익었다. 내 실력은 하루가 다르게 일취월장했고 마치 어린 시절부터 꾸준히 해온 것처럼 며칠 만에 여진이의 수년 된 실력을 따라잡았다.

"타고난 소질이 있는 걸까? 역시 타고난 사람은 다른 걸까."

여진이 내가 놓은 자수를 만지작거리며 중얼거렸다. 난 부끄러운 듯 웃으며 말했다.

"할 게 없어서 그렇지. 하루 종일 자수만 놓고 지내는걸."

"그래도 수상해요. 너무 뛰어난걸. 제가 몇 년 동안 배운 실력을 겨우 며칠 만에, 분명 전에 배웠지요? 그렇지요?"

"전혀."

"에이– 정말 못 믿겠어."

투덜대는 여진을 보며 웃으면서도 내 안에는 이유 모를 불안감이 솟아올랐다.

전혀 배운 적이 없다고 말했지만 실은 거짓말이다. 자수를 한 땀

한 땀 놓을 때마다 마치 끊어지고 잃어버린 것만 같던 기억이 떠올랐다. 그 기억은 내가 자수를 놓고 있는 기억이었다. 다만 그때가 몇 살이었는지 또 어디였는지는 전혀 기억이 나지 않았다.

분명한 것은 어린 시절이었다는 것.

"게다가 봉황이네."

내가 수놓은 봉황을 이리저리 살펴보던 여진이 뒤늦게 기억났다는 듯 말한다.

"참."

여진이 차고 있던 노리개를 내 앞으로 내민다. 그것은 용이 새겨진 옥패였다. 난 그 옥패를 본 일이 있었다. 여진이 내게 봉황이 새겨진 옥패를 돌려주려고 할 때, 함께 있던 또 다른 옥패였다. 하지만 용이 새겨진 옥패는 내 것이 아니었다.

"이건 노리개로 차고, 언니가 빌려준 건 목에 걸고 다니려고요."

"둘 다 하진 않고?"

"그렇게 하면 소리가 나서요. 한 번에 하나씩만 번갈아가면서 착용해야 할 것 같아요. 그리고 오늘 큰언니가 불러서 잠깐 덕풍군 대감댁에 가야 하는데 같이 갈래요? 며칠 동안 외출도 안 하고 별당에서만 지내서 갑갑하잖아요."

배려해주는 여진이가 고마워서 난 싱긋 웃었다.

"고마운 말이지만 네 언니가 부른 건 너지, 내가 아니잖아. 내가 말도 없이 갑자기 따라가는 건 좀 그렇지 않을까?"

"그건 걱정 마세요! 언니 집은 원래 월산대군마마의 사저라서 진귀한 서적이나 보물 같은 게 많거든요. 그래서 바깥채는 늘 손님들을 위해 열어두니까 누가 드나드는지도 잘 몰라요. 언니는 제가 큰언니를 만날 동안 바깥채에서 기다리고 계시면 돼요. 구경도 하고."

"손님들이 계시면?"

"에이~ 걱정도 많다! 말이 사저이지 사실상 별궁 수준이라고요. 엄청나게 커요. 일하는 하인들도 엄청나게 많고. 그러니 다른 사람들과 부딪힐 걱정은 전혀 하지 않아도 된다고요."

"그래?"

솔직히 이 조선에서 임금님 다음으로 부자라는 덕풍군의 사저가 어떻게 생겼는지에 대한 호기심도 있었다.

여진의 말은 사실이었다. 우물가에서 만난 여자들의 말도 사실이었다. 확실히 여진의 언니는 조선에서 임금님 다음으로 부자인 남자에게 시집간 것이 확실했다. 입구에서부터 으리으리하게 생긴 큰 대문은 흡사 칠을 하지 않은 근정문을 떠올리게 할 정도였다.

덕풍군의 저택. 다시 말해 덕풍군의 아버지였던 월산대군의 저택은 크게 안채와 바깥채로 나뉘었다. 바깥채의 중심이 되는 건물인 '사랑채'의 경우 최소 궁궐의 강녕전 뺨치는 크기였다. 사랑채에는 마치 미로처럼 여러 개의 긴 행랑들이 곳곳에 연결되어 있는 구조로 일반 한옥과는 분명 달라도 뭐가 달랐다. 행랑마다 진귀한 서적과 보기 드문 골동품들로 가득 차 있었다.

"구경하다 보면 시간도 금방 갈 거예요."

날 이곳에 홀로 남겨둔 여진은 언니가 있다는 안채로 가버렸다. 여진이 떠나자 난 제일 먼저 서적들이 빼곡한 행랑으로 들어섰다. 끝이 보이지 않을 정도로 긴 행랑 안을 걸으며 아무 책이나 집어 들어 살펴보았다. 모두 한문으로 적혀 있었고 간혹 언문으로 적힌 글들도 있었는데, 희한하게도 책마다 적힌 모든 글을 읽을 수가 있었다.

동굴을 통해 이 조선시대로 건너온 이후로, 난 마치 이 시대에 딱 맞게 조립된 로봇처럼 모든 부분에 재능을 보였다. 스스로가 생각하기에도 매우 신기한 일이 아닐 수 없었다.

"나으리. 이쪽입니다."

행랑의 끝에 위치한 문이 열리더니 손님으로 보이는 갓을 쓴 남자 여럿이 하인의 안내를 받아 들어오는 것이 보였다. 난 혹시라도 그들의 눈에 띌까 봐 재빨리 건너편 행랑으로 도망치듯 자리를 옮겼다.

- 탁!

"찍찍, 찍찍."

내가 몸을 숨긴 행랑은 조금 전 서적으로 가득 차 있던 행랑과는 전혀 다른 세상이 펼쳐져 있었다. 이곳에는 다양한 종류의 새들이 새장 안에 담겨 행랑 대들보에 줄지어 걸려 있었다. 아마 아직 추운 겨울이라 새들을 실내에 둔 것인지, 행랑 안에는 훈훈한 온기가 느껴졌다. 흡사 작은 동물원에 들어온 듯한 기분이었다.

새장 안에는 처음 보는 희한한 새들부터 어디선가 본 적이 있는 것처럼 낯익은 새들까지 각기 한 쌍씩 들어 있었다.

"짹짹-"

그때, 가까이 있던 새장 하나가 눈에 들어왔다. 대들보에 걸린 높이가 딱 내가 새장 안을 들여다보기 좋은 위치였다. 난 새장 안을 유심히 들여다보았다.

"이건 참새인가?

새장 안에는 다른 새장들과 달리 홀로 갇혀 있는 작고 어린 참새가 있었다. 참새는 나와 눈이 마주치자 신기하게도 내 쪽으로 가깝게 다가왔다. 난 손가락을 새장 안에 넣어 작은 새의 부리를 조심히 쓰다듬어 주었다. 새는 기분이 좋은지 날개를 푸드덕거리면서도 내 손길을 거부하거나 떨어지려 하지 않았다.

"난 유나야. 네 이름은 뭐니?"

"그 새의 이름은 '지아'요."

갑자기 등 뒤에서 들려온 남자의 목소리에 난 화들짝 놀라 돌아섰다.

언제 나타났는지 갓을 쓰고 있는 키 큰 남자 하나가 서 있었다. 순간적으로 나는 그가 조금 전 하인의 안내를 받아 행랑으로 들어온 여러 남자들 중 하나라고 생각했다. 그는 놀란 내 두 눈을 가만히 응시하며 놀라게 해서 미안하다는 듯 웃고 있다. 우리는 곧 작은 새가 들어 있는 새장을 사이에 두고 나란히 섰다.

"처음 보는 여인이군. 옷차림을 보아하니 이 댁 하인은 아닌 듯 보이는데."

얼마 전까지 유모의 옷을 빌려 입던 나는 최근에 여진의 언니가 시집가기 전에 입었다는 옷을 입고 있었다.

"궁금한 사람이 먼저 신상을 밝히는 게 순서가 아닐까요?"

그는 입가에 엷은 미소를 지은 채 고개를 끄덕였다.

"맞소. 그리고 내 이름은 신홍연이라 하오."

그가 자신의 이름을 말하자마자 내 가슴에 묵직한 돌덩이 하나가 내려앉는 듯한 기분이 들어 말을 잇지 못했다. 이처럼 내가 아무런 말도 못 한 채로 서 있자 그가 나를 지그시 바라보더니 묻는다.

"그대는? 그대는 누구요?"

"여진아."

덕풍군의 부인이자, 여진의 친언니인 해진이 안채에서 여진을 반갑게 맞이했다.

"언니."

여진이 활짝 웃으며 해진의 앞으로 쪼르르 달려가 자리를 잡고 앉는다.

"기별을 보낸 지가 얼마 되지도 않았는데 참 빨리도 왔구나."

"공부 가르쳐줄 때 빼고는 언니가 따로 부르는 일은 드물잖아. 그래서 왠지 재미있는 일이 있을 것 같더라구. 그렇지?"

철없이 재촉하는 여진을 보며 해진이 난처한 웃음을 짓는다.

"다 커서, 언제까지 어리광을 피우려 그러느냐. 언니가 가르쳐 준 내훈의 글귀들은 다 잊은 게냐?"

"그거야 시집가서 써먹어도 되는 내용이 대부분이잖아."

"시집갈 생각은 있고?"

"당연하지! 하지만 아버지가 유배에서 풀리실 때까지는 어림없는 이야기고."

그때 해진의 눈에 여진이 찬 노리개가 눈에 들어왔다. 용이 새겨진 노리개는 해진의 눈에 확 띄었다.

"그거. 처음 보는 노리개로구나."

"아, 이거?"

여진이 노리개를 풀어 해진의 앞에 내밀며 자랑했다.

"특이하지? 예쁘지?"

여진이 내민 옥을 살펴보던 해진이 놀란 표정을 지었다.

"용이로구나. 이 귀한 노리개를 어디서 얻었을까?"

은근슬쩍 해진이 묻는 말에 여진은 순순히 털어놓으려다가 주저하며 말했다.

"그렇게 됐어."

사실 윤임은 용과 봉황이 새겨진 옥 두 개를 모두 유나에게 돌려주라고 했었다. 하지만 유나는 봉황이 새겨진 옥만 자신의 것이라고 했다. 그리고 봉황이 새겨진 옥을 빌려주었다. 덕분에 여진은 봉황이 새겨진 옥과 용이 새겨진 옥 두 가지 다 손에 넣을 수 있었다.

"하나 여인이 차기에는 용이 어울리지 않는구나."

"어차피 작잖아. 가까이에서 보지 않는 이상, 용인지 봉황인지 모를걸."

"봉황?"

순간 여진이 말실수를 했다는 듯 어색한 웃음을 흘렸다.

"용의 짝은 봉황이니까…… 하하……."

해진은 여진을 예리한 시선으로 훑어보며 말을 이었다.

"그래. 하나 이 귀한 걸 임이가 네게 주었을 리는 없고."

"나쁜 짓으로 얻은 건 절대 아니야! 내가 그럴 애로 보여?"

계속되는 해진의 추궁에 여진이 화를 냈다. 해진은 긴 한숨을 내쉬었다.

"알았다."

여진이 아직 철이 없긴 하지만 귀한 물건을 훔치거나 할 아이가 아니라는 건 해진도 알고 있었다. 해진은 여진이 내민 옥을 이리저리 살펴보다가 말했다.

"노리개로 쓰이는 끈을 바꾸는 것이 좋겠다. 얼핏 보면 사내가 차고 다니던 것으로 보이니, 남이 보면 오해할라."

"언니가 끈을 바꿔주려고?"

"두고 가렴. 옥에 어울리는 끈을 찾아 바꿔주마."

"좋아!"

방긋 웃는 여진을 보며 해진도 따라 웃었다.

"한데 여진아. 내가 널 어찌 불렀는지 아느냐?"

"아니. 그러고 보니 무슨 일로 부른 건데?"

"실은 네 혼사 때문에 불렀단다."

"혼사?"

여진이 손가락으로 자신을 가리키며 되묻는다.

"그래. 아버지의 유배로 인해 올 초 치러질 예정이던 임이의 혼사가 기약 없이 미뤄지고 있지 않니? 게다가 너는? 너 역시도 혼인은커녕 혼처조차 정하지 못하고 있으니 말이다."

"난 아직 괜찮은데……."

"괜찮기는? 그래서 아버지께 서신을 보내 허락을 구했다. 네 혼처는 대감께서 알아보셨고."

여진의 표정이 조금씩 굳어갔다.

"형부가 혼처를 알아보았다는 건…… 설마, 벌써 내 혼처가 정해진 거야?"

당황하는 여진의 모습이 귀여운지 해진은 한 손으로 입을 가리며 킥킥 웃는다.

"원래 혼사는 어른들이 정하는 것이다."

"그래도 난 얼굴도 모르는 사람과 혼인하고 싶진 않아!"

"네가 그리 말할 줄 알았다."

해진이 웃는 얼굴로 여진을 바라보았다.

"웃지 마, 언니! 난 지금 심각하다고. 나는 혼인날 얼굴을 보고 싶지 않아! 적어도 내가 혼인할 사람이 어떤 사람인지는 알고……."

"알면? 마음에 안 들면 혼인하지 않으려고?"

"그건 아니지만……."

말꼬리를 잡힌 여진이 어쩔 줄을 몰라 하자 해진이 부드럽게 타이르듯 말한다.

"걱정 마렴. 네가 그렇게 나올 줄 알고 자리를 마련했으니."

"자리? 자리라니?"

해진은 입가에 미소를 띤 채로 고개를 한 번 끄덕인다. 여진의 얼굴이 창백해졌다.

"그래서 날 부른 거였어?"

해진이 재차 고개를 끄덕였을 때였다.

"부인. 안에 계시오?"

덕풍군의 목소리가 들려왔다. 해진은 여진과 함께 자리에서 일어서며 대답했다.

"예, 대감."

문이 열리며 덕풍군이 안으로 들어왔다. 그는 혼자가 아니었다. 한 사람이 더 있었다. 그 사람은 덕풍군의 뒤를 따라 안으로 걸어 들어왔다. 해진과 함께 고개를 숙인 채 덕풍군을 맞이하던 여진은 처음 그의 존재를 알아차리지 못했다.

뒤늦게 덕풍군 뒤로 도포를 입은 사내가 따라 들어오는 것을 알게 된 여진의 가슴이 쿵쾅거리며 뛰기 시작했다. 그 사람이 바로 언니가 말한 자신의 혼인 상대라는 것을 알아차린 것이다.

여진이 슬그머니 고개를 들자 갓을 쓰고 있는 사내의 옆모습이 보였다. 아직 어린, 막 관례만 치른 여진 또래의 소년이었다.

"앉으시게."

분명 덕풍군보다 한참은 어린데도 덕풍군은 그 소년에게 정중하게 예를 표했다. 물론 관례를 치르면 소년은 어른의 대우를 받는다. 망건을 두르고 상투를 틀었으니 어른의 대접을 받는 것은 당연하다.

그러나 종친인 덕풍군이 고작 관례를 치른 어린 반가의 소년에게 존칭을 쓸 이유는 없다. 다시 말해 소년의 신분은 덕풍군보다

높거나 비슷하다는 뜻.

"부인. 처제. 앉으시오."

소년과 함께 먼저 자리를 잡고 앉은 덕풍군이 이번에는 해진과 여진에게 앉을 것을 권한다. 해진이 여진과 함께 나란히 자리에 앉자, 덕풍군이 웃으며 소년을 소개했다.

"영산군이시오."

여진은 고개를 들어 소년과 얼굴을 마주했다. 그리고 깜짝 놀라 소리쳤다.

"다, 당신은……!"

여진은 이 소년이 누구인지 단번에 알아보았다. 얼마 전 부마인 홍연과 함께 금표비를 넘어 안으로 들어갔던 소년.

'그가 영산군이었어?'

크게 놀란 여진과 달리 단 한 번도 여진을 본 적이 없었던 영산군은 어리둥절한 표정을 짓는다.

"소저께서는 나를 아십니까?"

"그, 금표……!"

자신도 모르게 금표비의 일을 꺼내려던 여진은 자신의 손으로 입을 틀어막았다. 영산군이 금표비를 넘었다는 사실을 이 자리에서 밝힌다면 자신도 그 안으로 들어가 유나를 발견한 일까지 말해야 한다. 그리되면 윤임도 엮이게 되고 일은 커질 것이다.

"처제. 영산군을 뵌 일이 있나?"

덕풍군이 물었다. 해진도 궁금한 표정으로 여진을 돌아보았다. 여진은 여전히 자신의 입을 틀어막은 채로 고개를 세차게 가로저었다.

이 순간 여진은 추운 동굴 안에 버려져 있던 유나를 떠올렸다. 윤임과 함께 여진이 동굴 안으로 들어가 유나를 발견하기 전까지, 그곳에 있었던 사람은 부마 신홍연과 영산군뿐이었다.

그렇다면 그들은 유나에게 무슨 짓을 벌이고 도망쳤던 것일까? 신분고하에 상관없이 몇몇 못된 사내들이 여인에게 한다는 추잡한 짓?

'나쁜 사람!'

이런 여진의 속내를 알 리 없는 덕풍군은 영산군에게 혼인에 대해 말을 꺼냈다.

"영산군께서도 이 혼인에 대해 정업원에 계신 숙용마마께 들으셨을 것입니다."

정업원은 한양 안에 있는 유일한 비구니 절로, 선왕이 죽으면 후궁들이 출가해서 지내는 절이다. 영산군의 모친인 심숙용은 출가 후 그곳에서 지내고 있었다.

"예. 안 그래도 며칠 전 어머니께 들었습니다."

"허면 오늘 이 자리를 마련한 연유를 짐작하시겠군요."

덕풍군의 물음에 영산군이 얼굴을 붉힌다.

"조금 전 처제를 뵙게 해주신다 하셨을 때부터 알아차리고는 있었습니다."

"실례가 아니라면 오늘 처제를 뵌 인상이 어떠하신지 물어도 되겠습니까?"

두 사내가 여진을 두고 이야기꽃을 피우는 그때였다. 영산군을 노려보던 여진이 자리에서 벌떡 일어섰다.

"여진아?"

여진은 영산군을 노려보며 소리쳤다.

"이런 파렴치한과는 절대 혼인 못 해요! 아니, 안 해!"

그 순간 이 자리에 앉은 모두가 놀란 표정으로 여진을 응시했다. 여진은 씩씩거리며 거친 숨을 내쉬며 자리를 박차고 나가버렸다.

"처, 처제!"

당황한 덕풍군이 여진을 불렀으나 소용이 없었다. 무엇보다도 이 자리에서 가장 당황한 해진은 덕풍군과 영산군의 눈치만 살피며 고개를 숙였다.

"죄송합니다. 제 가르침이 부족하여 저 아이가……."

영산군도 방금 전 여진의 무례함에 화가 났는지 아랫입술을 깨문 채 인상을 썼다. 그때 영산군의 눈에 무언가 들어왔다. 그것은 아까까지 해진이 앉아 있던 자리. 지금은 덕풍군이 앉아 있는 바로 그 자리에 놓인 옥패였다.

반달 모양의 작은 옥에는 용이 새겨져 있었다. 그 옥을 알아본 영산군이 재빨리 손을 뻗어 그것을 집어 올렸다. 분명 홍연이 지니

152

고 다니던 바로 그 옥이었다. 단 한 순간도 홍연이 자신의 몸에 떼어놓으려고 하지 않던 바로 그 옥. 최근에 그는 홍연이 이 옥을 잃어버렸다는 사실을 들어 알고 있었다.

"어찌 이 옥이 여기에 있습니까?"

"그대는? 그대는 누구요?"

새장의 창살이 그의 얼굴을 조각조각 나누어버렸다. 그럼에도 신홍연이라는 이름의 사내는 그의 얼굴에서 가장 돋보이는 또렷한 두 눈동자로 나에게 시선을 떼지 않고 있다. 그의 시선은 나를 수줍게 만들고 괜스레 애꿎은 새장만 더듬게 한다.

이러한 내 손길조차 놓치지 않으려는 듯 집요하게 쫓는 그의 시선이 조금은 부담스러워졌을 때였다.

"제 이름은요……."

"유나."

새장이 가득한 행랑 안으로 윤임이 불쑥 들어오며 나를 부른다.

"임지 오라버니!"

이 난처한 상황에서 구세주를 만난 나는 홍연에게 내 이름을 대답한다는 것도 잊은 채 윤임에게로 달려갔다. 윤임은 자신에게 다가오는 내게 눈길조차 주지 않은 채 홍연을 차가운 시선으로 응시한다. 난 윤임의 곁에 서서 홍연을 돌아보았다.

"유나?"

그사이 홍연이 윤임의 입을 통해 들은 내 이름을 되뇐다. 윤임은
홍연을 향해 살짝 고개를 숙여 인사를 건넸다.

"부마 대감."

'부마?'

부마라면 공주의 남편을 지칭하는 말인가? 부마의 사전적 의미
를 떠올리는 내 머리가 갑자기 지근거리며 아파왔다. 순식간에 하
얀 눈으로 뒤덮인 설원의 풍경이 뇌리를 스치고 지나간다.

['무엇이 불편하십니까?']

['이 너울이⋯⋯.']

검은색 베일이 내 눈앞을 가리고 있어서 앞이 전혀 보이지 않는
다. 다만 베일 사이로 보이는 사람의 존재만 느껴질 뿐이다. 목소
리만으로는 어린 남자아이 같은데 누구지?

"우리가 아는 사이던가?"

홍연이 윤임에게 묻는다. 단번에 부마를 알아본 윤임과 달리 홍
연은 윤임을 전혀 모르는 듯한 얼굴이었다. 그런데 윤임에게 물으
면서도 홍연은 내 얼굴에서 눈을 떼려 하지 않았다.

"제 큰누이가 덕풍군 대감의 부인입니다. 전 윤임이라 합니다,
대감."

그제야 홍연이 윤임의 신분을 알았다는 듯 고개를 끄덕인다.

"덕풍군 부인의 아우로군."

그들의 소개가 끝나자 다시 홍연은 내게로 시선을 고정시킨다.

"허면 이분은 누구인가? 자네의 큰누이이신 덕풍군 부인은 일전에 이미 뵌 일이 있고, 작은 누이도 그때 함께 보았네. 하나 이분은······."

윤임이 잠시 나와 눈을 맞추더니 답한다.

"작은 누이의 동무입니다. 작은 누이가 큰누이를 만나러 오는 길에 함께 온 것입니다."

나는 내 소개를 언제까지 윤임에게 맡길 수 없다고 생각했다. 이미 홍연은 내가 물은 대로 자신의 이름을 내게 말했으니까.

"이유나입니다. 대··· 감?"

윤임도 홍연을 '부마 대감'이라고 불렀으니 나도 그래야 할 것 같았다. 하지만 처음 윤임을 오라버니라고 부를 때의 어색함처럼 '부마 대감'이라는 호칭이 입에 잘 붙으려 하지 않았다.

윤임이 헛기침을 강하게 한다. 난 그의 뒤로 한 발짝 물러섰다. 밖에서 하인이 들어와 홍연에게 말했다.

"대감. 영산군대감께서 찾으십니다."

"알겠다. 곧 가마."

하인이 먼저 밖으로 나가고 뒤이어 행랑을 나가려던 홍연이 나를 향해 눈웃음을 짓는다.

"만나서 반가웠소, 이 소저."

홍연이 떠나고 윤임과 둘만 남게 되었다. 윤임이 나를 돌아보며 묻는다.

"혹 일전에 그를 만난 적이 있소?"

"누구요? 아까 그 부마 대감이오?"

"그렇소."

난 고개를 가로저었다.

"전혀요. 오늘 처음 봤어요."

"처음 봤다고?"

"왜요? 처음 보면 안 되나요?"

"아니오. 그건 아니오. 다만……."

윤임이 무언가 생각하는 듯한 표정으로 잠시 머뭇거리다 말한다.

"그를 조심하시오."

조심하라는 말이 퍽 의미심장하게 들려와서 난 걱정이 되었다.

"그 부마 대감이 나쁜 사람인가요?"

그 말에 윤임은 고개를 가로저었다.

"그건 아니오. 다만 조심해서 나쁠 건 없으니까."

조심해서 나쁠 것은 없다는 윤임의 말이 괜스레 신경 쓰인다. 그것보다도 홍연이라는 남자가 나쁜 사람은 아니라는 윤임의 대답이 나를 안심시켰다.

집으로 돌아온 후 여진은 나와 유모를 나란히 앉혀놓고는 닭똥 같은 눈물을 뚝뚝 흘렸다.

"혼처가 정해졌으면 기뻐하실 일이지 어찌 이리 우신답니까?"

유모가 어이없다는 듯이 묻자 여진은 더 큰 소리로 울며 말했다.

"그 작자가 어떤 작자인지 유모는 모르잖아!"

"임금님의 유일한 이복아우이시자 선왕의 서차자이신 영산 군대감이 아니십니까? 이 좋은 혼처를…… 도성 안의 혼기가 찬 반가의 규수들이 이 소식을 안다면 모두 아가씨를 부러워할 텐 데요."

"그자가 유나 언니한테 한 짓이 있는데!"

"응?"

영산군 이야기에 불쑥 나를 집어넣는 여진이. 내가 고개를 갸웃 거리며 여진의 얼굴을 쳐다보자, 나와 눈이 마주친 여진이 입을 굳 게 다문다. 방금 전까지 집이 떠나가라 울던 여진은 눈물도 뚝, 그 친 상태였다.

이 자리에 내가 있어서 여진은 가족 같은 유모와 속 시원히 혼사 이야기를 주고받지 못하는 것일까? 난 자리에서 일어섰다.

"난 별당으로 돌아갈게."

내가 나가겠다는 의사를 보였는데도 여진은 꾹 다문 입술을 열지 않는다. 그저 멀뚱멀뚱 눈만 뜨고 일어선 나를 쳐다보고 있을 뿐이다.

조선에 온 뒤로 나는 여진과 친자매처럼 지냈다고 생각했다. 하지만 아직까진 여진에게 나는 유모보다는 먼 존재일 수 있다는 생각에 아쉬운 마음이 들었다.

문을 닫고 나오자마자 안에서 여진이 유모에게 하는 말이 들려왔다.

"실은 언니 때문이야."

"언니라니요? 방금 나간 별당 아가씨요?"

일부러 엿들을 생각은 아니었지만, 내 이야기가 나온 이상 그냥 지나칠 수는 없었다. 난 추운 문밖에 서서 그들이 나누는 대화에 귀를 기울였다.

"사실은 말이야, 유모. 오라버니가 절대 말하지 말랬어."

"도련님이요? 도련님께서 어찌 그리 말씀하셨는데요?"

"그게 그러니까! 여하튼 그런 게 있어!"

"아가씨. 다 말씀을 해 주셔야 소인도 아가씨가 어찌 영산군대감이 배필로는 싫으신지 알 것 아닙니까? 이렇게 다 말씀해주시지 않으시면 영산군대감과 내일 혼인하신다고 하더라도 소인은 구경만 할 수밖에요."

그러자 여진이 다시 엉엉 울음을 쏟아내며 말했다.

"언니를 처음 발견한 날 말이야."

"길에서 주우셨다지요, 버려진 돌멩이처럼."

저 유모. 진짜로 날 길가에 굴러다니는 돌멩이 취급을 했었구나.

"아니야. 실은 언니는 어떤 동굴 안에 있었어."

"동굴이요?"

윤임이 나를 동굴에서 발견했다는 사실은 이미 나도 아는 것이었다.

"동굴 안에 별당 아가씨가 쓰러져 계셨다고요?"

"응. 정신을 잃은 채로. 문제는 오라버니와 내가 동굴에서 언니를 발견하기 직전의 일이야. 그전에 동굴에서 나온 두 사내를 보았어. 그중 한 사람이 바로 영산군이었단 말이야! 엉엉!"

여진이 들려주는 이야기는 윤임도 내게 말해준 적이 없는 이야기였다.

"가만가만, 그럼 아가씨는 별당 아가씨께서 그리 벌거벗겨진 것과 다름없는 상태로 발견되신 이유가 영산군과 또 함께 계셨던 다른 사내 때문이라 여기시는 것입니까?"

"맞아."

여진의 말은 유모뿐만 아니라 밖에서 엿듣고 있던 나를 크게 놀라게 만들었다.

"하나 별당 아가씨는 그런 말씀을 한 적이 없지 않습니까? 다른 사내들과 함께 계셨다는…….."

"만약 그런 일이 있었다면 여인으로서 밝히기는 어려울 거야.

그래서 난 군이 언니에게 묻지 않았을 뿐이라고. 어쨌든! 그런 파렴치한과는 절대 혼인 못 해!"

"만약 아무 일도 없었으면요? 아가씨께서 그저 영산군대감을 오해하고 계신 것이라면요?"

"그랬다 하더라도 한겨울에 차가운 동굴에 버려진 여인을 보고도 그저 지나쳤다면 그는 더 나쁜 사람이야!"

난 그제야 여진이 왜 그렇게 영산군과 혼인하지 않겠다고 했는지 이해할 수 있었다. 나는 여기까지만 엿듣고 이제 별당으로 돌아가려 했다. 이 겨울 날씨에 바깥에 계속 있기에는 너무 추웠으니까. 그때 유모의 물음이 돌아서려는 나를 또 한 번 붙잡았다.

"그럼 아가씨. 그때 영산군대감과 함께 있었던 다른 사내는 누구랍니까? 아시는 분입니까?"

"그는 신홍연 대감이야. 부마대감 말이야."

여진의 말에 난 잠시 숨이 멎는 듯한 기분이 들었다. 윤임이 내게 했던 경고성 짙은 말의 의미도 알 것 같았다. 이들 남매는 내가 그 두 사람에게 험한 짓이라도 당하고 버려진 것이라고 오해하는 듯 했다.

무언가 엄청나게 꼬인 듯한 느낌이다. 이 오해를 앞으로 어찌 푼담.

"이 일이 사실이라면 그저 송구합니다."

덕풍군과 해진이 홍연과 영산군 앞에서 고개를 숙였다.

"아닙니다. 무슨 오해가 있었겠지요."

홍연이 애써 웃으며 말하자 덕풍군이 옥을 그에게 내밀었다.

"일단 대감의 옥이 맞으신지 확인해 보시지요."

덕풍군이 여진이 두고 간 용이 새겨진 옥을 홍연에게 건넸다. 홍연이 그 옥을 손바닥 위에 올려놓고는 다른 한 손으로 조심스레 옥에 새겨진 용무늬를 쓸었다.

틀림없이 자신이 동굴 안에 두고 나왔던 그 옥이었다.

"제 것이 맞습니다."

홍연이 단정 짓자 해진은 어쩔 줄 모르는 표정을 지었다. 영산군도 그럴 줄 알았다는 듯 자신의 허벅지를 한 손으로 크게 소리 나도록 내리쳤다.

"봤지? 내 말이 맞다니까! 내가 기억력 하나는 끝내주게 좋거든!"

덕풍군도 미안한 듯 홍연에게 말했다.

"처제가 철이 없긴 해도 어리석진 않습니다. 분명 훔친 것은 아니라 했으니 필시 어디선가 주웠을 것입니다. 혹 이 옥을 마지막으로 보신 곳이 어디이십니까?"

잔뜩 신이 나 있던 영산군이 나섰다.

"그건 돈의문 인근 금표……!"

실수로 '금표비' 이야기를 꺼내려던 영산군의 입을 홍연이 막으며 어색한 웃음을 지었다.

"보시다시피 끈이 짧아 마실 길에 떨어뜨린 것 같습니다. 또한 이것을 대감의 처제께서 주웠다고 하시니, 영산군대감과 연이 닿으려 한 것이 아니겠습니까?"

"처제의 잘못을 그리 좋게 말씀해주시니 몸 둘 바를 모르겠습니다."

영산군이 자신의 입을 틀어막은 홍연의 손을 치워내며 소리쳤다.

"그런 말괄량이와 인연? 난 거저 줘도 싫네!"

"마마."

홍연이 눈치를 주었지만 영산군은 계속 씩씩댔다. 덕풍군이 영산군을 달랬다.

"아직 어려 그런 것이니 오늘 일은 영산군께서 너그러이 용서해주시지요."

덕풍군이 숙이고 나오자 영산군은 더욱 기세등등해졌다.

"어리다니요? 대감의 처제께서는 저와 동년배가 아닙니까? 결코 어린 나이가 아니지요."

홍연이 웃으며 끼어들었다.

"영산군대감께서는 덕풍군대감의 처제와 동년배인 사실을 어찌 아셨습니까?"

"그야 어머니께서 보여주신 사주단자를 철저히 살펴보았으니…… 앗!"

영산군이 걸려들자 홍연이 덕풍군을 향해 안심시키듯 말했다.

"영산군대감께서도 분명히 사주단자를 보셨다 하셨으니 더는 무를 수 없는 혼인이 맞습니다. 인연은 인연이지요."

"신홍연, 자네!"

"전 옥을 되찾았으니 이만 물러가겠습니다."

홍연이 자리에서 일어서자 덕풍군과 해진도 그를 배웅하기 위해 자리에서 일어섰다.

분을 참지 못한 영산군이 뒤늦게 자리를 박차고 일어섰을 때였다. 홍연이 덕풍군을 돌아보며 말했다.

"참, 대감. 일전에 제가 대감께 맡겨두었던 새 말입니다."

"그 다쳤던……."

"예. 오늘 행랑에서 보니 병이 다 나은 듯합니다. 그래서……."

홍연의 눈길이 해진을 향했다.

"오늘 대감의 처제와 함께 온 동무가 있다 합니다. 그 동무에게 보내주시지요."

※ ※ ※

홍연과 영산군은 나란히 말을 타고 덕풍군의 사저를 나섰다.

"어찌 마실 길에 잃어버렸다고 거짓말을 한 겐가?"

영산군의 물음에 홍연은 앞을 향한 시선을 그대로 둔 채 답했다.

"거짓말이라니요."

"자네가 동굴에 옥을 두고 나오는 것을 내가 두 눈으로 똑똑히 보았네. 아마 그 정도 말괄량이라면 분명 금표비를 넘나들고도 남았을 걸세. 그러니 그 동굴 안에서 주웠겠지."

홍연이 한숨을 내쉬었다.

"자꾸 그러시면 두 분이 인연이라는 사실을 인정하시는 것밖에 되지 않습니다."

"인연? 흥!"

코웃음 치는 영산군을 돌아보며 홍연이 빙긋 미소 지었다.

"오늘 정혼녀를 보러 가신다며 점잔 빼시던 모습은 어디 가시고……."

영산군이 흥분한 목소리로 말했다.

"덕풍군 부인이 소문난 미인이 아니던가? 그 처제라길래 엄청 기대했지. 그런데 얼굴이 예쁘면 뭐 하나? 말괄량이와 평생을 살라니……."

홍연이 눈을 크게 떴다.

"그 와중에 얼굴까지 보셨습니까? 허면 이제 다른 사내에게는 내어주지 못하시겠군요."

"사절이네. 그런 여인을 아내로 맞이했다가는 첩만 열댓 명을 둘 것이네."

홍연이 큰 소리로 웃으며 다시 앞을 쳐다봤다. 홍연을 바라보며 영산군이 조심스럽게 물었다.

"그나저나 자네는 도대체 무슨 생각인가? 그 여인의 동무에게 새를 보내라니? 그 새라면 자네가 아끼던 참새가 아닌가? 자네 사저 담벼락 아래 떨어져 다 죽어가던 걸 겨우겨우 살려놓고. 이름까지 지어놓았었지?"

"지아地兒."

"그래, 지아. 땅에서 주워 살려냈다고 그리 지었지. 그런데도 다 나은 새가 제대로 날지 못하자 어떻게든 치료해보겠다고 덕풍군 댁에 보낸 게 아니던가? 그 댁에 새를 잘 살핀다는 하인이 있다 해서. 그래놓고도 매일같이 덕풍군 댁을 들락거리며 보살핀 그 참새가 이제 다 나았는데 어찌 다른 이에게 주려는가?"

"글쎄요……."

말끝을 흐리는 홍연을 보며 영산군이 넌지시 묻는다.

"혹 그 처제의 동무라는 여인이 그리 예쁘던가? 자네의 새를 덥석 내줄 마음이 들 만큼?"

홍연이 바로 대답을 주지 않자 영산군이 집요하게 물었다.

"말해보게. 사내끼리 통하는 게 아리따운 여인에 대한 이야기를 나눌 때가 아니겠는가?"

홍연이 한숨 섞인 목소리로 입을 열었다.

"공주마마의 얼굴이 떠올랐습니다. 너무 오랫동안 마음속으로만 그리고 그려 이제는 희미해질까 두려워진 그 얼굴이 말입니다. 헤어질 때는 자그마한 소녀이셨으나, 다시 만난다면 아리따운 여인이 되셨겠지요. 여인이 되었다면 혹시라도 그 여인을 닮았을까."

홍연의 말에 영산군이 혀를 찼다.

"자네는 자_L마치 오 년을 수절했네. 며칠 뒤면 새해이니 육 년이 되겠군. 계집도 아니고 사내가 그리 오래 수절했다는 소리는 내 생전 듣도 보도 못했네. 이제 첩 하나 들인다고 자네를 뭐라 할 사람도 비난할 사람도 없을 거야. 정 원한다면 내가 나서서 그 처자와 다리를 놓아주지."

홍연이 슬프게 웃으며 고개를 저었다.

"다른 여인을 품어서 잊을 수 있는 공주마마셨다면 이미 오래전에 잊었을 것입니다."

영산군이 결국 탄식하며 말의 고삐를 세게 잡아 쥐었다.

"참내, 자네 고집도…… 우리 누이가 복이 많은 것이겠지."

윤임은 홀로 자신의 처소에서 앉아 있었다. 그의 앞에는 책이 한 권 펼쳐져 있었다. 조금 전 여진이 영산군과의 혼사를 물러달라며 한 차례 소동을 피우고 나갔다. 그 때문인지 여진이 나간 뒤로 그는 내내 같은 책장의 끄트머리를 붙잡은 채 다음 장을 넘기지 못하고 있었다.

그는 깊은 생각에 잠겨 있었다. 처음에는 엉엉 울던 여진의 울음소리만 떠올랐다. 하지만 곧 그의 머릿속에는 덕풍군 대감의 행랑에서 보았던 장면이 그려졌다. 바로 호기심 어린 눈빛으로 유나를 바라보던 홍연의 모습이었다. 유나를 향해 미소 짓던 홍연의 얼굴은 계속 그의 신경을 거슬렀다.

무엇보다 부마 신홍연이라면 몇 해 전 실종된 공주에 대한 절개를 지키며 살아가고 있기에 도성 안의 많은 여인들에게 칭송이 자자한 사내였다.

그러나 소문은 소문일 뿐.

'만약 소문이 사실이 아니라면.'

윤임의 깊은 생각은 또 다른 기억을 끄집어냈다.

동굴. 유나를 처음 발견했던 바로 그 동굴. 그 부근에서 보았던 두 사내 중 한 사람이 바로 부마 신홍연이었다. 이 때문에 윤임은 유나와 홍연이 어떤 연관이 있지 않을까 의심했다.

'정녕 두 사람이 서로 모르는 사이란 말인가?'

생각하지 않으려 해도 유나에 대한, 그리고 홍연과 유나에 대한 생각이 그의 머릿속을 지배했다. 그는 이 생각에서 빠져나오기 위해 억지로 책에 시선을 주었다.

"도련님. 잠시만 나와 보시지요."

하인의 목소리에 윤임은 고개를 들었다.

"무슨 일이냐?"

"덕풍군 대감께서 새를 한 마리 보내셨습니다."

"새?"

순간, 윤임의 머릿속에 새 장을 사이에 두고 서 있던 두 남녀의 모습이 다시금 떠올랐다.

"도련님?"

그의 매형이 새를 보냈다고 했다. 그런데도 왜 자꾸 홍연과 유나의 모습이 지워지지 않고 되새겨질까. 이제는 모든 것이 유나와 관련된 생각으로 연결되는 듯한 느낌을 받았을 때였다.

"이 새를 어찌하올까요?"

"적당한 곳에 두어라."

윤임이 무심히 답하며 다시 책으로 눈을 돌리려던 그때였다.

문 밖의 하인이 말을 이었다.

"새를 가져온 사람의 말에 따르면 부마이신 거창위 대감께서 여진 아가씨의 동무이신 별당 아가씨께 선물하시는 것이라고 합니다만."

윤임의 눈동자가 살며시 흔들렸다.

❀　❀　❀

"언니! 나와 봐요! 어서요!"

별당 밖에서 다급히 나를 찾는 여진의 목소리가 들려왔다. 문을 열고 마루 위로 나가자 여진이 새로 들인 하녀와 함께 별당 마당으로 들어오는 것이 보였다. 그녀의 뒤로는 처음 보는 하인이 새장 하나를 들고 따라 들어오고 있었다.

"봐요!"

여진이 가리킨 곳은 하인이 들고 있는 새장. 새장 안에서는 작은 참새 한 마리가 푸드득거리며 요란한 날갯짓을 하고 있었다. 급히 신을 신고 내려간 나는 여진의 옆으로 다가서며 새장을 쳐다보았다.

"웬 새?"

"언니 거예요!"

여진이 신이 나서 말한다. 하지만 난 갑자기 나타난 새보다도 여진의 눈가가 통통 부어 있는 이유가 더 궁금했다. 다행인 것은 여진은 새를 보고 잔뜩 흥분해 있어서 통통 부은 눈을 하고서도 활짝 웃고 있다는 것이다.

"형부가 보냈대요. 그런데 왜 형부가 언니에게 보냈지?"

여진의 이 말에 새장을 들고 있던 하인이 말한다.

"덕풍군 대감께서 이 새를 보내라 지시하신 것은 맞지만, 이 새는 덕풍군 대감의 새가 아닙니다."

"형부의 새가 아니라고?"

여진이 고개를 갸웃거리자 하인이 다시 입을 열었다.

"이 새는 거창위께서 특별히 덕풍군 대감께 맡겨 소인이 돌보던 것이었습니다요."

"그럼 이 새의 주인이 부마 대감?"

"예, 아가씨."

"왜 부마 대감이 언니에게 새를?"

이제 여진의 시선은 내 얼굴을 향한다. 적어도 여진의 기억 속에는 신홍연 대감과 내가 함께 있는 모습을 본 적이 없었으니까. 여진은 오해 가득한 시선으로 나를 바라보고 있다.

아마도 유모에게 털어놓은 내용 그대로겠지.

윤임과 여진이 나를 동굴에서 발견하기 직전에 다녀간 홍연과 영산군. 그들과의 관계를 의심하고 있는 것이다.

"언니. 혹시 거창위 대감을 아세요?"

조심스러운 여진의 눈빛은 동굴에서의 일을 묻는 것 같았다. 난 지나칠 정도로 밝게 웃으며 단호히 고개를 가로저었다.

"전혀. 난 그저 너를 따라갔던 덕풍군 대감 댁에서 부마 대감을 우연히 뵈었을 뿐인걸."

그러자 여진이 놀란 눈을 크게 뜬다.

"부마 대감을 만나셨다고요? 왜 말씀해주시지 않았어요?"

"아주 잠깐 뵌 거라…… 게다가 그때 나눈 대화는 이 새에 대한 것이었어. 그게 다였는걸."

그때 여진의 뒤에 서 있던 하녀가 얼굴을 붉히며 나섰다.

"혹시 부마 대감께서 별당 아가씨를 마음에 들어 하신 것이 아닐까요?"

"부마 대감이 언니를?"

여진의 표정이 심각해진다. 난 서둘러 손사래를 쳤다.

"말도 안 돼. 오늘 아주 잠깐 봤다니까."

내 변명이 끝나기도 전에 여진이 누군가를 발견한 듯 별당의 문쪽을 바라본다.

"어? 오라버니?"

여진의 말에 놀라 돌아보니 정말로 그곳에는 윤임이 서 있었다. 언제부터 그가 우리의 대화를 듣고 있었는지는 모른다. 다만 조금전 하녀가 떠든 말을 들은 게 확실하다. 여진이 그를 발견했음에도 나와 눈이 마주치자 그의 표정은 싸늘하게 바뀌었다.

그는 바로 돌아서서 별당을 떠났다. 왠지 그의 뒤를 쫓아가야 할 것만 같았다.

난 여진을 두고 윤임의 뒤를 쫓아가려고 했다.

"언니, 어디 가요?"

여진이 나를 불렀고 새장을 가져온 하인도 마찬가지였다.

"아가씨, 이 새는 어찌할까요?"

난 걸음을 옮기며 새를 가져온 하인에게 대답했다.

"난 새를 키울 줄 모르니 도로 가져가세요."

하인이 어쩔 줄 모르는 사이, 난 별당 문을 나섰다. 멀지 않은 곳
에서 걸어가는 윤임의 뒷모습이 보였다.

"임지 오라버니!"

난 그에게 달려가며 소리쳤다. 그가 걸음을 멈추더니 돌아서서
나를 쳐다본다. 조금 전 보았던 싸늘함은 그의 얼굴을 떠나 있었
지만 무표정에 가까운 얼굴이 나를 응시하고 있었다. 난 그를 쫓
느라 거칠어진 숨을 고를 새도 없이 다짜고짜 소리쳤다.

"오해예요!"

"오해?"

"네. 정말 오해라고요! 전 오늘 그 부마라는 사람, 처음 봤어요.
전에 그를 본 적도 없고 만난 적도 없다고요!"

"지금 그 말을 하려고 이리 쫓아온 것이오?"

동굴에서는 정말 아무런 일도 없었다. 내가 이 조선에 와서 눈뜨
고 처음 본 사람들은 윤임과 여진 남매. 그리고 유모뿐.

이런 상황에서 난 대체 무엇부터 말해야 오해를 풀 수 있을까?
우연히 여진이 유모에게 하던 말을 엿들었다는 사실부터? 어쨌

든 이 일로 여진이 오해하는 것도 싫지만 윤임이 오해하는 것은 더 싫다.

"알아요. 이제 저도 안다고요."

"무엇을 안다는 거요?"

"저를 그 동굴에서 발견하시기 전에 그곳에서 부마 대감을 보신 거요."

내가 이 사실을 알고 있을 것이라 생각하진 못했는지 윤임이 살짝 놀란 표정을 짓는다.

"그리고 그 영산군이라는 분도요."

"어찌 알았소?"

설마 엿들었다고 뭐라 하진 않겠지?

"우연히 여진이 유모에게 하는 말을 들었어요."

윤임이 어이없다는 듯 여진이 있는 별당 쪽을 응시한다. 당장 쫓아가서 한마디 할 기세라 나도 모르게 윤임의 한 팔을 붙들고 말았다.

"하지만 정말 몰라요. 아마 저는 동굴 안에 있었을지 몰라도 그는 동굴 밖에, 아니면 제가 동굴에 나타나기 전에, 아니, 이게 아닌데!"

혀가 꼬인 건지 생각이 꼬인 건지 모르겠다. 단지 윤임에게는 거짓된 변명으로만 들릴까 봐 걱정일 뿐.

"두 사람이 아는 사이든 모르는 사이든 나와는 상관없는 일이오."

"그거야 그렇겠죠."

당연한 말인데 가슴이 콕콕 찔려오는 이 기분은 뭘까. 게다가 홍연의 이야기에 저리 쌀쌀맞게 변해버리는 윤임의 태도라니!

"그 부마 대감이라는 사람과 나이대가 비슷해 보이시던데 혹시 경쟁 붙었어요? 과거시험에서 그쪽은 붙고 오라버니는 떨어진 적이라도 있어요?"

"그건 또 무슨 말이오?"

"덕풍군 대감 댁에서 부마 대감을 조심하라고 했죠. 그런데 제가 부마 대감 이야기를 꺼내니까 화가 나신 것 같아서요."

"내가 화를 내고 있다고?"

화를 내고 있냐는 물음에 진짜 화가 난 것 같은 윤임의 얼굴. 반대로 내 목소리는 작아진다.

"화가 안 났으면 신경질이 났다던가요."

"말도 안 되는 소리요! 그러니까 난, 부마 대감과 잘 아는 사이도 아니오."

"그럼 왜 제게 조심하라고 하셨어요?"

"그건!"

그는 이유를 설명하지 못한 채 쩔쩔매는 표정을 짓는다.

"난 그 이유를 알 것 같은데, 오라버니?"

의기양양한 표정으로 나타나는 것은 여진. 여진은 윤임과 함께 있는 나의 곁으로 다가온다. 그녀가 제일 먼저 쳐다본 곳은 다름 아닌 내가 잡고 있던 윤임의 팔이다.

순간적으로 난 당황해서 잡고 있던 윤임의 팔을 서둘러 놓았다. 그런데 놓자마자 쿵쾅거리며 빠르게 뛰기 시작하는 가슴. 마치 몰래 무언가를 하다가 걸린 것 같은 기분이었다.

"오라버니. 혹시 언니를 좋아하는 거야?"

윤임이 다시 화난 얼굴로 여진을 쳐다본다.

"도대체 무슨 말을 하는 것이냐?"

"무슨 말이긴? 부마 대감이야말로 도성의 여인들이 너 나 할 것 없이 선망하는 사내잖아. 그런 사내가 언니랑 아는 사이고 또 선물도 보내주고 그랬다니까 질투하는 거 아니냐고."

여진의 말이 끝나기가 무섭게 난 윤임의 얼굴을 쳐다보았다. 마치 화난 것처럼 얼굴을 붉히고 있는 그는 이상하게도 내게 시선을 주지 못한다.

윤임이 나를 좋아한다고?

사소한 대화 속에서 여진이 이 말을 꺼냈다면 단순히 웃고 지나쳤을 것이다. 그런데 당사자인 윤임을 앞에 두고 들어서인지 얼굴이 뜨거워지기 시작했다.

이때 윤임이 헛기침을 하며 여진을 다그친다.

"사대부가의 규수가 못 하는 말이 없구나."

"봐, 내 눈이 정확하다니까. 그렇지? 언니를 좋아하는 거지?"

이제 윤임의 대답을 기다리는 차례가 되어버린 내 가슴은 터질 듯이 뛴다.

"도련님."

그리고 이 분위기를 깨는 목소리. 유모다.

우리 세 사람이 너 나 할 것 없이 유모의 목소리가 들리는 방향으로 시선을 주었을 때였다. 유모는 혼자가 아니었다. 그 옆에는 소녀 하나가 서 있었다. 색색의 한복을 곱게 차려입은 내 또래의 소녀였다. 옷차림으로 보아서는 여진과 같은 양반가의 규수가 분명했다.

나를 바라보는 그녀의 시선이 곱지 않았다. 눈을 부릅뜨다 못해 아랫입술이 달싹거리며 분을 애써 삭이는 표정이었다. 소녀는 윤임이 곧 자신에게도 눈길을 준다는 것을 알게 되자 급히 고개를 다른 곳으로 돌려버렸다.

"도희 아가씨께서 오셨습니다."

나를 의식해서인지 유모가 그녀가 누구인지를 알려주었다.

"도희 언니……."

방금 전까지 놀리듯 윤임과 나를 사랑의 전쟁터로 몰아세우던 여진도 풀죽은 목소리로 그녀의 이름을 불렀다. 그녀가 고개를 숙인 채 윤임에게 말했다.

"오늘은 소녀가 찾아올 날이 아니었던 듯싶습니다. 다음에 찾아뵙도록 하지요."

말을 마친 그녀는 재빨리 돌아서서 자리를 떠났다. 유모는 그녀를 배웅하려는지 뒤를 쫓아 사라진다. 윤임도 여진이 잠잠해진 틈을 타서 자신의 처소로 가버렸다.

이 싸한 분위기 속에서 나는 여진을 돌아보며 물었다.

"아까 누구니?"

여진이 머리를 긁적이며 대답한다.

"오라버니의 정혼녀요."

"정혼녀?"

늦은 밤. 불을 껐는데도 잠이 오지 않는다.

달빛이 그려낸 희미한 그림자를 따라 천장을 뚫어져라 응시하는데 속은 점점 갑갑해진다.

나보다 두 살 많은 윤임이다. 아마 내가 있는 미래에서 만났다면 한참 수능 준비를 하고 있을 고등학교 3학년 오빠겠지? 그런 오빠의 정혼녀. 아니, 약혼녀? 하지만 내가 살던 시대에서도 약혼을 했어도 결혼은 안 하면 그만이다.

다만 조선시대에서 그런 것은 절대 불가능하겠지. 그러니 여진도 영산군이라는 사람과 정혼하기 싫다며 펑펑 울고 난리를 피운 것일 테고.

밀려오는 복잡한 생각들이 답답하게 만들었다. 결국 이불을 발로 차고 일어났다. 차가운 겨울바람이라도 맞으면 이 복잡하고도 갑갑한 생각들을 모두 떨쳐버릴 수 있을 것 같아서였다. 하지만 이것은 나의 실수였다. 밖으로 나오니 가까운 곳에 있는 여진의 처소가 제일 먼저 눈에 들어왔다.

여진의 처소에는 불이 꺼지지 않았다. 이상하다 싶어 유심히 쳐다보는데 잠시 후 불이 꺼지더니 안에서 윤임이 나오는 것이 눈에 들어왔다. 윤임과 마주친 것도 아닌데 괜히 가슴이 쿵쿵쿵 뛰며 나도 모르게 고개를 푹 숙이고 만다. 한참 만에 고개를 들자 윤임은 여전히 여진의 처소 밖에 머물러 있었다.

그는 자신을 바라보고 있는 나의 존재를 모른 채 마루 위에 서서 초승달이 뜬 하늘을 바라본다.

그의 입에서 길게 내뱉어지는 입김.

"하아……"

한숨이다. 내가 방에서 내뱉었던 것과 같은 것. 그의 이유 모를 한숨을 뚫어져라 바라보던 나도 고개를 들어 그가 바라보는 달을 바라보았다. 순간이지만 또다시 머리가 찌릿하며 무언가 짧은 기억 하나가 뇌리를 스치고 지나간다.

['달님, 달님. 매일매일 대감을 뵐 수 있게 해주세요.']

조각난 퍼즐 속의 기억은 이상하게도 모두 나의 어린 시절에만 초점을 맞춘다. 어린 시절에 나는 용인 민속촌 근처에라도 살았던 걸까? 이곳에 온 뒤로 가끔씩 떠오르는 어린 시절의 장면 장면이 내게 고민을 던져준다. 분명 낯설고 어색해야 할 이 조선이 점점 내게 익숙한 공간이 되어가고 있다.

그리고 난 누군가를 좋아하게 되었다.

윤임을.

윤임은 신을 신고 마루를 내려오고 있었다. 자신의 처소로 돌아가려는 것 같았다. 나 역시 서둘러 신을 신고 마루를 내려와 별당의 담벼락으로 달려갔다. 그곳에서 까치발을 들고 여진의 처소를 떠나려는 윤임을 불렀다.

"임지 오라버니!"

"유나?"

나를 발견한 그가 놀란 표정을 지으며 담벼락으로 다가온다. 내게로 다가오는 그의 모습은 분명 성인인데, 그런 그를 바라보던 나의 뇌리에 또 하나의 기억이 스친다. 그것은 어린 남자아이였다.

['공주마마! 저 여기에 있습니다!']

공주마마?

누가 공주라는 거지?

그늘로 뒤덮인 기억 속에서 소년의 얼굴을 분명하게 떠올려 보려 두 눈에 힘을 주었을 때였다. 어느새 담벼락 앞에 도달한 윤임이 건너편에 서 있는 나를 향해 말을 건다.

"여기서 무엇을 하고 있소?"

이상하다. 조선에 온 뒤로 모든 것이 낯설었는데 이제 더는 낯설지 않아. 어쩌면 그것은 누군가를 좋아하게 되면서부터 그렇게 된 것인지도 모른다.

하지만 이 사람에게는 정혼녀가 있어.

윤임의 얼굴을 보며 난 무슨 말을 해야 할지 몰랐다. 마음속에서부터 아우성치는 말을 억지로 되삼키려 침을 꾹 삼켰다. 여전히 나의 뇌리에서 떠나지 않으려는 소년의 모습을 지워내려 고개를 한번 휘저은 후 활짝 웃었다.

"여진이는요?"

"혼인을 하지 않겠다고 한참을 울더군."

"본인이 싫으면 혼인하지 않아도 되나요?"

윤임이 내 시선을 피해 씁쓸하게 웃는다.

"이미 아버지와 큰누이가 정한 일이오. 매형이신 덕풍군께서 나서서 추진한 혼인이고. 전하의 윤허를 받아 사주단자까지 받았으니 이제는 무를 수 없소."

지금 이곳은 부모님이 배우자를 정하고 사주단자까지 받고 임금까지 혼인에 관여하는 시대. 절대 취소할 수 없겠지.

여진이의 혼인도.

윤임의 정혼녀도.

"정말 방법이 없어요? 혹시 정혼했다가 깨지거나 아니면 혼인을 안 한 경우는 없나요?"

"예외적이긴 하지만 있소. 다만 두 가문 모두 큰 피해를 감수해야 하니."

결혼에 있어 개인의 의사를 중요하게 여기는 시대가 아니다. 가문과 가문이 결합하던 시대다. 머리로는 이해가 돼도 마음으로는 받아들이기 어렵다. 그렇다고 겉으로 내색할 수는 없다.

"오라버니의 혼인도 마찬가지겠네요?"

다시 내게 돌아온 시선이 내 말에 담긴 의도를 되묻는다. 난 웃으며 말을 돌렸다.

"그나저나 오늘 본 그 아가씨요. 도희라고 했던가? 오라버니의 정혼녀예요?"

웃으며 물으려는데 한마디, 한마디 물을 때마다 가슴이 콕콕 찌르듯 아파온다. 이런 내 마음을 아는지 모르는지 윤임의 표정은 태연해 보이고.

"맞소. 도희. 그러니까 그녀는 내 스승님의 여식이오."

"그럼 여진이처럼 열다섯에 정혼하셨어요?"

그가 기억을 더듬는 듯 잠시 머뭇거리다 답한다.

"아홉 살 무렵이었지. 부친께서 정하셨소. 다들 그리하고 모두가 그러하니. 여진이는 아무래도 다른 이들에 비해 정혼이 늦어진 편이오."

여기선 다들 열 살도 되기 전에 결혼할 사람이 정해지는구나.

"유나, 그대는?"

"에?"

"그대는 정혼한 일이 없소?"

분명 빛이 적은 어둠 속인데도 내게 물음을 던지는 윤임의 눈동자만큼은 또렷하게 보인다. 난 웃는 얼굴로 그의 시선을 피해 돌아섰다. 담벼락에 등을 기댄 채 작은 목소리로 답했다.

"전 없어요. 그런 거."

그때 쌓인 눈을 밟고 내게로 다가오는 윤임의 발소리가 들려왔다.

소리를 따라 고개를 들자, 어느새 윤임은 별당의 문을 지나 내 앞에 다가와 있었다.

"내가 동굴에서 그대를 발견하기 이전에도?"

무슨 생각이었을까? 난 그와 마주 서며 웃음기 없는 얼굴로 말했다.

"그 동굴로 다시 데려가 주실 수 있나요?"

아직은 겨울. 동굴 안은 여전히 춥고 어둡기만 하다. 나보다 먼저 동굴 안으로 들어간 윤임이 가져온 등불에 불을 붙인다. 어둡게만 느껴지던 동굴 안에 한 줄기의 빛이 은은하게 퍼져나갔다. 이윽고 등불을 들고 안내하는 윤임을 따라 내가 발견되었다는 장소에 이르렀다.

막혀 있는 동굴. 더는 길이 없다. 한 손으로 동굴의 벽을 더듬어 보았다. 서늘한 한기만 느껴질 뿐, 또 다른 출구의 존재는 찾을 수 없었다. 되돌아갈 수 있는 아무런 방법도 찾지 못한 채 윤임에게로 돌아섰다.

윤임은 등불을 든 채로 나를 응시하며 서 있었다.

"무엇을 찾고 있소?"

"출구요."

"출구?"

"제가 왔던 곳으로 이어지는 출구."

"있소?"

난 힘없이 고개를 가로저었다.

"없어요. 그리고 제가 이 동굴에서 발견되기 전에 이곳을 다녀 갔다던 부마 대감과 영산군대감이요. 정말 두 사람을 본 기억이 없 어요."

"그대는 그때 정신을 잃고 있었으니 혹 그들이 그대를 납치해 이곳에 버려두고 갔을지도 모를 일이오."

"아니요. 그렇진 않을 거예요."

아직 영산군은 만난 적이 없다. 그리고 거창위 신홍연. 난 그를 분명 덕풍군 댁에서 처음 보았다. 나를 바라보던 그의 눈동자를 떠올리면 윤임의 생각대로 나를 납치하거나 그럴 사람인 것 같진 않다.

또한 나는 동굴에 들어갔다가 이 동굴에서 다시 발견되었으니까. 시간을 건너 이곳 조선에서.

지금 나를 응시하고 있는 윤임의 눈동자를 바라보며 생각했다. 그는 믿어줄까? 내가 하려는 모든 말들을 과연 믿을 수 있을까?

"유나?"

결국 내 정체에 대해 밝히기로 결심했다.

"전 이곳 사람이 아니에요."

"무슨 말이오?"

"이곳으로 오기 전에 제가 있던 곳은 여름이었어요. 또 밤이었고. 어쨌든 더운 여름이라서 짧은 옷을 입고 있었던 거고요."

"덥다 하여 짧은 옷을 일부러 입었단 말이오?"

그가 이해할 수 없다는 눈으로 내게 묻는다. 여기서 시대의 격차가 확연히 드러난다.

이걸 도대체 어떻게 설명한담.

"그러니까 옷차림이 중요한 게 아니라! 제가 왔던 곳은 여름이었다고요. 그런데 그곳에도 동굴이 있었어요. 저는 그 동굴에 들어갔는데 정신을 차려보니, 한겨울로 바뀌어 있었고 동굴 안에 쓰러져 있었다고요. 여기, 더 이상 길이 없는 막다른 동굴 안이요."

막혀 있는 벽 쪽으로 고개를 돌리며 손으로 가리켰다.

"게다가."

다시 윤임을 돌아본 나는 그의 옷차림을 살폈다. 여기서는 흔하고 흔한 양반의 옷차림. 전형적인 조선시대 양반이다.

"다른 시대에 있는 거죠."

"다른 시대? 지금 그 말이 무슨 말인지 알고나 하는 소리요?"

"오라버니가 받아들이기 힘들다는 거 알아요. 저도 이걸 깨달았을 때, 꿈이길 바랐으니까."

꿈이 아니다. 그래서 이 상황이 끔찍해야만 하는 건데.

"유나. 그 말인즉슨……."

"믿어달라고 부탁하진 않을게요. 다만 저는 왔던 곳으로 어떻게 다시 돌아가야 하는지 몰라요. 그때가 여름이었으니까. 다시 이곳에서도 여름이 되면 돌아갈 수 있을지 모르죠. 보다시피 이 동굴은 막혀 있고요. 그래서 다른 방법을 찾아야 하고요."

돌아갈 수 있다는 확신을 저버린 적은 없다. 그저 이 시대에 너무나도 빨리 적응하고 있는 내가 두려울 뿐이다.

"그때까지만이라도 지금처럼 신세를 져도 될까요?"

이제 막 좋아하게 되었다. 윤임을 좋아하는데 이런 부탁까지 해야 하는 내 신세가 정말 처량하다. 도움을 주지는 못할망정 좋아하는 사람에게 폐를 끼쳐야 하다니.

어쩌면 이 순간 그 누구보다도 많은 질문을 던져야 할 그가 침묵하고 있다. 좋아하는 사람의 침묵은 날 두렵게 만든다. 미친 사람 취급이나 하지 않으면 다행일지도 모르겠지만 말이다.

그의 답을 듣기도 전에 눈을 질끈 감아버렸다. 그러자 내 머리 위에 닿는 따뜻한 손길. 눈을 뜨고 고개를 올려 보니 윤임의 손길이다. 그는 나를 내려다보며 미소 짓고 있었다.

"물론이다."

"에?"

"언제까지고 네가 머물고 싶을 만큼 머물거라. 네가 나를 '오라버니'라고 부르기 시작했을 때부터, 내게 너는 여진이와 다름없는 누이었다."

나를 보며 윤임은 웃고 있다.

그리고 한없이 부드럽고 다정한데 왜 나는 기쁘면서도 마음 한구석이 불편한 것일까? 그는 이제 나를 여진이와 같은 친동생처럼 대해주려 한다. 하지만 내가 그에게 바라는 건 조금 다른 것이었다.

그가 등불을 내려놓고 흐트러진 내 솜장옷을 여며주며 다정히 말한다.

"춥겠구나. 그만 돌아가자, 유나야."

이제 그는 내게 남을 대하듯 딱딱한 말투를 더는 쓰지 않는다. 마치 여진이를 대하듯 친근한 말투로 내게 말하고 있다. 나를 가족의 일원으로 받아들여준 것이다.

이것은 그의 진심이었다. 그가 어렵게 내보인 진심과 친절을 거절할 수 없었기에 난 쓰라린 마음을 숨긴 채 활짝 웃어주었다.

"네. 오라버니."

❋ ❋ ❋

이른 아침의 경복궁. 왕이 예고도 없이 연회를 열었다. 날이 추
워 실내에서 열린 연회의 규모는 작았다. 그러나 무희들의 춤사위
와 함께 울려 퍼지는 풍악소리는 궁궐 담을 넘을 정도로 시끌시끌
했다.

왕비는 몸이 아프다며 오늘 연회에는 참석하지 않았다. 연회를
응시하던 왕의 머릿속에 올봄에 승하한 대왕대비의 마지막 모습
이 떠올랐다.

'주상. 부디 성군이 되시오……'

'공주는 어디에 있사옵니까?'

'……죽었소.'

'거짓! 거짓이옵니다!'

왕은 숨이 끊어지기 직전의 대왕대비의 옷깃을 붙들었다.

사라진 공주.

사라진 왕의 누이, 진성공주 이수련.

왕은 분명 대왕대비가 공주를 빼돌렸다고 믿어왔다. 공주의 불
분명한 생사도 대왕대비의 죽음과 함께 영원히 묻히게 될 순간이
었다.

'공주는 어디에 있사옵니까! 할마마마!'

왕의 절규에도 대왕대비의 대답은 한결같았다.

'죽었소⋯⋯.'

왕은 숨이 끊어져 가는 대왕대비의 귓가에 대고 분노를 억누른 채 떨리는 목소리로 속삭였다.

'저승에 가서서 공주를 만나면 다시 소손에게로 되돌려 보내시옵소서. 소손은 공주의 시신뿐만 아니라, 혼백이라도 마주하기 전까지는 절대 포기하지 않을 것이옵니다. 할마마마.'

기억 속에서 벗어난 왕이 자리를 박차고 일어섰다. 왕의 움직임에 따라 놀란 무희들이 춤을 멈추고 악공들도 연주를 모두 멈췄다.

"아니다. 계속하라."

왕이 다시 자리에 앉았다. 왕의 옆에 서 있던 내관이 서둘러 손짓으로 악공들에게 연주를 하라고 지시했다. 다시 음악이 울려 퍼지는 가운데 왕이 술잔을 들어 올렸다.

왕이 옆에 선 김 내관을 불렀다.

"군기시부정 이보를 부르라 하였는데 어찌 아직도 오지 않은 것이냐?"

이보는 무예가 뛰어나다는 이유로 왕의 총애를 받는 무관 중 한 사람이었다.

"전하께서 부르신다는 소식을 전하러 갔사오나, 이보는 이미 퇴궐한 뒤라……."

"아침부터 퇴궐하였다고?"

"집안에 일이 있어 급히 퇴궐한다는 말을 남겼다 하옵니다."

"집안에? 제 어미가 죽기라도 했다더냐?"

왕의 목소리가 날카로워지자 김 내관의 고개가 더욱 깊게 숙여졌다.

"소인이 알기로 이보의 부모는 오래전 세상을 떠났고, 부인과 첩 셋이 낳은 어린 자녀들만 있는 것으로 아옵니다."

"이보의 나이가 몇인데 어린 자녀들만 있다더냐? 부인은 아이가 없다더냐?"

왕의 이어진 질문에 김 내관이 조심스레 말을 꺼냈다.

"이보의 부인이 낳은 과년한 여식이 하나 있는 것으로 아옵니다. 하온데 이보의 여식의 정혼자가 다름 아닌 윤여필의 아들이옵니다."

"윤여필?"

왕이 기억나지 않는다는 표정을 짓자 김 내관은 왕의 눈치를 살폈다.

과거에도 왕은 일부러 모른 척 내관의 입을 빌려 말하게 하다가, 내관이 임금의 앞에서 잘난 척을 한다며 곤장형을 내린 적이 있어서였다.

"윤여필은 올해 사사된 죄인 윤필상의 족친이기에 그 죄를 물어 유배 중이옵니다. 윤여필은 아들 하나에 여식을 둘 두었사온데, 그 아들이 바로 이보의 여식과 정혼하였다 하옵니다. 하오나 부친이 유배 중이라 정혼한 지 오래되었음에도 아직 혼인하지 못한 것으로 아옵니다."

"아비가 유배 중이라면 혼례를 치르긴 어렵겠지."

왕이 씩 웃으며 말했다.

"이보는 참으로 충신이지 않느냐. 과년한 여식의 혼례가 미뤄지니, 과인의 총애를 빌미로 윤여필의 유배를 풀어 달라 청할 수도 있음에도 그러지 않으니 말이다. 과인의 생각에 이보는 충신 중의 충신이다. 비단 열 필을 내려라."

"예, 전하."

왕이 추가로 김 내관에게 명을 내렸다.

"비단을 전해주러 가는 길에 이보가 어떤 일로 퇴궐하였는지도 알아 오거라."

[天不變 道亦不變(천불변 도역불변)]
하늘이 변하지 않듯이 세상의 이치도 변하지 않는다.

고등학생이 알기에는 쉬운 글이 아니다. 그것도 한글이 아닌 한

자로 말이지. 이 문장을 단번에 적어 내려간 후에도 난 고민에 빠졌다. 풀이해도 그 뜻을 이해하기에는 아주 어려운 말.

나는 어젯밤 꿈속에서 이 글을 보았다. 꿈속에서 나는 먹을 갈고 있었는데 누군가 내가 간 먹에 붓을 적셔 이 글을 막힘없이 적어 내려갔다.

나보다 키가 큰 사람. 그리고 남자였던 것 같다. 내가 글을 적자 그가 뜻을 해석해 주었다.

['새는 하늘에서만 날고 물고기는 물속에서만 헤엄을 칠 수 있다. 여인은 사내를 만나 부부의 연을 맺고. 이것이 바로 변하지 않는 하늘과 세상의 이치란다.']

누구였을까? 그저 꿈이었다면 어차피 실제로 존재하는 사람이 아니겠지만.

"아가씨. 도련님께서 돌아오셨습니다."

밖에서 하인의 목소리가 들려왔다.

"알았어요."

아침 수련을 나갔던 윤임이 돌아온 것이다. 윤임은 곧 씻고 옷을 갈아입고 서원으로 공부하러 갈 것이다. 난 서둘러 자리에서 일어나 별당을 나섰다.

이미 돌아온 윤임은 활과 활통을 마루 위에 올려놓고 하녀가 준비해둔 대야 앞에 서서 손과 얼굴을 씻고 있었다.

끓인 지 얼마 안 된 물이 그의 손과 얼굴에 닿으며 뽀얀 수증기를 만들어낸다. 물기가 묻어 매끌매끌해서인지 옆에서 바라보는 데도 괜스레 설레게 만드는 잘생긴 얼굴. 짙은 눈썹과 또렷한 눈동자 아래로 자리한 오똑한 콧날. 그리고 적당히 살이 오른 매력적인 입술. 마치 그림 속 남자를 감상하듯 난 오래도록 그의 얼굴을 뚫어져라 쳐다보았다.

내 옆으로 수건을 든 하녀가 무심히 지나간다.

"그거 내가 할게요."

하녀에게서 수건을 받아든 나는 윤임의 곁으로 다가갔다. 얼굴을 씻고 있던 그는 내가 하녀라고 생각했는지 쳐다보지도 않고 내 손에서 수건을 가져가려고 했다. 순간 무슨 생각이었는지 난 그가 가져가려던 수건의 끝부분을 힘껏 잡아 쥐었다.

"응?"

이를 알아챈 윤임이 그제야 고개를 들어 나를 쳐다본다. 난 그와 눈을 마주치자 배시시 웃었다. 그도 이런 나를 보며 따라 웃는다.

난 잡고 있던 수건의 끝을 놓아주었다.

"다녀오셨어요?"

그가 내가 건넨 수건으로 얼굴을 닦으며 말한다.

"그래. 고맙구나, 유나야."

그때였다.

"역시!"

여진이 탄성을 내지르며 우리의 곁으로 뛰어왔다.

"봤어! 딱 걸렸다구! 오라버니, 방금 유나 언니에게 뭐라고 했어?"

윤임이 수건으로 얼굴을 닦으며 여진에게 되묻는다.

"뭐라고 하다니?"

"언제부터 언니를 '유나야-'라고 불렀냐고."

윤임은 짧게 코웃음을 친다.

"전에도 그리 불렀으니 지금도 그리 불렀을 뿐이다."

하지만 여진은 고개를 도리질 친다.

"아니야, 아니라구! 전과는 달랐어! 무언가 유나 언니를 대하는 태도가 전과는 달랐단 말이야!"

"여진이 네가 무슨 말을 하는지 도통 모르겠구나. 게다가 오늘은 아침 일찍 큰누이 댁에 가서 공부하는 날이 아니더냐? 아직까지 출발하지 않고 뭐 하는 것이냐?"

"말 돌리려고 하지 마, 오라버니. 내가 발뺌하지 못하는 증거를 갖고 있으니까."

"증거?"

"어젯밤. 두 사람 어디에 다녀온 거야?"

이 말에는 나도 놀라고 윤임도 놀랐다. 물론 윤임은 곧바로 놀란 기색을 감췄지만, 나는 달랐다. 놀란 기색을 감췄지만 얼굴이 뜨끈뜨끈해진 것이다.

"이제 보니 두 사람, 나 몰래 무슨 둘만의 비밀이 생긴 것 같은데? 도대체 다 큰 남녀가 한밤중에 몰래 어디를 다녀왔는지 말하라구."

"무슨 말을 하는지 모르겠구나."

모른 척 잡아떼는 윤임과 달리 여진은 쉽게 포기할 생각이 없어 보였다.

"말해줘! 말해 달라고! 한밤중에 나 빼고 둘이 어디에 다녀온 거야?"

"모르겠다고 하지 않느냐."

모르쇠로 일관하던 윤임이 이제는 약간 화난 목소리로 응수한다. 이렇게 해서라도 여진의 호기심을 차단하려는 것 같았다. 하지만 전혀 소용이 없었다.

"아니야, 아무 데도 안 갔어. 그러니 오라버니를 너무 괴롭히지 마, 여진아."

여진이 떼를 쓰는 것 같아서 윤임의 편을 든 것인데 여진은 다르게 본 것 같다.

"제가 지금 오라버니를 괴롭히는 걸로 보여요? 꼭 제가 못된 시누이가 된 것 같잖아요. 그리고 두 사람이 한밤중에 나가는 걸 똑똑히 본 하인들이 있거든요?"

금방이라도 울 것 같은 얼굴로 여진이 나를 흘겨본다.

"그러니까 나는……."

난처해하는 나를 보며 결국 윤임이 사실을 인정했다.

"그래. 지난밤 유나와 함께 나갔다 온 것은 사실이다."

"거봐! 그럴 줄 알았어!"

여진의 표정이 환해졌다.

"유나의 집을 찾아주려 했던 것이다."

"집?"

"그래."

내 집을 찾아주려 했다는 윤임의 말에 여진이 울상을 지으며 나를 쳐다본다.

"언니. 집으로 돌아갈 거예요?"

"아니, 아직은 아니고 당분간은 계속 이곳에서 지내기로 했어."

"그런데 왜 오라버니가 언니의 집을 찾아주려…… 설마, 오라버니! 언니를 쫓아내려는 거야?"

"무슨 소리를!"

윤임이 평소의 그답지 않게 흥분하는 모습을 보이자 여진이 묻는다.

"그럼, 언니는 언제까지고 이곳에서 우리와 함께 지내도 되는 거지?"

"물론이다!"

"오라버니도 나처럼 유나 언니를 좋아하니까?"

"그거야 당연히……."

얼떨결에 여진의 말에 걸려든 윤임은 얼굴이 새빨갛게 변해버렸다. 여진은 윤임의 얼굴을 보며 낄낄 웃음을 터트렸다.

"에헤? 그렇단 말이지? 오라버니. 이참에 도희 언니와 파혼하고 유나 언니와 혼인하는 건 어때?"

파혼?

윤임이 농담이 지나치다며 여진을 꾸짖을 줄 알았는데 입을 꾹 다문 채 시선을 내려뜨린다. 마치 여진의 말대로 파혼에 대한 고민이라도 하는 것 같은 그의 모습에 내 가슴이 쿵쾅거리던 그때.

"그게 무슨 말인가? 자네 지금 우리 도희와 파혼이라도 하겠다는 것인가!"

윤임이 들어오며 열려 있던 대문으로 우락부락한 체구의 중년 남자가 들어서 버럭 소리를 지른다. 그를 본 여진이 놀라 내 뒤로 숨어버렸다.

"스승님!"

윤임은 그를 보자마자 '스승'이라고 부르며 뛰어 내려가 그를 맞이했다. 그는 윤임의 뒤로 보이는 나를 노려보며 말한다.

"저 계집인가? 도성에 파다한 소문을 듣자 하니, 자네가 출신도 불분명한 계집 하나를 별당에 두었다던데!"

"스승님. 그녀는……!"

윤임이 나를 변호하려고 나섰지만 그의 스승은 전혀 들을 생각이 없어 보였다. 그는 윤임의 말이 끝나기도 전에 손을 들어 그의 말을 제지하고는 마치 이 집의 주인인 양 큰소리를 쳤다.

"자네 요즘 행실을 어찌하고 다니는 것인가? 자네의 부친께서 유배를 떠나시며 자네와 이 집안을 내게 부탁하셨지. 하나 나는 자네를 믿고 그간 이 집안을 들여다보지 않았네. 한데 그사이에 계집을 집에 들이다니!"

"스승님. 그건 오해이십니다!"

"오해? 지금 내 두 눈으로 똑똑히 보았는데도!"

그는 윤임을 밀치고는 곧장 내게로 다가왔다.

"천한 몸종이나 다를 바 없는 계집이 감히 내 여식의 자리를 넘보느냐!"

그리고 올라가는 손. 나를 때리려는 것이다! 그가 나를 때리려 한다는 것을 직감한 나는 두 눈을 질끈 감았다.

– 픽!

육중한 손이 살을 내려치고 뼈에까지 그 힘을 가하는 소리가 들려왔다. 하지만 나는 아니었다. 그의 손은 내 몸 그 어디에도 닿지 않았기 때문이다.

"오라버니!"

대신 여진의 비명이 내 귓가를 쳤다. 나는 눈을 떴다. 바로 내 앞에 자신의 스승과 나 사이를 가로막고 선 윤임의 뒷모습이 보였다.

"임이 감히 네가!"

윤임의 스승인 군기시부정 이보의 손은 내 뺨이 아니라 윤임의 뺨을 내리쳤다. 조금 전까지 나의 눈을 사로잡았던 매력적인 그의 입술에는 붉은 핏방울이 맺혀 있었다. 이런 윤임의 모습을 보고 당황한 사람은 여진과 나뿐만이 아니었다. 그의 스승도 마찬가지였다.

이러한 상황 속에서 윤임은 오히려 침착한 표정으로 자신의 스승을 향해서 말했다.

"스승님. 이만 안으로 들어가시지요."

윤임의 터져버린 입술. 그리고 빨갛게 부어오른 뺨을 노려보듯 쳐다보던 이보도 곧 자신의 신을 내던지듯 벗더니 사랑채로 들어가 버린다.

"흐흑. 오라버니, 괜찮아?"

겁에 질린 여진이 울먹이며 윤임에게 묻는다.

"난 괜찮으니 넌 방으로 돌아가 있거라, 어서."

윤임은 아무렇지도 않다는 듯 여진과 내게 차례로 웃어 보였다. 그는 스승이 내던진 신을 가지런히 정리한 뒤에야 그를 따라 사랑채에 들어갔다.

"흐흑…… 흑!"

결국 여진이 울음을 터트렸다.

"아가씨."

언제부터 있었는지 유모가 여진을 부르며 다가왔다. 그녀는 여진의 하녀를 불러 여진을 방으로 데려가게 한 후 내게 말했다.

"이보께서는 전하의 총애를 입은 후 저리 안하무인이 되셨습니다만은. 별당 아가씨께서 보시다시피 오늘 일은 아가씨의 탓이 크지요. 소인이 보기에 아가씨께서 이 집에 계속 머무실수록 우리 도련님뿐만 아니라 여진 아가씨께도 해가 되실 것입니다."

장담하는 듯한 말을 남긴 유모는 돌아서 자리를 떠났다.

❀ ❀ ❀

자신의 손에 맞아 부어오른 윤임의 뺨을 바라보며 이보의 흥분한 숨도 조금은 가라앉았다.

"나도 아네. 원래대로라면 올봄에 치렀어야 할 혼례였지. 하나 자네의 부친께서 귀양을 가시게 될 줄 누가 알았겠나?"

윤임은 스승의 앞에 앉아 고개를 숙인 채 아무런 대꾸도 하지 않았다.

"기방을 들락거리는 모습을 보이는 것보다야 차라리 첩을 두는 것이 낫겠지."

첩이라는 말에 윤임이 고개를 들었다.

"스승님. 분명히 말씀드리지만 아닙니다. 그녀는 단지 여진이의 동무로 이곳에서 당분간만……."

이보는 윤임의 말을 들으려 하지 않았다.

"내가 그래서 안다고 말하지 않았는가! 자네도 사내이고 나도 사내인 것을. 나도 첩이 셋이네. 그러니 지금 말하고 있지 않은가?

우리 도희와 혼인 후에 첩을 들이는 것은 말리지 않을 것이네. 다만 아직은 아닐세. 무엇보다 자네는 집안도 좋고 앞으로는 큰일을 할 사람이네. 그런데 혼인 전에 벌써부터 계집을 들이는 것은 자네 평판에 좋지 못할 게야."

"스승님!"

윤임도 화가 난 듯 목소리를 높였다.

"자네……."

"제자, 분명 아니라고 말씀드렸습니다."

윤임이 강경하게 나오자 이보도 조금은 뒤로 물러섰다.

"좋네. 하나 그 출신도 불분명한 계집이 별당에 머물며 사대부가의 규수 노릇을 하게 놔둘 수는 없지. 알다시피 이 집에는 안주인도 없지 않은가? 소문이 소문을 낳는 법일세. 이것은 자네에게도 또 그 계집에게도 좋지 않은 일이 될 게야. 그러니 내가 해결해주지."

"무슨 말씀이십니까?"

이보가 자신만만한 얼굴로 말했다.

"그 계집을 당분간 우리 집으로 보내게나. 마침 이번 겨울이 지나면 도희의 몸종을 나루터 의원의 후실로 주기로 한 터라, 몸종이 하나 모자라게 될 터이니."

유나를 몸종으로 데려가겠다는 말에 윤임의 표정이 굳었다.

"그녀는 몸종이 아닙니다. 여진의 동무이자 이 집안의 손님으로 별당에 머무르고 있는 것입니다."

"뭐든 좋네. 자네가 그 계집이 손님이라면 우리도 손님으로 받아들이지. 어쨌든 도희와 혼례를 치르기 전까지 남들에게 오해를 살 만한 일은 없어야 하지 않겠는가?"

이보의 제안에 윤임은 고려해보지도 않고 고개를 저었다.

"사양하겠습니다."

"자네! 내 이리 말했는데도!"

"다시 말씀드리지만 사양하겠습니다."

윤임의 완강한 태도에 다시 흥분한 이보가 소리쳤다.

"유배지에 계신 자네 부친은 생각지 않는 겐가? 부친께서 귀양살이 중이신데 그 아들이라는 자는 호의호식하며 첩을 들였다는 소문을 듣고 싶은 겐가? 정녕?"

"이 소저는 첩이 아니라고 말씀드렸습니다."

"그건 자네 생각이지! 다른 사람들은 절대 그리 생각하지 않을 걸세!"

윤임은 이보에게서 고개를 돌렸다.

"그녀가 스스로 이 집을 떠나기 전까지는 손님인 그녀를 제가 먼저 이 집에서 내보내는 일은 결코 없을 것입니다."

바로 그때였다. 닫혀 있던 문이 열리며 유나가 안으로 들어와 말했다.

"갈게요."

※ ※ ※

안에서 들려오는 스승과 제자 사이의 대화가 상당히 격앙되어 있었다. 내가 그의 첩이라는 소문이 돌고 있는 것일까?

하기는 내 신분을 증명해 줄 사람이 없다면 난 천한 몸종이나 다름없는 신세가 되는 것이다. 조선은 신분제 사회니까. 이들 남매가 나를 받아주지 않았다면 난 지금쯤 목숨이나 붙어 있었을지 모를 일이다.

"그녀가 스스로 이 집을 떠나기 전까지는 손님인 그녀를 제자가 먼저 이 집에서 내보내는 일은 결코 없을 것입니다."

절대 나를 내보내지 않겠다는 윤임의 말을 듣는 순간 결심했다. 더는 이곳에 머물러서는 안 된다고.

언제까지인지는 모르지만, 당분간 갈 곳이 있다면 윤임을 위해서라도 여진을 위해서라도 난 이곳에서 머물러서는 안 될 것 같았다.

나는 문을 열고 방 안으로 들어섰다. 안에서는 윤임이 스승인 이보와 함께 마주 보고 앉아 있었다. 난 먼저 윤임의 얼굴을 쳐다보았다. 그가 이보에게 맞아 생긴 상처가 내 가슴을 후벼 판다. 윤임 또한 나를 쳐다본다. 나는 일부러 이보에게로 시선을 돌리며 말했다.

"갈게요."

"유나야."

윤임이 나를 부른다. 나는 그를 애써 무시한 채 이보에게 재차 말했다.

"언제까지 가면 되나요?"

"며칠 안으로 가마를 보내지. 전하께서 우리 집안에 내리신 가마이지."

왕이 내린 '가마'를 강조하며 이보가 윤임을 쳐다보며 웃는다. 나는 왠지 그의 미소가 마음에 들지 않았다.

"좋아요. 이제 됐죠?"

계속 윤임과 한 공간 안에 있으면 결심이 흔들릴 것 같아서 자리에서 일어섰다. 그대로 나가려던 나는 조금 전 이보가 나를 '출신도 모르는 계집' 취급을 한 것을 떠올리고는 멈칫했다. 그리고 다시 이보를 향해 공손하게 두 손을 모아 고개를 숙였다.

"소녀는 이만 나가보겠습니다."

정중하게 예를 차린 내 모습에 이보도 살짝 당황한 듯 더듬거린다.

"그, 그러시게."

그대로 돌아서서 사랑채를 나오는 나를 윤임이 뒤따라 나온다.

"유나야. 잠시 나와 이야기를 하자구나."

"나중에요."

난 차마 그의 얼굴을 똑바로 볼 자신이 없어서 시선을 피해 고개를 돌렸다. 바로 신을 신고 별당이 있는 방향으로 빠르게 걷는데 윤임이 계속 나를 뒤쫓으며 말을 걸어온다.

"어디를 그리 급히 가느냐?"

"별당에요!"

"잠시라도 나와 이야기를 할 순 없겠느냐?"

"나중에요. 지금은 말고요."

울 것 같아.

이대로 그의 얼굴을 보면 울 것 같았다.

"어찌 이러는 것이냐!"

참다못한 윤임이 손을 뻗어 강제로 내 팔을 붙들어 자신에게로 돌려세운다.

동시에 내 두 눈에서 왈칵, 눈물이 쏟아졌다. 내가 울음을 터트리는 모습에 윤임이 강하게 붙든 팔을 놓아준다.

"우느냐?"

"아니요. 안 울어요!"

급하게 눈물을 훔쳐내는데 한 번 터진 눈물은 쉽게 그치지 않으려 한다.

"스승님의 말은 무시하거라. 다 내가 알아서 하마."

"하지만 소문이 돈다잖아요."

"어차피 시간이 지나면 사라질 말들이다. 신경 쓰지 마라."

"싫어요. 제가 싫어요. 그러니까……."

닦아도, 닦아도 흘러내리는 눈물. 이 눈으로 바라보는 윤임의 얼굴에는 미안한 표정만 한가득했다. 오히려 미안해야 하는 사람은 나인데. 폐를 끼치고 있는 것은 나인데 말이다.

어차피 나 혼자 그를 좋아하는 거다. 그는 이보의 딸과 정혼했는걸.

"유나야……."

그의 한 손이 울고 있는 내 뺨으로 다가온다. 그렇게 그의 손길이 내 얼굴에 닿으려던 그때였다.

"도련님."

갑자기 들려온 유모의 목소리에 그가 놀라며 자신의 손을 거둬들였다.

"나으리께서 돌아가신다 합니다. 배웅하셔야지요."

"알았네."

유모의 말에 윤임이 내게서 돌아섰다. 유모가 윤임에게로 한 발짝 가까이 다가서며 작은 목소리로 그에게 말했다.

"도련님답지 않으십니다."

유모의 말을 듣고서도 윤임은 별다른 대꾸를 하지 않은 채 자리를 떠났다.

이보가 돌아간 후. 여진이 윤임의 처소로 달려와 한동안 소란을 피웠다.

"유모에게 들었어! 유나 언니를 도희 언니에게로 보내겠다고? 그게 진짜야? 진짜냐고 오라버니!"

윤임은 옷을 갈아입고 서원에 갈 준비를 마친 상태였다.

"오라버니!"

윤임은 계속 자신의 뒤를 졸졸 따라오며 추궁하는 여진을 무시한 채 그대로 집을 나서버렸다.

"어떻게 그럴 수가 있어?"

여진은 속상한 마음에 눈물이 핑 돌았다. 그녀는 도무지 윤임의 저러한 태도를 이해할 수가 없었다. 분명 윤임도 유나를 싫어하지 않았다. 전에는 어땠을지 몰라도 지금은 확실했다. 그런데도 유나를 이보의 집으로 보내려 한다. 유모는 유나가 스스로 떠나겠다고 결정한 것이라고 말했다.

여진은 도희와 친하지 않았다. 만약 유나가 도희에게로 간다면 매일 유나의 얼굴을 볼 수 없게 되는 것은 물론이고 자주 찾아가서 유나를 만나려고도 할 수 없을 것이다.

"절대! 난 절대 그곳으로 유나 언니를 보내지 않을 거라고!"

씩씩거리며 소리치는 여진의 곁으로 하녀가 다가와 말했다.

"아가씨. 차라리 덕풍군 부인께 도움을 청하시는 것이 어떨까요?"

"큰언니에게?"

"예에! 도희 아가씨 댁보다야 차라리 덕풍군 마마 댁으로 가시는 게 별당 아가씨께도 훨씬 좋을 테니까요."

"내가 왜 그 생각을 못 했지?"

여진은 거의 매일 해진에게 가서 공부를 배웠다. 유나가 해진의 집에서 지낸다면 여진은 지금처럼 매일 유나를 만날 수 있을 것이다.

"큰언니에게 가야겠어! 어서 가자!"

"지금요?"

"응. 지금 당장!"

덕풍군의 사저. 여진이 기별도 없이 갑자기 들이닥쳤을 때, 해진은 차를 달이고 있었다.

"이 차가 흥분을 가라앉혀줄 거야. 마시렴."

해진이 차를 달여 내놓았지만 여진은 눈길조차 주지 않았다.

"지금 차나 마시는 여유를 부릴 때가 아니라고!"

"여유는 사람이 만들기 나름이지. 그러니 어서 마시렴. 이 찻잔을 비우지 않으면 네 이야기를 들어주지 않을 테니."

"뭐어?"

여진은 어이가 없다는 듯 해진을 쳐다보았다. 그러나 해진은 미소만 지을 뿐 계속 손으로 차를 권했다. 여진은 급한 마음에 차를 한 번에 모두 마시려고 했지만 뜨거워서 불가능했다. 결국 훅훅 불어가면서 차를 식히려다가 이것도 안 되겠는지, 그릇에 찻물과 차가운 물을 부어 함께 섞은 후에야 단번에 마실 수 있었다.

해진이 혀를 찼다.

"보아하니 네 급한 성격도 쉽사리 변하진 않겠구나."

"자, 이제 내 말을 들어줄 거지!"

"그래, 약속은 약속이니. 말해보렴."

"유나 언니를 이곳에서 지내게 해줘!"

"유나? 별당에서 지냈다던 그 여인?"

"맞아."

해진은 곰곰이 생각하는 듯한 표정을 지으며 차를 느긋하게 마셨다. 그사이 여진은 안절부절못한 채 아기처럼 두 손을 꼭 쥐고는 해진의 대답만을 기다렸다.

"응? 응? 언니이―"

해진은 여진이 귀여운 듯 피식 웃고는 찻잔을 천천히 내려놓았다.

"어찌 그래야 할까?"

"오늘 이보 나으리가 왔었어. 유나 언니를 데려가겠대. 그럼 유나 언니는 도희 언니와 살아야겠지? 난 도희 언니와 친하지 않아. 그리되면 유나 언니가 보고 싶어도 보러 가지 못하게 될 거란 말이야."

"그래에?"

"큰언니!"

"호호."

"웃어?"

"그래. 네 앞뒤가 빠진 설명만 들어도 대충 어떤 상황인지 알 것
같아서 웃었다. 안 그래도 소문을 들었다."

"소문? 어떤 소문이었는데?"

"임이가 첩을 들였다지. 별당에."

여진이 고개를 저었다.

"유나 언니는 오라버니의 첩이 아니야!"

"그건 진실이고."

해진의 얼굴에서 웃음이 사라졌다.

"진실?"

"그래, 진실. 하지만 사람들은 진실을 궁금해하지 않는단다. 진
실은 진실 그 자체로 끝나버리니까. 단지 소문을 낸 사람들은 흠
잡을 데가 없는 임이에게 있을 유일한 흠이 무엇인지 알고 싶어 하
는 것뿐이지."

"그 말은 유나 언니가 오라버니에게 흠이란 말이야?"

"글쎄다. 하지만 난 그 소문을 믿지 않았기에 임이 앞에서 소문
에 대해 묻진 않았단다. 무엇보다 임이의 성품은 그 누구보다도 내

가 잘 아니까. 또 임이가 첩을 들인다고 해서 반대할 생각도 없어. 성년식도 치렀으니 첩을 들인다고 큰 흉도 아니고. 다만 걸리는 것이 한 가지 있다면 임이는 아직 관직에 나가지 않았다. 게다가 아버지가 유배지에 계셔서 혼인도 미뤄지고 있으니."

"큰언니까지 그러기야! 유나 언니는 오라버니와 아무 사이가 아니라니까!"

해진이 여진을 흘겨본다.

"봤니?"

"응? 뭘 봐?"

"여진아. 임이에 대해서 잘 아는 나만 이런 말을 하는 게 아니란다. 이처럼 소문은 끝이 없어. 그리고 이보는 전하의 총애를 받는 무관이지. 전하의 사냥에는 동무처럼 따라다니고 종종 무예 수련도 함께한다고 들었다. 이도희는 바로 그런 이보의 여식이야."

"그게 무슨 상관인데?"

해진은 여진이 깨끗이 비운 찻잔에 찻물을 따르며 말했다.

"혼인이란 그런 거다. 상대의 인품보다 집안을 보고하는 것. 한번 정하면 쉽게 무를 수 없는 것. 너와 영산군대감처럼."

여진이 인상을 썼다.

"여기서 그 사람 이야기가 왜 나오는데?"

"너희 두 사람은 싫든 좋든 정혼했지. 그 사실은 변하지 않는다는 걸 알려주려는 거란다."

210

"언니!"

여진이 소리쳤지만 해진은 무시한 채 말을 이어나갔다.

"무엇보다 영산군 정도의 외모라면 종친들 중에서도 나쁜 편도 아니란다. 게다가 아직 어려서 인품까지는 다 알 수 없어도 알려진 성품만 해도 좋고. 여기에 네가 어찌 손에 넣었는지 알 수 없는 부마 대감의 옥에 대해서도 더는 추궁치 않으시니……."

"난 훔치지 않았어! 정말이야!"

"나도 안다."

해진이 천으로 찻잔 주변에 묻은 물기를 조심스레 닦아내며 말했다.

"하지만 내가 아닌 누구라도 충분히 너를 오해할 만한 상황이었어. 또 그 옥이 부마 대감에게는 정말 소중한 옥이라고 하더구나. 원래 소문이라는 것이 다 그렇게 시작하는 것이다. 추측에서."

"그 파렴치한 인간의 이야기는 이제 그만 듣고 싶어! 그나저나 도와줄 거야? 유나 언니를 이곳에서 지내게 해도 되는 거지?"

해진이 웃으며 고개를 저었다.

"임이가 결정한 거야. 아버지가 유배지에 계신 이상 그 집안의 주인은 임이고. 임이의 선택을 따라야지. 난 출가외인인걸."

"언니!"

"호호호!"

원하는 바를 이루지 못한 여진은 축 처진 어깨로 해진의 처소를

나왔다. 여진은 자신을 기다리는 가마가 있는 곳으로 곧장 걸어가

다가 뜻밖의 두 사내와 마주쳤다.

바로 영산군과 부마 신홍연. 덕풍군을 만나러 오는 길이던 두 사

람은 여진을 보고는 걸음을 멈췄다.

"당신은!"

영산군을 본 여진이 놀라 소리치자 영산군이 뒷걸음질을 쳤다.

"이런, 이런."

이를 본 홍연이 웃는 얼굴로 탄식하며 도망치려는 영산군의 팔

을 잡아 세웠다.

"홍연 자네! 뭐 하는 건가!"

"미래의 영산군 부인이 아니십니까? 서로 보셨으니 인사는 나

누셔야지요."

"나, 나는!"

당황해 얼굴이 붉어진 영산군을 보며 피식 웃은 홍연은 먼저 여

진에게 공손히 인사를 건넸다.

"잃어버린 제 옥을 찾아주신 소저시로군요."

"옥? 아, 그 옥! 그러니까 그 옥은 제가 훔친 게 아니에요."

홍연이 영산군을 돌아보며 말했다.

"안 그래도 영산군대감께 들었습니다. 길에서 주우신 후 소중히

보관을 해 오셨다고요."

"제가요?"

여진이 의외라는 표정으로 영산군을 쳐다보았다. 그 순간 홍연은 여진에게 인사를 한 후 재빨리 자리를 떴다. 이제 영산군과 여진이 서로를 마주 보며 섰다. 침묵이 흐르고 여진이 한층 낮아진 목소리로 입을 열었다.

"전 훔치지 않았어요."

"알고 있소."

바로 되돌아오는 영산군의 대답에 여진의 마음이 살짝 두근거렸을 때였다. 영산군이 킥킥 웃으며 말했다.

"그대에게는 옥을 훔칠 배포까지는 없는 것 같으니."

여진이 영산군을 쏘아보며 외쳤다.

"저희 아버지께서 유배에서 풀려나시면 이 혼인은 없었던 것으로 해요!"

영산군이 눈을 크게 떴다.

"그야 물론 나도 바라는 것이오. 하나 그리되면 윤 소저께서는 다른 곳으로는 시집을 가기 어려우실 텐데……."

"에?"

"게다가! 난 종친이오. 주상 전하 다음으로는 선왕의 유일한 혈육이지. 그대야 큰누이가 종친인 덕풍군과 혼인했다 하여 종친을 가벼이 여기는지는 모르겠지만, 나만 한 혼처를 다시 찾기는 무, 진, 장 힘들 거요."

거만하게 나오는 영산군의 태도에 여진이 씩씩댔다.

"이 세상의 반은 사내인데 영산군대감보다 더 잘난 사내를 찾지 못할까요?"

당돌한 여진의 말에 기분이 상한 듯 영산군은 아랫입술을 살짝 깨물었다. 그리고 발길을 돌리려는 듯 그녀에게서 반쯤 몸을 틀며 큰 소리로 말했다.

"난 기첩이나 고르러 기방에 가야겠군! 혼인 전까지 첩을 셋은 들여야 종친 체면이 서지! 에헴!"

"기첩?! 그럴 줄 알았다고요! 이 호색한!"

"뭐? 지금 뭐라 하였소? 호색한? 지난번에는 나보고 파렴치한이라고 하더니, 이제는 호색한?"

"그래요! 호, 색, 한이라고 했어요! 파렴치한보고 파렴치한이라 하고 호색한보고 호색이라고 하는 게 뭐, 틀린 말도 아니고."

영산군이 주먹 쥔 두 손을 부들부들 떨며 말했다.

"그나저나 일전에 소문을 듣자 하니 윤 소저의 손버릇이 그렇게 나쁘다던데. 도대체 거창위의 옥은 어찌 손에 넣었는지 참으로 궁금하기까지 하군. 이참에 윤 낭자의 그 손버릇에 대해 한번 들어나 봅시다."

"그래서 지금, 내가 부마 대감의 옥을 훔쳤다는 거예요? 이 파렴 치한에 호색한아!"

"어찌 부르시오. 도, 둑, 소, 저."

"흥!"

여진이 흥 소리를 내며 영산군에게 돌아섰다. 영산군도 기다렸다는 듯이 여진에게서 돌아서며 흥 소리를 크게 냈다.

"흥!"

두 사람이 등을 보이며 갈라서서 각자 제 갈 길을 가버렸다. 이 모습을 멀지 않은 곳에서 안절부절못하며 지켜보는 한 사람이 있었다. 바로 이 혼처를 주선했던 덕풍군이었다.

"휴우, 이 혼사가 절대 쉽지 않겠군. 갈 길이 멀겠어."

그 옆에 서 있던 홍연이 빙그레 웃으며 말했다.

"인연이라면 기필코 맺어질 것입니다. 너무 걱정 마시지요."

"인연이라……."

한숨을 지으며 '인연'이라는 말을 중얼거리던 덕풍군이 갑자기 기억났다는 듯 홍연에게 말했다.

"참, 자네가 부탁했던 그 새 말일세. 그 새가 돌아왔네."

"안 그래도 조금 전 행랑에서 새장을 봤습니다."

"그 여인 말이야. 자네가 새를 보내라 했던 처제의 동무. 알아보니 집안도 알 수 없는 여인이었네. 또 소문에 의하면 처남이 벌써 첩으로 들여 별당에 두었다던데. 부인은 처남이 그럴 사람이 아니라고 해서 아직까지 처남에게 소문이 사실인지 묻지는 못했네만. 만약 그렇다면 자네는 어찌하려는가?"

홍연이 덕풍군을 돌아보았다.

"무슨 말씀이십니까?"

"오랫동안 자네는 오직 진성공주뿐이지 않았는가. 그런 자네가 처음으로 공주마마 외에 관심을 보인 여인이네. 만약 그녀가 이미 처남의 여인이 되었다면……."

홍연은 이 부분에 대해서는 확실하게 자신의 입장을 밝혔다.

"인연이 아닌 게지요."

"그리 알고 포기하려는가?"

이 말에 홍연은 미소만 지을 뿐 끝내 대답하지 않았다.

이 집을 떠나는 날 아침 한양에 폭설이 내렸다.

"정말 갈 거예요?"

짐을 싸는 내 옆에서 여진이 울먹거리는 목소리로 묻는다. 그런데 막상 짐을 싸려고 보니 내 짐이라고 할 만한 것이 거의 없다.

여진이 다 챙겨주고 주었던 것. 그나마 가져가는 것들도 다 내 것이 아닌 것들이다.

"가마가 왔다잖아."

애써 웃으며 말해보지만 듣는 여진은 속상한 표정이다.

"지금이라도 언니가 가고 싶지 않다고 하면 오라버니도 안 보낼 거예요."

"오라버니와는 모두 끝난 이야기야."

윤임은 폭설을 뚫고 평소와 다름없이 아침 일찍 무예 수련하러 나갔다. 돌아온 이후에는 옷을 갈아입고 서원행. 내가 떠나는 날이라는 걸 알면서도 그에게는 오늘도 어제와 전혀 다르지 않은 하루일 뿐이다.

"오라버니가 돌아오려면 아직 두 시진이나 남았는데 오라버니 얼굴도 안 보고 갈 거예요?"

"내가 영영 떠나니? 당분간인데."

"그러니까 당분간이 얼마만큼인데요?"

"봄이 되기 전까지일까?"

봄이 오면 나는 돌아갈 수 있을까? 윤임과 여진의 집이 아닌 내 진짜 집. 내가 원래 살던 미래로 말이다.

"정말 소문 때문이에요?"

"소문?"

난 챙기던 옷가지를 잠시 내려놓고 여진을 쳐다보았다.

"언니가 오라버니의 첩이라는 소문이요. 전 언니가 좋은데. 차라리 소문을 기정사실로 만들어 버리면 안 되나요? 언니도 우리 오라버니가 싫진 않잖아요."

웃으면서 이야기했다면 농담처럼 주고받으며 끝나버릴 말. 그러나 여진은 눈물을 뚝뚝 흘리며 내게 말하고 있다. 농담이 아니라 진담인 것이다. 결국 이 상황을 진짜 농담으로 만들어버릴 수 있는 건 나뿐이다.

"농담이지?"

웃으며 농담이냐고 묻는데 여진이 울며 고개를 젓는다.

"오라버니와 도희 언니의 정혼은 부모님이 정하신 것이니 무를 수 없어요. 저도 그건 잘 알아요. 하지만 오라버니의 첩이 되는 건 어때요? 착한 시누이가 되어줄게요."

난 우는 여진의 눈물을 닦아주며 빙긋 웃었다.

"어차피 난 겨울이 지나면 떠날 생각이었어."

"어디로요?"

"집. 내 진짜 집."

"거긴 어디인데요? 한양이에요?"

"아마 한양은 아닐 거야."

이렇게 오랫동안 집을 떠나 있었던 것은 처음이다. 그런데도 이젠 집이 그렇게 그립다거나 하진 않는다. 어차피 집에 돌아가도 달라지는 것이 크게 없다는 것을 알아서일까?

내 부모님은 늘 바빴다. 가족이 다 모이는 것도 기껏해야 한 달에 한두 번뿐. 어떨 때는 반년 만에 엄마를 본 적도 있었다. 부모님을 생각하면 보고 싶지만 그립지는 않다.

별당 밖으로 나오자 사랑채 앞에 가마 한 대가 나를 기다리고 있었다.

"오르시지요."

가마꾼이 가마의 문을 열며 내게 말한다. 얼마나 지냈다고 이곳이 이젠 내 진짜 집 같았는지 떠나는 발길이 무겁기만 하다. 보따리 하나를 품에 안은 채 가마에 올라타려다가 잠깐 사랑채 쪽으로 눈길을 주었다. 윤임이 지금 그곳에 없다는 것을 알면서도 말이다.

문득 뺨에 닿는 차가운 함박눈에 고개를 들어 하늘을 쳐다보았다. 평평 내리는 눈을 보아하니 쉽게 그칠 것 같지 않은 눈이다. 이미 주변에는 눈이 내 발목까지 쌓여 있었다. 윤임은 이런 눈을 뚫고 서원에 갔다.

그가 돌아올 즈음에는 길에 눈이 더 쌓이려나.

이상하게 머릿속으로 윤임을 떠올리기만 했을 뿐인데도 가슴이 시리다. 마치 눈앞에서 그와 마주한 채 작별하는 것처럼.

보따리를 끌어안고 가마에 타자 여진은 계속 뺨에 흐르는 눈물을 닦느라 여념이 없다. 이렇게 여진이 헤어지는 걸 아쉬워하며 우는 걸 보니 미안한 마음만 한가득했다. 이들 남매에게 피해 주기 싫어 가겠다고 스스로 이보의 집으로 가겠다고 결심했으면서도 말이다.

"이곳에서 멀지 않은 곳이라고 들었어. 그러니 자주 볼 수 있을 거야."

난 일부러 더 활짝 웃으며 여진에게 손을 흔들었다. 그사이 가마의 문이 닫혔다. 곧 가마가 번쩍 들어 올려지더니 아주 빠르게 집 밖으로 나선다. 잠시 후 대문이 굳게 닫히는 소리가 들렸다.

가마꾼들이 움직일 때마다 눈을 밟는 묵직한 소리가 들려온다.

난 처음 가는 이보의 집이 어디에 있는지, 얼마나 가야 하는지 그
들에게 묻지 않았다. 대신 속으로 가마꾼들의 발소리를 세었다.

'서른넷, 서른다섯, 서른여섯……'

이 소리만 기억한다면 다시 이곳으로 돌아오는 것은 그리 어렵
지 않을 것 같았다.

'마흔둘, 마흔셋, 마흔……'

그런데 갑자기 가마가 멈췄다. 이보의 집이 이렇게 가까웠나?
그때 가마 밖에서 가마꾼의 목소리가 들려왔다.

"아가씨. 윤임 도련님이십니다."

윤임? 그는 아직 집으로 돌아올 시간이 아닐 텐데!

"열어주세요."

"예, 아가씨."

가마가 땅으로 내려가고 가마꾼이 닫아놓은 가마의 문을 열었
다. 비처럼 내리는 눈 사이로 멀지 않은 곳에 서 있는 윤임의 모습
이 보였다. 그는 서원에 갈 때의 옷차림 그대로 한 손에는 서책을
쥔 채 나를 바라보고 서 있었다.

난 가마에서 내렸다. 그는 내게 다가오지 않는다. 내가 먼저 그
에게 다가갔다. 그는 내가 자신에게로 다가오는 것을 보자 가마꾼
들에게서 멀어져 소나무 밑으로 들어갔다. 눈을 피하려는 것 같았
다. 나도 그를 따라 소나무 밑으로 들어갔다. 그리고 그 아래에서
윤임을 바라보며 환한 미소를 지었다.

"임지 오라버니."

그는 웃지 않았다.

가지마다 눈이 쌓인 소나무에서는 종종 뭉친 눈이 한 번에 땅으로 떨어져 내리며 요란한 소리를 낸다. 나는 그 소리가 신경 쓰여 자꾸 눈길이 가는데 윤임은 그렇지 않은가 보다. 그는 웃지 않는 무표정한 얼굴로 내 얼굴에서 눈을 떼지 않는다.

"이제라도 가고 싶지 않다면 가지 않아도 된다."

그것은 그의 마음. 그가 떠나려는 내게 찾아와 꺼낸 첫 마디는 나의 마음을 흔드는 말이었다.

"유나야."

"정말이죠? 그래도 되죠?"

활짝 웃으며 말을 받아치는 나를 보고 윤임의 눈이 크게 떠진다. 진담으로 알아들었나 보다. 난 일부러 소리 내어 웃으며 그에게서 시선을 돌렸다. 눈을 마주쳤다가는 이제라도 정말 가고 싶지 않은 내 마음을 들켜버릴 것 같아서.

"날이 따뜻해지면 돌아올 거예요. 겨울은 금방 지나갈 거고요."

비처럼 내리는 눈에 가로막혀 버린 시야가 갑갑하다. 그런데도 난 계속 윤임의 시선을 피해 눈에 가려져 버린 주변만 응시했다.

"잠자리가 불편하다거나, 예를 들면 유모가 처음 제게 지내게 했던 초가 같은 곳이요. 또 지금까지 제가 지냈던 별당보다 더 작은 곳에서 지내게 한다면 당장 돌아올 거예요. 그땐 소문이고 뭐고 상관없이."

소문. 단지 소문 따위에 나는 윤임 남매의 곁을 떠나기로 결심한 걸까? 도움을 준 그들에게 폐를 끼치기 싫어서? 다시 윤임의 얼굴로 돌아온 내 표정은 조금 진지해졌다.

"다시 받아줄 거죠?"

윤임의 얼굴을 본 순간 깨달았다. 난 소문 따위가 겁이 나서 떠나려는 게 아니다. 이 마음을 정리할 시간이 필요한 거야.

정혼녀가 있는 윤임을 좋아하는 이 마음을……

"그 물음에 대한 답은 이미 동굴에서 네게 한 것으로 기억하는데."

나의 결심을 엿본 그가 미소를 짓는다. 난 그의 미소를 따라 함께 미소를 짓는다.

그의 미소는 진심이고 나의 미소는 거짓이다. 그를 향한 내 마음을 숨기기 위한 거짓 미소. 그의 미소에 담긴 의미는 난 그의 여동생인 여진과 같은 동생일 뿐. 그래서 진심으로 걱정해주고 진심으로 보살펴 주겠다는 뜻일 뿐. 하지만 나는 더는 그럴 수 없다.

정말로 그를 좋아하니까.

"이젠 정말 가야겠어요. 더 늦어지면 안 되니까."

"가마까지 데려다 주마."

윤임이 나와 함께 소나무 아래에서부터 가마가 있는 곳까지 걷기 시작했다. 문득 한 가지 궁금한 것이 생각났기에 걸음을 멈추고 윤임을 돌아보았다.

"참, 오라버니."

"응?"

"오라버니의 정혼녀요. 지난번에 딱 한 번 봤는데 어떤 사람이에요?"

"이 소저 말이냐?"

"네."

윤임은 거의 매일 서원에 다녀온 오후가 되면 스승인 이보의 집에 갔다. 가서 무예를 익힌다고 들었는데. 어찌 보면 정혼녀의 집에 간 것이기도 하다. 그 말은 매일 정혼녀인 도희를 만났다는 말도 된다.

이처럼 매일 두 사람이 만났다면…….

"도희와는 아홉 살 때 혼약을 했다. 하나 스승님댁에 갈 때마다 도희와 짧은 인사를 나눈 것이 고작이었다. 어릴 적에는 기억이 잘 나지 않는다. 다만 근래에 보아하니 말수가 적은 듯 보이나 당차고 수줍음은 없는 듯하더구나."

"마치 잘 알지도 못하는 남에 대해서 이야기하듯 말하네요. 오라버니 정혼녀라고요."

뜬금없는 나의 훈계에 윤임이 머쓱한 표정을 지었다.

"네 말을 듣고 보니 그간 그 아이에게 너무 관심이 없었던 것 같구나."

"혼인한 사람인데 그리 무심하면 안 되는 거 아닌가요?"

"오히려 혼인할 상대이기에 관심을 두지 않았던 것 같다. 어차피 평생을 함께하게 될 터이니……."

평생을 함께할 사이. 윤임은 이미 오래전부터 도희를 그렇게 자신의 마음 안에 들여놓은 것 같다. 처음부터 내 자리 따위는 없었던 거다.

윤임은 곰곰이 생각하더니 말을 이었다.

"그러고 보니 언젠간 그녀에게 한 점의 부끄러움도 없는 지아비가 되어주겠다고 생각한 적은 있었다. 하나 이제는……."

그의 눈동자가 내 눈동자에 닿자 목소리가 잦아든다. 난 그의 말을 끝까지 들을 자신이 없어서 그의 눈을 피해 가마 쪽으로 다시 몸을 움직였다.

"그렇게 되실 거예요."

"그렇게 될 거라고?"

"네. 오라버니는 좋은 사람이잖아요. 저처럼 갑자기 하늘에서 떨어졌는지 땅에서 솟아났는지도 모를 사람에게도 주저 없이 방 한 칸을 내어주시는 분이시니까요."

"유나야."

그가 갑자기 앞으로 걸어가는 내 팔을 잡는다.

"예?"

그로 인해 걸음을 멈춘 나는 그를 돌아보며 섰다. 이번에 그는
나와 시선을 마주치지 못한 채 무언가 고민하는 듯한 표정을 짓
는다.

"나는 말이다……."

"아가씨! 눈이 많이 옵니다!"

그때 우리의 대화가 끝났다고 여겼는지 가마꾼이 나를 재촉하
며 부른다. 난 그가 잡은 팔을 슬며시 밀어내며 난처한 표정을 지
었다.

"이만 갈게요. 더 늦어지면 안 될 것 같아요."

윤임을 뒤로한 채 나는 가마로 돌아갔다. 가마의 문이 닫히기 전
에 밖을 내다보니, 윤임은 내가 돌아선 그 자리에 서서 계속 나를
바라보고 있었다.

이보의 집에 도착했을 때 정작 그는 집에 없었다. 삼월댁이라는
아줌마에게서 아직 궐에서 돌아오지 않았다는 말만 전해 들었다.
또 그녀의 딸이자 도희를 모신다는 향단이라는 하녀도 만났다. 얼
굴에 주근깨 가득한 향단이라는 여자애는 마치 자기가 이 집안의

아가씨인 양 눈을 치켜뜨며 나를 쳐다보았다.

"안채에는 우리 아기씨가 기거하고 계시지요. 안채 뒤쪽에 두 칸 자리 행랑이 있는데 나으리의 측실 한 분이 머물고 계시고요. 아가씨는 거기 빈 행랑에서 머무실 겁니다."

행랑이라고 하는 거 보니 일단 초가는 아니라는 말이네.

"내가 듣기로는 첩이 세 분이라고⋯⋯."

삼월댁이 어찌 알았냐는 표정으로 내게 말한다.

"다른 두 분은 기첩이라 이곳이 아닌 기방에서 사시지요."

"그럼 이 집 마님도 안채에서 아가씨와 지내시나요?"

"마님은 몸이 좋지 않으셔서 오랫동안 고향인 광산에서 요양 중이시지요. 그래서 빈 안채를 아가씨께서 쓰시는 것이고요. 또 올봄에 우리 아가씨께서 윤임 도련님과 혼례를 치르셨더라면 아마도 이 안채에 신접살림을 차리셨겠지요."

여진에게 들었던 기억이 있다. 여기 조선에서는 대부분 혼인 후 남자가 처가에 얹혀산다고 한다. 이걸 '장가간다'라고 했던가?

"도희 아가씨는요?"

"우리 아기씨는 어찌 찾으십니까?"

난 단지 도희가 어디에 있는지를 물은 것뿐인데 삼월댁은 인상부터 찌푸린다.

"이보 나으리께서 집에 안 계신다면서요? 그러면 도희 아가씨에게라도 먼저 인사를 드리려고요."

앞으로 잘 지내보자는 뜻으로 말이지. 하지만 삼월댁은 내 말을 조금 다르게 들은 것 같다.

"벌써부터 첩실 노릇이라도 하시겠다는 겁니까?"

"에?"

첩실이라니? 혹시 삼월댁도 소문을 듣고 오해를 하고 있는 건가?

"아가씨, 소인의 말을 새겨들으시지요. 아가씨께서 윤임 도련님과 어떤 관계이든 간에 우리 아기씨와는 결코 대등하게 지내실 순 없을 겁니다. 다시 말해서 우리 아기씨는 아가씨 같은 사람이 뵙고 싶다고 마음대로 뵐 수 있는 그런 분이 아니시라는 거죠. 아시겠어요?"

주제 파악하라는 소리로 들리는데? 하지만 출발이 잘못되었잖아! 난 윤임의 첩도 아니고 첩이 될 생각도 없다. 무엇보다 윤임에게는 정혼녀인 도희뿐인데.

이때 비녀로 머리를 올리고 곱게 단장한 한 여인이 우리에게로 다가오며 말했다.

"삼월댁. 그만 좀 하게. 안채가 다 울리겠어. 자네 때문에 아가씨 두통이 더 심해지겠네."

그러자 삼월댁이 시큰둥한 표정으로 그녀를 쳐다본다.

"행랑 마님."

"행랑 마님은 무슨, '작은 마님'이라고 불러야지."

"그건 우리 아기씨께서 혼인하시면 들으실 말이니 행랑 마님은 계속 행랑 마님이신 거죠."

행랑 마님이라 불린 여인이 큰 소리로 웃는다.

"이래서 난 삼월댁이 가장 재미있다니까. 여하튼 간에 그 아이와 내가 같은 행랑채에 살게 될 것이니, 내가 데려가지."

난 그녀가 이보의 첩들 중 한 명이라는 사실을 알아차렸다.

"받으시죠."

향단이가 들고 있던 내 보따리를 툭, 던지듯 내게 건넨다. 내가 보따리를 받아들자 삼월댁과 향단이는 바깥채로 가버렸다. 이를 본 행랑 마님이 내 곁으로 다가오더니 한 손으로 내 어깨를 잡고 끌어당겼다. 그녀와 가까워지자 강한 분 냄새가 확 풍겨왔다.

"자네, 당분간 안채 아가씨는 볼 생각 마."

"왜죠?"

그녀가 손가락으로 안채를 쿡쿡 찌르는 듯한 시늉을 한다.

"지금 안채 아가씨의 머리가 아주 많이 아프거든."

"아가씨가 아픈가요?"

"아프지. 원래는 자네를 종년들과 함께 기거하게 해야 하는데, 종년들 처소는 바깥 행랑이거든. 다시 말해, 매일 이곳에 무예 수련하러 오는 윤 도령이 지나다니는 길목에 있다 이거지. 하지만 내가 머무는 안채 행랑 쪽은?"

이번에는 그녀의 손가락이 안채 뒤편에 숨겨지듯 자리한 행랑을 가리킨다.

"이 집에서 가장 깊숙한 안쪽이지. 게다가 이쪽 안채에는 외부인은 출입할 수가 없어. 당연히 윤 도령은 자네가 보고 싶어도 이곳까진 들어오지 못할 거야."

"그럼 저를 안채 행랑에서 지내게 하는 이유가 오라버니와 만나지 못하게 하기 위해서라는 건가요?"

그녀가 짧은 코웃음을 친다.

"오라버니? 요즘은 첩들이 주인 나으리를 그리 호칭하나 보지? 어쨌든 이제 첩들끼리 잘 지내보자고, 이웃."

만나는 사람마다 하는 오해에 결국 난 눈을 힘주어 떴다.

"아니에요, 첩."

그녀가 흘겨 뜬 눈으로 내 얼굴을 유심히 쳐다본다.

"그래? 하나 언젠간 누군가의 첩이 되겠지."

"왜 그렇게 생각하시죠?"

그녀가 큭큭 웃으며 대답했다.

"이미 다 들었어. 신분도 천한데 윤 도령이 자네를 애지중지하느라 다들 '아가씨' 소리를 하고 있다며? 내 그럴 줄 알았다니까! 저런 악독한 계집애한테 처음부터 윤 도령 같은 사내는 안 어울린다고 생각했거든."

악독한?

난 도희를 딱 한 번 그것도 잠깐 보았을 뿐이다. 그래서 그녀를 전부 안다고 할 순 없다. 적어도 윤임은 그녀를 나쁘게 말하지 않았다. 그런데 이 행랑 마님이라는 사람은 왜 도희를 악독하다고 하는 걸까?

내가 당분간 살게 될 내 방에 짐을 풀기도 전에 행랑 마님은 푸념 섞인 목소리로 자신의 이야기를 꺼냈다.

"내가 이 집안에 첩실로 팔려왔을 때가 아마 그 계집애가 여섯 살 무렵이었지."

여기서 말하는 계집애는 도희 같다.

"팔려왔다고요?"

"일찍 돌아가신 부모님 밑으로 어린 아우만 여섯이었어. 아우들이 장성해 글공부를 마치고 과거를 보려면 돈이 필요했으니까."

그녀는 딱 여기까지만 자신의 집안 이야기를 했을 뿐이다.

"이 집 마님이 오랫동안 병을 앓아서 나으리가 자꾸 밖으로 나돌며 사고를 쳤지. 그때까지 살아계시던 나으리의 모친이 돈 주고 날 첩으로 들인 거고. 그 후 얼마 지나지 않아 나으리의 모친이 돌아가시고 이 댁 마님도 몸져 누워버렸으니, 그 어리고 영악한 것이 본색을 드러낸 거야."

"도희 아가씨 말하는 거죠?"

"아가씨는 무슨. 저 계집이 이 집안 몸종들과 똘똘 뭉쳐서는 날 며칠씩 굶기더라고. 그래서 따졌더니 글쎄, 음식을 땅에 쏟아버리더니 배고프면 개처럼 핥아먹으라지 뭐야?"

"헐."

"헐?"

"아, 그러니까 끔찍하다고요. 못되기도 하고요."

"끔찍하지! 끔찍하고말고! 그뿐만이 아니야. 한겨울에는 행랑에 불도 못 떼게 했어. 저 맹랑한 것에게는 날 괴롭히는 게 처음에는 단순 재미였겠지만 난 그때 아이를 가진 몸이었는데……."

그녀의 목소리가 점점 잦아든다.

"아이가 있으세요?"

"죽었어."

"네에?"

"음식에 뭘 탔는지 한밤중에 배앓이를 크게 했지. 하혈을 하고 그렇게 아이를 잃었어. 그런데 이 억울함을 어디다가 풀 수가 있나. 이게 바로 첩의 신세야."

"이보 나으리에게 말하면 되잖아요."

그녀가 긴 한숨을 내쉰다.

"나으리는 그때 두 기생 첩년에게 둘러싸여 정신을 못 차리고 있었지. 아마 그때부터 지금까지 나으리는 내가 이 행랑에 사는 것조차도 잊고 계실걸? 그나마 다행인 건 그 이후로 그 악독한 것도 내게 흥미를 잃었다는 거지. 다행인지 불행인지는 모르겠지만."

그녀의 이야기를 모두 듣고 나자 측은한 마음이 일었다.

이런 마음이 내 표정에 드러났는지 그녀가 애써 웃는 얼굴로 내게 말했다.

"그러니 조심하라고. 나야 고작 악독한 것의 놀잇감이었다지만, 자네는 그 악독한 것의 연적이잖니."

"연적……."

– 꿀꺽.

나도 모르게 목구멍으로 자꾸 무거운 침을 삼키게 된다. 만약 행랑 마님의 말대로 도희가 나를 연적으로 생각한다면…… 어휴, 상상하기도 싫다.

이보의 집에서 생활하기 시작한 지 삼 일째. 눈은 그쳤다, 내렸다를 반복하며 계속 쌓이고 있고 날씨는 여전히 춥다. 별당에서 지낼 때도 그랬지만 온돌방이 의외로 귀하다. 그렇다 보니 새로 지내게 되는 이 행랑도 온돌방이 아니다. 작은 화로 하나만이 놓였을 뿐.

그 화로에 들어갈 탄은 매일 밤 향단이가 가져다준다. 이것도 감지덕지라고 여겨야 하나? 하지만 윤임의 집에 유모가 있었다면 이곳에는 삼월댁이 있다.

"들자 하니 짚신을 아주 잘 만드신다면서요?"

이른 아침부터 삼월댁이 다짜고짜 내 방을 찾아와 문부터 열어

젖힌다. 시린 겨울의 아침 바람이 휘몰아치듯 방 안으로 들어온다. 난 서둘러 이불로 몸을 둘둘 말고는 다 꺼진 화로 옆으로 기어가며 물었다.

"짚신이요?"

이렇듯 불길한 예감은 늘 틀리지 않는다는 게 문제.

"여기요."

삼월댁의 뒤로 나타난 향단이가 짚단 하나를 방으로 휙, 내던진다.

"아침 식사 전에는 끝내실 수 있겠지요?"

뭐, 짚단 하나쯤이야. 윤임의 집에서 유모가 처음 내줬던 방 안에는 절반이 짚으로 쌓여 있었는걸. 이런 짚단 하나쯤은 오전 중에는 어떻게든 끝낼 수 있는 분량이다.

"그래야 아침식사를 드실 수 있으실 텐데, 당연히 그리하셔야지요."

얄미운 향단이의 말. 한마디로 이걸 다 끝내지 못하면 아침을 안 주겠다는 거다.

"다 끝내시면 아침을 가져다 드리지요."

이젠 아예 그렇게 하겠다고 대놓고 말하네?

그때 옆방의 문이 열리더니 행랑 마님이 고개를 불쑥 내민다. 그녀는 다짜고짜 향단이를 향해 신경질적인 목소리로 쏘아붙였다.

"이 계집애야. 너라면 아침 전까지 끝낼 수 있겠니?"

이를 듣고 있던 삼월댁이 행랑 마님을 쏘아보며 말한다.

"향단아. 오늘 아침을 굶고 싶은 사람은 따로 있나 보다."

행랑 마님도 지지 않고 삼월댁에게 맞선다.

"잘 됐네. 안 그래도 오늘 아침은 속이 쓰려서 굶으려던 참이니."

행랑 마님이 다시 방문을 닫고 사라졌다. 이를 본 삼월댁이 행랑과 등을 지고 돌아선다. 그 뒤를 따르려던 향단이가 잠시 걸음을 멈추더니 방 안에 앉아 있는 나를 쳐다보며 말한다.

"배가 안 고프신가봐요? 아니면, 행랑 마님처럼 속이 쓰려 아침은 거르시겠어요?"

아우씨!

난 오늘만 유모가 이들보다는 착한 사람이라고 생각하기로 했다.

오후. 서원에 다녀온 윤임이 집 대문으로 들어섰을 때였다. 여진이 바로 그 앞에서 양 팔을 뻗으며 그의 앞을 가로막고 나섰다.

"뭐 하는 것이냐?"

"대답 주기 전까지는 절대 집으로 못 들어와."

윤임이 어이없다는 듯 짧게 웃었다.

"여긴 내 집이다."

"내 집이기도 해."

단단히 결심한 여진을 보며 윤임이 한숨을 내쉬었다.

"그래, 무엇이냐?"

윤임의 대답이 떨어지자마자 여진이 하녀를 불렀다. 하녀는 커다란 짐 보따리를 들고 나타났다. 여진은 그것을 받아들더니 윤임에게 말했다.

"조금 있다가 부정 나으리 댁에 갈 거지? 그럼 나도 같이 가. 어제 언니가 깜빡 잊고 가져가지 못한 옷가지들인데 이걸 가져다줄 거야."

그 속이 뻔히 다 들여다보이는 거짓말이었다. 어제 유나가 챙겨 간 짐은 아주 작은 보따리 하나였다. 마땅히 짐이라고 할 만한 것이 없어서였다. 그러니 지금 여진이 내민 커다란 짐 보따리 속에 무엇이 들었든 유나의 것이 아니라는 건 윤임도 알 수 있었다.

"안 된다."

"뭐?! 왜?!"

"유나는 스승님댁에 손님으로 머물고 있다. 네가 이런저런 핑계를 대며 그곳을 들락거린다면 유나의 입장은 어찌 되겠느냐?"

윤임의 말이 퍽 일리 있게 들려서 여진은 잠시 심각하게 고민했다. 하지만 그것도 잠시뿐. 새로운 핑곗거리가 떠오른 여진이 활짝 웃으며 말했다.

"그럼 내가 도희 언니를 만나러 가는 걸로 할게! 가는 김에 유나 언니를 만나는 거지. 어때?"

"네가 도희와 가까운 사이가 아니라는 걸 다들 아는데 그 말을
누가 믿겠느냐?"

또다시 좌절해야 하는 여진이 울먹거리며 소리쳤다.

"내가! 내가 믿고 오라버니가 믿으면 되잖아!"

"안 된다."

"히잉……."

눈물을 뚝뚝 흘리는 여진을 보며 윤임이 재차 깊은 한숨을 내쉬
었다.

"하면 그 짐. 내게 주거라."

"왜에?"

"내가 가는 길에 유나에게 전해주마."

"진짜? 진짜야?"

유나를 직접 만나지는 못해도 자신이 준비한 물품들이 유나에
게 전해질 수 있다는 말에 여진이 울음을 뚝 그친다.

"단, 이번 한 번뿐이다."

"응!"

여진이 웃는 얼굴로 자신의 손에 든 짐 보따리를 윤임에게 건넸
다. 묵직한 느낌에 윤임이 여진에게 물었다.

"무엇이 이리 많이 들었기에 이리도 무거운 것이냐? 정말 이 안
에 든 물건들이 다 유나의 것이 맞느냐?"

여진이 고개를 저었다.

"그거 말고도 하나 더 있는걸. 솜 이불도 쌌어. 부정 나으리 댁에서 언니에게 얇은 이불 하나만 주었을지도 모르잖아."

"하하……."

여진의 상상력에 윤임이 짧은 웃음을 터트렸다.

＊ ＊ ＊

"밥 왔어요."

문 밖에서 들려오는 향단이의 목소리에 문을 열었다. 그러자 정말로 밥상이 놓여 있었다. 하지만 밥상'만' 있는 것은 아니었다. 밥상 옆에 놓인 '물동이' 하나가 보인다. 어디선가 본 적이 있는 것 같은 디자인이다.

난 불안한 표정으로 향단이에게 물었다.

"물독을 채우라고요?"

그땐 유모가 먼저 했던 말이었다. 그 말을 내가 먼저 하게 되는 날이 올 줄이야.

"아뇨."

향단이가 웃으며 고개를 가로젓는다.

"그럼요?"

"직접 드실 물은 직접 떠다 마시라는 거죠."

"내가 쓸 물이니까 당장 뜨러 갈 필요는 없는 거죠?"

"뭐, 내키는 대로 하세요. 참, 물 뜨는 곳은 집 뒤편에 샘물이 하나 있어요. 거기서 떠오시면 되고요."

향단이가 간 후 나는 밥상부터 방 안으로 들였다. 밥을 덮고 있던 뚜껑을 조심스레 열어보니 다행히 안에 든 밥은 멀쩡해 보였다. 김도 모락모락 올라오고 있는 것을 보니 지은 지 얼마 안 된 새 밥이다. 그 옆에는 따뜻한 뭇국과 함께 식후에 먹을 숭늉까지 있었다. 여기에 어린아이 손바닥 크기만 한 작은 생선 하나도 나물 반찬과 있다.

이 밥상만 놓고 본다면 윤임의 집에 있을 때보다도 낫다.

뱃속에 들려오는 꼬르륵 소리에 맞추어 난 수저부터 들었다. 가장 먼저 국 한 모금을 떠서 입에 넣으려는 순간 멈칫했다. 행랑 마님이 내게 했던 말이 떠올라서였다.

- 꼬르륵

재차 들려오는 뱃고동 소리에 내 고민은 더욱 깊어졌다. 아침부터 짚신을 만드느라 힘들어서 그런지 상당히 배가 고팠기 때문이었다. 일단 밥과 국은 뒤로 미루고 일단 숭늉을 몇 수저 떠먹었다. 이것으로 간단한 허기는 채울 수 있었다.

대충 식사를 마친 나는 물동이를 들고 샘물가로 향했다. 샘물가에 도착하니 완전히 꽁꽁 얼어버린 샘물가에서는 마치 수도관에서 물 새는 것처럼 졸졸 흘러내리는 물줄기가 하나 보였다. 난 흐르는 물 아래에 물동이를 가져다 놓았다.

언제 다 채워질지 모르는 물동이 옆에서 웅크리고 앉아 있기를 십여 분. 마음 같아서는 당장 여진이에게 돌아가고 싶었다. 그곳에서도 초반에는 유모가 조금 괴롭히긴 했다. 그래도 여진이 있어서 그런지 눈치는 보지 않았었다. 그 집이 나은지 아니면 이 집이 나은지 비교해야 하는 내 신세가 조금은 서러워졌다.

어느새 물동이가 다 차고 물이 넘치기 시작했다. 난 자리에서 일어나 물을 가득 채운 물동이를 두 손으로 들어 올리려고 했다.

원래도 무거웠지만 물까지 가득 찬 물동이가 결코 가벼울 리가 없었다. 난 아깝지만 물동이에 담긴 물을 반쯤 버렸다. 그리고 다시 들어 올렸지만 역시나 무겁다. 그렇다고 여기서 물을 더 버렸다가는 물을 뜨러 나온 보람도 없게 한두 모금 마실 정도만 남을 것 같았다. 난 물동이의 윗부분을 잡고 힘껏 들어 올렸다.

그 순간 샘물 주변에 흘러내린 물로 인해 얼어버린 바닥에 발이 미끄러지며 물동이를 놓치고 말았다. 물동이는 그대로 엎어지며 안에 담긴 물이 콸콸 쏟아졌다. 난 뒤로 넘어지며 엉덩방아를 찧어야 했다. 그럴 상황이었다.

"앗!"

난 넘어지지 않았다. 누군가의 팔이 뒤에서 나타나 나의 허리를 받쳐준 것이다. 그 상태에서 머리가 뒤로 젖혀진 나는 세상이 반대로 보이며 동시에 나를 받아준 사람의 얼굴을 마주했다.

"부마 대감?"

내게 새를 선물했던 남자. 신홍연이었다.

※ ※ ※

다행히 물동이는 깨지지 않았다. 하지만 다시 물을 채울 자신은
없다.

"나를 아시오?"

그가 웃는 얼굴로 되묻는 말은 나를 혼란스럽게 만들었다. 그러
나 곧 그의 얼굴에서 숨어 있던 장난기를 엿보고는 흘겨보았다. 그
제야 그가 말했다.

"이 소저."

그가 더 밝아진 웃음으로 나를 부른다.

"이곳에서 무엇을 하고 있었소?"

그는 엎어진 물동이를 보며 내게 묻는다. 이미 그 물음에 답은
나와 있었다. 알면서도 묻는 그 때문에 나는 얼굴을 붉히며 어렵게
입을 열었다.

"물 뜨러요."

"소저께서 어찌? 하녀를 시켜도 될 일을."

'바로 그 하녀가 시켰다고요! 그 하녀가!'

"제가 마실 물이잖아요. 제가 직접 떠다 먹어야죠."

조선시대를 살아가는 양반의 머릿속에서는 결코 나올 수 없는 발상이 내 입에서 흘러나왔다.

세상에 '아가씨'라고 불리는 여인이 멀쩡한 하녀를 놔두고 제가 마실 물을 직접 뜨겠다며 추운 한겨울에 물동이를 들고 샘물가로 나오다니. 내가 말해놓고도 내가 어이없는 상황인데 과연 홍연이 이 말을 곧이곧대로 믿어 줄지는 모르겠다.

"소저가 혼자 들기에는 무리가 있어 보이는데……."

"그러게요. 이럴 줄 알았으면 조금 더 작은 물동이를 들고 나올 걸 그랬죠?"

진담을 농담으로 받아쳤다.

홍연은 나를 향해 말없이 웃으며 내 얼굴을 빤히 쳐다본다. 무언가를 곰곰이 생각하는 것 같았다. 잠시 후 그가 말했다.

"물동이는 이곳에 두고 가시오."

"왜요?"

그가 멀지 않은 곳에서 자신의 말을 돌보고 있는 하인에게 눈길을 준다.

"내 하인에게 물을 가득 채워 가져다주라 할 터이니."

이게 웬 횡재냐 싶어서 기뻐하는 것도 잠시. 난 지금 이보의 집에서 지내고 있다. 홍연은 아직 이 사실을 모를 것이다.

"저… 실은 제가 지금 다른 집에서 잠시 머물고 있어서요."

그가 미소를 지으며 답한다.

"알고 있소."

"알고 있다고요?"

놀라 묻는 내게 그가 말했다.

"군기시부정 이보의 사저에서 머물고 있다지, 아마?"

난 눈을 크게 뜨고 홍연을 바라보았다.

"어떻게 아셨어요?"

"덕풍군 부인께 전해 들었소. 부인의 친가에서 한 차례 소동이 있었다고. 그래서 그대가 어쩔 수 없이 군기시부정의 사저로 가게 된 것도."

이 바닥은 왜 이렇게 좁은지 모르겠다. 혹시 홍연도 내가 윤임의 첩이 되었다는 소문을 이미 들었을까?

난 어렵게 말을 꺼냈다.

"무슨 말을 들으셨는지는 모르지만, 아니에요."

"그것도 알고 있소."

"예?"

내가 따로 설명하기 전에 이미 다 안다는 홍연의 말에 난 또 한 번 놀라지 않을 수 없었다.

"그대가 윤임의 첩실이라면, 이보의 집으로 갈 이유 또한 없었 겠지."

"정말 알고 계셨네요."

이마를 긁적이며 대답하는 나를 보며 홍연이 묻는다.

"혹시 윤임의 첩실이오?"

"아, 아니에요!"

홍연은 나를 바라볼 때마다 웃는 얼굴이다. 그래서인지 그에게 무슨 말을 꺼내려고 하면 꺼내기도 전에 괜스레 민망해진다.

"그대가 아니라면 아닌 것이겠지."

그때 그의 얼굴이 내게로 불쑥 다가왔다. 당황한 내가 움찔하며 한 걸음 뒤로 물러섰을 때였다. 홍연이 자신이 걸치고 있던 털목도리를 벗더니 내 목에 단단히 둘러주며 말한다.

"날이 추우니 이만 돌아가 보시오."

내 숨에도 향기가 있다면 그 향기가 그에게도 전해질 만큼 가까운 거리였다. 그 거리에서 눈보다도 하얀 그의 피부가 더 투명하고 맑게 보인다. 아무리 예쁜 여자라도 지금 그가 나를 보며 짓는 미소보다는 예쁘지 않을 것 같았다.

문득 그의 아내라던 공주의 얼굴이 궁금해졌다.

부마인 그가 이 정도라면 공주는 더 예쁘겠지?

왠지 모를 씁쓸한 기분에 사로잡힌 채 이보의 집이 있는 방향으로 돌아섰을 때였다. 심장이 철렁 내려앉는 느낌과 함께 가슴 쪽이 꽉 막힌 듯 아파오기 시작한다.

"이 소저?"

내 행동이 조금 이상하다는 것을 알아차린 홍연이 곁으로 다가왔다.

"아파!"

나는 손으로 아파오는 부위의 옷깃을 쥐어짜듯이 잡으며 자리에 털썩 주저앉았다.

"이 소저!"

❀ ❀ ❀

두통이 심하다는 이유로 며칠째 누워만 지내던 도희가 오후가 되자 말끔한 표정으로 자리에 앉았다. 그녀는 향단이가 차려온 밥상을 받고는 젓가락만 깨작깨작거리면서도 연신 싱글 벙글거렸다.

"아가씨. 아가씨이-"

향단이 자꾸만 도희를 부른다. 도희는 향단이를 거들떠보지도 않았다.

"아가씨. 소인이 정말 궁금해서 그러는데요. 숭늉에 타라고 하신 것이 도대체 무엇이에요?"

마침 식사를 끝낸 도희가 수건으로 입가를 조심스럽게 닦았다.

"사람 잡는 독은 아닌 게지요?"

"사람 잡는 독?"

갑자기 싸늘하게 눈빛이 변한 도희가 향단이를 노려보았다. 겁에 질린 향단이가 서둘러 시선을 아래로 내리며 중얼거렸다.

"소인은 그저 그것이 무엇인가하고 궁금해서요."

"그런 무섭고 흉측한 것은."

다시 방긋 미소 지은 도희가 말한다.

"난 손도 대지 못한다."

밖에서 삼월댁의 목소리가 들렸다.

"아가씨. 윤 도련님께서 오셨어요!"

원래 이 시각쯤 되면 윤임이 퇴궐한 이보에게 무예 수련을 받기 위해 온다. 평상시대로라면 도희는 곱게 단장한 채 윤임에게 인사를 하러 나갔을 것이다. 하지만 오늘은 상황이 조금 달랐다. 도희가 향단이를 돌아보며 물었다.

"그 계집은?"

"한참 전에 물 뜨러 간다고 나가더니만 아직까지 돌아오지 않았습니다. 겨울이라 곧 해가 질 텐데요."

도희의 표정이 어두워졌다.

"아가씨. 어떡하지요? 혹시라도 윤 도련님께서 그 아이를 찾으시면……."

"찾지 못하시게 해야지. 어차피 그 계집이 머무는 안채까지는 아무리 도련님이라 하더라도 함부로 들어오실 수 없는 곳이다. 그보다 향단이 너는 당장 집 밖에 나가서 그 계집부터 찾아 오거라."

"예예. 아가씨!"

향단이 밖으로 나가자 도희는 자신의 아랫입술을 잘근잘근 씹었다.

가슴이 꽉 막힌 듯한 상태에서 쿡쿡 아파오는 느낌.

"흑. 아파요. 아파…… 아프다고요."

정신을 차린 뒤에는 아프다는 말 외에는 그 어떤 다른 말도 할 수가 없었다. 눈조차 제대로 뜨지 못했기에 이곳이 어디인지 정확히 알지 못했다. 그저 홍연이 어느 넓고 큰 집으로 나를 옮겨놓은 것 같은데 도희의 집은 아닌 것 같다.

"아파. 아파…… 흑."

아프다는 소리 외에는 눈물만 흘렸다. 정말 이렇게 아프다가 죽을 수도 있겠다는 생각까지 들 정도로 통증이 심했다. 이불의 촉감은 부드러웠지만 날 무겁게 짓누르며 갑갑하게 만들었다.

그사이 내 주변에서 사람들이 분주하게 움직이는 것 같았다. 누군가 따뜻하고 좋은 향기가 나는 이불을 덮어주기도 했다. 난 그 이불 속에서 몸을 웅크린 채 흐느끼며 통증을 참아내느라 여념이 없었다.

"아악! 아파요!"

나는 비명 지르듯 아프다는 말을 외치고는 다시 정신을 잃고 말았다.

온몸이 물속에 잠겼다가 빠져나온 듯 식은땀이 계속 흘렀다. 다행히 통증은 조금 가라앉았다.

"무슨 독인지는 모르오나 이 약이 증상을 가라앉히는데 효험이 있었던 듯합니다."

내 주변을 감싼 채 어지럽게 섞여 누가 누구인지 알아들을 수 없는 목소리들도 하나씩 제 주인을 찾아갔다.

"다행이군."

여전히 남아 있는 잔통에 식은땀을 흘리던 난 천천히 눈을 떴다. 희미한 빛 사이로 내 얼굴을 향해 가깝게 다가오는 무언가가 있었다.

곱게 접힌 수건이었다. 그 수건은 내 이마에 맺혀 있던 땀방울들을 조심스럽게 닦아냈다. 다시 수건이 치워졌을 때 난 조금 더 분명해진 시야로 땀을 닦아준 사람의 얼굴을 볼 수 있었다.

신홍연.

"당신은……."

"정신이 드시오?"

난 대답 대신 몸을 일으켜 세우려고 했다. 그런데 웅크린 채 있던 몸을 펴려고 하자 약하게 느껴지던 가슴의 통증이 강하게 느껴진다.

"아얏······."

"아직은 좀 더 누워 있어야 하오."

하지만 방 안은 지나치도록 더웠고 나를 덮고 있는 이불의 무게
는 무겁기만 하다. 난 스스로의 힘으로 이불을 걷어내지도 못하고
끙끙거리기만 했다. 내가 갑갑해 한다는 것을 알아차렸는지 그가
이불을 반쯤 걷고 내가 앉을 수 있도록 부축해 주었다. 한없이 자
상한 손길이었다.

"고맙습니다. 부마 대감."

난 어딘가에 기대지 않는 이상 혼자 앉아 있을 힘조차 없었다.
결국 홍연이 내미는 팔에 그에게 몸을 내맡겼다. 거짓말처럼 그의
품은 익숙한 듯 편안하게 다가왔고 마음을 편안하게 해주는 향기
가 났다.

"대체 어찌 된 것이오?"

그가 내게 묻는다. 그 말은 오히려 내가 묻고 싶은 말이기도
했다.

"제가 어디가 아픈가요?"

그러자 그가 어딘가를 돌아본다. 수염을 길게 기른 남자가 앉아
있었다. 그의 시선에 그 남자가 내게 말했다.

"아가씨께서는 위에 극심한 통증이 있으셨습니다. 혹시 오늘 무
엇을 드셨는지 기억하십니까?"

"숭늉이요."

"그것 외에는 다른 것을 드신 일이 없으십니까?"

난 홍연에게 기댄 채로 고개를 힘없이 가로저었다. 잠시 고심하던 남자가 대답했다.

"일단은 안정이 되셨으니 오늘 하루는 아무것도 드시지 마십시오. 내일부터는 음식을 드시되 되도록 미음 같은 것으로 며칠을 꾸준히 드시는 것이 좋을 것입니다."

"그럼 이제 괜찮은 건가요? 아직도 조금 아파서요."

참을 만한 통증이라서 '조금'이라고 했지만, 다시 아까처럼 아프게 된다면 지금이라도 당장 '엄청' 아프다고 말할 참이었다.

"맹독은 아닌 데다 소량만 드신 듯하여 더는 통증이 없을 것입니다. 다만 추운 바깥출입은 삼가시는 것이 좋습니다. 무엇보다 대감께서 아가씨를 발견하지 못하셨다면 추운 밖에서 쓰러진 후 숨이 멎으셨을지도 모릅니다."

"숨이 멎어요?"

홍연이 아니었다면 죽었을지도 모른다는 말에 정신이 번쩍 들었다.

"양 의원. 수고했네."

"별말씀을 다 하십니다. 소인은 이만 물러가겠습니다."

홍연이 '의원'이라고 부른 남자가 양손을 곱게 모아 인사를 하고는 밖으로 나갔다. 이제 큰 방안에는 홍연과 나, 그리고 고개를 숙인 채 멀찌감치 않은 젊은 여인 두 명만이 있었다.

– 짹짹.

그녀들을 바라보던 나는 천장에 걸려 있던 새장 속 새를 발견했다.

"'지아'죠?"

내 시선이 닿은 곳을 함께 바라보며 홍연이 웃는 얼굴로 고개를 끄덕인다.

"기억하시오?"

"제가 다시 돌려보내라고 했는걸요. 그런데 저 새가 여기에 있다면, 여긴 혹시 덕풍군 대감의 댁인가요?"

홍연이 고개를 저었다.

"이곳은 내 사저요. 한데 어쩌다가 독을 먹게 되었소?"

"그건……"

도희 짓이다. 분명 도희 짓이다. 지금 당장 의심할 수 있는 사람은 이도희, 그녀뿐이다. 하지만 그녀는 어제 내가 이보의 집으로 온 뒤로 단 한 번도 내 앞에서 모습을 드러낸 적이 없었다. 두통이 심하다는 게 그 이유였다. 그녀는 내가 아팠던 것도 자신이 한 짓이라고 절대 인정하지 않을 것이다.

도희 짓이라는 걸 생각하는 동안 위에서 느껴지던 잔통도 거의 다 가라앉았다. 난 새삼스레 기대고 있던 홍연의 얼굴이 상당히 나와 가까운 거리에 있다는 걸 깨달았다. 그는 도희 생각에 골똘히 빠져 있는 나를 물끄러미 쳐다보고 있었다.

괜히 얼굴이 화끈거려 난 그에게 기댔던 몸을 떼어냈다.

"이만 돌아가야겠어요."

"조금 전 내게 말하려 하지 않았소."

"무엇을요?"

"어떻게 해서 독을 먹게 되었는지."

내 얼굴에는 이미 '이도희' 짓이라고 써 놓았지만 입으로는 차마 도희의 이름을 꺼낼 수는 없었다. 홍연이 나를 믿어줄지도 모르는 데다가 그가 안다고 하더라도 뾰족한 수가 있는 것도 아닐 테니까.

난 그의 시선을 피해 자리에서 일어서며 말했다.

"모르겠어요. 우연이겠죠. 독인 걸 알면 제가 먹었겠어요?"

"조금 전에는 오늘 숭늉을 먹었다 하지 않았소? 그럼 숭늉인가?"

난 홍연의 시선을 피하며 단호하게 대답했다.

"아니에요."

"아니면, 누군지 알고도 말하기 싫은 건가."

난 멈칫하며 그를 다시 쳐다보았다. 그는 더 이상 웃고 있지 않았다.

"말해보시오. 이런 극악한 장난을 한 자가 누구인지. 내가 찾아가 혼쭐을 내주리다."

정말로 찾아갈 것만 같이 들려서 난 고개를 강하게 내저었다.

"아니에요! 그녀도 일부러 그런 건 아닐 거예요!"

"그녀? 혹 이보의 여식이오? 윤 도령과 정혼한?"

바보! 이런 바보!

그가 이리도 예리한 사람인 줄은 몰랐다.

"아니에요. 정말 그녀는 아니에요."

벌써 세 번째 '아니다'라고 말하는 나다. 그런데 아니라는 목소리는 점점 작아진다. 그 때문인지 홍연도 이미 범인이 도희라고 확신한 것 같다.

"양갓집 규수의 장난치고는 수법이 악랄하군."

"그녀는… 그러니까, 증거가 없다고요."

"하지만 심증은 간다, 이것이오?"

말없이 홍연을 바라보는 나의 눈빛이 내 대답을 대신한다. 홍연의 말은 사실이었다. 난 도희를 의심하지만 증거는 없다. 막상 그녀가 한 짓이라고 증거를 내놓으라고 한다면 내놓을 것이 아무것도 없었던 것이다.

결국 증거였다. 증거가 없다는 사실에 내 어깨가 축 늘어졌다. 이런 나를 보며 홍연이 깊은 한숨을 내쉬더니 다시 나를 부축해 이불 위에 앉힌다.

"일단은 이곳에서 쉬시오. 그리고 이보댁으로 돌아갈 생각 마시오. 지낼 곳이 필요하다면 내가 다른 곳을 알아봐 주리다."

그가 나를 두고 나가려는 듯 자리에서 일어선다.

난 고개를 들어 홍연을 바라보며 물었다.

"왜 제게 이렇게 친절하신 거예요?"

홍연이 고개를 돌려 나를 쳐다보았다. 우린 지금까지 딱 두 번 만났을 뿐이다. 첫 만남에서 그는 내게 아끼는 것으로 보이는 새를 선물했다. 두 번째 만남에서는 도희의 악독한 장난에 쓰러진 나를 구해주고 이젠 또 지낼 곳도 알아봐 주겠다고 한다.

"우린 지금까지 딱 두 번 만났는걸요. 이번이 두 번째고요. 게다가 임지 오라버니는 당신을 조심하라고 했으니 두 사람이 친구라서 저를 도와주려고 하시는 것 같지도 않고요."

내 말을 가만히 듣고 있던 홍연이 웃으며 말한다.

"윤 도령이 나를 조심하라고 했소?"

"아! 그, 그건 그러니까…!"

또 실수다. 왜 난 이 사람 앞에서는 자꾸 말하면 안 되는 걸 말하는 걸까?

"걱정 마시오. 내가 그대에게 해코지할 일은 없으니."

"그래도 돌아가겠어요."

이보의 집으로 돌아가겠다는 말에 홍연의 얼굴이 살짝 굳는다.

"이 부정 댁으로? 또다시 그 댁 여식에게 이런 해코지를 당하면 어쩌려고 돌아간다는 것이오?"

"조심하면 돼요. 범인을 알고 있으니까요. 그러니 돌아가겠어요."

난 다시 자리에서 일어섰다. 이런 나를 보며 홍연이 잠시 시선을 굴린다. 도희에게 당하고서도 다시 그곳으로 돌아가겠다는 나의 행동에 대한 이유를 찾으려는 것 같았다.

그가 내게 말했다.

"윤 도령 때문이군."

"네?"

"윤 도령이 매일 이보 댁에 가서 무예 수련을 받는다는 것을 알고 있소. 혹시라도 윤 도령에게 오늘 일이 알려질까 염려되어 돌아가겠다는 것이오?"

틀린 말은 아니다. 윤임을 걱정시키고 싶지 않다. 처음부터 가기 싫었던 이보의 집으로 온 것 역시 윤임을 위한 것이었다. 그런데 이런 나의 마음까지도 홍연은 쉽게 읽어 낸다.

"도희는 임지 오라버니의 정혼녀예요. 그녀와의 사이에 불편한 일이 있다는 걸 오라버니가 알게 된다면… 또 여진이도요. 그들에게 걱정 끼치고 싶지 않아요. 무엇보다도 이보 나으리 댁으로 오겠다고 한 것은 오로지 제 의지였다고요."

난 억지웃음을 지으며 이 상황에서 재빨리 벗어나려 했다. 나를 향한 홍연의 과한 배려는 부담스럽기만 할 뿐이었으니까. 그러나 내가 웃으면 함께 따라 웃어줄 정도로 배려심 넘치던 그의 웃음은 이제 없다.

홍연은 나를 보고 전혀 웃지 않았다.

"그래서?"

"예?"

"아무렇지도 않은 듯. 이보의 사저로 돌아가 무예 수련을 받으러 오는 윤 도령을 만나고. 그리 웃겠다고?"

그의 말은 틀린 것이 없다. 그렇게 해서라도 윤임을 만날 수 있다면 난 그를 보며 오늘 일 따위 모두 잊은 듯 환하게 웃을 것이다.

"네."

난 내 마음을 숨기지 않고 드러냈다. 홍연은 이제 이보의 집으로 돌아가겠다는 나를 막을 이유가 없었다. 그렇게 생각했다.

"그래도 오늘은 불가하오."

홍연은 끝까지 반대하며 나를 두고 나가려는지 내게서 돌아섰다.

"이젠 괜찮아요. 더 이상 아프지 않은걸요!"

"안 된다고 했소."

"부마 대감!"

그때였다. 밖에서 문이 열리더니 궁중 상궁들이 입는 옷을 입은 한 아줌마가 들어왔다. 그녀는 처음 홍연을 쳐다보더니 다음으로 그 옆에 서 있던 나를 보았다. 홍연을 바라볼 때까지만 하더라도 평온하게 보이던 그녀의 눈동자는 나의 얼굴을 본 순간 달라졌다.

덜덜 떨리는 손을 자신의 입가로 가져간 그녀의 눈에 눈물이 차오르기 시작했다. 나를 바라보는 그녀의 시선은 마치 오래전부터 나를 알고 있는 것처럼 느껴졌다.

난 그녀가 누구인지 묻기 위해 홍연을 쳐다보았다. 그런데 홍연은 내 시선과 마주치자마자 자신의 두 눈을 힘없이 감았다.

"공주마마!"

"에?"

갑자기 그녀가 내 앞으로 다가와 무릎을 꿇더니 울음을 터트리며 내 팔을 붙잡았다.

"진성공주마마!"

진성공주가 사라진 지 횟수로 육 년. 사라진 공주를 대신해 홍연의 집안 살림을 맡아 온 것은 장 상궁이었다. 그녀는 틈날 때마다 목멱산(남산)에 위치한 국사당에 올랐다.

한겨울에도 마찬가지였다. 장 상궁은 국사당에서 목욕재계 후 간절한 기도를 올렸다. 그녀의 기도는 늘 단 한 가지. 사라진 진성공주의 무사귀환이었다.

"마마님. 서두르셔야 할 것 같사옵니다."

아침, 폭설이 내리자 장 상궁과 함께 목멱산에 오른 나인이 걱정스레 말했다. 이대로 길이 막히면 눈이 어느 정도 녹을 때까지 산을 떠나지 못할 수도 있기 때문이었다.

"알았다."

짐을 챙겨 목멱산을 내려오던 장 상궁은 잠시 목멱산 중턱에 위치한 한 묘지를 들렀다. 바로 진성공주가 사라지던 날. 시신으로 발견된 별감과 문 상궁을 묻은 곳이었다. 그곳은 국사당으로 오르는 길목에 위치하고 있었다.

"부디 공주마마께서 무사히 돌아오실 수 있도록 도와주시게."

그녀의 간절한 바람의 끝은 늘 눈물로 얼룩져 있었다.

"흐흑……."

"마마님, 울지 마셔요."

나인 벼랑이가 우는 장 상궁을 다독였다. 하지만 장 상궁은 문 상궁의 무덤 앞에서 한참을 흐느꼈다.

지난 해. 왕은 부마인 홍연에게 재혼을 허락했다. 홍연이 이를 받아들여 다른 여인을 아내로 맞아들인다면 사실상 진성공주가 공식적으로 죽었음이 천명되는 것이었다. 홍연도 이 사실을 알기에 당장 재혼할 의사를 보이진 않았다. 그러나 언제까지 거부할지도 모를 일이었다. 이 때문에 홍연의 눈치만 살피던 장 상궁은 지난가을, 홍연에게 잔인한 말을 했다. 첩을 들이라고 한 것이다.

부인의 자리는 진성공주를 위해 계속 비워두더라도 다른 여인을 첩으로 취하는 것은 반대하지 않겠다고 했다. 그렇게 해서라도 진성공주의 자리를 지키고 싶은 장 상궁의 간절함이기도 했다. 당시 사람 좋은 홍연은 웃으면서 장 상궁의 말을 가볍게 넘겼지만 언제까지 웃을 수 있을지는 그 누구도 알 수 없는 일이었다.

"부마 대감께서 재혼을 아니하시고 대신 첩을 들이신다면 공주마마께서 돌아오신 뒤에라도 대감의 부인 자리는 되찾으실 수 있으시겠지. 하나, 재혼하신다면 공주마마께서 돌아오셔도 계실 자리가 없어질 것이다."

"부마 대감께서는 끝까지 공주마마를 기다리실 것이옵니다."

"과연 그럴까?"

처음에는 홍연이라면 끝까지 진성공주를 기다려줄 것이라 믿었다. 그러나 시간이 흐를수록 장 상궁은 의문을 품었다. 혼인 후 한 달 남짓만 함께했던 어린 부부. 나이가 어려 합방도 치르지 못한 채 각기 다른 처소에서 지내왔다.

공주가 사라진 이후 부마인 홍연은 장성해 사내로서의 늠름한 면모를 갖추게 되었다. 과연 장성한 홍연의 기억 속에 혼인 후 단 몇 차례만 마주했던 어린 공주의 모습이 또렷이 남아 있을지 알 수 없었다.

"공주마마… 흐흑."

펑펑 내리는 눈을 맞으며 장 상궁의 눈물은 쉽사리 그칠 기미가 보이지 않았다. 장 상궁을 오래도록 모신 나인 벼랑도 곁에서 함께 소리 내어 울먹였다. 그렇게 목먹산에서 눈물 한 바가지를 쏟아 붓고 내려온 길이었다. 홍연의 사저에 도착한 장 상궁이 전해들은 소식은 실로 놀라운 것이었다.

"여인이라니?"

사저에 남아 있던 나인들이 입을 모아 자신들이 두 눈으로 직접 본 것을 장 상궁에게 털어놓았다.

"대감께서 젊은 여인을 안고 돌아오셨사옵니다!"

"양 의원도 조금 전에 다녀갔고……."

"양 의원이?"

나인들의 말만 취합해서는 도대체 자신이 사저를 비운 사이에 무슨 일이 일어났는지 알 수 없는 장 상궁이었다. 결국 직접 확인해보고자 하는 마음으로 장 상궁은 홍연이 데려온 젊은 여인이 있다는 별채로 향했다. 떨리는 가슴을 안고 별채에 오르자 안에서 홍연과 어떤 여인이 주고받는 목소리가 들려왔다.

"그래도 오늘은 불가하오."

"하지만 이젠 괜찮아요. 더 이상 아프지 않은걸요!"

"안 된다고 했소."

"부마 대감!"

여인이 홍연을 향해 목소리를 높였을 때였다. 바깥에 있던 장 상궁이 문을 열고 안으로 들어섰다. 제일 먼저 그녀의 시선은 문 가까이에 서 있던 홍연을 향했다. 홍연은 장 상궁과 눈을 마주치자 바로 고개를 떨구듯이 돌려버린다. 그다음으로 장 상궁이 쳐다본 사람은 홍연의 옆에 서 있던 유나였다.

순간 장 상궁은 자신의 눈을 의심했다. 단 한 번도 그녀의 머릿속을 떠난 적이 없던 소녀. 그 소녀가 여인이 되어 그녀의 앞에 서 있었다.

장 상궁은 단번에 그 여인의 얼굴을 알아보았다. 아니, 알아보았다고 확신했다.

"공주마마!"

꿈에서도 볼 수 없었던 광경이 눈앞에 펼쳐지자 장 상궁은 당장이라도 숨이 넘어갈 지경이었다. 그녀는 덜덜 떨리는 손과 발을 추스르며 여인의 곁으로 다가갔다. 그리고 그녀의 앞에 털썩 무릎을 꿇었다.

그리고 아주 오랫동안 입 밖으로 꺼내지 못했던 이름을 불러보았다.

"진성공주마마!"

"공주요?"

난 귀를 의심했다.

우느라고 정신없는 상궁 아줌마가 나를 보며 고개를 끄덕인다.

"부마 대감."

난 도와달라는 의미로 홍연을 쳐다보았다. 홍연이 다가와 내 팔을 붙잡고 있던 여인을 잡아 일으켜 세웠다.

"일어나시게."

"대감! 이분은 정녕 진성공주마마가 아니시옵니까?"

그녀는 울며 홍연에게 묻고 있었다. 홍연은 나를 흘깃 쳐다보더니 그 아줌마에게 침착하게 말했다.

"그녀는 공주마마가 아니네. 단지 공주마마와 닮은 것이지."

"그럴 리가 없사옵니다! 분명 공주마마가 맞사옵니다! 부마 대감께서는 어린 시절 잠깐 본 공주마마만 기억하시더라도 소인은! 소인은 공주마마께서 교태전에서 탄생하시던 순간부터 곁에서 모셨사옵니다! 분명 공주마마가 맞사옵니다!"

"허면 직접 그녀에게 물어보게나."

홍연이 그녀를 일으켜 세웠던 손을 거두며 뒤로 한 발자국 물러선다. 그녀가 다시 내게로 다가오더니 조심스럽게 물었다.

"공주마마이시지요? 정녕 우리 진성공주마마가 맞으시지요?"

"저는……."

그녀가 우는 모습이 너무 불쌍해서 미안해서라도 아니라는 말을 꺼내기가 조심스럽다. 그렇다고 내가 그녀가 말하는 공주가 아닌 것은 확실하니까.

"아니에요. 저는 이유나라고 해요. 공주가 아니에요."

"아아−!"

내 말을 받아들일 수 없다는 듯 그녀는 바닥에 엎어져 서럽게 통곡하기 시작했다. 난감해 어쩔 줄 모르는 나는 계속 홍연의 눈치만 살폈다.

홍연은 그녀가 한참을 울도록 내버려 두더니 잠시 후 방에 있던 여인들에게 그녀를 데리고 나가라고 지시했다. 여인들의 부축을 받아 나가면서도 상궁은 마지막까지 내게서 눈을 떼지 못했다. 나를 보며 너무나도 서럽게 우는 그녀의 얼굴을 보며 마음이 멍울진 듯 아파왔다.

부마는 공주의 남편을 가리키는 말이다. 그렇다면 조금 전 그녀가 말하는 공주는 분명 홍연의 부인인 공주를 말하는 것 같다.

"저분은……."

"장 상궁이오. 오래도록 진성공주를 모시던 상궁이었소."

"그럼 진성공주라는 분은 부마 대감의 아내분인가요?"

그가 슬픈 표정으로 고개를 끄덕인다.

"그렇소."

"그분은 지금?"

그가 고개를 들더니 나를 향해 말했다.

"나의 아내인 진성공주 이수련은 지금으로부터 6년 전 겨울. 사라졌소."

"사라져요? 어디로요?"

"그것은 아무도 알지 못하오. 다만 그녀와 함께 사라졌던 이들은 모두 죽은 채 발견되었소. 그래서 다들 공주의 시신이 발견되지 않았음에도 이미 공주가 죽었을 것이라고 여기지. 단, 장 상궁을 비롯한 몇 사람과 나를 제외하고."

나는 조금 전 일로 짚이는 것이 있었다.

"혹시 제가 사라진 공주마마를 닮았나요?"

"……."

바로 나오지 않는 대답은 그 침묵 속에 답을 내포하고 있다. 대답을 주저하는 홍연의 시선은 내 얼굴을 뚫어져라 응시하고 있을 뿐이다.

어쩌면 이미 답은 나왔는지도 모른다.

이보의 퇴궐이 늦어지고 있었다. 도희는 퇴궐이 늦어지는 아버지를 대신해서 사랑채에서 윤임을 맞았다. 드문 일이었지만 오늘만큼은 도희는 수줍은 연기도 잊은 채 적극적을 윤임을 상대했다.

"오늘따라 퇴궐이 많이 늦으시네요."

그녀는 차를 끓여 윤임에게 내밀었다. 윤임은 그 차가 다 식을 때까지 단 한 모금도 마시지 않았다. 찻잔을 손에 쥔 채 들어 올리지도 그렇다고 놓지도 못했다.

그의 시선도 그랬다. 사랑채에 들어온 이후로 단 한 번도 마주 앉은 도희에게 눈길을 주지 않았던 것이다. 그저 그는 도희가 내민 찻잔만을 바라보았다. 두 잔이나 찻잔을 비운 도희는 계속 윤임의 입이 열리기만을 기다렸다.

끝내 윤임의 입은 먼저 열리지 않았다.

"아가씨. 나으리께서 서신을 보내셨습니다."

문 밖에서 향단이가 서신을 들고 안으로 들어왔다. 유나를 찾으라고 내보냈던 향단이었다. 도희는 향단이에게서 서신을 받아들며 눈짓을 교환했다. 향단이는 유나를 찾지 못했다는 사실을 윤임모르게 알리기 위해 고개를 한 번 가로저었다. 도희가 아랫입술을 살짝 깨물고는 다시 윤임을 돌아보며 방긋 웃었다.

서신을 펼쳐 본 도희가 그것을 윤임에게 건넸다. 오늘 궐에 일이 있어 퇴궐이 늦어지니 오늘 무예 수련은 불가하다는 내용이었다.

"아쉽게 되었습니다."

도희가 자리에서 일어섰다. 오늘 무예 수련은 물 건너갔으니 윤임은 떠날 것이고 그런 윤임을 배웅하겠다는 의사였다. 윤임도 도희를 따라 자리에서 일어섰다. 먼저 움직인 도희가 문을 열고 그앞에 서서 윤임을 배웅하려는 듯 섰을 때였다.

윤임의 입이 처음으로 도희를 향해 열렸다.

"잠시 그녀를 만나고 갈 수 있겠소?"

그녀, 유나다.

도희는 윤임이 말하는 그녀가 유나라는 사실을 알면서도 모르겠다는 듯 어색한 웃음을 지었다.

"그녀라니요?"

"이 소저. 이유나."

윤임은 분명하게 유나의 이름을 언급했다. 도희는 치밀어 오르는 화를 간신히 누르며 웃는 얼굴로 윤임에게 말했다.

"허면 이곳으로 이 소저를 모시지요."

도희는 다시 자리에 앉았고 윤임도 따라 앉았다.

"향단아."

향단이를 부른 도희가 무섭도록 활짝 웃으며 말했다.

"유나 아가씨를 이곳으로 모셔오렴. 윤 도련님께서 뵙고자 하신다는 말씀도 꼭 전하고."

"예, 그리하겠습니다. 아가씨."

도희와 향단이 사이에 묘한 눈빛이 오갔다. 윤임은 그것을 보지 못했다. 잠시 후 재빠르게 돌아온 향단이가 윤임이 들으라는 듯 도희에게 큰 소리로 말했다.

"아가씨. 유나 아가씨께서 지금은 바깥채로 나오실 수 없다고 하십니다!"

"어째서 말이냐?"

"저녁을 드시는 중이라 불가하다고 전해드리랍니다."

"그래? 하나 저녁이라고 하기에는 조금 이른 시간이 아니더냐."

도희가 윤임의 눈치를 살피며 물었다. 향단이가 기다렸다는 듯 말을 줄줄 내뱉었다.

"조금 전 유나 아가씨께 간식을 산~더미만큼 가져다 드렸는데도 그것을 다 드시더니 저녁을 일찍 드시고 싶다고 채근하시지 않겠습니까? 그래서 한 상 거~하게 차려서 가져다 드렸습니다. 이 댁 반찬은 가짓수도 많고 밥맛도 좋다면서 칭찬하시고 맛있게 식사 중이십니다."

"윤 도련님께서 아가씨를 뵙고자 하신다는 말을 전하였는데도 말이냐?"

"예. 게다가 날이 추워 따뜻하게 불을 지핀 방을 나서기도 싫다 하셨습니다."

나가도 너무 나간 향단이의 말에 윤임이 조금은 의아하다는 표정을 지었다. 이를 알아챈 도희가 윤임의 관심을 돌리기 위해 서둘러 입을 열었다.

"유나 아가씨께서 잘 지내고 계시니 걱정 말라 전하고 싶은 마음을 저리 말씀하신 듯합니다. 또 오늘만 날이겠습니까? 다음에 오셔서 꼭 뵙고 가시지요. 그땐 소녀가 먼저 두 분께서 만나실 자리를 마련하겠습니다."

도희의 말에 더는 할 말이 없어진 윤임이 고개를 끄덕였다. 이제는 정말 자리에서 일어서야 했다.

윤임의 마음에 깊은 아쉬움이 남았다. 그는 예를 잊고 향단이에게 직접 명을 내렸다.

"이 소저가 식사를 다 마칠 때까지 기다린다 전하거라."

"예에?"

이 말에 놀란 향단이가 도희에게 눈짓을 보냈다. 도희가 갑자기 한 손을 이마에 가져다 대더니 아픈 소리를 내기 시작했다.

"아아 – 머리가……."

"아, 아가씨!"

"향단아…… 어디에 있느냐?"

"여기, 바로 아가씨의 곁에 있습니다!"

"내 곁에 있어다오. 머리가 너무 아프구나."

"예! 아가씨의 곁에 쭈욱 – 있겠습니다!"

도희가 힘없이 향단이에게로 쓰러지자 윤임도 당황한 듯 도희에게 물었다.

"괜찮으십니까?"

"갑자기 머리가 너무 아픕니다……. 향단아. 절대 어디 가지 말고 내 곁에 있거라."

윤임이 향단이에게 말했다.

"내가 아가씨의 곁을 지키고 있을 것이니 너는 가서 의원을 불러오너라."

"아, 에에. 도련님."

도희는 결국 자리에 눕고 말았다. 향단이 불러온 의원은 이런 도희의 병명을 찾아내지 못했다. 다만 날이 추워져 신경쇠약이 온 것 같다는 어쭙잖은 병명만 내놓고 사라졌다.

윤임은 밤이 깊어 이보가 집으로 돌아올 때까지 도희의 곁을 꼼짝없이 지켰다. 그때는 이미 늦어도 한참 늦은 시각이었다. 유나를 만나고 가고 싶어도 예의에 어긋나는 시각이었다.

"이것을 그녀에게 전하거라."

윤임은 여진이 챙겨준 짐 보따리를 향단이에게 맡겼다.

"예, 그리하지요."

그는 대문을 나서기 전 유나가 머물고 있다는 안채를 오래도록 바라보다 돌아섰다.

"도련님께서는?"

윤임이 떠나고 대문이 닫히는 소리를 들은 도희가 향단이를 불러 물었다.

"떠나셨습니다."

윤임이 갔다는 소리에 자리를 털고 일어선 도희는 향단이 들고 온 커다란 짐 보따리를 불만스러운 시선으로 쳐다보았다.

"이건 또 무엇이더냐?"

"윤 도련님께서 행랑채 아가씨께 전해주라며 두고 가신 것입니다."

"무엇이 들었느냐?"

"옷가지와 솜이불 같습니다만."

도희가 기가 차다는 듯 웃으며 말했다.

"내다 버리거라."

"예?"

268

"내 말을 못 들었느냐? 내다 버리라 하지 않느냐?"

"허면… 나중에 행랑채 아가씨께서 윤 도련님께 받지 못했다고 고자질이라도 하면 어쩝니까?"

도희가 짜증 섞인 표정을 지었다.

"앞으로 두 사람이 만날 일이 있겠느냐?"

"그게 무슨 말씀이십니까, 아가씨?"

"글쎄다. 두고 보면 알겠지."

도희가 눈살을 찌푸리며 생각에 잠겼다.

❀　❀　❀

"혹시 제가 사라진 공주마마를 닮았나요?"

말없이 나를 응시하던 홍연이 고개를 가로저었다.

"닮지 않았소."

"하지만 아까 그 아주머니는요? 저를 보고 공주마마라고 오해 하셨잖아요?"

이 말에 홍연은 내게서 시선을 떼며 느리게 두 눈을 깜빡인다. 6년 전 사라진, 그의 기억 속에 있을 공주의 모습을 떠올리는 것일까?

잠시 후 그가 입을 열었다.

"언제부터인가 그녀의 얼굴이 기억나지 않게 되었소. 기억해내려 하고 떠올리려고 하면 할수록 그나마 가지고 있던 기억조차 희미해져갔지. 그래서 난 두려웠소. 그녀를 떠올리려고 하다가 남아있는 그녀에 대한 기억조차 전부 잃어버리게 될까 봐. 그래서 마음속으로도 마음껏 그녀를 그리워해보지 못했소."

그가 다시 눈을 들어 나를 바라본다.

"그대를 덕풍군의 사저 행랑에서 만나기 전까진."

"부마대감."

순간 머릿속이 뒤죽박죽되는 기분이었다.

"그대를 처음 본 이후로 내 기억 속에 남아 있던 어린 공주마마의 모습들은 모두 사라지고 그대의 모습으로 바뀌어버렸소. 공주의 모습이 모두 그대가 되어버렸지."

조선시대 남자의 고백.

그의 기억 속 사라진 공주에 대한 기억을 대신한 존재. 그것이 바로 나, 이유나라고 그가 고백하고 있는 것이다.

"제가 왜……."

그가 내게로 한걸음 더 가깝게 다가왔다. 그의 손이 나의 뺨을 조심스럽게 감싼다. 이런 그를 충분히 밀어낼 수 있었음에도 난 그렇게 할 수가 없었다.

그의 고백. 사라진 공주를 향한 6년간의 그리움을 품은 그의 고백이 내 가슴을 절절하게 울렸기 때문에.

이유는 모른다.

지금까지 고작 두 번 만난 그의 고백이, 사라진 공주를 향한 그의 그리움이. 왜 내 마음을 이토록 아프게 만드는 울림을 전해주는지.

"우는군."

"제가요?"

나는 울고 있었다. 그가 말해주지 않았다면 내가 울고 있다는 사실도 몰랐을 것이다. 홍연에게 듣고도 믿을 수가 없었던 나는 한 손을 뺨으로 가져갔다.

그가 내 손을 잡았다. 그리고 아주 자연스럽게 그가 내게로 점점 고개를 숙여왔다. 난 그가 내게 무슨 일을 하려는 것인지 알고 있었다. 그를 밀어낼 수도 거부할 수도 없었다. 난 내게로 가까워지는 그의 존재를 느끼며 두 눈을 천천히 감았다.

나의 입술에 그의 입술이 닿았다. 순간적으로 놀라 떠진 내 두 눈은 다시 스르륵 힘을 잃고 감기고 만다. 그가 내 가슴에 이어 내 입술까지도 잠식해나가는 동안 나는 그를 거부하지 못했다.

첫 입맞춤. 내 생에 첫 입맞춤이었다! 그것도 딱 두 번 만난 남자인 홍연과 덜컥해버렸다!

"하아……."

그의 입술이 내 입술에서 떨어지자마자 참았던 숨이 한꺼번에 터져 나왔다. 제멋대로 헐떡거리는 숨이 그의 얼굴에 닿아 다시 내게로 돌아오고 있었다. 이를 느낀 내 얼굴은 마치 불구덩이 속에 들어간 듯 뜨겁게 타올랐다. 이런데도 도무지 입 맞추기 전보다도 거칠어진 숨을 가다듬는 게 어렵다. 불가능했다.

"저……."

입을 맞추고 나서야 잃어버렸던 내 정신이 제자리도 돌아온 것 같다. 지금 나와 마주한 홍연의 눈빛에 담긴 서글픔은 나의 정신을 다시 끌어들인다. 이런 상황에서 그가 내게 다시 입을 맞추려고 한다면 거절할 수 있을까?'

이 의문에 대한 답은 금방 찾아왔다. 조금 전 입맞춤으로 내 정신을 쏙 빼놓았던 그의 입술이 다시 내 입술을 찾아왔다. 나는 순간적으로 두 손을 들어 그의 가슴을 밀어내려 했다. 그는 밀려나지 않았다. 대신 그는 눈을 가늘게 뜨며 내 눈을 응시했다.

그의 시선에 무언가의 의미가 담겨 있는 것 같이 느껴졌지만 해석할 여유 따위는 내게 주어지지 않았다. 잠시 숨을 고르는 듯한 그가 다시 내게 입을 맞추려고 시도했다.

세 번째. 나는 이번에는 그의 가슴을 밀어내는 대신 그에게서 한 발자국 뒤로 물러섰다.

"이러시면……."

그의 눈을 똑바로 쳐다볼 수 없었다. 똑바로 쳐다본다면 결국은 난 그에게 입술을 내어줄 테니까.

"안 되는 거잖아요."

어렵게 뗀 내 입에서 나온 말. 나는 그 말이 무슨 의미를 담은지도 모른 채 그렇게 말을 떠오르는 대로 내뱉었다.

"이러시면 오늘 제게 베푸신 호의가 사심이 되는 거예요."

"사심이 되면 안 되는 거요?"

그의 말에 난 고개를 들었다. 순간 자욱한 안개가 둘러싸인 강가에서 자신에게로 다가오는 배를 기다리는 홍연의 모습이 연상되었다. 그는 바로 이어질 내 대답에 따라서 그 배를 탈지, 아니면 안탈지를 결정할 것이란 걸 알았다.

"지금 제게 하신 행동. 모두 공주마마를 닮은 저 때문에 벌어진 일이잖아요. 만약 어딘가에 계실 공주마마가 아신다면 매우 슬퍼하실 거예요."

나, 이유나는 오래전 사라진 부마 대감, 신홍연의 아내 진성공주를 닮았다. 홍연은 입으로는 부정했지만 사실 인정한 것과 다름없는 말로 부정했다. 그는 진성공주를 향한 오랜 그리움에 아파하다가 그 강을 건너려 했다.

나, 이유나가 머물고 있는 강의 건너편으로.

그는 내 말에 아무런 대답을 하지 못했다. 만약. 아주 만약, 그가 더는 사라진 진성공주를 기다리지 않겠다고 말한다면? 나는 오늘까지 딱 두 번 만난 신홍연이라는 남자에게 '좋아하는 마음'을 주고 싶어졌을지도 모른다.

가질 수 없는 마음.

보상받지 못할 마음.

난 그 마음을 잘 안다. 정혼녀가 있는 윤임을 좋아하니까.

"오늘 일은 정말 고맙습니다!"

난 두 손을 모은 채 일부러 허리가 90도가 되도록 고개를 숙여 인사했다. 동시에 고여 있던 눈물들이 후드득 바닥으로 떨어지는 것이 느껴졌다.

다시 굽혔던 허리를 펴고 홍연을 바라보았다.

"전 이만 가야 할 것 같아요."

이곳은 내가 있어야 할 곳이 아니었다. 대답을 잃어버린 그로 인해 우리 두 사람 사이에는 긴 침묵이 흘렀다. 나는 끝내 그의 대답을 듣지 못한 채 그곳을 나왔다.

다행히 눈은 그쳐 있었다. 하지만 해는 사라졌고 날은 밤이라는 어둠을 향해 내달리고 있었다. 빨리 이곳을 나가지 않는다면 깜깜한 밤에 이보의 집으로 돌아가는 길을 찾지 못할 것이라고 생각했을 때였다.

"잠시만!"

아까 보았던 상궁 아줌마가 버선발로 내게 다가오는 것이 보였다.

"잠시만 기다려 주시옵소서!"

그녀는 조금 전처럼 나를 붙잡았다. 그리고 한 손으로 내 얼굴을 쓸며 울먹거렸다.

"정녕 공주마마가 아니시옵니까? 정녕 소인이 누구인지 알아보지 못하시옵니까?"

조금 전과 똑같은 상황이다. 이런 식으로 지체하다가는 정말 오늘 하룻밤을 이곳에서 묵게 될지도 모른다.

"죄송하지만 저는 정말로 아주머니가 찾으시는 공주마마가 아니에요."

난 그녀의 손길을 뿌리친 채 홍연의 집을 나왔다.

"후후- 오, 라, 버, 니이~~"

해가 진 다음에야 돌아온 윤임을 반갑게 맞이하는 사람이 있었다. 바로 여진이었다. 여진은 윤임이 가지고 나간 짐 보따리를 하나도 가지고 돌아오지 않은 것을 보고는 환한 웃음을 지었다.

"만났구나? 만났지?"

"무슨 말이냐?"

"무슨 말이긴? 유나 언니. 가서 만났어? 내가 주라는 건 다 전해줬어?"

유나에게 짐을 잘 전해주었냐는 여진의 물음에 윤임은 쉽게 답을 하지 못했다. 왜냐하면 그는 유나를 만나지 못했다. 그저 그 집 여종 향단이에게 자신이 가져간 짐 보따리를 잘 전해달라고만 했을 뿐이다.

"언니가 뭐래? 잘 지낸대? 불편한 곳은 없대? 돌아오고 싶진 않대?"

"유나는……."

"응? 오라버니! 언니가 뭐라고 하는데? 나 안 보고 싶대?"

두 눈을 반짝이며 자신의 대답을 기다리는 여진의 눈동자를 응시하던 윤임이 고개를 끄덕였다.

"고맙다고 전해 달라더구나."

"언니가?"

"그래."

"또? 또 다른 말은 없었어?"

"없었……."

자신과는 어울리지 않은 거짓말을 지어내던 윤임이 갑자기 여진에게 화를 냈다.

"전해주었으니 이제 그만할 것이지 뭘 그리 따져 묻느냐? 그만하거라!"

"오라버니……."

윤임이 화를 내자 여진이 당황했다. 윤임은 여진에게서 돌아서 자신의 처소로 들어가 버렸다.

　　　　　❀　❀　❀

　유나가 돌아간 후, 홍연은 계속 오후의 기억 속에 사로잡혀 있었다.

　['오늘 일은 정말 고맙습니다!']

　잡고 싶었다.

　하지만 잡을 수가 없었다.

　['이러시면 오늘 제게 베푸신 호의가 사심이 되는 거예요.']

　그녀를 잡는 순간, 그녀의 말은 사실이 된다.

　그가 오랫동안 간직해온 진성공주를 향한 그리움이 모두 연기처럼 사라지게 될 것이다.

　그 후에 찾아오게 될 마음속 깊은 허전함을 유나가 모두 채워줄 수 있을까?

　"부마 대감. 장 상궁이옵니다."

　홍연이 생각 속에서 고개를 들었다.

　"들어오게."

　"예."

　문이 열리며 안으로 들어온 장 상궁의 두 눈은 얼마나 많이 울었는지 퉁퉁 부어 있었다. 그것은 조금 전 이곳에 머물다 떠난 유나가 남긴 잔재 중 하나였다.

　진성공주가 사라진 이후 안주인을 잃어버린 이 집안 곳곳에는 언제 터질지 모르는 깊은 상처를 품은 이들로만 가득 차 있었다. 오늘, 진성공주를 닮은 유나의 등장은 이 상처들을 쿡쿡 찌르는 광풍과도 같았다.

"울었는가?"

"송구하옵니다."

민망한 듯 고개를 숙이며 장 상궁이 시름 섞인 한숨을 길게 내쉬었다. 장 상궁의 한숨에 홍연은 제가 내쉬려던 한숨은 마음속으로 감춘 채 입을 열었다.

"그간 자네에게 말하지 못했네."

여전히 고개를 숙이고 있는 장 상궁이 물었다.

"공주마마를 닮으신 그 여인에 대해서 말이옵니까?"

"덕풍군 대감 댁에서 처음 보았네."

홍연의 말이 끝나기도 전에 장 상궁이 급히 고개를 들어 올리며 마음속에 담고 있던 말을 털어냈다.

"정녕 그분은 공주마마가 아니시옵니까?"

"장 상궁."

"부마 대감. 소인의 눈에는 그분은 정녕 공주마마이시옵니다! 매일매일 그렸던 여인이 되셨을 공주마마이시옵니다. 소인의 눈은 틀림없사옵니다! 특히 그 눈. 왕대비마마를 빼닮았사옵니다. 아마 왕대비마마께서 보신다면 단번에 공주마마임을 알아보실 것이옵니다. 하오니!"

“아니네.”

수년간 그녀를 그리워하며 애타게 찾아왔던 자신을 처음 보는 사람처럼 모른 척할 리가 없다. 아무리 사정이 있어 그의 앞에서 진짜 자신의 신분을 드러내길 주저하더라도… 그 눈!

소리 없이 흘러내리던 눈물을 품은 여인. 이유나는 공주를 닮은 눈을 가지고 있었지만, 공주의 눈을 가지고 있진 않았다. 그저 그를 동정하는 여린 마음만이 담겨 제 입술을 잠깐 내어주었을 뿐. 공주이자 그의 아내였던 진성공주가 그를 바라보며 지녔어야 할 그 눈이 아니었다.

“흐흑.”

다시 서러운 눈물을 터트린 장 상궁이 옷고름으로 눈물을 훔치며 말했다.

“공주마마를 해하라 하신 것은 전하이셨지요. 그 전하께서 아직 살아계시니 두려워 자신이 공주임을 나타내지 못한 채 어딘가에서 살아가고 계실 것이옵니다. 소인은 그렇게 믿사옵니다. 또한 그 여인이 진성공주마마이시라면, 소인에게만큼은 자신이 누구인지 신분을 밝히셨을 것이옵니다. 그러니 대감의 말씀대로 그 여인은 공주마마가 아니신 게지요. 소인도 공주마마가 너무나도 그리워 잠시 눈이 멀었던 게지요.”

“장 상궁.”

홍연이 장 상궁을 동정하듯 불렀을 때였다. 끊임없이 흐르는 눈물을 훔쳐내며 장 상궁이 홍연을 향해 입을 열었다.

"그러니 이젠 소인만 공주마마를 그리워하겠사옵니다. 이리도 젊고 다정하신 대감께서는 전하의 명을 받들어 다시 혼인을 하시옵소서. 당장 혼인을 하기 싫으시다면 다른 종친 분들처럼 첩을 여럿 두신다 해도 흉이 되지 않을 것이옵니다."

이 말에 홍연의 눈빛이 날카로워졌다.

"장 상궁! 그게 무슨 말인가?"

그러나 아직 장 상궁의 말은 다 끝나지 않았다.

"하오나 오늘 그 여인만큼은 절대 아니 되옵니다."

홍연을 바라보는 장 상궁의 두 눈에 힘이 실렸다.

"이 세상 모든 여인을 대감의 부인으로 맞으시고 첩실로 들이신다 하여도 그토록 공주마마를 빼닮은 여인만큼은 아니 되옵니다. 그 여인을 대감께서 취하시오면 어딘가에 살아계실 공주마마께 큰 죄를 짓는 것이옵니다, 대감!"

장 상궁이 다시 큰 소리로 흐느끼기 시작했다. 홍연은 장 상궁이 흐느끼는 소리를 들으며 탄식했다.

"죄라… 공주마마를 향한 깊은 그리움이 이젠 죄가 되었다는 말인가?"

※ ※ ※

"숙제는? 다 적었니?"

아침, 일찌감치 덕풍군 댁으로 온 여진은 해진의 앞에서 며칠 전 받은 숙제를 내밀었다.

내훈의 한 구절을 딱 백번 적어오는 것이다. 해진은 예리하고 꼼꼼한 시선으로 여진이 적은 구절의 숫자를 하나하나 세기 시작했다. 그 수가 백 번이라 상당한 시간이 걸릴 줄 알았는데 의외로 빨리 끝났다.

"스물네 번?"

해진이 들고 있던 종이 더미를 내려놓으며 앞에 앉은 여진을 흘 겨보았다. 여진은 손에 쥔 붓의 반대쪽 끝으로 머리를 긁적이며 배 시시 웃었다.

"실은 어제 오라버니가 너무 늦게 돌아와서 기다리는데 걱정도 되고."

"또 임이 핑계를 대려는 거니?"

"정말이야! 언니도 알다시피 큰 집에 유모와 나만 단둘이 있는 데 안 무섭겠어?"

"임이가 어딜 갔기에 늦게 돌아왔다는 거니?"

"늘 가는 곳이지."

"이보댁?"

"응. 무예 수련하러."

"그런데 어제는 왜 늦었대?"

"그야……."

여진이 유나를 떠올리며 말끝을 흐린다. 해진은 여진의 표정에서 단번에 이보의 집에 머무는 유나를 떠올렸다. 하지만 애써 모르는 척 말을 돌렸다.

"도희를 만났나 보네."

"그, 그런가?"

"두 사람이 아무리 정혼을 했다고 하더라도 젊은 남녀가 늦은 시간까지 만남을 갖는 건 옳지 못한데. 대감께 임이를 따끔하게 혼내주라 청해야겠네."

"아, 그건 안 돼! 오, 오라버니는 도희 언니를 만난 게 아니라구!"

이번에도 여진은 해진의 그물망에 딱 걸리고 말았다.

"도희를 만난 게 아니라니?"

"그러니까 언니……."

여진이 난처해하던 그때였다.

"부인. 안에 계시오?"

덕풍군의 목소리였다.

"어? 형부가 왔나 보다."

"예, 들어오시지요."

해진이 웃으며 여진과 함께 자리에서 일어섰다. 덕풍군이 문 밖에서 한마디를 더 했다.

"영산군도 함께 계시오. 함께 들어가도 괜찮겠소?"

"뭐?"

영산군이 왔다는 말에 여진이 깜짝 놀라더니 바닥에 흩어진 자신의 물건들을 급히 주워 담기 시작했다.

"뭐 하니?"

해진이 묻자 여진이 말했다.

"난 그 사람 만나기 싫어! 옆방에 있을 거야!"

해진이 황당하다는 듯 여진을 쳐다보았다.

"도대체 언제까지 영산군대감을 피하려 그래? 영산군대감은 다른 누구도 아닌 네 정혼자라고."

여진이 자신의 손가락으로 눈꼬리를 추켜올리며 해진에게 단호히 말했다.

"그래서 더, 싫, 어."

"여진아."

"여하튼! 난 오늘 여기에 없는 거다, 언니!"

여진이 협방으로 이어지는 작은 문을 열더니 그 안으로 자신의 물건을 죄다 쏟았다. 뒤이어 협방으로 들어가려던 여진은 버선발로 단단한 대나무 붓 통을 밟고 말았다.

"아얏!"

자신도 모르게 아픈 소리를 냈지만 그것도 오래가지 못했다. 덕풍군이 문을 열고 들어오는 것을 보자 여진은 제 스스로 비명을 지른 입을 막으며 서둘러 협방의 문을 닫고 사라졌다.

"쟤가 정말."

해진이 닫힌 협방문을 바라보며 인상을 찌푸렸다. 그사이 활짝 웃는 얼굴의 덕풍군과 영산군이 함께 안으로 들어왔다. 덕풍군은 방에 혼자 있는 해진을 보며 고개를 갸웃거렸다.

"어찌… 아니, 어디에?"

"그것이……."

그랬다. 처음부터 이 자리는 덕풍군과 해진이 함께 계획했던 것이었다. 영산군과 여진이 함께 있을 자리를 만들어주어 두 사람의 사이를 조금이나마 가깝게 해주자 했던 것. 그러나 여진이 협방으로 도망치면서 그 일은 없던 일이 되어버렸다.

"인사드립니다."

역시 아무것도 모르는 영산군이 해진에게 공손히 인사를 하며 덕풍군과 자리에 앉았다. 다과상이 들어오고 협방에 여진이 숨어 있다는 사실을 모르는 영산군이 먼저 말을 꺼냈다.

"참, 들으셨습니까? 어제 거창위의 사저에서 벌어진 소동에 대해서 말입니다."

"부마 대감의 사저에서 무슨 일이 있었답니까?"

해진이 관심을 보이자 영산군이 웃으며 말했다.

"예. 그것도 아주 큰 대소동이었답니다. 거창위가 곧 첩을 들일

284

듯합니다."

"첩이요?"

해진이 믿기지 않는다는 듯 재차 물었다.

"부마 대감께서는 사라진 공주마마만을 애타게 찾으시던 분이 아니십니까? 전하께서 재취를 명하셨는데도 받아들이지 않고 계시지요. 그러니 믿기 어려운 말씀이로군요."

"확실합니다. 증인들에게서 직접 들었으니까요."

"증인이라면?"

"거창위 사저의 나인들입니다."

"그래요? 설사 영산군대감의 말씀이 사실이라 하더라도 도성 안팎의 여인들은 쉽사리 믿지 못할 겁니다."

영산군과 해진의 대화를 듣고 있던 덕풍군도 끼어들었다.

"하기는. 홍연 같은 사내는 조선팔도에서도 보기 드문 경우가 분명하지. 처음부터 사내가 한 여인만을 바라본다는 것이 가당키나 했겠소?"

"어머?"

해진이 덕풍군을 향해 새침한 표정을 지어 보였다. 덕풍군이 난처한 웃음을 지으며 영산군에게로 말을 돌렸다.

"그래서? 그 선택받은 여인이 누구던가? 기생? 아니면 양가의 규수?"

"놀라지 마십시오."

영산군은 기대하라는 듯 잠시 목소리를 낮췄다. 협방에 숨어서 영산군이 하는 이야기를 엿듣고 있던 여진도 호기심에 귀를 문에 가까이 가져다 대었다.

"바로 덕풍군대감의 처제. 여진 아가씨의 동무였던 별당 아가씨랍니다."

- 콰당!

동시에 협방문이 활짝 열리며 여진이 해진의 방으로 넘어지듯 쓰러졌다.

"뭐라고요! 유나 언니? 지금 유나 언니 이야기를 한 거예요?"

여진은 자신이 넘어지면서 치마가 뒤집어져 종아리가 다 드러난 것도 모른 채 영산군의 멱살부터 잡았다.

"세상에! 여진아!"

해진이 놀라서 여진을 불렀고 덕풍군은 드러난 여진의 다리를 보지 않으려 눈을 질끈 감았다. 여진에게 멱살이 잡힌 영산군은 꼼짝없이 드러난 매끈한 여진의 다리에 시선을 빼앗겨 얼굴이 빨갛게 달아올랐다.

"그게…!"

"당장 말해요! 아는 것 전부! 어서요!"

눈을 부릅뜨며 영산군을 노려보는 여진. 그런 여진을 바라보며 가슴이 터질듯이 뛰기 시작한 영산군. 그리고 이 순간, 여진을 제외한 모두의 관심에서 잠시 잊혀진 주인공.

바로 유나.

❀　❀　❀

같은 시각. 이보의 사저에서는 도희의 처소인 안채에서 반가 규수들의 자수 모임이 있었다. 규수들은 자수를 놓으며 만나지 못했던 동안 들었던 소소한 이야기들을 수다로 풀어냈다.

"선희 그 계집애가 집에 돈만 많았지. 박색인 주제에 그 잘생긴 종사관 나으리에게 시집갔잖아."

"응응."

"그런데 매일 밤 서방이 어디론가 나갔다가 한참 뒤에 들어오더래. 그래서 곱상하게 생긴 그 집 종년과 눈이 맞은 줄 알고 한동안 열 받아 하더라? 하루는 자는 척하고 있다가 나가는 서방의 뒤를 밟았다지 뭐니."

"그래서?"

"뒷간도 아니고 작은 창고 안으로 들어가더라 이거야. 그래서 선희가 창고 문에 귀를 갖다 대고 소리를 들었더니 글쎄, 안에서 무슨 소리가 들렸는지 아니?"

"무슨 소리가 들렸는데?"

"'끄응~끄응~' 그래서 드디어 잡았구나! 싶어서 창고의 문을 활짝 열어젖혔대! 그랬더니 세상에, 뒷간도 아니고 창고에서 힘주고 있더란다."

규수들이 깔깔거렸다.

"뭐? 왜 멀쩡한 뒷간을 놔두고 창고에서 그랬대?"

"알고 보니 어렸을 때 힘주다 요강에 엉덩이가 낀 적이 있더래. 그다음부터 요강이고 뒷간이고 엉덩이가 빠질만한 곳에서는 볼일을 전혀 못 본단다. 그래서 매일 밤 남들이 다 잘 때 몰래 창고에서 일을 본 거래."

"세상에나! 킥킥."

규수들의 이야기를 듣고 있던 도희가 도도한 척 인상을 찌푸렸다.

"망측하게."

사포서 별감의 여식이 도희를 향해 말했다.

"너도 잘 알고 시집가렴. 윤 도령에게 네가 모르는 희한한 취미나 버릇이 있으실지도 모르잖니."

사옹원 주부의 여식도 끼어들었다.

"윤 도령 부친께서 유배지에 계시니 원래대로라면 지난해 치르기로 한 혼례도 이제 기약 없이 미뤄지게 되었다며? 그러니 혹시 알아? 그사이에 윤 도령이 첩이라도 들일지."

사포서 별감의 여식이 말을 받았다.

"에이, 윤 도령께서 제 스스로 평판을 까먹는 짓을 하겠어?"

"그래서 더욱 몰래 들여놓았을지도 모르지. 예를 들면… '별당'

같은 곳에 숨겨두고?"

'별당' 이야기에 도희가 사옹원 주부의 여식을 노려보며 손에 쥔 자수를 바닥으로 내던졌다. 도희의 이러한 행동 때문에 분위기는 무겁게 가라앉았다. 사옹원 주부의 여식이 도희의 시선을 피해 작은 목소리로 중얼거렸다.

"난 그저 어디서 소문이……."

"그 소문. 나도 들었어."

도희가 대놓고 소문의 존재 사실을 인정하자 다른 규수들의 눈이 반짝였다.

"진짜야? 그럼 윤 도령 댁 별당에 산다던 그 계집을 봤어?"

"정말 계집이 있어? 첩이래?"

도희가 숨을 가다듬었다.

"첩실이라니? 아니야."

"첩이 아니라면? 그 소문이 가짜였어?"

"잘 들으렴. 그 별당에는 아무도 없었어. 믿기 힘들면 너희들이 직접 윤 도련님의 사저 별당에 가서 확인해 보던지."

"정말이야?"

"하긴. 도희 네가 이렇게까지 말하는 것을 보면 별당에 정말 아무도 없는 거겠지. 역시 소문은 소문이라니까."

그때 조용히 자수를 놓고 있던 예조정랑의 누이가 비웃으며 말했다.

"그럼 이 집 '행랑'에 들어와 사는 계집은 누군데?"

이 말에 도희의 표정이 싸늘하게 바뀌었다.

"이 집 행랑에? 거기에는 너희 아버지 첩이 살지 않니?"

"거기에 누가 또 들어왔어?"

다른 규수들이 궁금하다는 듯 도희를 쳐다보았다. 도희는 쉽게 입을 열지 못했다.

그사이 예조정랑의 누이가 한 땀 한 땀 자수를 놓으며 여유로운 목소리로 말했다.

"내가 들은 말과 달라서 그래. 그 말에는 네가 부친까지 동원해서 윤 도령 댁 별당에 살던 계집을 끌어내 이 집 행랑에 가둬놓았다던데? 너 시집갈 때 몸종으로 데려가서 구박 주려고. 아니야?"

"정말이니, 도희야?"

사대부가 여인의 '투기'란 마음속으로만 해야 하는 것. 정말 이것이 사실이라면 두고두고 도희는 사람들의 놀림감이 될 만한 이야기였다. 도희는 입술을 깨물며 간신히 화를 억눌렀다. 자수를 놓던 예조정랑의 누이가 고개를 들어 도희를 쳐다보며 말했다.

"우리들이 들어가 보지도 못할 윤 도령 댁 별당이나 직접 가서 확인해보라는 소리는 그만하고. 지금 당장 우리들이 들어가 볼 수 있는 너희 집 행랑이나 구경시켜주지그래? 정말 그곳에 소문의 계집이 있는지 말이야."

규수들의 시선이 도희에게로 쏠렸다. 그녀들의 시선을 부담스러워하던 도희가 자리에서 벌떡 일어섰다.

"좋아. 그전에 우리 작은어머니께 너희들의 방문을 허락받아야 하지 않겠니? 잠시만 여기서 기다려봐."

"작은어머니는 무슨. 만날 양첩이라도 첩이면 노비와 다름없다고 말할 땐 언제고?"

예조정랑의 누이가 또다시 도희를 비웃었다.

도희는 무거운 침을 삼키며 밖으로 나와 향단이부터 찾았다.

"향단아!"

"예예, 아가씨!"

부엌에 있던 향단이 뛰어와 도희의 앞에서 고개를 숙였다.

"그 계집은? 지금 어디에 있지?"

"지난밤에 멀쩡히 돌아온 뒤로는 내내 행랑에서 머물고 있던데요?"

"물동이는?"

"깨 먹었는지 팔아먹었는지 말을 못하는 게 잃어버렸나 봐요."

도희가 잠시 생각하더니 향단이에게 말했다.

"지금 그 계집에게 가서 잃어버린 물동이 값을 치르라고 해."

"새 물동이를 치를 값이 있을까요? 여기 올 때 보니 작은 옷 보따리 하나만 들고 왔던데요."

"없겠지. 없어야 해. 그리고 네 아비를 시켜 물독 세 개를 샘물가에 가져다 놓고 오라고 해. 만약 그 계집이 당장 갚을 수 없다는 소리 따위를 하면 오늘 안에 물독 세 개에 모두 물을 채우면 잃어버린 물동이 값은 받지 않겠다고 말하고. 그러면 그 계집도 어쩔 수 없이 물독을 채우려고 하지 않겠니?"

"물동이도 아니고 물독을 채우라고요? 한겨울이라… 샘물에서도 물이 잘 안 나와서 물독 하나만 채우려고 해도 서너 시간은 걸릴 텐데요?"

"내가 바라는 게 바로 그거야."

도희가 씩 웃으며 말을 덧붙였다.

"참, 이 모든 건 내가 시킨 게 아니야. 다 종년인 네 머리에서 나온 천한 생각인 거지."

"알겠습니다, 아가씨."

향단이 고개를 조아리며 서둘러 행랑 쪽으로 사라졌다.

꽃 꽃 꽃

서원에 다녀온 윤임은 평소와 다르게 집이 조용하다고 느꼈다. 보통 이 시간에는 덕풍군 대감댁에 다녀온 여진이 집에 있을 시간. 당연히 여진은 돌아온 윤임을 붙잡고 자신이 보고 들은 것에 대해 떠드느라 여념이 없어야 했다.

그러고 보니 어제의 일이 마음에 걸리는 윤임이었다. 그때 왜 여진에게 화풀이를 했을까? 실은 그도 꼭 유나를 만나고 싶었다. 그러기에 예의가 아닌 줄 알면서도 무리하게 유나를 만나겠다고 도희에게 말을 꺼낸 것이다.

하지만 이래저래 일이 꼬여 결국 유나를 보지 못하고 돌아와야만 했다. 이러한 사정을 전혀 모르는 여진은 계속 그에게 붙어 꼬치꼬치 캐묻기만 하니, 가뜩이나 유나를 보지 못하고 돌아와 속상한 마음만 한가득했다. 여기에 만났다고 거짓말까지 해야 하는 자신에게 화가 났던 윤임은 괜히 여진에게 버럭 화를 내고 말았던 것이다.

오늘만큼은 꼭 스승님 댁에서 유나를 만나고 오겠다고 결심한 그가 옷을 갈아입으려 자신의 처소로 들어갔다.

– 드륵.

문이 열리자마자 보이는 것은 여진. 그의 자리에 앉아 있던 여진은 소리 없는 눈물만 뚝뚝 흘리고 있었다.

"도대체 여기서 무엇을 하고 있느냐?"

예상치 못한 곳에서 여진을 본 윤임이 당황해 물었을 때였다. 흐느끼던 여진의 입이 열렸다.

"오라버니 미워. 오라버니 밉다구. 흑."

"밉다니? 그게 무슨 소리냐?"

윤임이 모르겠다는 듯 묻자 울던 여진은 화를 냈다.

"오라버니는 나쁜 사람이야! 왜 거짓말을 했어? 왜?!"

"거짓말을 하다니? 내가 말이냐?"

여진이 하는 말을 도통 이해할 수 없었던 윤임이 매정하게 말했다.

"쓸데없는 소리는 말고 나가 보거라. 나는 옷을 갈아입어야 하니."

"어제 왜 거짓말했어."

"어제?"

"유나 언니를 만나지도 못했으면서. 왜 만났다고 나한테 거짓말을 했냐구!"

윤임은 어제 자신이 한 거짓말을 여진이 알게 된 것을 깨달았다.

"언니를… 흑. 만나지도 못했으면서… 흐흑."

여진이 눈물을 뚝뚝 흘렸다. 윤임은 한숨을 내쉬며 말했다.

"그것이 그리 울 일이더냐? 걱정 말거라. 네가 전해주라던 물건은 하인에게 잘 전해주라 말하고 건네주었으니."

"그게 아니라구, 흑! 오라버니는 어제 언니에게 무슨 일이 일어났는지 알고나 그렇게 말하는 거야?"

여진의 말에 윤임이 불안한 듯 되물었다.

"유나에게 무슨 일이 생겼더냐?"

"언니는 어제 부정 나으리 댁에 없었어. 알고 있었냐구… 흑."

이른 저녁이라 조금은 이상하다고 생각했었다. 설사 저녁 식사 중이라고 하더라도 유나는 자신을 기다리게 할 여인이 아니었다.

"그때 언니는 거창위 대감 집에 있었단 말이야!"

윤임이 놀란 눈을 크게 떴다.

"유나가 어찌 부마 대감의 집에 있었던 말이냐?"

"오빠는 몰라. 유나 언니가 그곳에서 어떻게 지내는지. 엉엉."

"울지만 말고 자초지종을 말해 보거라!"

윤임이 여진의 양 팔을 잡으며 다그쳤다. 여진은 더 크게 울며 말했다.

"누가 음식에 독을 탔대! 언니가 중독되어서 쓰러졌는데 쓰러진 곳도 어디인 줄 알아? 어제 눈이 펑펑 내렸던 거 알지? 그 집 하인들이 언니한테 추운 날 물을 떠오라고 샘물가에 내보냈대. 언니는 거기서 쓰러졌어. 마침 부마 대감이 언니를 발견하지 못했으면 언니가 죽었을지도 모른대."

"부마 대감이……."

뒤늦게 정신을 차린 윤임이 여진에게 물었다.

"지금 유나는 어디에 있느냐? 부마 대감의 사저이냐?"

여진이 울며 고개를 가로저었다.

"한밤중이 되어서야 아픈 게 가라앉아서 부정 나으리 댁으로 다시 돌아갔대. 오라버니. 유나 언니 좀 구해줘. 언니는 그 집에 있으면 안 돼. 응? 그 집은 나쁜 사람들 천지라구! 엉엉."

그칠 기미가 없는 여진의 울음소리가 윤임을 미치게 만드는 것 같았다. 아니, 여진이 전해준 유나의 소식이 윤임의 심장을 태워버릴 듯 달구며 미치게 만들었다. 순간적으로 눈앞이 까맣게 변하며 앞이 보이지 않았다.

윤임은 당장 자신의 눈앞에 유나를 세우지 않으면 오늘 자신의 두 눈이 멀어버릴지도 모른다고 생각했다.

"말을 가져 오너라, 어서!"

밖으로 나온 윤임이 말을 찾았다. 하인이 다급하게 말을 내오자마자 윤임은 말의 고삐를 빼앗듯이 잡고는 말위에 올라타고는 대문을 나섰다.

시작은 단지 소문이었다.

이유나. 그녀가 그의 앞에 나타나기 전까지 그는 흠잡을 데 없는 사내였다. 유배지에 계신 아버지를 대신해 집안을 잘 다스리고 이끌었으며 단 하루도 공부와 수련을 게을리한 적이 없었다. 부족하나마 일찍 돌아가신 어머니를 대신해서 여진에게도 좋은 오라버니가 되려고 노력해왔던 그였다.

그의 앞에 어느 날 갑자기 나타난 한 여인. 그녀의 존재가 자신에게서 조금이나마 멀어진다면. 자신이 잃어버렸다고 생각한 것들을 다시금 되찾을 수 있을 것이라고 생각했던 걸까?

그다음에 조금은 늦더라도 그다음에 유나를 되찾으면 된다고 생각했던 것일까?

'어리석다. 어리석어!'

윤임은 처음으로 자신이 못나고도 못나게 생각되었다. 유나를 향한 감정. 그가 인정하지 않고 뒤로 미루기만 했던 그 감정. 유나는 원해서 스승님의 집으로 간 것이 아니었다.

"문을 열어라!"

어느새 이보의 집 앞에 도착한 윤임이 말에서 내리기도 전에 닫힌 대문을 향해 소리쳤다.

"윤 도련님?"

안에서 그를 알아본 하인이 급히 문을 열었다. 윤임은 말에서 뛰어내리더니 이보의 대문 안으로 성큼 들어섰다. 밖에서 펼쳐진 소란에 삼월댁이 밖으로 나왔다가 윤임을 보고는 깜짝 놀랐다.

"벌써 오셨습니까? 아직 나으리께서는 퇴궐치 않으셨습니다만."

윤임은 터질 듯이 뛰는 가슴을 안고 주변을 살폈다. 유나는 보이지 않았다. 안채에서 머문다는 사실만 알뿐이다.

"소저는 어디에 있느냐?"

"우리 아가씨 말씀이십니까? 지금 아가씨께서는 동무들이 오셔서. 잠시만 이곳에서 기다려주시면 소인이 아가씨께 도련님이 오셨다고……."

"아니, 그녀 말이다. 이 집의 손님으로 머물고 있는 이 소저."

"행랑 아가씨 말씀이시군요. 그 아가씨께서는 지금……."

누가 보더라도 삼월댁의 말투는 시간을 끌고 있었다. 이미 여진을 통해 어제 일어난 일에 대해 들은 윤임의 마음이 불안해졌다.

"되었다. 내가 직접 찾겠다."

"도련님! 아, 안 됩니다! 그곳은 안 됩니다!"

윤임이 안채 쪽으로 걸음을 옮기자 놀란 삼월댁이 뒤를 따랐다.

❋ ❋ ❋

도희는 동무들과 함께 유나가 머무는 행랑채를 보여주고 있었다.

"봤지? 아무도 없는 거."

"누가 지내는 것 같긴 한데 살림이 단출해 보이니… 도희 네 말대로 빈 방처럼 보이기도 하고."

"빈방이겠지, 그럼."

수군대는 규수들을 뒤로하고 마루에 앉은 행랑 마님은 불만스러운 표정으로 입을 꾹 다물고 있었다. 앞서 향단이로부터 유나에 대해서는 규수들에게 입도 벙긋하지 말라는 경고를 받은 뒤였다.

"도희야, 네 말이 맞는 것 같다."

"소문은 소문일 뿐이야. 그치?"

뒤에서 이 모든 것을 지켜보던 예조정랑의 누이가 말없이 눈을 치켜떴다. 소문은 있고 들었던 증거도 있지만 막상 눈앞에 물증은 없었다. 그러니 더는 할 말이 없었던 것이다.

"자, 우리 이제 그만 돌아가자."

"그래그래."

"안 그래도 여긴 너무 춥다아."

규수들은 다시 도희의 처소인 안방으로 가려는 듯 돌아섰다.

"그곳은 들어가시면 안 됩니다!"

삼월댁의 목소리가 들리고 이어 나타난 윤임을 본 규수들은 놀라 비명을 내질렀다.

"어머나!"

"꺄아!"

규수들이 자신의 얼굴을 가리며 어쩔 줄 모르는 사이 삼월댁이 윤임의 옷깃을 붙잡았다.

"여기서 그만 나가시지요, 도련님!"

'도련님'이라는 말을 들은 규수들이 소란스러워졌다.

"도련님? 혹시 도희의 정혼자인 윤 도령?"

"설마……."

"그가 왜 안채까지 들어왔지?"

규수들의 시선이 도희에게로 향했다. 안채까지 들어온 윤임을 본 도희는 창백해진 얼굴로 파르르 입술을 떨었다. 뒤늦게 도희를 발견한 윤임도 말을 타고 오느냐 거칠어진 자신의 숨을 가다듬으며 고개를 숙여 예를 표했다.

도희도 윤임에게 정중히 인사를 올렸다.

"도련님."

도희가 윤임에게 인사를 하는 와중에도 윤임의 시선은 그녀와 함께 있는 규수들을 향해 있었다. 그러나 그중에 유나는 없었다.

마음이 다급해진 윤임이 도희에게 물었다.

"이 소저. 이 소저는 지금 어디에 있소?"

윤임의 물음에 규수들이 고개를 갸웃거렸다.

"이 소저?"

여기서 윤임이 찾는 이 소저는 '이도희'뿐이어야 했다. 그러나 윤임은 도희에게 또 다른 '이 소저'에 대해 묻고 있다.

"이 소저? 도희가 아니라?"

"도희가 아니라면 누굴 말하는 거지?"

규수들이 떠드는 소리를 의식했는지 도희가 어색한 웃음을 지었다.

"이 소저라뇨? 소녀가 이 소저가 아니고 누구입니까. 그보다 도련님. 우선 사랑채로 가시면……."

삼월댁과 마찬가지로 도희도 의도적으로 유나에 대해 이야기하려는 것을 피하고 있었다. 윤임은 도희의 말이 끝나기도 전에 그녀를 지나쳐 행랑으로 걸어갔다.

"세, 세상에나!"

이야말로 규수들에게는 보기 드문 광경이자 실로 놀라운 일이 아닐 수 없었다. 아무리 정혼한 사이라도 아직은 외간 사내. 설사 이 집의 주인인 이보의 허락이 있더라도 결코 들어와서는 안 되는 곳이 안채였다. 그곳에 불쑥 나타난 윤임은 여기에 도희를 무시하고 또 다른 여인을 찾고 있었다.

어느새 윤임의 걸음은 행랑 위 마루에 앉아 있는 행랑 마님의 앞에 이르렀다. 그녀에 대해서는 윤임도 익히 들어 알고 있었다. 다만 이렇듯 얼굴을 본 것은 처음이었다.

"인사드립니다. 윤임이라 합니다."

윤임이 그녀에게 깍듯이 인사를 했다. 때마침 자신이 있는 행랑으로 걸어오던 윤임을 멀뚱히 쳐다보던 행랑 마님도 윤임의 인사를 받았다.

"윤임 도련님. 말씀은 많이 들었습니다."

"결례가 아니라면 이곳에서 머물고 있는 이 소저의 소재에 대해 아시는지 여쭈어보아도 되는지요."

"도련님!"

도희가 눈을 부릅뜨며 윤임을 불렀다. 그러나 윤임은 도희의 말이 전혀 들리지 않는다는 듯 그녀에게 눈길조차 주지 않았다. 행랑 마님은 잠시 윤임의 뒤로 보이는 도희의 얼굴을 쳐다보았다. 당혹감으로 붉어진 도희는 씩씩거리며 행랑 마님을 노려보고 있었다. 도희는 무언의 눈빛으로 행랑 마님에게 입을 조심하라는 압박을 가하고 있었다.

이런 도희의 눈빛을 빤히 쳐다보던 행랑 마님은 입가에 미소를 띄며 윤임을 돌아보았다.

"잘 알지요. 도련님 댁 별당에 기거하다 며칠 전 이곳으로 거처를 옮긴 아가씨가 아닙니까?"

행랑 마님의 이 말에 도희의 눈동자가 앞으로 튀어나올 듯 커졌다. 여기에 그치지 않고 행랑 마님은 더욱 신이 나서 말을 늘어놓았다.

"내 옆방에서 지내고 있지요. 조금 전에 도희 아가씨의 계집종이 물독을 세 개나 채우라며 샘물터로 내보냈는데 아직 돌아오지 않았습니다."

"그 샘물터가 어딥니까?"

"이 집 뒤편으로 돌아가면 있습니다."

"고맙습니다."

정중히 인사를 한 윤임이 돌아서자 도희가 그에게로 급히 다가왔다.

"도련님 제발! 사랑채에서 기다려주십시오. 이 소저를 불러오겠습니다!"

늘 정중히 예를 갖춘 채 도희를 대해왔던 윤임이었다. 하지만 지금 이 순간 도희를 바라보는 윤임의 두 눈에는 말로 표현하기 어려운 분노로 가득 차 있었다.

"비켜주시오."

"도련님!"

그들의 등 뒤에서 이를 지켜보던 행랑 마님이 큰 소리로 말했다.

"그나저나 도희 아가씨. 이 작은 행랑에 불은 언제 때줄 겁니다.

안 그래도 손님이 하나 늘었는데. 겨울 오고서는 불을 때 준 적이 단 한 번도 없으니. 행랑 전체가 다 빙고요, 빙고. 여기다가 손님을 들인 거요, 얼음을 들일 준비를 하는 거요?"

도희가 놀란 눈으로 고개를 세게 가로저으며 윤임의 옷깃을 잡았다.

"오, 오해세요! 자, 작은어머니가 하시는 말씀은 그저!"

"비키시오."

윤임이 자신의 옷깃을 붙잡은 도희의 손을 떼어내려고 했다. 도희가 더욱 힘을 주어 윤임의 옷자락을 붙들었다.

"도련님! 저 간악한 계집의 말을 들으시면 안 돼요!"

"비키라 하지 않았소!"

윤임이 화를 내며 자신의 옷자락을 붙든 도희의 손을 강제로 떼어냈다.

"아얏!"

도희는 일부러 보란 듯이 넘어지며 아픈 소리를 냈다. 윤임은 그런 그녀에게 눈길조차 주지 않은 채 안채를 떠났다. 바닥에 홀로 주저앉은 도희는 제 분을 이기지 못하고 몸을 심하게 떨었다.

"대단하다. 대단해, 이도희."

예조정랑의 누이가 코웃음치며 바닥에 넘어진 도희를 바라보았다.

"사내의 마음은 그런 거짓 연기로 붙잡을 수 있는 게 아니란다."

"가자, 우린 어서 가자."

"도희야. 우린 다음에 올게. 안녕."

다른 규수들이 예조정랑의 누이의 팔을 잡아끌며 다함께 서둘러 자리를 떠났다. 그것을 본 행랑 마님은 고소하다는 듯 말했다.

"오래 살다 보니 이런 날도 오는구나! 십 년 묵은 체증이 다 내려가네! 아우, 추워. 눈도 그쳤는데 날은 또 왜 이리 춥담!"

두 손으로 어깨를 쓸어내리며 행랑 마님은 자신의 처소로 들어가 버렸다. 여전히 차가운 바닥에 넘어진 도희는 분에 겨워 왈칵 울음을 터트렸다.

"아가씨……."

삼월댁이 도희를 부축해 일으켜 세우려고 했다.

"비켜!"

도희가 삼월댁의 뺨을 내리쳤다.

"아가씨!"

삼월댁이 도희에게 맞은 뺨을 감싸 쥐었다. 도희는 자리에서 벌떡 일어서더니 삼월들을 두 팔로 밀쳐 넘어뜨리고는 사정없이 발길질을 하기 시작했다.

"도련님 하나를 못 잡아서 내게 이런 망신을 줘?!"

"소, 소신은 그저… 아얏! 아얏!"

"어머니!"

뒤늦게 나타난 향단이가 어머니인 삼월댁을 보호하기 위해 도

희의 다리를 붙잡고 늘어졌다

"놔! 못 놔!"

"어머니를 용서해주세요, 아가씨!"

"놔! 놓으라고!"

"아가씨! 제발! 소인이 이리 부탁드리겠습니다! 네?"

향단이가 악착같이 도희의 다리를 붙잡고 늘어졌다.

여전히 분이 풀리지 않은 도희가 삼월댁 모녀에게 손가락질을 하며 말했다.

"너! 내게 향단이를 나루터 의원의 후실로 보내기 싫다며 사정했지? 내가 도와주겠다 했지만, 너같이 쓸모없는 계집들에게는 본보기가 필요하지."

"아가씨! 어찌 이러십니까요? 분명 소인과 약조하지 않으셨습니까?"

"약조? 날 이 꼴로 만들어 놓고도?"

"아가씨! 제발 절 보내지 마세요, 네?"

모녀가 바닥에 엎드려 울며불며 사정했지만 도희는 삼월댁의 손을 발로 한 번 짓이기고는 자리를 떠났다.

다짜고짜 날 찾아온 향단이는 사라진 물동이를 변상하라고 했다. 물동이의 가격이 얼마인지는 모르지만 내 수중에는 돈이 될 만한 것이 하나도 없었다. 돈이 없어 난처한 표정을 짓는 내게 향단이는 물독 세 개를 채우면 변상할 수 있다며 샘물터로 날 내쫓다시피 했다. 숨은 이유야 잘 모르지만 샘물에 가보니 물동이와는 비교도 안 될 어마어마한 크기의 물독 세 개가 나란히 놓여 있었다.

내게 주어진 건 손바닥만 한 작은 물바가지. 이 바가지로 저 물독 세 개를 채우려면 해가 질 때까지 물만 펴도 불가능할 것 같았다.

"난 이 집에 종살이를 하러 온 게 아닌데."

어쩌다 종년이 되고 말았다. 분하지만 얹혀사는 처지이니 참는 수밖에. 게다가 이유야 어쨌든 물동이를 잃어버린 건 나다. 난 모든 것을 내려놓은 채 졸졸졸 흐르는 샘물가에 바가지를 갖다 대었다.

물이 흐르고 흘러 겨우 한 바가지가 채워진다. 쏴아아아- 그리고 그것을 물독에 붓는다. 물독이 얼마나 큰지 아무리 물을 부어도 여전히 바닥에 물이 부딪히는 소리만 난다.

무언가 이상하다 싶어 물독의 아래를 자세히 보니 물이 졸졸 새는 구멍이 보였다. 구멍에서는 이 추운 날씨에 고드름까지 쭉쭉 뽑아내고 있다. 이젠 향단이가 일부러 새는 물독을 가져다 놓은 게 아닌가 의심해야 할 상황 같다.

나는 잠시 고민했다. 지금 내게는 물독 구멍을 온몸으로 막아줄

콩쥐의 두꺼비 따윈 없다.

대신 물독 밑에 눈으로 홈을 파고 샘물가에 자잘한 고드름들을 따다가 쌓아 놓았다. 그리고 그 위에 샘물에서 뜬 차가운 물을 아주 조금씩 붓기 시작했다. 물독의 구멍을 얼음으로 막을 생각이었던 것이다.

시간이 지남에 따라 서서히 얼음이 생기는 것을 보며 난 흐뭇함과 동시에 더 큰 추위를 느꼈다. 밖에서 오래 머물수록 그 기능을 잃어버리는 솜옷은 추위를 흡수해 딱딱하고 차가운 돌로 만든 옷같이 변해버린 것이다.

그때 멀지 않은 곳에서 말이 달려오는 소리가 났다. 난 물 뜨던 것을 그만두고 소리가 나는 방향으로 고개를 돌렸다. 내가 있는 샘물가로 한 마리의 말이 달려오고 있었다. 그 말 위에는 내게도 익숙한 얼굴의 남자가 타고 있었다.

"임지 오라버니?"

그는 샘물가에 있던 나를 보자마자 더욱 빠르게 말을 몰았다. 마치 나를 목표로 두고 진격하는 말 탄 병사처럼. 우리 사이는 순식간에 가까워졌고 난 꿈을 꾸는 듯한 표정으로 내게 가까워지는 윤임을 빤히 바라보았다.

그가 내 앞에서 말고삐를 세게 잡아당겨 말을 세운다. 말을 잘 타지 못하는 사람이라면 그대로 말 앞으로 떨어질 정도로 빠른 속도로 말은 멈췄다.

"오라버니."

며칠 만이다. 인사말부터 고민하는 나와 달리 그의 시선은 내 손에 들린 작은 바가지를 향해 있다.

"그것이 무엇이냐?"

약간 화난 듯 들리는 그의 목소리에 난 작은 바가지를 내 등 뒤로 숨기며 웃었다.

"이거요?"

괜히 부끄러워 난 실없이 웃기만 했다.

"부정 나으리 댁 하인이 물 뜨러 간다지 뭐예요? 물어보니까 여기에 샘물이 있대요. 예로부터 샘물은 약수라고도 하잖아요? 또 약수는 만병통치약이니까……."

내가 무슨 말을 하는지 모르겠다. 물독 세 개를 세워놓고 손에는 물바가지를 들고 있으니 영락없이 물 뜨러 나온 모습인데 말이다.

"그래서 약수 맛이나 한 번 볼까 하고……."

"도련님!"

이보의 집이 있는 방향에서 도희가 향단이와 함께 나타났다. 그녀는 윤임을 부르며 뛰어오고 있었다.

"부디 소녀의 말을 들어주세요!"

도희가 애타게 윤임을 불렀다. 정작 자신에게로 달려오는 도희를 바라보는 윤임의 눈빛은 싸늘하기 그지없었다.

"윤 도련님!"

우리에게로 도희가 가까워지고 있었다. 말 위에 있던 윤임이 내게 손을 내밀었다.

"가자."

"예?"

"어서."

"저기 도희 아가씨는 오는데요?"

그는 대답하지 않았다. 대신 내게 내밀었던 손으로 고삐를 다시 잡더니 말을 움직인다. 망설이며 그가 내민 손을 잡지 않던 내 주변을 반쯤 도는가 싶더니, 갑자기 내게로 허리를 숙인다. 그리고 아주 가뿐하게 한 팔로 내 허리를 들어 자신의 뒤에 앉혔다.

"으앗!"

태어나 처음으로 말을 탄 나였다. 생각보다 높은 말의 높이에 놀라 비명을 질렀다.

"꽉 잡거라."

그는 이 한 마디만 하고는 말을 몰았다. 천천히 움직이던 말이 순식간에 빨리 달리기 시작하자 난 겁에 질려 그의 허리를 꽉 끌어안았다.

"천천히 가주세요! 전 말을 처음 타봤다고요!"

눈을 뜰 수가 없었다. 말이 달릴 때마다 불어오는 강한 겨울바람이 얼굴을 때리는 것 같다. 난 그 바람을 피해 윤임의 허리를 더욱 끌어 안고 그의 넓은 등에 얼굴을 감췄다.

※ ※ ※

고려 말 지상의 이상 세계. 즉 무릉도원을 꿈꾸던 선비들이 있었다. 그들은 삼각산(북한산) 초입에 버려진 두 개의 절을 사들였다. 안쪽 깊숙이 위치한 절은 숙식하는 곳으로 삼고 바깥쪽에 위치한 절은 학문을 공부하는 장소로 삼았다.

고려가 망하고 조선이 들어서자 선비들은 하나씩 그곳을 떠났다. 버려진 두 개의 절. 어느 날 이곳으로 나이 든 퇴기들이 하나둘씩 들어와 살기 시작한다.

처음에 그녀들은 합심한 듯 빈 절에 불상을 놓고 머리를 깎고 여승이 되었다. 그러나 얼마 지나지 않아 파계하고 기방을 차린다.

이후 두 개의 절은 '극락사'와 '낙락사'로 이름 붙여졌다. 이곳은 부유한 양반 자제나 관리들의 비밀스러운 놀이터가 되었다. 집에서야 부모님 눈치에 부인 눈치에 자식 눈치까지. 더해서 하인들의 눈까지 의식해 사대부 중에 사대부 행세를 하던 사내들이 다른 사람들의 이목을 피해 그들의 은밀한 즐거움을 위해 이 두 절로 모여들었다.

이곳에서는 사랑 놀음도 벌어졌다. 이 세상 어디서나 신분에 구애 없이 연인들은 생겨나니까.

연인들의 은밀한 장소는 주로 '극락사'에서.

사대부들의 비밀스러운 놀이는 '낙락사'에서 주로 이루어졌다.

이렇다 보니 극락사 쪽은 밤낮으로 불이 켜지지 않고 조용하기만 했고, 낙락사 쪽은 밤새도록 불을 훤히 밝히고 시끌벅적했다.

❀   ❀   ❀

"아주 잠깐, 맡아보게 해주지."

눈을 반짝이는 영산군을 보며 제안대군이 작은 술병의 뚜껑을 열어 그의 코끝에 갖다 대었다. 잠시 그 향을 맡아보던 영산군이 감탄한 듯 눈을 크게 떴다.

"실로 향이 끝내줍니다!"

"그렇지? 명국에서 들여온 귀한 계화주라네."

"우와-"

"자네에게만 특별히 나눠 마실 기회를 주지. 함께하겠는가?"

솔깃한 제안이었음에도 불구하고 영산군은 곰곰이 생각한 후 고개를 저었다. 제안대군이 이해할 수 없다는 표정을 지었다.

"아니, 왜?"

"어제부로 금주령이 내려졌다 들었습니다."

"종친은 문제없네. 게다가 금주령이 내려졌다한들 하루가 멀다 하고 전하께서는 궁중에서 연회를 열고 술을 드시지 않던가?"

"그래도 궐 밖에선……."

"물론 여기선 안 되지! 자네 말대로 보는 눈이 많으니."

"그럼 어디서 술을 마십니까?"

열다섯 영산군을 놀리는 재미에 푹 빠진 서른아홉의 제안대군이 빙긋 웃는다.

"낙락사."

"낙락사? 혹시 그 삼각산에 있다는 절 아닌 절 말입니까?"

"들어는 본 모양이구만. 거기에 가면 밤새도록 이 귀한 술을 진탕 마시고 놀아도 된다네."

다시 고민하던 영산군이 고개를 저었다.

"아무리 그래도 '진탕'까지 술을 마시는 건 좀 아닌 듯싶습니다. 술이 아무리 좋아도 절대 지나치게 마시면 안 된다고……."

"거창위가 그리 말했던가?"

영산군이 고개를 끄덕이며 대답했다.

"예."

"이런…… 자네는 아무래도 거창위에게 술을 잘못 배웠어. 자고로 사내라면 몸을 가누지 못할 정도로 술을 마셔주는 것이 도리일세."

"그런가요?"

왕실 숙부인 제안대군을 물끄러미 쳐다보며 영산군이 의심스러운 눈길을 보낸다. 반쯤 영산군이 넘어왔다고 생각했는지 제안대군은 다른 수를 꺼내들었다.

"술은 그렇다 치더라도 절대 거창위는 자네에게 가르쳐주지 않는 것을 내가 가르쳐주지."

"그것이 무엇입니까?"

"엊그제 명국에서 몰래 들인 달인이라고나 할까. 여하튼 그들은 지금 낙락사에 있네. 만약 그들의 존재를 아신다면 전하께서 임금 자리를 때려치우고서라도 그들을 만나러 낙락사로 오고 싶으실걸?"

"그게 누굽니까?"

"가보면 아네."

"또 낙락사입니까?"

"암암. 절대 여기서는 말 못하지."

영산군이 포기한 듯 말했다.

"좋습니다. 까짓것 관례도 올린 성년인데 낙락사에 못 가겠습니까?"

"그래! 잘 생각했네. 와보고 재미있으면 나중에 거창위도 한 번 데려오라고! 하하하!"

어린 영산군을 꼬여내는 데 성공한 제안대군은 의기양양한 기세로 낙락사로 향했다. 그곳에 도착하자 승복을 입었으나 머리를 깎지 않은 여인들이 나와 합장하며 제안대군과 영산군을 맞이했다.

"어제 눈발이 심하게 날려 오늘 오신다는 대군마마의 걸음이 막힐까 심히 염려되었사옵니다."

"별 걱정을 다 하였구나."

제안대군이 호탕하게 웃으며 여인의 귓가에 대고 은밀히 속삭였다.

"그들은? 준비하고 있느냐?"

"오늘 아침부터 대군마마께서 오시기만을 간절히 기다리고 있었사옵니다."

여인이 제안대군의 옆에 서서 주변을 둘러보느라 여념이 없는 영산군을 바라보았다.

"실례지만 이분은 누구신지?"

"내 조카이지. 인사는 길게 할 것 없고 어서 그들이 있는 곳으로 안내하거라."

"예, 이리 오시지요."

겉으로 보기에 낙락사는 그저 평범한 절의 모습을 갖추고 있었다.

앞서가는 제안대군의 뒤를 따라 발걸음을 옮기던 영산군이 무언가를 보고는 깜짝 놀라 걸음을 멈추었다.

"저이는!"

"응?"

제안대군이 여인과 함께 돌아서 영산군이 바라보는 곳을 쳐다보았다. 그곳에 또 다른 승복을 입은 여인을 따라 숲길 쪽으로 난문으로 들어가는 윤임의 모습이 보였다.

"나도 어디선가 본 듯한데, 조카님이 아는 자인가?"

"저자는 윤임입니다. 덕풍군 대감의 처남이지요. 그리고 저 옆에 있는 여인은……."

윤임에 옆에 서 있는 여인도 조금 전 영산군처럼 주변을 둘러보느냐 여념이 없었다. 그 때문에 여인의 걸음이 뒤처지자 윤임이 돌아서 여인의 팔을 잡아끌더니 문 너머로 사라졌다.

"처음 보는 여인 같은데……."

영산군이 고개를 갸웃거리며 중얼대자 여인이 묘한 미소를 지으며 제안대군의 귓가에 속삭였다.

"극락사로 가시는군요."

제안대군이 호탕하게 웃으며 말했다.

"덕풍군의 처남이라면 이제 자네의 처남이 될 사람이 아닌가? 이제 보니 덕풍군의 처남이 자네보다는 먼저 사내가 된 것이 분명하군! 자, 이제 우리는 갈 길을 가세. 이곳에서는 서로 아는 이라도 모르는 척 지나가주는 것이 예의라네."

"어엇!"

제안대군이 영산군의 팔을 잡아끌었다. 이상하게도 제안대군의 팔에 끌려가는 영산군의 머릿속에서는 자꾸만 여진의 얼굴이 떠올랐다.

한참을 달리던 윤임이 말의 속도를 줄인 곳은 어느 산으로 들어가는 길이었다.

"우리 어디로 가는 거죠?"

분명 내 대답을 들었음에도 윤임은 답을 하지 않는다. 얼핏 고개를 들어 그의 얼굴을 옆에서 바라보니 무언가 싶은 생각에 잠긴 얼굴이다.

나는 다시 그에게 물었다.

"아까 왜 그랬어요?"

도희가 왔었다. 하지만 윤임은 자신을 부르는 도희를 무시하고는 나와 함께 그곳을 떠났다.

"어제 어디에 갔었느냐?"

"에?"

그가 말을 세운다. 여전히 내게 등을 보인 채로 말에서 내리려하진 않았다. 그렇다고 고개를 돌려 나를 쳐다보려고도 하지 않는다.

"너를 찾았지. 그러나 네가 나를 만날 수 없다고 전하라 했다더구나."

어제 윤임이 나를 만나러 왔었던 걸까? 하지만 난 몰랐다. 그 시각에 아마 홍연의 집에 있었던 게 분명하니까.

그때 위가 아파 죽다 살아났다. 그렇게 만든 것은 향단이가 아니면 도희가 분명하다. 만약 향단이가 했다고 하더라도 도희가 지시했을 것이라는 의심은 든다.

그들이 나와 윤임을 만나게 해주려고 했을 리가 없으니까 내가 윤임을 만나기 싫어한다고 거짓말을 했나 보다.

"누가 그랬어요? 오라버니를 만날 수 없다고요."

"도희에게. 그리고 그녀의 몸종이 전하는 말을 들었다."

윤임의 말에 난 고민에 빠졌다. 사실대로 말해야 할까? 난 그 시각에 홍연의 집에 있었다. 윤임은 홍연을 좋아하지 않는다. 과거 나에게 그를 조심하라고 말했을 정도니까.

게다가 얼떨결에 홍연과 해버린 첫 키스.

난 죽어도 윤임에게 말 못해!

"그때 잠깐 외출을……."

"부마 대감의 사저에 있었느냐?"

그가 알고 있었다는 사실에 놀라 다음 말을 까먹어버린 나를 두고 윤임이 먼저 말에서 내린다. 그는 아직 말 위에 앉아 있는 나를 올려다보았다. 우린 그렇게 이곳에 온 뒤로 처음으로 서로의 눈을 볼 수 있었다.

"스승님 댁에서 나오거라."

"오라버니."

"네게 어제 무슨 일이 있었는지 모두 들었다."

"들었다고요? 어디까지요?"

"네가 쓰러진 것을 부마 대감이 구해주었다고."

"그건 맞아요."

윤임의 입에서 나오는 홍연의 이야기에 난 눈치를 보게 된다.

"또한 네가 그리된 것이 스승님댁에서 먹은 음식에 독이 들었기 때문이라는 것도."

그 정도는 내게 약과다. 정작 내가 알고 싶은 건 홍연과의 일을 윤임이 알고 있냐는 거다.

"혹시 그것 말고도 또 들은 게 있어요?"

윤임이 인상을 썼다.

"스승님 댁에서 당한 일이 그것 말고도 또 있더냐?"

여기서 하나 더 당한 게 있다고 말한다면 윤임은 당장이라도 가서 도희의 멱살을 잡을 기세다. 다행인 건 홍연과 키스한 일을 윤임은 아직 모르는 것 같다는 거다.

"전혀요. 더는 없어요."

"유나."

그가 한숨 섞인 목소리로 내 이름을 부른다.

"그런 일이 있으라고 스승님댁으로 가겠다는 널 보내준 것이 아니었다."

난 그에게 날이 따뜻해지면 돌아오겠다고 했다. 아마 그때쯤이면 그를 향한 마음을 정리한 뒤일 거라고 믿었다.

"소문은 잠잠해졌어요?"

난 일부러 웃으며 그에게 물었다. 지금 우리를 무겁게 짓누르고 있는 분위기를 조금이라도 풀어보고자 한 행동이었다. 천진난만하게 웃는 연기를 하는 나를 윤임은 물끄러미 바라만 본다. 내 웃음이 완전히 그쳤을 때 그가 진지한 얼굴로 나를 향해 입을 연다.

"우리…… 깊은 산속 어딘가로 가서 살까?"

"예?"

그가 지금 하는 말의 의미를 모르겠다. 내가 아는 윤임은 농담이라는 것은 전혀 모르는 남자니까.

나를 바라보며 흔들림 없는 눈동자를 지닌 채 그가 다시 말한다.

"네가 신경 쓰인다는 그런 소문 따위가 전혀 없는 그런 곳으로 말이다."

난 멀뚱히 그를 쳐다보다가 어렵게 입을 열었다.

"우리 단둘만요?"

조용히 나를 응시하던 그가 갑자기 피식, 웃음을 터트렸다. 난 그가 농담을 한 것이라 여기고는 울상을 지었다.

"그런 말로 놀리지 마세요. 진짜인 줄 알았잖아요!"

조선 사대부가의 자제가 출신도 모르는 미래에서 온 여자를 위해 멀리 떠나겠다고? 이건 소설 속에나 나올 법한 이야기다.

"그래, 미안하다. 무엇보다 여진이를 두고 갈 수는 없겠지."

그의 농담에 난 농담으로 맞섰다.

"하지만 여진이는 정혼자가 있잖아요. 그러니 데려갈 수 없지요."

"그럼 너의 정혼자는?"

"전 정혼자 같은 거 없다고 했잖아요."

"허면 나와 어디든 함께 떠날 수 있겠구나? 그렇지?"

농담과 진담을 구분 짓기 어려운 모호한 경계선에서 주고받은 남녀의 모든 말들은 위험하다. 자칫하다가는 농담을 하다가 그를 향한 진심을 고백하게 될지도 모르니까.

난 그의 시선을 피해 고개를 숙였다.

"전 없지만 오라버니는 정혼녀가 있잖아요."

도희 이야기에 다시 그에게서 대답이 돌아오지 않는다. 난 고개를 들어 그를 바라보았다. 이번에는 그가 고개를 숙인 채 시선을 땅에 두고 있었다.

"여기서는 정혼녀가 있는 사내는 다른 여인에게 그런 말을 하면 안 되는 거, 맞죠?"

내 목소리가 참으로 슬프게 느껴지던 그때였다. 이름을 알 수 없는 큰 새가 빠르게 허공을 가르며 소리를 낸다. 그 새가 우는 소리가 상당히 요란스러워 우리 두 사람은 동시에 고개를 들어 하늘을 바라보았다.

"오셨습니까?"

어디선가 한 남자가 뛰어나와 말의 고삐를 잡았다. 윤임은 아직 말 위에 있던 내가 말 위에서 내릴 수 있도록 허리를 잡아주었다. 난 그의 도움으로 가뿐히 말 위에서 내렸다.

남자가 윤임에게 말했다.

"극락사는 오른쪽. 낙락사는 왼쪽 산길로 올라가시면 됩니다."

처음 듣는데 절 이름 같다.

"유나, 이쪽이다."

윤임은 오른쪽 길을 택해 걸었고 난 그의 뒤를 따랐다. 사람이 다닐 수 있게 눈이 치워진 좁은 숲길로 들어서자 곧 지붕이 눈으로 덮인 큰 건물이 하나 보였다. 흔히 절에서 보이는 대웅전처럼 보였다.

"여기 절이에요?"

"절이 아니다."

윤임은 짤막하게 답을 했다. 하지만 보이는 것은 분명 절이었다. 일주문도 보였고 그 앞에 모자를 쓴 비구니가 서 있었다. 그녀는 마치 우리가 올 것을 미리 알고 있었다는 듯이 합장하며 반겼다.

"어서 오시지요."

인사를 한 그녀가 앞장서서 일주문을 넘었다. 그녀의 뒤를 따라 걷던 나는 이상한 점을 한 가지 발견했다. 비구니는 모자를 쓰고 있었는데 보통 스님들이 머리를 모두 밀어버리는 것과 다르게 풍성한 머리카락을 모자로 가리고만 있었다. 그녀는 대웅전으로 보이는 건물 앞에 멈춰 서더니 우리를 돌아보며 말했다.

"이 대웅전을 중심으로 저쪽은 낙락사로 가는 길입니다. 극락사
는 이쪽이니 이리로 오시지요."

그녀가 발을 극락사 방향으로 틀었다. 윤임은 이곳 지리가 익숙
한지 망설임 없이 극락사를 향해 걸었다. 그 뒤를 따르려던 나는
잠시 멈칫했다. 낙락사 방향 쪽에서 움직이는 사람들을 본 것이다.
그곳에서도 또 다른 비구니를 따라 걸어가는 두 명의 갓을 쓴 남
자들이 있었다. 중년의 남자와 아직 어려 보이는 젊은 남자였다.
난 그들의 얼굴을 자세히 보기 위해 눈에 힘을 주었다.

"유나."

잘 따라오던 내가 뒤처지자 윤임이 돌아오더니 팔을 잡아당
겼다.

"아, 알았어요. 갈게요!"

조금 더 올라가자 그곳에는 일자로 늘어선 십여 칸짜리 긴 행랑
이 있었다. 비구니는 그중 한 방의 문을 열고는 안으로 들어갔다.
세 사람이 누울 정도로 좁은 방 안은 깨끗하게 정돈이 되어 있었
으며 이불이 깔아져 있었다. 그녀는 그곳에 놓인 등잔에 불을 붙
였다.

그러나 아직 불을 켜기에는 이른 시간이었다. 비구니의 이런 행
동을 응시하던 나는 이곳에 이부자리 외에는 아무것도 없다는 것
을 확인한 후 중얼거렸다.

"숙박업소인가?"

조선시대 호텔까지 생각하기에는 방의 규모가 작으니까 패스다. 여하튼 등불을 밝히자 방 안은 아늑한 침실의 분위기를 뿜냈다. 불을 밝힌 비구니가 밖으로 나오더니 윤임에게 다가와 은으로 만들어진 작은 패를 건넨다.

"좋은 시간 되시지요."

묘한 웃음을 지으며 비구니는 가버렸다. 윤임이 나를 돌아보며 말했다.

"잠시만 이곳에서 기다리고 있거라."

"어디 가요?"

"금방 돌아올 것이다."

아직은 낯선 이곳에 대해 묻고 싶은 것이 많았다. 하지만 윤임이 곧 돌아온다고 했으니 난 우선 그 말을 믿고 기다리기로 했다.

윤임이 떠나고 난 방으로 들어와 문을 닫았다. 난 아직 낮임에도 불구하고 비구니가 왜 등잔에 불을 켰는지 알 수 있었다. 이곳은 창문이 따로 없고 오로지 방문만 있었다. 그런데 방문에 한지를 겹겹이 발랐는지 아침인데도 불구하고 빛이 거의 들어오지 않았다.

그나마 아직 아침이라 강한 햇살이 두꺼운 한지 문을 통과하며 은은한 조명 빛을 내긴 했다. 난 방바닥에 우두커니 혼자 앉아 주변을 둘러보았다.

그때 옆방에서 남녀가 주고받는 목소리가 들려왔다. 호기심이 일었던 나는 귀를 벽에 가져다 대었다.

잘 들리지 않던 남녀의 목소리가 더욱 뚜렷하게 들려왔다.

"내 약조하지 않았더냐, 간난아!"

"아잉, 아무리 그러셔도……."

"요것, 냉큼 이리 오너라!"

"어머낫! 나으리이~♡"

이어 진하게 들려오는 '묘한' 소리에 놀라 서둘러 귀를 벽에서 뗐다. 얼굴이 홧홧거리고 심장이 쿵쾅쿵쾅 뛰었다. 뒤늦게 이곳 방 분위기도 이상하다는 생각이 들었다. 난 떠오르는 묘한 생각들을 잊어보려 애써 밝은 주제를 꺼내보았다.

"테, 템플스테이인가?"

❀ ❀ ❀

극락사를 벗어나 산으로 조금 더 올라가면 작은 암자가 있었다. 그곳은 바로 극락사, 낙락사의 주인 박씨부인의 거처였다.

조금 전 제안대군이 낙락사에 왔다는 소식에 그녀는 낙락사가 가장 잘 내려다보이는 절벽 위에 섰다. 말없이 낙락사를 내려다보고 있던 그녀의 곁으로 몸종이 다가왔다.

"윤 도령께서 오십니다."

그녀는 낙락사로 보내던 눈길을 돌려 암자로 올라오는 길을 쳐다보았다.

이른 아침. 눈을 치운 그 길을 따라 윤임이 올라오는 모습이 보였다. 박씨부인의 얼굴에 미소가 피어났다.

"임아, 오랜만이구나."

"이모님."

윤임의 모친 박씨는 언니 한 명과 여동생 한 명이 있었다. 그들은 윤임의 이모들이었다. 윤임의 큰 이모는 월산대군의 정실부인인 승평부대부인 박씨였다. 윤임의 작은 이모는 바로 이 극락사, 낙락사의 주인인 박씨부인이었다.

본래 그녀는 제안대군이 본처와 이혼한 후 재혼한 후처였다. 그러나 다시 본처와 재혼하겠다며 제안대군이 고집을 부리자, 박씨부인은 혼인한 지 얼마 되지 않아 제안대군과 이혼해 그 집에서 내쳐졌다.

그 뒤 박씨부인의 존재는 사람들로부터 잊혀졌다. 친정으로 돌아갔거나 아니면 모두 그녀가 죽은 줄로만 알고 있었다.

"극락사로 여인을 데려왔다고?"

"들으셨습니까."

윤임이 당황한 모습을 보이자 박씨부인이 깔깔거리며 큰 웃음을 터트렸다.

"듣다마다. 아주 놀라운 일이구나. 아마 네 정혼녀인 이보의 여식은 아닐 것이고. 누구냐?"

바로 대답하지 못하는 윤임을 보며 그녀가 웃는 얼굴로 말했다.

"말하고 싶지 않다면 굳이 말하지 않아도 돼. 극락사로 오는 모든 이들이 자신의 신분들 드러내지 않아도 되니까."

망설이던 윤임이 결심한 듯 입을 열었다.

"그녀가 누구인지 말씀드리는 것이 어려워서가 아닙니다. 혼란스럽습니다."

"혼란스럽다?"

그녀가 자신의 거처를 둘러싼 숲길로 윤임을 이끌었다. 윤임은 그 속에서 자신의 깊은 고민을 털어놓았다.

"그녀가 제 안에서 정의된다면 저는 그녀를 아내로 맞아들일 것입니다."

심각한 윤임의 표정에 박씨부인은 자신의 얼굴에서 웃음을 거둬들였다.

"임아. 남녀의 관계는 정의를 내리는 것이 아니다. 보거라, 대군께서 나를 버리셨으나 하루가 멀다 하고 낙락사를 드나드신다. 하나 우리는 더는 부부가 아니다."

하지만 이 말도 윤임이 원하는 대답은 아니었다. 고뇌하는 윤임의 얼굴을 물끄러미 쳐다보던 박씨부인이 다시 입을 열었다.

"일찍이 우리 세 자매 중에서 스스로 자신의 배필을 선택한 것은 네 모친뿐이었다. 그녀가 단명한 것은 아쉬우나 만약 오늘날까지 살아 있었더라면 나보다는 네게 더 훌륭한 답을 주었겠지."

"이모님."

"지금 내가 너의 모친을 대신해서 해줄 수 있는 말은 이것뿐이다. 이보의 여식과의 혼인은 네 부친께서 정하신 일이다. 하나 부부의 연은 하늘이 정하는 것도 네 부친이 정하는 것도 아니다."

"그럼?"

"네 마음."

박씨부인이 윤임의 가슴 한가운데를 손으로 가리켰다.

"네 마음은 지금 어디를 향해 있느냐? 이보의 여식이냐? 아니면 극락사로 데려온 여인이냐?"

※　※　※

다시 극락사로 돌아온 윤임은 유나가 있는 방 앞에 섰다. 그 앞에는 유나가 벗어놓은 신이 가지런히 놓여 있었다. 유모가 내준 초라한 짚신이었다. 며칠 사이에 얼마나 걸어 다녔는지 신은 벌써 낡아 이곳저곳이 헤져 있었다.

겉으로 보이는 유나는 그랬다. 어디서 온지도 모르는 신분도 알수 없는 여인이었다. 대대로 여럿 종친들과 혼인 관계를 유지한 명문가의 자제인 윤임과는 어울리는 여인이 아니었다. 윤임은 이 사실을 그 누구보다도 잘 알고 있었다.

그래서 이보의 집으로 가겠다던 유나를 완강히 붙잡지 못했다.

자신의 마음을 제대로 돌아보려 하지 않았다. 만약 유나에게 일어난 일을 알지 못했더라면 지금쯤 자신은 어디쯤에 서서 유나를 바라보고 있을까?

윤임이 아무런 기척도 없이 닫혀 있던 방문을 열었다.

"오라버니!"

윤임의 등장에 방안에 앉아 있던 유나가 자리에서 일어서며 그를 반갑게 맞았다.

"금방 온다더니 왜 이렇게 늦었어요?"

유나는 무슨 비밀 이야기를 하듯이 목소리를 낮추며 윤임에게 속삭였다.

"그나저나 여기 좀 이상한 것 같아요. 겉으로 보기에는 절은 맞는데 어떻게 보면 절은 아닌 것 같고……"

"도희와는 파혼할 것이다."

"네?"

갑작스러운 윤임의 말에 유나가 눈을 동그랗게 뜨고 그의 얼굴을 쳐다보았다.

"스승님의 여식인 도희와는 파혼할 것이니……"

잠시 뜸을 들이던 윤임은 오직 유나의 앞에서만 세차게 뛰는 자신의 심장소리를 느끼며 말했다.

"나와 혼인해다오, 유나야."

귓속이 윙윙대며 아무것도 들리지 않은 것도 잠시.

"저랑요?"

혼인, 그러니까 지금 나와 결혼하자고?

"나도 내 마음을 깨닫지 못하던 때가 있었다. 내 마음을 깨닫고서도 도희와 정혼한 사실로 인해 그 마음을 드러내서는 안 된다고 여겼다. 하나 네가 스승님댁으로 떠난 뒤에야 내 마음에 자리잡은 공허함을 깨달았다. 그 공허함은 오로지 이유나. 너만이 채워줄 수 있더구나."

그 '좋아한다'에 대한 답은 당연히 '좋아한다'여야 했다. 그런데 이 조선에서는 그 답이 '결혼하자'로 되돌아올 줄이야!

하지만 나는 그와 결혼 아니, 혼인할 수 없다. 그에게 이도희라는 정혼녀가 있다는 사실보다도 더 큰 사실 하나가 우리 두 사람 사이를 가로막고 있었으니까.

난 조선사람이 아니었다. 언젠가는 내가 왔던 곳으로 돌아가야 한다는 생각도 가지고 있었다.

"안 돼요."

"안 된다니?"

"오라버니와 혼인할 수 없어요."

윤임이 당황한 목소리로 되묻는다.

"너도 나와 같은 마음이 아니었더냐? 그래서 나를 위해 스승님댁으로 간 것이 아니었더냐?"

내가 이곳을 떠날 수 없는 이유가 생겨서는 안 된다. 난 조선 사람이 아니니까. 난 이곳에서 살아갈 자신이 없다.

"고개를 들어라, 유나! 내 얼굴을 봐!"

윤임이 내 팔을 잡아 흔들었다. 난 반강제적으로 눈을 떠 그를 다시 바라보았다. 당황한 목소리만큼이나 내 대답에 크게 놀란 그의 두 눈이 나를 바라보고 있다.

"어찌하여 그러느냐? 도희와 파혼하겠다는 내 말을 믿지 못하는 것이냐?"

"여긴 제가 살던 곳이 아니라고 했잖아요. 그러니 전 돌아가야 해요. 언젠가는 그리고 반드시요. 전 이곳 사람이 아니에요. 그러니 잠시 머무는 건 몰라도 죽을 때까지 살 순 없어요."

"허면 내가 그곳으로 가마! 네가 온 그곳으로 가서 네 부친을 만나 자초지종을 말씀드리고 정식으로 혼담을 넣으마!"

그렇게 해서라도 돌아갈 수 있었다면 난 벌써 미래로 돌아갔을 것이다. 나도 이해하기 어려운 내 상황을 그에게 설명시킨다는 것은 거의 불가능에 가까운 일. 더욱이 그는 보통 사람도 아닌 조선 사람, 내겐 옛날 사람이다.

"다른 시대라고 했잖아요. 내가 온 곳. 그리고 돌아가는 방법을 몰라요. 그 방법을 알 때까지만 머물 수 있도록 도와달라고 했었잖아요."

동굴에서의 일을 언급하는 내 목소리에는 짙은 슬픔이 어렸다.

"그러니 오라버니가 우리 부모님을 만날 순 없을 거예요."

"혹 부모님이 이 세상 사람이 아니신 것이냐?"

"예? 아, 아뇨. 살아계셔요. 단지 이곳에 안 계시고. 또⋯⋯."

"허면 어찌 만나 뵙지 못한다는 말을 하는 것이냐? 혹 역모죄로 인하여⋯⋯."

"아니에요! 그건 아니에요!"

결국 그를 이해시킬 수 없었다. 그 점이 나를 더욱 슬프게 했다.

"넌 정혼자가 없다 했지. 그 말이 사실이 아니었더냐?"

윤임을 좋아했다. 윤임도 나를 좋아한다고 했다. 게다가 혼인하 자는 말까지 들었다. 그런데도 혼인은 못한다며 거절하는 건 상대 에게 많은 의문점을 준다는 것을 왜 난 미처 깨닫지 못했을까?

어쨌든 더 이상의 설명은 무리였다.

"오라버니와의 혼인은 못 해요."

내 마음을 고백하기도 전에 상대의 고백부터 뿌리쳐야 하는 상 황. 그 이유가 그와 내가 살아가는 세상이 다르다는 것 때문이라니.

이런 어처구니없는 상황을 겪는 사람이 이 지구상에 몇 명이나 될까?

"내가 싫으냐?"

마음을 거절당한 그의 목소리에 힘이 빠져나가고 있었다.

"미안해요. 전 오라버니와 혼인할 수 없어요."

처음부터 사는 세계가 다른 우리였다. 알고 있었지만 그 사실을 이런 식으로 마주하게 될 줄은 몰랐다. 그 느낌은 깊이를 알 수 없는 거대한 수렁 속으로 빨려 들어가는 아주 참담한 느낌이었다.

❋　❋　❋

조만간 다시 오겠다는 짧은 말과 함께 윤임은 나를 극락사 인근의 작은 암자에 두고 떠났다. 돌아서는 그는 내 얼굴을 똑바로 쳐다보지 못했다.

"난 임이의 이모란다."

작은 암자에는 윤임의 이모라는 여자가 살고 있었다. 그녀는 작은 암자에 전혀 어울리지 않은 상당한 화려한 차림을 하고 있었다.

그런데 내가 알고 있는 그의 이모는 단 한 명. 월산대군과 혼인해 지금은 덕풍군 댁에서 함께 산다는 박씨뿐이었다.

"그럼 월산대군마마의 부인이세요?"

"그건 내 큰언니. 그리고 임이의 모친은 내 둘째 언니. 그리고 난 셋째. 마지막으로 막내아우가 하나 더 있지."

"정말요? 하지만 제가 여진이에게 들은 건 이모가 단 한 명뿐이라고……."

내가 언급한 여진이의 이야기에 그녀의 얼굴에 화색이 돌았다.

"아- 여진이! 그 아이가 여섯 살 무렵에 보고는 전혀 못 봤지. 근래에 정혼했다는 소식을 들었단다. 그 아이는 잘 지내니? 여전히 제 고집을 부리고 싶을 만큼 부리며 살고?"

"잘 지내요. 그런데 왜 이모시면서 여진이를 어릴 때 이후로 못 보셨는데요?"

그녀가 웃으면서 말했다.

"임이를 빼고는 다들 내가 죽은 줄로만 알거든. 그러니 네가 나중에 이 산을 내려가더라도 나를 만났던 사실은 모두에게 비밀이란다. 특히 여진이에게도."

이유야 잘 모르지만 집안마다 각기 사정이 있는 거니까.

"그런데 왜 이곳에서 사세요?"

"여기?"

그녀가 자신의 좁은 거처인 암자를 휙 둘러보며 말한다.

"보이는 것만 좁을 뿐이지. 난 이곳에서 삼각산을 쥐고 흔들지."

쥐고 흔든다면… 혹시 무당?

짙은 화장이 거슬리긴 하지만 옷차림은 귀부인에 가깝지 무당은 아닌 것 같다. 의심 가득한 내 시선에 그녀가 말을 이었다.

"이 아래에 있는 두 절을 보았겠지? 극락사와 낙락사. 모두 내 소유란다."

"그 절 아닌 절이요?"

절 아닌 절이라는 내 말에 그녀가 소리 내어 웃는다.

"절 아닌 절? 임이가 그러든?"

"아니요. 오라버니는 그냥 절이 아니라고만 했을 뿐인걸요. 하지만 겉으로 보기에는 대웅전도 있고. 절이 맞는 것 같은데 조금 이상하긴 했어요."

"무엇이 이상하든?"

"아까 오라버니가 잠시 저를 극락사에 한 행랑에 두고 갔거든
요? 그런데 거기서……."

난 이 이야기를 꺼내야 하나 말아야 하나를 고민하다 어렵게 입
을 열었다.

"옆방에 있던 남녀가 애정행각을 벌이는 것 같았어요. 제가 잘
못 들었겠죠?"

여기가 절이라면 말이다.

그녀가 다시 깔깔 소리 내어 웃는다.

"극락사가 어떤 곳인지 임이가 자세히 말해주지 않든?"

"네."

그녀가 알겠다는 듯 고개를 끄덕였다.

"이 삼각산의 두 절은 도성의 사내들이라면 모두 알지. 하나 다
들 모른 척 쉬쉬한단다. 특히 자신의 어머니나 부인. 자녀들에게는
더더욱. 왜냐하면 이곳은 사내들만의 놀이터거든."

"놀이터요?"

"한때는 이곳도 절이었겠지. 그러나 세월이 흐르고 이곳에 머무
는 사람에 따라 그 쓰임새가 바뀌었지. 마지막으로는 퇴기들이 모
여들었고 선왕 때 과부의 재가가 금지되는 법이 생기면서 갈 곳 없
는 과부들까지 모여들었단다. 그중에는 나처럼 이혼녀도 여럿 있

었지."

"이혼하셨어요?"

조선시대에도 이혼은 가능했다고 배웠던 것 같다. 하지만 이혼이 그렇게 쉽다고는 하지 않았다고도 들은 것 같은데.

"이혼했다기보다는 이혼을 당했지. 처음에는 울고불고 목매달고 죽겠다며 이 삼각산에 올랐단다. 하지만 이곳에서 나와 같은 처지의 여인들을 만난 뒤로는 마음을 고쳐먹고 살기로 했다. 그리고 지금은? 예전 서방의 재산을 조금씩 빼앗는 재미로 산단다. 예전 서방이 계집질만 못했지 나머지는 다 하고 다녔거든. 예를 들면 술과 도박? 올라오는 길에 너도 보았을 거다. 낙락사라는 절에서는 매일같이 금주령 따윈 겁도 내지 않은 사대부들이 모여 술판과 도박판을 벌이지. 그리고 극락사는 너도 남녀가 한 방에서 벌이는 유희가 무엇인지는 잘 알지 않니?"

그녀의 말에 얼굴이 화끈거렸다.

"알긴 알죠."

암, 고등학생인데.

"이제 보니 귀엽구나. 임이의 취향이 무엇일까 늘 궁금했었는데 너를 보니 알 것 같다. 그나저나 두 사람. 조금 전 극락사에서 아무 일도 없었던 게 맞니?"

난 비구니 차림의 여인이 안내해 주었던 행랑채를 떠올렸다. 그 방의 구조가 무엇을 위한 것이었는지 눈치채고는 손사래를 쳤다.

"전혀요! 오라버니는 그런 남자가 아니라고요! 이모님이시니까 아시죠?"

"물론 임이는 잘 알지. 하나 너는 잘 모른다. 가령 혼인하자는 임이의 말에 어떤 대답을 했을지와 같은……."

내 눈이 크게 떠졌다.

"그걸 어떻게 아세요? 오라버니가 말했나요?"

그녀가 또 한 번 큰 웃음을 터트렸다.

"비슷하게 말하긴 했단다. 나머지는 내가 유추했을 뿐이지. 다만 조금 전 하산하던 임이의 표정이 밝지 못하니, 넌 그 아이가 원하는 대답을 주진 않았을 것 같구나. 그렇지?"

나는 다음 말을 뭐라고 대답해야 할지 몰라 망설였다. 자신의 마음을 드러낸 윤임은 저돌적이었다. 그를 좋아한다고 인정하는 순간 바로 혼인해야 할 것 같았고, 그를 싫어한다고 말하면 혼인을 하지 말아야 했다. 모 아니면 도라는 그의 고백 앞에서 난 무작정 혼인을 할 수 없다고만 말해야 했다.

그것은 그에게 설명하기 어려운 내 세계에 대한 이유가 있었기 때문이지만, 궁극적으로 그에게는 자신의 마음을 거절하는 것으로만 비쳤을 것이라 생각하니 마음이 너무 아팠다.

말이 없어진 나를 보며 그녀가 짧은 한숨을 내쉬었다.

"임이는 극락사에 두고 온 너를 만나러 가기 전, 내게 이렇게 말했단다. '너에 대한 정의를 내려야 한다면 너를 아내로 맞이하겠다고.' 언니가 죽고 내 손으로 키운 그 아이가 어느덧 자라 사내가 되어 그런 말을 하는 모습을 보게 될 줄은 꿈에도 몰랐지."

"오라버니가 말한 그 '정의'가 뭐죠?"

그녀가 나를 곁눈질로 바라보며 눈웃음을 짓는다.

"사내의 마음을 모르는구나. 임이가 바란 '정의'란 널 향한 마음이다. 그 아이 방식대로 표현하자면 마음이 곧 '정의'인 거지. 윤임은 그런 사내란다. 널 향한 마음을 인정하는 순간 자신의 마음 안에는 다른 그 어떤 여인도 들여놓지 않겠다는 것이지. 네가 그러한 여인이 되었으니 당연히 자신의 아내는 오직 너여야만 한다는 것이다."

"그렇다면 오라버니가 제게 혼인하자고 말했던 건……."

"자신의 마음을 인정한 것이다."

"인정……."

혼인하자는 말이 조선시대 화법으로 '고백'이라고 생각했다. 하지만 나는 받아들이지 못했다.

그 일이 윤임에게 큰 상처가 되었을까?

죄책감에 사로잡힌 나를 물끄러미 바라보던 그녀가 말한다.

"어찌 되었든 이곳에서 머무는 동안 필요한 것이 있으면 뭐든 말하거라. 난 돈이 넘치도록 많은 사람이거든. 이 삼각산도 돈으로 살 수 있다면 벌써 사들였을 것이다."

"아니요. 괜찮습니다. 머물게 해주시는 것만으로도 감사한

걸요."

"정말로 필요한 것이 없느냐? 아니면 폐를 끼치기 싫은 것이냐? 이곳에 머무는 여인들은 단아하고 고상한 반가의 규수처럼 체면 차리는 짓거리는 하지 않는다. 그러니 필요한 게 있으면 말하거라. 난 아낌없이 내줄 터이니."

계속 필요한 것을 말하라니 계속 없다고 말하는 것도 예의가 아닌 듯싶었다. 고민하던 나는 그녀에게 말했다.

"혹시 남는 물동이 없으세요?"

그녀가 의외라는 듯 나를 쳐다본다.

"물동이? 의외로 바라는 것이 소박하구나."

난 그녀에게 이곳에 오기 전까지 도희 집에서 일어난 일을 말했다. 물동이를 잃어버렸고 그 결과 물독 세 개를 채워야 했던 사실. 마지막으로 윤임에게 이끌려 이곳까지 오게 되며 그 물독 세 개도 어떻게 되었을지 알 수 없다고도 했다. 가만히 내 이야기를 경청하던 그녀가 물었다.

"임이도 그 사실을 아느냐?"

"어떤 사실이요?"

"네가 그 집에서 받았던 대우를 말이다."

"어디선가 들었는지 알긴 알더라고요."

"이제야 그 아이가 널 이곳에 데려온 이유를 알만 하구나. 알았다."

그녀가 자신의 몸종을 불렀다.

"오늘 군기시부정 이보의 댁으로 무명 스무 필을 보내주거라. 어찌 가져왔느냐 물으면."

그녀가 내 얼굴을 쳐다보았고 난 눈치 빠르게 내 이름을 말했다.

"유나요. 이유나."

그녀가 방긋 웃더니 몸종에게 말했다.

"이 소저가 잃어버린 물동이 값이라 하거라. 무명 스무 필이면 물독 세 개까지 잃어버렸다고 하더라도 더는 아무 말도 하지 못할 것이다."

"예. 부인."

몸종이 나가자 난 그녀에게 물었다.

"무명이 돈인가요?"

"돈? 조선통보나 저화楮貨를 말하는 것이냐?"

"통보? 아마, 그럴걸요?"

"그런 것은 요즘 쓸모가 없다. 사람들은 거래에서 돈보다도 무명을 더 선호하니. 어찌 되었든 그 집에서는 더는 네게 물동이니 물독이니 하며 트집 잡지는 못할 것이다."

난 안도의 미소를 지었다.

"그 무명 값은 꼭 갚을 게요. 실은 제가 여기에 온 다음에 자수를 놓는 재주가 있다는 걸 알았거든요. 예전에 여진이의 유모가 자수를 팔면 짚신보다는 값을 더 쳐준다고 했어요. 그러니 자수를 놓아서라도 꼭 갚고…….”

"이상한 아이구나."

"예?"

그녀가 묘한 웃음을 짓는다.

"무명 스무 필은 쌀 세 가마와 맞먹는 가격이다. 아마 이보의 여
식은 네가 잃어버렸다는 물동이를 수십 아니, 수백 개는 사고도 남
을 것이다. 만약 네가 수를 놓아 그 값을 갚고자 한다면 밤낮으로
쉬지 않고 수를 놓는다고 하더라도 십 년은 족히 걸릴 것이다."

"시, 십 년이요?"

놀란 내 얼굴을 그녀가 빤히 쳐다보았다.

"정녕 돈의 가치를 모르는 것이냐? 아니면 조선 사람이 아닌 것
이냐?"

예리한 그녀의 지적에 나는 할 말을 잃어버리고 말았다.

유나가 극락사의 암자에 머문 뒤로 며칠이 지났다. 윤임의 생활
에도 약간의 변화가 찾아왔다. 그는 이른 아침마다 하던 무예 수
련도, 서원도 그리고 스승인 이보의 집을 찾아가 무예를 배우는 일
도 하지 않았다. 오로지 방 안에서 두문불출하며 책만 읽었다. 매
일같이 여진은 윤임에게 유나가 어디에 있는지 추궁하며 닦달했

다. 그러나 윤임은 끝내 입을 열지 않았다.

얼마 후 해진이 찾아왔다.

"대체 오라버니가 왜 그러는지 모르겠어."

윤임 대신 해진을 맞이한 여진이 투덜거렸다. 이런 여진을 뒤로하고 해진은 평소와 다르게 웃음기 하나 없는 얼굴로 유모 탁씨에게 말했다.

"여진이의 짐을 싸게."

"예?"

"당분간 여진이와 자네는 나와 함께 지낼 것이니."

"그게 무슨 말씀이신지요? 여진 아가씨와 소인이 덕풍군 대감 댁으로 간단 말씀입니까?"

해진은 유모에게 대답하지 않았다. 대신 화가 난 얼굴로 여진을 보며 물었다.

"임이는? 임이는 어디에 있느냐?"

"사랑채에."

해진이 사랑채에 오르자 그녀의 여종이 서둘러 닫힌 방문을 열었다. 사랑방으로 빠르게 들어선 해진의 뒤를 따라 여진이 들어가려 하자 여종이 막아섰다.

"아가씨는 밖에 계세요."

"왜? 도대체 무슨 일인데?"

"쉿."

몸종이 서둘러 문을 닫으며 쉿 소리를 냈다. 해진은 방문이 닫힌 뒤에도 문 앞에 서서 가만히 윤임을 응시하기만 했다. 윤임은 해진이 온 것을 알고도 제 자리에 앉아 묵묵히 책만 들여다보았다. 윤임의 이러한 태도에 해진은 화가 치밀었다.

해진은 애써 화를 누르며 윤임의 앞으로 다가가 앉았다.

"임아."

윤임은 일부러 해진의 시선을 피해 책에서 눈을 떼려 하지 않았다. 해진이 다시 입을 열었다.

"아버지께 이보의 여식과 파혼하겠다는 서신을 보냈다고?"

"……"

"임아! 지금 도희가 죽겠다고 난리가 났단다!"

해진이 소리치자 윤임이 보던 책을 덮고는 고개를 들었다. 해진을 바라보는 윤임의 표정에는 그 어떤 감정도 나타나지 않았다.

"이 집안의 장녀는 나다. 어찌 내게 한마디 상의도 없이 네 마음 대로 파혼하겠다며 아버지와 이보에게 서신을 보냈느냐?"

윤임의 입이 열렸다.

"정혼도 내 마음대로 한 것이 아니었소. 허면 파혼도 내 마음대로 하지 못한다는 거요?"

생각보다 윤임이 단호하게 나오자 해진은 말투를 바꾸어 한층 부드럽게 타일렀다.

"임아. 그 여인을 취하지 말라는 것이 아니다. 도희와 혼인한 후 첩으로 들이면 되지 않겠느냐?"

"한 여인을 마음에 품고 다른 여인과 혼인하는 것은 두 여인을 모두 불행하게 하는 것이오, 누이."

"답답한 소리는! 내가 오죽했으면 이런 말을 하겠느냐? 알아보니 그 여인, 신분도 알 수 없다더구나. 천민이면 어찌하려느냐? 양인 사내는 천민 계집을 아내로 삼을 수 없는 것이 이 나라의 국법이다! 그리되면 넌 일평생 관직에 나갈 수 없음은 물론, 네 자녀들은 모두 노비가 될 것이다. 이를 피하고자 화전민이 되어 평생을 떠돌며 살려느냐?"

"누이."

"게다가 도희가 누구더냐? 네 스승인 이보의 여식이다. 이보는 근래에 전하께서 가장 총애하는 무신이지. 이뿐만이 아니다. 비록 전하께서는 종친의 혼사만 주관하신다지만 우리 집안은 대대로 왕실과의 혼인으로 인척과 다름없는 대우를 받고 있었다. 나는 대감과 혼인하였고 여진이는 곧 종친인 영산군과 혼인할 것이다. 이러할 진데 너의 파혼 소식이 전하의 귀에 들리면 유배지에 계신 아버께 어떤 일이 생길지 감히 짐작이나 하고 이러느냐?"

"그래도 스승님의 여식과는 혼인하지 않겠소."

해진이 깊은 한숨을 내쉬었다.

"이러한 사실을 모두 알고도 그녀가 너와 혼인하겠다더냐?"

대답하지 못하는 윤임을 보며 해진이 말했다.

"당분간 여진이는 내가 데려가겠다. 너와 함께 두어 괜한 추문에 휩싸였다가는 영산군께서 파혼이라도 하자고 하실지 모르니. 너뿐만 아니라 우리 여진이의 앞날까지 망칠 수는 없다!"

자리에서 일어선 해진이 밖으로 나왔다. 해진은 문 밖에서 기다리고 있던 여진을 보자 차갑게 말했다.

"가자."

"가자고? 어디로?"

"임이가 정신을 차릴 때까지 널 이곳에 둘 수는 없다."

"언니? 오라버니?"

"아가씨, 어서요."

해진의 몸종이 여진의 팔을 잡아당겼다. 여진은 자신의 집을 떠나야 한다는 사실을 깨닫고는 울먹거렸다. 해진은 뒤도 돌아보지 않은 채 가마에 올랐다.

해진이 돌아왔다는 소식에 마중을 나왔던 덕풍군의 눈이 휘둥그레졌다. 함께 온 여진과 유모 그리고 여진의 짐들을 발견했기 때문이었다.

"처제?"

"형부우- 흑!"

여진이 울며 가마에서 내리자 덕풍군은 영문을 몰라 해진을 쳐다보았다. 해진은 그를 향해 단호하게 말했다.

"여진이는 당분간 이곳에서 지낼 겁니다. 어머님께는 제가 말씀드릴게요."

"그거야 처제가 머물 방은 넘치도록 많으니 상관이야 없지만, 어찌?"

"더는 말 않겠습니다."

덕풍군은 매우 화가 난 듯 보이는 해진에게 더는 말도 붙이지 못했다. 해진은 찬바람만 날리며 안채로 들어가 버렸다. 덕풍군은 여진과 유모에게 들어가 쉬라고 말한 후 해진의 뒤를 따라 안채로 향했다.

"부인. 흠흠, 부인?"

분명 안방에 있을 해진은 덕풍군의 목소리에도 대답하지 않았다.

덕풍군이 조심스럽게 문을 열고는 안으로 들어왔다. 앉아 있던 해진은 덕풍군을 보자마자 일부러 못 본 척 몸을 옆으로 돌렸다. 덕풍군은 이런 해진의 눈치를 보며 슬그머니 곁으로 다가가 웃으며 말을 걸었다.

"처남과 무슨 언짢은 일이라도 있었소?"

덕풍군이 윤임을 언급하자마자 해진은 기다렸다는 듯 목소리를 높였다.

"임이가 제 허락도 없이 유배지에 계신 아버지께 서신을 보내 이보의 여식과 파혼하겠다고 하지 않았겠습니까?"

덕풍군은 이른 아침에 도착한 장인의 서신을 기억해냈다. 해진은 그 서신을 받자마자 급하게 집을 나섰다. 하인들 말로는 친정에 간다던데 그 이유가 바로 이 때문이었던 것이다.

"처남답지 않은 일이군. 이보의 여식이 처남에게 무슨 큰 잘못이라도 저질렀다하오?"

덕풍군은 부드럽게 물었지만 한 번 터진 해진의 화는 쉽사리 가라앉을 것 같지 않았다.

"이보의 여식이 잘못을 했다 한들 얼마나 크게 했겠습니까? 다임이의 잘못인 게지요. 임이가 잘못했는데도 먼저 나서서 파혼하겠다고 했답니다."

"처남이 그리했다면 분명 이유가 있지 않겠소?"

"그 이유가!"

바로 유나에 대한 이야기를 꺼내려던 해진이 갑자기 입을 다물었다.

"부인?"

이어질 말을 기다리던 덕풍군의 얼굴을 보며 해진은 화를 누그러뜨리기로 했다. 솔직하게 다 털어놓자니 윤임의 치부는 곧 자신의 치부이자 친정의 치부였다.

"제가 다 해결할 것입니다. 별일 아니게 될 일이니 신경 쓰지 마십시오."

해진이 이렇게까지 말하자 덕풍군도 더는 물을 수가 없었다.

"한데 처남의 일은 처남의 일이고, 처제는 어찌 데려온 것이오?"

"임이의 일을 모두 해결할 때까지 제 곁에 두려고요. 지금 여진이가 임이의 곁에 있어보았자 좋은 영향을 받을 일이 없습니다. 게다가 영산군대감과의 혼인도 정해진 이상 서두르는 것이 좋을 듯하고요. 아버지께도 곧 서신을 보내 허락을 받으려 합니다."

"처제가 영산군을 어찌 대하는지 보고도 그리 말씀하시오?"

"그래서 일부러 여진이를 데려온 것입니다."

"일부러?"

"영산군대감과 거창위대감께서 이곳을 자주 출입하시지 않습니까? 이래저래 마주치다 보면 없던 정도 들겠지요."

"그것도 괜찮은 방법인 듯싶소."

덕풍군이 고개를 끄덕였을 때였다. 밖에서 하인의 목소리가 들려왔다.

"대감마님. 거창위대감께서 서신을 보내셨습니다."

"가져오너라."

"예."

하인이 안으로 들어와 서신을 전하고 물러갔다. 덕풍군은 홍연이 보낸 서신을 펼쳐보더니 인상을 찌푸렸다.

"이런, 이런……."

"무슨 일이 있습니까?"

"지금 바로 나가봐야 할 것 같소."

"어디를요? 거창위 대감께요? 거창위대감께 무슨 변고라도 생겼답니까?"

"거창위에게 생긴 일이 아니오."

"그럼 누구에게……."

덕풍군이 긴 한숨을 내쉬었다.

"영산군."

"아버지! 소녀의 억울함을 풀어주세요!"

머리를 싸매고 드러누운 도희가 통곡하며 이보에게 매달렸다. 이보는 분을 참지 못해 계속 주먹으로 바닥을 치며 윤임을 저주했다.

"제 누이들이 종친과 혼인한다 하여 제 놈도 종친이라더냐? 어찌 스승인 내 얼굴에 이렇듯 먹칠을 할 수 있단 말이냐! 게다가 이 혼약이 하루 이틀 된 것이더냐? 자그마치 십 년 전 맺은 것이다! 윤임! 이 건방진 놈!"

"아버지이- 흑흑!"

이를 갈며 도희의 곁을 지키던 이보에게 전갈이 왔다. 왕이 곧

겨울 사냥을 떠난다며 그를 찾은 것이다. 왕이 아버지 이보를 불렀다는 말에 도희가 간청했다.

"아버지! 전하께 소녀의 억울함을 고해주십시오!"

이보가 눈을 부릅뜨며 말했다.

"나도 그것을 생각해 보지 않았던 것은 아니다. 하나 너도 알다시피 윤임은 패륜을 저지른 내 제자이기 전에 덕풍군과 영산군의 처남이다. 단순히 윤임 하나를 벌주고자 전하께 아뢰었다가 덕풍군 그리고 영산군까지 연루된다면 이 일이 걷잡을 수 없게 커지게 된다. 너도 알다시피 나의 권세는 오로지 전하의 총애로 얻어진 것이다. 전하께서 내 편을 아니 드시고 종친의 편을 드신다면 우리 집안도 끝장날 수 있다."

"하오면 이 소녀의 억울함은 어찌한답니까?"

이보가 자리를 박차고 일어섰다.

"전하께 아뢸 기회가 온다면 꼭 아뢸 것이다. 그러니 너는 몸을 잘 추스르고 있거라."

"흐흑. 아버지."

이보가 집을 떠난 후 얼마 지나지 않았을 때였다. 삼월댁이 급히 도희의 처소로 들어와 말했다.

"아가씨! 방금 누군가가 아가씨에게 전해드리라며 자그마치 면포를 스무 필이나 가져왔습니다!"

"면포를 스무 필이나?"

도희가 믿기지 않는다는 듯 누워 있던 자리에서 몸을 일으켜 세웠다.

"예! 향단아, 어서."

삼월댁이 향단이에게 지시했다. 향단이와 다른 하인들이 면포 스무 필을 들고 들어와 도희의 앞에 쌓아놓았다. 두 눈으로 면포 스무 필을 확인한 도희가 향단이에게 물었다.

"지난번에도 전하께서 아버지께 상을 내리신 적이 있었지. 혹 이번에도 전하께서 보내신 것이더냐?"

"주상 전하는 아니신 듯합니다. 게다가 나으리가 아니라 아가씨께 드리라고 했어요."

"내게? 누가 이렇듯 많은 면포를 내게 주라 하였더냐?"

"소인도 그것이 궁금하여 물어보았더니 이 소저의 잃어버린 물동이 값을 치르는 것이라고 했습니다."

"이 소저? 이유나?"

"소인 생각도 그렇습니다! 그 행랑에서 머물던 아가씨가 틀림없습니다!"

향단이 맞장구를 쳤다. 도희도 그렇게 생각했다. 하지만 아무리 생각해도 이해가 되지 않았다. 고작 물동이 값에 면포를 스무 필이나 보낼 이유가 없었다. 스무 필이면 같은 물동이를 수백 개나 살 수 있었으니까. 단지 잃어버린 물동이 값 치른다고 하기에는 너무나도 금액이 컸다.

"윤 도련님 댁에서 온 사람이더냐?"

"그것까지는 묻지 못했으나 소인은 처음 보는 사람이었습니다. 윤 도련님 댁 하인들은 소인도 다 알지 않습니까? 윤 도련님 댁 하인은 분명 아니었습니다."

향단이가 어머니 삼월댁의 말을 받았다.

"듣자 하니 행랑에서 머물던 아가씨가 윤 도련님 댁에는 머물지 않고 있다는데, 덕풍군 대감 댁으로 간 것이 아닐까요? 덕풍군 부인께서 이 면포를 보내신 것일 수도 있고요."

"그럼 그 아가씨가 지금 덕풍군 대감 댁에 있는 것일까요?"

향단이가 던진 물음에 도희가 잠시 생각에 잠겼다.

만약 윤임이 유나를 덕풍군 대감 댁에 맡겼다면? 이 파혼에 덕풍군도 관여했다고 몰아붙일 수도 있다. 그렇다면 나중에 전하께 이 일을 고할 때 덕풍군까지 죄를 물어 뒤집어씌울 수 있다. 안 그래도 덕풍군의 재산에 왕이 눈독을 들인다는 건 널리 알려진 소문이 아니던가.

"그자는 어디에 있느냐?"

"그자라면?"

"이 면포를 가져온 자 말이다."

"조금 전에 돌아갔습니다."

도희가 서둘러 말했다.

"당장 그자에게 사람을 붙여라. 그자가 덕풍군 댁 하인인지 아닌지를 당장 알아오게 해라! 어서!"

"예! 아가씨!"

❈ ❈ ❈

덕풍군 사저의 대문이 열리더니 말에 탄 덕풍군과 홍연이 들어
왔다. 그 뒤로 말 위에 인사불성 상태로 엎어진 영산군도 따라 들
어왔다.

"대감마님!"

이를 본 하인들이 놀라 달려오자 덕풍군은 입조심부터 시켰다.

"부인과 처제가 알아서는 안 된다. 알겠느냐?"

"아, 예에."

"어서 영산군을 별채로 옮겨라."

"알겠습니다!"

하인들이 말에서 영산군을 내려 들쳐 업고는 신속히 별채로 옮
겼다. 이를 지켜보던 홍연이 덕풍군에게 물었다.

"어찌 부인께 말씀드리지 않습니까? 곧 알게 되실 것입니다."

덕풍군이 난처한 듯 말했다.

"처제가 이곳에 와 있네."

"대감의 처제라면?"

"윤여진. 영산군과 정혼한 내 처제 말일세. 무엇보다 영산군과

처제의 혼사는 내가 나서서 추진한 것인데. 영산군이 저리 실려 들어온 것을 부인이 알면, 으으!"

"조금 전 사저에서 나오실 때 부인께는 말씀드리지 않으셨습니까?"

"영산군에게 일이 생긴 것 같다고만 말했네. 자네가 보낸 서신에는 낙락사에서 며칠 동안 술만 마시다 저리된 것까지는 적혀 있지 않았으니 말하지 않았고."

홍연이 알겠다는 듯 고개를 끄덕였다. 덕풍군은 조용히 의원을 부르라고 하고는 홍연과 함께 별채로 향했다. 별채로 옮겨진 영산군은 여전히 정신을 차리지 못했다.

술에 떡이 되어 축 늘어진 영산군은 오락가락한 정신으로 알 수 없는 말들을 늘어놓았다.

"그 호랑이 뼈 주사위! 아이참! 나도 하나…… 끄억! 갖고 싶은데!"

"전아! 전아! 어서 정신을 차려 보거라!"

"혜혜혜…… 끄억!"

영산군을 깨워보려 이리저리 어깨를 흔들던 덕풍군이 긴 한숨을 내쉬었다.

"내 참! 제안대군께서 짓궂으신 것은 익히 알고 있었지만, 영산군은 상투만 틀었지, 아직 어린아이를!"

의원이 오고 나서도 한동안 영산군은 정신을 차리지 못했다. 의원은 술독으로 오른 열이 가라앉지 않았다며 열을 내리는 약을 먹였다. 이후 몇 번의 토악질 끝에 영산군의 눈에 초점이 조금 돌아왔다.

"아니, 홍연 자네. 여기 낙락사에는 어인 일인가? 아아- 자네도 나와 함께 명국에서 온 계화주 한잔하려는가?"

"여긴 낙락사가 아닙니다. 덕풍군 대감의 사저입니다."

"덕풍군⋯ 아니? 덕풍 형님! 헤헤! 덕풍 형님도 여기 낙락사에 오셨군요! 그나저나 호랑이 뼈로 만든 주사위를 보셨습니까? 딸꾹! 그 주사위로 쌍륙을 하면 패가 아주 기가 막히게 나오는데⋯ 웩! 우웩!"

다시 시작된 영산군의 토악질에 덕풍군이 혀를 찼다.

"도대체 얼마나 마신 건지⋯⋯."

홍연이 영산군의 등을 두드리며 말했다.

"제안대군께서 명나라에서 데려온 놀이패와 함께 계셨던 것 같습니다."

"놀이패?"

"예. 아마 그들과 며칠 동안 밤새 낙락사에서 쌍륙판을 벌인 것 같습니다."

"이 어린아이에게 술과 도박을 가르치시다니! 제안대군께서도 참!"

"그보다 영산군께서는 술에 약하십니다. 하여 늘 술을 마실 때 조심하라 일렀습니다만."

조금 진정된 듯 영산군이 힘든 기색으로 이불에 등을 대고 누웠다. 아직 완전히 진정되지 않은 영산군을 보며 덕풍군이 홍연에게 말했다.

"이 일을 안사람은 절대 몰라야 하네. 안 그래도 요즘 처남 문제로 신경이 예민해져 있거든."

홍연의 눈이 예리하게 떠졌다.

"윤 도령에게 무슨 일이 있습니까?"

바로 그때였다. 닫혀 있던 별채의 문이 바위가 갈라지듯 찌억, 소리를 내며 활짝 열렸다. 동시에 안으로 들어선 것은 바로 해진이었다.

"조용하던 별채가 오늘따라 어찌 이리도 소란스럽습니까?"

"이크!"

놀란 덕풍군이 자리에서 벌떡 일어섰다. 해진이 안으로 들어오며 자신을 맞이한 덕풍군을 차가운 시선으로 훑어보았다. 다음은 이불 위에 누워 인사불성인 영산군. 얼굴이 벌겋게 달아올라 옷차림도 흐트러진 상태였다.

"영산군대감 아니십니까? 어찌 이리 되셨답니까?"

"그, 그게 말이오. 부인!"

마침 누워 있던 영산군이 벌떡 몸을 일으켜 세우더니 해진을 향해 손을 흔들었다.

"아, 형수님임-! 이곳 낙락사에서 뵈니 반갑기 그지없습니다! 끄윽!"

인사를 끝낸 영산군이 다시 이불 위로 쓰러지자 덕풍군이 옷깃으로 자신의 얼굴을 가렸다. 해진은 깊은 한숨을 내쉬며 얼굴을 가리고 있는 덕풍군을 돌아보았다.

"급히 나가신 것이 이 때문이었습니까? 영산군께서 이른 아침부터 거창위 대감과 술판이라도 벌이셨단 말입니까?"

매섭게 묻는 해진에게 덕풍군은 입도 벙긋 못했다.

"대감!"

해진이 소리치자 어쩔 수 없이 덕풍군이 얼굴을 가린 옷깃을 내리며 설명했다.

"며칠 전 제안대군께서 영산군을 데리고 낙락사에 가셨다 하오. 거창위가 며칠째 영산군과 연락이 닿지 않자 수소문해 낙락사에서 찾아 데려온 것이오."

"낙락사요? 그 삼각산에 있다는 극락사와 낙락사. 두 절 말입니까?"

낙락사 이야기에 해진의 시선이 날카롭게 변했다.

"낙락사? 어, 형부! 부마 대감? 여기서 다들 모여서 무슨…… 영산군대감?"

여진이 등장했다. 그녀는 쓰러지듯 누워 있던 영산군을 보더니 한 손으로 자신의 코를 틀어쥐었다.

"도대체 얼마나 마셨기에…… 그나저나 낙락사가 뭐예요? 극락사는 또 뭐고요?"

"크흠!"

덕풍군이 헛기침을 했다.

"흠!"

이번에는 홍연도 덕풍군을 따라 헛기침을 했다. 해진도 얼굴을 살짝 붉힌 채 여진의 시선을 피했다. 눈치 빠른 여진이 이들 세 사람의 표정을 유심히 살피더니 그나마 만만한 덕풍군에게 캐물었다.

"형부는 알죠? 극락사와 낙락사. 뭐 하는 절인데요?"

"그게 절이던가?"

여진의 시선을 피해 덕풍군이 요리조리 눈동자를 굴렸다. 곧 여진의 날카로운 시선이 덕풍군의 얼굴을 찔렀다. 덕풍군이 다시 헛기침을 하며 뒤로 물러서자 홍연이 깊은 한숨을 내쉬며 입을 열었다.

"낙락사는 도박판과 술판이 주로 벌어지는 곳이죠. 영산군께서는 제안대군마마와 함께 그곳에서 며칠 머무셨습니다."

"도박판? 술판?"

여진은 덕풍군을 노려보며 소리쳤다.

"형부는 지금 나를 술꾼에 도박꾼과 혼인시키려 하신 거예요? 그런 거예요?"

"처제 그러니까!"

"너무해요! 그래서 나 이런 사람과 혼인하기 싫다고 했잖아요! 엉엉!"

여진이 바닥에 주저앉아 엉엉 울음을 터트리자 세 사람은 모두 할 말을 잃어버렸다.

"엉엉! 나 이런 혼인 못 해요! 죽어도 하지 않을 거야! 싫다구요!"

여진의 울음소리가 점점 커져 별채를 울리던 그때였다. 쓰러진 듯 누워 있던 영산군이 거짓말처럼 눈을 번쩍 뜨며 자리에서 벌떡 일어나 앉았다. 바로 그 앞에 앉아 있던 여진이 놀라 눈을 크게 뜨고 영산군을 쳐다보았다.

영산군이 어쩔 줄 모르는 얼굴로 여진을 바라보며 말했다.

"윤 소저."

영산군과 눈이 마주치자 여진은 다시 보란듯이 크게 울기 시작했다.

"내 지아비가 될 사람이 술꾼에 도박꾼이라니! 돌아가신 어머니가 아시면 얼마나 서러워하실까! 엉엉! 난 이 혼인 못 해! 못 한다고요! 엉엉!"

영산군은 어쩔 줄을 모르며 주변에 있던 세 사람에게 도움을 구하는 눈짓을 보냈다. 그 눈짓에 화답하는 사람은 아무도 없었다. 영산군이 우는 여진을 달래야만 했다.

"도박은 결단코 하지 않았소! 단지 구경만 했소! 구경하는 것만으로도 재미있어서…… 어쨌든 난 도박은 절대 하지 않았소!"

"그래도 술은 드셨잖아요! 엄청! 엉엉!"

"아…… 술! 그러니까 술은 마셨지만 그리 많이 마신 것은 처음이었소! 무엇보다 제안대군마마의 청을 거절하기 어려워…… 아니지! 다 내 잘못이오. 그러니 울지 마시오, 윤 소저."

"엉엉."

여진은 쉽사리 울음을 그치려 하지 않았다. 영산군이 작심한 듯 여진의 앞에 무릎을 꿇으며 말했다.

"내 평생! 다시는 술 한잔도! 한 모금도 입에 대지 않겠소! 그러니 그만 눈물을 그치시오."

"엉엉. 못 믿어! 난 절대 못 믿는다고! 엉엉!"

"그럼 내 이름을 걸고! 아니, 내 목숨을 걸고 그대에게 약조하리다!"

여진은 우는 얼굴로 고개를 가로저었다. 영산군과는 눈도 마주치려 하지 않았다. 영산군이 우는 여진의 손목을 그러잡았다.

"……흑!"

울던 여진이 빨갛게 변한 눈으로 영산군의 얼굴을 쳐다보았다.

"그대의 이름을 걸고 약조하리다. 내 평생에 다시는 술을 입에 대는 일은 결코 없을 것이오. 그러니 믿어주시오. 윤 소저."

재차 약조하는 영산군을 보며 여진도 조금씩 눈물을 삼켰다. 보다 못한 덕풍군도 나서서 영산군에게 힘을 보태주었다.

"처제. 나도 예전에는 술을 엄청 좋아하였는데, 부인과 약조한 뒤로는 다신 어긴 적이 없네. 그러니 한 번만 영산군을 봐주게. 한두 번도 아니고 처음이라지 않은가? 응?"

덕풍군의 옆에 서 있던 해진도 남편을 거들었다.

"그래, 여진아. 영산군께서 이리 사정하시니 한 번은 용서해드려야 하지 않겠니?"

여진이 알겠다는 듯 고개를 두 번 끄덕였다. 영산군의 표정도 덩달아 밝아졌다.

"자, 여진아. 영산군께서도 약조하셨으니 이만 쉬셔야지. 언니와 나가자."

해진이 여진을 일으켜 세웠을 때였다. 영산군이 해진에게 말했다.

"참, 낙락사에서 윤 도령을 봤습니다."

"처남을 봤다고?"

덕풍군이 되묻자 영산군이 고개를 끄덕였다.

"처음 보는 처자와 함께 있었는데 극락사 방향으로 가더군요. 두 사람의 모습이 얼핏 보기에 예사 사이는 아닌 것으로 보였는데…… 혹시 윤 도령과 함께 있던 처자가 누구인지 짐작이 가십니까?"

영산군의 옆에 앉아 있던 홍연의 표정이 딱딱하게 굳어버렸다. 해진의 표정도 마찬가지였다. 그때 아무것도 모르는 여진이 나섰다.

"아마 유나 언니일 거예요."

"유나?"

"네. 우리 별당에서 머물던 언니요. 얼마 전에는 부정 나으리 댁으로 가서 지냈는데 그 댁 따님인 도희 언니가 얼마나 유나 언니를 구박했던지. 오라버니가 이 사실을 알고는 언니를 데리러 부정 나으리 댁에 갔었거든요. 하지만 지금은 언니가 어디에 있는지 몰라요. 오라버니가 말을 안 해줬거든요."

"그게 사실이라면 이보의 여식은 참으로 못된 사람이로군요."

여진의 말을 들은 영산군이 도희의 악행을 지적하자 여진의 표정도 한층 밝아졌다. 영산군도 밝아진 여진의 얼굴을 쳐다보며 생글생글 웃더니 주변을 둘러보며 말했다.

"한데 왜 하필 윤 도령이 극락사로 그 소저를 데려갔을까요?"

순진무구한 영산군의 물음에 여진이 의문을 품었다.

"극락사는 뭐 하는 곳인데요? 그곳도 낙락사처럼 술 마시고 도박하는 곳인가요?"

"아, 그러니까 극락사는······."

뒤늦게 영산군이 당황하며 덕풍군을 쳐다보았다. 덕풍군은 해진을 쳐다보았다. 해진은 여진의 팔을 잡아끌며 말했다.

"그만 나가자, 어서."

"하지만 유나 언니가 극락사라는 곳에 있을지도 모르는데?"

"허튼 소리!"

단호하게 여진의 말을 자른 해진이 그녀를 데리고 밖으로 나갔다. 이에 맞춰 홍연이 자리에서 일어서더니 덕풍군에게 말했다.

"영산군께서도 정신을 차리셨으니 저는 이만 돌아가겠습니다."

"벌써? 조금만 더 머물다 가지."

"일이 있어서."

"일? 급한 일인가?"

"저는 이만."

긴 설명을 피한 채 홍연은 서둘러 별채를 떠났다.

무명을 가져온 자를 뒤쫓았던 도희의 하인이 돌아왔다. 하인은 도희에게 극락사 인근 암자에서 머물고 있는 유나를 두 눈으로 똑똑히 보았다고 증언했다.

"극락사? 덕풍군대감의 댁이 아니라? 그곳이 어디에 있는 절이냐? 내 들어본 적이 없거늘."

"극락사는 절이 아닙니다, 아가씨."

"절이 아니라니? 허면 그곳은 뭐 하는 곳이더냐?"

하인이 대답을 하지 않고 잠시 망설였다. 옆에 있던 삼월댁이 하인을 쏘아보았다. 하인이 입을 열었다.

"주로 사대부가의 사내들이 주로 드나드는데 정분난 계집과 어울려 노는 곳이랍니다."

"무어라?"

도희의 얼굴이 뜨거워지며 동시에 입술이 달달 떨려왔다.

"지금 도, 도련님께서…… 그 계집과?"

하인은 고개를 떨궜다. 다들 도희의 눈치만 살폈다.

"이 천하고 더러운 계집 같으니!"

"이미 일이 그렇게 되었다면 첩실로 들이시면 될 것을. 어찌 윤 도련님께서는 아가씨와 파혼하려 하셨을까요?"

"그야 그 계집이 가운데서 벌인 짓거리겠지!"

"이대로라면 그 계집이 윤 도련님의 정실 자리까지 넘보려 할지 모릅니다."

"그것을 내 두 눈을 뜨고 볼 것 같으냐?"

제 입술을 잘근잘근 씹으며 고심하던 도희가 입을 열었다.

"가마를 극락사로 보내라. 윤 도련님 몰래 그 계집을 보쌈해 나루터 의원의 후실로 주거라."

그 말에 삼월댁의 표정이 환해졌다.

"우리 향단이 대신 말입니까?"

"그렇다. 어차피 그 계집은 신분도 알 수 없는 천것이다. 오늘 밤 의원에게 후실로 줘버린다면 내일은 모두가 그 계집이 의원의 후실이 된 것을 알게 되겠지. 그리되면 적어도 윤 도련님의 정실 자리는 가질 수 없게 되지 않겠느냐?"

"예, 아가씨! 당장 그리하겠습니다!"

❋ ❋ ❋

"개경이요?"

"그래."

박씨부인이 개경에 갈 일이 있다며 짐을 싸기 시작한 것은 아침이었다.

그녀는 나를 불러 차를 대접하며 자신의 몸종을 가리켰다.

"이번 여정에는 이 아이를 두고 갈 것이니, 필요한 것이 있으면 이 아이에게 내어달라 하면 될 것이다."

난 찻잔을 들어 올리며 차는 마시지 않고 깊은 생각에 잠겼다. 부인이 개경에 간다고 하니 얼마 동안은 이곳에서 혼자 지내야 했다. 또 내가 거절한 혼인이었지만 며칠 동안 보지 못한 윤임의 안부가 궁금해졌다.

한 번 생각나니 계속해서 떠오르는 윤임 생각에 차가 입으로 들어가는지 코로 들어가는지도 모른 채 한 모금만 마시고 도로 상위에 내려놓았을 때였다. 이런 나를 쳐다보던 그녀가 웃는 얼굴로 물었다.

"도대체 어느 집안에 이런 귀한 규수가 숨어 있었을꼬?"

"네? 그게 무슨 말씀이세요?"

"너 말이다."

"저요?"

"그래, 너. 너도 모르는 사이에 하는 행동과 몸가짐 하나하나가 명문가 규수와 다름없구나."

난 조금 전 무의식에 찻잔을 들어 한 모금 마셨던 것을 떠올리며 고개를 세차게 가로저었다.

"에이, 아니에요. 제가 무슨 명문가 규수라니요. 아니에요, 전."

"아니긴. 내 눈이 틀렸다는 것이냐? 몸가짐을 바르게 행동하려는 규수들을 수없이 보아왔다. 하지만 네 몸가짐은 규수들처럼 익혀서 배운 것이 아니다. 타고난 품새야. 종실의 따님이나 또는 왕실 왕녀들에게서나 볼 법한."

그녀의 말에 놀란 나는 어색한 웃음을 지었다.

"에이, 아니라니까요. 만약 그렇게 보셨다면 제가 여진이와 함께 지낼 때 보고 배운 모습이겠죠.

"만약 여진이를 보고 배운 것이 그 정도 수준이라면 여진이는 왕비가 될 재목이겠구나."

그녀는 웃으면서 말을 넘겼다. 동시에 곁눈질로 계속 나를 살피는 것이 느껴졌다. 이런 시선이 부담스러워서인지 난 두 손을 곱게 포갠 채 시선을 아래로 늘어뜨렸다.

정작 이렇게 행동하고 나서도 스스로에게 놀라지 않을 수 없었다.

그녀의 말대로 이런 자세나 몸가짐은 누가 가르쳐준 적이 없었다. 하지만 언제부터인가 나도 모르게 조선의 여인들처럼 행동하고 있었다. 내가 이렇게 적응력이 빠른 사람이었는지 스스로에게 의문이 들 정도였다.

"부인. 이만 출발하실 시각입니다."

문 밖에서 하인의 목소리가 들리자 그녀가 자리를 털고 일어섰다.

"그럼 잘 지내고 있거라."

부인이 문을 열고 나가자 하인과 함께 어린 여자 몸종이 서 있었다. 그녀는 배웅하러 나온 나를 보며 날이 추우니 도로 들어가라는 말을 남긴 채 산을 내려갔다.

암자에서 극락사 방향으로 내려오던 박씨부인은 비구니에게 말을 걸고 있는 젊은 사내를 발견했다. 사내는 여인인 박씨의 눈으로 보아도 매우 아름다운 외모를 가지고 있었다.

박씨는 미소를 지으며 그 사내에게 다가가 말을 걸었다.

"이곳은 어찌 찾아오셨는지요?"

그는 바로 신홍연이었다.

술에서 깨어난 영산군이 한 말을 듣자마자 유나를 찾으러 극락사로 온 것이다. 하지만 그가 극락사에서 만난 여인들은 모두 유나에 대해서 알지 못한다고 말했다.

"사람을 찾고 있습니다."

한눈에 보더라도 귀부인으로 보이는 박씨부인을 보며 홍연이 정중히 대답했다. 정중한 홍연의 태도에 박씨부인의 기분도 좋아졌다.

"사람이요? 찾는 사람이 사내입니까 아니면 여인입니까?"

처음 본 박씨부인의 물음에 잠시 망설이던 홍연이 입을 열었다.

"여인입니다."

"여인이라…… 이곳이 어떤 곳인지 모르고 찾아오신 것은 아닌 듯한데."

"맞습니다."

"극락사에 출입하시려면 남녀는 반드시 서로의 짝이 있어야 하는 곳임을 알고 계십니까?"

"누군가 이곳에서 그녀와 닮은 이를 보았다는 말을 듣고 온 것입니다."

"어라? 허면 다른 사내와 정분 나 도망 간 부인이라도 찾으시는지요?"

농담으로 건넨 말인데 정작 그 말을 받는 홍연의 표정은 굳어졌다. 박씨부인이 서둘러 말을 바꾸었다.

"제 말이 지나쳤다면 사과드리겠습니다. 특별히 이곳에서는 서로의 신분을 묻지 않으나, 극락사에 오신 것은 아니라 하시니 결례를 무릅쓰고 여쭙지요. 함자가 어찌 되시는지요?"

"신홍연입니다."

홍연의 이름을 들은 박씨부인이 눈을 크게 떴다.

"혹 거창위 대감이십니까?"

"그렇습니다. 부인께서는 저를 아시는지요?"

"거창위 대감을 모르는 도성의 여인도 있답니까? 공주마마를 향한 순정에 도성의 모든 여인들의 가슴을 설레게 하시는 분이 아니십니까. 안 그래도 꼭 한 번 뵙고 싶었습니다."

소문은 소문일 뿐. 사실은 소문과 다를 수 있다.

박씨부인도 결국 홍연이 공주가 아닌 다른 여인을 찾아 극락사까지 온, 여느 사내들과 별반 다르지 않은 사내라 치부했다.

"하나 이곳에는 대감께서 찾으시는 공주마마는 없으십니다."

그럼에도 홍연이 찾는다는 그 여인을 '공주'로 칭하며 끝까지 예를 지켰다. 순간 박씨부인은 순간적으로 암자에 두고 온 유나가 떠올랐다.

'공주마마'라는 말을 자신의 입에 담는 순간, 이상하게 홍연이 찾는 여인이 유나가 아닐까라는 생각이 든 것이다. 동시에 오랫동안 잊고 있던 기억이 하나 떠올랐다.

제안대군과 막 혼인했던 그녀가 입궐해 만났던 선왕의 왕비. 지금의 왕대비를 알현했을 때의 기억이었다. 그 기억이 자꾸 유나의 모습과 겹쳐 보이는 듯한 착각이 든 것이다.

"실례했습니다."

실망한 기색이 역력한 홍연이 박씨부인에게서 돌아섰을 때였다. 그녀는 혹시라도 유나가 있는 극락사 뒷산의 암자에까지 홍연이 갈까 걱정되어 말을 덧붙였다.

"극락사 옆에 낙락사가 있습니다. 극락사까지 오셨으니 낙락사에도 한 번 가보시지요. 찾으시는 분이 그곳에 계실지도 모르니 말입니다."

홍연은 끝까지 예의 바르게 박씨부인에게 인사를 하고는 그녀의 말대로 낙락사 방향으로 걸음을 옮겼다. 멀어지는 홍연의 뒷모습을 가만히 바라보던 박씨부인이 뒤따라온 어린 몸종을 불렀다.

"아무래도 개경으로 떠나기 전에 서신을 한 장 보내야겠다."

"누구에게 보내려 하십니까?"

"임이에게."

박씨부인이 떠난 후 그녀의 몸종이 내게 와서 물었다.

"수를 잘 놓으신다고 들었어요."

난 방긋 웃으며 답했다.

"부인께서 말씀하셨어요?"

"아니요. 여기 처음 오셨을 때 부인께 말씀하시는 것을 엿들었죠."

몸종은 주인인 부인을 닮아서인지 성격이 상당히 쾌활해 보였다.

"네. 실은 조선에 온 다음에 알게 되었어요. 제가 자수에 소질이 있다는 걸요."

"조선에요?"

'아차.'

나는 고개를 갸웃거리는 몸종을 보며 말실수를 했다는 걸 깨달았다.

"제가 사실 한양 사람이 아니거든요. 다른 데 살다가 여기에 왔는데 그 후에 자수를 배웠고 그래서……."

"아가씨. 저는 몸종이니 편하게 말을 놓으셔도 됩니다."

다행히 그녀는 내가 한 말실수보다 내가 높임말을 쓰는 것을 더 신경 쓰는 것 같았다.

"저보다는 나이가 많으신 것 같으니까요."

"귀여우셔라. 부인 말씀이 맞네요."

"에?"

"이제 보니 윤 도련님이 어찌 이보 나으리 댁 여식과 파혼하셨는지 알만 하네요. 그 댁 아가씨가 그렇게나 성정이 못되었다죠?"

"파혼? 오라버니가 파혼했어요?"

처음 듣는 소식이었다. 물론 윤임은 내게 혼인하자고 할 때 분명 도희와 파혼할 것이라고 말하긴 했다. 하지만 그 말을 한 이후로 얼마 지나지도 않았는데……

"네. 모르셨어요? 그 일 때문에 지금 온 도성이 시끄러운걸요."

"저는 전혀 몰랐어요."

마음이 무거워졌다. 근심 어린 내 표정을 본 몸종이 미안한 듯 말한다.

"여긴 삼각산인 걸요. 모든 근심은 산에 오를 때 버리시는 거예요."

"네에."

기운 없이 돌아오는 내 목소리에 몸종이 흰 손수건을 내밀었다.

"보여주실래요? 자수."

난 고개를 끄덕이며 흰 손수건을 받았다. 몸종은 바로 실과 바늘을 가져왔다. 잠시 고민하던 나는 손수건의 끝에 손톱만 한 크기의 기러기 한 쌍을 수놓았다. 능숙하게 수를 끝내는 나를 보며 몸종은 크게 감탄했다.

"이 작은 기러기가 금방이라도 날아갈 듯하네! 아주 오래 수를 놓았던 것 같은데 정말 아닌가요?"

"사실 기러기는 처음이에요. 그저 이 손수건에 잘 어울릴 것 같아서."

"저는 꽃을 생각했는데 한 쌍의 기러기라. 아가씨 마음에는 우리 윤 도련님만 계신가 보다. 호호."

몸종이 웃으며 손수건을 펼쳐 햇빛에 이리저리 비춰보았다. 흰 손수건 사이로 새어 들어오는 햇빛이 눈부셨다. 나는 눈을 깜빡이며 손수건에서 고개를 돌렸다.

순간 하얗고 투명한 손수건 너머로 기러기를 수놓은 비단을 펼치며 노랫가락을 흥얼거리는 궁녀들의 모습이 떠올랐다.

['신랑은 나무 오리를 잡고 郎執木雕雁(낭집목조안)

신부는 말린 꿩을 받들었지요 妾捧合乾雉(첩봉합건치)

꿩이 울고 기러기가 높이 나는 한 雉鳴雁高飛(치명안고비)

부부의 정이 영원하기를. 兩情猶未已(양정유미이)']

즐거운 궁녀들 사이로 어린 내가 배시시 웃던 그때였다.

갑자기 문이 열리며 왕비로 보이는 여자가 들어와 나를 쳐다본다.

['수련아.']

내가 너무 조선에 오래 있었나 보다. 그렇지 않고서야 내가 마치 궁궐에 사는 공주님이 된 것 같은 어린 시절을 상상하니 말이다.

그때 문 밖에서 낯선 남자의 목소리가 들려왔다.

"거기 계시오?"

"누구지? 나갑니다-."

몸종이 나를 대신해 대답하고는 문을 열었다. 문 밖에 건장한 체격에 남자 두 명이 서 있었다. 그들은 문이 열리고 이 작은 암자 안에 단 두 명의 여인만 있다는 것을 보고는 순식간에 안으로 들이닥쳤다. 그 남자들은 각각 우리 두 사람을 붙잡더니 천으로 입을 틀어막았다. 게다가 손도 움직이지 못하도록 등 뒤로 단단히 묶었다. 도와 달라고 소리칠 수도 없었고 도망칠 수도 없는 상황이었다.

뒤이어 밖에서 누군가가 방안으로 들어왔다.

"오랜만입니다, 아가씨. 이곳에 계셨군요?"

그녀는 도희의 몸종인 향단이었다. 웃으며 나를 쳐다보던 향단이는 몸종과 나를 붙잡은 남자들에게 말했다.

"이 아가씨만 어서 가마에 태우시오."

"알았다."

남자들은 몸종은 암자에 버려둔 채 나만 끌고 나와 작고 낡은 가마에 내던지듯 실었다. 나를 태운 가마는 곧장 문이 닫히더니 들어 올려져 산 아래로 빠르게 움직이기 시작했다.

"!"

천으로 입이 막혀 큰 소리를 낼 수가 없었다. 일단 나를 강제로 데려가는 건 향단이다. 분명 목적지는 도희에게라는 생각이 들었다. 그렇다면 굳이 이렇게 묶어서 끌고 가지 않더라도 다른 방법은 얼마든지 있었다.

"으읍……! 읍!"

나는 좁은 가마 안에서 몸부림치며 어떻게든 소리를 내어 도움을 구하려고 했다. 가마 밖에서 향단이의 목소리가 들려왔다.

"잠잠히 계시지요. 그래야 가는 길이 쉬이 가지 않겠습니까요, 아가씨? 자, 서두르자고요. 아재들!"

어느새 산을 다 내려왔는지 가마가 조금은 평탄한 길을 가며 수평을 유지했다. 이대로 삼각산을 벗어나나 싶었는데 갑자기 가마가 멈췄다.

"거기 누구냐?"

가마에서 멀리 떨어지지 않은 곳에서 들려오는 남자의 목소리였다.

"보시다시피 지나가는 길입니다요."

향단이가 퉁명스럽게 남자에게 대꾸했다. 남자는 향단이의 말투가 마음에 안 들었는지 꾸짖듯이 말했다.

"그 가마에 탄 사람이 누구냐?"

"저희 아가씨입니다."

"아가씨? 가마는 당상관 이상의 집안 여인만 탈 수 있는 것이다. 허면 네 아가씨가 그러렸다?"

"뭐, 그렇지요."

향단이가 말을 더듬거리자 남자의 목소리가 더욱 커졌다.

374

"어허! 사실대로 고하지 못할까?"

계속된 꾸짖음에 짜증이 났는지 향단이가 그에게 소리쳤다.

"어디 당상관 이상의 여인들만 탄대요? 시집가는 종년도 시집가는 날 하루만큼은 탈 수 있는 것 또한 나랏법이 아닙니까?"

"저 영악한 계집이!"

"제가 뭐 틀린 말했습니까?"

"이 계집아. 여기 계신 이분이 누구신지 알고 그런 말을 하느냐?"

"누구긴요? 어느 양반 댁 자제시겠지요. 낙락사나, 극락사나 출입하는 사람들은 서로 통성명을 하지 않는다던데, 제가 잘못 알았습니까?"

"이런 무엄한!"

이어 남자의 주인인 듯한 남자의 목소리가 들려왔다.

"그만하거라, 덕쇠야."

그의 목소리를 듣는 순간 나는 그가 누구인지 바로 알아차렸다.

신홍연, 바로 부마 대감이었다.

그가 지금 왜 이곳에 있는지는 모른다. 분명한 사실은 이런 상황에 처한 나를 구해줄 수 있는 사람은 부마대감뿐이라는 사실이다. 나는 그에게 도움을 구하는 소리를 내려 악을 썼다.

"으읍! 으으읍!"

이 소리를 가장 먼저 들은 것은 향단이었다. 향단이는 가마꾼들을 향해 재촉했다.

"아재들, 서두르자고요! 이러다가 길이 늦어지겠소."

다시 가마가 움직이기 시작했다. 난 소리를 내는 것을 포기하고 몸을 가마 벽에 부딪히며 소리를 내려 시도했다.

- 쿵! 쿵! 쿵!

가마 안의 내가 요동치는 것을 본 향단이가 당황한 듯 말했다.

"아가씨가 서두르라고 성을 내시네! 어, 어서 가자구요!"

향단이의 재촉에 가마는 다시 빠르게 움직이기 시작했다.

이른 오후.

"오라버니이-"

슬그머니 사랑채의 문을 열고 들어오는 여진을 본 윤임이 놀란 눈을 떴다.

"네가 어찌 이곳에 있느냐?"

얼굴을 붉히며 조심스럽게 안으로 들어온 여진이 윤임의 앞으로 다가와 앉았다.

"언니 몰래 왔지."

"혼자 말이냐?"

"어디 하루 이틀 언니네를 다녀왔나? 길은 잘 알지. 그리고 언니

네 집이 너무 커서 나 하나 사라진다고 해도 언니는 모를걸? 내가 쉬고 싶다고 하고 유모까지 따돌리고 혼자 왔어."

청찬해 달라는 듯 말하는 여진을 보며 윤임은 화난 듯 인상부터 썼다. 여진은 그럴 줄 알았다는 듯 애교 섞인 목소리로 윤임을 달랬다.

"화내지 마아— 오라버니이— 난 혼자 있는 오라버니가 걱정돼서 온 거란 말이야."

"내 걱정은 말고 네 걱정이나 하거라. 네가 혼자 여기까지 온 것을 큰누이가 알면 얼마나 걱정하겠느냐?"

"그래?"

돌아오는 여진의 반응이 영 시큰둥했다.

"어찌 그런 눈초리로 나를 보느냐?"

윤임이 묻자 여진이 기다렸다는 듯 말했다.

"극락사라는 데에 갔었어?"

"뭐?"

여진이 언급한 '극락사'에 윤임의 뺨이 살짝 붉어졌다.

"영산군대감께 들었어. 영산군대감이 며칠 전에 극락사에서 어떤 여인과 있는 오라버니를 봤대. 그거 분명 유나 언니지? 지금 유나 언니가 극락사에 있는 거야?"

윤임은 난처한 표정을 지으며 여진의 시선을 회피했다. 여진은 딱 걸렸다는 듯 집요하게 늘어졌다.

"영산군대감이 본 여인이 유나 언니 맞구나? 그렇지?"

"아니다."

"아니긴? 오라버니 얼굴에 다 쓰여 있는데~ 내가 다른 사람은 몰라도 오라버니 속내는 다 알거든?"

"더 늦기 전에 돌아가거라."

여진이 원하는 대답은 결코 윤임에게서 나올 것 같지 않았다. 그런데도 여진은 물러서지 않았다.

"오라버니. 내가 여기 오면서 곰곰이 생각해 봤거든? 차라리 유나 언니와 내가 큰언니 집에서 함께 지내는 건 어떨까? 그럼 소문도 걱정할 필요가 없을 거고."

"도련님."

하인의 목소리였다. 윤임이 여진의 등 너머로 닫힌 문을 향해 입을 열었다.

"무슨 일이냐?"

"도련님께 서신이 왔습니다."

"가져오너라."

문이 열리며 하인이 안으로 들어와 서신을 놓고 물러 나갔다. 윤임이 봉투 안에 든 서신을 꺼내보는 동안 여진의 시선이 봉투의 겉봉을 향했다. 그곳에는 수신자도 발신자도 적혀 있지 않았다.

"보내는 사람이 자신의 이름도 적지 않았네?"

여진이 지적했다. 윤임은 무언가 짚이는 것이 있는지 여진이 보지 못하도록 서신을 펼쳐 읽어 내려갔다. 그의 짐작대로 이 서신은 여진이 알아서는 안 되는 '누군가'에게 온 것이었다. 바로 극락사와 낙락사의 주인이자 그의 이모인 박씨부인이었다.

[임아, 나는 당분간 개성으로 떠나려 한다. 수일이 걸릴 듯한데 두고 가는 이 소저가 걱정되는구나. 그러니 네가 들러보아 부족한 것이 없는지 살펴 주거라.]

여기까지는 개성으로 떠나며 유나를 부탁한다는 내용이었다. 그 다음으로 덧붙인 구절이 윤임의 마음에 걸렸다.

[오늘 거창위 신홍연 대감이 극락사에 왔었다. 자세히 묻지는 않았지만 이 소저를 찾는 듯 보였다. 그가 찾는 이 소저가 없다 하며 돌려보냈다마는 혹 다시 올까 염려스럽구나.]

서신을 모두 읽은 윤임은 그것을 곱게 접어 서랍 속에 넣었다. 호기심 어린 여진의 시선은 계속 서신을 쫓고 있었다. 이를 알아챈 윤임이 여진의 관심을 다른 곳으로 돌리려 말을 꺼냈다.

"영산군께서 나를 극락사에서 보셨다는 말을 하셨다고?"

"응. 영산군대감은 제안대군마마와 낙락사로 가시던 길이셨대."

"낙락사? 혹 언제 그 이야기를 들었느냐? 오늘이냐?"

"오늘 아침. 그때 형부와 거창위 대감이 술에 취한 영산군대감을 데리고 오셨거든."

윤임의 눈빛이 예리하게 빛났다.

"거창위 대감? 혹 부마 대감도 그 자리에 계셨느냐?"

"무슨 자리?"

"영산군께서 나와 어떤 여인을 극락사에서 보셨다는 말씀을 하셨을 때 말이다."

여진이 세차게 고개를 끄덕였다.

"응. 맞아. 그리고 얼마 지나지 않아서 바로 돌아가셨어. 근데 왜?"

윤임이 자리에서 벌떡 일어섰다. 그는 나갈 채비를 하려는지 갓을 챙겨들며 여진에게 말했다.

"넌 해가 지기 전에 큰누이 댁으로 돌아가거라."

"그러니까 왜? 하던 말은 다 하고 가라고. 나도 알아야지. 유나 언니와 관련된 일이라면 나도 알 권리가 있다고!"

"돌아가. 어서."

엄한 경고를 남긴 윤임이 갓을 쓰고 사랑채를 나섰다.

집을 나선 윤임이 향한 곳은 극락사였다. 타고 온 말을 극락사 입구에 세워둔 윤임은 박씨부인의 처소인 암자에 올랐다. 그가 암자에 도착했을 때 땅거미가 내려앉고 있었다. 붉은 노을빛이 암자와 등을 지고 그의 눈앞에 어두운 그림자를 만들어냈다. 슬슬 암자에도 불이 하나씩 들어오고 아궁이에서 뗀 불로 인해 굴뚝에서 연기가 올라와야 했다. 그러나 암자 안에는 아무도 없는지 매우 조용하기만 했다. 이를 이상하게 여긴 윤임이 박씨부인의 처소로 달려갔다.

그곳의 문이 활짝 열려 있었다. 윤임이 그 안으로 뛰어 들어가자 결박된 채 엎드려 있는 몸종이 보였다.

"으읍!"

윤임을 본 몸종이 도와달라며 몸부림을 쳤다. 재빨리 몸종에게 달려간 윤임이 그녀의 입을 막고 있던 천을 치워주었다.

"어찌 이리 된 것이냐? 이 소저는?"

"아가씨는 납치되셨습니다!"

"납치?"

"어떤 사내들이 와서는…… 아, 계집 하나도 있었는데! 아가씨를 소인처럼 이리 묶어 가마에 태우고는 산을 내려갔습니다!"

"그것이 언제였더냐?"

"한참 전입니다!"

"아는 자들이냐?"

"소인은 모두 처음 보았습니다. 한데……."

몸종이 무언가 기억난다는 듯 윤임에게 말했다.

"어린 계집아이가 아가씨 앞에서 맹랑하게 말을 놀렸는데 아가씨를 부르는 목소리가 꼭 서로 아는 사이 같았습니다."

"유나와 이미 서로 알고 있었다?"

"예!"

윤임의 머릿속에 스쳐 지나가는 사람이 있었다. 확신할 수는 없었지만 지금 당장 짐작 가는 사람은 그 사람, 단 한 명뿐이었다.

"알았다."

몸종을 풀어준 윤임이 암자를 떠났다.

가마는 단 한 번도 멈추지 않고 움직였다. 어디로 가는지는 알수 없었지만 가까운 거리는 아닌 듯했다. 한참을 가자 어느새 밖이 어두워지며 가마 안도 깜깜해졌다. 해가 진 것이다.

처음에는 도희가 있는 이보의 집으로 간다고 생각했다. 그러나 이보의 집으로 가기에는 가마는 아주 오랫동안 움직였다. 계속 몸이 묶인 채로 숨도 쉬기 어렵게 입이 막혀 있는 나는 점점 지쳐갔다. 조금씩 정신이 혼미해져 가는 상황 속에서 세게 불어오는 겨울 바람이 가마의 창을 흔들었다. 물소리도 들려왔다.

한강이 떠올랐을 때였다. 가마가 멈췄다. 잠시 후 방문이 열리는 듯한 소리가 나더니 누군가 가마의 곁으로 다가와 향단이에게 말을 걸었다.

"이 요망한 것아! 이제야 마음을 바꾼 것이냐?"

목소리만으로는 나이가 있는 노인 같았다.

"마음을 바꾸다니요? 여기 이 가마 안이나 보고 말씀하세요."

"가마? 오늘 내게 시집오는 것은 네가 아니었느냐? 가마는 네가 타야지. 빈 가마냐?"

"저보다도 더 좋은 계집이 들었으니 일단 보시라고요."

가마의 문이 열렸다. 작은 호롱이 어두운 가마 안으로 불쑥 들어와 비쳤다. 계속 어둠 속에 있던 나는 호롱불이 마치 눈부신 햇살인 양 눈살을 찌푸렸다. 밖에서 호롱을 비추던 노인이 내 얼굴을 보았는지 감탄하며 말했다.

"이야~! 절색이로세! 한데 어찌하여 이 계집은 이리 묶여 왔느냐?"

"이 아가…… 아니, 이 계집은 본디 양인이었으니 집안 빚을 갚지 못해 제 몸을 우리 아가씨께 판 계집이오. 나 대신 의원님의 후실로 보내려 했더니, 싫다고 아가씨께 반항질을 하지 않겠소? 해서 아가씨께서 이리 꽁꽁 묶어 의원님께 보내신 것이오."

"이잉~ 다 늙어 이리 젊은 계집의 버릇을 어찌 고쳐 내 수발들게 하겠느냐?"

"정 못 하시겠다면 다시 데려가지요."

향단이가 가마의 문을 닫으려고 했다. 노인이 서둘러 가마 안에 탄 나를 잡아 끌어냈다. 노인의 억센 힘에 끌려 나온 나는 곧바로 도망치려 했다. 그 노인은 내 손을 묶은 줄을 세게 잡아당기더니 초가 안으로 밀어 넣고는 밖에서 문을 잠가버렸다.

"이보 나으리께는 이 은혜를 도무지 갚을 길이 없다고 전해라."

"노인네. 좋아서 죽네, 죽어. 하여간 입만 살아서는."

문 닫힌 너머로 향단이와 가마꾼들이 떠나는 소리가 들렸다.

도희가 날 이 노인에게 팔았구나!

쾌쾌한 한약재 냄새로 가득한 좁은 방 안에서 묶인 끈을 풀어보려 계속 발버둥을 치던 그때, 닫힌 문이 다시 열렸다. 호롱불을 든 노인이 안으로 들어왔다. 말라서 쪼그라든 얼굴에는 주름살과 검버섯만 한가득했다. 그는 내가 도망치려 한다는 것을 알아차린 듯 기괴한 웃음소리를 냈다.

"어디를 도망가려고? 내가 스무 해 전에 사별하고 새 마누라를 얻으려고 어찌나 고생했는지 알아? 어찌 되었든 오늘 밤 우린 부부의 연을 맺고 백년해로하자꾸나~"

난 겁에 질려 좁은 방 안을 이리저리 둘러보았다. 도망칠 창문 하나 없는 좁은 방 안에서 나갈 곳이라고는 노인이 막고 앉은 작은 방문 하나뿐이었다. 노인도 내 시선이 계속 방문을 향해 있다는 걸 알아차리고는 낄낄거리며 웃었다.

"도망칠 생각은 말거라. 어차피 이보 댁 노비 신세보다야 내 후처로 사는 게 더 나을걸?"

그가 점점 내게로 몸을 숙여오는가 싶더니 입을 막고 있던 흰 천을 치워주었다. 나는 덜덜 떨리는 목소리를 애써 감춘 채 노인에게 말했다.

"일단 이것부터 풀어주세요."

"싫다! 풀어주면 도망가려고? 이 요망한 것 같으니."

"도, 도망가려는 게 아니에요! 다만 너무 오랫동안 묶여 있다 보니 손목이 너무 아파서요."

"누굴 속이려고? 너 같은 절색을 어찌 얻었는데 쉬이 도망치게 놔둘 것 같으냐?"

나는 도망칠 마음으로 계속 쳐다보던 문에서 눈을 돌려 시선을 깔았다.

"이제야 포기하려느냐?"

이런 나의 행동이 도망가기를 포기한 것이라 여긴 노인이 흥이 난 목소리로 물었을 때였다. 난 무릎을 밀며 일어나 그대로 노인을 밀쳤다.

"으악!"

그가 손에 들고 있던 호롱을 떨어뜨리며 새어 나온 불과 기름이 바닥에 깔린 짚에 옮겨 붙었다. 순식간에 바닥에 불이 붙자 당황한 노인이 어쩔 줄 모르는 사이 난 어깨로 문을 쳐 밖으로 나왔다.

"저년이!"

노인은 곧장 나를 쫓아오려 했지만 짚에 붙은 불이 빠르게 번져나가고 있었다. 노인은 불을 끄려 바쁘게 움직였고 그사이 다시 몸을 일으켜 세운 나는 그곳을 벗어나 무작정 앞으로 내달렸다.

"거기 서라!"

간신히 불길을 잡은 노인이 나를 쫓아 집 밖으로 뛰쳐나왔다. 묶이지 않은 상태라면 노인 하나 따돌리는 것은 아무것도 아니었겠지만 지금은 손이 결박되어 있는 상태였다. 게다가 계속 좁은 가마에 갇혀 상당히 지쳐 있던 나는 오래 달릴 수가 없었다.

초가들이 모여 있던 마을을 벗어나자 빛이 하나도 없는 캄캄한 어둠과 마주했다. 한 치 앞도 보이지 않는 상황에서 맨발로 달리던 나는 어느 곳에 이르자 우뚝 걸음을 멈춰 섰다.

땅을 밟고 있는 것과는 다른 느낌. 그랬다. 지금 내가 밟고 있는 것은 얼음이었다! 주변을 둘러보니 드넓게 펼쳐진 투명한 얼음 위로 별빛이 반사되어 반짝거렸다. 하늘과 땅의 경계가 모호한 상황. 맨발이 아니었더라면 바로 눈치채지 못했을 것이다.

난 한겨울 꽁꽁 얼어버린 한강 위에 서 있었다. 멀지 않은 곳에서 흐르는 물소리가 내 귀에 들려왔다. 잘 보이지 않으니 어디서 어디까지 물이 얼었는지, 어디서 어디까지 물이 얼지 않았는지 눈으로 확인하기가 어려웠다.

"거기 있구나!"

저 멀리 횃불을 든 노인이 나를 발견하고는 다가왔다. 나는 내게 다가오는 노인을 피해 꽁꽁 얼어붙은 한강 위에서 뒷걸음쳤다. 나를 본 노인은 어느 곳에 이르자 걸음을 멈춘 채 얼음 위에 선 나를 향해 소리쳤다.

"멈춰! 더 갔다가는 물에 빠져 죽을 것이다!"

노인의 겁에 질린 표정을 보자니 차라리 안심이 되었다. 그런데 이 소동에 사람들이 하나둘씩 횃불을 들고 나타났다. 그들은 얼어붙은 한강 위에 선 나를 보더니 놀라 소리쳤다.

"어찌 된 일이지?"

"웬 여인이?"

노인이 사람들에게 소리쳤다.

"저년은 내 마누라야! 실수로 얼어붙은 강물에 올라갔으니 좀 도와주시게!"

노인의 말을 그대로 믿은 사람들 중 남자들 몇 명이 인근 나루터에 정박된 목선으로 다가갔다. 목선 주변은 얼음으로 꽁꽁 얼어 있어 배가 나아갈 수 있는 길은 없었다. 그들은 길을 만들려는지 무거운 쇠로 목선을 감싼 얼음을 깨기 시작했다. 난 사람들로부터 돌아서서 뒤를 돌아보았다.

까마득한 어둠, 저 건너편에 집들이 있는지 빛이 깜빡였다. 난 걸어서 한강 건너편으로 도망칠 생각을 했다. 하지만 보이는 거리만도 상당해서 엄두가 나지 않았다. 추운 겨울바람 때문인지 울컥 터져 나온 눈물도 그대로 얼어버려 제대로 흐르지 않았다. 마침내 난 작심하고 강 건너편으로 돌아서서 한 걸음씩 걸음을 내디뎠다.

"저년이 정녕 미쳤나!"

노인이 외치는 소리가 들리고 사람들도 웅성거렸다. 난 걸음을 멈추지 않았다. 맨발로 걷는 빙판은 처음에는 단단한 듯 보였지만 어느 정점에 이르자 속에서부터 갈라지는 소리가 들려왔다. 눈을 질끈 감고 얼음 위를 내달리던 그때였다.

– 우지직!

오른쪽 발이 닿은 얼음이 큰 소리를 내며 쩍 갈라지더니 순식간에 내 몸이 차가운 얼음물 속으로 빠져 들어갔다.

"저런!"

사람들의 비명소리를 마지막으로 내 몸은 한겨울의 한강물 속으로 사라졌다.

❁ ❁ ❁

"아가씨! 아가씨!"

해가 진 오후, 삼월댁이 도희를 부르며 안채로 뛰어 들어왔다. 촛불 아래 시름에 잠겨 있던 도희가 삼월댁이 일으킨 소란에 문을 열고 밖으로 고개를 내밀었다.

"무슨 일이냐?"

삼월댁이 사정을 설명하기도 전에 그녀의 뒤로 누군가 불쑥 나타났다. 윤임이었다.

"도련님?"

윤임을 본 도희가 당황하며 문 밖으로 나왔다. 윤임은 도희를 보고도 인사도 잊은 채 다짜고짜 유나의 행방부터 물었다.

"그녀는 어디에 있소?"

윤임이 유나의 행방을 묻자마자 도희의 낯빛이 싸늘하게 변했다.

"도련님. 이곳에서 그 계집을 데려가신 것은 다른 누구도 아닌 도련님이 아니십니까? 한데 어찌 그 계집의 행방을 소녀에게 물으십니까? 정 소녀가 의심스러우시면 지난번처럼 안채를 쥐 잡듯이 뒤져보시지요. 하나 그리하셔도 그 계집을 찾지 못하시면 어찌하시렵니까?"

어차피 이곳에는 유나가 없다며 당당한 태도로 일관하는 도희를 보며 윤임이 잠시 망설였을 때였다. 나루터 의원에게 다녀온 향단이가 가마꾼들과 함께 안채로 들어오다가 윤임을 보고는 멈칫하며 제자리에 섰다.

"윤 도련님!"

평소와 다르게 긴장한 표정이 역력한 향단이를 보며 윤임이 물었다.

"오늘 이 소저를 가마에 태워 납치한 것이 향단이 너냐?"

향단이는 윤임의 뒤로 보이는 도희의 얼굴을 쳐다보았다. 도희는 단호하게 고개를 저었다. 향단이는 어색한 웃음을 지으며 윤임에게 대답했다.

"소인은 오늘 별당 아가씨를 뵌 일이 없습니다만."

자신에게 대답하면서도 정작 시선은 도희를 향해 있다는 것을 알아차린 윤임이 재차 추궁했다.

"널 본 사람이 있다. 그 사람과 대질시켜야 실토하겠느냐!"

윤임의 호통에 향단은 암자에서 본 몸종을 떠올렸다. 정말로 윤임이 그 몸종을 데려온다면 자신의 거짓말은 꼼짝없이 탄로 나고 말 것이었다. 향단이 몸을 떨며 다시 도희를 쳐다보았을 때였다.

"정녕 끝까지 내게 거짓을 고하려느냐?!"

도희를 쳐다보는 향단이를 윤임이 다그쳤다. 이런 윤임이 무서워진 향단이가 울음을 터트렸다.

"아이구, 윤 도련님! 소인은 그저 억울합니다! 오늘 극락사 근처에 간 일이라도 있어야 별당 아가씨를 뵈었다고 거짓이라도 고하지 않겠습니까?"

"극락사?"

향단이의 입에서 처음으로 나온 '극락사'라는 말을 윤임은 놓치지 않았다. 조금 전 자신은 '극락사'에 대해서는 일체 입에 올리지 않았기 때문이었다. 향단이는 재빨리 도희의 뒤로 도망가 숨었다.

"아가씨이……!"

일이 이렇게 되자 도희도 더는 숨길 수 없음을 깨닫고 자신의 본색을 드러냈다.

"극락사를 드나드는 계집이라면 더는 말할 것도 없지 않겠습니까? 하여 그 계집이 더는 도련님의 평판에 누가 되지 않도록 소녀가 처리하였을 뿐입니다."

도희는 담담하게 말을 이어나갔지만 이미 자신을 향한 매서운 윤임의 눈길에 기가 죽은 얼굴이었다.

"그녀는 지금 어디에 있소?"

"이미 늦었습니다."

"늦었다니?"

"나루터 의원이 후실로 들일 계집이 필요하다기에 주었습니다. 오늘 밤 그 계집은 의원의 후실이 될 터이니, 그 계집으로 인해 도련님께 따라다니던 추문들도 모두 사라질 것입니다."

윤임은 도희가 벌인 것을 알게 되자 기가 막혀 한동안 할 말을 잃고 말았다.

"그대가 이리 악독한 여인인 줄 몰랐소."

"도련님. 소녀는 그저 도련님을 위해⋯⋯!"

"다시는 그대와 얼굴을 마주할 일이 없길 바라오."

"도련님!"

윤임은 인사도 없이 급히 자리를 떠났다. 그가 떠나는 모습을 지켜보던 도희가 두 다리에 힘이 풀린 듯 그 자리에 털썩 주저앉았다.

따스한 봄날의 경복궁. 옥빛 당의에 붉은색 스란치마를 입은 작은 소녀가 궁궐의 담 사이사이로 난 작은 문을 지나가며 빠르게 내달리고 있었다.

치마 끝 금빛에 발끝이 닿을 듯 말 듯. 소녀는 자신을 뒤따라오는 나인들을 피해 구중궁궐의 여러 문들을 지나며 어딘가를 향해 달려가고 있었다. 이윽고 어느 한 곳에서 멈춰 선 소녀가 뛰어오며 가빠진 숨을 골랐다.

숨결이 잔잔해진 소녀는 고개를 들었다. 소녀의 눈앞에 흑룡포를 입은 사내의 뒷모습이 보였다. 사내는 자신의 뒤에 서 있던 소녀의 존재를 알아차린 듯 천천히 돌아섰다. 작고 어린 소녀의 눈에 비친 그 사내는 햇빛을 가릴 만큼 키가 아주 크고 또 하늘처럼 높은 사람이었다.

소녀를 발견한 사내가 고개를 숙이며 소녀에게 말을 걸었다.

['네게 난 누구이더냐? 네게 난 무엇이더냐?']

울림 있는 목소리에는 슬픔이 묻어났다. 그 사내를 물끄러미 올려다보던 소녀가 갑자기 방긋 웃으며 그의 한 손을 잡아끌었다. 그리고 그 손을 펼쳐 자신의 작은 손 위에 포개듯 올려놓으며 대답했다.

['세자 오라버니.']

사내는 자신의 손 위에 맞닿은 듯 펼쳐진 소녀의 작은 손을 가만히 응시했다. 그는 입가에 부드러운 미소를 지으며 소녀의 이름을 불렀다.

　['수련아…']

　　·

　　·

　　·

　"어푸!"

　꿈이었을까?

　"하아하아…… 추워…….'

　조금 전에 떠올랐던 기억은 무엇일까?

　그 기억 속의 남자는 도대체 누구였을까?

　"잡으시오! 이것을 어서 잡으라고!"

　온몸의 신경이 얼어붙은 듯 전혀 움직일 수가 없었다. 사람들이 내게로 내민 긴 막대 끝에 옷자락이 걸려 강제로 수면 위로 끌어올려졌다.

　"잡아야 살아!"

　사람들이 계속 고함치듯 내게 소리쳤다. 난 그저 눈을 깜빡인 채 수면 위에 축 늘어져 있었다. 깜빡이는 눈꺼풀 사이로 작은 배 위에 올라탄 횃불을 든 사람들이 보였다. 나는 그들이 내미는 긴 나무 막대를 보고는 마지막 힘을 다해 손을 뻗었다.

그리고 그 막대를 힘껏 움켜잡는 순간, 아주 잠깐이었지만 조금 전 환상 속에서 본 남자의 손을 강하게 움켜잡는 듯한 착각이 들었다.

"됐다!"

나무막대를 잡은 내 손은 그대로 꽁꽁 얼어붙었다. 난 바로 배 위로 끌어올려지며 의식을 잃었다.

"정신 좀 차려 보시오!"

"이를 어쩐다?"

의식을 잃은 채 쓰러진 유나를 두고 나루터 인근의 마을 사람들이 모여들었다. 옷이 한겨울 얼음물에 흠뻑 젖은 채 쓰러진 유나의 몸은 오들오들 떠는 작은 움직임조차도 보이지 않았다.

"아, 장 의원! 어서 와서 좀 보시게!"

사람들이 유나를 구해내는 것을 나루터에서 지켜만 보며 얼쩡 거리던 노인이 사람들에게 붙들려 강제로 유나의 앞까지 끌려 왔다.

"분명 아까 의원이 얼음 위를 걷던 이 여인에게 소리치지 않았던가?"

"장 의원과 아는 여인인 게지?"

대충 보아도 유나는 이미 죽은 것처럼 보였다. 노인은 혹시라도 유나가 잘못되어 자신의 책임이 될까 봐 모르쇠로 일관했다.

"아, 글쎄. 나는 처음 보는 여인일세. 그저 한밤중에 소피 누러 나왔다가 웬 계집 하나가 강 쪽으로 걸어가기에 소리를 쳤을 뿐이야."

"일단 죽었는지 살았는지부터 좀 보게!"

노인이 쓰러진 유나에게로 느릿느릿 다가가 맥을 짚었다. 아니나 다를까 맥이 희미하다 못해 거의 잡히지 않았다. 노인은 속으로 혀를 차며 고개를 들었다.

"맥이 안 잡혀. 이미 죽었거나 안 죽었어도 곧 죽겠어."

"분명 물속에서 건져냈을 때만 하더라도 의식이 있었는데?"

"의식이 있다고 이 추위에 강물 속에 빠졌다 살아나온 사람이 다 살겠는가?"

유나가 죽었다고 거의 확신한 마을 사람들이 웅성거렸다.

"관아에 알려야 하나?"

"이 마을에서도 처음 보는 여인인데. 도대체 어쩌다가 한밤중에 강물에 빠졌을꼬?"

이들은 유나를 그대로 땅에 내버려 둔 채 아무런 조치를 취하지 않았다. 윤임이 나루터에 도착한 것은 바로 이쯤이었다. 그는 도희가 말한 의원을 찾아 나루터에 왔다가 사람들이 모여 있는 것을 보고는 말을 몰아 그쪽으로 다가갔다.

"이곳에 의원이 사는 곳이 어디요?"

윤임의 물음에 누군가 쓰러진 유나의 곁에 있던 노인을 손으로 가리켰다.

"저 이가 이 마을의 하나뿐인 의원입니다."

그 말을 들은 윤임이 노인에게로 시선을 보냈을 때였다. 윤임의 눈에 노인의 앞에 쓰러져 있는 유나가 들어왔다.

"유나야!"

유나를 발견한 윤임이 즉시 말에서 뛰어내려 다가갔다. 이미 얼음 물에 빠졌던 유나의 얼굴과 입술은 새파랗게 변해 있었다. 마치 죽은 사람처럼 보이는 유나의 모습에 윤임은 우선 손을 그녀의 코 끝에 갖다 대었다. 미세하지만 아직 숨을 쉬고 있었다.

"유나야! 정신을 차려 보거라!"

정신을 잃은 유나에게서는 아무런 대답도 돌아오지 않았다. 윤임은 자신이 입고 있던 겉옷을 벗어 그녀의 몸을 감싸고는 두 팔로 번쩍 들어 안았다. 그러자 젖은 유나의 옷에 붙어 있던 작은 얼음조각들이 우수수 땅에 떨어져 내렸다.

"이미 죽었을 텐데……."

노인이 윤임과 유나의 사이를 가늠하며 조심스럽게 말을 흘렸다. 말을 타고 나타난 윤임의 차림새로 보건대 고관의 자제로 보였다. 노인은 보자마자 마음에 든 계집이라 향단이에게 자세히 묻지도 않고 집안으로 유나를 들인 것을 후회했다. 하지만 이미 늦은 일이었다.

유나를 먼저 말 위에 올린 윤임이 뒤따라 말에 올라탔다. 그는 한 팔로 차갑게 식어가는 유나를 끌어안았다. 마치 얼음덩어리를 끌어안는 듯 온기라고는 전혀 느껴지지 않은 유나의 체온에 윤임의 가슴이 서늘해졌다.

"조금만! 조금만 더 버티거라!"

만약 유나가 잘못된다면 그는 이 모든 책임에서 평생토록 벗어날 수 없을 것임을 알았다.

❀　❀　❀

누군가 불이 켜진 덕풍군의 별채 앞에서 서성이고 있었다. 그 누군가는 바로 여진. 지금 별채 안에는 영산군이 머무르고 있었다. 추위 속에서 별채 주변을 서성이던 여진이 마침내 용기를 냈다.

"여진이에요."

– 우당탕. 탕탕!

여진의 목소리가 들리자마자 안은 잠시 시끄러워졌다. 곧 조용해지긴 했지만 돌아오는 대답은 없었다.

"자나?"

여진이 시큰둥한 표정으로 별채에서 돌아섰다. 그때였다.

"흠흠! 무, 무슨 일이오?"

영산군의 대답이 들려오자 여진이 말했다.

"잠시 안으로 들어가도 되나요?"

"흠흠! 드, 들어오시오!"

여진이 안으로 들어가자 영산군은 자리에 반듯하게 앉아 얼굴을 살짝 붉히고 앉아 있었다. 그의 곁으로 다가가 앉은 여진은 일부러 보란듯이 코를 킁킁거리는 행동을 했다. 영산군이 물었다.

"어찌 그러시오?"

"술 냄새가 아직 남아 있나 보려고요."

"더, 더는 안 날 거요!"

"글쎄요. 그 말이 사실인지 아닌지는 맡아봐야 알죠. 참고로 제 코는 개코예요."

"개코?"

"음…… 냄새를 잘 맡는다고요."

일단 여진이 맡아본 바로는 더는 술 냄새가 나지 않았다. 확인을 끝낸 여진이 영산군의 주변을 살폈다. 조금 전까지 책을 읽고 있었는지 책 한 권이 펼쳐져 있었다. 그 책을 자세히 들여다보던 여진이 한 가지 이상한 점을 발견했다. 책이 거꾸로 펼쳐져 있었던 것이다.

조금 전 '우당탕탕' 소리의 원인을 찾아낸 여진이 킥킥 웃었다. 여진의 얼굴에서 눈을 떼지 못하고 있던 영산군이 조심스럽게 물었다.

"어찌 웃으시오?"

"술 냄새는 안 나도 술에서 덜 깨신 것은 확실한 것 같아서요."

"무슨 말인지?"

여진은 말없이 자신 쪽으로 펼쳐진 책을 영산군 쪽으로 돌려서 놓아주었다. 영산군의 얼굴은 새빨간 사과처럼 변해버렸다. 여진이 고개를 갸웃거렸다.

"술은 안 드신 것 같은데 어찌 얼굴이 그리 붉으세요?"

"그게 그러니까!"

"열이 있나?"

여진이 한 손을 영산군의 이마에 올려놓았다. 다른 한 손은 자신의 이마에 갖다 대었다. 두 사람 모두 열은 없었다. 오히려 여진은 자신의 이마가 조금 더 따뜻하다고 느낄 정도였다.

여진이 열을 재는 동안, 이제 영산군은 얼음이 되어 있었다. 그는 여진의 손이 자신의 이마에서 떨어지자 바로 시선을 떨구며 고개조차 들지 못했다.

"괜찮으세요?"

여진이 영산군의 안부를 물었을 때였다.

"윤 소저."

영산군이 가빠 오는 자신의 숨을 억누르며 무겁게 입을 열었다.

"네?"

"전에 내가 그대를 도둑 소저라 하지 않았소."

"그랬죠. 혹시 지금이라도 제게 사과하시려고요?"

여진이 눈을 반짝이며 자신의 승리를 예감한 듯한 시선으로 영산군을 쳐다보았다. 그런데 돌아오는 대답은 여진이 예상한 것과는 다른 것이었다.

"그게 아니라…… 그때 내가 한 그 말이 아무래도 사실인 듯하오."

"예?"

영산군이 용기를 내어 고개를 들었다. 그는 붉어진 얼굴과 떨리는 목소리로 여진을 향해 고백했다.

"아무래도 그대가 내 마음을 훔친 것 같소."

여진이 눈을 동그랗게 뜬 채 영산군을 바라보았다. 곧 여진의 얼굴은 영산군의 얼굴처럼 빨갛게 변해버렸다. 여진은 영산군의 시선을 피해 눈동자를 이리저리 굴리며 중얼거리듯 말했다.

"대감께서는 모든 여인들에게 그리 말씀하시나요?"

"여인들이라니?"

"지난번에 대감께서 혼인 전에 기첩을 여럿 두실 거라고 하셨잖아요."

오해를 받은 영산군이 흥분하며 소리쳤다.

"그건……! 절대! 난 절대 그러지 않을 것이오! 무엇보다 그때 그 말은…… 내 농이었소. 지나친 농이었으니 사과하리다."

"정말인가요?"

여진이 다시 영산군과 눈을 맞추며 물었다.

"정말이오! 무엇보다 난 첩은 싫소! 계집은 다 싫소! 단지 여인은 좋고 계집은 싫고. 그러니까…… 그대만 좋소, 난."

이어진 영산군의 고백에 여진의 입가에 미소가 살짝 걸렸다. 사라졌다. 이제 고백을 마친 영산군은 판결을 기다리는 죄인이 된 마음을 안고 여진의 답을 기다렸다.

여진은 자리를 털고 일어서더니 무심한 듯 영산군에게 말했다.

"밤이 깊었으니 쉬시지요."

"아! 그, 그렇지. 밤이 늦었으니…… 그럼 내일 또 우리 볼 수……."

"댁으로는 안 돌아가시나요?"

여진의 목소리가 조금은 차갑게 들렸는지 영산군이 살짝 울상을 지었다.

"덕풍군께서 쉴 만큼 쉬다 가라고 하시어 당분간은 이곳에서 폐를 끼치려 하오. 그나저나 내가 듣기로는 윤 소저께서도 당분간 이곳에서 지낸다고 들었소만."

"저는 생각중이에요. 무엇보다 언니의 마음이 바뀌어야 돌아갈 수 있거든요."

"그럼 내일도 볼 수 있소?"

"저요?"

여진이 모르는 척 반문했다. 영산군은 붉어진 얼굴로 고개를 한 번 끄덕였다.

"제 이름을 걸고 다시는 술을 드시지 않겠다고 약조하셨으니 그 약조가 잘 지켜지는 보려면 당분간은 매일 뵈어야겠지요?"

"윤 소저……."

"쉬세요."

여진이 문을 닫고 나가버리자 남겨진 영산군은 참고 있던 긴 한숨을 토해냈다. 여진이 들어온 뒤로 정신없이 뛰던 가슴도 이제야 안정될 수 있을 것 같았다.

❀ ❀ ❀

유나를 안아 든 채 윤임이 집 대문을 부숴버릴 듯 박차고 들어오며 소리쳤다.

"의원을 불러라! 어서!"

윤임의 외침에 하인이 의원을 부르러 대문을 뛰쳐나갔다. 윤임은 유나를 안고 사랑채로 뛰어 들어갔다.

추운 겨울밤, 돌아올 윤임을 위해 하인이 화로를 지펴 놓았다. 윤임은 화로 위에 놓인 침상에 유나를 눕혔다. 침상에는 따뜻한 온기가 감돌고 있었다. 하지만 이미 시린 한기 그 자체가 되어버린 유나의 몸을 달구기에는 부족한 열기였다.

윤임은 유나를 침상 위에 눕힌 것으로 모자라 그녀의 몸을 이불로 동여매듯 쌌다. 그러나 잃어버린 유나의 혈색은 되돌아오지 않왔다.

"유나야! 유나, 제발!"

윤임은 얼음장 같은 유나의 두 손을 감싸 쥔 채 자신의 손으로 연신 비벼대며 잃어버린 유나의 체온을 되돌리려 애를 썼다.

"죽으면 안 된다! 살아야 한다!"

"도련님! 의원이 왔습니다!"

때마침 도착한 의원이 사랑채 안으로 들어왔다.

"어서! 어서 상태를 봐 주시오!"

윤임은 의원에게 다급한 목소리로 말했다. 의원이 유나에게 다가갔다. 그는 제일 먼저 유나의 안색을 살피더니 눈동자를 살짝 들여다보고 또 맥을 짚었다.

"어떻소? 지금 어떤 상태요?!"

유나의 맥을 짚었던 의원이 윤임을 돌아보며 힘없이 고개를 저었다.

"가망이 없습니다."

"가망이 없다니?!"

윤임은 하늘이 무너져 내리는 기분이었다.

"맥이 잡히기는 하나 이것은 산자의 맥이라 볼 수 없습니다. 무엇보다 냉기가 이미 오장 육부에 침투하여 맥이 서서히 느려지고 있으니…… 이대로라면 얼마 지나지 않아 숨이 끊어질 것입니다."

"그럴 순 없소! 어떻게 해서든 살려주시오! 재물이라면 내 의원이 달라는 대로 주리다!

의원이 난처한 표정을 지었다.

"나라님을 모시는 내의원 의관이 와도 살릴 수 없습니다. 이미 사람이 손을 쓸 수 있는 상태는 지났습니다."

윤임은 바닥에 털썩 주저앉은 채 자신의 머리를 쥐어 잡으며 괴로워했다. 이 순간 그의 심장은 차가운 얼음송곳에 사정없이 찔리는 고통 속에 놓여 있었다.

결국 이 모든 일은 자신 때문이라는 크나큰 자책감도 몰려왔다.

처음부터 그녀를 그 어디에도 보내지 말았어야 했다. 자신의 곁에만 두고 자신의 곁에서 떠나지 못하도록 붙들어야 했다.

"저…… 도련님."

유나의 죽음을 앞두고 큰 고통 속에 빠져 있는 윤임을 의원이 조심스럽게 불렀다.

"이를 방법이라 할 수는 없으나, 최후의 수단으로라도 써 볼 만한 것이 한 가지 있습니다만."

윤임이 눈을 번쩍 떴다.

"그것이 무엇이오?"

의원이 숨을 가다듬으며 말을 이었다.

"맥이 느려지는 것은 몸 안에 가득 찬 냉기로 인한 것입니다. 지금 이 냉기는 불의 열기로도 결코 몸속에서 빼낼 수가 없습니다. 하나 온천욕으로는 몸 안의 냉기를 배출시킬 수 있을지도 모릅니다."

"온천욕?"

도성에는 온천이 없었다. 가까운 온천이라도 도성에서는 말을 타고도 하루하고도 반나절 길. 유나는 한시가 급한 상황이었다. 의원도 이 사실을 알기에 처음부터 이 방법을 꺼내지 못했던 것이다.

"예. 하나 도성에는 온천이 없지 않습니까. 이 소저는 한시가 급하니……."

"아니, 있소."

불현듯 윤임의 머릿속에 떠오른 곳이 있었다. 딱 한 곳. 도성 인근에서 가장 가까운 거리. 말을 타면 한 시간 안에 도착할 수 있는 온천이 있었다.

"혹 말씀하시는 그곳이?"

"온수골 별궁."

온수골(현 서울시 노원구 하계동).

이곳 별궁은 왕의 전용 온천장이었다. 일반 백성들은 절대 출입할 수가 없었다. 종친들도 왕과 동행하는 경우에만 한시적으로 그곳을 출입할 수 있었다. 사시사철 뜨거운 온천물이 준비된 곳임에도 그곳은 오로지 단 한 사람. 이 조선의 국왕 이융을 위한 시설이었다.

"어찌하시려고요?"

윤임이 자리에서 벌떡 일어서며 말했다.

"그녀를 부탁하네. 내 잠시 다녀올 곳이 있으니. 그리 오래 걸리진 않을 걸세."

그대로 밖으로 뛰쳐나가려던 윤임이 잠시 걸음을 멈췄다. 그는 침상 위에 누워 있는 유나를 돌아보며 중얼거리듯 말했다.

"곧 돌아오마."

그것은 그녀를 반드시 살리겠다는 약속과도 다름없는 말이었다.

❀ ❀ ❀

늦은 밤, 덕풍군의 사저. 해진이 덕풍군이 있는 사랑채로 건너왔다.

"생각보다 일이 쉽게 풀리겠어요."

잠들 준비를 하던 덕풍군이 긴 하품을 내쉬며 물었다.

"뭐가 말이오?"

"영산군대감과 여진이죠."

"처제와 영산군? 그들에게 무슨 일이 있었소?"

낮에 영산군이 일으킨 소동에 놀랐던 덕풍군이 깜짝 놀라 되물었다. 해진은 빙긋 웃으며 설명했다.

"조금 전에 여진이가 영산군대감께서 머무시는 별채에서 나오는 걸 보았거든요. 표정이 해맑은 것이 두 사람 사이가 많이 가까워진 듯해요."

"글쎄……."

덕풍군은 술에 취해 실려온 영산군 앞에서 엉엉 울던 여진을 생각하며 고개를 가로저었다.

그때 하인이 덕풍군을 급히 찾았다.

"대감마님! 어서 나와 보시지요!"

"이 밤에 무슨 일이냐?"

"윤임 도련님께서 오셨습니다!"

"처남이?"

덕풍군은 먼저 해진을 쳐다보았다. 늦은 밤 윤임의 갑작스러운 방문에 대해 해진도 잘 모른다는 표정을 지었다.

"이 늦은 시각에 어찌 임이가……."

"처제 문제가 해결될 기미가 보이니 이젠 처남에게 문제가 생겼나."

덕풍군이 몰려오는 잠을 이기려 기지개를 켜며 자리에서 일어섰다. 해진은 잠옷 차림인 그가 춥지 않도록 겉옷을 어깨에 걸쳐주며 뒤를 따랐다. 이들 부부가 밖으로 나오자 말에서 내려 급히 사랑채로 달려오는 윤임이 보였다. 덕풍군은 대청마루에 서서 윤임에게 인사를 건넸다.

"처남. 이 늦은 시각에 무슨 일인가?"

"일단 안으로 들어오렴. 춥구나."

날이 추워서인지 해진은 우선 윤임에게 사랑채로 들어올 것을 권했다. 윤임은 고개를 저었다.

"한시가 급한 일입니다! 대감, 도와주십시오!"

평소 가족끼리 있는 자리에서는 편하게 덕풍군을 매형이라고 부르며 따르던 윤임이었다. 그런데 그는 오늘밤만큼은 덕풍군을 깍듯이 '대감'이라 불렀다. 덕풍군은 이를 이상하게 여겼다.

"무슨 일인지 말해보게."

"지금 당장 온수골 별궁에 가야 합니다! 하나 그곳은 주상전하의 전용 별궁인지라 저는 출입할 수 있는 권한이 없습니다! 대감께서 도와주십시오!"

"온수골 별궁을 이 밤에? 아니, 무슨 일로?"

"그건!"

연유에 대해 묻는 덕풍군 앞에서 윤임이 쉽사리 말문을 떼지 못했다. 이를 본 해진이 윤임에게 말했다.

"연유를 말해야 도와줄지 말지를 고민해볼 것이 아니냐."

해진이 다그치자 윤임이 결심한 듯 입을 열었다.

"이 소저의 목숨이 경각에 달렸습니다."

"이 소저?"

덕풍군이 누군지 기억하지 못한 채 반문하자 옆에 있던 해진이 대신 가르쳐 주었다.

"소첩의 친정 별당에서 머문다던 그 여인입니다."

"아! 그럼 영산군이 극락사에서 처남과 함께 있는 걸 봤다던 그 여인인가?"

어찌 보면 덕풍군에게는 유나는 말로 듣기만 했지 본 적도 없는 여인이었다. 이 소저의 정체를 알게 된 뒤에도 덕풍군은 그리 큰 관심을 보이지 않았다.

윤임은 한시가 급했다.

"지금 이 소저가 한강수에 빠져 생사를 헤매는데, 의원의 말로는 온천욕으로 살아날 가망이 있다고 합니다!"

이 말에 덕풍군이 혀를 찼다.

"이 추운 날씨에 한강수에 빠지다니 안 되었군. 하나 온수골 별 궁은 나도 함부로 출입할 수가 없는 곳이네. 전하와 동행하여서도 딱 한 번만 가봤을 뿐이지. 게다가 이 시각에 전하의 윤허도 없이 함부로 들어갈 수는 없는 일이고. 또 전하께 아뢰어 윤허를 받고 싶어도 지금은 입궐할 수 있는 시각이 아닐세."

"대감이시라면 능히 가능하실 것입니다! 그러니 도와주십시오!"

"참 난감하군."

덕풍군이 고민하는 사이 해진이 윤임 모르게 그의 손목을 살짝 움켜쥐었다. 이를 알아챈 덕풍군이 해진을 돌아보자 해진은 고개를 살며시 저었다. 윤임을 도와주지 말라는 뜻이었다. 덕풍군은 이해할 수 없다는 표정으로 해진을 쳐다보았다.

해진이 다시 윤임을 돌아보며 말했다.

"잠시만 거기서 기다리고 있거라."

해진이 먼저 돌아서 사랑채로 들어가 버렸다. 그 뒤를 따라 사랑채로 들어온 덕풍군이 해진에게 물었다.

"처남을 도와주지 말라는 것이오?"

해진은 혹시라도 밖에 있는 윤임이 들을까 목소리를 낮추며 조심스럽게 말했다.

"도와주시면 안 됩니다. 어차피 도와준다고 될 일도 아니고요."

"저렇듯 간청하는데. 그 여인과는 가벼운 사이도 아닌 듯하고."

"그래서 더욱 안 된다는 것입니다."

"어째서?"

"소첩이 전에 말씀드렸지요. 임이가 이보의 여식과 파혼하겠다고 한 것을요. 그 연유가 바로 이 소저, 그 여인 때문입니다."

"그랬소? 혹 그럼 그 여인이 이보의 여식보다도 더 대단한 권세가의 여식이오?"

"저도 만난 일은 없습니다. 아니, 만나볼 마음도 없습니다. 그 여인은 신분도 알 수 없는 천한 여인입니다. 그런 여인에게 임이가 홀딱 빠져서는 지금 자신의 주변이 어찌 돌아가는지조차 전혀 모르고 있어요."

"흐음."

덕풍군이 고민하는 표정을 지어 보이자 해진이 단호하게 말했다.

"대감. 온수골 별궁의 출입허가를 받으려면 전하의 윤허가 꼭 필요합니다. 지금 입궐해서 전하의 윤허를 받으시겠습니까? 전하께서는 분명 침소에 계실 텐데요. 설사 전하를 뵙고 윤허를 받는다 한들 그다음 일은 어찌하시렵니까? 안 그래도 전하께서 근래에 대감의 재산이 많다, 너무 많다, 하시며 트집 잡으려고 궁리하신다는 소문을 듣지 못하신 것은 아니시겠지요. 여기에 온수골 별궁까지 출입하시겠다 출입패까지 달라고 하신다면 전하의 변덕스러운 화가 대감께도 미칠지 모릅니다."

"그 생각은 미처 하지 못했소."

해진이 깊은 한숨을 내쉬었다.

"게다가 임이가 저리 나오는 것을 보아하니 이 소저의 상태가 보통 위중한 것이 아닐 것입니다. 약으로 못 살린다면 온천욕으로 살릴 수 있다는 보장도 없는 것이지요. 괜히 도와주려고 나섰다가 대감이 더 위험해지실 수도 있습니다."

"허면 어찌해야 하겠소?"

"단호하셔야지요. 이런 일에는 단호하게 나가셔야 합니다."

덕풍군은 해진의 말을 듣겠다며 고개를 끄덕이면서도 다른 한편으로는 윤임의 걱정을 했다.

"혹 그 여인이 잘못되기라도 하면 처남이 매우 상심할 텐데."

"지금 대감께서는 얼굴 한 번 본 적 없는 여인으로 인해 이 집안에 화를 불러들이시려 하십니까?"

망설이던 덕풍군도 해진의 이 말에는 결심을 굳혔다.

"알겠소. 부인의 말대로 하리다."

❋ ❋ ❋

같은 시각 여진의 처소.

"오라버니가 왔다고?"

유모가 전해온 소식에 여진은 이불을 박차고 일어섰다.

"어디 가시려고요?"

"어디를 가긴? 오라버니를 만나러 가야지!"

생글생글 웃으며 여진은 급하게 옷을 갈아입었다. 유모는 여진
이 일어나며 어지럽힌 이불을 정리하며 투덜거렸다.

"영산군대감께서도 별채에서 머무르고 계신데 이럴수록 더욱
몸가짐을 단정히 하셔야지요. 이 댁 하인들이 영산군대감께 가서
아가씨의 흉이라도 보면 어찌하시려고요?"

"볼 테면 보라지. 큰언니가 그랬는데 아랫것들이 흉을 보는 것
은 모든 것을 다 가진 상전을 투기하기 때문이래."

"어휴……."

유모가 한숨을 내쉬자 여진이 다시 돌아와 유모의 어깨를 주물
러주었다. 유모는 금세 풀린 표정으로 여진을 흘겨보았다.

"어찌 소인의 어깨를 주물러주십니까?"

"에이~ 유모오. 유모는 나한테 어머니나 다름없는데."

유모가 정색하며 말했다.

"어디 가서 그런 말씀 함부로 하시면 안 됩니다! 남들이 오해합
니다!"

"오해할 게 뭐 있어? 난 어차피 어머니의 얼굴도 모르는데. 그러
니 날 키워준 유모가 어머니지."

유모가 돌아서 여진이 갈아입은 옷을 매만져주며 말했다.

"아주 잠깐만 뵙고 오는 겁니다. 이 날씨에 고뿔이라도 드
시면……."

"알아, 알아. 그러니 잠깐만 오라버니 보고 올게. 응?"

"그러세요."

유모가 고개를 끄덕이며 허락하자 여진이 활짝 웃으며 밖으로
나갔다. 가장 먼저 윤임이 덕풍군을 만나러 갔을 것이라고 여긴 여
진은 사랑채로 향했다.

사랑채 앞이 소란스러웠다. 늦은 밤인데도 불구하고 덕풍군 댁
하인들이 몰려나와 불을 환하게 밝히고 있었던 것이다. 여진이 사
랑채 앞마당을 쳐다보자 그곳에 있는 윤임이 보였다. 윤임을 발견
한 여진이 반가운 표정으로 쪼르르 달려가려던 그때였다. 사랑채
의 문이 열리며 대청마루 위에 덕풍군과 해진이 나타났다. 덕풍군
은 사랑채 앞마당에 서서 자신을 기다리고 있던 윤임을 향해 어렵

게 입을 열었다.

"미안하지만 이번 일은 도와줄 수가 없네."

"대감!"

윤임이 크게 놀란 얼굴로 덕풍군을 불렀다.

해진이 나섰다.

"이 시각에 입궐한다 해도 전하를 뵐 수 있는 것은 아니라는 걸 너도 잘 알지 않느냐? 매우 애석한 일이다만 이 소저의 목숨은 하늘에 맡기거라."

"누이!"

"돌아가거라."

윤임의 애절한 부르짖음에도 해진은 덕풍군과 돌아섰다. 윤임이 무릎을 꿇었다.

"도와주십시오! 도와주십시오, 대감!"

"처남."

이런 윤임의 모습에 난처해하는 덕풍군의 팔을 해진이 잡아당겼다.

"임이가 저리 한 번 고집을 피우면 돌아가신 어머니가 살아오신다고 하더라도 소용없을 겁니다. 그러니 들어가시지요, 대감. 이 소저의 일은 이미 대감의 손을 떠난 일입니다."

"사내가 저리 무릎을 꿇는데……."

"어서요."

해진이 덕풍군의 팔을 잡아끌며 안으로 사라졌다. 그런데도 윤임은 자리에서 일어서려 하지 않았다. 이 모든 광경을 지켜보던 여진이 급히 윤임에게 달려갔다.

"오라버니! 무슨 일이야? 왜 그래?"

윤임은 차오르는 절망감을 애써 누르며 여진에게 설명했다.

"유나의 목숨이 경각에 달렸다."

"언니가? 언니가 왜?"

"당장 온수골 별궁으로 가야 살 수 있다. 하나 그곳은 전하의 별궁이라 아무나 출입할 수가 없어."

"그래서 여기에서 이러고 있는 거야? 형부에게 도와달라고?"

"그래."

덕풍군은 윤임을 도와줄 수 없다고 말했다. 여진도 두 눈으로 똑똑히 보았다. 여진은 무릎을 꿇고 있던 윤임과 문 닫힌 사랑채를 번갈아 쳐다보더니 말했다.

"형부가 안 된다면 영산군대감께 부탁해 보자!"

"영산군대감?"

"지금 별채에서 머물고 계셔. 가자, 오라버니! 무엇보다 영산군대감은 전하의 아우시잖아. 그러니 형부에게 없는 방법이 있을지도 몰라!"

여진이 윤임의 팔을 잡아 일으켜 세웠다.

"그런 일이 있었군."

여진과 함께 나타난 윤임에게 모든 사정을 전해들은 영산군. 그는 유나의 사연에 깊게 공감하는 모습을 보였다. 하지만 그도 덕풍군이 저렇게 나올 수밖에 없었던 이유도 알 것 같았다.

올해 있었던 사화로 두 명의 종친이 왕의 손에 죽었다. 당연히 종친들은 왕의 앞에서 몸을 사리느라 바빴다. 젊은 왕은 날카로운 성정에 또한 예민했다. 자신이 한 번 내린 명을 거두는 일은 없었다.

왕은 종친들뿐만 아니라 자신의 일부 측근을 제외한 신하들도 경계하는 모습을 취하고 있었다. 이런 가운데 덕풍군도 무고를 당할 뻔한 일이 여러 차례 있었다. 다행히 그의 양모인 월산대군부인이 왕의 유모였던 까닭에 무사할 수 있었던 것 또한 잘 알고 있었다.

"형부는 방법이 없어도 영산군대감은 분명 방법이 있으시죠?"

간절하게 자신을 쳐다보는 여진을 보며 영산군의 입장도 난처해졌다. 영산군에게 왕은 형제이기 전에 열다섯 살이나 차이 나는 매우 어려운 형님이었다. 게다가 왕은 영산군이 아직 어리다는 핑계를 들어 성년식까지 치른 그를 술자리나 잦은 연회에도 부른 적이 없었다.

이런 상황에서 영산군이 한밤중에 입궐해 뜬금없이 온수골 별궁의 출입을 윤허해달라고 한다면? 왕이 순순히 허락할 리도 없는 데다가 그에게도 화가 미칠지 모른다.

"도와주십시오, 대감!"

윤임도 영산군에게 부탁했다. 만약 윤임이 여진의 오라버니가 아니라면 자신도 덕풍군과 마찬가지로 외면하고 싶은 영산군이었다. 곰곰이 생각하던 영산군이 무언가 떠올랐다는 듯 말했다.

"꼭 전하의 윤허만이 온수골 별궁을 출입할 수 있는 것은 아닐세."

"그게 무슨 말이죠? 별궁은 전하만 출입이 가능한 곳이잖아요."

여진이 물었다. 영산군이 고개를 끄덕이며 말했다.

"그것은 윤 소저의 말이 맞소. 그러나 전하만 내려주실 수 있는 출입패를 하나 더 가진 사람이 있소."

영산군의 말에 여진이 눈을 크게 떴다.

"누군데요? 그 사람을 아세요?"

"알지. 나와는 매우 가까운 사이이기도 하고."

"그럼 어서 말해주세요! 어서요! 그게 누구인데요!"

여진이 재촉하자 마침내 영산군이 입을 열었다.

"거창위 신홍연. 그가 온수골 별궁의 책임자요."

"책임자?"

"별궁이나 행궁들은 원래 종친들이 관리하고 있소. 온수골 별궁

은 거창위가 맡고 있지. 그러니 그에게는 온수골 별궁의 출입패가
있을 것이오."

"부마 대감이?"

"내가 아는 거창위라면 분명 이 일을 도와줄 것이오.

영산군의 말에 윤임이 고개를 끄덕이며 자리에서 일어섰다.

⁕ ⁕ ⁕

늦은 밤 갑작스러운 윤임의 방문은 홍연의 집안 하인들을 모두
깨웠다. 윤임에게서 유나가 위급하다는 소식을 듣자마자 홍연은
자리에서 벌떡 일어섰다.

"잠시만 기다리게. 내 별궁의 출입패를 가져올 터이니."

"고맙습니다, 대감!"

윤임을 사랑채에 놔둔 채 홍연은 중요한 물건을 보관하는 행랑
채로 향했다. 홍연은 출입패가 들어 있는 상자를 열었다. 그런데
상자 안에는 출입패가 없었다.

당황한 홍연이 이곳저곳을 찾아보던 그때였다. 그의 뒤로 장 상
궁이 나타났다.

"대감."

하지만 홍연은 장 상궁의 목소리를 듣고도 돌아볼 시간조차 없
었다. 윤임에게 듣기로 유나의 상태는 한시가 급한 일이었다. 그는

418

계속해서 이곳저곳 상자들을 열어보며 말했다.

"혹 온수골 별궁의 출입패를 보지 못하였는가? 내 분명 이곳에 두었네만."

"이것을 찾으시옵니까?"

장 상궁을 돌아본 홍연의 눈이 동그랗게 떠졌다. 그녀는 출입패를 손에 쥔 채로 홍연을 바라보며 서 있었다.

"그것을 어찌 자네가 가지고 있는가?"

"조금 전 윤 도령과 나누시는 이야기를 모두 들었사옵니다. 그 여인을 살리기 위해서는 이 출입패가 꼭 필요하다고요."

홍연이 장 상궁에게 손을 뻗었다.

"그렇네. 그러니 이리 내주게."

"안 되옵니다."

"안 된다?"

장 상궁은 결심한 듯 말했다.

"어찌하여 덕풍군대감께서 처남인 윤 도령의 간곡한 청을 듣지 않으셨겠습니까? 분명 이유가 있사옵니다."

"지금 자네와 말씨름을 할 여유가 없네. 어서 내놓게."

"대감! 대감께서는 본디 정이 많으시지요. 하나 공과 사는 분명한 분이십니다."

"사람을 살리는 일에 어찌 공과 사가 나뉠 수 있단 말인가. 이리 내주게!"

홍연이 장 상궁의 손에 들린 출입패를 강제로 빼앗았다. 출입패를 빼앗긴 장 상궁이 두 팔을 벌려 행랑을 떠나려는 홍연의 앞길을 막아섰다.

"소문에 그 여인은 이미 윤 도령의 여인이 되었답니다! 어찌 대감께서는 위험을 감수하시면서까지 다른 사내의 여인을 구명하려 하시옵니까?"

장 상궁의 말뜻을 홍연도 모르는 것은 아니었다. 하지만 진성공주만을 그리며 또 기다리며 살아왔던 그는 자신의 마음을 뒤흔든 유나의 앞에 당당히 나설 수가 없었다. 그것은 그가 오랫동안 진성공주를 향해 지켜온 마음에 대한 배신이라는 것을 잘 알고 있기 때문이었다.

"장 상궁 자네가 공주마마와 닮은 그녀를 마음에 들어 하지 않는다는 것을 잘 아네. 자네에게는 내 미안하지만…… 난 그녀가 살길 바라네. 그리고 살아서…… 윤 도령이든 아니면, 다른 사내의 곁이든 그곳에서 행복하게 살길 바라네."

"정녕 그 마음이 진심이시옵니까?"

"진심이 아니면?"

홍연의 슬픈 눈은 어둠 속에서 그 빛을 잔잔히 드러냈다.

"공주마마께서는 언젠간 돌아오시겠지. 설사 돌아오시지 않으시더라도 그 어느 곳에서라도 살아, 내 앞에서 보여주셨던 웃음을 간직한 채 살아가시기를 바란다면 이것이 나의 지나친 욕심이려는가."

"대감······."

장 상궁이 눈물을 흘리며 조용히 홍연에게 길을 내주었다.

❋ ❋ ❋

홍연에게서 온수골 별궁의 출입패를 받은 윤임은 서둘러 자신의 집으로 돌아왔다. 윤임을 대신해 유나의 곁을 지키고 있던 의원이 윤임을 맞이했다. 윤임은 먼저 깨어나지 않은 유나의 상태를 살피며 물었다.

"어떤가?"

"여전히 차도가 없습니다."

방 안의 온도는 들어서는 순간 후끈하게 느껴질 정도로 더웠다. 그런데도 불구하고 계속 이 방 안에 있던 유나의 몸은 여전히 얼음장과 같았다. 윤임은 유나의 차가운 손을 움켜잡은 채 그녀의 귓가에 대고 속삭였다.

"조금만 더 기다리거라!"

그가 눕혀놓은 유나를 번쩍 들어 안았다. 이를 본 의원이 놀라물었다.

"어디로 가십니까?"

"온수골 별궁의 출입패를 구했네. 난 지금 당장 그곳으로 갈 것이네."

유나를 소중히 안아든 윤임이 말을 타고 집을 나섰다.

❋ ❋ ❋

홍연이 준 출입패를 받은 윤임이 떠난 후, 여진은 영산군과 함께 홍연의 사저에 도착했다. 영산군이 먼저 말 위에서 내리며 홍연의 사저를 둘러보았다. 늦은 시간임에도 집안 곳곳에 불이 환하게 밝혀진 것을 본 것이다. 윤임이 왔다는 걸 알 수 있었다.

"이쪽도 한차례 풍랑이 지나간 것 같군."

뒤이어 다른 말에서 내린 여진이 영산군에게 말했다.

"어서요! 어떻게 되었는지 알아보세요!"

"그러리다."

영산군이 마중 나온 하인에게 물었다.

"윤 도령이 다녀갔느냐?"

"윤 도령이라고 하시면?"

"조금 전 부마를 찾아온 이가 있었을 것이다."

"아아, 그분이 윤 도련님이시군요."

"그가 아직도 여기에 있느냐?"

하인이 고개를 저었다.

"부마 대감께서 건네신 패를 챙기시고는 급히 말을 타고 떠나셨습니다."

"패? 혹 그것이 별궁의 출입패더냐?"

"예. 소인은 그리 알고 있습니다."

영산군이 밝아진 표정으로 여진을 돌아보았다.

"역시 거창위요. 그가 윤 도령에게 온수골 별궁의 출입패를 내어준 모양이오."

"정말인가요? 그럼 이제 유나 언니는 살 수 있는 건가요?"

"그러길 바라야겠지."

확신할 순 없었지만 영산군은 기대에 찬 여진의 얼굴을 보며 대답했다. 여진은 눈물을 글썽거리며 영산군에게 말했다.

"정말 고마워요. 영산군대감께서 부마대감이 온수골 별궁의 책임자라는 사실을 말씀해주시지 않으면 오라버니는 출입패를 구하지 못했을 거예요."

여진의 진심 어린 감사에 들뜬 영산군이 활짝 웃었다.

"그 인사는 내가 아니라 거창위에게 하는 것이 맞을 것 같소."

"예."

여진이 영산군의 말에 동조하듯 고개를 세차게 끄덕였다. 영산군이 다시 하인을 향해 물었다.

"거창위는 지금 어디에 있느냐?"

※ ※ ※

윤임이 떠난 후 홍연은 불안한 마음이 일었다. 이상했다. 자신은 지금 생사의 갈림길에 서 있는 한 여인을 구해주었다. 평소의 그라면 이 사실만으로도 뿌듯함을 느꼈을 것이다. 그것이 그의 타고난 성품이었다.

하지만 이번은 달랐다. 유나가 위급하다는 사실에 앞뒤 가리지 않고 별궁의 출입패를 윤임에게 내어준 그였다. 그러나 윤임의 손에 출입패를 직접 건네주는 순간까지도 그의 이중적인 마음을 안고 있었다.

이유나. 윤임이 사랑하는 여인을 구하고자 하는 그 마음. 어쩌면 오랜 기간 자신을 모셔온 장 상궁이 먼저 알아차렸을 그 마음. 그 마음이 바로 자신에게도 있었다는 것을.

돌아오지 않는 공주.

살아 있을까 의문을 품어야 하는 공주.

자신이 이토록 공주를 그리워하는 만큼 공주도 자신을 그리워하고 있을까? 이 의문은 그의 마음을 괴롭고도 아프게 만든다.

"대감. 소인이옵니다."

밖에서 장 상궁의 목소리가 들려왔다.

"들어오게."

문이 열리고 장 상궁이 들어왔다. 그녀는 혼자가 아니었다. 그녀의 뒤로 나인이 작은 술상을 들고 뒤따라 들어왔다. 장 상궁이 자리에 앉자 나인이 두 사람 사이에 술상을 놓고는 물러갔다.

"이 늦은 시각에 어인 술인가?"

홍연이 묻자 장 상궁이 고개를 숙인 채 작은 목소리로 말했다.

"오늘 밤은 쉽사리 잠을 이루시지 못하실 것 같으시기에……."

홍연은 피식 웃으며 장 상궁에게 말했다.

"장 상궁. 자네는 어찌 나의 모친보다도 내 마음을 잘 아는가?"

"송구하옵니다……."

"한잔 따르게."

홍연이 술잔을 들었고 장 상궁이 술을 따랐다. 잔이 채워지자 홍연이 잔을 자신의 입가로 가져갔다. 가슴이 먹먹하며 술이 쉽사리 넘어갈 것 같지 않았다. 그는 도로 술잔을 내려놓았다.

"오래전 이런 생각을 해 본 적이 있다네. 혹 공주께서 돌아오시지 못하는 이유가 전하가 무서워서 또는 내가 못나서가 아니라 이미 다른 이와 연을 맺고 계시기에 그러한 것이 아닌가 하고."

"대감!"

장 상궁이 아니라는 듯 강하게 고개를 내저었다. 홍연은 슬프게 웃으며 술 한잔을 어렵게 삼켰다.

"그래도 나는 기다리겠네. 기다릴 것이네."

부부의 인연. 그 인연의 끈.

홍연은 한 사람이라도 끝까지 붙잡고 있는 이상 절대 끊어지지 않으리라 믿었다. 눈에 보이지 끈을 그리던 홍연이 여진에게서 돌려받은 뒤로 내내 간직하고 있던 옥을 꺼내들었다. 다시 되찾은 뒤로 그는 이 반달 모양의 옥을 더욱 소중히 여기며 사저에 두고 간직해왔다.

['이 옥이 소리를 내는 날. 공주는 돌아올 것이다.']

대왕대비의 말은 어쩌면 어린 홍연을 위로하기 위해 건넨 거짓말이었을지도 모른다. 하지만 홍연은 오늘도 그 말을 믿고 돌아올 공주를 기다리고 있었다.

"대감. 영산군대감께서 오셨사옵니다."

문 밖에서 나인이 영산군이 왔다는 소식을 알렸다. 장 상궁이 말했다.

"술상을 치울까요?"

"그리하게."

장 상궁이 술상을 들고 자리에서 일어섰다. 동시에 문이 열리며 영산군이 안으로 들어섰다.

"홍연."

영산군이 반가운 목소리로 앉아 있는 홍연을 부른 그때였다. 홍연의 곁에서 그리고 영산군의 곁에서 청아한 음색이 울리기 시작했다.

그것은 홍연이 단 한 번도 들어본 적이 없는 음색이었다. 대왕대비로부터 옥을 하사받은 이유로 상상 속에서만 들어왔던 바로 그

음색.

바로 홍연의 손에 쥔 옥에서부터 나오는 소리였다!

매정하게도 옥은 단 한 번도 홍연의 앞에서 소리를 낸 적이 없었다. 그 옥이 바로 지금 소리를 내고 있었다.

"대감! 옥에서 소리가 나옵니다!"

장 상궁도 옥이 내는 소리를 듣고는 깜짝 놀라 소리쳤다.

"응? 소리?"

영산군도 옥에서 나는 소리를 들었는지 자신을 뒤따라 들어오던 여진을 돌아보았다. 영산군의 시선을 느낀 여진도 당황한 듯 그 소리에 귀를 기울이더니 활짝 웃으며 말했다.

"아, 이 소리요?"

여진이 자랑스럽게 자신의 목에 찬 반달 모양의 옥을 꺼내 영산군에게 보여주었다.

"이 옥에서 소리가 나는 거예요."

홍연과 장 상궁이 동시에 여진을 쳐다보았다. 여진은 사람들의 시선이 모아지자 자신의 목에 걸린 반달 모양의 옥을 자랑스럽게 내보이며 동시에 홍연의 손에 있는 나머지 반달 모양의 옥을 가리켰다.

"그리고 저 옥에서도요. 모양도 닮은 것이 꼭 원래 하나였던 것 같지요?"

여진의 말에 홍연이 자리에서 벌떡 일어섰다.

"그 옥! 이리 줘보시오!"

"아, 이거요? 잠시만요."

흥분한 홍연의 모습에 살짝 당황한 여진이 자신의 목에 걸고 있던 목걸이를 풀어 그에게 내밀었다. 홍연은 떨리는 손으로 여진이 내미는 옥을 받아들었다.

정말 같은 크기, 같은 모양의 옥이었다. 다른 점이 있다면 옥에 새겨진 무늬만 서로 달랐을 뿐이다.

홍연은 떨림이 멈추지 않는 손으로 소리는 내는 두 개의 옥을 하나로 맞추었다. 거짓말처럼 방 안을 가득 채우던 청아한 음색이 뚝, 끊겼다.

"아아……!"

이를 본 장 상궁이 큰 충격을 받은 듯 자리에 털썩 주저앉았다. 영산군도 홍연의 손에 들린 두 옥이 무엇인지 알아본 듯 여진에게 황급히 물었다.

"윤 소저. 이 옥이 어디에서 났소?"

"이 옥이라면…… 둘 중 어떤 옥이요?"

"방금까지 그대의 목에 걸려 있던 바로 이 옥 말이오."

영산군이 또다시 훔친 것인지 추궁한다 여긴 여진이 난처한 웃음을 흘리며 말했다.

"분명히 말씀드리지만 훔친 게 아니에요. 옥의 주인에게서 직접 받은 거라고요. 그 옥의 주인이 잠시 빌려준 거지만. 어쨌든 그 옥은……."

여진이 해명부터 하려 하자 홍연이 손을 들어 여진의 말을 막았다. 그리고 물었다.

"이 옥의 주인이 지금 어디에 있는지 아시오?"

어쩌면 홍연은 머리가 아닌 마음으로 깨달았는지도 모른다. 여진에게 물음을 던진 순간, 답은 그의 머릿속에 떠올랐으니까.

그는 어리석게도 가장 늦은 순간에 진실을 깨닫고 말았다.

"이 옥은 언니의 것이에요. 언니가 제게 주었어요. 매우 중요한지 단지 빌려준 거지만 나중에 되찾아간다고 했고요."

영산군이 깜짝 놀란 듯 물었다.

"설마 윤 소저. 그대가 말하는 그 언니가 이 소저? 윤 도령이 목숨을 구하겠다며 온수골 별궁으로 데려간 그 이 소저요?"

여진이 고개를 끄덕였다.

"네."

여진의 말에 홍연은 큰 충격을 받은 얼굴이 되었다. 그를 대신해 영산군이 여진에게 물었다.

"하나 그럴 리가……! 윤 소저. 솔직히 말해주시오. 이 소저는 어디 사람이오? 아니, 어디서 왔소? 언제부터 알게 된 것이오?"

여진은 주변에 깔린 무거운 분위기에 눌려 울먹거리면서도 모든 사실을 털어놓았다.

"사실 언니를 처음 본 건 금표비 인근의 한 동굴이었어요. 그래서 말씀드릴 수가 없었어요. 물론 그곳을 출입하면 안 된다는 걸 알고는 있었지만……."

"금표비 인근 동굴? 혹 그곳이 돈의문 부근에 있는 것이오?"

"네, 맞아요. 언니는 그 동굴 안에 쓰러져 있었어요."

"하하……!"

영산군이 어처구니없다는 듯 짧은 웃음을 터트렸다. 그의 옆에 앉아 있는 홍연은 굳은 표정을 계속 유지했다. 그의 표정 안에는 무수히 많은 혼란들이 뒤섞여 있었다.

"언니가 깨어났을 때 집이 어디인지 물었지만 언니는 아무것도 말하려 하지 않았어요. 그땐 단지 언니가 사화와 연관된 집안의 규수이거나 기억을 잃어서 그렇다고 생각했고요. 그런데…… 이 옥이 정말 중요한 건가요?"

홍연은 긴 침묵 속에서 단 한마디도 하지 않은 채 묵묵히 여진의 말을 듣고 있었다. 그는 여진이 하는 말을 믿을 수가 없었다.

진성공주 이수련.

그리고 어느 날 갑자기 나타난 소녀 이유나.

바로 자신의 앞에 나타난 그녀를 알아보지 못했다니!

"윤 소저. 잘 들으시오. 이 옥의 주인은 바로……."

영산군이 여진에게 진실을 밝히려는 그때였다. 홍연이 입을 열어 영산군의 말을 막았다.

"우선 윤 소저를 데리고 돌아가 주시지요."

"아, 그야 당연히······ 허면 자네는?"

"당분간 이 일은 함구하는 것이 좋겠습니다."

"알겠네."

영산군이 여진과 함께 떠나자 홍연은 나인을 불렀다.

"벼랑이 밖에 있느냐."

"예, 대감."

나인을 부른 홍연은 넋이 나간 얼굴로 바닥에 주저앉은 장 상궁을 부탁했다.

"나는 잠시 출타할 것이니 상궁을······."

"부마대감!"

장 상궁이 홍연의 옷깃을 붙잡으며 매달렸다.

"소인······! 이 죽을 죄를 어찌 갚으리오까? 저승에 가서도 선왕전하의 용안을 어찌 뵌단 말이옵니까! 흐으윽! 그분이······ 그분이······!"

"진정하게. 모든 일은 확인이 필요한 것이니."

확인을 언급하며 장 상궁을 진정시키는 홍연. 그러나 애초에 확인 따위는 필요 없었다. 그는 덕풍군의 행랑에서 유나를 처음 만났을 때부터 알고 있었다. 자신의 머리가 알지 못했던 것을 그의 마음은 이미 알고 있었다. 그가 그녀에게 첫눈에 끌렸던 것은 결코 우연이 아니었다.

"내가 다녀오겠네. 내가······ 갈 것이네."

평소처럼 차분하게 말하는 그였지만 가슴은 터질듯이 세차게 뛰고 있었다.

"말을 가져오너라."

＊ ＊ ＊

홍연이 내준 출입패로 온수골 별궁으로 들어간 윤임은 온천수가 있는 노천탕으로 향했다. 궁궐의 전각만 한 크기의 노천탕에서는 일 년 내내 쉬지 않고 뜨거운 온천수가 솟아났다.

온천수로 인해 발생된 수증기가 노천탕 주변에 가득했다. 윤임은 제일 먼저 유나를 추위로부터 보호하기 위해 에워쌌던 이불을 걷어냈다.

"유나야!"

유나의 얼굴은 여전히 죽은 사람처럼 새파랗고 핏기 하나 찾아볼 수가 없었다. 윤임은 유나를 두 팔로 안아든 채 천천히 노천탕 안으로 걸어 들어갔다.

"제발……."

윤임은 유나의 얼굴을 제외한 모든 부분이 따뜻한 온천수 안에 잠기도록 했다. 얼마의 시간이 흘렀을까? 유나의 얼굴에 잃어버린 혈색이 조금씩 돌아왔다. 마지막으로 새파랗기만 하던 입술도 조금씩 제 색을 되찾아 연분홍빛을 냈다.

"정신 차리거라……!"

유나는 깨어나지 못했다. 윤임의 속은 시간이 지날수록 까맣게 타들어갔다.

"내가 잘못했다."

윤임의 두 눈에서 온천수보다도 더 뜨거운 눈물이 흘러내렸다. 자신이 조금만 더 용기를 내었더라면. 그래서 유나가 도희의 집으로 가겠다는 것을 막을 수 있었더라면.

이처럼 뒤늦게 자신의 마음을 깨닫고 괴로워하는 일 따위는 결코 일어나지 않았을 것이다. 이렇게 유나가 생사를 헤매는 일 따위는 일어나지도 않았을 것이다.

윤임은 유나에게 일어난 이 모든 일이 자신 때문이라며 자책했다.

그러나 시간이 흘러도 유나는 눈을 뜨지 않았다. 따뜻한 온천수는 유나의 혈색을 되돌아오게 하고 잃어버린 체온을 되찾을 수 있도록 도와주었다. 하지만 그녀의 목숨까지는 되살려놓지 못한 것 같았다.

윤임은 이제 현실을 받아들어야만 했다. 그는 영원한 잠에 빠져든 유나를 바라보며 자신의 숨이 끊어지는 듯한 고통 속에 휩싸였다.

잔인한 첫정이었다. 윤임은 온천수에 내어주었던 유나의 육신을 두 팔 가득 끌어안았다. 힘없이 끌려와 자신의 품에 가만히 안

겨오는 유나의 몸을 끌어안으며 타는 듯한 슬픔을 억눌렀다.

＊ ＊ ＊

빛과 진실. 언제나 이 모든 것은 어둠 저편에 꼭꼭 감춰져 있다.

['태조대왕께서는 무안 의안 두 대군을 잃으시고 하나 남은 경순공주를 지키기 위하여 〈조선경국전〉에 적장녀 승계에 대한 내용을 덧붙이도록 삼봉에게 명하셨다. 하나 선왕은? 네 부왕 말이다.']

소녀가 고개를 갸웃거리며 할머니인 대왕대비를 쳐다보았다.

['네 부왕이 〈경국대전〉을 새롭게 편찬하면서, 어찌 적장녀 승계에 대한 내용을 삭제하지 않고 유지토록 하였는지 아느냐?']

소녀가 고개를 가로저었다. 그러자 대왕대비가 말했다.

['왕실은 늘 여인에게만은 참으로 잔인하였지. 수련아, 너만큼은 그 가혹한 운명에 휩싸이지 않길 바란다.']

.

.

.

난 누구일까?

꿈속에서도 나는 해답을 찾고 있다. 마치 완성되지 못한 퍼즐 판 속에 갇혀 있는 듯한 기분이다. 이 퍼즐판의 조각은 모두 검은색이다. 퍼즐을 완성한다고 하더라도 나는 영영 이 어둠 속을 벗어나지 못할 것만 같다.

['수련아…']

꿈속에서 만나는 사람들은 나를 보고 다른 이름으로 부른다.

내 이름은 유나인데.

"유나야……!"

낯설기만 한 이름이 아닌 내가 아는 이름을 불러주는 한 사람.

"정신 차리거라!"

어둠. 그러나 그 어둠 속에서도 나를 부르는 소리는 명확하다.

이 목소리는…….

"내가 잘못했다."

윤임이다. 임지 오라버니야!

어둠 속을 헤매던 나는 드디어 한 줄기의 빛을 발견했다. 분명 윤임의 소리는 그곳에서부터 들려오고 있었다.

"오… 라버니……."

어둠 속에서 그를 부르는 순간, 난 빛을 보며 두 눈을 떴다. 난 축 늘어져 머리를 누군가의 단단한 어깨에 기댄 채 물속에 누워 있었다. 어깨까지만 물 위로 드러나고 다른 부분은 모두 물속에 잠겨 있었다.

아주 따뜻한 물속. 이 주변은 온통 수증기로 가득 차 시야가 잘 보이지 않는다. 하얗고 따뜻한 안개. 난 이 수증기를 이렇게 생각하기로 했다.

"임지 오라버니……."

"유나?"

두 번째서야 내 목소리를 들었는지 그가 나를 일으켜 세운다. 난 윤임이 부축을 받으며 땅에 두 발을 대고 설 수 있었다. 물의 높이는 내 가슴까지 와 닿았다. 나는 일어선 뒤에야 두 눈에 힘을 주며 눈앞에 있는 윤임을 쳐다보았다.

우리 두 사람은 흠뻑 젖은 채 서로를 바라보며 서 있었다.

"오라버니……."

"정신이 드느냐?"

"여기는……."

"온수골 별궁이다."

"별궁?"

내 기억 속에서 마지막으로 보았던 것은 차가운 한겨울의 물속. 그리고 많은 사람들이 배를 타고 나를 물속에서 건져냈다. 그 다음은 기억이 나지 않지만.

당시 몸이 매우 추웠고 그래서 정신을 차릴 수가 없었다. 내 몸의 감각들이 사라진 듯한 착각에 빠졌기 때문이었다. 곧 추위는 사라졌고 그대로 정신도 잃어버렸다.

"제가 왜 이곳에 있는 거죠?"

"넌 강에 빠졌었다. 그 일로 사경을 헤맸지. 의원의 말로 온천욕으로 너를 살릴 수 있다 하여 이곳으로 데려온 것이다."

"제가 사경을 헤맸다고요?"

정신을 차리고 보니 내가 사경을 헤맸다는 사실을 믿기 어려웠다. 하지만 지금 내가 몸을 담그고 있는 온천수와 바로 내 앞에서 나를 바라보는 윤임의 눈동자는 분명 말하고 있다. 내가 정신을 잃은 뒤 일어났던 모든 상황들에 대해서.

그가 방금 말한 모든 말은 사실이다.

"오라버니가 저를 살렸네요."

이 조선에서 난 죽을 수도 있었다.

나를 가만히 바라보던 윤임이 목멘 목소리로 입을 열었다

"넌…… 나의 세상이다."

"오라버니?"

계속 말을 이어나가려던 그가 자신의 감정을 주체하지 못한 듯 떨리는 입술을 살짝 깨물었다.

"네 몸이 죽은 사람처럼 차갑게 식어가는 것을 보며 나는 깨달았다. 나 윤임이 누군가로 인해, 한 여인으로 인해 숨을 쉴 수 없게 된다는 것을. 그리고 그 한 여인이 바로 너다. 유나야."

그는 죽어가는 나를 보며 자신도 함께 죽어가고 있었다고 고백했다. 이러한 그의 고백은 내 마음 안에 잔잔한 파장을 일으켰다. 이윽고 이 파장은 거대한 홍수가 되어 내 안을 뒤흔들었다.

"다시는 너를 내 곁에서 멀어지게 하는 일 따위는 결코 없을 것

이다. 네가 원하든 네가 원치 않든 난 반드시 그러할 것이다. 그 러니……."

그의 목소리가 조금씩 떨려왔다. 나는 그 떨림을 분명하게 느끼고 있었다. 그에게서부터 전해지는 떨림을 온전히 받아들이며 나는 그의 두 눈동자를 응시했다.

마침내 그가 내게 말했다.

"나와 혼인해다오."

과거 그의 청혼은 내게 두려움을 주었다. 그전까지 나는 내가 왜이 조선으로 왔는지 이유조차 모른 채 지내왔다. 그랬던 내게 윤임이 한 청혼은 내가 온 세상과 연결된 마지막 줄이 끊어지는 신호처럼 다가왔다.

그래서 그의 청혼은 내게 두려움이었다. 하지만 그의 두 번째 청혼은 더는 내게 두려움을 주지 않았다. 이제야 나는 내가 왜 이 낯선 조선으로 오게 되었는지 깨달았다.

아빠, 엄마. 미안해요. 하지만 저 이곳에 남고 싶어요. 이 사람 곁에 있고 싶어.

마음속으로 결심한 순간 뺨을 타고 눈물이 흘러내렸다.

"유나야?"

내 눈물을 본 윤임이 걱정스레 불렀을 때였다. 난 눈물을 훔쳐내고는 그를 향해 웃으며 고개를 끄덕였다.

"네. 혼인할게요. 오라버니와 혼인할……!"

내 대답이 다 끝나기도 전에 그가 급하게 입을 맞춰왔다. 동시에 가슴 깊은 곳에서부터 뜨거운 열기가 치고 올라와 우리 두 사람을 빠르게 에워쌌다.

조선에 온 뒤로 내가 겪었던 험난한 일들. 그 속에서도 나는 작지만 분명 내 안에 존재하는 평안을 느꼈다. 그 평안은 어쩌면 윤임으로부터 나온 것일지 모른다. 나는 그에게 내 모든 것을 내맡긴 입맞춤을 했다.

이 입맞춤은 내 생에 가장 잊을 수 없는 순간으로 기억될 것이다.

홍연이 탄 말이 온수골 별궁 앞에서 급하게 멈춰 섰다. 그 앞을 지키던 병사들이 뛰어나와 홍연을 맞이했다.

"거창위 대감?"

말에서 내린 홍연이 병사에게 물었다.

"혹 조금 전 나의 출입패를 가진 자가 이곳에 왔었느냐?"

"예. 안 그래도 몹시 수상쩍어 대감께 기별을 드리려던 차였습니다. 한 사내가 이불에 만 여인을 안고 왔었는데, 여인은 마치 죽은 사람처럼 축 늘어져 있었습니다."

여인의 상태가 죽은 듯 보였다는 말에 홍연의 목소리가 다급해졌다.

"그들은 지금 어디에 있느냐?"

"안으로 들어간 뒤로 여태껏 나오지 않았으니 아직 안에 있을 것입니다."

"알았다."

홍연이 병사들을 지나쳐 별궁 안으로 뛰어 들어갔다. 별궁은 가장 안쪽에 위치한 노천탕을 중심으로 몇 개의 크고 작은 전각으로 이루어져 있었다. 입구에서부터 가장 안쪽에 위치한 노천탕까지는 긴 회랑으로 연결되어 있었다.

홍연은 익숙한 듯 회랑을 따라 노천탕까지 빠르게 걸음을 옮겼다.

그가 노천탕에 도착했을 때, 그곳에 가득 찬 온천수로 인해 만들어진 수증기가 노천탕 주변을 덮고 있었다. 시야가 막힌 상황에서 홍연이 노천탕 이곳저곳을 둘러보며 윤임과 유나를 찾았다. 때마침 수증기가 조금씩 걷히는가 싶더니 허리까지 물속에 잠겨 있는 두 남녀의 모습이 홍연의 눈앞에 나타났다.

윤임은 유나가 물속에서 넘어지지 않도록 그녀의 허리를 손으로 잡아 세운 채였다. 두 사람은 서로를 마주 보며 달뜬 시선을 나누고 있었다.

그러나 지금 홍연의 눈에는 상태가 좋아 보이는 유나의 모습뿐이었다. 유나를 보며 안도의 미소를 짓는 홍연의 마음속에는 이 순간 벅찬 감동만이 차올랐다.

6년 만이었다.

처음 그녀를 본 순간에는 그녀가 진성공주일 것이라고 상상하지 못했지만 지금은 달랐다. 그는 6년 동안 가슴 깊이 담아놓았던 그리움을 조심스럽게 꺼냈다.

홍연은 윤임과 함께 있는 유나를 향해 소리 내 입을 열었다.

"공주……."

바로 그때였다.

"다시는 너를 내 곁에서 멀어지게 하는 일 따위는 결코 없을 것이다. 네가 원하든 네가 원치 않든 난 반드시 그리할 것이다. 그러니 나와 혼인해다오."

홍연은 예상하지 못한 상황에서 윤임이 유나에게 하는 청혼을 엿듣는 사람이 되고 말았다. 당황한 홍연이 잠시 할 말을 잃어버렸을 때였다. 당연하게도 홍연은 유나가 윤임의 청혼을 거절할 것이라 믿어 의심치 않았다.

그녀는 자신의 아내였다. 설사 모든 기억을 잃었다 하더라도…….

"유나야?"

쉽사리 나오지 않는 유나의 답에 윤임이 재차 그녀를 불렀을 때였다. 그 순간 홍연은 두 눈으로 똑똑히 보았다. 유나가 눈물을 흘리며 윤임을 향해 방긋 웃는 모습을. 그리고 유나는 대답했다.

"네. 혼인할게요. 오라버니와 혼인할……!"

유나가 대답을 다 끝맺기도 전에 윤임이 그녀에게 거친 입맞춤을 했다. 당황한 듯 잠시 물러서려던 유나의 허리를 윤임이 자신 쪽으로 깊게 끌어당겼다. 유나도 모든 것을 내려놓은 듯 윤임의 얼굴을 두 손으로 감싼 채 깊은 입맞춤 속으로 빠져 들어갔다. 곧 수증기가 일어나 다시 이 두 남녀의 모습을 감추어버렸다.

홍연의 눈에 비치는 수증기는 마치 어린 시절의 그가 망원정에 올라 공주와 함께 바라보았던 눈 덮인 설경을 연상하게 만들었다.

['이곳에 망원정이라는 정자가 있사온데 이곳에서 눈을 구경하는 것이 한도십영 중 하나인 '양화답설楊花踏雪'이라 합니다. 며칠 전부터 눈이 내린 것을 보아하니 그 설경이 매우 훌륭할 듯한데, 이것을 제게 탄신 선물로 주실 수 있는지요?']

그러나 세월이 흘러 성년이 된 그의 곁에는 백설기처럼 하얗고 투명한 피부를 가진 어린 공주도, 훌쩍 자라 아름다운 여인이 된 공주도 더는 없었다.

['대감을 아주 많이 좋아하게 될 것 같습니다.']

['저도 그렇습니다. 공주마마.']

"공주마마……."

그의 애타는 6년의 기다림은…….

그 기다림 속에 피어난 그리움은…….

마치 겨울밤의 짧은 꿈처럼 홍연의 두 눈앞에서 사라져 버린다.

['그대는? 그대는 누구요?']

진성공주 이수련.

그녀는 사라진 지 6년 만에 홍연의 앞에 나타났다. 하지만 홍연은 바로 눈앞에서 그녀를 보고도 그녀가 누구인지 알아차리지 못했다. 그리고 그 대가는 참으로 잔인하기만 했다.

"거창위 대감?"

나 홀로 쓸쓸히 별궁을 나오는 홍연을 본 병사가 다가왔다.

"돌아가십니까? 말을 가져오라 할까요?"

"아니다. 되었다."

힘없이 손을 내저은 홍연이 겨울밤 인적 하나 없는 길로 무거운 발걸음을 내디뎠다.

공주께서 기억 저편에 나를 묻으셨다 하더라도 나는 그대를 묻지 못하겠습니다. 묻지 못하겠습니다!

한겨울의 깊은 어둠 속에서 그의 가슴속 메아리만이 끊임없이 울려 퍼졌다.

날이 풀렸는지 아침부터 날씨가 따뜻하게 느껴졌다. 오래전 내렸던 쌓인 눈 사이로 초록빛 새순들이 하나둘씩 머리를 내밀기 시작할 무렵.

나는 며칠 전 여진과 함께 맞춘 설빔을 쌍둥이처럼 맞춰 입었다. 이 옷은 내가 조선에 와서 입은 옷들 중 가장 예쁘고 좋은 옷이었다. 안타까운 점은 옷을 입은 내 모습을 전부 비춰볼 만한 큰 거울이 조선에는 없다는 사실이다.

그리고 오늘 아침, 음력설을 맞아 덕풍군 대감의 사저로 가서 새해 인사를 드리기로 했다.

"다 준비되었느냐?"

별당 밖에서 윤임의 목소리가 들려왔다.

"네, 지금 나가요."

문을 열고 밖으로 나가자 평소 무예복을 즐겨 입던 그가 오늘은 흰 도포 위에 은빛 두루마기를 입고 서 있는 것이 보였다. 그는 설빔을 차려입은 나를 위아래로 훑어보았다. 그는 나와 눈이 딱 마주치자 헛기침을 하며 고개를 돌린다.

"왜요? 색이 별론가요?"

"아니다. 잘 어울리는구나."

은근슬쩍 떠보며 물어본 건데 돌아오는 대답은 의외로 시큰둥하다. 나는 그에게 다가가 다시 물어볼 생각으로 마루 아래 섬돌로 몸을 굽혔다. 어젯밤 벗어둔 짚신이 그곳에 있어서였다.

"응?"

내 짚신이 보이지 않는다. 그때 윤임이 내 앞으로 다가오더니 무언가를 꺼내 섬돌 위에 살포시 내려놓는다. 초록색 바탕에 붉은 실로 당초문 무늬가 수놓아진 가죽신, 당혜였다.

"이건……."

며칠 전 설빔을 맞추러 간 길에서 여진은 거리 상점에 놓인 가죽신들을 보며 이렇게 말했었다. 당혜 중에서도 앞뒤로 당초문 무늬가 들어간 당혜는 오로지 명나라에서만 수입해오는 고가품이라고. 그래서 특별히 주문하지 않는 이상 보기도 또 구하기도 쉽지 않다고 말이다.

여진은 명나라에서 수입한 당혜를 딱 두 켤레만 가지고 있다고도 했다. 만약 그날 여진에게 설명을 듣지 않았더라면 윤임이 내 앞에 내려놓은 당혜가 그저 평범한 다른 당혜들과 같은 것인 줄 알았을지도 모른다.

"이거 비싼 건데?"

비싸다는 걸 한눈에 알아본 내 안목 덕에 윤임이 머쓱한 웃음을 짓는다.

"설빔에는 새 신이 어울리지 않겠느냐."

"그럼 제 거예요?"

"어디 맞는지 신어 보거라."

난 신나서 서둘러 당혜를 신었다. 거짓말처럼 당혜는 내 발에 딱 맞았다. 난 좋으면서도 괜스레 딴 말을 했다.

"짚신도 많은데…… 없으면 만들어 신어도 되고. 전 이제 짚신을 아주 잘 만들거든요."

짚신을 잘 만드는 것도 하나의 기술이라서 자랑스럽게 말했는데 듣는 윤임의 표정이 살짝 굳는다.

"앞으로 짚신 따위를 만드는 일은 하지 않아도 된다."

"에이~ 또 모르죠. 돈이 궁하면 짚신이라도 만들어 내다 팔 수밖에."

"유나야."

농담이라도 그런 소리를 하지 말라는 분위기에 결국 내가 먼저 두 손, 두 발 다 들고 말았다. 난 신을 신고 윤임에게 달려가 그의 팔에 매달렸다.

"네네, 알았어요. 앞으로는 오라버니 말을 아주아주 잘 들어야지~ 우린 혼인할 거니까."

윤임이 당황한 듯 얼굴을 붉히며 말을 더듬는다.

"호, 혼인?"

"왜요? 저와 혼인 안 할 거예요?"

"그게 아니라! 다만 아녀자가…… 아니, 그보다 큰누이 앞에서 나를 오라버니라 불러서는 안 된다. 큰누이는 이런 데는 엄격하시니."

"그럼 뭐라고 불러요?"

잠시 고민하던 그가 말한다.

"도련님?"

"도련님? 으~~ 오글거려!"

무언가 획기적인 대답을 기대한 것은 아니었지만, 여기는 분명 조선시대가 맞다.

"싫으냐?"

난 고개를 저었다.

"어차피 다들 여기선 그렇게 부를 테니까 딱히 싫은 건 아니지만 '오라버니'에 익숙해지는 것도 꽤 오래 걸렸단 말이에요. 그런데 다시 '도련님'부터 시작해야 한다니, 힝."

내 투정을 가만히 바라보던 그가 팔을 잡아 자신에게로 돌려세운다.

"그건 걱정 말거라."

"왜요?"

나의 팔을 잡았던 그의 손이 부드럽게 아래로 미끄러지더니 내 손을 잡는다.

"곧 나를 오라버니도 도련님도 아닌 '서방님'이라 부르게 될 터이니."

"서방님?"

윤임의 역습.

애초에 혼인하자는 내 말은 그를 놀릴 수 있는 거리가 되지 못했다. 나는 그에게 손이 붙잡힌 채, 화끈거리는 얼굴을 가릴 수 없어 고개를 푹 숙였다. 그런 내게 윤임이 자신의 얼굴을 바짝 가져다 대며 짓궂게 묻는다.

"어? 어찌 그러느냐? 내가 틀린 말을 한 것이더냐?"

"손 놔요. 놔 달라고요. 놓고 이야기해요."

난 그에게 잡힌 손을 빼려 손목을 살짝 비틀었다.

하지만 그럴수록 그는 잡고 있는 내 손을 더욱 힘주어 잡는다.

"어찌?"

"부끄럽단 말이에요."

"무엇이?"

그가 내게 점점 고개를 숙여오며 낮은 목소리로 묻는다. 이상하게도 그와 온수골 별궁에서 나누었던 뜨거운 입맞춤이 생생히 되살아난다. 이대로 그의 입술이 내게 닿을 것만 같아서 나도 모르게 두 눈을 질끈 감았다.

- 두근!

가슴이 터질 것 같아.

"도련님! 준비를 모두 마쳤습니다!"

하인이 그를 불렀고 난 감았던 눈을 떴다. 그는 날씨를 잊어버린 따스한 햇살 아래에서 방긋 웃으며 나를 가만히 바라보고 있었다. 그의 모습이 든든하게 느껴져 두근거리던 내 가슴에 평안이 찾아왔다.

"어찌 눈을 감았더냐?"

그는 이런 내게 장난스럽게 물었고 난 인정해야 했다. 그는 내 생대가 되지 않는다. 물론! 나도 최후의 반격이라는 것을 할 수 있지만.

"흥, 칫, 뿡."

이렇게.

"흥? 치?"

"그런 게 있어요. 있다고요."

난 입술을 삐쭉 내밀었다. 그사이 내 손을 놓아준 그가 소매에서 무언가를 꺼냈다. 검은색의 베일이었다.

"반가의 부녀자들은 모두 쓰고 외출하는 것이니 너라고 예외일 수는 없을 것이다."

"그건 어떻게 쓰는 건데요?"

"정녕 이 베일을 어찌 쓰는지 모르느냐?"

난 고개를 끄덕였다. 그가 베일을 펼치더니 내 머리 위에 사뿐히 덮어주었다. 베일이 내 머리를 덮고 내려와 눈앞을 가렸다.

아주 잠깐. 눈의 깜빡임을 따라 아주 느리게 데자뷔가 느껴졌다. 난 한 번도 이런 검은 베일을 써 본 적이 없다. 이 조선에 와서는 처음 있는 일이다. 그런데 이런 베일을 쓴 기억이 있다. 오래전, 하지만 그렇게 먼 오래전은 아니다. 난 내 머리부터 허리까지 내려온 베일의 끝자락을 손으로 만지작거렸다.

이런 나를 보며 윤임이 묻는다.

"어찌 그러느냐? 불편하여 그러느냐?"

"제가 전에 이걸 쓴 적이 있었나요?"

"있었느냐?"

오히려 반문하는 것은 윤임이다. 그리고 이런 그의 반응은 당연한 것이다. 써봤다면 써본 본인인 내가 더 잘 알겠지, 그가 알 리는 없을 테니까.

※ ※ ※

설빔까지 차려입고 기대하는 마음으로 온 덕풍군의 사저. 그러나 이번에도 덕풍군은 물론이고 윤임의 누나인 해진도 나를 만나주려 하지 않았다. 결국 윤임 혼자 덕풍군을 만나러 간 사이 여진이 나를 찾아와 사과했다.

"미안해요. 하지만 큰언니를 미워하지 마세요."

"미워하기는. 당연한 거지. 난 이해할 수 있어."

조선까지 와서 집안의 반대니 뭐니, 드라마에서나 볼법한 일을 겪을 줄은 몰랐다. 그러나 어찌 보면 윤임의 누나인 해진의 이러한 반응은 당연했다. 윤임이 나와 혼인하겠다고 결심하고부터 덕풍군은 거의 매일 윤임을 찾아왔다. 그는 우리의 혼인을 반대하는 해진의 의사를 분명하게 전함과 동시에 그의 마음을 되돌리려 무던히 애를 썼다.

윤임은 요지부동이었고 해진은 아버지의 유배가 풀릴 때까지만 혼인 이야기를 미루자는 조건을 내걸었다. 물론 윤임은 또 반대.

"흠흠, 윤 소저?"

"영산군대감!"

문 밖에서 들려오는 소리에 여진이 활짝 웃으며 자리에서 일어섰다. 나도 함께 일어서서 영산군을 맞았다. 그는 들어오자마자 제일 먼저 본 여진을 향해 미소를 짓는다. 다음은 나.

나와 눈이 마주치자 그는 마치 쓴 한약을 먹은 어린 소년의 얼굴이 되어버렸다. 뭐라고 설명할 수 없는 묘하고도 난해한 표정. 그는 이 표정으로 한동안 내 얼굴은 물론이고 나의 곳곳을 뚫어져라 살펴보았다. 게다가 이 자리는 영산군을 처음 만나는 자리도 아니다.

얼마 전 난 여진을 통해 정식으로 영산군을 소개받았다. 그는 첫 만남부터 이 묘한 표정으로 내 얼굴에서 눈을 떼지 못하더니 그 이후로도 만날 때마다 저 표정이다.

실은 날 싫어하는데 여진이 때문에 억지로 웃어야 해서 그런 걸까?

"이, 이 소저도 오, 오랜만입니다."

영산군은 분명 나를 어려워한다. 여진이 영산군을 너무 좋아하니 억지로라도 웃을 수밖에.

"앉으세요."

난 내가 앉았던 자리를 권했다. 여진에게 배우기로 이곳에서는 신분이 가장 높은 사람이 가장 안쪽에 앉는단다. 먼저 앉았던 사람이 신분이 낮으면 당연히 그다음에 들어오는 사람의 신분에 따라 안쪽 자리를 내주어야 했다.

영산군은 종친이니 조선의 왕족의 신분. 당연히 나보다도 그리고 여진이보다도 신분이 높다. 그래서 당연히 그에게 내가 앉았던 가장 안쪽 자리를 권했다. 하지만 그는 끝까지 두 손을 내저으며 극구 사양한다.

"아닙니다. 저는 바깥 자리가 편합니다. 이 소저께서 앉으시지요."

여진이도 이상하다는 듯 영산군을 쳐다본다. 난 그가 여진이와 조금이라도 가깝게 앉고 싶어 그런다고 생각하고는 그의 청을 사양하지 않기로 했다.

"네, 그럴게요."

다들 착석하자 여진이 영산군에게 물었다.

"어인 일이세요? 오늘은 입궐하셔서 대왕대비마마와 왕대비마마를 알현하신다고 하셨잖아요."

"일찌감치 입궐해서 뵙고 새해 인사를 드렸소. 전하도 뵈었지."

영산군이 내 눈치를 슬금슬금 보며 말을 잇는다.

"거창위도 보고."

"부마 대감이요? 부마 대감도 이른 아침부터 입궐하셨나

봐요?"

묻는 건 여진인데 영산군은 계속 내 얼굴에서 눈을 떼지 못한다.

"거창위도 종친이니…… 참, 그렇지."

영산군이 무언가 생각났다는 듯 무언가를 꺼내 내 앞에 내밀었다. 반달 모양의 옥이다. 난 단번에 그 옥이 내가 여진이에게 주었던 옥이라는 걸 알았다.

"이걸 왜 영산군대감께서 가지고 계세요?"

"실은 거창위가 지니고 있었소."

그런데 옥이 내가 가지고 있던 모양새와 조금 다르다. 내 부모님은 그것을 목걸이처럼 만들어서 주셨는데 다시 돌아온 옥은 목걸이 끈이 사라지고 고급스러운 연녹빛의 장식술이 달린 노리개로 바뀌어 있었던 것이다.

"거창위가 이 소저에게 돌려주라 하여……."

영산군의 설명이 다 끝나기도 전에 여진이 그것을 낚아채듯 제 손으로 가져갔다. 그리고 노리개가 돌아온 옥을 이리저리 살피며 신기하다는 듯 말했다.

"나는 왜 이 생각을 못 했지? 언니. 이건 앞으로 노리개로 착용해도 예쁘겠어요. 아니지! 지금 언니가 입은 설빔에 딱 어울리겠는 걸?"

난 옥을 가져온 영산군을 향해 물었다.

"그런데 왜 이걸 부마 대감께서 가지고 계셨던 거죠?"

그러자 여진이 대신 대답했다.

"지난번에 언니가 경강에 빠져 생사를 헤맸을 때요. 부마 대감께서 온수골 별궁의 출입패를 선뜻 내어주셔서 살 수 있었어요."

나는 전혀 알지 못했던 일이었다.

"그 별궁의 출입패를 부마 대감께서 내주셨다고?"

"네, 맞아요. 그때 제가 감사의 인사를 하려고 영산군대감과 부마대감을 뵈러 갔거든요? 그때 옥에서 소리가…… 아, 언니 기억해요? 지난번에 제가 이 옥 말고 비슷하게 생긴 옥을 보여드린 적이 있었잖아요?"

"응, 그랬지. 그런데 그게 왜?"

"그런데 알고 보니 그 옥이 사실 부마대감의 것이었어요. 신기하죠?"

신기해하는 여진과 달리 내게는 크게 놀라운 일이 아니었다.

두 옥은 모양도 비슷했고 크기도 비슷했으니까. 게다가 옥의 성질까지 비슷하다면 소리가 나는 우연쯤은 충분히 과학적으로 설명이 될 것이라고 생각해서였다.

"혹시 원래 하나였던 옥이 아닐까요?"

여진이 던진 의문에 난 웃으며 고개를 저었다. 분명 그럴 일은 없다. 내가 지니던 옥은 조선에 오기 전부터 가지고 있었던 것이다. 다시 말해 원래부터 조선시대 옥이 아니었다.

하지만 홍연의 옥은 다르다. 그 옥은 조선시대에서 만들어진 옥일 테니까. 시대의 차이가 있는데 두 옥이 원래 하나였을 가능성은 전혀 없었다.

"그럴지도 모르지. 하지만 아닐 수도 있지."

여진의 흥분에 찬물을 끼얹었을까 나는 애매모호한 말로 답변을 대신했다. 이런 나를 쳐다보는 영산군의 표정이 복잡 미묘하다.

"부마 대감께 고맙다고 전해주세요, 꼭이요."

"그리하겠소."

이제 용건이 끝난 영산군은 자리를 털고 일어섰다. 나도 영산군을 배웅하기 위해 함께 자리에서 일어섰다. 영산군은 바로 나가지 않고 한참을 망설이더니 내게 묘한 말을 건넸다.

"이 소저. 혹 나를 전에 만난 적이 있으시오?"

"있죠. 여진이의 정혼자시잖아요. 그래서 지난번에 뵈었고요."

나를 바라보는 영산군의 표정은 무언가 답답한 듯 보이기도 하고 안쓰럽기도 하다.

"혹시 이건? 이것을 본 적이 있소?"

그가 자신의 손수건을 내게 내민다. 어른이 쓰기에는 크기가 작아 아이의 것 같은 작은 손수건. 이 손수건에는 영산寧山이라는 한자가 적혀 있었다. 분명 영산군의 것이었다.

"영산군대감의 것인가요?"

"그렇소."

"그럼 전 모르죠. 제 것이 아니니까요."

"조금만 더 살펴보시오."

영산군이 재차 묻자 나는 어쩔 수 없이 손수건을 받아 한 번 더 살펴보았다. 작은 손수건. 그리고 새겨진 한자는 금실로 새겨져 있다. 딱 그뿐이다.

"금실이네요. 혹시 글자는 여진이가 새겼나요?"

내 말이 원하는 대답이 아니었는지 영산군은 땅이 꺼져라 깊은 한숨을 내쉰다. 우리를 옆에서 지켜보던 여진이 끼어들었다.

"난 이런 거 잘 못하는데. 유나 언니가 잘하지."

그러면서 바로 옆에 있던 영산군을 흘겨본다.

"어떤 여인이에요?"

"여인이라니?"

"이 수건에 대감의 군호를 수놓아준 여인이죠! 혹시 궁궐 나인인가요? 첩으로 들이려고 했었나요? 예뻐요?"

"말도 안 되는 소리요!"

영산군이 억울하다는 듯 항변했지만 여진은 쉽게 물러서려 하지 않았다.

"그럼 말해주세요! 누가 했는데요? 누가 이렇게 수놓아서 대감께 드렸는데요?"

"그, 그건!"

"누구냐구요!"

"내 누이오! 누이!"

"누이? 어떤 누이요? 요즘은 나이 많은 나인을 그리 부르나 보죠?"

"아니오, 나인이 아니오. 진성공주요! 거창위의 아내였던, 내 친누이!"

거창위의 아내라는 말에 여진은 더 이상 영산군을 추궁하지 않았다. 동시에 난 홍연의 집에서 나를 보고 '진성공주'라고 불렀던 상궁을 기억해냈다. 그제야 영산군이 나를 바라보았던 알 수 없던 눈빛의 정체를 알 것 같았다.

난 웃으며 영산군을 바라보았다.

"그럼 오해세요."

"오해? 오해라니?"

"제가 진성공주마마와 많이 닮았죠?"

"닮았다고?"

"사실 부마 대감의 사저에서 어떤 상궁마마님을 봤는데, 그분도 저를 보고 '진성공주마마'라고 부르셨어요. 부마 대감께서도 제가 진성공주마마를 닮은 것 같다고 하셨고요."

여진이 나를 돌아본다.

"언니가 진성공주마마를 닮았어요? 정말? 그 사라진 공주마마요?"

"응, 그랬나 봐. 그래서 영산군대감도 내게 저렇게 물으신 거고. 그렇지요?"

장난하듯 던진 말은 아니었다. 그런데 영산군은 매우 기분 상한 얼굴로 나를 빤히 쳐다보더니 자리를 떠났다.

"왜 저러시지?"

이런 영산군의 태도를 이해할 수 없다는 듯 여진이 울상을 지으며 자리에 앉았다. 여진을 따라 자리에 앉은 나는 앞에 놓인 노리개를 집어 들었다. 연녹빛의 술은 옥이 지닌 원래의 색을 해치지 않으면서도 오히려 기품 있는 노리개로 재탄생시켰다. 옥의 장식 술을 선택한 사람의 안목을 엿볼 수 있는 부분이 아닐 수 없다.

"언니, 미안해요."

여진의 사과에 난 노리개를 바라보던 시선을 거두고 고개를 들었다.

"뭐가?"

"이 옥을 잃어버린 건 아니었어요. 다만 이 옥을 보고 부마대감 께서 크게 놀라신 표정을 지으셔서요. 당장 돌려달라고 할 수가 없었어요. 어쨌든 그 뒤로 오늘 영산군대감께서 다시 가져오시기 까지 잊고 있었던 건 제 잘못이지만요."

"괜찮아. 어쨌든 돌아왔으니까."

내가 사과를 받자마자 여진이 활짝 웃으며 말했다.

"그나저나 그 노리개, 지금 언니 설빔에 딱 어울려요. 어서 착용 해 봐요, 어서요."

이렇게 말하는 여진의 눈빛에 부러움이 담겨 있는 것 같았다. 난 고개를 저으며 노리개를 여진에게 내밀었다.

"아니야, 그냥 너 줄게."

"준다고요? 빌려주는 게 아니라?"

"응. 이제 이건 네 거야."

"왜요? 언니에게 매우 소중해 보였는데요."

"소중했지. 부모님이 주셨으니까. 또 부모님이 말씀하시기를 옥
은 사람의 생명을 보호해주기도 한데. 그래서 늘 내 몸에서 떨어뜨
리지 않게 하셨어."

"그렇게 중요한 걸 왜 저에게 주세요?"

"우린 이제 가족이 될 테니까."

내 대답이 여진을 만족시켰는지 그녀가 더욱 환하게 웃는다.

"그럼 두 말 않고 감사히 받을……."

여진이 내 손에서 옥을 받아들며 감사의 인사를 건네는 찰나,

문이 열리더니 윤임이 안으로 들어왔다. 그는 들어오자마자 여
진의 머리에 꿀밤부터 준다.

"아얏! 오라버니!"

윤임은 여진의 옆에 앉으며 웃는 얼굴로 꾸짖었다.

"사대부가의 여인이 어찌 그리 재물에 욕심이 많은 것이냐?"

"난 아니거든! 언니가 준거라고!"

윤임이 나를 돌아보며 묻는다.

"귀한 것 같은데 정녕 여진에게 주어도 되겠느냐?"

난 윤임에게 맞은 꿀밤이 아픈지 눈에 눈물방울을 단 여진을 보며 빙그레 웃었다.

"여진이도 이젠 제게 소중한 사람이니까요."

이 대답은 윤임을 만족시켰다. 그는 피식 웃으며 여진이에게 꿀밤을 준 자리를 자상하게 매만져준다.

"혹이라도 생기면 아니 될 터인데. 영산군대감께서 머리에 혹이 난 여인을 부인으로 맞아들이기 싫다고 하시면 어찌하려지. 다른 혼처라도 알아보아야 하나?"

"우이씨! 오라버니!"

여진이 자신을 놀리는 윤임을 향해 빽 하니 소리를 내질렀다. 우리는 여진을 보며 한참 동안 소리 내어 웃었다.

지난해 왕은 모후였던 폐비 윤씨를 복위시키기 위한 움직임을 시작했다. 이것은 선왕이 자신의 사후 백 년간 폐비 윤씨의 일을 조정에 거론하지 말라는 유지를 어기는 것이었다.

당연히 조정에서는 많은 반발이 있었다. 특히 폐비 윤씨 사사 당시 관련이 있었던 신하들이 대부분 조정에 있던 상황이었다. 이들의 반대가 특히 극심했다. 그러나 왕은 단호하게 밀고 나갔다.

왕은 제일 먼저 궁중 내 폐비 윤씨의 폐위와 관련 있던 선왕의 후궁들 그리고 나인들을 잔인하게 처형했다. 이 일로 충격을 받은 대왕대비는 얼마 지나지 않아 병으로 승하했다. 왕을 막을 수 있는 유일한 사람, 대왕대비가 승하하자 왕은 더욱 가릴 것이 없었다. 산자와 죽은 자를 가리지 않고 많은 이들이 끔찍한 형벌을 받았다.

살아남은 자들은 조정에서 자신들의 생각과 입을 닫아버렸다. 그리고 갑자년이 가고 새해인 을축년이 밝았다. 왕은 창경궁 명정전에서 망궐례를 행하고 창덕궁 인정전으로 돌아와 회례연을 베풀었다.

일 년에 단 두 차례. 설날과 동지에만 열리는 회례연은 신하들이 왕에게 새해 인사를 올리고 왕이 이에 대한 답으로 베푸는 연회였다. 연회가 무르익어가는 동안 왕은 지루한지 연신 하품을 하며 눈을 비벼댔다. 인정전을 가득 채운 신하들은 젊은 왕의 눈치만 살피며 누구 하나 마음 놓고 웃지 못했다.

사실 엊그제만 하더라도 왕은 지난해 들판에 내던져 뼛조각만 남은 죄인들의 뼈를 빻아 강에 뿌리도록 명했었다. 오늘 회례연에 모인 신하들은 언제 자신들의 신세가 강바람에 날리는 뼛가루가 될지 몰라 전전긍긍하고 있었다.

풍악소리가 잠시 끊겼다. 빠르게 새 무대가 마련되며 학의 탈을 쓴 사내들이 올라와 춤 동작을 펼쳤다. 이에 맞춰 다시 풍악이 울리자 왕이 기지개를 펴며 자리에서 벌떡 일어섰다. 그리고 거짓말처럼 모든 소리가 사라졌다.

"계속 즐기시오, 편히."

이 한마디를 남긴 채 왕은 인정전을 벗어났다. 그 뒤에도 인정전 안에서는 풍악소리가 더는 들려오지 않았다. 인정전을 나온 왕이 침전인 선정전으로 방향을 틀었다가 내전 쪽으로 걸어가는 거창 위 신홍연을 발견하고는 걸음을 멈추었다. 지금쯤 내명부에서는 대비가 주최하는 연회가 열리고 있었다. 인정전에서 열리는 회례 연에는 신하들이, 대비가 주최하는 연회에는 대부분 종친들이 참가했다.

아마도 홍연은 대비가 주최하는 연회에 참석하기 위해 입궐한 듯 보였다. 왕은 멀어지는 홍연을 바라보며 혼잣말처럼 중얼거렸다.

"죽었는지 살았는지도 모를 이를 위해 수년을 기다린다는 것은 부모자식 간에나 볼법한 일이다. 부부 간에 그러한다는 것은 고서 에도 보지 못하였거늘. 하물며 사내가."

왕이 말을 멈췄다. 뒤에 서 있던 내관이 왕의 옆으로 다가와 조심스럽게 입을 열었다.

"전하. 거창위를 찾으시옵니까?"

내관의 입에서 나온 '거창위'라는 말이 왕의 심기를 건드렸다.

"괘씸한 것."

자신에게 불똥이 떨어진 듯 내관이 사시나무 떨 듯 몸을 떨었다.

"저, 전하?"

"과인이 잊으라 하였다. 또한 옹주를 첩으로 내려준다고도 하였다. 한데도 거창위는 거절치 아니하였더냐?"

다행히 왕의 분노가 향한 곳이 자신이 아니라는 것을 알게 된 내관이 안심하며 긴 한숨을 내쉬었다.

"거창위께서는 아무래도 공주마마와의 정이 깊어 그리하신 것이 아니겠습니까?"

왕이 코웃음쳤다.

"정? 그깟 정이 무엇이건데 합방도 치르지 못한 부부 사이에서 논하는 것이더냐? 과인은 진성공주를 12년 동안 곁에 두고 지켜보았다. 허면 과인이 끊어내지 못한 진성공주와의 정은 거창위가 품은 정에 비하여 부족한 것이더냐?"

"송구하옵니다."

내관이 어깨를 움츠리며 고개를 숙였다. 왕은 홍연이 자신의 시야에서 완전히 사라질 때까지 씩씩거리더니 돌아서 말했다.

"오랫동안 잊고 있었던 것이 생각났다."

"무슨 말씀이신지……."

내관이 고개를 들자 왕이 말했다.

"지금 너는 당장 가서 군기시부정 이보를 선정전으로 들라 이르라."

왕의 부름에 이보가 선정전으로 급히 들었다. 인정전에서 열리는 회례연이 아직 끝나지 않은 시각. 이보는 왕이 어떠한 이유로 자신을 불러들였는지 전혀 가늠하지 못했다.

"전하. 군기시부정 이보이옵니다."

"들어라."

이보는 대전 내관을 통하지 않고도 직접 왕에게 자신이 왔음을 알릴 수 있게 윤허를 받은 몇 안 되는 사람이기도 했다.

"예, 전하."

왕의 허락이 떨어지자 이보는 서둘러 선정전으로 들어섰다. 왕은 들어오는 이보를 보자마자 입가에 미소를 지었다.

"어찌 회례연에는 참석치 아니하였소? 하례 때는 분명 경을 보았거늘."

"군기시에 급한 일이 있어 회례연에는 참석치 못함을 앞서 내관에게 전언하였습니다만."

"그랬소? 과인은 알지 못하였소."

"송구하옵니다."

이보가 머리를 조아리자 왕이 말했다.

"그깟 지루한 연회에 참석치 못하였다고 꾸짖는 것이 아니오. 무엇보다 이 조정에는 정초부터 쉬려는 관리들만 득실한데 경은 군기시에 나가 일을 했다니 오히려 칭송받을 일이오."

"이 또한 송구하옵니다."

자신의 앞에서 연신 고개를 숙이는 이보를 흡족하게 바라보던 왕이 물었다.

"전해 듣기로 지난해 경의 집안에 좋지 못한 일이 하나 있었다던데?"

"예?"

이보는 왕의 앞에서 머리를 굴렸다.

왕은 이처럼 종종 에둘러 말해 신하들을 당황하게 만들었다.

이번에도 그랬다. 그는 자신의 집안일에 왕이 관심을 가지고 있었는지 전혀 몰랐다. 그러니 무슨 일에 대해서 언급하려 하는 것인지도 단번에 알아차리지 못했다.

"경의 여식이 파혼하였다고."

뒤늦게 왕이 하려는 말을 알아차린 이보가 고개를 떨어뜨리며 말했다.

"소신이 집안 단속을 잘 하지 못하여……."

"과인은 그 일에 대해 경의 잘못을 이야기하고자 부른 것이 아니오."

이보가 고개를 들어 왕을 바라보았다.

"하오면?"

왕이 허리를 폈다.

"파혼은 일방적이라 들었소. 그것도 경의 제자에게."

"예. 그러하옵니다."

"이것이야말로 공자가 평생에 걸쳐 바꾸려 한 하극상의 풍조가 아니겠소? 그것도 과인이 다스리는 이 조선에서 공자가 살던 시대에나 있을 법한 일이 있다니 감히 제자가 스승을 무시하여 스승의 여식과 파혼을 하고."

이보의 생각이 빠르게 돌았다.

이유야 모르지만 왕은 지금은 자신의 편을 들어주고 있었다.

"제자의 잘못은 스승의 부덕이라 하였사옵니다. 다 제자를 잘못 가르친 소신의 부덕이옵니다."

"허면 그 제자를 어찌 깨우칠 것이오?"

"그건 소신도 잘······."

이보가 무슨 대답을 해야 할지 망설이자 왕이 자신의 허벅다리를 소리가 나게 내려치며 말했다.

"이번 일은 과인이 경에게 지혜를 주겠소."

이보가 왕의 앞에 머리를 조아렸다.

"부족한 신을 깨우쳐 주시옵소서."

"경의 제자가 귀양 간 윤여필의 아들이라던데 맞소?"

"예. 그렇사옵니다."

"윤여필이라면 덕풍군 처의 부친이지. 이러하니 경이 홀로 속을 많이 태웠겠군."

왕은 몇 년 전부터 덕풍군을 마음에 들어 하지 않고 있었다.

이 상황에서 '덕풍군'이라는 이름이 언급되자 이보의 눈이 반짝였다.

어쩌면 왕은 자신의 여식이 파혼한 일로 일거양득을 노리고 있는지도 모른다고 생각한 것이다.

"아니옵니다."

"아니긴? 종친들도 연루될 수 있는 일인 만큼 일방적인 파혼을 당하고도 어디에다 말도 못하고 속앓이를 하지 않았겠소?"

왕이 생각보다 이번 일에 속속들이 알고 있다는 사실에 이보는 속으로 쾌재를 불렀다.

"아니옵니다."

재차 아니라는 이보의 말에 왕이 웃으며 말했다.

"지금 가서 경의 제자를 잡아올 금위군 병사 여럿을 내어주겠소. 과인이 직접 그를 친국할 것이니…… 여기에 경이 잡아올 자들이 두 명이 더 있소."

"두 명? 그 두 명은 누구이옵니까?"

왕은 묘한 웃음만 지은 채 한동안 입을 열지 않았다.

새해 인사가 끝난 후 집으로 돌아올 때 여진은 덕풍군이 준 새해 선물을 가지고 왔다.

족자였다. 생전에 월산대군이 간직하고 있었던 족자는 선왕의 어필이라고 했다. 여진은 이 귀한 족자를 자신의 처소에 걸어놓고 싶어 했다.

"우리 집에 오는 사람들은 다들 날 부러워할 걸? 아무나 선왕의 어필을 가지고 있는 건 아닐 테니까."

들뜬 여진에게 윤임은 시큰둥한 반응을 보냈다.

"선왕의 어필은 매형의 집에 차고 넘치게 있는 것으로 안다만."

여진은 기죽지 않았다.

"바로 그거야! 형부는 월산대군마마의 독자이니 당연히 물려받은 거고. 난 처제니까 아무나 못 갖는 선왕의 어필을 선물로 받은 거고."

여진이 생글생글 웃으며 내 손을 잡아끌었다.

"언니, 어서요! 우리 함께 걸어요."

"그래."

윤임은 자신의 방으로 가버렸고 난 여진을 따라 그녀의 방으로 향했다. 여진은 자신의 방에 들어가자마자 어필을 걸 만한 장소를 찾아 이 벽 저 벽을 서성였다.

"언니. 어디에다가 걸면 가장 눈에 잘 띌까요?"

난 고민하다 창문과 창문 사이, 직사각형의 벽면을 손으로 가리켰다. 그곳에는 복조리가 하나 걸려 있었다.

"이쯤이 좋겠다."

"그럴까요?"

여진이 잽싸게 달려오더니 벽에 걸려 있던 복조리를 떼어냈다.

"유모가 보면 또 한 소리 할 거야. 복 달아난다고."

"그거 유모가 걸어둔 거야?"

여진이 고개를 끄덕였다.

"네, 맞아요."

여진이 복조리를 유모의 눈에 안 띄게 치우는 사이 난 여진이 건넨 족자를 펼쳤다. 그러자 족자 안에 말려 있던 선왕의 어필이 드러났다.

한도십영 양화답설漢都十詠 楊花踏雪

"한도십영 양화답설?"

선왕의 어필을 읽는 순간 눈앞에 옛날 고지도가 떠올랐다. 또 함께 떠오르는 기억 하나. 소녀인 내가 지도 속 붉은 글씨로 적혀진 곳으로 손으로 가리키고 있었다.

[여기 붉은 글씨로 적혀 있는 것을 '한도십영'이라 합니다.]

['한도십영?']

['… 월산대군께서 살아생전 문인들과 함께 꼽으신 한양의 열 가지 절경을 이르는 말이지요.']

앞에 앉아 있는 누군가를 향해 말하고 있는 어린 내 모습. 기억 속의 나는 그 누군가의 얼굴을 보기 위해 고개를 들었다. 그곳에는 어디선가 한 번 본 듯한 익숙한 얼굴의 소년이 보였다.

바로 그때였다. 내 앞에 검은색 베일이 쓰여지는가 싶더니 바로 바람에 날리며 하늘 위로 솟아올랐다. 당황한 내 시선이 날아오른 베일을 향하고 잠시 후 멀어진 베일을 뒤로한 채 다시 소년에게로 눈을 돌렸을 때였다.

더는 소년은 없었다. 소년이 아닌 한 남자가 서서 나를 바라보며 웃고 있었다. 그 남자는 바로 거창위 신홍연. 부마대감이었다.

"언니?"

가슴이 아파. 또 눈물이 난다.

"언니, 울어요?"

그때와 똑같다. 홍연과 함께 있었을 때다. 오랫동안 사라진 아내, 진성공주를 기다려온 그의 이야기를 들었던 그때다. 그때 내가 느낀 마음이 바로 이런 것이었다. 난 아주 잠깐이라도 그가 애타게 그리워하며 찾는 진성공주가 나였으면 싶었다. 그런 그와의 입맞춤은 진성공주를 대신해 그에게 주고 싶은 나의 위로였다.

"내가 공주마마를 닮았대."

"공주마마? 누구요? 혹시 영산군대감께서 말씀하신 사라진 공주마마요?"

"응."

난 눈물을 훔쳐내며 고개를 한 번 끄덕였다. 한 번 터진 눈물을 쉽사리 그치려 하지 않았다. 내 의지로는 이 눈물을 멈출 수가 없었던 것이다. 여진은 이런 나를 이해하지 못한다.

"그게 언니에게 울 만큼 슬픈 일이에요?"

난 전생을 믿지 않는다. 하지만 내가 이곳으로 온 뒤로 조각조각 떠올랐던 기억들. 그리고 꿈. '진성공주'라는 이름 하나로 모두 연결되는 이유는 무엇일까? 만약 내게 전생이 있다면, 난 '진성공주'였을까? 그게 아니라면 이 조선에 온 '이유나'는 도대체 누구일까?

이젠 모든 것이 혼란스러웠다.

"아가씨!"

밖에서 몸종의 다급한 목소리가 들렸다.

"왜 그러지?"

여진이 닫혀 있던 문을 열기 위해 문고리를 잡았을 때였다.

— 쾅당!

큰 소리와 함께 여러 명의 병사들이 여진의 방 안으로 들어왔다. 그들은 다짜고짜 나와 여진에게로 달려들어 포승줄로 두 손을 단단히 묶어버렸다. 여진이 눈을 부릅뜨며 병사들에게 소리쳤다.

"뭐 하는 짓이냐? 감히 아녀자의 규방에 들어와 이런 난동을 부리다니! 내가 누구인 줄 아느냐? 어서 풀어라!"

"우리는 시키는 대로 할 뿐입니다요, 아가씨."

병사들은 우리를 풀어줄 생각이 없어 보였다. 겁먹은 여진이 윤임을 찾았다.

"오라버니! 오라버니!"

그 순간 병사들의 뒤로 누군가 나타났다. 그는 바로 도희의 부친인 군기시부정 이보였다.

"아무리 불러도 윤임은 나타나지 않을 것이다."

"부정 나으리?"

이보는 음흉한 미소를 지으며 우리를 향해 말했다.

"윤임은 조금 전 전하의 어명으로 끌려갔으니."

이보의 말에 여진이 당황한 듯 물었다.

"오라버니가 잡혀가다니요? 우리 오라버니에게 무슨 죄가 있는데요?!"

"지금 윤임을 걱정할 때가 아닌 듯한데?"

"그게 무슨 말이죠?"

"윤임만 잡아오라는 것이 전하의 어명인 줄 아느냐? 전하께서는 너희 두 계집도 함께 끌고 오라 명하셨다."

"어찌하여 전하께서⋯⋯."

왕이 자신을 끌고 오라는 말에 여진의 얼굴은 사색이 되었다. 지금의 왕은 바로 여진의 아버지를 유배 보낸 장본인이었다. 멀게는 여진도 왕의 인척이었지만, 열다섯 그녀는 아직까지 단 한 번도 왕을 만난 적이 없었다.

"끌고 가라!"

"예!"

이보의 명령에 병사들이 여진과 나를 끌고 밖으로 나왔다.

"언니! 흐흑!"

아무도 자신을 구해주러 나타나지 않는다는 사실에 여진이 결국 울음을 터트렸다.

"여진아!"

이런 우리를 보며 이보가 비웃듯 말했다.

"걱정 말거라. 죽더라도 한날한시에 죽게 될 터이니. 저승 가는 길이 외롭진 않을 것이다."

이 말을 끝으로 병사들이 여진과 내 뒤에서 짚으로 만들어진 모자를 강제로 씌웠다. 그 모자는 목 아래까지 길게 내려와 바닥을 제외한 앞을 전혀 내다볼 수가 없었다.

"언니! 거기에 있어요?"

겁에 질린 여진이의 목소리가 바로 옆에서 들려왔다. 여진이는 나와 팔을 맞대고 앉은 상태에서도 불안한지 계속 나의 안부를 물었다.

"응. 걱정 마. 네 옆에 있으니까."

"언니…… 흑."

나도 무서웠다. 이보의 말 때문만은 아니었다.

"도대체 무슨 일이래?"

"또 사람이 죽나?"

우리가 탄 마차가 지나가는 걸 구경하는 사람들이 있는 것 같았다. 사람들은 우리를 두고 마치 '죽으러 가는' 죄인 취급을 했다. 그 사람들의 말대로라면 나와 여진은 사형장으로 끌려가고 있는 것이 분명했다.

"내려라!"

"어서!"

병사들이 마차 위에 있던 나와 여진을 끌어내렸다. 그러더니 어떤 여인들에게 우리를 인계하고는 사라졌다. 여인들은 아무 말도 없이 나를 데리고 어디론가 이끌었다.

큰 문지방을 여러 번 지나갔고 돌계단을 오르기도 여러 차례. 어느 건물의 방 안으로 들어가고 나서야 우리는 머리에 쓰고 있던 모자를 벗을 수 있었다.

"언니!"

"여진아!"

모자가 벗겨지자 나와 여진은 제일 먼저 서로의 존재를 찾았다. 이제 여진이는 퉁퉁 부은 눈으로 소리 없는 눈물만 계속 흘리고 있었다. 그런 우리의 주변으로는 낯익은 옷차림의 여자들이 잔뜩 있었다. 그들의 옷차림으로 보건대 궁궐의 상궁과 나인들이었다. 그중 가장 나이가 많아 보이는 상궁이 우리를 매섭게 흘겨보며 나인들에게 명령했다.

"풀어 주거라."

"예, 마마님."

나인들이 재빠르게 다가와 묶인 끈을 풀어주었다. 적어도 이곳이 사형장은 아니라는 생각에 난 끈을 풀어주는 나인에게 물었다.

"여긴 어디죠? 혹시 궁궐인가요?"

내 물음에 대답은커녕 그녀들은 나와 눈도 마주치려 하지 않았다. 오싹한 기분이 들었다.

"뭐 하느냐? 서둘러라!"

상궁이 재촉했다. 나인들은 나와 여진에게 달라붙어 우리가 입고 있던 옷을 강제로 벗기기 시작했다.

"뭐 하는 거예요?"

당황한 내가 그녀들의 손길을 뿌리쳤으나 이들은 막무가내였다. 게다가 하나도 아닌, 네다섯 명이 내게 달려드니 옷을 벗지 않으려 버티는 것도 소용없었다. 난 이들 중에서 보스로 보이는 상궁을 향해 소리쳤다.

"도대체 뭘 하시려는 거예요!"

상궁이 내 앞으로 나섰다.

"험한 꼴을 보기 싫으시면 순순히 따르시지요."

"이유는 알아야겠어요!"

어딘지도 모르는 곳으로 끌려와서 큰소리치는 나를 보며 상궁은 되려 코웃음을 쳤다.

"연유를 알아 어찌하시렵니까? 어차피 마음대로 들어오신 곳이 아니시니 마음대로 나가실 수 없다는 것 또한 아실 터."

"언니…… 흑!"

좁은 공간이었다. 많은 사람들이 바로 이 좁은 공간 안에 있었다. 이 안을 가득 채운 소리는 오로지 여진이가 흐느끼는 소리뿐이다.

"무엇하느냐! 서두르지 않고!"

상궁이 다시금 재촉하자 나인들의 움직임은 더욱 바빠졌다. 그녀들은 여진이와 내가 입고 있던 옷을 속옷만 남겨둔 채 모두 벗겨내더니 다른 옷으로 갈아입혔다. 그 옷은 바로 그녀들이 입는 옷과 같은 옷, 나인들이 입는 옷이었다.

옷을 갈아입힌 뒤에는 머리까지 그녀들과 마찬가지로 똑같은 머리모양으로 묶었다. 모든 준비가 마치자 나와 여진은 마치 쌍둥이처럼 똑같은 모습이 되어 있었다.

우리를 유심히 쳐다보던 상궁이 강제로 벗겨낸 우리 옷을 뒤적거린다.

잠시 후 상궁은 옷가지 속에서 무언가를 찾아내 집어 올렸다. 그것은 노리개였다. 원래는 내 것으로 여진에게 내가 준 것이기도 했다. 상궁은 그 노리개를 가지고 울고 있는 여진에게 다가가 보여주며 말했다.

"이것은 소저의 것이오?"

"흐흑…… 네에……."

여진이 고개를 끄덕이자 그녀가 옆에 선 나인에게 건넸다.

"걸어 주거라."

"예, 마마님."

나인이 옷을 갈아입은 여진의 치마끈에 노리개를 잘 보이도록 걸어주었다. 이를 보며 상궁이 입을 열었다.

"곧 두 소저께서는 전하의 앞으로 불려가실 것이옵니다."

"전하?"

놀란 눈을 크게 뜨는 나를 보며 상궁이 묘한 미소를 짓는다.

"하오나 전하를 뵙기 전에 반드시 명심하셔야 할 것이 있사옵니다."

상궁이 여진의 앞에 멈춰 섰다.

"첫째로 전하께서 하명하시기 전까지는 감히 고개를 들어 전하의 용안을 보아서는 아니 되옵니다."

여진의 얼굴을 한 번 쳐다본 상궁이 이번에는 내 앞으로 다가왔다.

"둘째로 전하께서 하명하시기 전까지는 말을 입에 담아서는 아니 되옵니다. 하여, 소저들의 입을 잠시 막을 것이옵니다."

상궁의 말이 끝나자마자 나인들이 다가와 나와 여진의 입에 천을 둘렀다.

"마지막으로 이 두 가지를 어길 시에 벌어지는 일에 대해서는 두 소저께선 목숨으로 책임지셔야 할 것이옵니다."

닫혀 있던 문이 열리더니 내관이 나타났다.

상궁은 내관과 눈인사를 주고받더니 나인들에게 명을 내렸다.

"두 규수를 선정전으로 모시거라."

"예, 마마님."

＊ ＊ ＊

상궁과 나인들 그리고 내관까지. 분명 이곳은 궁궐이었다. 내가 본 것만으로도 궁궐이라는 것을 확신할 수 있었다. 나란히 서서 끌려가는 동안 여진은 천에 입이 막힌 채로 계속 울음을 삼키고 있었다.

나도 여진처럼 울고 싶은 심정이었다. 하지만 난 울 수 없었다. 이유도 모른 채 궁궐까지 끌려와 목숨을 잃을지도 모른다는 협박까지 들었다.

"전하. 소인 김자원이옵니다."

맨 앞에 서서 걸어가던 내관이 선정전 안을 향해 고개를 숙이며 말한다. 돌아오는 대답은 없었다. 대신 안쪽에서 문이 조용히 열렸다. 들어오라는 뜻인 듯싶었다.

"끌고 오너라."

내관의 명령에 우리를 붙잡고 있는 나인들이 빠르게 움직였다. 난 여진과 나란히 선 채로 선정전 안으로 들어섰다. 그런데 안으로 들어선 우리가 본 것은 왕의 모습이 아니었다. 천장에서부터 내려온 긴 가림막이었다. 그것은 우리의 어깨 높이까지 내려와 있었다. 우리는 그 가림막 뒤에 나란히 섰다. 이 가림막 뒤에서는 왕이 앞에 있는지 없는지조차 볼 수가 없었다.

나는 불안한 숨을 내쉬며 옆에 선 여진을 돌아보았다. 여진은 잔뜩 겁에 질린 채 금방이라도 쓰러질 듯 위태위태하게 서 있었다.

"전하. 윤여필의 아들 윤임을 대령하였사옵니다."

그 순간 나와 여진은 서로를 바라보며 눈을 크게 떴다.

"들여라."

왕의 목소리였다. 비록 짧은 말이었지만 왕의 목소리는 아주 또렷이 내 귓속을 파고들었다. 분명 태어나 처음으로 듣는 조선의 왕의 목소리. 그런데 왠지 모르게 왕의 목소리가 낯설지가 않았다.

– 드르륵

앞쪽에서 문이 열리는 소리가 들렸다. 뒤이어 한 사람의 발소리가 느껴졌다. 내관이 윤임을 대령했다고 말했으니 이 발소리의 주인은 윤임이었다. 윤임이 틀림없었다.

윤임은 발 너머에 선 우리 두 사람의 존재는 아직 알아차리지 못한 듯 왕에게 인사를 올렸다.

"전하께 인사 올리옵니다."

"네가 윤임이냐?"

"그렇사옵니다."

왕의 앞에서도 흔들림 없는 침착한 목소리. 돌아오는 왕의 목소리는 차갑다 못해 흔들림 없는 그를 무너뜨리려는 듯 비웃음마저 담고 있었다.

"부모가 정한 스승의 여식과의 정혼을 스스로 파혼하였다지? 부친이 유배 중인데도 하는 행동은 맹랑하기 그지없구나."

이 말에 윤임은 대답하지 않았다.

다만 조금 긴장한 듯 떨림이 섞인 그의 숨소리가 발 너머의 내게도 느껴졌다.

"사대부의 이혼은 과인의 윤허가 필요한 일이지. 하나 정혼의 파혼 여부는 과인의 윤허가 필요 없는 일이다. 다만 네 스승인 이보가 과인에게는 충신이니 과인이 모른 척 지나갈 수가 없어 너를 불렀다."

"하명하시지요."

"네가 마음을 준 여인이 신분이 천한 여인이라 들었다. 너는 본디 사대부이자 인척이 종친인 명문가의 자제임에도 정녕 천한 여인과 혼인하려느냐?"

왕의 물음을 끝으로 잠시 침묵이 찾아왔다.

하지만 윤임은 윤임이었다.

그는 왕의 앞에서도 자신의 생각을 굽히지 않았다.

"부모님께서 정하신 일을 파혼한 것은 분명 죄입니다. 하나 다른 여인을 마음에 품고도 본래 정혼한 여인과 혼인한다면 이 역시 죄입니다. 그러니 저는 스승님의 여식과는 혼인할 수 없습니다."

어쩌면 생과 사가 나뉠지 모르는 임금의 앞. 그 앞에서도 윤임은 자신의 마음을 돌이키지 않았다. 난 터져 나오려는 눈물을 참으려 입술을 깨물었다.

"하하하!"

왕이 크게 웃으며 윤임에게 말했다.

"죄의 여부를 떠나 사내대장부다운 포부는 마음에 든다! 좋다. 과인이 네게 기회를 주마. 돌아 보거라."

왕의 명에 윤임이 뒤를 돌아보는 것 같았다. 그의 뒤로 여진과 내가 있었다. 다만 똑같은 옷을 입고 있는 데다가 어깨까지 발이 내려져 있어, 우리 두 사람을 바로 알아보는 건 불가능했다.

"발 너머에 선 두 계집 중 하나가 바로 네가 마음에 품었다던 그 여인이다. 만약 그 자리에서 그 여인이 누구인지 맞춘다면 과인이 네 죄를 용서하고 두 사람을 부부로 맺어줄 것이다."

예상치 못한 일이었다. 단지 그러한 이유로 나와 여진은 왕의 부름을 받아 이곳까지 왔던 걸까?

"뭐 하느냐? 어서 가서 그 여인이 누구인지 맞춰보지 않고."

왕의 재촉에 윤임이 발 앞으로 다가왔다.

"물론 기회는 단 한 번뿐이다."

망설이던 윤임이 발 앞에서 서성이더니 여진의 앞에서 멈춰 선다. 그는 여진이 저고리 끈에 매달고 있던 노리개를 발견한 것 같았다. 오늘 나는 이 노리개를 여진에게 선물로 주었다. 이 사실은 윤임도 알고 있었다.

그는 발 너머에 있는 두 여인이 한 사람은 나이고, 다른 한 사람은 자신의 누이라는 사실을 깨달은 것 같았다.

"그 여인을 찾았느냐? 지금 네가 선 그 앞에 있는 여인이냐?"

윤임은 바로 대답하지 않았다. 그는 왜 나뿐만 아니라 자신의 누이인 여진까지 이 자리에 있는지를 고민하는 것 같았다. 단순히 나를 찾아내는 문제를 하나 내기 위해서라면 여진까지 올 필요는 없었다.

"과인이 묻지 않았느냐? 그 여인을 찾았느냐고 물었다."

웃음기를 품었던 왕의 목소리도 점점 차갑게 바뀌고 있었다. 시간이 촉박했다. 윤임은 다시 걸음을 움직여 내 앞에 섰다. 상당히 가까워진 거리에서 윤임은 가림막 사이로 희미하게 보이는 내 눈동자를 발견해냈다.

"예. 찾았습니다."

"좋다."

왕이 무릎을 탁 치며 말했다.

"하나 네 대답을 듣기 전에 알려줄 것이 있다."

윤임이 선 자리에서 돌아서 왕을 바라보았다. 왕의 입이 열렸다.

"네가 그 두 여인 중 누구를 선택하든, 네 선택을 받지 못한 여인은 오늘 목숨을 잃을 것이다."

숨 막히는 듯한 침묵이 발을 사이로 선 우리 세 사람에게 찾아왔다. 아무도 웃을 수 없는 상황에서 유일하게 웃고 있는 사람, 왕이 말했다.

"자, 말해 보거라. 누구를 살리고자 하느냐? 아니면 누구를 죽이고자 하느냐?"

난 잊고 있었다. 여기는 조선이라는 걸. 그리고 조선시대는 전제군주의 시대다. 임금 한 사람이 자신을 제외한 모든 사람들의 목숨을 마음대로 좌지우지하던.

"자, 말해 보거라. 누구를 살리고자 하느냐? 아니면 누구를 죽이고자 하느냐?"

"누구를 주, 죽이…… 아아–!"

왕의 말을 되짚듯 읊조리던 여진의 얼굴이 하얗게 변하더니 정신을 잃으며 바닥에 쓰러졌다.

"여진아!"

나는 쓰러진 여진에게로 다가가려고 했다. 하지만 나인들이 내 뒤에서 나타나 팔을 강제로 붙들며 막았다.

"여진아!"

윤임도 쓰러진 여진을 보고 놀란 듯 다가오려 했지만 그럴 수 없었다.

"과인이 분명 선택하라 하지 않았느냐?"

그사이 쓰러진 여진에게 나인 두 명이 다가와 강제로 일으켜 세웠다. 이미 정신을 잃은 채로 고개조차 까딱하지 못하는 여진은 그렇게 다시 세워졌다. 여진의 상태를 지켜보던 내 눈가에 눈물이 차올랐다. 왕은 오늘 우리 두 사람 중 한 명은 반드시 죽일 생각인 것 같았다. 이런 왕을 막을 수 있는 사람은 아무도 없다.

"흑…… 흐흡……."

참으려고 하는데 눈물이 계속 흘러내린다.

"전하!"

내 울음소리를 들은 것인지 윤임이 돌아서 왕을 불렀다.

"차라리 이 하찮은 소인의 목숨을 거둬 가십시오!"

윤임이 나와 자신의 여동생을 두고 목숨을 내놓겠다고 말했을 때, 나는 두 눈을 크게 떴다. 그는 정말로 우리를 대신해서 목숨을 버릴 수 있는 사람이라는 것을 알았기 때문이었다.

"하하하!"

왕이 갑자기 전각이 떠나갈 듯 크게 웃었다. 지금 이곳에서 저렇게 웃을 수 있는 사람은 오직 왕, 한 사람뿐이었다.

"과인이 원하는 것은 너의 목숨이 아니다. 네가 죽는다면 자네의 장인이 되어야 할 이보가 매우 슬퍼할 것이 아니냐. 그의 여식도."

애초에 왕은 윤임을 해치려는 의도가 없었다. 여진을 해치려는 생각도 하지 않았다. 윤임과 나를 맺어주겠다는 말도 그저 말뿐이었다.

왕의 진짜 목적은…… 내 목숨.

왕의 입장에서는 난 신분조차 알 수 없는 천민이나 다름없을 것이다. 그런 나로 인해 윤임이 자신이 총애하는 이보의 여식과 파혼하게 되었으니. 처음부터 왕은 나를 죽일 생각이었던 것이다.

윤임의 입이 열렸다.

"처음부터 소인의 죄를 용서하신다는 말은 거짓이셨습니까?"

"과인의 말에 토를 달지 말라."

왕의 목소리에 웃음기가 사라졌다.

"이 자리에서 말을 함부로 놀렸다가는 목숨을 잃는 이가 비단 너와 네 누이뿐만은 아닐 터이니."

말속에 뼈가 있었다. 왕은 이 자리에는 없는 윤임의 누나인 해진과 그의 남편 덕풍군까지 은연중에 거론한 것이나 다름없었다.

내 시선이 옆에 서 있는 여진이를 향했다. 여전히 정신을 잃은 채 서 있는 여진의 눈가에 미처 흘러내리지 못한 눈물방울이 맺혀 있었다. 나는 결심하고 두 눈을 무겁게 감았다 떴다.

"전하."

이 한마디만 내뱉었을 뿐인데 몸은 사시나무 떨 듯이 바들바들거린다.

"누구냐, 그 목소리는."

"소인은 남매를 전혀 모릅니다. 알지 못합니다. 그러니 이들 남매는 저와 무관합니다."

아니라고 우긴다고 통할 상황이 아니라는 건 알았다. 이 자리에서 내가 이들을 위해 할 수 있는 건 단 한 가지뿐이라는 것도 잘 알았다.

"그러니 이들을 보내주세요……. 끅, 끅."

말을 끝내자마자 왈칵 눈물이 터졌다. 이 눈물을 참아보려 두 손으로 입을 막았지만 끅끅거리는 소리까진 막지 못했다. 왕에게는 이 소리조차도 겁에 질린 소리로 들리겠지만.

"천한 계집이 절개라도 있는 모양이로구나. 좋다. 소원대로 해주마."

왕이 말 대신 손짓으로 무슨 지시라도 한 것인지 닫혀 있던 뒷문이 열리더니 별감들이 들어왔다. 그 별감들이 여진이 아닌 내 주위를 에워싸듯이 섰다. 그러더니 내 몸에 포승줄을 둘러 단단히 옭아맸다.

왕의 입이 다시 열렸다.

"끌어내라."

왕의 명이 떨어지자마자 별감들이 내 몸을 묶은 줄을 바깥으로 잡아당겼다. 별감들이 일으키는 소동에 윤임과 나를 가르고 있던 발이 바람에 흔들리듯 요동쳤다. 그 틈으로 난 윤임과 얼굴을 마주할 수 있었다. 윤임은 끌려 나가는 나를 보자마자 당황한 듯 왕을 돌아보며 소리쳤다.

"그녀를 어디로 데려가십니까?!"

"저승으로."

말을 마친 왕이 자리에서 벌떡 일어섰다. 여전히 흔들리는 발 사이로 난 처음으로 왕의 옆모습을 볼 수 있었다. 그 얼굴을.

"!"

왕의 얼굴은 내가 어디선가 분명 보았던 얼굴이었다.

['네게 난 누구이더냐? 네게 난 무엇이더냐?']

['세자 오라버니.']

"세자……."

['수련아…….']

내가 저 사람을 알고 있었어?

기억을 되짚으려 다시 한번 왕의 얼굴을 쳐다보았을 때였다.

- 쾅!

안쪽에서 문이 닫히며 왕의 모습은 내 앞에서 완전히 사라져 버렸다.

"거창위."

"대비마마."

홍연의 차례가 되자 그는 자순대비 윤씨의 앞으로 가서 새해 인사를 올렸다. 자순대비의 주변으로 종친과 그 일가가 바글바글했다. 그녀는 홀로 입궐한 홍연을 안쓰럽게 쳐다보며 인사를 받았다. 결국 대비의 눈가에 눈물이 맺히자 종친의 부인들이 위로의 말을 건넸다.

"기필코 진성공주마마께서는 돌아오실 것이옵니다. 하오니 슬퍼하지 마십시오."

"그래야지……."

공주가 사라진 그날. 왕이 공주를 죽이려 했다는 사실을 아는 이들은 많지 않았다. 대부분이 몰랐다. 그것은 진성공주가 사라진 이후부터 비밀이 되었기 때문이었다.

아는 이들조차도 쉬쉬하며 말하지 않는 그런 비밀. 이런 상황에서 진성공주는 살아 있더라도 절대 돌아올 수가 없었다. 이복 오라버니인 왕이 자신의 목숨을 노리고 있다는 사실을 안다면 더더욱. 이처럼 돌아올 수 없는 공주를 묵묵히 기다려온 사람이 바로 홍연이었다.

대비는 홍연에게 고마웠고 늘 미안했다.

"대비마마."

홍연의 인사가 끝나자 영산군이 인사를 올렸다. 영산군의 인사를 받던 대비가 그에게 물었다.

"궐 밖에 떠도는 풍문 하나를 주워들었소. 전하께서 총애하시는 군기시부정의 여식과 윤여필의 아들이 파혼하였다고. 이것이 정녕 사실이오? 영산군은 얼마 전 윤여필의 여식과 정혼하였으니 필시 들은 말이 있지 않겠소?"

"저, 그게……."

영산군이 당황한 얼굴로 홍연을 쳐다보았다. 홍연이 나섰다.

"파혼했다는 사실은 들어 알고 있습니다만. 그 연유까지는 소상히 모르옵니다. 하온데 어찌 물으시는지요?"

"정초부터 거창위의 마음을 무겁게 하는 말을 하고 싶지 않지만은 실은 지난밤 진성공주가 내 꿈에 나왔소."

"공주께서 말이옵니까?"

대비가 힘없이 웃으며 고개를 끄덕였다.

"어린 시절의 모습을 그대로 하고서는 문을 열고 대비전으로 들어와 내 품에 안기는 것이 아니겠소? 그 온기가 어찌나 따스하게 전해지던지 깨어나서도 한참이나 주변을 두리번거렸다오. 한데 그 뒤에 소셋물을 가져온 나인 정이가 뜬금없이 궐 밖의 그 풍문을 들려주지 않겠소? 평소에도 궐 밖 소문에는 무지한 아이인데 어디서 그런 풍문을 들었는지. 또 내가 듣기로는 이보의 여식이 공주와 나이가 비슷할 터인데. 그래서 자꾸 그 이야기가 마음에 걸리는 것인지……."

대비의 말을 들으며 영산군은 계속 홍연의 눈치만 살폈다. 홍연은 평소와 다름없는 얼굴로 대비의 말을 조용히 경청할 뿐이었다.

그때였다. 밖에서 나인 하나가 급히 안으로 들어와 상궁에게 귓속말을 전했다. 이를 전해들은 상궁은 다시 대비에게 아뢰었다.

"대비마마. 전하께서 군기시부정에게 친히 금위군 병사들을 내주시어 윤여필의 아들과 딸. 그리고 그 댁에 머문다는 여인을 잡아오게 해 모두 선정전에 들이게 하셨다 하옵니다."

"그게 무슨 말인가? 어찌 윤여필의 자녀들을 잡아왔단 말이냐?"

"윤 소저?"

상궁이 전하는 말에 놀란 영산군의 얼굴이 파랗게 질리더니 급히 자리에서 일어섰다.

"대, 대비마마! 신은 이만 물러가겠사옵니다! 아무래도 신의 정혼녀인 윤 소저에게 가보아야 할 것 같사옵니다!"

"정혼녀이니 그리하게."

"송구하옵니다. 하오면 신은 이만 물러가겠사옵니다!"

영산군이 급히 뛰쳐나가는 것을 본 대비가 홍연을 돌아보았다. 홍연의 표정도 조금 전 얼굴이 파랗게 질려 뛰쳐나간 영산군과 별반 다르지 않는 얼굴이었다. 대비는 그것이 영산군과 동무인 홍연이 그를 걱정하기 때문이라 여겼다.

"거창위도 어서 영산군을 따라가 보시오."

"예?"

"듣지 못하였소? 영산군의 정혼녀가 금위군에게 잡혀간 것이라 하지 않소? 주상께서 무슨 생각으로 그러하셨는지는 내 모르나, 혹여 영산군이 제 정혼녀를 위한답시고 눈치 없게 나서서 주상의 진노라도 사면 어찌하겠소?"

"예. 그러겠사옵니다."

기다렸다는 듯 홍연도 자리에서 일어서더니 대비전을 빠져나갔다.

❀ ❀ ❀

대비전을 나온 홍연이 영산군과 함께 선정전에 도착했을 때 이미 왕은 회례연장으로 돌아간 뒤였다. 아무도 남아 있지 않는 그곳에서 그들은 나인들로부터 윤임 남매의 소식을 전해 들었다. 윤임은 지금 내시부에 갇혀 있는 상황이고 선정전에서 혼절한 여진은 내의원으로 옮겨졌다는 것이다.

"나는 내의원으로 가보겠네!"

다행히 별일은 일어나지 않는 것 같아 안심한 영산군은 곧장 내의원으로 가려다가 걸음을 멈춰 섰다. 그리고 할 말이 있는지 홍연을 보며 어렵게 입을 열었다.

"내 누이. 내 누이를 지금까지 기다려준 이는 자네뿐일세. 그러니 끝까지 자네가 내 누이를 지켜주게나."

"예. 그리하겠사옵니다."

영산군이 떠나자 홍연은 다시 선정전 나인에게 캐물었다.

"윤여필의 자녀들 외에 한 명의 여인이 더 끌려왔다고 들었다."

"그것은 모르옵니다."

"모른다?"

선정전에 계속 있었을 나인이 모른다고 잡아떼자 홍연의 한쪽 눈꼬리가 살짝 올라섰다. 나인도 이런 홍연의 모습은 처음 보았는지 고개를 푹 숙였다.

"모르옵니다."

엄하게 캐물을 수는 있었지만, 선정전 나인은 왕의 나인이었다. 괜히 건드렸다가는 문제가 될 수도 있음을 홍연도 잘 알았다. 고뇌하던 홍연의 귓가에 익숙한 음색이 들려왔다. 멀리 인정전 쪽 회례연의 악공들이 연주하는 음악이 딱 끝난 시점이었다.

마치 감춰져 있던 소리가 제 모습을 드러내듯, 그 소리는 작았지만 또렷이 홍연의 귓가에 들려왔다. 그 소리를 쫓아 고개를 돌렸던 홍연은 바닥에 떨어져 있던 반달 모양의 옥을 찾아냈다.

옥을 찾아내자마자 홍연은 자신의 주머니에 있던 옥을 꺼내들었다. 그러자 귓가에 들리던 음악소리는 더욱 분명하고 크게 들려왔다. 홍연은 허리를 숙여 바닥에 떨어져 있던 옥 노리개를 집어 들었다.

진성공주가 지니고 있어야 할 옥이었다. 홍연은 그것을 자신이 쥐고 있던 옥과 맞추었다. 그러자 음악소리가 멈췄다. 옥을 손에 쥔 홍연의 가슴이 터질 듯이 세게 뛰었다. 그것은 곧 불안함을 지닌 채 되돌아왔다. 홍연은 작정한 듯 다시 나인을 돌아보며 눈을 매섭게 떴다.

"이실직고하지 않는다면 결코 너를 용서하지 않을 것이다."

"대감. 소인이 정녕 모른다고……."

"말하라!"

홍연이 무섭게 소리치자 깜짝 놀란 나인이 고개를 조아렸다.

"저, 전하께서 그 여인을 죽이라 하셨사옵니다! 하여 상선영감께서 별감들과 함께 궐 밖으로 끌고 가셨사옵니다! 그다음의 일은 소인도 모르옵니다, 대감!"

"죽이라고 하셨다고?"

홍연의 불안한 직감이 맞아떨어진 것이다.

죽으러 가는 길이었다. 죽으러 가는 것을 알고 있었다.

왕은 나를 '저승으로' 보낸다고 했다. 저승은 곧 죽음을 의미하는 말이나 다름없었다. 죽기 싫었다. 이곳에서 이렇게 죽고 싶지 않았다.

전각의 문이 닫히기 전 보았던 왕의 옆모습. 분명 난 왕을 알고 있었다. 이유는 모르지만 분명 왕의 얼굴을 본 적이 있었다. 그것이 꿈이든 어디든 말이다. 혼란스러운 머릿속은 뒤죽박죽이 되어 버린지 오래였다. 여진이 쓰러지던 순간도 떠올랐고 발 사이로 나를 바라보던 윤임의 놀란 얼굴도 떠올랐다.

"내리시오."

나를 태우고 어디론가 가던 가마가 멈춰 섰다. 가마의 문이 열리고 밖으로 나오자 붉은 옷을 입은 별감들이 보였다.

그리고…… 물 소리. 한적한 강가였다. 주변에는 민가 하나 보이지 않았고 메마른 겨울을 이겨낸 가을의 부러진 갈대들이 무섭게 꺾여 나를 맞이하고 있었다. 겨울이라 햇살도 잘 비추지 않는지 봄이 성큼 왔는데도 돋아난 푸른색의 풀은 단 하나도 보이지 않았다. 궁궐에서 끌려 나온 뒤로 내내 울던 나는 어정쩡한 걸음으로 강가에 섰다.

다른 별감이 뒤에서부터 내게 다가와 긴 자루를 내 머리부터 발끝까지 덮어버렸다. 놀랄 틈도 없이 내 몸은 전부 자루 속으로 들어가 버렸고 그들은 자루를 봉인하고는 번쩍 들어 배에 태웠다. 온몸이 묶인 나는 어떻게든 살기 위해 자루 안에서 빠져나가려 몸부림쳤다.

내가 탄 배는 바로 출발했고 그사이에도 누군가가 내가 담긴 자루의 끝에 커다란 바위를 매다는 것이 느껴졌다.

이렇게 죽는구나…….

- 끼익. 끼익.

노를 젓는 거친 소리.

"여기다."

별감의 지시에 배가 멈춰 섰다. 두 사람이 자루 안에 든 내 머리와 다리를 잡고 번쩍 들어 올렸다.

"잘 가시게."

- 풍덩!

자루에 담긴 내 몸이 강물 속에 빠지고 뒤이어 묵직한 돌이 빨려 들어가듯 함께 물에 빠지는 소리가 났다. 자루 안에 공기가 조금 있었는지 내 몸은 잠깐 물 위에 떠 있었다. 이후 아주 서서히 느리게 가라앉기 시작했다. 난 그 안에서도 빠져나가려고 몸부림쳤다.

어느 순간 아래쪽으로 무게가 강하게 실리더니 자루가 아주 빠르게 물속으로 끌려들어 가기 시작했다. 물속에서 눈을 뜬 내 앞에 보이는 것은 어둠뿐. 곧 내게 닥쳐올 죽음이 이끄는 것은 오직 어둠뿐.

숨 쉴 수 없는 고통과 함께 입안으로 빠르게 물이 들어오던 그때였다!

물속에서 자루가 날카로운 무언가로 반쯤 찢기더니 사람의 두 손이 그 안으로 들어와 자루를 더욱 넓게 찢었다. 그리고 나타난 한 사람의 얼굴.

그는 바로 신홍연이었다. 홍연과 눈이 마주친 순간 겨우겨우 참았던 숨이 풀리면서 눈앞의 세상이 빠르게 돌았다. 몸 안의 공기가 모두 바싹 증발해버린다는 느낌이 든 순간, 내 의지와는 상관없이 힘없이 감기는 눈꺼풀 사이로 자루 안으로 홍연의 두 팔이 들어와 내 몸을 꺼내는 것이 느꼈다.

.

.

.

그것은 기억. 물속에서 만난 어둠이 내게 준 기억.

['할마마마. 이 옥은⋯⋯.']

['이 옥을 아느냐?']

['소리 나는 옥이잖아요. 아바마마께서 하나는 분명 제 것이라고 하신 그 옥이 맞지요?']

['맞다.']

['그럼 이 봉황이 새겨진 것은 소녀가 가질 것이옵니다. 헤헷.']

['지금은 안 된다.']

['어찌요?']

['이 옥은 왕손을 지켜주는 귀한 옥이니, 내 지니고 있다가 네가 성년이 되면 주마.']

['알겠사옵니다. 한데 할마마마, 이 용이 새겨진 다른 하나 옥은 누구의 것이옵니까?']

['선왕은⋯⋯ 이 옥을 영산군에게 주라 하였지. 하나 나는 그러지 않을 생각이다.']

['허면요? 둘 다 소녀에게 주실 것이옵니까?']

바로 그때였다.

내 옆으로 손 하나가 쑥 나오더니 용이 새겨진 옥을 집어 들었다.

　그러자 청아한 소리가 두 옥에서 흘러나오기 시작했다. 나는 고개를 돌려 옥을 집어 든 손의 주인을 쳐다보았다. 검은 구장복에 면류관을 쓴 말끔하게 잘생긴 청년이었다. 그 청년이 나를 보며 말했다.

　['이 다른 하나는 할마마께서 이 오라비에게 주겠다고 하셨다.']

　['세자……. 아니지. 이젠 전하 오라버니라고 불러야지. 헤헷.']

　['하하하!']

　그날은 나의 오라버니이자 조선의 왕이었던 이융의 즉위식이었다.

　['그럼 이제 하나는 오라버니 것. 다른 하나는 제 것이니까…….']

　각자의 손에 들린 옥이 허공에서 하나로 맞춰지는 순간, 옥에서 들려오던 아름다운 음색은 그대로 멈춰버렸다. 하나가 된 옥을 사이에 두고 나를 바라보는 부드러운 미소를 짓는 사내.

　세자 오라버니.

　전하 오라버니.

　그리고 나는…….

　·

　·

['수련아…….']

진성공주 이수련이다.

〈2권에서 계속〉

윤비 이야기

이 모든 일들은 애초부터 시작되지 말았어야 했다.

.

.

.

경복궁 후원의 공터. 종종 격구장으로 활용되는 곳이었다.

화창한 봄날. 오늘 이곳에서는 열일곱 소년인 왕이 직접 참여하는 격구 시합이 열렸다. 붉은 띠를 두른 소년 왕은 또래에 비해 체구도 작은 데다가 아파 보일 정도로 투명한 피부를 가지고 있었다.

반대로 왕에 맞서는 푸른 띠를 두른 편의 주장은 올해로 스물이 된 한건. 왕의 어머니인 대비를 비롯해 여러 명의 왕비를 배출한 명문세족 출신이었다. 특히 청주 한씨 가문은 명나라 황실의 후비

들까지 여럿 배출했다. 이 때문에 한씨는 조선에서보다 명나라에서 더욱 잘 알려졌다. 명나라에서는 이들 청주 한씨를 따로 '한족韓族'이라 부르며 높이기까지 했다. 예로부터 청주 한씨 집안에는 미남미녀들이 많았다. 한건도 그중 한 명이었다.

큰 키에 격구를 비롯한 각종 무예로 단련된 건장한 체격. 구릿빛의 건강한 피부색을 지닌 한건의 외모는 이 자리에 있는 사내들 중 단연 돋보였다. 동시에 가냘픈 왕과 비교가 되지 않을 수 없었다. 이것은 격구 실력에서도 마찬가지였다.

- 탕!

공을 채구에 걸고 한건은 재빨리 말을 몰아 앞으로 달려 나갔다. 자신의 앞을 가로막는 왕의 편 병사들을 가볍게 제치고 그는 채구를 높이 휘둘렀다. 그가 휘두를 때마다 공은 어김없이 문 안으로 정확히 들어갔다.

"와아!"

함성을 내지르는 것은 나인들. 그 나인들 사이로 자리 잡고 있는 것은 왕의 어머니인 대비 한씨였다. 그녀는 건이 던진 공이 문에 들어갈 때마다 활짝 미소를 지었다. 오늘 그녀에게는 자신의 아들인 왕이 승리하든 조카인 건이 승리하든 모든 기분 좋은 일이었다.

하지만 눈앞에서 건에게 공을 여러 차례 빼앗긴 왕은 달랐다. 허탈함을 가득 안은 왕의 시선은 건을 향해 활짝 웃는 대비를 향해 있었다.

"잘하는구나."

대비의 칭찬이 건에게 향했다. 순간이지만 건이 대비 쪽을 쳐다보았을 때였다.

"이럇!"

왕이 그 틈을 놓치지 않고 빠르게 말을 몰았다. 문을 통과한 후 다시 건의 채구에 들린 공을 노린 것이다.

– 히이잉!

왕은 자신이 탄 말로 건을 위협할 듯 달려들더니 자신의 채구로 건이 든 채구를 차버렸다. 그러자 채구는 건의 손을 떠나 허공 위로 높게 날아올랐다. 그 틈에 왕은 공을 빼앗아 문을 향해 달려가기 시작했다.

허공에서 추락하는 채구를 바라보던 건이 작심한 듯 떨어지는 채구를 왼손으로 잡아들었다. 그전까지는 오른손만 사용해서 채구를 쓰던 건은 이제 왼손으로 채구를 잡고 문을 향해 돌진하는 왕의 뒤를 뒤쫓았다.

– 탁!

왕의 뒤를 바짝 쫓은 건이 뒤에서 채구를 휘둘렀다. 왼손에 들린 그의 채구는 오른손에 잡혔을 때보다도 더 자유자재로 움직여 왕의 채구에 들린 공을 손쉽게 빼앗았다.

"와아!"

이번에도 건이 빼앗은 공은 정확히 문의 한가운데로 들어갔다.

승리는 확실해졌다. 이번에도 건의 승리였다.

"쳇!"

격구장 한편에 마련된 천막 안으로 들어선 왕이 다짜고짜 채구를 내던졌다. 뒤따라 들어온 건이 왕이 내던진 채구를 들어 올렸다. 왕이 건의 등 뒤에 대고 쌀쌀맞은 목소리로 말했다.

"왼손을 쓰는 건 반칙일세."

왕이 상당히 화가 많이 난 것 같았다. 건이 마땅히 대꾸할 말을 찾지 못해 입을 다물었을 때였다.

"무엇이 반칙이라는 것이오?"

대비였다. 대비가 천막 안으로 들어오며 왕의 말을 받았다.

"어마마마."

"대비마마."

왕과 건이 대비에게 인사를 올렸다. 그러나 대비는 건의 손에 들린 두 개의 채를 쳐다보더니 다시 왕을 보며 혀를 찼다.

"주상은 군왕이오. 군왕이 시합에서 졌다면 깔끔하게 패배를 인정할 것이지, 어찌 아무 죄 없는 채구에 분풀이오?"

"어마마마!"

"게다가 건이가 왼손잡이인 것을 알면서도 일부러 잘 쓰지 않는 오른손으로 격구를 해야 한다 명한 것은 주상이었소. 이 또한 불공평한 것이 아니오?"

대비가 건의 편을 들자 왕이 억울한 듯 씩씩거렸다.

"그렇다면 소자의 명을 거역한 건의 죄를 물으셔야지요!"

"죄? 타고난 왼손을 쓴 것이 잘못이오?"

"그건……!"

"주상. 내 부친이신 서원부원군께서도 왼손을 쓰셨으며, 내 오라버니인 서성군께서도 왼손을 쓰셨소. 그러니 건이가 왼손을 쓰는 것은 타고난 게요. 타고난 것도 마음대로 쓰지 못하게 하는 어명이라면 그것은 어명이 아니라 못된 심보겠지."

"어마마마!"

분이 풀리지 않는 왕의 외침에 건은 난감한 표정을 지었다. 이런 건의 표정을 본 대비가 고개를 내저으며 왕에게 말했다.

"주상. 어찌 수를 써서 이길 생각만 하시오? 제 실력으로 이길 생각을 해야지."

왕이 눈살을 찌푸렸다.

"어차피 소자는 실력으로 건이를 못 이깁니다. 상대가 우세하니 공평하게 경기를 치르기 위해서라도 수는 필요한 것이지요."

"그런 꾀만 쓰다가는 언젠간 크게 당할 날이 올 것이오."

왕이 대비를 흘겨보았다.

"어마마마께서는 정녕 소자의 모후가 맞으시옵니까?"

"무슨 말이오?"

"어찌 친자인 소자보다도 조카인 건이를 더 챙기느냔 말이옵니다. 누가 어마마마의 아들인지 모르겠사옵니다, 소자는!"

"건이는 오라버니가 남긴 유일한 혈육이자. 한씨 집안의 장손이오. 자칫 건이가 잘못되면 한씨 집안의 대가 끊기오. 그러니 소중할 수밖에."

왕은 대비가 그런 말을 할 줄 알았다는 듯 입술을 깨물며 천막을 떠났다. 건이 왕을 뒤따라 나가려 하자 대비가 팔을 잡아 만류했다.

"주상은 아직 어려 철이 없어. 그러니 건이 네가 이해하거라."

"송구할 따름이옵니다."

"네 잘못이 무에 있겠느냐? 내가 보기에 네 인품이 주상보다도 군자이다. 주상이 이를 닮길 바라 너와 어릴 적부터 동무 삼게 하였더니만…… 쯧쯧."

혀를 차던 대비는 한숨으로 마무리했다.

"참 도련님도 못되셨습니다."

집으로 돌아가는 길. 말에 올라탄 건의 고삐를 잡아 쥔 하인의 말이었다.

"무엇이 말이냐?"

"한 번쯤은 전하께 져 드릴 수도 있지 않습니까?"

"내가 아는 전하는 욕심이 많으시다. 한 번이 두 번이 되길 바랄 것이고 한 번이 두 번이 되지 못하면 내가 일부러 져준 것을 아시고 더 화를 내시겠지."

"져준 다음에나 그런 이야기를 하십시오."

하인의 말에 건이 짧은 웃음을 터트렸을 때였다. 그들이 가는 길 앞에 많은 사람들이 모여 웅성거리고 있는 것이 보였다.

"무슨 일이지요?"

하인이 나서서 길을 열라고 소리치려 하자 건이 만류하며 말에서 내려왔다.

"걸어서 지나가면 될 일이다."

그때였다. 사람들 앞으로 소란스러움이 일었다. 건이 앞을 내다보자 활짝 열려 있는 기와집의 대문이 보였다. 대문 밖으로 살림살이들이 하나씩 내던져지고 있었다.

"아이구야!"

그 앞에서는 중년의 한 여인이 땅을 치며 서럽게 울고 있었다. 그 여인의 곁에서 십 대 후반의 소녀가 부축하며 서 있었다.

아무래도 모녀 사이인 듯 보였다.

"무슨 일이랍니까?"

건의 하인도 궁금증이 일었는지 모여 있는 사람들에게 다가가 말을 걸었을 때였다.

- 와장창!

요란한 소리와 함께 놋그릇과 수저까지 대문 밖으로 내던져졌다.

곧 안에서 한 양반이 걸어 나오더니 침을 거하게 뱉으며 모녀에게 소리쳤다.

"당장 꺼져!"

그러자 중년의 여인이 흐느끼며 소리쳤다.

"이런 천인공노할 놈아! 난 네 어미다! 어미야!"

"어미? 노비 년 주제에 늙은 주인을 꼬셔서 후실 자리를 꿰차고 산 주제에 어미? 퉤!"

"내가 노비가 되고 싶어서 노비가 되었다더냐? 나도 원래 양인이었다! 가난에 굶어죽기 싫어 노비가 되었을 뿐이지. 게다가 나으리께서 나를 거둬주시며 면천시켜주신 일을 잊었더냐?"

"시끄러우니, 썩 꺼져!"

한바탕 요란한 말다툼이 오가는 가운데 건의 시선이 여인을 부축하고 있는 소녀에게로 향했다. 투명하리만치 하얀 살결 위로 또렷한 눈동자가 그의 시선을 사로잡았다. 그 눈 아래로 자리 잡은 오똑한 코와 붉은 입술. 울음을 참아내려는지 앙 다문 입술이 파르르 떨리는 것이 건의 눈에 확연히 들어왔다.

– 쾅!

대문이 닫히자 여인이 문으로 다가갔다.

"열어라! 열지 못하겠느냐, 못된 놈! 이 못된 놈아! 제 아비가 죽었다고 새 어미를 이리 내쫓는 법이 이 세상에 어디에 있단 말이냐? 흐으윽!"

문에 기대어 쓰러지며 통곡하는 어머니 옆으로 소녀가 다가갔다.

"어머니, 가요."

금방이라도 울음을 터트릴 것 같은 얼굴이었다. 하지만 건의 눈에 보이는 소녀의 두 눈동자만큼은 그 서러운 슬픔을 무겁게 꽉 틀어쥐고 있는 듯 강건하게 보였다. 대문이 닫히고 상황이 종료되었다 여겼는지 구경하던 사람들이 흩어졌다.

"도련님, 이제 그만 가시지요."

하인도 건에게 다시 말에 탈것을 종용했다. 그러나 건은 흥미 있는 시선으로 소녀를 계속 응시했다. 이들 모녀의 뒤로 여러 명의 장정들이 다가가는 것이 건의 눈에 들어왔다. 그들 중 앞서나가던 한 명이 다짜고짜 소녀의 뒤에서 그녀의 머리채를 휘어잡았다.

"이년! 여기에 있었구나!"

"뭐, 뭐 하는 짓이오?"

놀란 소녀의 어머니가 소리쳤다.

그러자 소녀의 머리채를 잡은 사내가 말했다.

"윤구. 네년 오라비지? 맞지?"

"놔 주세요…!"

"그 자식이 노름빚 대신에 자기 누이를 판다고 했어!"

"무슨 말이오? 노름빚이라니? 우리 윤구가…… 말도 안 되오!"

"시끄럽고, 넌 빠져!"

사내가 소녀의 어머니에게 발길질을 하며 밀쳐냈다.

"어머니!"

놀란 소녀가 비명을 질렀지만 소용없었다.

"가자. 오늘 널 기방 행수에게 넘길 생각이니."

"어머니! 어머니!"

"미래야!"

머리채가 잡힌 채 끌려가는 소녀를 보던 건의 표정이 일그러졌다.

이를 본 하인이 건에게 말했다.

"설마…… 아니시죠?"

건의 시선은 끌려가는 소녀를 향해 있었다.

"가서 저 여인의 몸값이 얼마인지 알아보고 풀려나게 해주어라."

하인이 바로 고개를 강하게 내저었다.

"안 됩니다! 괜한 동정심에 일만 복잡해집니다. 게다가 남의 집안일이라고요. 저런 일 도와줘 봤자 고마운 줄도 모를 거고…… 또 도련님 명성에 흠이라도 가면 어쩝니까? 소인은 절대 반대입니다."

"어서."

건이 하인을 쳐다보며 눈을 번뜩였다.

508

"어쩐지 이러실 것 같았다니까."

하인이 툴툴거리며 자리를 떴다.

❋ ❋ ❋

윤미래. 그녀는 어둠 속에 몸을 웅크린 채 기방의 창고 안에 갇혀 있었다. 오라버니인 윤구의 노름빚 대신 그녀를 데려간다던 이들은 기방에 그녀를 넘기고 몸값을 챙겨 사라졌다.

오늘 아침까지만 해도 그녀는 반가의 규수였다. 그녀의 부친은 봉상시 판사였던 윤기견. 그의 어머니 신씨는 그의 두 번째 부인이었다.

고명딸로 태어나 아버지의 사랑을 듬뿍 받았던 그녀였으나 보름 전 부친이 병으로 세상을 떠난 후 상황이 달라졌다. 유일한 동복 오라버니이던 윤구는 노름에 빠져 집안 재산의 절반을 털어 집을 나가버렸다. 이 일로 크게 분노한 첫째 부인 소생의 이복 오라버니들이 그녀와 그녀 어머니를 내쫓은 것이다.

이제 그녀는 하루아침에 반가의 규수에서 기생이 될 신세로 전락하고 말았다. 이런 자신의 신세가 서럽고 억울해서 눈물이 나와야 했다. 그러나 그녀는 울지 않았다.

집에서 쫓겨나던 그 순간, 절대로 다시는 혼자 있어도 울지 않겠다고 다짐했던 그녀였다. 여기서 그 다짐을 무너뜨릴 수는 없었다.

우는 사람은 나약한 사람이다. 그렇게 곱씹고 곱씹던 그때였다.

- 끼익

굳게 잠겨 닫혀 있던 창고의 문이 열리더니 기방 행수의 모습이 나타났다. 그녀는 구석에 몸을 웅크리고 앉아 있던 미래를 쳐다보며 퉁명스럽게 말을 던졌다.

"너, 팔렸다."

사위가 어두워진 밤. 팔렸다는 말에 잔뜩 움츠리고 밖으로 나온 미래를 기다리고 있던 것은 처음 보는 사내였다. 바로 한건의 하인이었다. 그는 기생 행수를 따라 나타난 미래를 보자마자 긴 한숨부터 내쉬었다.

"따라오시오."

그의 말에 미래가 입을 열었다.

"당신이 날 샀나요?"

그 많은 돈을 지불하고 자신을 샀다기에는 패랭이를 쓰고 있어 양인은 분명 아닌 듯 보여서였다. 하인은 귀찮다는 듯 미래에게 말했다.

"아니오. 내 주인 나리시오."

젊은 하인이 말하는 '주인 나리'라면 필시 나이가 많은 사내일 것 같았다. 미래가 침을 꿀꺽 삼켰다. 하인을 따라 간 곳은 어느 으리으리한 기와집 대문 앞이었다. 하인이 문을 두드리자 그 안에서 나이 든 문지기가 나와 마중했다.

"너냐?"

"그 여인은 어디에 있소?"

"안채 행랑에 있다."

"알겠소."

문지기 노인과 짧게 대화한 하인이 여전히 몸을 움츠리고 있는 미래에게 말했다.

"따라오시오."

"어디로요?"

"어머니를 만나기 싫소?"

"어, 어머니? 제 어머니가 이곳에 있으시다고요?"

"그렇소."

하인의 말이 끝나기가 무섭게 미래가 안채가 있는 방향으로 뛰어 들어갔다. 전에 자신이 살던 집보다도 훨씬 큰 집이었다. 하지만 그 어느 곳에도 불이 켜진 곳이 없었다. 유일하게 안채 행랑의 작은방에 불이 밝혀져 있는 것이 보였다.

미래는 그곳에 자신의 어머니가 있을 것이라 여기고는 달려가며 소리쳤다.

"어머니!"

안에서 문이 열리더니 미래의 어머니 신씨가 나타났다.

"미래야!"

미래를 본 신씨가 뛰어나와 딸을 끌어안고 한참을 펑펑 눈물을 쏟았다. 이들 모녀의 상봉을 무심하게 지켜보던 하인이 나섰다.

"당분간 이곳에서 지내시오."

그는 제 할 일은 다 했다는 듯 돌아서서 자리를 떠나려고 했다. 미래가 하인을 향해 물었다.

"제가 노비로 팔렸나요?"

"그러고 싶소?"

되묻는 하인의 말에 미래가 고개를 세차게 가로저었을 때였다.

"우리 도련…… 아니, 주인 나리께서 모녀의 처지가 딱하시다며 작은 도움을 주신 것이오. 그리 알고만 있으시오."

하인이 떠나고 모녀는 행랑 안으로 들어가 마주 앉았다.

"어머니, 어떻게 여기로 오셨어요?"

"나도 잘 모르겠다. 조금 전 그 사내가 날 이곳으로 데려왔어. 그러더니 잠시만 기다리면 널 데려온다고 했다."

"그의 주인 나리라는 분을 뵈었어요?"

신씨가 고개를 저었다.

"아니. 전혀. 게다가 이 집 말이다. 해질 무렵에 들어왔는데 사람이라고는 문지기 노인밖에 보지 못했다. 오랫동안 사람이 살지 않았는지 집이 한적하기 그지없던데?"

"이런 큰 집이요?"

"그러니까! 아이구…… 난 무섭다. 당장 갈 곳이 없으니 어찌어찌 여기 있는다지만 무서워."

겁에 질린 어머니를 달래며 미래가 말했다.

"일단 늦었으니 쉬세요. 앞으로의 일은 내일 생각해요."

"그래. 그러자."

신씨도 미래도 쉽게 잠들 수 없는 밤이었다. 큰 집안 그 어디에서도, 그 어떤 소리도 들려오지 않았으니…… 뜬 눈으로 밤을 새운 미래가 다음 날 아침 새소리에 눈을 떴다. 아직 곤히 잠들어 있는 어머니를 놔두고 밖으로 나왔다.

집 안은 정말 고요했다. 다만 누군가 관리를 하는지 사람의 온기는 없어도 깨끗하게 유지되는 듯 보였다. 사람을 찾아 집 안 이곳저곳을 두리번거리던 미래는 안채의 창문이 반쯤 열린 것을 보고는 그 안을 슬그머니 들여다보았다. 안채에는 가구나 살림살이로 보이는 것은 아무것도 없었다.

다만 단 하나. 베틀이 안방의 한가운데를 떡 하니 자리 잡고 놓여 있었다.

'베틀?'

호기심이 일은 미래가 조심이 신을 벗고 안채에 올랐다. 그리고 잠겨 있지 않은 안방의 문을 열고 안으로 들어갔다. 정말로 그 안에는 베틀뿐이었다.

미래도 다른 조선의 여인들처럼 베틀을 쓰는 법을 알고 있었다. 그러나 귀한 고명딸로 살 적에는 여종들이 하는 베틀질을 옆에서 구경하며 호기심으로 배운 수준 정도였다.

'새것 같아.'

미래가 조심스럽게 베틀의 자리에 앉았다. 얼핏 보기에는 새것 같이 보였지만 자세히 살펴보니 사용된 흔적이 있었다. 이 역시 누군가 잘 관리하고 있는 것이라는 생각이 들었을 때였다.

"베틀을 다룰 줄 아시오?"

등 뒤에서 들려온 사내의 목소리에 놀란 미래가 자리에서 벌떡 일어섰다. 그녀의 뒤로 갓을 쓴 한 사내가 나타났다. 그는 바로 한 건이었다. 건은 베틀 위에 앉아 있던 미래를 보며 미소를 지어 보였다.

"놀래려던 것은 아니었소. 다만……."

오늘 처음 마주한 낯선 사내 앞에서 미래는 당황하며 뒷걸음 쳤다.

"누, 누구시죠?"

"아…… 나는……."

미래의 물음에 잠시 고민하던 한건이 대답했다.

"이 집의 주인이오."

미래가 당황하던 마음을 잠시 누르고 건을 올려다보았다. 건은 그녀와 눈을 마주하자 웃는 얼굴로 말했다.

"내가 그대를 놀라게 했다면 사과하리다."

미래는 어제 하인이 말한 자신을 산 '주인 나리'를 떠올렸다. 그 '주인 나리'가 이 사내일까? 그러나 여전히 미래는 건을 낯설어하고 있었다. 건은 그녀가 반가의 규수라는 사실을 떠올리고는 낯선 자신과 한 공간 안에 있는 것을 부담스러워한다고 생각했다.

"이곳에서 머물고 싶은 만큼 머물도록 하시오. 어차피 오랫동안 빈 집으로 드나드는 사람도 없는 곳이니."

미래에게 안심하라는 듯 말을 건넨 건이 돌아섰을 때였다.

"제 몸값을 지불하고 기방에서 나오게 해주신 분이신가요?"

건이 고개를 돌려 미래를 바라보았다.

"그분이시라면 고맙습니다. 아니…… 꼭 갚겠습니다. 그러니……."

미래가 모은 두 손이 덜덜 떨리고 있었다. 건도 이것을 보았다. 미래는 혹시라도 자신을 산 건이 노비로 삼겠다는 말을 할까 두려워하고 있었다.

"그대는 자유의 몸이오. 그러니 이곳에서 머물고 싶은 만큼 머물고 떠나고 싶으면 떠나시오."

말을 마친 건이 밖으로 나갔다. 미래는 콩닥거리는 자신의 심장소리를 느끼며 안도의 한숨을 길게 내쉬었다.

며칠 후.

미래는 그간 어머니와 함께 머물렀던 행랑을 깨끗이 청소했다. 마치 머물다간 사람의 흔적을 말끔히 다 지워버리듯이.

"꼭 가야겠니? 며칠만 더 있자. 이 집 주인도 네게 그리하라고 했다며?"

건은 미래에게 이곳이 빈집이라고 말했다. 그런데도 이 집의 부엌과 창고에는 모든 것이 풍족하게 넘쳐났다. 문지기 노인은 마음껏 가져다 먹고 쓰라고까지 말해주었다. 신씨는 벌써 이곳에 완전히 적응한 듯 떠나기를 주저했다.

"어머니, 가요."

미래는 단호했다. 대신 그녀는 건에게 떠나는 사유를 담은 서신 한 장을 남겼다.

❋ ❋ ❋

"으~ 갑갑해! 지루하다!"

경연 중 쉬는 시간. 소년 왕은 체통도 잊은 채 바닥을 나뒹굴었다. 그의 맞은편에 앉아서 책장을 넘기던 건이 고개를 들었다. 왕의 곤룡포는 구겨졌고 이를 지켜보는 나인들은 어쩔 줄 몰라 하고 있었다.

"전하. 체통을 생각하셔야지요."

건의 충고에 왕은 하품부터 내쉬었다.

"다 귀찮네. 이런 갑갑한 궐 생활도 하루 이틀이어야지. 참, 그 집 말일세. 아직도 빈집인가?"

왕의 물음에 건의 시선이 잠시 흐트러졌다. 잠깐이지만 안방에 놓인 베틀 앞에 앉아 있던 한 소녀가 떠올랐던 것이다.

"과인이 빈집이냐고 묻지 않았는가?"

왕의 재촉에 건이 슬며시 한 번 고개를 끄덕였다.

"그렇사옵니다만."

"그럼 며칠 그곳에 가서 지내다 올까? 기생들을 불러 음탕한 유희나 한 판 벌이게 말이야."

건의 표정이 살짝 굳자 왕이 말을 돌렸다.

"농일세 농. 그 집이 어떤 집인지 과인이 잊었을까 봐 그러는가?"

그곳은 건의 어머니의 생가였다. 즉, 건에게는 외가가 된다. 그러나 건의 어머니가 돌아가시고 외조부모 모두 돌아가시면서 빈집이 된 것을 건이 물려받았다. 건은 그 집을 팔지도 않고 계속 빈집으로 두며 하인들에게 관리를 맡기고 있었다.

"어쨌든 답답해서 그러니 한 며칠 머물게 해줄 수는 있겠지?"

왕이 넌지시 묻자 건이 웃으며 고개를 저었다.

"불가하옵니다."

"불가? 빈집이라며?"

"근래에 객이 머물고 있어……."

"객?"

왕이 고개를 갸웃했다. 건에게 있어 그 집이 나름 특별하다는 사실을 잘 알고 있기 때문이었다. 그러니 아무리 중한 손님이라도 비어 두기만 했던 그 집에서 머물게 한 것이 궁금하기만 했다.

'객이 있단 말이지……'

왕이 속으로 중얼거렸을 때였다. 쉬는 시간을 마치고 밖으로 나가 있던 신하들이 줄지어 들어오기 시작했다. 이를 본 왕의 인상이 찌푸려졌다.

경연이 끝나고 밖으로 나온 건을 기다리던 하인이 다가왔다.

"도련님."

건이 돌아보자 하인은 가져온 접은 종이를 내밀었다.

"이것이 무엇이냐?"

"도련님 외가에 머물게 하신 그 모녀 말입니다. 오늘 아침 이 서신을 남기고 떠났습니다."

"떠났다고?"

"예."

이 말에는 건도 살짝 당황한 듯 하인이 가져온 서신을 펼쳤다.

그 안에는 그동안 머물 곳을 제공해준 것에 대한 고마움과 먹고 살 길이 생겨 인사도 못하고 갑자기 떠나게 되었다는 것. 그리고 마지막으로 자신을 데려오느라 지불한 몸값은 반드시 갚겠다는 말로 끝을 맺고 있었다.

건은 한동안 고민하지 않을 수 없었다. 자신의 생각보다도 더 미래는 자존심이 강한 여인이었던 것이다. 동시에 그는 아주 잠깐 만났던 그녀에게 혹시라도 실수를 한 것이 없었는지 기억을 되새겼다.

자신이 한 행동에 대해서 마땅히 걸리는 것이 없다고 판단했을 때 건은 하인을 돌아보았다.

"넌 그들 모녀가 어디로 갔는지는 아느냐?"

"도련님. 이제 그만하시지요."

더는 그들 모녀에게 관심을 끊으라는 듯 하인이 말했다.

"너는 분명 알고 있는 모양이로구나. 그렇지?"

건은 쉽사리 포기할 생각이 없어 보였다. 건이 제공한 곳을 떠나 미래 모녀가 정착한 곳은 길쌈 공동체였다. 이곳은 가족을 모두 병으로 잃어 혼자가 된 여인들. 특히 부양할 가족이 없이 살아온 나이 든 평민 여성들이 대다수였다. 이렇다 보니 반가의 규수이자 젊고 어린 미래는 이곳에서도 눈에 띄는 존재였다.

"어서, 어서 들어오시게."

길쌈 공동체의 장을 맡은 것은 중년의 사내였다. 그는 처음부터 미래에게 눈독을 들인 것을 숨기지 않았다. 미래는 이런 시선이 불편했다. 그렇다고 마땅히 갈 곳이 없는 상황에서 어쩔 수 없이 이곳까지 흘러오게 된 것이다.

"여기 이 방에다가 짐을 풀고, 오늘은 피곤할 테니 하루는 쉬어."

"아니에요. 일을 할 거예요. 일을 주세요."

"원한다면야. 일이야 늘 많지……."

사내가 손을 싹싹 비비는 시늉을 하더니 순간적으로 미래의 팔을 잡았다. 놀란 미래가 어머니 신씨 뒤로 물러서자 사내가 인상을 구겼다.

"불쌍하다고 거둬줬더니 내가 뭘 어쩌겠대?"

그가 화를 내며 가버렸다. 그 후 한 중년 여인이 다가오더니 다짜고짜 미래의 손을 잡아당겨 이리저리 살펴보았다. 그간 굳은 일을 해본 적이 없는 고운 손에 여인이 짜증 섞인 목소리로 말했다.

"길쌈은? 해 본 적은 있으시고?"

신씨가 미래를 보호하듯 끌어안으며 말했다.

"우리 딸은 그런 거 못 해요. 하, 하지만 난 할 수 있어요. 난 다 해봤어요."

"그래요? 어쨌든 이건 작업량이 중요한 일이에요. 다시 말해 매일매일 끝내야 하는 양이 정해져 있단 말이지요. 누군가의 실수로 그 양이 어긋나면 책임은 우리 모두가 지는 거고요."

그녀는 신씨는 길쌈을 하는 여인들이 있는 곳으로 보내고 미래는 빨래터로 보냈다. 이미 그곳에는 다른 여인들이 모여서 수북이 쌓인 빨래들을 물에 적셔 방망이질을 하고 있었다.

"빨래는 누구라도 배우면 할 수 있는 거고."

미래에게도 빨래를 한 아름 안긴 여인들이 빨래터에 좁은 자리를 내주었다. 태어나 생전 빨래를 해본 적이 없던 미래가 당황하며 두리번거리자 빨래터의 다른 여인이 소리쳤다.

"그 쉬운 걸 보고도 못 따라 해?!"

어설프게나마 방망이질을 따라 하던 미래는 그만 실수로 제 손을 치고 말았다.

"아!"

바로 빨갛게 부어오르는 손을 보며 미래가 어쩔 줄 몰라 하자 그녀들이 깔깔거리며 소리 내 웃었다.

"내가 저리 젊었으면 벌써 아둔한 양반 노인 하나 꼬셔서 첩 자리로 들어갔을 텐데 말이야."

"그러게. 저런 얼굴에 무슨 고생을 사서 하겠다고 여기까지 흘러왔대."

"글쎄 말이야."

그녀들은 능숙한 손놀림으로 빨래를 하며 미래의 앞에서 그녀를 비하했다. 미래는 그 모든 말들을 감내하며 빨갛게 변해버린 손으로 꿋꿋이 빨래를 해나갔다. 그런 미래의 모습을 멀지 않은 곳에서 지켜보는 시선이 있었다. 건과 그의 하인이었다.

"이런 곳이 있었을 줄이야……."

"주로 갈 곳 없는 노파들을 데려다 길쌈이나 빨래 일을 시키는데 착취가 심하기로 정평이 나 있다고 합니다."

건은 자신이 내어준 집을 떠나 이곳으로 온 미래를 이해할 수가 없었다. 또한 그를 이처럼 신경 쓰이게 만들었던 여인도 미래가 처음이었다. 그녀가 하는 행동 하나하나, 처한 상황 하나하나가 그의 시선을 계속 묶어두듯이 잡아끌고 있었다.

그날 오후. 그날 주어진 빨래를 모두 끝낸 미래가 지친 듯 빨래 터에서 일어섰을 때였다.

"윤 낭자."

자신을 부르는 목소리에 돌아본 미래는 깜짝 놀랐다. 그곳에 건이 서 있었다.

"여기 어찌…… 아니, 제가 누구인지 아세요?"

물어본 적도 없었기에 가르쳐준 적도 없었다. 하지만 건은 생각보다도 더 많이 미래에 대해서 알고 있었다.

"그대가 전 봉상시 판사의 여식이라는 사실을 말이오?"

"아시면서 호의를 베푸셨던 건가요? 그럼 혹시 저의 아버지를 아시나요?"

"난 그분을 모르오. 다만 내 집에 머물게 하기 전에 그대가 누구인지는 알아야 할 것 같아서……."

"아……."

미래의 고개가 힘없이 수그러졌다. 건의 말은 당연한 것이었다. 그의 집에 낯선 이를 들이는데 전혀 모르는 이를 들일 수는 없는 것이었으니까.

반대로 차라리 그의 친절이 돌아가신 아버지와의 인연이길 바랐던 미래는 그가 아버지를 모른다고 하자 아쉬움이 커졌다. 낯선 이의 호의는 그저 불편한 것이 될 뿐이니까.

"저의 몸값으로 지불하신 금액은 꼭 다 갚을 거예요. 그러니 조금만 기다려주세요."

건이 한숨을 내쉬었다.

"이 일로는 평생을 해도 다 갚긴 어려울 거요."

"이 일만 계속하려는 건 아니에요. 다시 일을 찾아볼 거고……."

"일을 해 보지 않고 살아온 규수가 정녕 일을 할 수 있겠소?"

건의 시선이 방망이질로 다친 자신의 손으로 향했다는 걸 깨달은 미래가 손을 옷 속으로 숨겼을 때였다.

"뭐야? 사내가 있었어?"

길쌈 공동체의 장이 나타난 것이다. 그는 미래와 함께 있는 건의 옷차림을 머리부터 발끝까지 쭉 훑었다. 대충 보더라도 귀한 집 도령이 분명했다. 그는 신분이 높아 보이는 건에게 말하는 대신에 미래에게 화를 냈다.

"꼴에 규수였다고 대접해주려 했더니…… 천한 계집애. 이리 와, 오라고!"

그가 미래의 팔을 아프게 잡아끌었다.

"아, 아파요!"

미래가 그에게 잡힌 채 끌려가지 않으려고 버텼다. 이를 지켜보던 건이 다가와 미래의 팔을 잡은 사내의 손목을 움켜잡았다.

"너! 어……! 뭐야?"

건이 고작 한 손으로 사내의 손목을 잡았을 뿐이지만 전해지는 힘은 결코 작은 힘이 아니었다. 건이 지닌 아귀힘이 상당히 세다는 것을 느낀 사내가 잡고 있던 미래의 팔을 놓아주었다.

"너……! 당장 나가! 네 늙은 어미도 데리고! 오늘 당장!"

그가 화를 내며 자리를 떠나자 미래는 어쩔 줄 몰라 했다. 일이 커져버렸다. 겨우 구한 일자리였다. 거기에 숙식도 제공해주는 곳이라고 했다. 오늘 오자마자 쫓겨났으니 정말로 갈 곳이 없어져 버린 것이다. 게다가 자존심에 상처까지 입은 미래가 건을 돌아보며 화를 냈다.

"이건 저를 돕는 게 아니에요. 오늘 여기서 나가면 어머니와 전 당장 갈 곳도 없는데…… 어쩌자고……!"

"베틀을 사용할 줄 아시오?"

생각지도 못한 건의 물음에 미래는 어리둥절한 얼굴이 되고 말았다.

"네?"

"지난번에 안채에 있던 베틀에 앉아 있지 않았소."

"조금은 알아요."

"돈을 벌기 위해 일이 필요하다면 내가 그 일을 줄 수 있소."

미래가 잠시 생각하다가 대답했다.

"혹시 그 집으로 다시 들어가라는 말씀은 아니시겠죠?"

"싫소?"

미래는 바로 대답하지 못했다. 당장 갈 곳이 없어진 처지는 변하지 않는 사실이었다. 그렇다고 제 자존심을 굽히면서까지 건에게 또다시 의지할 수는 없다고 생각했다. 건도 이젠 이런 미래의 성격을 어느 정도 알아가고 있었다.

"어떻게 하시겠소?"

조심스럽게 묻는 건을 향해 미래가 물었다.

"제가 불쌍해 보이시나요?"

마지막 남은 자존심까지 붙든 미래가 아슬아슬한 줄타기를 한다.

그 뻔히 보이는 줄의 끄트머리를 잡은 건은 여유로운 미소를 짓더니 대답했다.

"전혀. 전혀 그렇지 않소."

"그럼 저를 왜 도와주시는 거죠?"

"그건……."

건은 대답 대신 지금 자신의 앞에 서 있는 미래의 눈동자를 가만히 들여다보았다. 답은 알지 못했다. 다만 결코 동정하는 마음은 아니라고 확신할 수는 있었다.

"그대는 내게 갚아야 할 것이 있으니까. 내가 일을 준다면 그 누구보다도 열심히 할 수 있을 것 같아서요. 이제 대답이 되었소?"

미래로부터 온 줄을 잡은 건은 어떠한 답을 돌려주어야 그녀가 만족하는지도 잘 알았다.

"네."

건의 대답에 만족한 듯 미래가 고개를 끄덕였다. 다시 그 빈집으로 돌아온 미래의 어머니 신씨의 표정은 활짝 펴졌다. 반대로 미래는 자꾸만 건에게 눈길이 갔다. 왜 그가 계속 자신을 도와주고 있는지 그 이유를 알지 못해서다. 단순히 호의라면 이런 큰 집을 놔둔 채 다른 곳에서 사는 그가 무엇이 부족해서 아무것도 없이 쫓겨난 모녀를 도와주고 있는 것일까? 불쌍하기 때문은 아니라면서도 말이다.

"도련님. 이곳에 짐을 두면 되겠습니까?"

모녀를 대신해 그녀들의 짐을 지고 온 하인이 행랑문을 열며 말했다. 그 행랑은 며칠 동안 모녀가 머물렀던 곳이었다. 그런데 건이 고개를 저으며 말했다.

"아니다. 앞으로 이들 모녀는 안채에서 지낼 것이니 짐은 안채에 가져다 놓거라."

"예에?"

이번에는 하인뿐만 아니라 모녀도 놀랐다. 특히 이 집으로 돌아온 뒤로 활짝 웃던 신씨의 표정이 처음으로 굳었다.

"어찌 안채를 내어주십니까?"

신씨의 물음에 건이 웃으며 말했다.

"행랑처럼 비어 있으니 말이지요. 그리고 안채에는 베틀이 하나 있는데 앞으로 일을 하시는 데 요긴하게 쓰일 것입니다. 그러니 베틀이 있는 안채에서 지내시는 것이 편하시겠지요."

"예에……."

"그럼 늦었으니 전 이만 돌아가겠습니다."

건이 정중히 신씨에게 인사를 하고는 돌아섰다. 건이 떠난 후 신씨는 안채에 짐을 놓고 나오던 하인을 붙잡았다.

"잠깐만! 이보시오. 잠깐만 나랑 이야기 좀 합시다."

"무슨 일이십니까?"

하인이 시큰둥한 표정으로 신씨를 쳐다보았다.

"저, 저분 말이오. 댁이 도련님이라 부른 저분."

"우리 도련님이오?"

"맞소. 참으로 이 집 주인이시오?"

"예, 그렇습니다. 정확히는 도련님의 외가였지요. 도련님 어머니가 돌아가신 후 이 집을 물려받을 사람이 없어서 도련님의 것이 되었고요."

"그 도련님. 재력이 상당해 보이시던데?"

하인의 얼굴이 활짝 핀다. 그걸 이제야 알았냐는 표정이었다.

"우리 도련님이 누구신지 알려드리지요. 주상전하와 사촌지간이시자 대비마마의 조카이신 명문세가 청주 한씨 집안의 도련님입니다. 이름은 건! 한건!"

어머니 신씨의 뒤에서 하인이 하는 말을 가만히 듣던 미래가 건의 이름을 중얼거렸다.

"한건……."

신씨가 하인에게 물었다.

"도련님이라 부르던데. 아직 혼인 전이시오?"

"예. 어쩌다 보니 그렇지요."

"아아, 그래요?"

신씨의 표정이 더욱 밝아졌다. 그녀의 시선의 끝에는 다름 아닌 자신의 여식인 미래가 있었다. 하인이 떠난 후 신씨가 미래에게 다가와서 말했다.

"미래야. 잘하면 이 집이 진짜 우리 집이 될 수도 있겠다."

"무슨 말씀을 하시는 거예요, 어머니?"

"아니야, 됐다. 됐어. 하지만 두고 봐라, 이 어미 말대로 되는지 안 되는지!"

그날 이후 며칠에 한 번씩 건의 하인이 집을 드나들며 일감들을 날랐다. 일은 많지 않았지만 늘 꾸준히 있었다. 그리고 일을 해결할 때마다 돌아오는 돈은 예상했던 것의 배 이상이었다. 처음에는 이것이 이상하다고 생각했던 미래였다. 그러나 신씨는 묘한 미소를 지은 채 이렇게 말했다.

"아무래도 미래야, 그 도령이 네게 관심이 있나 보다."

"네? 그게 무슨 말씀이세요?"

"그렇지 않고서야 기방에 팔려간 널 큰 돈 내고 구해주고, 이 집에서 지내게 해주더니 나중에는 안채까지 쓰게 해주지 않니?"

베틀에 앉아 베를 짜던 미래가 잠시 손을 놓고는 어머니 신씨를 돌아보았다.

"생각이 너무 과하세요. 말도 안 돼요. 명문세족이니 대단한 분이신데 뭐가 아쉽다고 갈 곳 없는 저희 모녀를⋯⋯."

"내가 다른 건 몰라도 사내들 볼 줄은 안다. 분명 그 한씨 도령은 네게 관심이 있어."

"헛된 꿈 마세요, 어머니."

미래가 다시 베를 짜며 말했다. 그러나 신씨는 웃는 얼굴로 계속 이 말을 달고 살았다.

"어미 말이 맞다니까. 두고 보라고. 두고 보라니까."

며칠 후 봄비가 내렸다. 비 내리는 날에도 아랑곳하지 않고 미래는 베틀 위에 앉았다. 그녀가 베를 치는 소리에 맞춰 빗방울이 후드득 떨어지고 있었다. 마치 하나의 이어진 가락인 듯 노래처럼 섞여 들어갔다. 그 오묘한 음이 미래의 귀에도 들려왔는지 그녀는 더욱 신이 나서 즐겁게 베틀을 짜고 있었다.

"베를 짜는 일이 그리 즐거우시오?"

한건이었다.

문이 열린 창문 밖에서 그는 우산을 쓴 채 서서 미래를 쳐다보며 웃고 있었다. 미래는 전처럼 그를 보고도 놀라지 않았다. 그녀는 그를 보며 웃는 얼굴로 베틀에서 일어섰다.

"어서 오세요."

"내가 환영받는 것이오?"

"이 집은 도련님의 집이니까요."

"그리 말해준다면야……."

건이 멋쩍은 듯 웃더니 창문 밖 마루에 걸터앉았다.

"하던 일을 계속 하시오."

"아, 네에."

건의 지시대로 베틀에 앉았지만 그가 창문 너머에 있다는 것을 알면서 마냥 베를 짤 순 없는 일이었다.

"어쩐 일로 오셨어요?"

"잠시 지나가던 길이었소. 담 너머로 베를 짜는 소리가 들리기에……."

미래가 얼굴을 붉혔다.

"그리 크던가요? 빗소리에도 묻히지 않고 담을 넘을 만큼."

"큰 소리라기보단 내 귀에는 아주 좋은 소리요."

"베를 짜는 소리가 좋은 소리라고요?"

미래가 믿기 힘들다는 듯 묻자 건이 고개를 끄덕인다.

"그 베를 짜는 소리. 나는 그 소리를 들을 때마다 마음이 편안해진다오."

"어째서요?"

"그 베틀. 원래는 내 어머니의 것이었소."

"정말요?"

건이 고개를 끄덕인다.

"내 어머니께서는 부유한 집에서 나시어 부족함이 없이 사셨음에도 늘 검소하시고 매일같이 베틀 일을 쉬지 않으셨소. 나는 어머니께서 베틀 일을 하시는 소리를 들으며 자랐지. 그러니 내겐 베틀 소리가 가장 편안하게 들리는 소리요."

"그랬군요……."

"한데 어머니께서 돌아가시고 아버지께서 새어머니를 맞이하시자, 더는 베틀을 보기 싫다 내버리려 하시어 비어 있던 이 집에 가져다 놓았던 것이오."

미래는 이런 고래 등 같은 기와집에, 그것도 안채에 베틀이 있었는지를 알 것 같았다. 건은 다시는 들을 수 없는 어머니의 베틀 소리를 그리워하며 이곳에 소중히 모셔놓았던 것이다.

"그런 귀한 베틀인지도 모르고…… 앞으로는 다른 베틀을 구해 쓰겠어요."

"아니오. 베틀도 쓰임이 있어야 제 본분을 다하는 것이겠지. 그대가 사용한다면 어머니께서도 기뻐하실 것 같소."

미래가 고개를 끄덕이며 베틀을 다시 잡았다. 건은 혹시라도 미래가 자신이 곁에 있는 것을 불편해할까 자리에서 일어섰다.

그때 미래가 건에게 말했다.

"가지 마세요."

"응?"

"베틀 소리 듣는 거 좋아하신다고 하셨잖아요. 조금만이라도 들다 가세요. 도련님 어머님보다야…… 잘 못 짜겠지만."

미래가 부끄러워하며 얼굴을 살짝 붉혔다. 그녀의 얼굴을 바라보던 건의 얼굴에도 미소가 지어졌다.

"그렇다면 잠시만 듣다 가겠소."

건이 미래에게서 등을 돌려 마루에 앉았다. 미래가 다시 베를 짜기 시작했다. 이상한 일이었지만 미래는 베를 짜면서도 집중할 수가 없었다. 자신에게 등을 보이고 앉아 있는 건에게 눈길이 가고 있었기에.

세조 말.

그를 즉위시키는 데 큰 공을 세웠던 권신 한명회의 권력은 왕을 능가했다. 왕의 개인 사병을 제외하고는 형조도 의금부도 왕의 말을 듣지 않았다. 왕이 명을 내려도 한명회의 눈치만 보았다. 결국 세조는 이시애의 난을 겪은 후 한명회를 재상으로 삼아 전권을 물려주고 물러났다.

세조가 죽고 예종이 즉위했다. 남이를 중심으로 한 종친들이 나날이 힘이 커져가는 한명회를 견제하기 시작했다. 한명회는 예종을 자신의 뒤에 앉히고 옥사를 일으켜 남이를 제거했다.

그러던 예종이 갑작스레 승하했다. 당연히 예종의 외아들인 제안대군이 왕이 되어야 했다. 그러나 한명회는 자신의 권력을 유지하기 위해 자신의 딸과 혼인한 의경세자의 차남 잘산군을 왕으로 만들었다. 예종의 적자인 제안대군도 잘산군의 형인 월산군도 모두 몸이 약하다는 것이 그 이유였다. 이제 왕비인 자신의 딸이 보위를 이을 왕자만 생산한다면 더할 나위 없이 좋았을 것이다. 하지만 왕비는 몹쓸 병을 얻어 열아홉 꽃다운 나이에 그만 세상을 떠나고 말았다.

"어흐흐흑! 어흐흐흑……!"

졸곡제를 끝으로 왕비 국상이 모두 끝났다. 이 이후부터는 곡을 할 필요가 없는데도 불구하고 그 누구보다도 서럽게 흐느낀 것은 한명회였다. 이를 탐탁지 않게 쳐다본 것은 바로 세조의 정비인 대왕대비 윤씨였다.

대왕대비전.

그녀는 상당부원군 한명회의 이런 태도가 마음에 안 든다는 듯 욕지거리를 내뱉었다.

"시신을 묻었으면 그것이 끝인 것을……! 졸곡까지 끝내고도 조정의 신료들 앞에서 무슨 추태를……! 제 딸이 죽어서 슬픈 것이 아니라 제 딸이 보위를 이을 원자 하나 낳지 못하고 죽은 것이 서러워 그러는 것이겠지!"

대왕대비가 이렇게 화를 내는 것도 다 이유가 있었다. 예종의 국상 기간에도 하루빨리 후사를 보아야 한다며 왕과 자신의 딸인 왕비의 합방을 서둘렀던 한명회였다. 여기에 예종의 국상도 삼 개월로 끝내버리기까지 했다.

그런 그가 왕비의 국상도 끝난 상황에서 삼 년 동안은 절대 새 왕비를 맞아들여서는 안 된다고 주장한 것이다.

여기에 국상이 끝나자마자 수렴청정을 거두고 성년이 된 왕이 친정을 하도록 하겠다고 하자 또다시 극렬한 반대를 했다. 무조건 삼 년을 채울 때까지는 왕의 친정은 불가하다고 주장한 것이다. 조정 대신들도 모두 한명회의 편이었다.

"제 딸 잃은 서러움을 풀겠다고 왕실의 대를 끊어놓으려 작정을 했구만……!"

밖에서 상궁의 목소리가 들려왔다.

"대왕대비마마. 주상전하께 납시셨사옵니다."

"주상이? 어서 들라 하시게."

"예에."

문이 열리며 침울한 표정의 왕이 안으로 들어섰다.

"주상."

"할마마마."

"내일 국상으로 미뤄왔던 격구대회가 있다 들었는데…… 어찌 표정이 그리 힘이 없으시오? 아직도 중전을 잃은 슬픔을 떨쳐내지 못하셨소?"

물론 그것은 아니었다.

즉위한 이후로 왕비는 계속 아팠고 병을 치료한다며 친정인 한명회의 집에서만 머물렀다. 왕은 왕비의 얼굴도 까마득했다. 가끔 병문안을 핑계로 찾아가면 늘 아파서 몸도 가누지 못하고 있었다. 그사이 왕이 승은을 내린 나인들만 한가득했다. 하지만 그녀들은 모두 한명회가 출궁시켜버렸다. 그런데 이제 왕비가 죽자 한명회는 강제적으로 왕을 삼 년간 수절시키겠다고 나선 것이다. 그 삼 년간 왕의 승은이라도 받은 나인은 절대 살려두지 않겠다며 한명회가 눈에 불을 켜고 궐 안을 돌아다녔다. 나인들은 왕의 눈에라도 들까 왕이 지나다닐 때마다 시선을 피해 도망치느라 바빴다.

당연히 왕은 짜증이 났다. 그런데 왕 본인도 한명회의 눈치에 짜증이 난다고 말도 하지 못하고 있었다.

"예……."

왕은 힘없는 목소리로 대충 얼버무리려 했다. 그런데 대왕대비가 평소와 다르게 강하게 나왔다.

"슬픔도 정도껏이어야지."

"예?"

노기 띤 대왕대비의 목소리에 왕이 고개를 들었다.

"주상. 속지 마시오."

"무슨…… 말씀이시온지?"

"상당부원군의 속뜻을 모르시오? 삼 년간이라는 시간을 벌어놓으려는 것이오. 그 기간 내에 고심하여 제 집안에서 다시 왕비를 들일 셈이겠지. 하나 남는 여식이 더는 없을 것이니 어디 가서 수양딸이라도 데려올지도 모르오."

"소손의 혼인은 조정의 신료들이 정하는 것이니……."

"그게 무슨 소리요!"

대왕대비가 소리치자 성종이 놀란 눈을 크게 떴다.

"당연히 이 왕실의 가장 웃어른인 이 할미가 정할 일이지. 아니 그렇소?"

"예에. 그렇사옵니다."

왕이 바로 꼬리를 내리자 대왕대비가 거칠어진 숨을 골랐다.

"이 할미가 왕실에 시집온 이래, 이처럼 왕실에 한씨가 판을 치는 꼴을 본 적이 없소. 왕실 그 어디를 봐도 전부 다 한씨가 아니오. 왕대비에 대비에 심지어 죽은 중전까지! 그런데 이번에도 다시 한씨를 왕비로 들어야겠소?"

"소손은……."

"잘 들으시오 주상. 혹시라도 대비가 한씨 집안에서 새 며느리를 들이겠다는 소리를 한다면 딱 잘라 거절하셔야 하오. 이 할미의 말을 알겠소?"

"예. 알겠사옵니다."

왕이 고분고분하게 답하자 대왕대비가 방긋 웃으며 말했다.

"상당부원군을 비롯한 조정의 신료들은 죽은 중전을 위하는 마

536

음에서라도 삼 년간은 새 왕비를 들여서는 안 된다고 주장하였지만, 후궁을 들이지 말라는 말을 하진 아니하였소. 하여 주상의 후사를 위해서라도 빠른 시일 내에 후궁을 들일 생각이오. 이를 어찌 생각하시오?"

왕은 입이 귀에까지 걸릴 지경이었다. 안 그래도 오늘 자신이 대왕대비를 만나러 온 것 역시 실은 이 때문이었다. 새 왕비는 한명회 때문에 들일 생각조차 못하고 있었고 여기에 나인들은 모두 한명회가 무서워 왕을 피하고 있었다. 손목이라도 잡을라치면 울고불고 난리도 아니었다. 저마다 죽을병이 있다느니 옮길 병이 있다느니 하면서 왕에게 겁을 주고 도망쳤다.

그러나 후궁이라면 다르다. 그것도 대왕대비가 직접 들이는 후궁이라면 한명회도 말을 못 할 것이다.

"어찌 생각하느냐 물었는데……."

침울했던 왕의 표정이 활짝 펴졌다.

"소손, 할마마마의 명에 따를 것이옵니다!"

활기찬 왕의 목소리에 대왕대비가 방긋 웃었다.

"그래야지."

대왕대비전을 나온 왕은 대비전으로 향했다.

대왕대비가 후궁을 들이겠다고 공헌했으니 왕실에서 자신의 편을 들어줄 사람을 한 명 더 구하기 위해서였다. 그리고 그 사람은 다름 아닌 왕의 모후인 대비였다. 왕이 대비전에 이르자 상궁이 즉각 안에 왕이 온 사실을 알리려고 할 때였다. 문 안쪽에서 대비의 깊은 시름 섞인 한숨이 흘러나왔다.

"어휴……."

왕이 손을 들어 자신이 온 것을 알리려던 상궁을 막았다.

"건이도 혼사를 치러야 할 텐데…… 어찌 주상만큼이나 계집 생각을 아니하는지."

"밀어붙여 보시지요."

대비전 상궁이 말을 받았다.

"안 밀어봤겠는가? 혼인이 부담스러우면 첩을 먼저 들여도 상관없다고까지 했네. 아니지, 어떤 계집이든 네 아이만 낳아주면 그아이의 무게만큼의 보화를 내려줄 것이라고까지 농처럼 말했지. 그런데 허허, 웃고만 말더구나. 내 속이 터지는 것도 모르고……."

"후사가 염려되어 그러시옵니까?"

"안 그렇겠는가? 건이의 모친이 살아 있었더라면 그 아이의 혼사를 직접 챙겼겠지. 내가 나설 필요가 무에 있어? 이대로라면 내친정의 대가 끊기겠네. 끊기겠어."

탄식하는 대비의 목소리를 뒤로하고 왕이 뒤로 물러섰다.

왕실의 대가 끊기게 생긴 것에는 관심도 없고 대비는 오로지 건을 걱정했다. 건을 걱정한다기보다는 친정의 대가 끊길 것을 염려해서겠지만. 어차피 왕에게는 같은 소리다. 차라리 왕의 형인 월산대군의 후사 걱정을 한다면 왕도 수긍했을 것이다. 그러나 대비는 오로지 건이었다.

물론 기른 정을 무시할 순 없을 것이다. 건의 모친이 죽은 다음부터 대비는 건을 데려와 월산대군과 그리고 왕과 함께 키웠다. 대비에게 건은 자식 같은 존재라는 걸 왕도 잘 알았다. 하지만 대비의 진짜 아들은……

"대비마마를 뵙지 않고 가시옵니까?"

"과인이 온 사실을 알리지 마라."

"전하?"

당황하는 대비전 상궁을 뇌둔 채 왕은 침전으로 돌아왔다. 하루 종일 건이 생각만 하고 건이 걱정만 하는 대비가 미워졌다. 갑자기 무슨 생각이었는지 왕이 내관을 불렀다.

"말을 준비하거라!"

"말이라니요? 출궁하시옵니까?"

"형님에게 가야겠다."

"하오나 중전마마의 국상이 막 끝난 시점이라 이럴 때 출궁하시는 것을 상당부원군께서 아시면……"

한명회의 눈치를 보는 대전 내관의 말에 왕이 화를 냈다.

"누가 왕이더냐! 누가 이 궐의 주인이더냐?!"

왕의 분노에 내관은 더는 아무 말도 하지 못했다.

"하하하."

"웃지 마십시오, 형님."

"하하."

월산대군은 그렇게 자신을 찾아온 아우를 앞에 두고 배꼽 잡고 웃어댔다.

"하하!"

"그만 웃으시라니까요."

"어찌 웃음이 나오지 않겠사옵니까? 하여 아직도 궁궐의 나인들이 전하만 보면 도망 다닌단 말입니까?"

"이게 다 상당부원군 때문입니다!"

"그렇겠지요."

상당부원군 이야기에는 월산대군도 웃음을 거뒀다. 월산대군도 의도적으로 상당부원군의 이야기를 피하려고 말을 돌렸다.

"그나저나 내일 격구 시합이 있다 들었사옵니다. 오랜만에 열리는 것인데 이번에는 건이를 꺾으셔야지요."

건의 이야기에 왕이 한숨을 내쉬었다.

"안 그래도 그 이야기도 하려고 했습니다."

"예?"

"어마마마 말입니다. 건이의 혼사 문제만 생각하십니다. 그것도 하루 종일요! 하나 과인은요? 과인도 후사가 없고 형님께서도 아직 후사를 보지 못하시지 않았습니까? 그런데도 어찌 건이만 생각하시는지!"

"넓게 보면 건이도 어마마마의 혈족이 아닙니까? 그러니 더욱 애틋하신 것이겠지요."

"하지만 심합니다. 격구 때마다 늘 건이 편만 드시고."

"그거야 건이의 실력이 전하보다 뛰어나니……."

"형님!"

"하하……!"

왕에게 건은 늘 비교되라며 대비가 붙여놓은 사람 같았다. 늘 함께해서 가까운 듯 보였지만 가까울수록 자신이 그보다 못났다는 사실만 깨닫게 된다.

왕은 그게 싫었다. 왕인 그가 보기에도 건은 정말 흠잡을 데 없이 완벽한 사내였다. 왕은 그게 싫었다.

"형님. 과인이 상당부원군의 사위라서 형님을 두고 보위에 올랐다 여기십니까?"

갑자기 튀어나온 왕의 속마음에 월산대군이 자신의 매끈한 턱선을 천천히 쓸었다.

"대왕대비마마께서는 곳곳의 왕실 여인들이 죄다 한씨라며 불평하시지만 조정에는 그보다도 더 많은 한씨들이 있습니다. 그들은 세조대왕 때도 예종대왕 때도 자신들이 원하는 것을 들어줄 때만 임금을 성군이라 칭했지요. 반대로 자신들의 말을 들어주지 않으면 무능한 왕이라 가르치려 듭니다. 한데 요즘…… 과인이 그 성군 소리를 듣는 것 같습니다."

조부인 세조가 그러했고 숙부인 예종도 그러했다. 왕은 그들을 이어 자신 역시 한씨들의 꼭두각시 왕이 될 것을 염려하고 있었다. 월산대군은 그런 왕의 고민에 공감하면서도 애써 웃는 얼굴로 입을 열었다.

　　"아우님."

　　왕이 아닌 '아우'라는 호칭에 왕의 시선이 월산대군의 눈을 향했다.

　　"설사 아우님이 아닌, 제가 상당부원군의 사위가 되었더라도 또는 그렇지 않았더라도 제게 온 보위는 거절했을 겁니다."

　　"예? 그 무슨……?"

　　"보위라는 거. 어찌 보면 별거 아닌 듯하지만 그 무게를 감당할 수 있는 자에게만 하늘이 내리는 것이라 생각하옵니다. 따라서 임금의 자리는 날 때부터 정해져 있는 것이고…… 지금 임금은 아우님이시니…… 아우님이야말로 하늘이 정한 임금이옵니다."

　　"형니임……."

　　왕이 멋쩍은 표정을 지으면서도 싫지 않은 기색이었다.

　　"따라서."

　　월산대군이 자리에서 일어서며 말을 이었다.

　　"한건이 얼마나 뛰어난 자질을 가졌든 그의 주군은 바로 전하시옵니다. 아시겠사옵니까?"

　　왕이 히죽 웃었다. 역시 왕의 마음을 이해해주는 것은 그와 피를 나눈 월산대군뿐이었다. 월산대군의 사저를 나온 왕은 궐로 돌아가는 길에 건의 사저 앞을 지났다. 안 그래도 내일 오랜만에 격구 시합인지라 건의 몸 상태가 궁금해졌다. 그는 또다시 왕을 이기기 위해 열심히 연습이라도 하고 있을까? 자신은 그간 왕비의 국상 기간이라고 채구를 들어보지도 못하고 지냈는데 말이다.

"으흠!"

"전하!"

왕의 행차가 건의 집 대문 앞에 멈춰 서자 안에서 하인들이 달려나왔다.

"건이는?"

말위에서 넌지시 묻는 왕의 물음에 하인이 바닥에 넙죽 엎드리며 아뢰었다.

"지금 출타 중이시라 이곳에는 안 계십니다!"

"출타? 격구장에라도 갔더냐?"

벌써 연습을 하고 있다면 왕으로서는 난감하기 그지없는 일.

"소인이 알기로는 요즘 외가에 자주 가십니다. 아마 그곳에 가셨을 것이옵니다."

"외가? 그곳은 빈집이지 않느냐?"

"예."

"빈집에?"

왕도 그 빈집에 행차한 적이 있었다. 건이 마련한 자리여서 월산대군과 함께 가서 가볍게 술을 즐겼었다. 위치도 도성에서 외진 곳이라 고요하여 달밤에 술을 나누기에 좋은 곳이었다. 그래서 지난번에 기생 끼고 술판이라도 벌이려 며칠 머물게 해달라고 한 적이 있었다.

"혹시 그 객이 아직도 머물고 있다더냐?"

왕의 물음에 하인이 고개를 들어 갸웃거린다.

"객이요?"

"아니면 다시 빈집이 되었으려나…… 되었다. 건이가 돌아오면 과인이 내일 격구장에 늦지 말고 오란다고 전하거라."

그때 하인이 입을 열었다.

"갈 곳 없는 모녀가 지낸다는 것은 도련님을 모시는 놈에게서 들었습니다만."

"모녀?"

왕이 잡아당기려던 말고삐를 풀었다.

미래는 베틀에 앉아 베를 짜고 있었다. 사나흘에 한 번씩. 또는 이틀 연속으로 건이 찾아와 그녀의 베틀 소리를 듣고 갔다. 주고받는 말이라고는 안부 인사가 전부. 그 짧은 대화 속에서 말로 표현하기에는 어려운 정이 쌓여간다. 며칠 전 건의 지시로 필요한 것이 없느냐며 하인이 찾아왔었다. 그 하인과 어머니 신씨가 대화를 하는 말을 문을 사이에 두고 미래는 엿들었었다.

'도련님께서 이리 여인에게 신경 쓰시는 건 처음이지요. 아마도 저희 도련님이 아가씨를 마음에 두셨나 봅니다.'

하인이 제멋대로 던진 말일지는 몰라도 미래의 가슴은 뛰었다. 얼굴이 화끈거려 그다음 날 찾아온 건을 똑바로 바라보지 못할 정도였다.

건은 미래를 걱정하며 어디 아픈 것인지를 물었다. 그래, 아팠다. 미래는 한건을 마음에 두고 있었다. 그도 그녀를 마음에 두고 있다면 말이다. 베틀을 짤 때마다 미래의 머릿속에는 아직 일어나지 않는 훗날의 일들이 그려진다. 혼례복을 입은 건과 미래. 그리고 건은 미래를……

'부인……'

"부인?"

갑자기 등 뒤에서 들려온 '부인'이라는 소리에 놀란 미래가 화들짝 놀라며 고개를 돌렸다. 낯선 사내가 안방의 문을 열며 고개를 쑥 내밀고는 미래를 향해 물은 것이다.

"누구세요?"

베틀에서 일어선 미래가 그를 돌아보며 말했다. 그는 바로 왕이었다. 건이 있을 줄 알고 찾아온 집에 건이 없었다. 문지기는 왕을 알아보고 쉽게 문을 열어주었다.

그는 집을 둘러보며 소문의 '객'. 바로 '모녀'들을 찾아보려 두리번거리다 안채에서 들려오는 베틀 소리에 다짜고짜 문을 열은 것이다. 어차피 왕이 못 갈 곳은 없었다.

"하하, 아니지. 아니야. 주인 없는 빈집 안채에서 베를 짜고 있는 계집이라면 필시 부인이라 여겨야겠지만 그는 아직 혼인하지 않았으니."

"건이 도련님을 아세요?"

"건이 도령? 그를 그렇게 부르나?"

왕이 재미있다는 듯 웃으며 안방으로 한 걸음 더 들어선다. 미래는 그가 문 앞을 막아서고 있어 밖으로 나가지도 못한 채 계속 뒷걸음쳤다. 그럴수록 왕은 재미있다는 듯 미래에게 가까이 다가왔다.

"나를 두려워하는군? 나를 피하고 싶어해. 어찌 그렇지?"

"누구신데요?"

"나를 두려워하는 계집을 아주 좋아하는 사내이지."

이제 오도 가도 못 한 미래는 등에 닿는 벽을 느꼈다. 도망칠 곳이 없었다. 미래의 앞으로 다가온 왕이 그녀의 묶은 머리의 끝을 잡아당기며 말한다.

"아직 혼인 전인 계집은 분명한데……."

미래에게로 고개를 숙이며 왕이 한 손으로 그녀의 치마를 잡아 올린다.

"몸도 그러한가?"

왕의 행동에 소스라치게 놀란 미래가 다짜고짜 한 손을 들었다.

왕의 뺨을 내려치려고 한 것이다. 그러나 왕의 행동도 느리지 않았다. 그는 허공 위에 올라온 미래의 손목을 낚아채듯 잡으며 히죽댔다.

"감히! 내가 누군 줄 알고? 이리 관심을 두는 것을 가문의 영광으로 알아야지."

미래의 입술이 두려움이 파르르 떨려왔다. 왕은 한 손으로 미래의 턱을 들어 올렸다.

그때였다. 미래의 턱을 들어 올린 왕의 손목을 아프도록 강한 힘이 움켜잡았다.

"무엄⋯⋯!"

왕이 화를 내며 자신의 어수를 잡은 이가 있는 옆으로 고개를 돌렸다.

"건?"

한건이었다. 건은 겁에 질린 미래의 표정을 보고는 애써 화를 참으며 왕에게 물었다.

"전하. 전하께서 여기까진 어인 행차시옵니까?"

"전하?"

건의 말을 들은 미래가 놀랐다.

자신을 희롱하며 겁을 준 사내가 다름 아닌 이 나라의 임금이라니! 미래가 놀란 눈으로 왕을 쳐다보았다. 왕은 미래의 턱을 잡았던 손을 놓았지만 여전히 손목은 건의 힘에 붙들려 있었다.

"과인이 이 조선 땅에서 행차하지 못할 곳이 어디에 있겠느냐."

퉁명스럽게 말하며 왕은 자신의 손목을 잡은 건의 손을 털어냈다. 다행히 건은 잡고 있던 왕의 손목을 순순히 놓아주었다. 그러나 얼마나 세게 잡았던지 여전히 그 통증이 남아 왕의 신경을 자극했다.

"게다가 빈집이라더니, 계집을 숨겨두고 있었군."

"갈 곳 없는 모녀를 당분간 이곳에서 지낼 수 있게 해준 것일 뿐이옵니다."

"모녀? 지금 이 집에는 이 계집 하나뿐이던데?"

왕이 건을 보며 비웃었을 때였다. 미래가 입을 열었다.

"잠시 출타하셨어요."

말없이 왕의 시선이 미래를 향했다. 그의 허락도 없이 먼저 입을 연 당돌함에 기가 차다는 듯 비웃음을 지었다.

"두 사람이 아주 죽이 잘 맞는군. 자네가 혹 다른 마음이 있어 이 계집을 집에 들인 것이 아니고?"

왕은 건을 괴롭힐 말들을 찾아내려 했다. 건은 단번에 이를 끊어내듯 말했다.

"전하. 내일 격구 시합이 있으니 이만 궐로 돌아가시지요."

청하는 행색을 취했으나 명백히 임금인 그를 이 집에서 내보내려는 것이었다. 왕은 눈을 크게 뜨고 건을 노려보았다. 이런 치욕감을 느낀 것은 이번이 처음이었다. 더욱이 건이 자신에게 이런 행동을 한 것 역시 처음이었다. 어디 가나 환영받던 왕이 이 순간 이 곳에서만큼은 외딴 이방인과 같은 존재가 되어버렸다.

"흥!"

왕은 화를 숨기지 않으며 돌아서 자리를 떴다. 왕이 화를 내며 떠난 뒤에도 건은 침착한 표정이었다. 반대로 오히려 안절부절못 하는 것은 미래였다.

"전하께서 화가 나신 것 같아요. 이제 어쩌지요?"

"젊어서 혈기가 강하시나 악의는 없으신 분이니 오늘 일을 금방 잊으실 것이오."

"지금 그걸 말이라고 하세요? 전하시잖아요! 이 나라의 상감마 마요!"

불안해하는 미래를 보며 건이 피식 웃음을 터트린다. 곧 그 웃음 은 안채를 뒤흔들 만큼 큰 웃음이 되었다.

"웃음이 나오세요?"

미래는 웃는 건을 앞에 두고 황당하다는 듯 되물었다. 건이 겨우 웃음을 그친 채 미래를 보며 말했다.

"날 걱정해주는 거요?"

"에?"

"나를 걱정해주고 있군. 그렇소?"

"전……."

걱정했다. 자신의 행동도, 건의 행동도 젊은 왕을 분명 화나게 한 것 같으니. 그런데 지금 걱정해주느냐는 건의 말에 미래는 뺨이 뜨거워지는 것을 느꼈다. 반대로 건은 입가에 미소를 그린 채 묘한 눈길로 계속 붉어진 미래의 얼굴을 빤히 쳐다본다.

"여인들의 걱정은 늘 번거로운 것이라 여기었는데…… 그대가 날 걱정해준다 생각하니 어찌 이리도 웃음이 나오는지."

미래가 부끄러운 듯 건에게서 고개를 돌린 채 말했다.

"웃지 마세요. 그리 웃으신다 하시니 전하께서도 제게 다른 마음을 품었다고 오해하시잖아요. 그러니……."

"사실이오. 사실인 것 같소."

미래가 눈을 들어 건을 쳐다보았다.

"난 그대에게 다른 마음이 있는 것 같소."

"무, 무슨……?"

"언제부터인지는 모르겠지만……."

건이 배틀 쪽에 눈길을 주며 말끝을 흐린다. 이제 미래는 가슴이 터질 것 같아서 더는 건과 한자리에 있을 자신이 없었다.

"나, 나가겠어요!"

"나간다니?"

나간다는 미래의 말에 건이 놀라며 그녀를 쳐다보았다.

"이건 아니에요. 지금까지 베를 짜서 모아둔 돈이 있어요. 작은 초가를 빌릴 수 있을 것 같으니 어머니와 나가겠어요."

자신의 마음을 고백하는 건 앞에서 왜 미래는 그를 떠나겠다는 말을 하고 있는 것일까?

아니, 그 반대다. 잡아달라고…… 잡을 이유를 달라고 건에게 요구하는 것이다. 이유만…… 있다면…….

"그댄 내게 갚아야 할 몸값이 있지."

이유다.

하지만 이 이유는 미래가 듣길 원하는 이유가 아니었다. 놀란 얼굴로 자신을 응시하는 미래를 보는 건의 표정은 속이 타는 얼굴이었다. 자신이 하고 싶은 말은 그 말이 아니다.

"난…… 이런 말을 잘 하지 못하오. 여인에게 해 본 적도 없고……."

씁쓸한 마음을 안고 미래가 건 앞에서 고개를 숙였다.

"나가게 해주세요. 절 위해 내주신 몸값은 반드시 갚을 테니. 그러니……."

"평생."

미래가 고개를 들었다.

"평생 그대가 베틀을 짜는 소리를 내가 들을 수 있게 해주겠소? 그것으로 우리 사이에 빚을 대신하는 것으로 합시다. 그래주겠소?"

고백이다. 하지만 이 고백은…….

"도련님! 여기 계십니까?"

안채 밖에서 건을 찾는 하인의 목소리가 들려왔다. 그 순간 문

밖에서 귀를 대고 엿듣고 있던 신씨가 넘어지며 우당탕 소리를 내며 방 안으로 엎어졌다. 미래는 자신의 어머니가 이 모든 상황을 엿듣고 있었다는 사실을 알고는 부끄러워 고개를 돌리고 말았다.

"아이고, 죄송해라. 계속하세요. 계속 말씀 나누세요."

"아닙니다. 곧 나갈 겁니다."

건이 짤막하게 대답하며 나가려는 신씨를 붙잡더니 미래를 돌아본다.

"바로 대답하지 않아도 좋소. 며칠은 여유를 줄 수 있을 것 같으니. 그럼."

건이 떠났다. 미래는 이제 넋 나간 표정이 되고 말았다. 건이 한 말은 무슨 의미였을까? 부인이 되어달라는 뜻일까? 그렇겠지?

"여기 계셨습니까?"

문 밖에서 건의 하인이 고개를 빼꼼히 내밀며 킥킥 웃는다. 신씨가 바로 하인에게 성을 냈다.

"자네도 나와 같이 엿듣고 있었으면서! 어찌 중요한 순간에 그리 말을 자르나! 내 여식은 대답도 못 했는데!"

"도련님이 저러시는 게 처음이니 재미있어 그랬지요."

어머니 신씨에 이어 건의 하인까지도 이 모든 상황을 엿듣고 있었음이 밝혀지자 미래는 고개도 못 들고 베틀에 앉았다. 마치 아무 일도 없었다는 듯 다시 베틀 일을 시작했다. 그녀의 뒤에서 하인이 신씨에게 말하는 것이 미래의 귀에도 똑똑히 들렸다.

"도련님도 드디어 짝을 만나신 모양입니다."

"우리 여식 말인가?"

신씨도 신이 나서 응수한다.

"예예."

방긋 웃던 신씨가 갑자기 걱정스러운 듯 하인에게 말한다.

"그나저나 없는 살림에 지금은 얹혀사는 처지인데 혼인할 준비를 어찌 마련한담. 그게 걱정이네. 그래도 명문세족의 도련님이시니 다 양해해주시고 도와주시겠지?"

"그게 무슨 말씀이십니까?"

하인이 태도를 돌변하며 신씨를 추궁했다. 동시에 베틀을 짜던 미래의 손도 멈췄다.

"무슨 말이라니? 우리 여식이 자네 도련님의 짝이라며. 짝이면 혼인해야지. 다만 우리가 없는 살림이라……."

"에이, 혼인이라니요. 말도 안 되는 소리 마십시오."

"무슨 말인가, 그건 또?"

"우리 도련님이 어떤 분이신지는 잘 아시지 않습니까? 안 그래도 온갖 명문가 여식들이 도련님과 혼인하겠다고 매일 혼담을 넣으려고 매파를 보내는데 아가씨가 반가의 규수라도 갈 곳이 없는 처지. 어찌 도련님의 정실 자리를 넘보십니까? 딱 첩이지."

"첩?"

신씨의 얼굴이 일그러졌다. 베틀 위에 앉아 이를 듣는 미래의 가슴도 철렁 내려앉았다.

"내 딸이 첩이라니? 어찌 첩이 되어야 해? 자네 도령이 아직 혼인한 것도 아닌데!"

"아이, 답답한 소리 마시지요. 도련님이 이 아가씨를 마음에 들어 하시니 첩으로 맞이하시면 그다음에는 순순히 혼인한다 하지 않으시겠습니까? 사내란 자고로 마음에 드는 여인이 있으면 다른 여인들에게는 눈독도 들이지 않으니 말입니다."

"자, 자네 도령도 우리 여식을 첩으로 들이겠다 하던가?"

"방금 저와 함께 엿듣지 않으셨습니까? 평생 베틀 소리를 듣고 싶다고. 그게 첩이 되란 소리지, 어디 정실부인이 되어 달라는 소리였습니까?"

"에게게……."

신씨가 기운 빠진 소리를 냈다. 하인의 말이 옳아서도 틀려서도 아니었다. 그녀도 함께 엿들었지만 분명 정식 청혼을 하는 말은 아니었다. 실망한 듯 신씨가 베틀에 앉아 있는 미래의 등을 쳐다보며 물었다.

"한 도령이 정녕 혼인하자는 말은 아니하더냐?"

미래는 어머니에게 대답할 말이 없었다.

그날 밤, 밤이 깊도록 미래는 잠들지 못했다. 옆에서 잠이 든 어머니를 놔둔 채 조용히 밖으로 나와 마루에 앉았다. 달이 휘영청 밝은 밤이었다.

첩. 계실로 들어가서도 평생을 전처 자식들에게 차별받다 내쫓긴 어머니. 첩은 아내가 아니었다. 부인 소리를 듣고 살 수도 없었다. 평생을 죽는 날까지 주인 나리와 마님을 모시고 사는 여종 신세인 것이다.

왜 건의 고백을 듣고 나서야 이러한 현실이 눈에 보였던 것일까?

그의 고백을 듣기 전, 마음속에만 그를 품었을 때는 전혀 보이지 않았던 현실이었다. 꿈꾸던 상상 속에서도 본 적이 없던 현실이었다.

'내 처지에 도련님의 정실로 삼아 달라고 할 수는 없겠지.'

기생으로 팔린 자신을 구해주고 갈 곳이 없는 자신을 거둬주고 이제는 부인까지 삼아달라고 할 순 없었다.

제 처지를 잘 알아서가 아니었다. 그녀의 높은 자존심이 이를 허락하지 않았다. 그렇게 굽히고 부인으로 받아들여준대도 그녀는 행복할 수 없을 것이다.

"휴우……."

깊은 한숨을 내쉰 미래가 다시 방으로 들어가려 자리에서 일어섰을 때였다. 갑자기 여러 명의 복면인이 나타나 미래의 입을 틀어막았다.

"으읍……!"

미래가 몸부림쳤지만 소용없었다. 그들은 재빠르게 미래의 입을 틀어막고 그녀를 손발까지 묶어버렸다. 마치 보쌈하듯 이불 보자기 안에 그녀를 넣고는 서둘러 그곳을 떠났다.

미래는 이불 보자기 안에 담겨서 계속 벗어나려 몸부림쳤다. 하지만 자신을 등에 업은 이는 분명 건장한 장정이었다. 미래의 몸부림 따위는 전혀 아랑곳없이 그는 걸음을 빨리했다. 어디로 가는지도 몰랐다.

미래는 두려웠다. 그렇게 한참을 어디론가 가던 그들이 어느 곳에 이르자 미래가 담긴 이불 보자기를 바닥에 내려놓았다. 땅에 제 엉덩이가 닿자 미래는 다시 있는 힘껏 몸부림을 쳤다. 그러자 그녀를 감쌌던 이불 보자기가 풀어지더니 불을 환하게 밝힌 넓은 방이 나타났다.

계속 이불 보자기 속 어둠에 갇혀 있던 미래가 눈을 깜빡이며 주변을 두리번거릴 때였다. 안쪽에서 흰 잠옷을 입고 있던 사내가 벌떡 일어나 미래가 있는 곳으로 다가왔다. 그는 그녀의 입을 가리고 있던 천과 손발을 묶은 천을 풀어주더니 한 걸음 뒤로 물러섰다.

"오는 길이 험하였지. 과인이 사과하마."

그는 이 나라의 임금 이혈이었다. 미래는 이미 낮에 그를 건의외가에서 본 일이 있었다.

"놀랐느냐?"

그가 미래와 어느 정도 거리를 두고 떨어져 자리에 앉았다. 미래는 그의 얼굴을 보자마자 주변을 둘러보았다. 넓은 방 안에는 왕

외에는 아무도 없었다.

"여긴 경복궁에 있는 과인의 침전이다."

자신이 있는 곳이 어디인지 깨달은 미래가 왕 앞에 머리를 조아렸다.

"저, 전하. 어, 어찌 소녀를 이곳에……!"

겁에 질린 미래를 두고 왕은 여유 있게 입을 열었다.

"건이 널 상당히 마음에 들어하는 것 같더구나. 그래서 과인이 너에 대해 알아보았다. 죽은 봉상시 판사의 고명딸이라지? 형제의 노름빚에 팔린 것을 건이 구해주었고 쭉, 건의 외가에서 있었다. 과인의 말이 맞느냐?"

겁먹은 미래가 고개를 연신 끄덕였다. 왕은 이런 미래의 모습이 마음에 드는지 킥킥 웃더니 자리에서 일어섰다. 그러더니 엎드린 미래의 앞으로 다가와 상체를 숙이더니 한 손으로 그녀의 턱을 잡아 올렸다. 미래가 놀라 눈을 크게 뜨자 왕이 되물었다.

"어찌 과인의 뺨을 치지 않고?"

왕은 놀리고 있었으나 미래는 알면서도 긴장을 풀 수가 없었다.

"그래. 여기서 과인을 쳤다가는 살아서 내일 해를 보지 못하게 될 것이다."

"전하! 살려주십시오! 오늘 낮에 일은 소녀가 전하를 몰라 뵈옵고……!"

"안다. 알아. 과인이 넓은 아량으로 이해해주지. 또한…… 과인이 왜 널 이곳까지 데려왔는지 아느냐?"

미래가 고개를 강하게 내저었다. 왕이 웃으며 말했다.

"너는 반가의 규수나 갈 곳 없는 처지. 잘해봤자 건의 소실 자리나 얻어 살겠지. 사대부가의 규수라도 첩이 되는 이상 천것이 되는 것이 이 나라의 국법. 하나 임금의 첩이라면 조금 다른 소리를 듣지 않겠느냐?"

"예?"

"그래서 과인이 지금 네게 제안을 하려고 한다. 선택은 네가 하거라."

"무슨 말씀이신지……?"

미래는 제 귀로 똑똑히 듣고도 의심했다. 왕이 지금 그녀에게 하는 제안이라는 것은…….

"과인은 아직 원자가 없다. 후궁도 들이지 않았지. 게다가 왕비도 없다. 네가 이런 과인의 첩이 되어 원자라도 낳는다면? 그 아이가 자라 왕이 된다면? 넌 왕의 첩에서 왕비도 될 수 있음이야. 사대부가에서는 절대 일어날 수 없는 일이지."

왕은 지금 미래에게 자신의 후궁이 될 것을 제안하고 있는 것이다. 놀란 눈을 뜬 미래를 향해 왕이 재차 물었다.

"자, 어찌하겠느냐? 과인의 제안을 받아들이겠느냐?"

다음 날 아침. 격구장에 도착한 대비가 건에게 다가갔다.

"건아."

"대비마마."

"전하는? 어디 계시냐?"

"오늘은 조금 늦으시는 것 같사옵니다."

"그래?"

매일 건에게 져서 그렇지 격구를 운동 중에서 가장 좋아하는 왕
이다. 그런 왕이 이미 경기가 시작하고도 남을 시간까지 나타나지
않는 일은 처음이었다.

"분명 격구를 취소한다는 말은 아니 들었는데……."

그때 창덕궁 쪽에서 나인 하나가 바쁘게 뛰어오더니 대비를 모
시는 상궁에게 다가가 귓가에 대고 무언가를 속삭였다. 대비가 건
과 함께 이를 쳐다보자 상궁이 다가와 아뢰었다.

"창경궁에 계신 대왕대비마마를 뵙고 오시느라 늦어지신다 하
옵니다."

"주상이 아침부터 창경궁에 갔다고? 격구 시합이 있는 줄 알면
서도 갔단 말이냐?"

"그러신 듯하옵니다."

"어째서? 대왕대비마마께서 부르셨다더냐?"

"대비마마. 그것이……."

"응?"

대비가 영문을 모르는 표정을 짓자 상궁이 대답했다.

"지난밤 전하께서 승은을 내리신 여인이 있사온데……."

"승은을 내린 여인이라니? 나인이 아니라…… 여인?"

궐 밖에서 들인 여인을 지칭하는 말임을 알고 대비가 눈살을 찌푸렸다. 궐 밖에서 여인을 들여 승은을 내린다면 그것은 정식으로 들인 간택 후궁이어야만 가능했다. 왕이 이를 모르지 않았을 텐데도 스스로 법도를 어겼다는 말은…….

"예. 그래서 그 여인과 대왕대비마마를 뵙고 오신다 하옵니다."

"대왕대비마마께 분명 꾸지람을 들었을 게다. 어찌 궐 밖에서 아무 여인이나 함부로 들여!"

화를 내는 대비의 뒤에서 왕이 나타났다.

"어마마마께서 그리 나오실 줄 알고 대왕대비마마를 뵙고 온 것이옵니다. 소자가."

"주상?"

왕이 씩 웃으며 대비의 앞까지 다가왔다. 그런데 시선은 대비가 아닌 대비의 옆에 서 있는 건을 향한다. 무언가 평소와 다르게 의기양양한 얼굴로 건을 쳐다본 왕이 다시 대비를 돌아보며 말했다.

"대왕대비마마께서도 윤허하셨사옵니다."

"윤허하시다니요? 무엇을요?"

"그 여인. 삼일 후에 입궐할 대왕대비마마의 재종녀 윤씨와 함께 과인의 간택 후궁으로 들인다 윤허하셨사옵니다."

"주상. 허면 도대체 궐 밖에서 어떤 여인을 들인 것이오?"

"그 여인의 인사부터 받으시지요."

왕이 옆으로 비켜섰다. 그러자 왕의 뒤에서 고개를 숙이고 있던 여인이 천천히 고개를 들었다. 가체를 쓰고 비녀를 꽂은 여인은 분명 왕이 말한 지난밤 승은을 내렸다던 여인이 분명했다.

그 여인. 아니, 이 여인의 얼굴을 본 건의 눈동자에 힘이 실렸다. 왕은 건의 표정을 보며 웃음을 감추지 못했다. 자신이 가장 만족할 만한 결과가 나타난 것이다.

"너냐? 지난밤 주상의 승은을 입은 계집이?"

"예에. 대비마마."

고개도 들지 못한 채 떨리는 목소리로 대답하는 여인. 바로 미래였다.

"비록 주상의 뜻이었다 하나 사대부가의 여식이겠지?"

"예. 소녀의 부친께서는 전 봉상시 판사이셨사옵니다."

"그래?"

미래의 대답에 대비의 표정이 탐탁지 않아 보였다. 봉상시 판사가 그리 높은 직책이 아니었기에 한미한 집안 출신이라는 걸 알아서였다.

"대왕대비마마께서 허락하셨다니 나는 더는 할 말이 없다."

대비가 더는 미래와 말도 섞고 싶지 않다는 듯 돌아서서 자리에 앉았다. 왕도 격구할 옷을 갈아입으러 천막으로 가버렸다.

"자리를 안내해 드리지요."

상궁이 미래에게 다가와 말했다.

"예……."

그때까지도 건은 미래의 앞에 서 있었다. 그러나 미래는 고개를 들어 건을 올려다보지도 못한 채 돌아서 자리에 가 앉았다.

그날 격구는 사실상 왕의 일방적인 승리였다. 누가 보더라도 건이 대놓고 왕에게 져주었다고 생각할 만큼 참패였다. 건답지 않게 그는 매번 공을 놓치고 매번 공을 빼앗겼다. 이쯤 되면 일부러 져준다는 사실에 왕이 기분 나빠할 만도 한데 역으로 왕은 계속 싱글벙글이었다. 대비는 극과 극을 달리는 왕과 건의 얼굴을 번갈아 바라보며 불안함을 감추지 못했다.

무언가 이상했다. 그 이유가 미래에게 있음을 아직 대비는 전혀 눈치채지 못하고 있었다. 경기가 끝난 후 자리를 떠나려는 미래에게 왕이 말을 탄 채 다가왔다.

"윤비!"

왕이 미래를 '윤비'라고 부르자 자리를 떠나려던 대비가 돌아보았다. '비'는 오로지 왕비에게만 붙일 수 있는 칭호. 물론 격구의 승리에 도취되어 왕은 기분 좋게 미래에게 농담을 건넨 것이었다. 대비는 이를 알면서도 그리 기분이 좋지 않은 상태로 자리를 떴다.

"전하."

"기념이오."

격구에서 쓴 공을 미래에게 건네며 왕이 씩 웃었다. 미래도 왕에게 미소를 보낸 채 두 손으로 공을 받았다.

"그럼 난 이만 씻으러 가야겠군. 그대도 처소로 돌아가시오."

"예. 그러겠사옵니다."

왕이 가버리자 미래는 공을 챙겨들고는 격구장에서 돌아섰다. 그런데 돌아가는 길을 안내해 줄 상궁이 보이지 않았다. 격구가 끝나고 모든 나인들도 격구장을 떠난 터라 그곳은 한산해졌다. 미래가 상궁을 찾아 두리번거리는 사이 가까운 곳에서 건이 걸어오는 것이 보였다.

그는 자신이 있는 쪽으로 걸어오고 있었다. 당황한 미래가 고개를 숙인 채 자리에 섰다. 그런데 자신에게 오는 줄 알았던 건은 그대로 그녀의 옆을 스쳐 지나갔다. 건이 자신에게 눈길조차 주지 않고 지나가는 것을 알아차린 미래가 고개를 돌렸을 때였다. 건은 미래에게서 얼마 떨어지지 않은 자리에 서서 그녀를 바라보고 있었다. 결국 마주한 시선에 미래는 더는 고개를 돌려 피할 수도 없음을 알았다.

건은 왕의 후궁이 되어 곱게 단장하고 서 있는 미래를 가만히 바라보더니 다시 돌아서 자리를 떠나려는 듯했다. 그러나 몸만 돌렸을 뿐 걸음은 떨어지지 않았다.

그는 분명 미래에게 못 다한 말이 있었다. 아니, 묻고 싶은 말이 있는 듯했다. 스스로에게 짧게 조소한 건이 다시 미래를 바라보며 어렵게 입을 열었다.

"그대의 선택이오?"

선택. 그가 아닌 왕의 여인이 된 것을 말하고 있었다.

실은 건은 알고 있었다. 어제 자신이 미래를 위해 저지른 무례에 왕이 단단히 화가 났다는 것. 그러나 그 화가 다른 쪽으로, 그것도 미래에게 일어날 것이라고는 상상하지 못했다.

만약 왕이 강제로 미래를 취했다면……

"네, 제 선택이에요."

미래의 대답. 건이 무겁게 눈을 감았다 뜨더니 말했다.

"그렇다면 존중하오."

이 말을 끝으로 건이 미래에게서 돌아섰다. 멀어지는 건의 뒷모습을 보며 미래는 터져 나오려는 울음을 참으려 애꿎은 입술만 아프도록 깨물었다.

※ ※ ※

왕이 약관(弱冠, 스무살)이 되자 친정을 시작했다. 그와 동시에 왕의 인척들이 대거 관직을 제수 받았다. 한건도 그중 한 명이었다. 그는 정 4품 통정대부 행사헌부지평이 되었다. 관직을 제수 받고 처음으로 입궐하던 날. 건은 조회가 끝나자마자 대비를 알현하기 위해 내전에 들었다.

"어머나!"

관복을 입고 더욱 늠름해진 건이 지나가자 궁궐 나인들의 시선이 모아졌다.

"아, 한 도련님. 아직 혼인 전이시라지?"

"누가 채가든 횡재다 횡재!"

"그게 누구든 넌 아닐걸? 호호호."

모여진 시선에 부담을 느낀 듯 건이 어색한 웃음을 지은 채 걸어가던 그때였다.

"어? 숙의마마다."

한 나인의 말에 건의 걸음이 멈췄다. 미래였다. 아침이라 내전에 문후를 올리려 들렀다가 제 처소로 돌아가는 길인 듯싶었다. 건의 눈에 미래는 마지막으로 보았을 때보다도 좀 더 야위고 얼굴에는 무거운 근심만 가득이었다.

"전하의 발길이 끊어진 지가 반년이던가?"

"그보다 더 되었을걸? 요즘은 마주쳐도 눈길조차 안 주신다더라."

"친정을 시작하시더니 상당부원군 눈치 볼 일도 줄어드셨잖아. 그래선가? 요즘 전하의 취향이 달라지셨어. 기생들만 찾으신다잖아."

"새 중전마마가 들어오시면 달라지시겠지."

"그나저나 숙의마마도 안되었어. 전하의 총애를 받을 때 아들이라도 한 명 낳았어 봐. 신세가 저렇진 않았을 텐데."

"쉿."

그들의 이야기를 건이 듣고 있다는 것을 알아챈 나인들이 서둘러 흩어졌다.

건의 시선이 미래가 지나간 빈자리를 향했다.

이른 아침, 대왕대비전에 문후를 올리러 갔던 미래가 처소로 돌아왔다. 대왕대비전에는 또 다른 윤 숙의. 바로 대왕대비의 재종녀인 윤호의 딸 윤씨도 함께 들었다. 당연히 누가 누구의 문후를 물으러 왔는지 모를 정도로 대왕대비의 관심은 자신의 재종녀 윤씨에게만 향했다. 대왕대비의 상궁보다도 더 멀리 홀로 앉아 있던 미래는 대왕대비와 윤 숙의가 웃으며 서로 대화를 주고받는 것만 지켜보다 물러 나와야 했다. 어차피 매일 아침 반복되는 일.

하지만 지친다. 아침부터 지쳐.

"마마. 숙의마마!"

밖에서 미래의 나인이 급하게 뛰어 들어왔다.

"무슨 일이냐?"

"전하께서!"

"응?"

왕의 이야기에 미래의 눈이 번쩍 뜨였다.

"전하께서 숙의마마를 찾으시옵니다! 어서 침전으로 가보시지요!"

"전하께서?"

믿을 수 없는 일이었다. 반년 만이다. 급하게 옷매무새를 다듬으며 미래가 왕의 침전으로 향했다. 그런데 도착하니 윤 숙의를 모시는 상궁과 나인이 밖에서 서 있는 것이 보였다.

"윤 숙의도 이곳에 있느냐?"

미래의 물음에 윤 숙의의 나인이 고개를 끄덕였다.

"예. 전하께서 부르셨사옵니다."

"윤 숙의도?"

되묻는 미래의 목소리에 실망감이 묻어났다. 하긴 지금은 이른 아침이다. 곧 있으면 경연 시간일 텐데 아침부터 왕이 자신만 불렀을 리가 없다. 미래가 한숨을 삼키며 침전에 올랐다.

"숙의마마께서 드셨사옵니다, 전하."

"들라 해라."

"드시지요, 숙의마마."

내관이 문을 열어주는데 안에서 여러 여인들의 웃음소리가 섞여서 들려온다. 이상하다는 생각에 미래가 고개를 갸웃거리며 안으로 들어가자 그 안에는 윤 숙의와 함께 네다섯 명의 나인들이 앉아 킥킥 웃어대고 있었다.

난처한 표정을 짓고 있는 것은 왕의 가장 가까운 곳에 앉은 윤 숙의뿐. 무언가 이상하다 싶었지만 미래는 다소곳이 들어가 왕에게 인사를 올렸다.

"전하."

"오, 왔느냐? 어서 앉거라."

왕이 이미 앉아 있는 윤 숙의의 옆자리를 손으로 가리키며 말한다. 미래가 왕의 지시대로 윤 숙의의 옆에 앉았다.

"윤 숙의."

"윤 숙의."

대왕대비전에서 간단하게 인사를 나누었지만 다시 어색한 인사가 오갔다. 그런데 이들의 인사를 듣고 있던 왕이 크게 웃으며 말했다.

"과인의 아바마마께서도 숙부님께서도 모두 한씨를 왕비로 맞이하셨지. 하나 과인에게는 윤씨 후궁만 둘이구나."

"무슨 말씀이시온지?"

미래가 조심스럽게 묻자 왕이 말했다.

"오늘 밤 과인이 어느 숙의를 불러 동침할지를 곰곰이 생각하다 보니, 과인에게는 고작 후궁이 둘뿐이더구나. 하여 후궁을 더 늘릴 생각으로 대전상궁에게 지밀나인들 중 가장 예쁜 아이들 서넛을 뽑아 데려오라 말하였다."

미래는 윤 숙의의 뒤편에 앉아 있던 나인들이 바로 상궁이 뽑아 온 나인들이라는 걸 알았다.

"오늘 누구를 침전으로 불러 승은을 내려줄까?"

이 말에는 미래는 물론이고 가만히 듣고 있던 윤 숙의의 표정도

굳었다. 왕은 표정이 굳은 두 숙의를 쳐다보며 짜증을 냈다.

"명색이 사대부가의 여식이라고 과인이 던지는 농에 그리 인상부터 쓸 참이오?"

"아, 아니옵니다. 신첩은 인상을 쓰지 않았사옵니다."

열다섯. 아직 어리지만 사리분별은 할 줄 아는 윤 숙의의 표정이 밝지 못했다. 윤 숙의를 거친 왕의 시선이 미래를 향했다. 미래는 참담한 심정이었다. 반년 만에 왕이 부른다는 마음에 기쁘게 달려온 길이었다. 그런데 고작 나인들과 나란히 앉혀 놓고 오늘 밤 누구를 선택할 것인지 농이나 던지고 있었다.

"어린 윤 숙의는 인상을 쓰지 않았다는데 나이 많은 윤 숙의는?"

자존심이 크게 상한 미래의 표정이 밝지 못했다. 그런데도 왕은 웃는 얼굴로 미래를 쳐다본다. 네가 기분이 나쁘든 말든 자신은 왕이니 하고 싶은 말을 할 수 있으면 해보라는 식이다.

결국 미래가 어렵게 입을 열었다.

"전하의 뜻대로 하시옵소서."

"옳지!"

왕이 자신의 허벅다리를 내려치더니 두 숙의와 그 뒤에 앉은 나인들의 얼굴을 느긋하게 살펴본다.

"너."

"예? 소인 말씀이옵니까?"

"그래 너. 너는 성이 어찌 되느냐?"

"바, 박가이옵니다. 전하……."

"박가라…… 한씨도 아니고 윤씨도 아니구나. 그렇지?"

"예에……."

나인이 방긋 미소 지으며 대답했다. 왕이 그 옆에 앉은 나인을 가리키며 또 묻는다.

"너는 성이 무엇이냐?"

"김가이옵니다."

"김가라……."

성씨부터 묻던 왕이 뭐가 마음에 안 들었는지 인상을 찌푸렸다.

"궐 안에 계집들은 전부 성씨부터 묻고 품어야 하니 성질부터 나는구나. 차라리 기생이나 끼고 놀련다. 밖에 누구 없느냐?"

"예, 전하!"

내관이 문을 열고 안으로 들어오자 왕이 말했다.

"소춘풍을 불러오너라."

왕의 지엄한 어명이 아침부터 기녀를 데려오라니? 내관이 당황했다.

"지, 지금 말이옵니까?"

"그렇다."

"하오나 곧 경연이온데."

"과인은 오늘 몸이 좋지 않다. 소춘풍이 안마를 잘하니, 불러다

안마나 받으련다."

마땅한 대답을 찾지 못한 내관이 물러나가자 숙의들의 뒤에 앉아 있던 나인들이 킥킥댄다. 왕은 나인들을 보며 함박웃음을 지었다.

"감히 임금인 과인의 앞에서 웃음을 흘리다니. 무엄한지고! 이제 보니 네년들이 나인의 옷을 입은 기생들이렸다?"

웃으며 화를 내는 왕의 말투에 나인들이 서로를 보며 웃는다. 그때 참다못한 미래가 왕을 향해 입을 열었다.

"전하."

"응?"

"신첩이 보기에 전하께서 전혀 미령하지 않으시고, 더욱이 친정을 시작하신 지 얼마 되지 않으셨사온데, 경연을 이렇듯 빠지시고 아침부터 기생을 불러 가까이하시는 것을 웃전들께서 아시면 노하시지 않겠사옵니까?"

"뭐? 뭐라?"

돌아오는 왕의 목소리가 날카로워졌다. 바로 그때였다.

"전하. 사헌부지평 입시이옵니다."

"사헌부지평? 지금 사헌부지평이라면 한건 아니냐?"

"예에."

건의 이름을 들은 미래의 눈빛이 살짝 흔들렸다. 이를 본 왕이 모른 척 내관에게 말했다.

"들라하라."

"예."

잠시 후 문이 열리더니 건이 나타났다. 그는 침전 안을 가득 채운 나인들과 두 명의 숙의를 보고는 안으로 들어오지 못한 채 멈칫했다. 뒤늦게 왕이 자신의 앞에 앉은 여인들에게 말했다.

"이만 물러가라."

나인들이 제일 먼저 후다닥 밖으로 몰려나가고 다음에는 윤 숙의와 미래가 일어섰다. 그런데 일어서는 미래의 손목을 왕이 낚아채듯 잡았다.

"숙의는 그대로 있어라."

놀란 미래를 두고 윤 숙의는 왕에게 인사를 올린 후 재빨리 침전을 떠났다.

"어서, 앉으래도."

왕에게 손이 잡힌 채 어정쩡하게 서 있는 미래를 향해 왕이 종용한다. 미래는 어쩔 수 없이 다시 자리에 앉았다.

"전하."

건이 다가와 예를 올리며 자리에 앉았다. 그는 왕의 옆에 앉아 있는 미래를 보았음에도 미래를 마치 없는 사람 취급하듯 눈길조차 주지 않았다. 왕은 이런 건의 모습을 흥미 있게 지켜보며 물었다.

"한 지평은 윤 숙의가 보이지 않는가?"

건이 뒤늦게 미래에게 인사했다.

"숙의마마."

"예에."

인사는 주고받았지만 여전히 건은 미래의 얼굴을 똑바로 바라보지 않는다. 왕이 이 상황을 흥미 있게 주시하며 한 손으로 자신의 턱을 괴었다.

"그래. 한 지평은 이른 아침부터 과인에게는 어인 일이냐?"

"조금 전 입궐하여 대비마마를 뵈러 내전에 들었사옵니다. 하오나 대왕대비전에 가셨다 하여 뵙지 못하고 돌아가는 길에 전하를 알현하러 왔사옵니다."

"오늘이 첫날이라지? 한 지평 그대가 관직에 오를 수 있도록 그 누구보다도 애를 쓰신 분이 어마마마이시니, 응당 어마마마를 먼저 뵈어야지. 하나, 알아두게. 자네에게 관직을 제수한 것은 어마마마의 청을 받아들였던 과인일세."

"황감하옵니다, 전하."

왕이 웃으며 고개를 끄덕였다.

"이제 대비전으로 가보게. 아마 지금쯤이면 어마마마께서도 계실 것이네."

"예. 전하."

건이 예를 올리며 다시 자리에서 일어났다. 왕은 건이 침전을 빠져나갈 동안 그와 미래를 번갈아 쳐다보았다. 미래는 눈을 크게 뜨고서는 왕의 옆에서 계속 고개만 숙인 채 앉아 있었다.

건은 미래에게 끝까지 눈길 한 번 주지 않은 채 밖으로 나갔다. 왕에게는 이 모든 상황이 그저 시시하기만 했다.

건이 나가자 왕이 미래를 돌아보며 말했다.

"하기는 과인도 이젠 네게 질렸으니, 그라고 다를쏘냐."

미래가 고개를 들었다. 왕은 미래와 눈을 맞추며 히죽 웃는다.

"한건말이다. 네게는 눈길조차 주지 않더구나. 과거 과인이 보기에는 한 지평이 네게 가진 감정이 가벼워 보이지는 않았는데……."

"무슨 말씀이신지 신첩은 모르겠사옵니다."

"이제 너도 궐의 다른 여인들처럼 잡아떼기도 잘하는구나."

여전히 왕은 웃는 얼굴이었다. 미래는 왕이 무서워졌다.

"전하. 소춘풍이 왔사옵니다."

기생 소춘풍이 왔다는 말에 왕이 밝은 얼굴로 말했다.

"들라 하라."

그러자 미래가 입을 열었다.

"전하. 이른 아침부터 기생을 침전으로 들이는 것은……."

– 찰싹!

미래의 말이 다 끝나기도 전에 왕의 손이 그녀의 뺨을 내리쳤다. 놀란 미래가 왕에게 맞은 뺨을 손으로 감싼 채 왕을 쳐다보았다. 왕은 지금껏 미래가 보았던 가장 무서운 얼굴을 하고 그녀를 쳐다보고 있었다.

"건방진 년! 감히 어디서 간섭이냐? 고작 숙의 주제에 네년이 왕비라도 된 줄 아느냐?"

"저, 전하……! 시, 신첩은 그저 전하를 위해……!"

"과인을 위한다고? 하하. 네 주제를 아직도 모르는구나."

왕이 미래의 멱살을 잡으며 자신의 얼굴 가까이로 끌어당겼다.

"넌 애초부터 한건을 놀리려고 후궁으로 들인 계집이었다. 한데 한건이 더는 네게 눈길을 주지 않으니, 네 가치는 그것으로 끝이 났다."

때마침 안으로 들어왔던 기생 소춘풍이 왕에게 멱살을 잡힌 미래를 보고는 우뚝 멈춰 섰다. 그리고는 자신의 저고리 고름 끝을 손가락으로 둘둘 말아 입술로 가져가며 왕을 부른다.

"전하아……."

소춘풍에게는 왕이 미래와 맞붙은 것 따위는 관심 밖이었다. 곱게 단장하고 들어선 자신에게 눈길조차 주지 않는 왕을 투정하듯 불렀을 뿐이다. 그녀의 이런 애교짓에 왕이 잡았던 미래의 멱살을 밀치듯 놓으며 말했다.

"썩 꺼져라."

겁에 질린 미래가 기어가듯 자리에서 일어서자 소춘풍은 불쌍하다는 듯 그녀를 쳐다본다.

"이리 오너라, 어서."

다시 자상해진 왕의 목소리가 소춘풍을 불렀다. 소춘풍은 웃으며 왕에게 다가갔다. 이어 미래의 등 뒤에서 들려오는 남녀의 웃음소리에 그녀의 눈에서 한 줄기의 눈물이 흘러내렸다. 왕에게 뺨을 맞은 것이 아파서가 아니다. 한건을 놀리려 자신을 후궁으로 삼았다는 왕의 말 때문도 아니다.

상관없었다. 모두 상관없었다.

['과인의 제안을 받아들이겠느냐?']

다만 자신의 선택이 경멸스러워 견딜 수가 없었을 뿐이다.

늦은 오후 대비전.

"그래서 결국 오늘 세 번이나 이곳에 걸음하게 하였구나?"

건에게 차를 대접하며 대비가 말했다.

"아니옵니다."

이른 아침. 대왕대비전에 갔다던 대비를 만나지 못한 건은 대신 왕을 만났다. 그리고 다시 찾은 대비전에서 역시 대비는 아직 대왕대비전에서 돌아오지 않았다고 했다. 결국 사헌부로 출근한 건은 일을 모두 마친 늦은 오후에야 다시 대비전을 찾아 감사의 인사를 올릴 수 있었다. 조용히 차를 음미하는 대비를 두고 건은 낮에 잠깐 보았던 미래를 떠올렸다.

왕의 옆에서 잔뜩 움츠리고 겁에 질린 채 고개를 숙이고 있던 그 미래를.

"그나저나 첫날부터 일이 많았나 보구나."

"예?"

"무슨 생각을 하고 있는 것이냐? 너답지 않게."

미래 생각에 빠져 있던 건이 대비의 지적에 얼굴을 붉혔다.

"송구하옵니다."

"일이 많아 피곤하냐? 대사헌에게 말해 네 일을 줄여주라 할까?"

"아니옵니다. 그러실 필요 없사옵니다."

"그리 나올 줄 알고 농을 한 게다. 호호."

대비가 웃더니 열어둔 창문 밖을 내다보았다. 노을이 지고 있었다. 날은 금방 어두워질 것이다. 그리되면 궐 곳곳이 캄캄한 어둠에 잠긴다.

"이제 곧 궐문이 닫힐 시간이로구나. 관리라면 응당 숙직하는 관리를 제외하고 모두 출궁해야 하지."

"하오면 소신도……."

"'한족'은 예외이다."

이번에도 대비가 자신을 놀렸다는 걸 깨달은 건이 작게 웃었다. 대비는 웃는 건을 보며 손에 든 찻잔을 내려놓았다.

"그보다 너는 이제 관직을 제수 받았으니 앞으로 큰일을 하기 위해서라도 혼인해야 하지 않겠느냐? 주상은 너보다 어린데도 벌써 후궁만 둘이다."

"소신은 전하께서 원자를 보시기 전까지는 혼인하지 않을 생각이옵니다."

건의 말에 대비의 얼굴에서 웃음이 사라졌다.

"주상이 너를 투기할까 봐 그러느냐?"

"마마."

"나도 안다. 아니, 모두 내 탓이다. 주상을 네 곁에 붙여놓았기 때문에 오늘과 같은 사달이 일어난 것이지. 이제야 하는 말이지만 주상은 왕이 될 재목이 아니었다. 그렇다고 제안대군이나 월산대군이 주상보다 낫다는 것은 아니다. 하나 한문 실력도 모자라 한글만 겨우 쓰던 어린아이를 상당부원군의 사위라는 이유 하나만으로 보위에 앉힌 것은 나다."

"그런 말씀은 마시옵소서."

대비가 한숨을 내쉬었다.

"그래. 이미 다 지난 일이지. 하나 자고로 임금의 상이 있다면 바로 너 같은 이라 여겼다. 그래서 주상을 네게 붙인 것 또한 너를 닮았으면 하는 마음이었다. 그 일이 괜하게 너를 주상의 미움이나 받게 만들었으니……."

대비는 모두 제 탓이라 하는데 오히려 죄인된 마음은 건 쪽이었다. 아무런 대꾸도 못 하고 고개를 숙이는 건을 보며 대비가 불쑥 말을 꺼냈다.

"아침에 네가 침전에 들었을 때 주상이 그 자리에 윤 숙의만 남겨두었다지."

건의 놀란 얼굴로 고개를 들어 대비를 바라보았다.

"내가 모를 듯싶었느냐?"

"대비마마!"

"처음으로 주상이 격구 시합에서 너를 이긴 날이 바로 윤 숙의를 후궁으로 삼은 날이었지. 그래서 내가 알아보았고 네가 윤 숙의 모녀를 한때 거둬주었다는 사실도 알게 되었다."

"다 옛일이옵니다."

"그래? 옛일이라? 주상이 뜬금없이 궐 밖에서 여인을 들였고 그 여인이 너와 관련이 있는데도 단지 옛일이라?"

"숙의마마께서 입궐하신 이후에는 오늘 아침까지도 뵌 일이 없었사옵니다."

"그랬겠지. 나도 안다. 그러기에 주상이 윤 숙의에게 흥미를 잃은 것이겠지."

대비가 다 안 이상 건도 더는 궁금한 것을 숨길 이유가 없었다.

"이제 숙의마마는 어찌 되시는 것이옵니까?"

"어찌 되기는? 왕에게 잊혀지고 아이도 없는 후궁의 말로야 뻔하지 않겠느냐? 주상이 윤 숙의를 후궁으로 삼겠다 했을 때, 대왕대비마마께서는 너와 엮인 사실을 전혀 모르셨지. 그저 자신의 재종녀를 후궁으로 들이고자 주상의 청을 들어주셨을 뿐이니. 건아. 네가 과거에 윤 숙의와 어떤 인연이었든 이미 오래전에 어긋난 인

연임에는 분명하다. 그러니 더는 어떤 식으로든 윤 숙의와 엮여서
는 아니 된다. 알겠느냐?"

"그건 이미⋯⋯."

대비가 건의 말을 끊었다.

"주상이 윤 숙의를 후궁으로 삼은 연유가 바로 너 때문이라면, 향
후에도 너와 윤 숙의의 사이를 주시할 것이다. 내 말⋯⋯ 알겠느냐?"

❋ ❋ ❋

퇴궐해야 했다. 그러나 건의 발걸음은 여전히 내전에 머물러 있
었다. 한 번도 가본 적은 없었지만 어디에 있는지는 분명히 알고
있었던 미래의 처소 앞에.

외딴 공터 안에 허름하게 놓인 전각이었다. 주변에는 낮에도 오
도 가는 사람도 없을 뿐더러 밤이 되자 궐의 외전을 비춘 빛도 새
어 들어오지 않는 곳이었다. 더욱이 미래도 이미 잠들었는지 전각
의 불은 모두 꺼져 있었다.

어긋난 인연. 깊은 한숨을 내쉰 건이 미래의 처소에서 돌아섰을
때였다.

"이 시간에 여긴 어인 일이십니까?"

잠긴 여인의 목소리가 건의 귓가에 들려왔다. 어둠 속 희미한 여
인의 그림자가 건에게 말을 걸고 있었다. 건은 그 그림자만으로도

그 여인이 누구인지 알아볼 수 있을 것 같다는 생각이 들었다. 하지만 대답은 나오지 않는다. 대신 조금 전 뵈었던 대비의 말이 건의 머릿속을 어지럽혔다. 건은 대답 없이 그대로 그녀를 지나치려고 걸음을 움직였다.

그 순간, 구름에 가려져 있던 보름달이 모습을 드러내며 그들을 환하게 비추었다. 건은 퉁퉁 부어 있는 미래의 눈을 보았고 미래는 자신의 마음을 다잡고 떠나려는 건의 무심한 표정을 보았다.

그들은 그렇게 마주했다. 건은 마주한 그녀의 시선을 애써 외면하며 그대로 지나가려고 했다.

"흑!"

그 순간 미래가 참았던 눈물을 왈칵 터트렸고 그 소리가 건의 걸음을 붙들었다. 그러나 미래는 그대로 건이 자신을 지나쳐 가버렸다고 여기고는 입을 틀어막고 흐느꼈다.

건은 그곳을 떠나지 못했다. 대비가 한 경고의 말들은 이제 모두 그의 머릿속을 떠났다. 건은 돌아서 흐느끼는 미래의 양 팔을 붙잡아 자신에게로 돌려세웠다.

미래에게는 눈물이 없었다. 그녀는 늘 눈물을 흘려야 하는 순간에 참는 법을 택했다. 그것이 눈물을 흘리는 것보다 더 고통스러운 것임을 알면서도 그렇게 해왔다.

건은 첫 만남에서부터 그녀의 성정을 알았다. 그것은 첫눈에 그녀에게 건의 마음이 흔들렸던 가장 큰 이유였다. 누구보다도 나약

한 마음을 지니고서 누구보다도 강해지고 싶어 했던 여인. 이번에도 눈물을 흘리는 자신의 모습을 들키자 미래는 울음을 참으려 이를 악물며 말했다.

"이런 제가 불쌍해 보이시나요?"

건은 한 치의 흔들림이 없는 시선으로 미래의 눈을 응시하며 대답한다.

"전혀. 전혀 그렇지 않소."

서로가 함께 지닌 과거의 기억이 서로의 머릿속을 교차해서 지나간다. 미래가 건에게 두 손이 잡힌 채로 크게 흐느끼며 말했다.

"그럼 어찌 그냥 가지 않으시고 저를……! 흑!"

미래의 말이 끝나기도 전에 건의 입술이 미래의 입술에 부드럽게 닿았다.

잠시 후 건의 입술이 떨어졌을 때 미래의 눈물도 그쳐 있었다.

"그대가 내게 갚아야 할 것이 있으니까."

마음. 건이 갖지 못했던 미래의 마음이었다.

미래가 왕을 선택한 순간, 건은 자신의 마음을 그녀에게서 영원히 돌려받지 못할 것이라고 생각했었다. 그러나 오늘, 미래는 자신을 향한 마음을 여전히 품고 있었던 건과 마주했다.

"도련님……."

떨리는 목소리로 미래가 건을 불렀다.

"제 마음은 처음부터 도련님의 것이었어요."

미래의 고백에 건의 눈동자가 커졌다.

바로 그때였다. 미래가 까치발을 들어 건의 목을 끌어안으며 그의 입술에 자신의 입술을 갖다 대었다. 다시 달이 구름 속으로 모습을 감춰버렸다.

＊　＊　＊

창경궁에 아침이 찾아왔다. 늘 그렇듯 대비는 왕실 여인들 중 그 누구보다도 먼저 일어나 아침을 준비했다. 소세하고 머리를 곱게 단장한 그녀가 새로 생긴 흰머리를 경대로 유심히 비춰보던 그때였다.

"대비마마."

대비전 상궁이 밖에서 급히 들어오더니 다짜고짜 대비전 안을 가득 채운 나인들부터 내보냈다. 대비가 경대에서 눈을 떼고 상궁을 돌아보며 물었다.

"아침부터 웬 호들갑이냐?"

"대비마마! 그것이……!"

평소 상궁과 다르게 어쩔 줄 모르는 것을 보며 대비가 그녀를 가까이로 불렀다.

"무슨 일이냐. 말해 보거라."

대비가 부드럽게 묻자 상궁이 조심스럽게 대비의 곁으로 다가가 그녀의 귓가에 대고 무언가를 속닥거렸다. 대비가 눈을 부릅 떴다.

"무엇이라? 그, 그것이 사실이란 말이냐?"

❀ ❀ ❀

매일 느껴지는 아침의 공기가 평소와는 다르다. 미래는 그 이유 를 찾아 자신의 옆에 누워 있는 사내를 꼭 끌어안았다. 그러자 눈 을 감고 있던 건이 눈을 뜬다. 바로 머리맡 창문을 통해 환한 햇살 이 건의 얼굴로 쏟아졌다. 건이 눈살을 찌푸리자 미래가 몸을 일으 키더니 고개를 숙여 건을 내려다본다. 그녀가 만들어낸 그림자가 건의 얼굴을 덮으며 빛을 가로막았다.

미래의 얼굴을 똑바로 보게 된 건이 환한 웃음을 지었다.

"미래."

"너무 곤히 주무셨어요. 아침은 이미 오래전에 찾아왔는데."

"이리 오시오."

건은 마냥 웃으며 일어선 미래를 끌어당겼다. 미래는 그의 가슴 에 머리를 기댄 채 나직이 한숨을 내쉬었다.

"다 내 잘못이에요."

"그건 또 말이오?"

"그때 전하의 제안을 받아들이지 말았어야 했는데……."

"그것은 그대의 잘못이 아니오. 모두 그대가 나를 만나지 않았더라면 겪지 않았을 일이지."

미래가 고개를 들어 건을 내려다보았다.

"제가 도련님을 괴롭히려는 전하의 놀잇감이 되어 버렸는데도요?"

미래의 눈가에 눈물이 차올랐다. 한 번 흘린 눈물은 두 번이 어렵지 않다.

"이런 저를 미워하지 않으세요?"

미래의 눈에서 흘러내린 눈물이 건의 옷자락으로 툭툭 떨어졌다. 이를 보던 건이 상체를 일으켜 세우더니 미래의 눈가에 눈물을 닦아주며 말한다.

"그대를 미워할 수 있는 방법이 있다면 알려주시오. 난 그대가 흘리는 이 눈물조차도 사랑스럽기 그지없으니."

"도련님!"

미래가 다시 건의 품에 안겨들었다.

대비전, 밖에 나갔다 다시 들어오는 상궁을 보며 대비가 묻는다.

"건이는?"

아침부터 들려온 소식에 안절부절못하고 있던 대비였다. 그녀가 할 수 있는 것이라고는 대비전 안을 서성이며 상궁이 가져올 소식만을 기다리는 것 뿐.

"조금 전 사헌부로 가셨다 하옵니다."

"아아······!"

"대비마마!"

바닥에 힘없이 주저앉는 대비를 보며 상궁이 서둘러 달려와 부축했다.

"본 이는? 윤 숙의의 처소에서 나가는 것을 본 이가 더 있느냐?"

"소인이 알아본 바로는······ 윤 숙의를 모시는 상궁과 나인. 단 둘만 이 사실을 아는 듯하옵니다."

"입단속은 잘 시켰겠지?"

"물론이옵니다. 그 두 사람 모두 대비마마께서 뽑으신 이들이 아니옵니까?"

"이런 날을 진즉 예상하고 뽑은 것은 아니었지만······ 아아! 이를 어쩐담!"

대비가 탄식하며 고개를 저었다. 지난밤 건이 윤 숙의의 처소에서 머물다 갔다.

"이제 어찌하옵니까?"

상궁의 물음에 대비도 한동안 답을 찾지 못했다. 미래는 이미 오래전 왕의 관심에서 멀어졌지만 엄연히 후궁이었다. 그것도 대왕대비가 직접 간택으로 들인 후궁의 신분이었다.

"이 사실이 조정에 알려진다면 윤 숙의만 죽는 것이 아니다. 건이도 죽는다. 왕의 여인과 간통한 사내를 누가 살려두려 하겠느냐?"

더욱이 왕은 오래전부터 건이를 질투하고 있었다. 여기에 건이는 다름 아닌 청주 한씨 가문의 장손이었다. 늘 한씨에게 불만을 가지고 있던 대왕대비도 가만있지 않을 일이다. 한씨들에게 눌려 제 목소리 못 내던 윤씨 대신들도 이번 일을 가볍게 넘기려 하지 않을 것이다.

"건이를 살려야 한다. 무슨 일이 있어도 건이를 살려야 해."

"어찌하시려고요?"

"고모님께 서신을 써야겠다."

대비의 두 고모는 모두 공녀로 끌려가 명나라 황제에게 바쳐졌다.

첫 번째 고모였던 미란은 아름다운 외모로 영덕제의 총애를 받아 후궁이 되었다. 하지만 영덕제가 죽자 강제로 순장 당했다.

두 번째 고모였던 계란은 선덕제의 승은을 입었으나 아이를 낳지 못했다. 게다가 얼마 후 선덕제가 붕어하자 조선으로 다시 돌아갈 수 있었음에도 돌아오지 않았다. 대신 그녀는 명나라 황실에 남아 칠순이 넘도록 부귀영화를 누렸다.

그녀가 명나라 황실에서 지내는 동안 다섯 명의 황제가 바뀌었다. 모든 황제들은 장수하는 그녀를 선황제의 후궁으로서 대우해

주고 있었다.

"명나라로 서신을 보내시려고요?"

"건이는 내게 조카이지만 고모님께도 한씨 가문을 이어받을 하나뿐인 장손이다. 결코 외면하지 않으실 것이다."

"만약 명나라에서 답신이 오기 전에 주상전하께서 이 사실을 아신다면 어찌하옵니까?"

상궁의 염려에 잠시 고민하던 대비가 자리에서 일어섰다.

"주상은 지금 어디에 있느냐?"

양옆에 기생을 하나씩 끼고 누운 왕은 늦은 단잠에 빠져 있었다. 향긋하고 달달한 꿈에 빠진 왕과 달리 문 밖의 내관은 잔뜩 긴장해 있었다. 바로 대비가 침전에 도착했기 때문이었다.

"열어라."

"하오나 안에……."

"열어라."

대비의 입에서 두 번째로 문을 열라는 지시가 나오자 내관도 어쩔 수 없다는 듯 문을 활짝 열었다. 그 안으로 대비가 걸어 들어가고 대비전 나인들이 그 뒤를 따랐다. 아직 잠들어 있는 왕과 달리 이미 잠에서 깨어나고서도 왕을 끌어안고 있던 기생들이 대비의 등장에 화들짝 놀라며 몸을 일으켰다.

"나가라."

대비의 지시에 기생들이 서둘러 옷을 챙겨들고 침전을 빠져나갔다. 그녀들의 부산스러운 움직임이 왕을 깨어나게 했다.

"으음…… 뭐냐?"

눈을 뜬 왕이 자신을 내려다보고 있는 대비의 시선과 마주치자 눈살을 찌푸렸다.

"아침부터 여기까지는 어인 일이십니까? 소자에게 아침 문후라도 직접 받고자 오셨사옵니까?"

"아침부터?"

대비가 기가 차다는 표정으로 왕의 말을 받았다.

"주상. 날이 밝은 지가 언제인지 아시오? 오늘 아침조회는 어찌하였소? 새벽부터 입궐하여 주상을 기다리고 있는 조정 신료들이……."

"소자가 지난밤 과음하여 몸이 좋지 않아 조회는 참석치 않을 것이라 전하라 하였사옵니다."

"언제요?"

"지난밤에……."

"지난밤에?"

점점 굳어지는 대비의 표정에 왕이 짜증을 내며 몸을 일으켜 세웠다.

"어차피 조정일은 과인이 없어도 잘만 돌아가옵니다. 유능한 신하들이 가득이니 과인이 무엇을 걱정하며 지내겠사옵니까?

하여……."

"기생 놀음을 하며 조회는 가지 않아도 된다?"

"이제라도 가면 되지 않겠사옵니까?"

왕은 지근지근 아파오는 머리를 한 손으로 누르며 신경질적으로 대비에게 응수했다. 아침부터 흐르는 차가운 침전의 공기에 대비를 따라온 나인들과 침전 나인들만 죽어났다.

결국 왕이 손짓으로 나인들을 불러 세수하고 곤룡포로 갈아입었다. 왕의 모습을 옆에서 지켜보던 대비가 한숨을 내쉬며 말을 꺼냈다.

"주상. 윤기견의 여식 윤 숙의를 출궁시키세요."

익선관을 받아들던 왕이 대비를 돌아보았다.

"무슨 말씀이시옵니까?"

"나도 압니다. 주상이 어찌 윤기견의 여식을 후궁으로 들였는지…… 그러니……."

"한건 때문이다?"

"주상."

다시 날카로워진 왕의 목소리에 대비전 상궁이 서둘러 주변의 모든 나인들을 밖으로 내보냈다.

"그렇지요, 그렇습니다. 어마마마께서는 모르시는 것이 없으시지요. 그리 잘나신 분이니 윤 숙의에 대해서 아무것도 알아보지 않으셨을 리도 없지요. 맞습니다. 소자는 윤 숙의가 건이 마음에 둔 여인이라는 것을 알았기에 후궁으로 삼은 것이옵니다."

"단지 그 이유뿐이라서 더는 윤 숙의를 총애할 생각이 없다면, 이제라도 출궁시키세요."

왕이 비웃으며 물었다.

"건이라 그리 해 달라 청하였사옵니까?"

"주상."

"소자의 후궁이던 윤 숙의가 궐에서 내쫓기면 갈 곳이 어디에 있겠사옵니까? 한건이나 거둬주겠지요. 그러니 어마마마께서는 지금 소자보고 윤 숙의에게서 볼 재미는 다 보았으니 이제 한건에게 되돌려주라, 그 말씀을 하고자 여기까지 오신 것이옵니까? 결국 끝까지 한건의 편을 드시는군요."

"주상!"

대비가 소리치자 왕도 큰 소리로 응수했다.

"못 합니다! 못 해요!"

"어차피 애초부터 윤 숙의는 마음에도 둔 적이 없는 여인이 아니오?"

"하나 이젠 소자의 여인입니다! 소자의 여인이니 윤 숙의를 거들떠도 보지 않은 채 평생을 저리 살게 하든 궐에서 내쫓든 모두 소자가 알아서 할 것이옵니다!"

"주상!"

"대전으로 갈 것이다! 옥교를 준비하라!"

왕이 대비를 밀치며 밖으로 나가버렸다.

그날 저녁. 왕은 일찍부터 침전으로 술상을 들였다. 주변에는 아무도 부르지 않은 채 홀로 술을 마시던 왕은 치미는 울화를 참지 못했다.

"누가 임금이고 누가 아들인지조차 헷갈리게……."

혼잣말을 하며 왕이 실소를 터트렸다.

"전하. 숙의마마께서 드셨사옵니다."

"숙의?"

술잔을 손에 쥔 왕이 고개를 든다.

"예."

"어느 숙의더냐? 파평 숙의더냐 함안 숙의더냐? 하하…… 봐야 알겠지. 들라 하라."

문이 열리고 안으로 들어온 것은 바로 미래였다.

"마침 잘 왔다. 와서 술이나 한 잔 따라보거라."

미래는 왕의 곁에 다소곳이 앉아 술을 따랐다. 왕은 술을 따르는 미래의 얼굴을 유심히 쳐다보며 기분 좋게 물었다.

"어인 일이냐? 과인이 보고 싶어 왔느냐?"

"아침에 대비마마께서 이곳에 다녀가셨다고 들었사옵니다."

술잔을 입에 가져다 댄 왕이 멈칫했다. 왕은 술잔을 도로 내려놓으며 일부러 크게 웃었다.

"이제 보니 아침의 일을 듣고 혹여 과인이 너를 궐에서 내쫓을까 걱정되어 이리 달려온 게로구나. 그렇지?"

미래가 대답하지 않는다. 분명할 말이 있어서 이곳까지 온 것임이 분명한데도 말이다. 왕의 얼굴에서 웃음이 사라졌다.

"아니냐?"

미래가 천천히 고개를 들어 왕을 바라본다. 그러더니 결심한 듯 입을 열었다.

"전하. 신첩을 출궁시켜주시옵소서."

예상치 못한 미래의 말에 놀란 왕이 입을 제대로 다물지 못했다.

"대비마마의 뜻대로 신첩을······."

"한건."

"!"

"건이 때문이겠지. 너도 결국······ 아니다. 애초에 너는 건이를 마음에 품고서도 과인의 후궁이 되었지. 부귀영화를 누리겠다면서 과인의 제안을 따랐던 것은 너였다. 그런데 이제 와서 나가겠다? 한건에게 가려고?"

왕이 건이를 딱 집어 지목하자 미래가 강하게 고개를 내젓는다.

"도련님과는 아무런 상관이 없사옵니다! 다 신첩의 잘못이옵니다! 그때 전하의 제안을 받아들이지 말았어야 했는데 신첩이 그만······ 그러니 이제라도 신첩을 궐에서 내쫓아 주시옵소서! 신첩은 이 궐과 맞지 않고 전하의 총애도 잃었으니······."

"거짓말하지 마!"

- 와장창!

왕이 자신의 앞에 있던 술상을 뒤엎으며 사나운 감정을 드러냈다.

"결국 다 한건이지! 한건이야! 어마마마도 과인의 숙의인 너도! 내 주변에는 죄다 한족 타령만 하는 이들뿐이지! 전부!"

"저, 전하……."

미래가 겁에 질려 몸을 떨었다. 왕은 이런 미래를 보며 흥분해진 숨을 고르더니 소리쳤다.

"밖에 누구 없느냐!"

바로 문이 열리며 내관이 안으로 뛰어 들어왔다.

"예, 전하!"

"승지를 불러라."

명을 받은 내관이 도로 뛰어나가자 왕이 겁에 질린 윤비를 보며 무섭게 웃었다.

"과인은 성군이지. 그러니 성군답게 네게 다시 제안을 하마."

"예?"

미래가 왕이 하는 말뜻을 몰라 어리둥절한 사이, 밖에서 도승지가 들어왔다. 도승지는 술상이 뒤집어져 어지럽혀진 침전 안을 보고는 당황한 듯 서둘러 몸을 숙였다.

"부르셨사옵니까."

"승지는 들으라."

"예에."

왕은 승지가 아닌 자신의 곁에서 겁에 질린 채 앉아 있는 미래를 쳐다보며 말을 이어나갔다.

"숙의 함안 윤씨를 왕비에 책봉한다."

"예?"

놀란 것은 승지만이 아니었다. 미래도 마찬가지였다.

"무엇하느냐? 어서 과인의 어명을 적지 않고."

"아, 예에……."

승지가 서둘러 교서를 적어 왕에게 올렸다. 왕은 그것을 보는 둥 마는 둥 확인하고는 도로 승지에게 돌려주며 말했다.

"내일 아침 이것을 조정에 올려 삼정승의 재가를 받아오라. 허면 정식 책봉일까지는 얼마나 걸릴 듯싶으냐?"

"그리되면 책봉서는 사나흘 안에 나올 것이나, 책봉례는 명국에 사신을 보내야 하고 국혼일도 날을 잡아 거행해야 해 적어도 석 달은 걸릴 듯싶사옵니다."

"석 달…… 석 달이라. 그래. 왕비를 책봉하는 일을 가벼이 처리할 수는 없는 일이지. 신속히 진행하라."

"예에……."

승지가 나가자 왕이 입가에 서늘한 웃음을 지으며 미래를 쳐다본다.

"자, 어찌하겠느냐? 과인의 비가 되겠느냐?"

"전하……!"

왕비라니! 미래가 침전에 들기 전까지는 상상치 못한 일이었다.

"애초에 건이를 마음에 품고도 과인의 후궁이 된 것은 오늘을 위한 것이 아니었더냐? 중전의 자리다. 한낱 봉상시 판사의 여식 따위가 오를 수 있는 자리가 아니지. 한건은 네게 줄 수 없는 자리 이고."

왕의 마지막 말에 강한 힘이 실린다. 제안이었지만 사실상 미래 가 거절할 수 없는 제안이기도 했다.

거절하는 순간 미래에게 남은 것은 무엇일까? 다시 왕에게 잊혀 지는 후궁의 삶? 아니면 왕을 분노케 한 벌로 목숨을 잃게 될까?

분명한 사실은 결코 왕은 자신을 출궁시켜주지 않을 것이란 걸. 게다가 그녀는 이미 한 번 건을 배신했다. 그런데도 건은 다시 그 녀를 선택했다.

그간 왕의 후궁으로 살아왔으니 다시 건에게 갈 수만 있다면 당 연히 그와 혼인은 할 수 없으리라는 걸 잘 알았다. 그래도 상관없 었다. 어차피 궐에서는 왕에게 잊혀진 후궁이 되어버렸으니까. 잊 혀진 후궁으로 살다 죽느니 차라리 출궁해 한 사내에게 사랑받고 사는 삶을 택하려 했다. 모든 것을 내려놓으려는 그녀에게 왕은 또 다시 그녀가 거부할 수 없는 제안을 한다.

바로 대답하지 못하는 미래를 보며 왕이 피식 웃는다.

"사랑…… 사랑…… 사랑…… 과인은 너 같은 족속을 잘 알지. 평범한 아낙으로 살 계집이 아니다. 임금의 준 그 힘을 가지고 만인을 호령하는 만인지상을 꿈꾸는 계집이지. 자, 과인은 네게 이번에도 제안했다. 중전의 자리는 자고로 조선의 여인으로서 오를 수 있는 가장 높은 자리다. 이를 뿌리치고도 한건에게 갈 것이냐? 응?"

끝내 대답을 하지 못한 미래가 힘없이 고개를 떨구었다. 그녀는 이 침전 안에서 나갈 의지를 모두 내버린 모습을 보였다. 왕이 히죽거리며 웃더니 밖을 향해 소리쳤다.

"새 술상을 들여라! 과인의 중전이 정해졌으니 경사스러운 날이 아니더냐."

밖에서 상궁이 들어와 왕의 앞에 새 술상을 내려놓았다. 왕은 술상이 놓이자마자 술병을 들더니 무슨 생각에서인지 그 술병을 미래에게 내밀었다.

"따르거라. 아니. 따르시오, 중전."

술병을 물끄러미 바라보는 미래를 향해 왕이 재촉한다.

"응? 뭐 하시오. 어서."

미래가 눈을 무겁게 감아 떴다. 이윽고 그녀는 왕의 곁으로 다가와 술병을 받아들고는 술잔에 술을 따랐다.

천천히 술잔을 채워나가는 술을 응시하던 왕이 시선을 들어 미래의 얼굴을 쳐다본다. 미래는 그저 자신이 채워나가는 술잔만 뚫어져라 쳐다보고 있을 때였다. 술이 다 채워지자 왕이 그 술잔을 한 번에 비워냈다. 미래가 다시 술잔을 채우려 술병을 들었을 때였다.

왕이 갑자기 미래의 팔을 잡아 끌어당기더니 이불 위에 눕혔다. 미래를 안으려고 하는 것이다. 그러나 이미 잔뜩 술에 취해 있던 왕은 그대로 그녀의 품에 쓰러져 잠에 빠져들었다. 왕에게 안긴 채 미래는 소리 없는 눈물만 흘렸다.

❀ ❀ ❀

왕이 미래를 왕비로 삼겠다고 공언한 뒤에 조정 안팎으로 논란이 있었다. 특히 대비의 반대가 심했다. 오히려 대비를 좋아하지 않던 대왕대비는 왕의 뜻을 적극 지지해주었다. 결정적으로 미래가 회임했다는 사실이 밝혀지자 더는 아무도 반대하지 못했다.

석 달 후.

회임한 미래는 왕비에 책봉되었다. 국혼 날. 왕비의 대례복을 입고 미래는 왕에게 금보(왕비의 옥새)와 옥책(왕비 책봉서)를 받아들었다. 이후 왕은 그녀에게 손을 내밀었고 미래는 그 손을 잡고 왕의 옆자리에 섰다. 잠시 왕과 시선을 마주한 미래는 활짝 웃었지만, 왕은 그녀의 시선을 차갑게 외면한 채 모든 의식이 끝날 때까지 눈길조차 건네지 않았다.

'다 각오했던 일이야. 다 예상했던 일이야.'

건을 향한 왕의 질투. 그 질투의 깊이가 클수록 미래는 더 높이 오를 수 있었다. 그리고 그 끝에서 닿은 가장 높은 왕비의 자리. 미래는 이 자리를 지켜낼 자신이 있었다.

멀지 않은 곳. 왕비가 되어 왕의 옆에 자리한 미래를 바라보는 슬픈 두 눈이 있었다. 건이었다. 그는 오직 자신만이 들을 수 있는 마음속 목소리로 미래에게 말을 걸었다.

'난 늘 그대의 선택을 존중하오. 그대를 처음 본 이후로 내 선택은 늘 당신이었으니.'

국혼이 끝나고 일곱 달 후. 고대하던 왕자가 태어났다. 왕의 정비인 왕비가 낳은 그 아이는 태어나는 순간부터 왕의 장자이자 원자가 되었다.

이름은 융㦟. 훗날 조선왕조에서 처음으로 반정으로 쫓겨나게 되는 임금. 연산군의 탄생이었다.

❋ ❋ ❋

원자가 태어나고 돌을 맞이했다. 늘 중궁전에서 왕비와 유모의 품에서 소중히 자라던 원자가 많은 나인들 앞에서 선을 보였던 그 날 이후 궐에는 소문이 돌기 시작했다.

"너 그 소문 들었니? 원자마마에 대한 소문 말이야."

"아, 전하도 안 닮았고 중전마마도 안 닮았다는 그거?"

"게다가 원래 전하가 숙의이시던 중전마마를 오랫동안 거들떠도 안 보셨잖아. 결국 회임해서 중전이 되신 것이라고 말들이 많은데. 갑자기 아이가 들어선 것도 그렇고. 게다가 전하께서 승은을 내리는 나인들은 기생들까지도 모두 제조상궁 마마가 기록하시잖아. 그런데!"

나인이 주변을 둘러보더니 동료 나인의 귓가에 대고 속삭였다.

"원자마마가 들어선 그날. 아무 일도 없었다는 말이 있어."

그러자 나인이 큭큭 웃으며 말했다.

"그럼 원자마마는 도대체 어떻게 생긴 건데?"

"그게 무슨 말이냐?!"

왕이 진노했다. 풍문으로 떠돌던 소문을 접한 것이다.

"원자가 과인의 소생이 아니라니? 그 말을 한 자들을 당장 잡아들여 역모로 죄를 물을 것이다!"

길길이 날뛰는 왕을 앞에 두고 대왕대비가 부드럽게 달랬다.

"아랫것들이 하는 말에는 귀를 기울일 필요가 없는 겁니다, 주상."

동석한 왕대비가 입을 열었다.

"그 일이라면 제조상궁을 불러 물으면 될 것. 원자가 들어선 날은 제조상궁이 낱낱이 기록하고 있지 않겠사옵니까?"

"그렇지. 제조상궁을 들라 하라."

왕대비의 말에 대왕대비가 제조상궁을 불렀다. 잠시 후 불려온 제조상궁이 대왕대비와 왕대비 그리고 왕의 앞에 무릎을 꿇었다.

"부르셨사옵니까."

여전히 씩씩거리는 왕을 뒤로하고 왕대비가 제조상궁에게 물었다.

"근래에 궐에 퍼진 소문으로 인해 주상의 심기가 어지러우시니 자네가 확인을 해 주어야겠네."

"하명하시옵소서."

"중전이 원자를 회임한 날이 언제인가? 기록으로 분명히 남아 있겠지."

"그렇사옵니다."

"기록을 가져와 살펴보아야 하는가? 그럼 어서 나인을 시켜 기록지를 가져오도록 하게."

"그럴 필요는 없사옵니다."

"없다고?"

"예. 원자마마 일이니 기록지를 살펴보지 않아도 따로 기억하고 있사옵니다."

"역시 제조상궁이군. 그래, 그날이 언제인가?"

"삼월 보름으로. 당시 숙의이시던 중전마마께옵서 저녁에 침전에 드셨사옵니다. 그 이후 열 달이 지나 원자마마께서 탄생하셨사오니, 그날이 분명하옵니다."

"거 보세요, 주상. 제조상궁은 다 알지 않습니까."

대왕대비의 말에도 왕은 쉽게 흥분을 가라앉히지 못했다. 왕대비가 재차 확인해주겠다는 듯 제조상궁에게 물었다.

"그날이 확실한가? 기록을 들춰보지 않아도 되겠는가?"

"그렇사옵니다. 특히 그날, 대비마마께서 소인에게 명국으로 서신을 보내 달라 요청하시어 정확히 기억하고 있사옵니다."

가만히 상황을 지켜보던 대비의 눈에 힘이 실렸다.

"이 말이 사실이오, 대비?"

대왕대비가 대비를 돌아보며 묻자 대비가 어색하게 웃으며 고개를 끄덕였다.

"고모님께 안부 서신을 보내느라 그랬던 것 같사옵니다."

대비의 대답에 대왕대비가 고개를 끄덕이며 제조상궁에게 물었다.

"한데 어찌 원자가 주상의 소생이 아니라는 소문이 도는 것이냐?"

"실은 그날⋯⋯."

무언가를 말하려던 제조상궁을 향해 대비의 날카로운 시선이 박혔다. 이런 대비의 시선을 받은 제조상궁이 서둘러 말을 바꾸었다.

"갑작스레 숙의마마께서 침전에 드신 것이라 숙직 상궁들의 수가 평소보다 적었사옵니다. 그 때문에 그런 말도 안 되는 소문이 도는 듯하옵니다."

"그랬군. 이제 의문이 다 풀렸소, 주상?"

"소손의 의문이 풀리는 것이 문제가 아니옵니다. 이는 원자의 정통성을 해하려 하는 이들이 벌이는 짓거리니, 반드시 찾아내어 역모 죄를 물을 것이옵니다."

"제조상궁은 이만 물러가게."

대왕대비가 제조상궁을 내보내자 대비가 자리에서 일어섰다.

"저도 이만 물러갈까 하옵니다."

"그러시게."

대비가 나가자 왕대비가 입을 열었다.

"원자가 주상도 중전도 안 닮았다는 소문도 돈다지요? 아시겠지만 제안대군도 어릴 적 선왕도 저도 닮지 않았었지요. 대신 세조대왕을 닮지 않았사옵니까? 소문은 믿을 게 못 됩니다."

왕대비의 말도 왕에게는 위로가 되지 못하는 것 같았다.

"소손 경연이 있어 이만 나가보겠사옵니다."

"그러시오."

왕이 나가는 것을 보며 대왕대비는 한숨을 내쉬었다.

"주상이 그렇게 많은 여인들을 가까이하였음에도 지금껏 아이를 낳은 것은 중전뿐이었소. 그러니 이 소문으로 주상이 얼마나 근심하고 있을지는……."

"앞으로 원자가 건강하게 자라면 다 사라질 소문들이옵니다."

"그래야겠지."

"제조상궁 마마님. 잠시만······."

대왕대비전에서 물러 나온 제조상궁을 대비전 나인이 붙잡았다. 그 나인을 따라 제조상궁이 간 곳에 대비가 홀로 서 있었다. 대비는 주변을 모두 물리게 하고는 제조상궁만 가까이로 불렀다.

"그날 숙직 상궁의 수가 적었다? 그래서 소문이 났다? 그게 말이나 되는 것인가?"

"대비마마."

"자네는 필시 그런 소문이 어찌 나게 되었는지 알고 있을 게야. 말해보게."

제조상궁은 대비가 천거해서 오늘날 이 자리까지 오른 여인이었다. 잠시 망설이던 제조상궁이 어렵게 입을 열었다.

"실은 그날 전하와 중전마마의 사이에는 아무 일도 없었사옵니다."

"그게 무슨 말인가?"

"전하께서 그날 너무 취하셔서 합궁은 없었사옵니다. 혹여 다른 날 합궁이 치러졌을지는 모르오나 이후에도, 그 이전 반 년 간 전하께서는 당시 숙의이시던 중전마마를 찾으신 적이 없으셨사옵니다."

"확실한가?"

"소인을 살려만 주시옵소서."

대비는 예상했다는 듯 힘없이 말했다.

"그날 침전에 숙직을 선 상궁들의 입단속은……."

"그 점은 걱정하지 마시옵소서."

"그게 무슨 말이냐?"

소리 없이 나타난 왕의 등장에 대비와 제조상궁이 깜짝 놀라 뒤로 물러섰다.

"자네는 그만 가보게, 어서."

대비가 서둘러 제조상궁을 보내려고 했지만 왕이 불러 세웠다.

"말하라! 다시 말하라!"

"저, 전하……!"

당황한 제조상궁을 두고 대비가 왕의 앞으로 나섰다.

"주상, 진정하세요!"

"진정하라니요? 지금 제조상궁이 하는 말을 다 들었사옵니다! 그날 소자와 중전이 아무 일도 없었던 것이 사실이라면 원자는……."

"아랫것들의 말을 전부 믿으셔서는 안 된다 하지 않았사옵니까?"

대비가 흥분한 왕을 다독였다. 그러자 왕의 예리한 시선이 대비를 향했다.

"숙의를 궐에서 내쫓자고 하셨던 어마마마께서 어찌 중전의 일을 이리 감싸고 나오는 것이옵니까?"

"중전을 감싸는 것이 아니에요. 내 손자, 내 혈족인 원자를 흉측한 소문들로부터 지키고자 이러는 것이지요."

"혈족?"

왕의 눈빛이 묘하게 흔들렸다. 이를 본 대비가 어색하게 웃었다.

"주상, 아니에요."

"뭐가 아니란 말씀이옵니까?"

"나는…… 그러니까 내 말은……!"

왕이 대비의 손을 뿌리치며 돌아섰다.

경복궁 교태전.

"까꿍, 까꿍, 우리 원자. 어여쁘기도 하지."

어린 원자를 품에 안고 미래가 연신 방실거렸다. 원자도 자신을 보며 웃는 미래를 따라 미소를 지었다.

"주상전하 납시오!"

왕이 왔다는 소리가 들려왔다. 미래가 서둘러 원자를 옆에 앉은 유모에게 건네더니 자리에서 일어서 왕을 맞았다.

"전하……."

왕이 교태전에 든 것은 아주 오랜만의 일. 원자가 태어나고서는 처음 있는 일이었다. 교태전에 들어선 왕은 미래와 유모의 품에 안긴 원자를 번갈아 쳐다보았다.

"앉으시지요."

앉을 자리를 권하는 미래를 왕은 매섭게 노려보며 물었다.

"소문을 들었소?"

"소문이라니요?"

사실 미래는 이미 알고 있었다. 소문을 알게 된 왕이 아침부터 대왕대비전으로 갔고 그곳에 대비들이 모두 모였다는 것. 그래 보았자 그 자리에서 나올 말이 뻔하다는 건 미래는 이미 알고 있었다.

"원자가 과인을 닮지 않았다는 말."

미래는 당황함을 감추려 퉁명스럽게 답했다.

"아, 그 소문 말씀이옵니까? 그 소문에 따르면 원자는 신첩도 닮지 않았다 하옵니다. 허면 신첩이 낳은 것도 거짓이란 말이옵니까?"

"그건 중전이 잘 알겠지."

"잘 알지요. 신첩이 배 아파 낳은 원자를 어찌……."

"과인의 소생이 맞소?"

다짜고짜 제 할 말을 거칠게 풀어내는 왕을 보면서 미래가 눈을 부릅떴다.

"원자가 듣고 있사옵니다! 어찌 그런 말을 원자의 앞에서 하시옵니까?"

"말해!"

왕이 소리를 지르자 겁에 질린 유모가 원자를 끌어안고 밖으로 뛰쳐나갔다. 이제 남겨진 왕과 왕비의 사이에는 살벌한 기운만 흘렀다. 하지만 미래는 굽힐 생각이 전혀 없었다. 숙의 시절의 미래라도 마찬가지였겠지만 이제 그녀는 이 나라의 왕비이자, 원자의 생모였다.

"정 원자의 아비가 누구인지 의심스러우시면 증좌를 찾아와 보시지요! 증좌가 없어도 끝내 의심스러우시면 신첩이 대군을 하나 더 낳아서 권신의 여식과 혼인시켜 전하처럼 즉위시키면 되지 않사옵니까?"

"뭐라?"

왕이 가장 손대고 싶지 않은 치부가 드러났다. 상당부원군 한명회의 사위였기에 왕위에 올랐다는 것은 왕이 가장 드러내놓고 언급하기 꺼려하는 것이었다.

- 찰싹!

왕이 미래의 뺨을 내리쳤다.

"저, 전하!"

미래는 왕에게 맞은 뺨을 부여잡고 왕을 노려보았다. 그러나 왕도 만만찮았다

"중전이 되어 원자를 하나 낳았다고 이젠 보이는 게 없는가 보구나."

왕이 다시 미래를 때릴 듯 손을 들었을 때였다.

"죽이세요!"

"뭐?"

"원자가 전하의 소생이라는 걸 믿지 않으시겠다면 우리 모자를 둘 다 죽이시란 말입니다!"

"너……!"

"왜요? 막상 죽이려니 겁이 나시옵니까? 사냥 나가 동물이나 잡아 죽일 때나 살인을 해보았지, 직접 손에 피를 묻히신 적이 없으시니까요?"

"너……!"

미래가 왕을 노려보는 눈을 거두지 않으며 소리쳤다.

"여봐라! 밖에 누구 없느냐? 내의원에 가서 비상을 가져오너라! 오늘 본궁은 원자와 함께 목숨을 끊을 것이니!"

"뭐라 했느냐? 비상? 이젠 과인 앞에서 보이는 게 없나 보구나?"

"어차피 신첩을 원해서 중전으로 삼으신 게 아니라…… 한 지평에 대한 투기 때문이 아니었사옵니까? 하하…… 성군? 살아생전 성군 소리 듣는 군왕은 듣도 보도 못 하였사옵니다! 죽어서 성군 소리 듣는 임금은 보았어도 살아 있는 성군은 못 들어보았단 말이옵니다!"

"정녕 네년이 정신 줄을 놓았구나……!"

"신첩이 어디 틀린 말을 했사옵니까?"

왕이 두 손으로 그녀를 세게 밀어 넘어뜨리며 소리쳤다.

"폐비하겠다!"

❀ ❀ ❀

"폐비하겠다."

다음 날 조회. 대신들이 모두 모인 자리에서 왕이 대뜸 꺼낸 이
야기는 중전의 폐위 문제였다. 일 년 전만 하더라도 아무런 뒷배
경이 없는 미래를 중전으로 삼겠다며 고집 부렸던 것은 다름 아닌
왕이었다. 그런데 일 년 만에 미래를 폐위하겠다는 소리를 꺼내는
것이다.

"중전마마를 폐위하시겠다는 말씀이시옵니까? 허면 그 연유가
무엇이옵니까?"

좌의정의 물음에 왕이 답했다.

"중전과 관련된 소문이 돈다."

"그 소문이라면 소신들도 들었사옵니다. 하나 그것은 단지 소문
일 뿐이옵니다. 소문 때문에 중전마마를 폐위하시다니요. 허면 원
자마마는요?"

예조판서가 묻자 왕이 잠시 할 말을 잃은 얼굴이 되었다. 그러자

이조판서가 나섰다.

"원자를 낳은 왕비를 폐위한 전례는 없사옵니다. 원자마마를 생각하시어 말씀을 거둬주시옵소서!"

"거둬주시옵소서, 전하!"

대신들이 모두 한 목소리를 냈다.

대왕대비전. 어제의 일에 이어 오늘 아침 조회에서의 왕이 벌인 일이 이곳까지 전해졌다. 신하들은 단지 왕의 못된 심보로 벌어진 소동으로 치부한 반면에 대왕대비는 상황을 조금 다르게 보았다.

"비상을 먹고 원자와 죽겠다고 했다고? 아무리 주상이 성질이 급해 한낱 소문에 싸우게 되었다지만 이것은 아니지 않느냐."

잠시 고민하던 대왕대비가 상궁에게 명을 내렸다.

"이대로 중전과 함께 있는 것은 원자에게도 좋지 못한 일이다. 원자를 중궁전에서 데려와 월산대군 댁으로 보내 양육하도록 하라."

"예, 대왕대비마마."

대왕대비의 명을 받은 상궁과 나인들이 바로 교태전으로 들이닥쳤다. 그녀들은 미래의 품에 안겨 있던 원자를 빼앗았다.

"워, 원자……! 원자를 어디로 데려가는 것이냐? 내놓아라!"

"대왕대비마마의 명이 내려졌사옵니다. 오늘부터 원자마마께서는 월산대군부인께서 양육하실 것이옵니다."

"그게 무슨 말이냐? 원자를 궐 밖으로 내보내다니? 원자의 어미인 내가 이렇게 있는 것을!"

"그것은 대왕대비마마의 뜻이옵니다."

원자를 품에 안은 상궁이 재빨리 교태전을 빠져나갔다. 눈앞에서 아이를 빼앗긴 미래가 그 뒤를 쫓아가려 했지만 나인들이 막아섰다.

"내놓아라! 내 아들! 내 원자! 내놓으란 말이다!"

미래가 울부짖으며 원자를 따라 나가려 했지만 나인들이 그녀를 끝까지 붙들었다.

"원자……! 아아악!"

아들을 눈앞에서 빼앗긴 미래의 처절한 외침이 오래도록 교태전을 떠돌았다.

"난 그 이유를 알지."

사헌부. 삼삼오오 모인 사헌부 관헌들 사이로 대사헌이 최근 궁궐에서 있었던 일에 대해 입을 놀렸다.

"원래부터 전하와 중전마마의 사이는 좋지 못했거든. 그런데 아이가 들어선 거지. 그리 고대하던 아이인데 어쩌나? 그러니 중전으로 삼으신 거고. 게다가 운 좋게 중전마마께서 원자마마를 딱!

낳으신 거고."

사헌부 말단 문리가 대사헌에게 물었다.

"허면 원자마마가 없으면 중전마마의 자리도 위태로운 거 아닙니까?"

"그렇지! 다들 알겠지만 지금 왜 중전마마를 제외하고 후궁이 숙의마마뿐인 줄 알아? 처음부터 중전의 자리는 숙의마마의 것이었지. 뒤에 대왕대비마마가 계시잖아. 그런데 숙의마마가 입궐했을 때는 나이가 아주 어렸지. 전하는 소녀들을 별로 좋아하지 않으시니…… 그런데 이제 숙의마마도 열일곱. 종종 전하와 합방하시니 언제 왕자를 생산하실지 모르지. 그리되면 대왕대비마마께서도 기대하는 게 생기시지 않겠어?"

"그렇겠네요. 왕대비마마께서도 실은 후궁이셨는데 제안대군을 낳으셔서 왕비가 되신 거니까요."

"맞아. 애초에 회임했다는 이유로 아무런 힘도 없는 집안 출신의 후궁 마마를 왕비로 세운 것이지. 한씨든 윤씨든 저마다 제 집안 여식을 왕비로 세우려고 아우성인데…… 에헴!"

그때 건이 들어서자 대사헌은 헛기침을 하며 자리에서 일어섰다. 건은 자신의 등장에 흩어지는 사헌부 관원들을 보며 생각에 잠겼다.

최근 미래가 원자를 빼앗긴 이후로 거의 매일 대왕대비전에 가서 석고대죄를 한다고 들었다. 자신이 잘못했으니 그만 원자를 돌려달라는 것이다. 그러나 대왕대비는 평소의 자상함도 잃은 채 끝까지 이를 거부하고 있었다.

대왕대비는 이 일로 중전을 자신의 재종녀인 윤 숙의로 바꾸는 것까지 생각하고 있는 것 같았다. 하지만 중전이 폐위될까? 이런 일은 조선이 건국된 이래로 단 한 번도 일어난 적이 없었던 일이다.

"참 조용하다, 그치."

"그러니까."

그리고 오늘은 중전인 미래의 탄신일. 이날 탄신연은커녕 음식상 하나 중궁전으로 들어간 것이 없었다. 대왕대비가 미래에게 중궁전에서 근신하고 있으라는 명 때문인 듯싶었다. 왕비에게 생일상이 차려지면 나인들도 함께 먹는다. 이런 생일상이 없으니 나인들도 퍽이나 실망한 기색이었다.

"대비마마. 한 지평께서 들었사옵니다."

"어서 들라 하게."

"예."

대비전의 문이 열리며 건이 안으로 들어갔다. 마침 그 자리에 월산대군 부인과 어린 원자가 입궐해 있었다. 월산대군 부인의 입장에서는 오늘이 미래의 탄신이니, 원자를 만나게 될 줄 알고 함께 입궐했던 것이다. 그런데 대왕대비가 이를 허락하지 않자 대신 대비를 만나러 온 길이었다.

"그만 원자를 데려가게."

"예. 대비마마."

월산대군 부인이 인사를 하며 원자의 손을 잡았다. 이제 걸음마도 익숙해진 원자는 월산대군 부인의 손을 잡고 아장아장 걸으며 안으로 들어오던 건과 마주했다. 월산대군 부인이 먼저 건에게 인사를 올렸다. 그리고는 손을 잡고 있던 원자에게도 다정히 말했다.

"원자마마. 인사 올리시지요. 원자마마의 외당숙이십니다."

원자가 건을 보고 고개를 숙였다. 건도 자신에게 인사하는 어린 원자를 보고 미소를 지었다. 원자도 그런 건을 보며 따라 생긋 웃었을 때였다. 이를 지켜보던 대비의 눈이 흔들렸다. 그것은 원자와 건을 번갈아 쳐다보던 월산대군 부인도 마찬가지였다.

"어서 원자를 데리고 나가게."

"예에⋯⋯!"

무언가에 홀렸던 듯 월산대군 부인이 원자를 끌어안고 서둘러 밖으로 나갔다. 건은 왠지 모를 아쉬움을 뒤로한 채 대비의 곁에 다가와 앉았다.

"대비마마."

"오랜만이구나."

"원자마마께서 이곳을 다녀가셨다면 중궁전에도 들리시는 것이옵니까?"

"그것이 너와 무슨 상관이냐."

"예?"

대비의 쌀쌀맞은 태도에 건이 당황한 표정을 지었다. 지금까지 대비는 건을 제 자식보다도 더 귀하게 대해왔었다. 그러니 이런 대비의 태도는 건으로서도 처음 있는 일이었다.

"아, 아니다."

뒤늦게 자신이 실수했음을 알아차린 대비가 서둘러 말을 돌렸다.

"원자는 바로 퇴궐할 것이다."

"오는 길에 들으니 오늘이 중전마마의 탄신일이라 들었사온데……."

"맞다."

"원자마마와 생이별하신 지 여러 달이니 무척이나 그리우실 것이옵니다."

"그렇겠지. 그럴 것이다. 하나 중전은 근신중이다."

대비가 더는 이 일에 대해 말하는 것을 원하지 않는 듯하자 건도 더는 말하지 못했다.

한편, 왕은 아침에 상궁으로부터 오늘이 미래의 탄신일이라는 사실을 전해 들었다. 그러나 오늘도 왕에게는 평범한 하루 중의 하나일 뿐이었다. 정해진 일과를 모두 마친 왕은 보란 듯이 윤 숙의를 침전으로 불렀다. 몇 년 전만 하더라도 윤 숙의는 마냥 순진

한 얼굴로 왕을 볼 때마다 두려워 고개조차 제대로 들지 못했다. 그러나 이제는 막 피어난 해당화처럼 잘만 입혀놓으면 화사하고 봄직한 꽃이 되어 있었다.

왕은 계속 숙의에게 술을 따르라고 하면서 부끄러워 얼굴을 붉히는 그녀의 얼굴을 감상하듯 쳐다보았다. 어느 정도 왕의 취기가 올랐을 때, 숙의가 눈치를 보며 조심스럽게 입을 열었다.

"전하."

"응?"

"오늘이 중전마마의 탄신일이 아니옵니까."

"그렇지……."

"오늘 월산대군부인께서 원자마마와 함께 입궐하셨는데…… 중전마마께서 원자마마를 뵙지 못하셨다 하옵니다."

"그래서?"

왕의 목소리가 조금씩 부드러움을 잃어가고 있었다. 그런데도 한 번 꺼낸 말을 윤 숙의는 어려워하면서도 조목조목 늘어놓았다.

"원자마마께서 입궐하신 사실을 아시고 중전마마께서 대왕대비전 월대에 꿇어앉아 사정하셨는데 대왕대비마마께서 허락지 않으셔서…… 듣자 하니 오늘 중궁전에 생일상도 오르지 않았고……."

"중전은 근신 중이니 당연한 것이 아니냐."

퉁명스럽지만 아직까지는 화가 난 목소리는 아니었다. 윤 숙의가 힘없이 눈을 깜빡이며 왕을 쳐다보았다.

"오늘 전하께서 신첩을 불러주셔서 무엇보다 기쁘오나. 이대로 중궁전에 납시셔서 중전마마를 위로하여 주시면 근신 중에 더욱 감읍하지 않으시겠사옵니까?"

출신이 대왕대비의 집안인 데다 중전이 근신 중이니 이때 왕을 모시는 것을 마냥 기뻐할 줄 알았다. 그런데 생각보다 여리고 참한 성품이었다. 왕은 윤 숙의를 달리 보았다. 헤벌쭉 웃는 얼굴로 왕이 윤 숙의의 앞에 제 얼굴을 들이밀었다.

"그대는 마음씨가 이토록 고우니 필시 왕자를 낳아도 좋은 성품의 왕자를 낳을 것이다."

"전하⋯⋯."

부끄러워하는 윤 숙의를 왕이 두 팔로 끌어당겨 안았다.

"그 작고 귀여운 입으로 다시 한번 재잘거려 보거라. 과인이 오늘 정녕 중전에게 가길 원하느냐?"

대답하지 못하는 윤 숙의를 두고 왕이 그녀의 작은 손을 움켜잡았다.

미래는 날이 저물도록 대왕대비전 앞에 꿇어앉아 있었지만 소용이 없었다. 대왕대비는 미래가 원자를 만날 수 있게 허락해주기는커녕 그녀를 만나 주지도 않았다. 왕의 발걸음이 중궁전에서 완전히 끊긴 뒤로는 아예 그녀를 상대해주지 않았다. 이미 윤 숙의를 중전으로 세우기 위한 물밑 작업에 들어갔다는 말이 파다했다. 하지만 미래는 이 모든 것이 다 상관없었다.

원자만 볼 수 있다면.

"흑…… 흐흑……."

다른 사람들 앞에서 눈물을 보이는 일은 결코 하지 않을 줄 알았는데. 원자와 생이별을 한 뒤에는 걸핏하면 눈물이 흘러내린다.

"중전마마. 걱정 마시지요. 곧 근신이 풀리시오면 원자마마께서도 중궁전으로 돌아오실 것이옵니다."

뒤따르던 나인이 위로했지만 미래의 귀에는 전혀 들려오지 않았다. 원자를 보고 싶은 간절함에 사로잡혀 있었기 때문이었다.

"중전마마…… 저기."

미래가 나인이 가리키는 곳을 쳐다보자 그곳에 건이 서 있는 것이 보였다. 미래는 재빨리 흐르던 눈물을 훔치더니 나인에게 말했다.

"먼저 중궁전으로 돌아가 있거라."

"하오나……."

"나도 곧 갈 것이니, 가거라."

"예에."

나인이 주춤거리며 물러가자 미래가 어깨를 활짝 피고는 태연한 척 건에게 다가갔다.

"한 지평."

"중전마마."

"나를 보러 오셨나요?"

근신 중이라 소복 차림이었음에도 불구하고 미래는 당당했다. 아니, 건의 앞에서만큼은 당당하고 싶었다. 자신이 두 번이나 버린 사내였으니까. 그러나 이런 미래의 마음과는 다르게 건은 늘 그녀를 대할 때마다 한결같은 모습을 보였다. 건이 입가에 미소를 지은 채 미래에게 물었다.

"중전마마를 뵙고 싶어 하시는 분들이 계시옵니다만. 잠시……만나 보시겠사옵니까?"

"예?"

어리둥절한 표정으로 건을 따라 간 곳은 경복궁 후원이었다. 밤이라 인적이 드문 그곳에 월산대군부인과 원자가 미래를 기다리고 있었다.

"워, 원자야……!"

원자를 본 미래가 울며 다가갔다. 어린 원자도 월산대군 부인이 등을 떠밀자 미래에게 다가와 두 팔 벌려 안겼다.

"원자, 우리 원자…… 흑!"

미래가 흐느끼며 원자를 끌어안았다. 미래 모자의 모습을 보면서 월산대군 부인이 건에게 말했다.

"시간이 얼마 남지 않았사옵니다. 더 지체했다가는 궐문이 닫히게 되옵니다."

"조금만 더 시간을 주시지요."

건이 부탁했다. 한참 동안 원자를 끌어안고 울던 미래는 겨우 원자를 놓아 월산대군 부인에게 보냈다. 월산대군 부인은 눈물을 그치지 못하는 미래를 보며 위로의 말을 건넸다.

"근신이 풀리시면 원자마마께서도 다시 중궁전으로 돌아가실 수 있을 것이옵니다. 너무 염려치 마시지요."

"고맙습니다."

미래가 감사의 인사를 전하며 원자를 보냈다. 어둠 속으로 사라지는 원자의 뒷모습을 바라보면서 미래는 막연한 불안감에 사로잡혔다.

"이제 중궁전으로 돌아가시지요. 돌아가는 길은 신이 안내하겠사옵니다."

"네."

미래가 건을 따라 걷기 시작했다. 눈물을 그치려 해도 계속 쏟아지는 눈물을 막을 길이 없었다. 미래가 옷깃으로 눈물을 훔치는데 건이 말을 걸었다.

"눈물이 많아지셨습니다."

그 말에 미래는 우는 얼굴로 피식 웃으며 말했다.

"저도 제가 이렇게 눈물이 많을 줄은 몰랐어요."

이윽고 중궁전이 가까워지자 건이 걸음을 멈췄다. 미래는 건과 마주 보며 말했다.

"고마워요. 한 지평이 아니었으면 오늘 원자를 보지 못했을 거예요."

단순히 이 고마움의 인사만으로 모든 감사를 전할 수 있을까? 후궁에서 벗어나 그를 선택하려고 했었다. 그러나 미래는 그 대신 왕비의 자리를 택했다. 그 결과 원자를 빼앗기는 어려움에 처했다. 그 어려움 속에서 건이 다시 손을 내밀었다.

"그럼 신은 이만……"

"한 지평."

돌아서려는 건을 미래가 붙잡았다. 건이 돌아서서 미래를 쳐다보았을 때였다.

"사실 원자는……"

순간 미래는 어지럼증을 느꼈다. 원자를 잃은 뒤로 제대로 음식을 못 챙겨 먹었던 데다가 오늘 하루 종일 대왕대비전 앞에서 석고대죄를 했다. 여기에 원자를 만난 후 계속 울다 보니 체력적으로 많이 지쳐 있었던 것이다.

"원자는……"

말을 다 잇지 못한 채 미래가 휘청거렸다.

"중전마마!"

미래가 휘청이는 모습을 본 건이 놀라 그녀를 부축했다. 그대로 건의 품에 매달리듯 안긴 미래가 어렵게 말문을 열었다.

"원자는……"

그때였다.

"한 지평?"

그들과 가까운 곳에서 들려오는 목소리. 건의 품에 힘없이 안겨 있던 미래가 눈을 번쩍 떴다. 그 목소리의 주인공은 다름 아닌 왕, 이혈이었다.

✳ ✳ ✳

비극은 모두가 예상한 순간에 벌어진다. 막을 새도 없이……

"한 지평?"

왕의 목소리에 건과 미래가 동시에 돌아보았다. 놀란 그들이 황급히 떨어졌지만 이미 때는 늦어 있었다.

"중전!"

배신감. 그것은 왕이 가진 권력으로도 한 여인의 몸도 마음도 붙들 수가 없다는 것을 깨닫는 순간 일어났다. 세상을 모두 불살라 버릴 수 있다면 그렇게 하고 싶을 만큼의 분노가 왕에게 일었다.

"죽여 버리겠다……! 다 죽여 버리겠어!"

그것은 비단 말뿐만이 아니었다. 왕은 자신을 호위하던 별감이 차고 다니는 검을 빼앗아 들었다.

"전하! 주상전하!"

놀란 별감과 나인들이 소리쳤지만 소용없었다. 왕은 무기도 가지고 있지 않은 건과 미래를 향해 달려들었다. 왕이 쥔 칼끝이 향한 곳은…… 바로 미래였다!

"까악!"

일말의 주저함도 없이 자신을 향해 내려치는 검을 본 순간 미래가 비명을 질렀다. 그 비명이 모두의 눈을 질끈 감아버리게 만든 그 순간.

"주상!"

왕이 침전을 나와 중궁전으로 향했다는 소식에 달려온 대비의 눈앞에서 왕은 검을 휘둘렀다. 검붉은 피가 왕의 얼굴로 튀었다. 동시에 건의 얼굴에서 붉은 핏물이 뚝뚝 흘러내렸다.

"건아!"

대비의 외침이 들리고 나서야 왕은 피가 묻은 검을 바닥에 떨어뜨렸다.

"아악……."

미래를 향해 검을 내려치려는 왕을 본 순간 건이 나서서 그 검을 맞은 것이다. 왕이 내려친 검은 미래가 아닌, 건의 왼쪽 눈을 정확히 베어버렸다.

"건아! 건아……!"

대비가 놀라 울부짖으며 건에게로 달려갔다. 왕의 검을 맞고 그대로 주저앉은 건을 끌어안으며 그의 다친 상태를 살폈다. 온 얼굴이 피투성이였다.

"건아……! 건아, 괜찮은 것이냐?!"

모두가 건에게 온 시선이 쏠린 그때였다. 제 얼굴에 묻은 피를 닦아낸 왕이 떨어뜨린 검을 다시 집어 올렸다. 이를 제일 먼저 본 것은 미래였다.

"저, 전하……!"

겁에 질린 미래가 뒷걸음쳤다. 검을 든 왕이 그 뒤를 천천히 쫓았다. 하지만 이 모두를 지켜보는 이들 가운데 누구도 나서서 왕을 말릴 생각조차 하지 못했다.

"중전마마……."

건이 미래에게 다가가는 왕을 발견한 듯 손을 뻗었다. 마침 건을 부축하고 있던 대비가 이를 보고는 놀라 달려와 왕의 옷자락을 붙들었다.

"주상! 이러시면 안 되오! 이러시면! 이러시면 안 되오!"

"놓으십시오!"

"유학의 숭상하는 조선의 임금이 어찌 오랑캐처럼 칼을 휘두른 단 말이오! 이래서는 안 되오! 안 되오, 주상!"

"으아아악!"

왕이 맹수가 포효하는 듯한 비명을 내지르며 검을 바닥으로 내동댕이쳤다.

"이럴 것이면……! 차라리 월산 형님을 왕으로 세우시지 그러셨 습니까!"

왕이 검을 내던지는 것을 보며 인수대비가 안도의 숨을 내쉬며 말했다.

"주상도 알지 않소. 주상은 한씨 가문의 사위이니……."

"한씨 왕조의 부마이겠지요!"

왕이 이를 악물었다.

"소자는 어마마마도 중전도 모두 한씨에게 빼앗겼사옵니다!"

"주상……!"

"이 일을……."

왕이 손가락으로 쓰러진 건과 미래를 번갈아 가리켰다.

"절대 묵과하지 않을 것이옵니다!"

말을 마친 왕이 돌아서 자리를 떠나자 나인들이 황급히 뒤를 따르려고 했다. 대비가 나인들을 향해 소리쳤다.

"잘 들어라! 오늘 일에 대해 함부로 입을 놀렸다가는 너희들은 주상의 검이 아니라 내 검에 죽으리라. 알겠느냐?"

겁에 질린 나인들이 고개만 끄덕인 채 왕을 따라 사라졌다. 그러고 나서야 막힌 긴장이 풀리듯 대비의 손이 떨려왔다. 대비는 건에게 다가가 다시 건을 부축하며 상궁에게 말했다.

"건이를 내 처소로 옮겨라. 그리고 당장, 내의원 의관을 불러!"

"예, 대비마마!"

대비의 나인들이 분주히 움직였다. 우선 대비전 내관이 건을 들쳐 업고는 서둘러 사라졌다. 건이 내관의 등에 업혀 실려 가는 것을 불안하게 쳐다보던 대비가 시선을 느끼고 돌아섰다. 그곳에 미래가 서 있었다. 미래를 본 대비의 눈이 번뜩이더니 그대로 그녀에게 다가가 뺨을 내리쳤다.

– 찰싹!

미래를 고개를 돌린 채 입도 벙긋하지 못했다. 대비는 미래를 한동안 노려보더니 나인들에게 말했다.

"중전을 중궁전으로 모셔라."

"예, 대비마마."

대비전 나인들이 미래를 중궁전 쪽으로 이끌었다. 대비에게서 돌아서던 미래가 뒤늦게 울음을 터트리며 말했다.

"한 지평은 원자가 보고 싶다는 신첩에게……."

"시끄러!"

대비가 미래의 말을 막았다.

"대비마마……."

"아직도 정신을 못 차렸느냐? 일이 이지경이 되었는데도……!"

"신첩은…… 흑……."

"오늘 일로 건이뿐만 아니라 원자도 죽으면…… 다 네 책임이다."

"흑. 흐흑……."

"뭣들 하느냐? 어서 중전을 모시지 않고!"

나인들이 발이 떨어지지 않으려는 미래를 잡아끌었다.

"가시지요, 중전마마. 어서요."

"흐흑……."

미래는 흐느끼며 나인들의 손에 이끌려 자리를 떠났다. 남겨진 대비는 바닥에 떨어진 피 묻은 검을 주워들며 탄식했다.

"이를 어찌한단 말인가……."

어젯밤 소동을 목격한 대전 나인들과 대비전의 나인들. 대비가 직접 나서서 입단속을 했음에도 다음 날 아침, 이미 어제의 일은 대궐을 뒤덮었다.

대왕대비전.

왕은 평소처럼 병을 핑계로라도 문후를 거를 수 있었지만 그러지 않았다. 그 어느 때보다도 일찍 문후를 이유로 대왕대비전에 든 왕은 창살 사이로 스며드는 빛으로 대왕대비의 눈치를 살폈다. 창살무늬가 만든 그림자가 대왕대비의 얼굴을 덮고 있었다. 그 때문에 대왕대비의 표정을 전부 들여다볼 수가 없었다.

"주상……."

한참 만에 입을 연 대왕대비가 말했다.

"예, 할마마마."

"중전은 처음부터 그 자리를 감당할 여인이 아니었다고만 생각하세요."

묻지 않아도 이미 대왕대비는 다 알고 있었던 것이다.

"그래서 어찌하시겠습니까?"

"어찌하다니요?"

"주상이 세운 중전이 아닙니까? 그러니 주상이 결정해야지요. 이 할미는 주상의 뜻을 따를 것입니다."

잠시 침묵을 지키던 왕이 입을 열었다.

"폐비하겠습니다."

왕의 말에 굳게 다문 입술 사이로 긴 한숨을 내쉰 대왕대비가 말했다.

"그리하세요."

어젯밤의 일은 소문이 되었고 소문은 소문을 낳았다.

"중전마마께서 원자마마가 보고 싶어서 월담을 하셨다지 뭐니."

"그걸 한 지평께서 도우셨대."

"한 지평께서? 내가 들은 소문과는 다른데."

"네가 들은 소문은 뭔데?"

"한 지평과 중전마마가 간통……."

"야, 말 조심해."

"어쨌든 그래서 전하께서 칼을 휘둘러 한 지평의 왼쪽 눈을 뽑

아버리셨대잖니."

"말도 안 돼. 그냥 가볍게 다쳤다던데."

"그럼 한 지평을 다치게 한 건 누구고?"

"중전마마가 아닐까?"

"중전마마가 한 지평에게 칼을 휘두르셨다고? 왜?"

"그야 우린 모르지."

"대체 제대로 아는 사람이 없어?"

"잘은 모르지만 그때 그곳에 목격한 나인들은 전부 날이 밝기 전에 온양행궁으로 쫓겨났대."

궐에 떠도는 소문을 뒤로하고 아침 문후를 마친 왕이 조회에 참석했다. 이미 소문에 대해서 익히 알고 있던 신하들은 왕이 할 말만 기다리고 있었다. 왕은 자신에게 모아진 신하들의 시선 속에서 굳게 닫힌 입을 열었다.

"중전 윤씨는 평소 투기가 심하고 비상을 소지하여 원자를 볼모로 과인을 위협하였으며, 중궁전에서 근신하라는 지엄하신 대왕대비마마의 명도 듣지 않았다. 중전의 체통을 상실한 지가 오래이니 더는 중궁의 자리에 둘 수 없음이다."

왕은 한숨을 들이켜더니 남은 말을 이어나갔다.

"중전 윤씨를 폐하고 사가로 출궁시킨다."

❀ ❀ ❀

미래는 자신의 탄신일 다음 날 폐비되어 궁궐 밖으로 쫓겨났다. 이후에도 원자를 위해서라도 왕비를 다시 복귀시켜야 한다는 일부 조정 여론이 있었다. 왕은 그들을 모두 귀양 보내거나 파직시켰다. 일이 이쯤 되자 대왕대비가 나섰다.

"왕비의 자리가 비어 있으니 논란도 계속되는 것이오. 그러니 서둘러 새 왕비를 세워야겠소."

왕대비도 옆에서 거들었다.

"아직 원자가 어리니 폐비의 얼굴을 기억하기 전에 어미를 만들어줘야 하지 않겠소?"

대비는 이미 대왕대비가 자신의 재종녀인 숙의 윤씨를 마음에 두고 있다는 사실을 잘 알고 있었다. 만약 이번 일에 건이 연루되지만 않았어도 윤씨를 왕비로 세우는 데 가장 먼저 반대했을 대비였다. 하지만 지금은 건의 일로 인해서 대왕대비의 눈치를 보고 있는 상황이었다. 어쩌면 대왕대비는 윤 숙의를 새 왕비로 세우는 대신에 건의 일을 묻어주려 하는 것인지도 몰랐다.

대비가 왕에게 말했다.

"주상. 윤 숙의를 왕비로 책봉하세요."

미래가 폐비된 지 삼 개월 후, 파평 윤씨 가문 출신의 대왕대비의 재종녀인 윤 숙의가 왕비의 자리에 올랐다.

국혼 날 대왕대비는 월산대군 부인과 입궐한 어린 원자를 새 왕비 윤씨의 품에 안겨주며 말했다.

"앞으로 원자는 네 아들이다."

두말할 것도 없었다. 이미 원자는 새 왕비의 양자로 입적되었다. 문제는 원자의 생모인 미래가 살아 있다는 사실이었다. 대왕대비는 어린 원자와 어색한 시간을 보내고 있는 중전을 뒤로한 채 왕에게 귀띔했다.

"주상. 하루속히 폐비를 사사하세요."

"예?"

"훗날을 위해서요. 원자에게는 새어머니가 생겼으니 이제는 폐비에게 사약을 내리세요, 주상."

그전까지 왕은 그나마 궐에서 가장 너그러운 사람은 대왕대비라고 생각했었다. 그러나 그런 왕의 생각이 잘못되었음을 깨닫는 데는 그리 오래 걸리지 않았다.

사가로 내쫓겨진 이후 미래는 어머니 신씨와 단둘이 살았다. 오래전 내쫓겼던 자신이 나고 자란 바로 그 집에서. 매일 울거나 한숨짓는 신씨와는 달리 미래는 오히려 간간이 웃음을 보일 정도로 멀쩡해 보였다.

여름날. 비가 내려 선선한 날이었다. 비가 오든 눈이 오든 신씨는 그저 한숨만 연거푸 내쉬었다.

"어머니, 날이 더운데 오래간만에 비가 내려 선선하여 좋기만 한데 어찌 그리 땅이 꺼져라 한숨을 지으십니까?"

"아니 그렇겠습니까? 지난번 다녀간 상궁에게 전해 듣기로는 원자마마께서 새 중전마마를 친어머니로 안답니다."

그 말에 누구보다도 속상한 것은 미래였지만 전혀 내색하지 않고 웃었다.

"차라리 잘 되었지요. 어머니가 내쫓겼다- 그래서 없다- 보다야……."

"참 속 편한 말씀을 하십니다."

"보십시오."

미래가 비 내리는 바깥을 손으로 가리켰다. 대문 옆 담장 밖으로 미래가 나가지 못하도록 지키는 병사들의 모습이 보였다.

"전에는 이 집에서 내쫓기지 않았습니까? 그런데 지금은 내쫓기지 말라고, 이곳에서 버티어 살라고 병사들이 와서 지켜주기까지 하니 이 얼마나 고마운 일입니까?"

"그때와 지금은 상황이 다르지 않습니까?"

"제가 보기에는 다 똑같습니다."

또 한 번 어머니 신씨가 한숨으로 대화를 마무리했을 때였다. 미래의 눈에 가마 한 대가 대문 앞에 도착하는 것이 보였다. 잠시 후 대문이 열리며 나타난 사람은 대비였다. 대비는 신씨가 내온 차를 딱 잘라 거절하며 본론부터 꺼냈다.

"차나 마시고자 온 것이 아니다."

이 한마디에 기가 죽은 신씨가 조용히 문을 닫고 밖으로 나 갔다.

대비는 서인으로 강등되었으나 마치 죄인처럼 소복을 입고 핏 기 하나 없는 얼굴을 하고 앉아 있는 미래를 보며 물었다.

"궐에서 들으니 그리 잘 입고 잘 먹고 지낸다던데 직접 보니 몰 골이 많이 아니구나."

"다 소문인 게지요."

미래가 웃고 말자 대비의 표정이 심각해졌다.

"내가 어찌 찾아왔는지는 묻질 않느냐?"

"원자라도 데려오셨더라면 반가워 버선발로 마중 나갔을 것입 니다."

웃는 얼굴로 만만찮은 대답을 하는 미래를 보며 대비가 짧게 웃 었다.

"그래, 네 성정도 그리 보통내기가 아니었지. 주상의 성정과는 극과 극이었어. 그런 네가 어찌 중전의 자리까지 올랐는지 의문이 아닐 수 없다."

미래는 왕의 이야기를 피하고 싶은지 살짝 굳은 얼굴로 말했다.

"무슨 일로 오셨는지요? 할 말이 없으시면……."

"한 지평 소식은 묻지 않느냐?"

건의 이야기에 미래의 입은 굳게 닫히고 말았다.

"그 아이는 나를 볼 때마다 네 걱정을 하던데. 네 이야기만 하고. 그런데 너는 단 한마디도 그 아이에 대해서 묻지 않는구나."

"제가 물을 자격이나 있습니까."

"없지. 그래도 물었어야 했다."

미래가 힘없이 고개를 숙였다.

"잘…… 지내신답니까?"

"무탈하다. 대신 한쪽 눈을 잃었지."

미래가 놀란 듯 고개를 들어 대비를 쳐다보았다. 그를 진심으로 걱정하는 눈빛이었다. 대비는 일부러 미래의 눈빛을 외면하며 말을 이어나갔다.

"난 건이를 명나라로 보낼 생각이다. 명나라 황실에 나의 고모님이 계시지. 건이는 한씨 집안의 장손이니 잘 돌봐주실 것이다. 하나 건이는 이런 너를 놔두고 명나라로 가지 않으려 하겠지."

"그럼 오늘 저를 찾아오신 이유는 한 지평을 설득시키기 위함이십니까?"

"설득이고 자시고 할 것도 없다. 반드시 넌 그래야 해."

대비의 명령이 귀에 거슬렸던지 미래의 말투가 사나워졌다.

"제가 한 지평의 마음을 움직이지 못한다면 어찌하시려고요?"

이런 미래의 태도는 대비도 화나게 만들었다.

"처음부터 어차피 죽으려면 네년 혼자 죽어야지. 우리 건이가 무슨 죄라고!"

"이 일을 이렇게까지 끌고 오신 것은 전하이십니다."

"너……!"

분을 참지 못한 대비가 힘껏 주먹을 쥐었다.

"건이를 베지 못하니 만만한 계집인 널 베려한 것. 그래, 군왕이 하기에는 매우 치졸한 짓이었지. 그만큼 주상이 건이를 투기해온 일은 오늘내일 일이 아니었다. 두 사람이 아슬한 줄타기를 해왔다면, 그 줄을 잡고 흔든 것은 바로 너다. 네 존재가 잠자듯 고요하던 주상의 투기심을 흔들어 화를 자초했어."

"그 죄를 묻고 싶으십니까? 전 죽음이 두렵지 않습니다. 저를 죽이고 싶으시다면 죽이세요. 죄의 대가가 죽음이라면 달게 받지요."

지금 미래는 죽음조차 두려워하지 않는 모습을 보이고 있었다. 대비는 미래를 보며 여유 있게 웃었다.

"허면 원자도?"

원자의 이야기에 미래의 눈에 힘이 실렸다.

"원자는 주상의 자식이니 죽이진 않겠지. 만약 다른 이의 자식 이라면 또 모를까……."

미래의 동공이 마치 지진을 만난 듯 거세게 흔들렸다. 대비는 이를 놓치지 않았다.

"원자가 건이의 아들이냐?"

미래가 대비에게서 고개를 돌려버렸다. 대답을 하지 않겠다는 의미였다.

"말해! 원자의 아비가 정녕 주상이 맞느냐?"

어쩌면 답은 이미 나왔는지도 모른다. 불 보듯 뻔한 대답을 미래가 회피하는 순간부터. 이런 미래의 모습에 대비가 한 손으로 제 가슴을 치며 울분을 터트렸다.

"네년이 기어코 왕실과 우리 한씨 집안의 대를 끊고자 작정한 계집이로구나!"

"어차피!"

미래가 고개를 돌려 대비를 노려보았다.

"전하께서 새 중전마마를 맞이하셨으니 아니, 그 많은 계집들을 품으시고 계시니 왕자는 계속 태어나겠지요."

"넌 도대체 우리 한씨와 원수를 졌느냐?"

미래가 파르르 떨리는 제 입술을 꾹 물었다 놓으며 말했다.

"원자는 전하의 소생입니다."

"거짓말! 진실이 밝혀지면 원자가 해를 입을까 그러는 게지!"

"원자는 전하의 소생입니다."

부릅뜬 미래의 눈에서 쉴 새 없는 눈물이 흘러내렸다.

"참으로 그 말이 거짓이라면 넌 엄청난 거짓말을 하고 있는 것이다. 건이도 살리고 원자도 살리기 위해 하는 거짓말이라도 넌…… 죽어도 곱게 죽지 못할 게야! 너를 위해 곡해 주는 이가 하나도 없을 것이며! 시신은 흙 속에 묻히지 못한 채 산송장이 되어

산과 들에서 짐승들의 먹이가 되어버릴 것이다!"

대비가 내뱉는 저주의 말을 들으며 미래는 힘없이 두 눈을 감았다. 그때였다.

"아니, 여기가 어디라고 오십니까? 그리고 그 눈은 어쩌다 다쳤고?"

"중전마마께서 이곳에 계십니까?"

밖에서 들려오는 건의 목소리에 미래가 눈을 번쩍 떴다. 건의 목소리를 들은 미래가 바로 밖으로 나가려고 했다. 그러자 대비가 미래의 옷깃을 붙잡더니 낮은 목소리로 경고하듯 말했다.

"건이는 물론이거니와 원자도 살리고 싶거든 내 말을 명심해야 할 것이다."

미래가 밖으로 나가자 왼쪽 눈에 검은 가리개를 착용한 건이 보였다. 대비에게 미리 들어서 알고 있었지만 막상 다친 건의 눈을 보자 미래는 가슴이 철렁 내려앉았다. 이런 미래의 마음을 모르는 건은 그녀를 보자마자 입가에 미소부터 지었다.

"중전마마."

"여기 중전이 어디 있단 말이냐?"

안에서 대비가 걸어 나오며 말했다.

"대비마마? 어찌 여기에……."

당황한 건에게 대비가 태연스럽게 말했다.

"너는 또 어찌 여기에 있고?"

"저는……."

"분명 내가 보낸 사람들을 만났겠지. 명나라로 오늘 당장 떠나라고 하지 않았느냐? 어찌 명나라로 떠나야 할 네가 여기에 와 있어?"

"대비마마, 저는 가지 않을 것이옵니다."

"어째서? 폐비 때문에?"

이 물음에 건은 대답하지 않았다. 대비가 보란 듯 한숨을 길게 내쉬었다.

"건아. 영특한 네가 어찌 이러느냐? 너희 두 사람은 이렇듯 함께 있으면 위험하다. 주상을 그렇게도 몰라?"

"꼭 명나라로 떠나야 한다면……."

건이 미래를 돌아보았다.

"함께 갑시다."

건의 말에 놀라면서도 미래는 저도 모르게 대비의 눈치를 살피고 있었다. 대비가 나섰다.

"폐비는 아마 못 간다고 할 것이다. 원자가 있으니 이 세상 그 어떤 어미가 자기 살겠다고 제 자식을 버리겠느냐?"

"원자……."

건도 그 부분은 미처 생각하지 못했다는 듯 말끝을 흐렸다. 미래가 건의 팔을 잡았다.

"지금은 안 돼요. 지금은 전하의 진노가 크니 전하의 진노가 가라앉으시고 저도 잊으시면 그때 함께해요."

미래가 대비를 향해 말했다.

"그때는 대비마마께서도 우릴 도와주신다고 약속하셨어요. 그
렇지요, 대비마마?"

미래가 꾸미는 생각을 엿본 대비가 고개를 끄덕였다.

"그래. 그때가 되면 당연히 너희 두 사람을 도와줘야지."

"봤죠? 그러니 일단 명나라로 가세요. 때가 되면 대비마마께서
돌아오라고 하실 거예요. 그때, 우리 함께해요."

"미래……."

모든 것이 일리 있는 말이었다. 미래의 말에 건의 마음도 흔들렸
다. 그러나 잠시뿐이었다. 건이 고개를 저었다.

"아무리 그래도 그대만 두고 갈 수 없소. 그대가 조선에 있겠다
면 나도 있을 것이오. 그대가 필요할 때 언제든 그대의 곁에 있을
것이오. 난……."

미래가 활짝 웃으며 한 가락을 그의 입술에 가져다 대었다. 그리
고 마치 두 사람만의 비밀 이야기를 주고받듯이 그만 들을 수 있
는 아주 작은 목소리로 속삭였다.

"명나라에서 돌아오시면 베틀 소리를 여생 동안 듣게 해줄
게요."

"미래……."

"약속해요."

미래의 밝은 미소를 쳐다보던 건이 마지못해 고개를 끄덕였다.

"그대의 뜻대로 하리다."

건이 미래의 손을 잡았다. 대비와 신씨의 시선에 할 수 있는 것은 그것뿐이었다. 이 손을 잡기까지 왜 이리 오래 시간이 걸렸던 것일까? 순간 미래는 자신의 인생이 거짓투성이인 것이 너무나도 슬펐다.

두 남녀의 손이 힘없이 갈렸다. 건은 계속해서 미래를 돌아보았고 미래는 그래서 끝까지 그를 보며 활짝 웃었다. 말을 타고 멀리 사라지는 건의 뒷모습을 지켜보는 미래의 뒤로 대비가 다가왔다.

"잘했다."

"원자를 살려주세요."

"참으로 원자가 건이의 아들이냐?"

미래가 대비를 돌아보며 참았던 눈물을 흘렸다.

"그것이 중요한가요? 대비마마께서는 원자가 누구의 소생이든 사랑하셨을 거잖아요."

"하나 왕실의 아이는 다르다. 누구의 아이로 태어나는 것이 매우 중요하지. 어떤 아비를 두었는지가 매우 중요하다."

그때였다.

"죄인 윤씨는 나와 어명을 받들라!"

대문 밖에서 호령하는 금부도사의 목소리에 대비는 물론이고 미래도 깜짝 놀란 그때였다. 밖에 나가보았던 신씨가 까무러칠 듯 기겁하며 안으로 뛰어 들어왔다.

"사, 사약입니다! 사약이 내려졌습니다!"

"사약?"

대비도 이건 예상하지 못했다는 듯 놀란 표정을 지었다. 미래가 대비의 발 앞에 무릎을 꿇었다.

"대비마마! 제발 원자를 살려주세요! 제발! 제발!"

대비는 놀란 가슴을 쓸어내리면서도 침착하게 말했다.

"내게 부탁을 하지 마라."

"제발요! 제발 원자를 살려주세요! 원자를 지킬 수 있는 것은 대비마마뿐이십니다!"

"나는……."

대비가 망설이자 미래가 그녀의 치맛자락을 붙들었다.

"아시잖아요? 그 아이는 대비마마의 혈육입니다. 한 지평과 마찬가지로…… 대비마마의 혈육이에요."

"너!"

"대비마마. 제발……."

애원하는 미래를 내려다보며 대비가 답답한 숨만 연거푸 내쉬었다.

금부도사가 왕이 내린 교지를 읽어 내려가는 동안 미래는 거적 위에 가만히 꿇어앉아 있었다. 마침내 교지를 모두 읽자 병사가 다가와 미래의 앞에 작은 상을 내려놓았다. 그 위에는 사약이 담긴 그릇이 놓여 있었다. 교지를 들을 때까지도 담담했던 미래였다. 그러나 사약 그릇을 들기 위해 뻗은 두 손은 심하게 떨려왔다.

"아이고! 아이고오……!"

어머니 신씨의 흐느낌. 그것이 곧 곡을 하는 소리로 뒤바뀌게 되리란 걸 안다. 떨리는 손으로 사약 그릇을 든 미래가 마지막으로 어머니 신씨를 돌아보며 말했다.

"어머니…… 이 불효녀를 용서하지 마세요…… 흑."

"이럴 수는 없습니다! 이럴 수 없어요……! 아이고!"

미래가 천천히 그릇을 입으로 가져가 사약을 들이켰다. 비릿함을 제외한 아주 쓴 피 맛이 그녀의 목구멍을 타고 넘어갔다. 그녀의 눈가에 흐르지 못한 눈물이 차오르며 안개를 만들어냈다. 그 안개 속에 조금 전 명나라로 떠난 건의 마지막 뒷모습이 아른거렸다.

'후에 제 죽음을 알더라도 슬퍼하지 마십시오.

그대로 인해 죽는 것이 아닙니다.

부귀영화를 탐했던 내 욕심으로 인해 죽는 것입니다.

그래서…… 그 끝이 이리 될 줄 알고 죽습니다.'

"아이고……!"

이윽고 미래의 몸이 힘없이 옆으로 쓰러졌다. 쓰러진 미래의 눈가에서 모아졌던 눈물이 흘러내렸다.

봄비가 내리던 날의 베틀 소리.

님의 미소.

그녀의 귓가에만 들리던 베틀 소리가 그치자 어머니 신씨의 통곡소리만이 남았다.

❀ ❀ ❀

7년의 세월이 흘렀다.

그해 궐 밖에서 자라던 원자 이융이 세자에 책봉되었다. 얼마 지나지 않아 대왕대비가 66세로 승하한다. 국상 기간이 끝나자 침체된 분위기를 바꿔보고자 왕대비가 자리를 마련했다. 이 자리에는 왕과 왕비. 그리고 대비와 세자까지 참석했다. 세자에 책봉되어 입궐한 뒤에 바로 대왕대비가 승하하면서 어린 세자는 왕을 몇 번 보지 못했다. 그래서인지 어린 세자의 시선은 계속 왕의 얼굴을 향해 있었다. 왕대비가 이를 보았는지 세자를 불러 자신의 무릎에 앉히며 말했다.

"평소에도 아바마마, 아바마마…… 하며 그리 찾더니 정작 주상을 앞에 두고 그리 바라만 보시오."

"헤헤……."

발그레진 세자의 뺨을 쓰다듬던 왕대비가 세자의 등을 왕에게로 떠밀었다.

"가보시오."

왕대비가 용기를 주자 세자가 일어나 왕에게로 걸어갔다. 그러나 세자가 가까워질수록 왕은 무섭게 눈을 뜨고 세자를 쳐다봤다. 결국 세자는 기가 죽어 왕의 앞까지 도착하지도 못한 채 그대로 자리에 우뚝 서버렸다.

"주상. 한 번 안아주시오."

왕대비가 왕에게 말했지만 왕은 딱 잘라 말했다.

"이제 융은 일국의 세자가 되었으니 더는 어리광을 피울 수는 없는 법이지요."

왕이 단호하게 말하자 왕대비도 더는 할 말이 없었다. 그때 중전이 나섰다.

"전하. 세자의 스승에게 들으니 세자가 필획을 긋는 것이 참으로 명필이라 하옵니다. 그러니 한 번 보시지요."

왕은 대답하지 않았다. 그러나 중전은 서둘러 나인을 시켜 먹과 벼루를 가져오게 했다. 종이가 놓아지고 상궁이 먹을 갈았다. 준비가 되자 세자가 붓을 들었다. 그런데 붓을 들 때까지 방긋 웃던 세자가 막상 붓을 쥐자 글을 쓰지 않고 망설이기만 했다. 그러자 왕이 비웃으며 말했다.

"이 조선의 명필가가 모두 죽었나 보구나. 저런 세자에게 그런 소리를 하다니."

왕의 말 한마디에 세자의 눈가에 눈물이 차오르기 시작했다.

"주상……."

대비도 왕의 말이 너무했다는 듯 지적하며 나섰다. 그때였다. 세자가 차오른 눈물을 옷깃으로 쓱 훔쳐내더니 오른손에 들고 있던 붓을 들어 왼손에 잡았다. 대비가 이를 보자마자 세자에게 눈짓을 주었지만 소용없었다. 어린 세자는 순식간에 힘 있는 필체로 막힘없이 글을 써 내려갔다.

"역시……!"

왕대비가 제일 먼저 감탄했다. 중전도 웃으며 기뻐했다. 그러나 왕은 아니었다. 마치 죽은 사람처럼 파리해진 얼굴로 세자의 손을 쳐다보더니 다시 고개를 들어 맞은편에 앉은 대비를 쳐다보았다. 대비는 겁에 질린 얼굴로 왕의 시선을 피했다.

"뭐 하시오, 주상. 어서 칭찬해주시오."

왕대비가 왕에게 청했을 때였다. 왕이 세자를 보며 물었다.

"어찌 오른손이 아니라 왼손을 쓰느냐?"

그 목소리가 어린 세자에게는 너무나도 무섭게 들려왔던지 세자가 겁에 질려 대비를 보며 말했다.

"할마마마께서 말씀하시기를…… 군왕은 왼손을 쓰면 안 된다고…… 오른손으로 쓰라고 하셨사온데…… 소자는…… 오른손이 불편하고…… 스승님도 왼손을 써도 상관없다고 하셨기에……."

세자의 말이 끝나기도 전에 왕이 자리에서 벌떡 일어섰다.

"주상?"

왕을 쳐다보며 왕대비가 당혹스러운 표정을 지었다.

"이만 물러가겠사옵니다."

왕은 짧게 말을 마친 후 이유도 대지 않고 왕대비전을 나가버렸다.

"주, 주상……!"

대비가 놀란 목소리로 왕을 부르며 뒤따라 나왔다. 밖으로 나오자 이미 왕은 나인들이 뒤쫓아 올 수 없을 정도의 빠른 걸음으로 왕대비전을 떠나고 있었다. 대비가 왕을 황급히 쫓았다.

"주상! 주상!"

대비의 외침을 들은 왕이 걸음을 멈췄다. 분위기가 좋아지지 않은 것을 눈치챈 나인들이 빠르게 멀리 떨어져 섰다. 왕은 다가온 대비를 보며 대뜸 이렇게 말했다.

"과인을 보위에 올린 이유가 한씨의 나라를 세우고자 하셨사옵니까? 이제 어마마마의 뜻대로 되었으니 좋으시옵니까?"

"주상! 그게 무슨 말이오? 일단 흥분을 가라앉히시오."

"비키십시오!"

왕이 대비를 밀치려고 손을 뻗었다.

"주상! 오해요! 주상이 지금 무슨 생각을 하고 있든 다 오해란 말이오!"

"오해?"

왕이 빈정거리듯 웃었다.

"얼마나 과인을 속이려고 하셨사옵니까? 세자가 말하지 않사옵니까! 왼손을 쓰는 세자에게 오른손을 쓰라고 하신 것이 바로 어마마마시라고!"

"주상! 세자는 주상의 소생이오."

"거짓말 마십시오!"

"폐, 폐비가 그리 말했소! 사약을 받고 죽기 전 세자는 분명히 주상의 소생이라 그리 말하고 부정하지 않았단 말이오!"

"부정하지 않았다? 하하…… 어마마마께서는 폐비가 어떤 계집인지 정녕 모르시옵니까?"

왕은 자신의 생각을 꺾으려고 하지 않았다.

"정 그리 세자가 의심스러우면 폐하시오. 월산대군처럼 살게 하시오. 중전이 대군을 낳으면 그 대군을 세자로 세우면 될 거 아니오."

왕이 기가 차다는 듯 웃었다.

"세자를 폐하라? 정녕 그것이 어마마마의 뜻이었사옵니까? 그날까지 세자를 과인의 소생으로 두겠다? 훗날에 세자를 폐위한다 하면 뭐라 이유를 대고 폐하오리까? 과인의 소생이 아니니? 세상이 과인을 비웃든 말든 어마마마는 그저 한족만 생각하시지요!"

"아니오! 세자는 주상의 소생이오!"

"가까이 오지 마십시오!"

왕이 대비와 자신의 사이에 단호한 선을 그었다.

"과인이 폐비를 죽였듯…… 세자도 언제든 죽일 수 있음을 명심하시옵소서."

"주상……."

그날 이후 대비는 왕이 어떠한 생각을 품고 있는지 알 수 없었다. 다만 왕은 세자를 폐위하지 않았다. 그 누가 보더라도 세자에게는 폐위할 만한 그 어떠한 흠도 없었다. 그저 어찌 보면 친모를 잃은 사실도 모른 채 양모의 손에 자라는 가련한 어린아이였다.

세자는 하루가 다르게 성장했다. 날이 갈수록 체격이 늠름해지고 부왕처럼 격구를 좋아하고 사냥을 즐겼다. 여기에 큰 키에 빼어난 외모까지…… 다들 세자가 왕을 닮지 않았다는 걸 알고 있었다. 그러나 단지 예로부터 미남미녀가 많았던 대비의 한씨 집안의 피를 물려받아서라고 말했다. 그것은 칭찬이었으나 왕에게는 결코 좋게 들릴 수는 없는 말이었다.

몇 년 전부터 왕은 매우 몸이 좋지 않았다. 한 번 생긴 병은 또 다른 병을 불러왔다. 약도 듣지 않았다. 체력이 심하게 나빠졌음에도 평소처럼 여색을 즐기는 것을 그치지 않았다. 열 명이 넘는 후궁을 두었으나 자녀는 단 셋.

미래가 낳은 세자 이융과 왕비가 낳은 진성공주 이수련.

마지막으로 심 숙용이 낳은 영산군 이전이었다.

세자는 이미 장성하여 가례까지 치렀지만 공주는 아직 어렸고 영산군은 겨우 말을 뗀 어린아이였다. 어느 날 왕은 두 개의 밀지를 준비해 그것을 각각 상자에 담았다. 상자는 각각 어떤 '옥'으로만 열 수 있도록 특별히 만들어진 것이었다. 왕은 열쇠인 옥을 제외하고 상자만을 담아 내관을 불러 명했다.

"이 상자는 월산대군의 사저로. 이 상자는 제안대군의 사저로 보내라. 그리고…… 이 서신을 각각 전해주면 그들이 알아서 할 것이다."

"예."

내관이 상자 두 개를 소중히 받아들고 침전을 나섰다. 그러자 왕의 곁을 지키고 있던 사관이 입을 열었다.

"전하. 상자에 담긴 밀지의 내용은 물론이거니와 함께 내린 서신은 사초에 기록하여야 하옵니다."

사관의 말에 왕이 곰곰이 생각하더니 말했다.

"서신의 내용은 동일하다. 영산군이 성년이 되어 혼인을 하게 되면 열쇠를 찾아 열어보도록 지시하였다. 하나 영산군이 자손 없이 일찍 세상을 떠날 경우…… 열지 말고 이 왕조가 사라지는 날까지 대대로 물려주어 보관하라는 것이다."

어찌 들으면 섬뜩한 말이었다. 섬뜩한 내용을 품은 상자 속 두 개의 밀지는 무슨 내용일까? 사관은 호기심보다도 더 큰 기록의 의무를 되새기며 조심스럽게 물었다.

"밀지의 내용 또한 말씀해주셔야 하옵니다."

"……."

"전하?"

"……."

.

.

.

몇 달 후. 병석에 누운 왕이 도승지를 불러 명을 내렸다.

"과인의 사후 향후 백 년간 폐비의 일을 거론하지 말게 하며, 폐비의 복위를 주장하는 이들도 없어야 할 것이다. 또한……."

왕은 새롭게 편찬된 〈경국대전〉의 '보위'편을 가리켰다.

"〈조선경국전〉에 기록된 적장녀승계 원칙을 〈경국대전〉에도 기록하라."

"하오나 전하! 그것은……!"

그렇게 된다면 왕자뿐만 아니라 공주에게도 왕위 계승권이 주어진다.

"쿨럭쿨럭……! 그리하라."

왕이 재차 명을 내리자 도승지가 고개를 숙이며 뒤로 물러섰다. 그때 문이 열리며 대비가 안으로 들어왔다.

"주상……."

"어마마마……."

몸이 성치 않은 왕은 앉은 자리에서 대비를 맞았다. 대비가 걱정스러운 얼굴로 왕의 곁으로 다가가 손을 내밀었다. 왕은 대비가 내미는 손을 밀쳐내며 거절했다. 왕의 이러한 태도는 한결같은 것이었지만 이번에도 대비의 마음은 시리도록 아린 것이었다.

"어인 일로 부르시었소."

"이것…… 이것 때문이옵니다."

왕이 대비의 앞에 작은 옥함을 내밀었다. 대비가 그 안을 열자 반으로 나누어진 작은 원형 모양의 옥이 들어 있었다. 하나는 용이, 하나는 봉황이 새겨진 옥이었다.

"이것은…….."

"태조대왕 때부터 내려오는 옥이지요."

"하나 이것은……!"

이 옥을 소유할 수 있는 사람은 보위를 물려받을 후계자뿐이었다. 다시 말해서 왕이 죽기 전까지 왕의 소유여야 하는 중요한 옥이었다. 왕의 마지막을 직감한 듯 대비가 울먹이며 그 옥함을 받아 들었을 때였다.

"진성공주와…… 영산군에게 주시옵소서."

"주상……!"

원래대로라면 세자 이융의 소유가 되었어야 할 옥이다. 그런데 왕은 정확히 진성공주와 영산군을 지목했다.

"그리…… 하십시오."

"어찌 세자를 놔두고 공주와 영산군에게 내린단 말입니까? 이 옥은…….."

왕이 눈을 부릅뜨며 대비를 노려보았다.

"과인의…… 후계자만이…… 물려받을 수 있는 옥이지요……
하여 두 사람에게 주려는 것이옵니다."

"세자에게는……."

"세자는 가져서도 가질 수도 없사옵니다! 콜록콜록……!"

화를 내던 왕이 결국 기침소리와 함께 무너졌다.

"어마마마. 약조하여 주십시오. 그리 하시겠다고…… 말이옵
니다."

"주상."

왕의 부탁은 비단 옥함 속 옥을 진성공주와 영산군에게 전해주
라는 의미만은 아니었다. 대통을 이을 세자가 소유해야 할 옥을
다른 자녀들에게 준다는 것. 처음부터 왕은 세자 이융에게 자신의
보위를 물려줄 마음이 없었다. 그래서 왕의 기대는 영산군에게 있
었다. 하지만 영산군이 성년이 될 때까지 살아 있을 수 없음을 알
았다.

왕은 여러 대비책을 마련해 놓았다.

그리고 마지막에 이를 실행시켜 줄 사람들도 필요했다. 왕은 그
중 하나가 대비가 되길 바랐다.

"반드시 그리 하셔야…… 하옵니다……."

그러나 대비는 끝내 그러겠다고 대답할 수 없었다.

며칠 후 왕이 세상을 떠났다. 왕의 뒤를 이어 열아홉의 세자가 보위에 올랐다. 왕이 된 세자 융은 준비된 젊고 늠름한 군왕이었다. 즉위 초에 그가 펼치는 정사는 모든 것이 순조로웠다. 신하들도 백성들도 모두가 만족스러워했다. 왕을 향한 기대감도 컸다.

"주상전하 납시오!"

왕이 대비전에 아침 문후를 드리기 위해 들어섰다. 얼굴이 붉어진 대비전 나인들의 시선이 모두 젊은 왕을 향했다.

"할마마마."

문 앞에서부터 활기찬 걸음으로 들어선 왕이 대비를 불렀을 때였다.

"전하 오라버니!"

"공주마마께서 드셨사옵니다."

뒤이어 나타난 공주가 대뜸 왕에게로 다가가 그의 손을 잡았다. 왕의 얼굴에도 웃음꽃이 피었다. 사이좋은 남매였다. 이들을 가만히 바라보던 대비의 얼굴에도 미소가 지어졌다. 그러나 그 미소에는 그늘이 항시 따라다녔다. 맞잡은 남매의 손에는 두 개의 길이 놓여 있었다. 악연과 선연. 모든 진실을 알고 있는 대비조차도 이들의 미래는 가늠하지 못했다.

〈외전 끝〉

조선공주실록 ❶

초판 1쇄 인쇄 2019년 6월 21일 **초판 1쇄 발행** 2019년 6월 28일

지은이 유오디아
펴낸이 연준혁

웹소설사업분사 이사 정은선
책임편집 조윤희 오가진
디자인 윤정아
삽화 별

펴낸곳 (주)위즈덤하우스 미디어그룹 **출판등록** 2000년 5월 23일 제13-1071호
주소 경기도 고양시 일산동구 정발산로 43-20 센트럴프라자 6층
전화 031-936-4000 **팩스** 031)903-3893
홈페이지 www.wisdomhouse.co.kr

값 13,800원
ISBN 979-11-90182-15-7 04810
　　　979-11-90182-14-0 (세트)

※인쇄·제작 및 유통상의 파본 도서는 구입하신 서점에서 바꿔드립니다.
※이 책의 전부 또는 일부 내용을 재사용하려면
　사전에 저작권자와 (주)위즈덤하우스미디어그룹의 동의를 받아야 합니다.

* 이 도서의 국립중앙도서관 출판예정도서목록(CIP)은 서지정보유통지원시스템 홈페이지(http://seoji.
nl.go.kr)와 국가자료종합목록시스템(http://www.nl.go.kr/kolisnet)에서 이용하실 수 있습니다.
(CIP제어번호 : CIP2019022311)